ZWARTE SCHUUR

OEK DE JONG

ZWARTE SCHUUR

ROMAN

Uitgeverij Augustus
Atlas Contact
Amsterdam • Antwerpen

De auteur ontving voor het schrijven van deze roman een subsidie van het Nederlands Letterenfonds

Nederlands letterenfonds
dutch foundation for literature

Eerste druk, gebonden, september 2019
Tweede druk, paperback, september 2019
Derde druk, paperback, september 2019
Vierde druk, gebonden, oktober 2019
Vijfde druk, paperback, oktober 2019
Zesde druk, paperback, november 2019
Zevende druk, paperback, december 2019
Achtste druk, paperback, januari 2020
Negende druk, gebonden, februari 2020
Tiende druk, paperback, februari 2020
Elfde druk, paperback, maart 2020
Twaalfde druk, paperback, juli 2020

Omslag René Daniëls, *Apollinaire*, 1984. Olieverf op doek, 203 x 152 cm.
Particuliere collectie; foto Hugard & Vanoverschelde

Omslagontwerp Tessa van der Waals
Foto van de auteur Marie-Jeanne van Hövell tot Westerflier
Typografie binnenwerk Suzan Beijer
Drukkerij Wilco, Amersfoort

ISBN (gebonden) 978 90 254 5140 0
ISBN (paperback) 978 90 254 5767 9
D/2019/0108/746
NUR 301

www.oekdejong.nl
www.atlascontact.nl

FSC www.fsc.org
MIX
Papier van verantwoorde herkomst
FSC® C004472

Voor Jeanne

I

HOOFDSTUK I

1

Zwijgend zaten ze in de taxi. Damp steeg op van het drogende asfalt. Door de halfopen ramen kwam een vochtig-warme lucht naar binnen. Bij een stoplicht staken drie natgeregende meisjes lachend over, hun jurkjes klevend aan hun lichamen. De taxi vorderde langzaam in de namiddagspits van Amsterdam, de chauffeur hing verveeld opzij.

Maris keek naar buiten en wachtte. Hij wachtte tot hij weer iets tegen Fran zou kunnen zeggen, iets gewoons. Allebei zaten ze te bekomen van de storm van het afgelopen uur. Ondertussen leunde hij voorover om met zijn jasje en overhemd de rugleuning van de achterbank niet te raken. Hij kon straks niet uitstappen met een donkere vlek in het rugpand van zijn jasje. Vanuit zijn ooghoeken wierp hij een blik op Fran, die strak voor zich uit keek. Ze droeg een jurk van okergele zijde. Ze had haar dikke, donkerblonde haar opgestoken en er een kleurig sjaaltje doorheen gevlochten. Om haar schouders hing het bij haar jurk horende jasje. Hij voelde zijn ergernis nog nasmeulen, maar werd toch geraakt door de gekwelde uitdrukking op haar gezicht. Zelfs als ze ruzie hadden kon hij getroffen worden door haar gezicht.

Hij keek weer naar de voorbijglijdende stad. Toen de taxi eindelijk vaart kon maken en door een diepe plas reed, zag hij door het hoog opspattende water heen het enorme affiche op de reclamezuil. Sinds een week hingen overal in de stad de affiches met een fragment uit een van zijn schilderijen. Ze waren metersgroot. Voor hem veel te groot. Hij had de neiging ze uit de weg te gaan. Nu maakte het zien van het affiche hem somber – alsof het allemaal voorbij was nu zijn werk zo groot werd geafficheerd, alsof de wereld het met grof geweld in bezit had genomen en het niet langer van hem was.

'Kijk!'

Na tien minuten was het Fran die de stilte doorbrak. Ze reikte hem haar telefoon aan, kantelde hem, zodat hij de foto op het scherm in liggend formaat zou kunnen bekijken.

'Van wie?'

'Kijk nou maar.'

Hij hoorde iets dwingends in haar stem en voelde nieuwe ergernis. Hij hoorde ook iets verwijtends, omdat hij niet meteen naar de foto keek maar eerst afweerde, zoals gebruikelijk – in háár ogen tenminste. Maris keek naar het scherm en zag een stuk woestijn, een kale helling waarop met stenen in kolossale letters de woorden GOOD LUCK MARIS waren gelegd.

'Vind je dat niet lief? En precies op tijd,' zei Fran. 'Ze is er echt wel bij met haar koppie. Dat zie je.'

'Waarom stuurt ze die foto naar jou?'

'Omdat ze weet dat ik geregeld op dat ding kijk.'

Maris opende het scherm van zijn eigen telefoon.

'Ik heb hem ook.'

Terwijl hij haar haar telefoon teruggaf, kon hij haar niet aankijken. Ook Fran keek weg.

Hij hield de telefoon tussen zijn knieën en boog zich voorover om de foto beter te kunnen zien. Hij was gemaakt door Stan, zijn stiefdochter sinds twintig jaar. Al een paar weken bevond ze zich op plekken waar je op dit moment beter niet kon zijn. Vanuit een Turkse grensstad maakte ze met twee gewapende gidsen tochten door Syrië en Irak om de verwoestingen van de oorlog vast te leggen: van het opengereten staal van kapotgeschoten tanks tot gebombardeerde steden, uitgebrande auto's, langs de kant van de weg liggende lijken en de blik van kinderen die het hadden overleefd. Ze stuurde berichten, zodat ze haar konden volgen. Maar soms had ze geen bereik en was ze een tijd uit de lucht.

Vandaag leek ze zich in een vredige omgeving te bevinden. Het luchtte hen beiden op.

Boven de scherp afgetekende rand van de helling stond een bleekblauwe ochtendhemel. Ze was bij zonsopgang opgestaan om die letters te leggen. Maris stelde zich haar voor met slaapwallen onder haar ogen na een te korte nacht, beetje schor, aan de rand van een dorp met haar gidsen en de stoffige, gebutste pick-up. Met duim en wijsvinger veegde hij over het scherm om de foto te vergroten. In een van de o's op de helling stond een geit het gras uit de grond te rukken.

'Ze heeft hem vanochtend gemaakt,' zei hij, 'en een kwartier geleden heeft ze hem kennelijk kunnen versturen.'

'Vind je het niet lief?'

'Heel lief.' Hij probeerde haar vriendelijk te stemmen. 'Maar nu mis ik haar nog meer.'

'Ze heeft haar eigen leven, joh.'

Maris keek weer naar buiten, naar de bekende straten, de bekende gebouwen, de stad waar hij al bijna veertig jaar woonde, minus de vijf jaar die hij in New York had doorgebracht. Hij sloot zijn ogen en probeerde zich te concentreren op wat komen ging door zich de zalen van het Stedelijk voor te stellen, waar hij de afgelopen week zoveel uren had doorgebracht: zijn schilderijen, deels al aan de muur, deels nog ervoor op de vloer, kisten waaruit schilderijen tevoorschijn kwamen die hij soms tientallen jaren niet had gezien, de rolsteigers, de ladders, overal troep op de vloer, de mannen met hun witte handschoenen. Hij dacht aan het diner voor de sponsors van gisteravond in het museum tussen zijn eigen schilderijen. Nog een paar uur werk, hield hij zichzelf voor, dan zit het erop. Als eersten zou hij straks bij de ingang van het museum Laura en Golo zien. Daarna een massa mensen. Het riep geen afkeer in hem op, maar een voorwaartse kracht – hij ging het doen.

Hij keek opzij. Fran legde haar jasje op haar schoot en bleef licht voorovergebogen zitten.

'Gaat het,' vroeg Maris.

'Het gaat.'

'Okay.'

'We hadden veel eerder van huis moeten gaan.'

Maris zweeg, verbijsterd. Toen zei hij koeltjes:

'Dat heb je goed gezien, Fran.'

'Als je me niet zo had opgejaagd, zou het ook zijn gelukt.'

Maris gaf geen antwoord, niet van plan zich te laten provoceren.

Het geratel van drilboren naderde. Hij sloot zijn raam en keek, nu praten onmogelijk werd, naar het bidsnoer dat aan de achteruitkijkspiegel bungelde en toen door de voorruit naar de mannen die met ontbloot bovenlijf en geluiddempers op hun oren op een kruispunt het asfalt tussen de tramrails wegbraken. Ook Fran en de chauffeur sloten hun ramen. Hij zag gele borden opdoemen. Ook dat nog: een omleiding. De taxi passeerde de mannen met de drilboren. Het lawaai werd oorverdovend. Maris vond het onverdraaglijk, zoals alle harde geluiden – het maakte hem agressief. Maar hij bleef strak voor zich uit kijken. Niets zou hem nu nog uit zijn evenwicht brengen.

Fran moest nog altijd bekomen van het haastige vertrek en alles wat daaraan was voorafgegaan. Urenlang had ze in huis de druk gevoeld. Maris had zijn hele repertoire afgewerkt: van subtiele hints, vriendelijke verzoeken en zachte drang tot 'zal ik het bad vast laten vollopen' en 'heb je al besloten wat je aantrekt'. Want ja, vandaag was de grote dag. Ze had op het punt gestaan om niet mee te gaan en hem te straffen voor een rampzalig jaar. Maar ze had het niet over haar hart kunnen verkrijgen, ze was toch weer door de bocht gegaan. Nu ergerde ze zich aan haar jurk, die te strak zat. Ze had haar adem moeten inhouden toen Maris de rits op haar rug dichttrok. Ze was te mollig geworden om nauwsluitende jurken te dragen. Toch had ze hem aangetrokken, opgejaagd door zijn zwijgend wachten. Het ergerde haar dat ze was gezwicht en iets had aangetrokken waar ze hem een plezier mee deed. En ze ergerde zich aan het sjaaltje dat ze door haar opgestoken haren had gewonden. Veel te jeugdig. Ook voor hem.

Ze keek opzij naar Maris, die nog steeds zwijgend voor zich uit staarde. Ook de taxichauffeur, die onmiddellijk had gevoeld dat deze man geen praatjes wilde, bleef zwijgen. Ze zag dat Maris gespannen was, ze begreep dat en toch kon ze zich alleen maar ergeren aan die roerloze kop van hem, dat op zichzelf betrokken zijn. Altijd weer wist hij zijn omgeving naar zijn hand te zetten.

'Hoeveel mensen verwacht je eigenlijk?' vroeg ze.

'Achthonderd.'

'Zoveel?'

Ze viel even stil.

'Wat een massa,' zei ze toen. 'Ik denk dat ik na een uurtje weg ben, Maris, en thuis de boel ga regelen.'

'Zie maar.'

Maris had zelfs geen zin meer om haar aan te kijken. Hij pakte zijn telefoon en zocht de foto op die Stan hem had gestuurd. Het meest roerde het hem dat ze de moeite had genomen ook zijn naam met stenen te leggen.

2

Het asfalt was droog toen ze uitstapten bij het Stedelijk Museum. Maris ademde de lauwe lucht diep in en keek om zich heen. Bij het museum waren dranghekken geplaatst en daar stond een lange rij genodigden voor de opening, veel vrouwen met blote armen, veel gebruinde gezichten, mooie jurken, mooie pakken, feestelijk om te zien. Boven het Museumplein dreven nog donkere wolken, aangelicht door de lage zon. Aan de overkant van de straat het Concertgebouw, de huizen en winkels die hij al zo lang kende. Maris keek om zich heen, alsof hij zich nog niet wilde overgeven aan wat hem te wachten stond.

Toen pakte hij resoluut Fran's hand, een niet al te welwillende hand, en liep naar de dienstingang van het museum, waar zijn twee assistenten hem opwachtten. Golo in een donker pak, Laura op hoge hakken, in een jurkje dat – Maris herkende haar tact – bescheiden was en niet de aandacht trok. Ook hier was ze zich van haar rol bewust. Het ontroerde hem om hen te zien, jong en scherp, op hem wachtend, dienstbaar, maar ook onrustig, ongeduldig en zichtbaar verbaasd dat hij nog zo ontspannen op hen toe kon lopen. Ze hadden zes maanden keihard voor hem gewerkt. Het was intens geweest. Hij kuste Laura op haar wang en drukte Golo even aan zijn borst. Zij, attent, bewonderden de jurk van Fran, die een beetje afwezig op hun complimenten reageerde. Laura's verschijning, haar reacties op Maris en zijn reacties op haar namen haar in beslag.

In de lift liet Maris het praten over aan de anderen. Hij keek naar de donkere wolken boven de stad. Langzaam gleed de glazen cabine naar de kantoren op het dak van het museum.

Toen de deuren openschoven, zag hij de directeur, die hen stond op te wachten, schuin vanachter, druk in gesprek. Ze droeg dezelfde kleren als bij het diner van gisteravond: een ruimvallend en lang zwart jak, tot boven toe dichtgeknoopt, op een wijde zwarte broek – haar werkpak, zoals ze het noemde. Halverwege een zin draaide ze zich naar hen om, op haar bleke gezicht met de rood gestifte lippen verscheen een glimlach, ze breidde haar armen uit en zo kwam ze hun tegemoet. Maris kuste haar en verontschuldigde zich voor de vertraging, maar niet erg schuldbewust – het was chic om juist nu te laat te komen. Ze was blij hem te zien, zei ze, en *terribly happy* dat het nu zover was. Ze begroette ook Fran met warmte, alsof ze haar al jaren kende. Daarna nam ze hen beiden bij de arm en voerde hen mee naar de plek waar een klein gezelschap stond te wachten. Een applausje. Maris groette. De adrenaline stroomde. Hij leefde ervan op.

Met een glas champagne in zijn hand volgde hij de directeur toen ze zich naar het dak begaf voor een voorlopig laatste sigaret. Toen ze over de hoge drempel moest stappen, boog ze zich voorover om te zien of ze haar voet wel goed neerzette. Maris zag van dichtbij haar kortgeknipte zwarte haar en in de nu tevoorschijn komende witte nek kleine zwarte puntjes. Soms was het niet prettig om scherpe ogen te hebben. Door het zien van die blote, witte nek herinnerde hij zich een videofilm waarop hij deze vrouw met een andere vrouw in een kamer had gezien, voor een raam, waar ze elk hun kleren uittrokken tot ze naakt waren en vervolgens elkaars kleren aantrokken. Het moest tientallen jaren geleden zijn, deze performance in een kamer op het platteland.

'Watch out,' zei hij.

Hij bood haar zijn hand. Ze legde haar bezwete hand in de zijne. Haar glimlach was bloedrood.

'Thank you, Maris.'

Op het dak diepte ze een pakje sigaretten en een aansteker op uit haar design-tas, die merkwaardig laag op haar bovenbeen hing, vlak boven haar knie. Bij de eerste trek zoog ze haar wangen naar binnen en inhaleerde gulzig. Ze rookte als een kerel. Ze vertelde hem dat *The Guardian* over zijn tentoonstelling zou schrijven en dat ze bezig was om de correspondent van *The New York Times* hiernaartoe te krijgen. Ze was een geweldige netwerker. *Art Forum* rekende haar tot de tien invloedrijkste personen in de kunstwereld. Maris wist dat en daarom stond hij daar met haar, op haar vaste rookplek.

De Erezaal van het museum was nog leeg en koel toen ze erdoorheen liepen. Daar hingen Maris' grootste schilderijen, een paar van zijn diptieken en aan vrijwel onzichtbare draden de tientallen kleine en grotere doeken van zijn cyclus *After Grünewald*. Uit de hal van het museum klonk luid geroezemoes, weerkaatsend tegen de hoge muren.

Toen ze boven aan de grote trap voor de Erezaal verschenen, sprongen er felle lampen aan. Maris hield Fran bij de hand. Hij glimlachte en zwaaide, met zijn linkerhand, want hij was linkshandig. Voor hij er erg in had, stond de directeur al voor de microfoon. Uit haar speech pikte hij alleen op dat ze, al dan niet bewust, schilderkunst een 'old-fashioned medium' noemde waarin hij toch steeds 'nieuwe dingen' wist te doen. Ze liet ook nog wat modieuze kunsttheorie los op zijn werk, maar dat interesseerde hem niet. Hij keek naar twee jonge vrouwen op de stampvolle trap die hem roerloos gadesloegen, ving de blik van een vrouw met blote schouders, ontdekte de gezichten van een paar vrienden en liet zijn ogen verder dwalen over de menigte, gebruind en opgefrist door een paar weken vakantie, een en al zomerse uitbundigheid.

Maris sprak kort, zoals hij altijd deed bij openingen. Hij maakte indruk door zijn zware stem met het Zeeuws accent, door zijn forse gestalte en opvallende kop met lange, rechte neus, zwarte haren, met grijs doorschoten, en helblauwe ogen. Hij leefde al bijna veertig jaar in grote steden, maar je kon nog altijd aan hem zien dat hij van het platteland kwam en dat zijn mannelijke voorouders boeren en landarbeiders waren geweest, net zo uit de kluiten gewassen als hij en met net zulke grote handen. Op deze avond in september hing er bovendien de aura van een grote tentoonstelling om hem heen – vijftien zalen met schilderijen, het werk van een half leven – en van een al weken durende voorpubliciteit.

Maris bedankte degenen die hij moest bedanken en zei tot slot: 'Painting is *not* an old-fashioned medium. I would say it's just a very old medium. Human beings have been painting for thirty thousand years and they will never stop! Het is maar dat jullie het weten.'

Er steeg gejoel op. Ergens in het publiek begon een man iets te roepen. Hij werd door het applaus overstemd. Maris zwaaide naar het publiek. Ook zwaaien deed hij kort – maar lang genoeg voor de fotografen. Terwijl hij zwaaide, viel zijn blik op een stokoud echtpaar, klein en gebogen, dat bij de balustrade rond de grote trap stond, een beetje verweesd, en opeens miste hij zijn ouders.

In korte tijd stroomden de zalen vol. Maris liep met een cameraploeg door de tentoonstelling. Hij werd naar de schilderijen gebracht die het meest gereproduceerd waren. Er viel haast niet aan te ontkomen. Hij liet het maar gebeuren. Zo belandde hij voor *Drowning*, een heel groot en heel blauw schilderij met zwarte en roze toetsen. In het donkere blauw doemde de gestalte op van een door een touw omstrengelde jonge vrouw, ondersteboven zwevend in wat water kon zijn, haar gezicht vrijwel verborgen achter haar haren. Eén oog keek door de haren heen. Met een paar penseelstreken had hij er een Japans of Chinees aandoend oog van gemaakt. Elders op het doek had hij tientallen ogenparen geschilderd, allemaal gesloten. Door het donkere blauw en de in een touw verstrikte vrouw was het een beklemmend schilderij. Het kwam uit New York, waar het in het MoMA permanent op zaal hing, en was gebruikt voor het affiche van de tentoonstelling.

Bij dit schilderij, onder het oog van de camera, begon hij zich ongemakkelijk te voelen. Hij haalde een hand over zijn neus en mond en keek naar de vloer. Hij wilde weg, maar kon niet weg. Hij vertelde dat hij dit werk had gemaakt nadat hij foto's onder ogen had gekregen van de Ama, vrouwen die voor de kust van Japanse eilanden naar schelpdieren duiken. Een van hen was verdronken en dood uit het water gehaald, verstrikt in het touw dat aan haar middel was bevestigd. Net als alle duiksters droeg ze alleen een lendendoek, een duikbril en een mes. Een paar seconden keek hij zwijgend naar het schilderij.

'Naderhand heb ik een hele studie gemaakt van die duiksters,' zei hij toen, zich afwendend van de voorstelling. 'Dat werk wordt alleen door vrouwen gedaan, al eeuwenlang. Ze duiken tot tien meter diep en kunnen twee minuten onder water blijven. In de jaren vijftig heeft een Italiaan ze gefotografeerd. Hij heeft ook de foto van dat dode meisje genomen. Ik weet nog dat ze prachtige borsten had. Maar ze was dood.'

Hij glimlachte. Een overbodige glimlach. Hij herinnerde zich waar hij tegen het boek van die Italiaanse fotograaf was aangelopen: bij Strand in New York. Hij had het boek opengeslagen en de eerste foto die hij te zien kreeg was de foto van de verdronken duikster met haar haren voor haar gezicht geslagen en een stuk touw om haar lichaam – ze lag in een kleine open boot. Hij had het meteen weer dichtgeklapt, was tussen de boekenkasten door naar die krakende, ouderwetse lift gelopen en had het gebouw verlaten. Hij had uren nodig gehad om bij te komen van het zien van die ene foto. Maar de volgende dag was hij teruggegaan – opeens móést hij het boek hebben, die ene foto, was hij bang dat het er niet meer zou staan – en had hij het alsnog gekocht.

'Overigens is het beeld van die verdronken duikster niet het begin van dit schilderij geweest. Ik was bezig met die blauwe schilderijen van Yves Klein, waarop hij sponzen heeft bevestigd die zich hebben volgezogen met blauwe verf. Ik ben begonnen met het opzetten van kleurvlakken, het schilderen van ogen, en toen is dit tevoorschijn gekomen.'

De lamp op de camera doofde. Uiterlijk was Maris onbewogen gebleven, een schilder die over zijn werk sprak. Maar het zweet was hem uitgebroken. Hij begreep niets van zijn verwarring – die er niet was geweest toen het schilderij uit een kist werd gehaald, toen het werd opgehangen, toen hij ernaar keek nadat het was opgehangen. Het moest te maken hebben met de camera en met de mensen om hem heen. Terwijl hij weer in beweging kwam en zijn gezicht bette met een witte zakdoek, ontdekte hij tussen de omstanders de journalist die een verhaal over hem aan het schrijven was voor een weekblad. De man stond hem te observeren en keek weg toen hij zijn blik ving.

'Waarom trek je het er dan niet uit, mam?'

Fran wandelde door de tentoonstelling aan de arm van haar zoon Thijs. Hij was lang en slank, droeg een pak volgens de laatste mode, met heel smalle pijpen, nog net geen hoogwater, en hij had een baardje, ook volgens de laatste mode. Sinds kort werkte hij op de buitenlandredactie van een grote krant.

'Je kunt het er zo uit trekken,' zei hij met een blik opzij op haar kapsel.

Fran aarzelde, maar toen pakte ze, zonder stil te staan, het sjaaltje vast, trok het met één beweging uit haar haren en stopte het in haar tas. Ze was een vrouw die zoiets onder de ogen van anderen kon doen zonder zichtbaar ongemak, luchtig. Ze schudde haar haren los. Het voelde als verraad aan Maris, als een breuk, als het voorteken van een breuk.

'Wat een opluchting.'

'Je moet er niet jonger uit willen zien dan je bent, mam.'

Aan de arm van haar zoon liep ze door de zalen en merkte dat andere vrouwen haar glimlachend gadesloegen.

Twintig jaar geleden had ze voor het eerst schilderijen van Maris gezien in zijn Amsterdamse galerie. De kleuren en kleurcombinaties trokken haar aan, ze hield er meteen van, ze gaven haar een gevoel van zielsverwantschap. Op een vouwblad zag ze een foto van de schilder. Ze stond een tijdje te praten met de galeriehouder, een dertiger met een woeste bos haar in een driedelig pak, en toen ze de galerie uit liep, was de man binnengekomen wiens foto ze net had gezien. Op straat liep ze honderd meter, stond toen stil, aarzelde, liep verder, stond opnieuw stil en hakte de knoop door. Ze was teruggegaan naar de galerie, met de een of andere smoes, en had zich laten voorstellen aan de man van de foto, de man van de kleuren die haar zo ongekend sterk aantrokken. Maris sprak niet alleen met een Zeeuws maar ook met een licht Amerikaans accent – hij was net terug van vijf jaar New York. Ze had die dag een sjaaltje door haar haar gevlochten vanwege het mooie weer. Ze had al snel moeten vertrekken om de kinderen van school te halen. Maar vijf minuten waren genoeg geweest.

Fran hield Thijs bij zich, bijna angstvallig. Na een halfuur rondkijken in de zalen vroeg hij: 'Mam, wat is er?'

Hij probeerde haar staande te houden, maar ze liep door, hem meetrekkend.

'Ik kan het niet zeggen.'

Fran boog haar hoofd.

'Dan zeg ik het voor jou.'

'Je zegt het niet, Thijs!'

De tranen stonden in haar ogen.

Ze was altijd intens betrokken geweest bij de ontwikkeling van Maris' werk. Jarenlang had elk nieuw schilderij een tijd bij hen in huis gehangen. Hij wilde het in een andere omgeving dan zijn atelier zien, hij wilde haar reacties horen, die van anderen. 's Avonds laat, als ze alleen thuis was, wierp ze in het voorbijgaan weleens een blik op zo'n schilderij of ze stond ervoor stil en voelde dan dat het groter was dan zijzelf, groter dan Maris, groter dan hun problemen, en dat het veel langer zou bestaan dan zijzelf.

Ondanks de afstand die er het afgelopen jaar tussen hen was ontstaan, maakte deze overzichtstentoonstelling nu toch een diepe indruk op haar. Maris' werk liet haar nog altijd niet onverschillig. Ze was benieuwd naar zijn vroege schilderijen, die ze nooit in het echt had gezien, naar de doeken die hij het afgelopen jaar had gemaakt en naar de inrichting van de zalen. Tegelijkertijd maakte het haar woedend wat ze om zich heen zag, juist ook omdat het zo imponerend was. Ze kon zijn schilderijen wel met een mes te lijf gaan. Normaliter zou ze deze hele tent met Maris en een conservator hebben ingericht. Nu had ze daar part noch deel aan gehad. Dát wist Thijs. Dát mocht hij van haar niet zeggen.

Maris hield zich op in de Erezaal, steeds omringd door mensen. Zijn assistente week niet van zijn zijde, zijn galeriehouder Oscar Seeghers, diens vrouw Nadia en andere goede vrienden bleven in de buurt, maar Fran vertoonde zich niet. Gewoonlijk dook ze op recepties nu en dan even op, voor een blik, een paar woorden of kwam ze bij hem staan, maar nu viel ze nergens te bekennen. Hij had het te druk om erbij stil te staan. Hij moest in korte tijd zoveel gezichten herkennen, vaak van mensen die hij jaren niet had gezien, dat zijn geheugen hem soms in de steek liet. Hij wist dan maar half en half met wie hij stond te praten. Het kon minuten duren voordat hij wist met wie hij vandoen had.

Hij had zich geposteerd naast een van zijn laatste schilderijen. Dat schilderij staat goed bij je pak, werd er grappend gezegd. Daarom sta ik hier, antwoordde hij met een grijns. Mensen drongen zich aan hem op. Figuren uit de kunstwereld die nooit enige belangstelling voor hem hadden gehad, stonden plotseling voor zijn neus, charmant en wel. Vrouwen wilden hem aanraken: ze legden een hand op zijn arm, ze aaiden hem over zijn rug.

Terwijl hij stond te praten zag hij de twee stokoude mensen weer, achter elkaar aan schuifelden ze door de menigte, en opnieuw dacht hij aan zijn vader en moeder. In het laatste decennium van hun leven had hij zich met hen verzoend. Voor het eerst waren ze op zijn openingen verschenen. De Zeeuwse delegatie, noemde Oscar hen. Bij elke opening waren ze in hun beste kleren aanwezig. Hij zag ze rondlopen, zijn vader zwijgzaam en teruggetrokken, zijn moeder trots, gretig om zich heen kijkend, in de hoop dat iemand haar zou aanspreken en ze quasi-bescheiden kon vertellen dat zij de moeder van de kunstenaar was en dat hij op zijn veertiende al een portret van zijn ouders had geschilderd dat ze nog steeds in de gang had hangen. Zijn vader stond erbij, niet op zijn gemak, verlangend naar de rust van zijn moestuin op het eiland. In deze drukte in het Stedelijk, met nauwelijks bekenden, zouden ze het niet lang hebben uitgehouden.

'Maris, schat, wat prachtig om zoveel werk van je bij elkaar te zien!'

Hij drukte een kus op het voorhoofd van de vrouw die aan zijn arm was gaan hangen en zich tegen hem aan drukte. Vandaag strekte zijn welwillendheid zich uit tot iedereen. Een ogenblik verwonderde hij zich over de vreemde geur die opsteeg uit haar haren. Kon je aan de haren van een vrouw ruiken dat ze ongelukkig was? Ze was al vele jaren de weduwe van een bekend en veel te jong overleden kunstenaar, drankzuchtig, steevast te diep gedecolleteerd. Onwillekeurig, de geur van haar haren nogmaals opsnuivend, wierp Maris een blik op de gerimpelde huid tussen haar borsten.

‘Dit is een rehabilitatie van de schilderkunst!’

Het was een verzamelaar die tot hem sprak.

‘De schilderkunst hoeft niet gerehabiliteerd te worden!’

‘Nou ja, je begrijpt wat ik bedoel, met al die nieuwe media die zoveel aandacht opeisen,’ antwoordde de man, terwijl zijn veel jongere vrouw of minnares of dochter aan zijn arm stond te wachten tot ze verder zouden lopen. ‘Ik hoor niets dan goeds over je werk, niets dan goeds!’ Met een ironische buiging nam hij afscheid en liep verder.

Maris keek naar de vrouw aan zijn arm en naar haar enkels, die zwikten op haar hoge hakken. Al pratend en wiebelend keek ze over haar schouder nog eens naar hem om.

Laura gaf hem een nieuw glas witte wijn. Maris bette zijn gezicht en hoopte dat ze zijn zwetende lijf niet zou ruiken.

‘Het wordt tijd dat ze hier eens een raam openzetten,’ grapte hij. ‘Die airco werkt voor geen meter.’

‘Ik heb ernaar gevraagd. Maar met deze klamme hitte en zoveel mensen in de zalen kan de airco het niet meer bijbenen.’

Zijzelf oogde nog fris, ook al begon hij onder haar ogen een zweem van vermoeidheid te zien.

‘Veel goede berichten, Maris. In *The Guardian* komt een mooi stuk. Maar dat had je waarschijnlijk al gehoord.’

‘Ja.’

‘En dat profiel wordt een coverstory, hoorde ik net van de journalist.’

‘Ik zag hem hier rondlopen, of liever, rondsluipen met zijn baseballpetje.’

‘Hij heeft deze week drie keer gebeld om feiten te checken. Misschien moet je hem toch te woord staan. Ik kan hem nú even bellen.’

‘Hij zoekt het maar uit. Als hij alleen maar wil praten met mensen om me heen en niet met mij, dan zoekt hij het maar uit. Hier, neem jij deze. Ik heb genoeg van witte wijn. Het wordt tijd voor rood.’

Hij reikte haar zijn onaangeroerde glas wijn aan.

'Mijn eerste glas van vanavond,' zei ze blozend. 'Here's to you, Maris!'

Ze nam een slok. Toen ze haar lippen om de rand zette, was het of ze hem kuste. Maris wendde zijn blik af. Een ogenblik was hij zich intens bewust van haar lichaam, van haar blote armen. Hij had geen tijd om erbij stil te staan. Uit de menigte kwam de kleine, androgyne gestalte van de museumdirecteur op hem af. Ze was in gezelschap van een chique man, die hij ongetwijfeld moest leren kennen. Maris zag hoe er een taxerende blik op hem werd geworpen. Hij deed een stap naar voren, de vreemdeling verwelkomend met een glimlach, alsof hij wist wie er op hem af kwam en ernaar had uitgezien hem te ontmoeten. Het spel een beetje meespelen, noemde hij dat.

3

Toen hij die avond rond een uur of tien op een dwarsgracht in de binnenstad uit de taxi stapte, kwam de terugslag.

Hij keek omhoog naar de verlichte ramen van zijn huis. Bijna twintig jaar geleden had hij met Fran dit pand gekocht, dat lange tijd had dienstgedaan als veilinghuis. Fran kon geld lenen van haar vader. Hij zat zelf goed in het geld, want toen hij in New York naam begon te maken, had hij zijn atelier in een pakhuis in Brooklyn kunnen kopen en bij zijn vertrek met forse winst verkocht. Het huis was jarenlang slecht onderhouden. Toen ze er voor de eerste keer binnenkwamen, lagen er plassen in de vestibule, de kelders stonden vol water. De koepel boven het trappenhuis dreigde in te storten, het dak was zo slecht dat ze op veel plekken tussen de dakpannen door naar buiten keken. Maar op de eerste verdieping waren ze in de ban geraakt van de veilingzaal met haar hoge ramen aan de straat, de kroonlijst, de acht ranke zuiltjes van gietijzer aan weerszijden en de erker aan de tuinkant met fraai gekruld smeedwerk en glas. De begane grond konden ze als kantoor verhuren. Een ander voordeel van het huis: het lag op loopafstand van zijn atelier.

In een jaar was de verbouwing voltooid. Wat hun door vrienden was voorgespiegeld als een uitputtingsslag, een opeenvolging van kleine en grote rampen, bleek dat niet te zijn. Alles was zonder veel tegenspoed verlopen. Het huis was degelijker dan het zich had laten aanzien, de aannemer was fatsoenlijk en had gedaan wat hij moest doen en zij tweeën waren niet door ruzies uit elkaar gedreven. Fran was van nature geneigd om dingen te redden: wat in verval was geraakt, wilde ze opknappen, in een pand waar anderen niets in zagen, zag zij de mogelijkheden. Samen hadden ze dit huis gered. Maris had weleens het gevoel dat ook hijzelf door Fran was 'gered'. Hij had altijd in zijn atelier gewoond en zijn verhoudingen met vrouwen duurden nooit lang. Op zijn negenendertigste leefde hij opeens met een vrouw en twee jonge kinderen onder één dak.

Toen hij omhoogkeek naar de verlichte ramen was het of dit zijn laatste feest in dit huis zou zijn, of hij nog eenmaal getuige mocht zijn van een feest zoals Fran dat organiseerde. Het was of hij er al haast niet meer woonde. De taxi reed weg. Hij stond stil en legde zijn armen om de schouders van Golo en Laura. Zwaar en vertrouwelijk rustte zijn rechterarm op de schouders van Golo, terwijl hij met zijn linker de schouders van Laura maar licht beroerde, zo licht als hij kon. Nu gaan we los, wilde hij zeggen, maar hij kreeg geen woord over zijn lippen.

'Het zit erop, Maris!'

Laura zei het om de plotselinge en onverklaarbare stilte op te vangen. Ze zei het opgewekt. Maris kende haar nu twee jaar en al twee jaar was haar niet te verstoren opgewektheid een balsem voor zijn ziel.

'Ja, het zit erop.'

'Je wordt toch niet somber, Maris,' vroeg Golo.

De deur van zijn huis werd voor hem geopend door een van de meisjes die Fran had ingehuurd.

In de vestibule stond een groot boeket, er brandden kaarsen in de kandelaars aan de muren. Maris liep de brede trap op, die in een ronding naar een overloop voerde. Het hout en het koper van de leuning voelden vertrouwd aan onder zijn hand. In de draai van de trap zag hij boven zich de dubbele deuren met melkglas naar de voormalige veilingzaal. Hij had ze destijds eigenhandig afgekrabd en geschilderd, hij kende elk profiel van die deuren. Hij duwde ze open en liep met een glimlach naar binnen. Ook hier brandden kaarsen op grote kandelaars. De meeste van zijn vrienden waren er al. Gezichten keerden zich naar hem toe. Hij liet zich omhelzen, kussen, op de schouder kloppen.

De vrouw van een van zijn vrienden nam hem apart. 'Fran heeft een smak gemaakt,' zei ze zorgelijk.

In zekere zin verbaasde dat hem niet. Om de zoveel tijd maakte Fran een nare smak. Vallen was haast een gegeven in haar leven. In zekere zin verbaasde het hem ook niet dat ze juist vandaag gevallen was.

'Waar is ze?'

'Daar.'

Maris zag haar voor de hoge boekenkasten op de chaise longue zitten met een van haar zussen en een vriendin, een glas in haar hand, vrolijk pratend. Ze had een wijde linnen broek en een truitje aangetrokken, mouwen opgestroopt zoals ze altijd deed, en zat met haar linkervoet in een bak met water waarin ijsblokjes dreven. Toen hij voor haar stond, boog Maris zich naar haar toe en raakte met zijn hand haar bezwete voorhoofd aan.

'Lieverd, wat is er gebeurd?'

Ze ontweek zijn blik en zei lachend iets tegen haar vriendinnen.

'Fran, wat is er gebeurd?'

'Niks ernstigs, joh. Bemoei jij je nu maar met je vrienden.'

'Maar wat is er gebeurd?'

'Maak je niet druk, joh.'

Vragend keek hij Fran's zusje aan.

'Ze is gevallen toen ze het Stedelijk uit kwam en naar de taxi liep. Dwars over het fietspad. Godzijdank is ze niet aangereden. Er scheurde een scooter rakelings langs haar.'

Hij kreeg een duw tegen zijn dijbeen.

'Bemoei jij je nu maar met je vrienden.'

Zonder nog een woord te zeggen wendde Maris zich van haar af.

Hij begroette zijn Amerikaanse vrienden Nick en Ella, het architectenpaar dat hem door zijn moeilijkste tijd in New York had geholpen. Op een middag in de herfst was er een vrouw naast hem komen zitten op een bank in het kleine park op Abingdon Square, waar hij toen al minstens een uur zat, voorovergebogen, zijn onderarmen op zijn knieën. 'You look like a sailor who has lost his ship,' had ze gezegd. Hij was een jaar in New York en zat aan de grond. Hij had net zijn relatie met de Duitse Irmgard beëindigd, hij had moeite met werken en het verleden speelde op, met nachtmerries en slapeloosheid als gevolg. Om aan de eenzaamheid te ontkomen ging hij de straat op en liep urenlang door Manhattan. Op Abingdon Square was hij op een bank gaan zitten, met een hamburger, die hij onaangeroerd had weggegeven aan een zwerver omdat die er zo begerig naar keek, wat voor een kortstondige opleving had gezorgd, maar een uur later zat hij er nog en toen was die vrouw met dik zwart krullend haar naast hem neergestreken en had gezegd: 'You look like a sailor who has lost his ship' – en dat was Ella. Een paar weken later zat hij met een whisky op de bank in haar en Nicks huis in de West Village, precies waar hij behoefte aan had, op de bank zitten in een mooi en comfortabel huis, en nog een paar weken later zat hij met zijn nieuwe vrienden in hun buitenhuis op Long Island, pal aan de oceaan, in een Hollands aandoend duinlandschap.

'I can hardly believe you're here,' zei hij, nadat hij hen had omhelsd.

'Of course we're here,' riep Ella. 'Oh Maris, I'm so sorry for Fran!'

'She has been too busy for too long.' Maris zei het kalm en met een glimlach.

'The poor darling! And where is Stan? I've seen your son. But where is Stan? Where is the wild one?'

'In the wilderness,' zei Nick droogjes.

Maris lachte.

'Actually, she's in some desert in the Middle East right now, wearing her bulletproof jacket, taking pictures.'

'Oh, my God!'

'She sent me a picture this afternoon, to wish me luck. Look!'

Hij liet hun de foto uit de woestijn zien, maar zijn aandacht was alweer elders. Eerst iedereen begroeten.

Hij zag Thijs staan, nonchalant geleund tegen een van de zuiltjes, zijn blik gericht op de telefoon in zijn hand. Terwijl hij nu en dan met zijn duim over het scherm veegde, betastte hij met zijn hand zijn haar. Een halfjaar geleden was hij bij zijn zus in New York op bezoek geweest en onder haar invloed had hij zich een hip kapsel laten aanmeten. Sindsdien checkte hij vaak gelijktijdig zijn telefoon en zijn haar.

'Hé, Maris.' Met een soepele beweging liet hij zijn telefoon in zijn broekzak glijden. 'Wat goed, man!'

Ze omhelsden elkaar, borst tegen borst, elkaar op de rug kloppend. Heel lang hielden ze elkaar niet vast. Er was een limiet aan de duur van hun omhelzingen.

'Geweldig om zoveel werk van je bij elkaar te zien. Ik ga zeker nog een keer kijken!'

Maris zou tevreden zijn geweest als hij had gezegd dat hij zeker nog drie keer zou gaan kijken. Maar het was al heel wat dat hij zei dat hij dat 'zeker nog een keer' zou doen.

'Ik viel vooral voor de diptieken.'

'De diptieken.'

'Ja, zo heet dat toch?'

Maris hoorde de onzekerheid in de stem van de jongen, vermengd met ongeduld en arrogantie.

Hij stuitte op twee zwagers van Fran. Hij benaderde hen hoffelijk, maar voelde zich als gebruikelijk onhandig en boers tegenover deze mannen met hun aangeboren goede manieren en superieur gemak in de omgang dat hij zich nooit eigen zou kunnen maken. Allebei hadden ze een voornaam gezicht. Ze waren werkzaam als advocaat en bankier, en ze waren hem meer gaan waarderen naarmate hij meer succes had met zijn werk. Laatdunkende grapjes over hedendaagse kunst lieten ze tegenwoordig achterwege. Fran, die door haar eerste huwelijk met een veel oudere fotograaf en filmer in jarenlange controverse met haar familie had geleefd, leek er ook weer bij te horen nu ze de geliefde bleek te zijn van een schilder die in Europa en Amerika verkocht en zijzelf bovendien met La Tarantella 'een geweldige tent had neergezet' in de binnenstad van Amsterdam.

'Geweldig om zoveel werk van je bij elkaar te zien!'

Dat had hij vandaag al honderd keer gehoord.

'Zeg, ik hoor dat *The Guardian* over je gaat schrijven.'

'Klopt,' zei Maris.

'En wat een massa mensen! Vond je het niet een beetje te veel? Heb je daar zelf nou nog een *say* in? Of bepaalt zo'n museum dat?'

Maris ging van de een naar de ander, jasje uit, de mouwen van zijn overhemd opgerold, een glas wijn in zijn hand. Nu en dan zag hij tussen de hoofden door Fran, residerend op de chaise longue, die zich met haar vriendinnen en zussen uitstekend scheen te vermaken.

Het was stampvol. Men verdrong zich voor het buffet in de erker. De geur van warme gerechten trok door het grote vertrek, waar overal clubjes mensen stonden en zaten en Carlos Gardel zijn tango's zong. De kandelaars op de buffettafel, de meisjes erachter die de borden opschepten, de gasten die erlangs trokken – het werd allemaal weerspiegeld door het donkere glas van de erker. De ramen stonden open, maar de binnenstromende lucht bracht nauwelijks verkoeling. Er heerste binnen en buiten nog altijd een klamme warmte. Maris ging rond, in een roes, en overal trok hij mensen tegen zich aan.

Tegen middernacht klom hij op een stoel naast een van de zuiltjes. Voor de zekerheid legde hij een hand om het gietijzer. Vrienden hadden gesproken, nu was het zijn beurt. Hij tikte tegen zijn glas.

'Ja, speech!'

'Nu graag wat langer dan anderhalve minuut, Maris!'

Hij had er niet over nagedacht wat hij zou zeggen. Als vanzelf vertelde hij hoe hij Fran had ontmoet en hoe ze aan dit huis waren begonnen en het in een jaar tijd helemaal hadden opgeknapt. Hij vertelde over Thijs en Stan, kleine kinderen nog, en hoe Stan, toen ze hem op een zondagochtend weer eens in het bed van haar moeder aantrof, had gezegd: 'Wanneer kom je hier wonen?' Hij vertelde hoe hij op zijn veertiende het portret van zijn ouders had geschilderd. Hij typeerde zijn moeder, die geen gelegenheid voorbij liet gaan om over haar zoon te pochen ('Godzijdank is ze er vanavond niet bij'), en zijn vader, een zwijgzame man, die tot op de dag van zijn dood in zijn moestuin had gewerkt. Hij beschreef zijn eerste ontmoeting met Oscar, die zijn galeriehouder zou worden: hoe ze die dag van vier uur 's middags tot vier uur 's nachts hadden zitten praten in zijn atelier. Hij kwam langs zijn New Yorkse jaren, vertelde een anekdote over Nick en Ella en hief zijn glas naar hen op. Hij zei de dingen die bij dit soort gelegenheden worden gezegd. Het leek of zijn leven nog intact was.

Hij verraste Fran, zijn assistenten, zijn galeriehouder en de conservator van het museum ieder met een helgele vaas die de vorm had van een bavianenschedel waaraan twee enorme oren waren gezet. Hij had ze onlangs gemaakt in het pottenbakkersatelier waar hij af en toe werkte en nog aan niemand laten zien. Fran bloosde toen ze als eerste haar vaas uit het vloeipapier haalde, een vrolijke gekke gele schedel om bloemen in te zetten, ze bloosde almaar dieper, maar keek hem niet aan.

Iemand goot een fles wijn leeg in een van de schedels en de schedel ging van hand tot hand. De atmosfeer van het feest was op slag veranderd. De muziek klonk luider. Overhemden en bloesjes werden verder opengeknoopt. Vrouwen liepen opeens op blote voeten. De weduwe van de veel te jong gestorven kunstenaar, door Maris op de valreep uitgenodigd, ging onderuit, stomdronken. Ze werd op de chaise longue gelegd. Twee vrouwen probeerden haar weer bij haar positieven te brengen met een kopje bouillon. De bouillon droop langs haar kin. Thijs had de beamer aan de laptop van zijn moeder gekoppeld en projecteerde de GOOD LUCK-foto van zijn zusje op het plafond.

Maris zag het aan en genoot. In een vlaag van zwaarmoedigheid beschouwde hij dit opnieuw als zijn laatste feest in dit huis. Het was voorbij. Stan en Thijs begonnen hun weg in het leven te vinden, Fran draaide goed met haar zaak. Opeens was dat wat voor altijd had geleken voorbij. Maar hij was pas negenenvijftig en kon nog een sprong maken. Tien kilo afvallen en hij kon de sprong nog makkelijker maken. Hij zou weer in zijn atelier wonen. Hij begon er alvast mee om her en der vrouwen tegen zich aan te trekken.

Laat, heel laat al, stond hij met Oscar in de erker voor het open raam. De ooit helblonde Oscar, wiens haar nu begon te dunnen en al bijna wit was. In zijn gezicht bespeurde Maris de naderende ouderdom. Hij had diepe rimpels boven zijn neus en rond zijn mondhoeken. Zijn huid oogde vaal. Hij registreerde het in een oogwenk, haast als door een vergrootglas. Het kon niet anders, besefte hij, of Oscar zag ook in zijn gezicht de veroudering.

'Je luistert niet,' zei Oscar.

'Sorry.'

'Je bent opeens totaal afwezig.'

'Ik stond me af te vragen of ik het zou overleven als ik hier naar beneden donderde.'

Oscar boog zich uit het raam van de erker om de afstand tot de grond te schatten.

'Ik denk het wel,' zei hij. 'Dit lijkt me niet hoog genoeg voor een wisse dood.'

'En een kind?'

Maris verbaasde zich over zijn vraag en zag op het gezicht van Oscar een ogenblik diens bevreemding.

'Een kind heeft waarschijnlijk meer kans om het te overleven dan een volwassene met zijn grote lijf,' antwoordde Oscar. 'Maar het hangt er natuurlijk helemaal van af hoe je terechtkomt.'

'Plegen heel jonge mensen al zelfmoord?'

'Het schijnt voor te komen.'

Maris hief zijn wijnglas, tikte het tegen dat van Oscar en dronk met getuite lippen – een heerlijk lange slurp rode wijn.

'Ik ken maar één verhaal over een kind dat zelfmoord pleegt,' zei Oscar. 'Maar dat is beroemd. Dat ken je vast. Baudelaire heeft dat ergens opgeschreven.'

'Ik heb nooit een letter van Baudelaire gelezen.'

'Hij heeft ergens geschreven over een Parijse schilder die een knechtje had, een jongen van twaalf, dertien jaar oud, van heel arme ouders die hij in dienst had genomen om hem te helpen. Op een dag komt de schilder thuis en vindt de jongen in een kast, waar hij zich heeft opgehangen.'

Maris boog zijn hoofd.

'Naderhand vroeg de moeder van de jongen de schilder om het stuk touw waarmee haar kind zich had opgeknoopt. Ze wilde het bewaren, als een relikwie. Ik kan het wel voor je opzoeken als je wilt.'

Maris probeerde iets te zeggen, maar hij kreeg geen woord over zijn lippen. Het zweet brak hem uit. Hij herkende het: dit abnormale zweten, de versnelde hartslag, de beklemming. Hij herinnerde zich de man met het baseballpetje in het Stedelijk, die wegkeek toen hij werd opgemerkt. Opeens begreep hij welke feiten de man had willen checken.

4

Om drie uur 's nachts zat Maris op een stoel bij het echtelijk bed, zijn knieën wijd uiteen. Alleen de twee bedlampen brandden. Fran lag half onder het dekbed, haar been met de verzwikte enkel rustte op zijn knie. Hij streelde haar kuit, haar knie. Veel hoger dan haar knie kon hij zijn handen niet laten gaan, want dan verstarde ze. Voorzichtig smeerde hij nogmaals arnica op haar enkel, de groenige arnicazalf die er in zijn jeugd op het eiland al was geweest, een geur van lang geleden, en wikkelde het rekverband er weer omheen, niet te strak.

Fran sliep al half.

'Ben je tevreden,' mompelde ze met krachteloze lippen.

Maris hoorde een beschuldiging in haar vraag. Zelfs in deze onschuldige vraag van zijn vrouw hoorde hij een beschuldiging. Aan het eind van een lange en krankzinnig drukke dag werd het hem nog eens ingepeperd. Ze had zich drie dagen uitgesloofd voor deze partij. Ze had bijna alle gerechten zelf gemaakt, bijgestaan door een kok van La Tarantella. Het hoeft niet, had hij gezegd. We kunnen de partij laten cateren. Daar heb je mensen voor. We kunnen Golo en Laura alles laten organiseren, daar zijn ze voor, ze werken voor mij. Maar wanneer Golo en Laura het feest zouden organiseren, zou het 'minder' zijn. Ze wilde het zelf doen, ondanks hun verwijdering, ondanks alles wat er het afgelopen jaar was misgegaan, ondanks Stan in vijandelijk gebied en de slapeloze nachten die ze erdoor had. Ze had het gedaan, voor hem, ze had zich uitgesloofd, uit de naad gewerkt en het moeten bekopen met een nare smak op het asfalt bij het Stedelijk en een pijnlijk gezwollen enkel, alles voor hem, zodat hij tevreden zou zijn.

'Ben jíj een beetje tevreden,' vroeg Maris.

'Ik wil niks meer zeggen.'

Haar in slaap vallen had hem altijd vertederd: de krachteloze lippen, de gemompelde woorden, het afwerende 'o, nu niet meer praten, Maris'. Maar zelfs in deze ultieme onschuld zag hij nu raffinement. Zelfs haar onschuld vertrouwde hij niet meer. Hij schoof haar been onder het dekbed.

Beneden brandden alleen nog wat kaarsen op de grote kandelaars. Het vertrek lag grotendeels in diepe schaduwen. De luiken aan de straatkant waren gesloten. Er was nog niets opgeruimd. Hij pakte een halfvol glas uit de verzameling glazen en goot de rode wijn naar binnen. Hij at nog wat uit een van de schalen op het buffet en zag zichzelf staan, weerspiegeld in het donkere glas van de erker. Hij keek weg en zag de wijnvlekken in het witte damast van de tafelkleden die Fran van haar moeder had geërfd. Het was beter een feest helemaal zelf voor te bereiden. Ze had gelijk. Je voelde het, je zag het eraan af. Maar waarom, als de omstandigheden het niet toelieten? Waarom altijd weer te ver gaan?

Hij vond ergens zijn jasje terug. Iemand had het in veiligheid gebracht in een boekenkast.

Hij beklom de ladder die aan een rail voor de boekenkasten was gehaakt en haalde het fotoboek tevoorschijn dat hij op een dag bij Strand had opengeslagen en weer dichtgeklapt. Hij had het jarenlang niet meer in handen gehad. Hij bladerde en bekeek de spectaculaire foto's die onder water waren genomen van de duikende vrouwen. Met zijn tweeën doken ze de diepte in, een mes in de gordel rond hun lendendoek om er de schelpen op de rotsen mee los te wrikken. Of ze liepen vanaf het strand met zijn allen de branding in, onvervaard, de woeste en wit schuimende branding, met hun houten tonnetjes om de opgedoken schelpen in te gooien. Na het werk warmden ze zich bij een vuurtje op het strand. De magie van de foto's was na al die jaren nog dezelfde. Hijzelf was veranderd en niet veranderd.

Maar de foto van de verdronken duikster kon hij niet vinden. Het bracht hem in verwarring. Hij ging zitten op de chaise longue en bladerde het boek bladzij na bladzij door. De foto stond er niet in. Had hij die foto dan ergens anders gezien? Maar destijds had hij alleen de beschikking gehad over dit boek – er was geen internet waarop hij foto's van Japanse duiksters had kunnen zien. Hij zette het boek terug in de kast, het naar achter duwend tussen andere boeken zodat het vanaf de grond niet zichtbaar was. Maar waarom in hemelsnaam? Geagiteerd trok hij het terug in de rij, met de titel zichtbaar.

'Niks aan de hand, man,' mompelde hij.

Hij verschoof de ladder over de rail naar een andere plek. Het verwarde hem nu ook dat hij in het Stedelijk voor de camera over het schilderij van het verdronken meisje had staan praten, dat voor hem zo beladen was. Dat had hij beter niet kunnen doen.

'Niks aan de hand, man.'

Hij dronk nog een groot glas water en doofde de kaarsen.

In het donker liep hij de trap op. Onder zijn hand voelde hij de strip koper die in het hout van de leuning verzonken lag, koeler dan het hout. Als jongen had hij zich geoefend om in het aardedonker te lopen en niet bang te zijn. Het rietveld bij de vissershut van zijn vader. Ernaartoe lopen met een zaklamp en dan terug in het pikkedonker. Het was of je hele lichaam zintuig werd. De natte zoen van de weduwe bij het afscheid, op zijn mond. Hij had met haar te doen. Maar was hij niet vooral gewoon nieuwsgierig naar haar lichaam? De geilheid die een lelijke vrouw soms in je oproept. Met een lelijke vrouw willen vrijen, juist omdat ze lelijk is en daardoor deerniswekkend.

Halverwege de trap stond hij stil en keek omhoog naar de koepel, waarin een zwakke lichtgloor hing. Doodgaan. Zoals zijn moeder. Zeven dagen en zeven nachten onafgebroken liggen hijgen. Alles heeft zijn belang verloren. Alles wat je leven uitmaakt is onbereikbaar geworden. Vanaf de andere kant komt er af en toe een vochtig wattenstaafje op je lippen. Citroen. Je herkent het nog. Maar in je hoofd is het een warboel. Je weet niet meer waar je bent. Je bent uitgeput, je kunt niet meer, maar probeert ondanks alles door te gaan met ademen. Zeven dagen en zeven nachten had zijn moeder liggen hijgen, voordat ze kon ophouden met ademen. Zij die konijnen doodsloeg.

In bed tastte Maris naar het lichaam van zijn vrouw. Hij schoof een hand onder haar nachthemd, in haar slip – sinds een jaar droeg ze een slip in bed – en liet hem rusten op haar buik. Het aanraken van haar lichaam kalmeerde hem. Bijna meteen duwde ze zijn hand weg.

Maris besefte dat ze klaarwakker was. Hij knipte zijn bedlamp aan en zag haar nat gehuilde gezicht. Met haar handen achter haar hoofd, haar nachtelijke denkhouding, lag ze te huilen.

'Ach, Fran.'

Hij probeerde de haren die aan haar voorhoofd kleefden opzij te vegen. Maar voordat hij het wist had ze zijn onderarm gepakt en beet ze erin, met een hoog gierend geluid dat overging in een kreet van woede. Ze beet door. Maris gaf geen kik. Toen ze hem losliet, kwamen er bloeddruppels tevoorschijn uit de afdruk van haar tanden.

'Je bent niet goed snik,' zei hij alleen maar.

Hij knipte het licht uit. Met zijn rug naar haar toe lag hij te wachten op de verlossing van de slaap.

HOOFDSTUK II

1

Vier dagen wachtte Maris op het verhaal in het weekblad. Hij had afspraken, belde met zijn assistenten, bezocht hen in het kantoor dat hij in een pakhuis aan het IJ huurde, deed zijn interviews, liep met buitenlandse gasten door zijn tentoonstelling en wachtte op het verhaal.

In lege ogenblikken dook het beeld op van de journalist die naar hem keek terwijl hij over een voor hem beladen schilderij stond te oreren. Juist toen was hij geobserveerd. Zodra de journalist werd opgemerkt, had hij zich afgewend. Maris had zich bespied gevoeld – het leek onheil te voorspellen. Maar waarom onheil? Het zou een profiel in de bekende stijl worden: vrienden en bekenden die over hem vertelden. Hij zag er niet naar uit om het te lezen, om te weten hoe ze hem zagen, om ze dingen te horen zeggen die ze nooit tegen hemzelf zouden zeggen, om te zien hoe weinig zelfs goede vrienden na al die jaren van je weten. Oude verhalen zouden weer opduiken: vergaande dronkenschap, zijn gewelddadigheid, vechtpartijen, zijn relatie met een heroïnehoertje – alles vóór zijn tijd met Fran. Het kon hem weinig schelen, ook al was het geen plezier eraan te worden herinnerd. Het was iets anders wat hem verontrustte.

Maar al met al was het niet meer dan een vage dreiging tijdens uitzonderlijk mooie septemberdagen. Hij verplaatste zich bijna voldaan door de stad. De recensies waren goed. De tentoonstelling was een hype aan het worden. Het publiek was blij met schilderkunst, nog altijd, met schilderijen in plaats van de ondoorgrondelijke of pretentieuze installaties van kunstenaars die zich uitspraken over de toestand in de wereld, of acteurs die door een kunstenaar de museumzalen in werden gestuurd om bezoekers te 'ontregelen' – alsof het dagelijks leven al niet genoeg ontregeling bracht. Op zijn negenenvijftigste was Maris zich meer dan ooit bewust van het oppervlakkige van roem. Hij wilde niets liever dan weer in zijn atelier staan. Maar nu de roem voorbijkwam, genoot hij ervan, als van een mooie wijn die hij niet elke dag in zijn glas kreeg.

Een groter dreiging onderging hij wanneer hij alleen thuis was. Fran en hij zagen elkaar weinig. Wanneer hij opstond was zij – altijd vroeg op – al vertrokken naar haar werk of hoorde hij haar nog net de trap af lopen. Wanneer hij haar op de trap hoorde, zich van hem verwijderend, bekroop hem een droef gevoel en tegelijkertijd luchtte het hem op dat ze weg was.

Als hijzelf naar beneden liep om te ontbijten, stelde hij zich onwillekeurig voor dat hij afscheid moest nemen van die brede trap, van het trappenhuis onder de koepel van glas in lood, dat hij hier over een paar weken of maanden niet meer zou zijn. Tijdens zijn solitaire ontbijt keek hij naar de kamer alsof hij alles daar voor het laatst zag. Hij ontbeet aan de lange tafel bij de erker, die met boeken, kranten en tijdschriften beladen was, en zag overal de dingen van Fran, objecten die haar typeerden. Hij keek vanuit de erker over de binnentuinen, zag de ene oude boom achter de andere, het vermoeide nazomerse loof, het diepe perspectief waar hij zo van hield, hij hoorde het ruisen van de bladeren, onderging de atmosfeer, zo vertrouwd – en het was plotseling eindig. Hij liep door de kamer langs de boekenkasten en vroeg zich af waar hij al die boeken zou moeten stouwen. Afgezien van de kunstboeken, een paar schilderijen en tekeningen, werk van vrienden, de chaise longue die hij Fran cadeau had gedaan (als kind had ze eindeloos op een chaise longue liggen lezen) en nog wat meubels had hij niks ingebracht, want Fran ging over de spullen. Overal en nergens kwam ze de spullen tegen die ze nodig hadden of niet nodig hadden maar toch graag in huis namen, spullen die hij bijna steevast mooi en aantrekkelijk vond, al was het maar omdat hij haar er zo in herkende.

Op zijn onderarm voelde Maris bij bepaalde bewegingen de wond trekken. Fran had doorgebeten en haar tanden waren diep in zijn vlees gedrongen. Ze hadden er de volgende ochtend met geen woord over gerept – alsof er niets was gebeurd. Hij had het met bloed besmeurde T-shirt, dat hij 's nachts tegen zijn bloedende arm had gedrukt, weggegooid. De wond stemde hem treurig. Onder de douche zag hij de afdruk van haar tanden in zijn vlees. Hij kon de mouwen van zijn overhemd niet meer oprollen.

Elke ochtend ontbeet hij met een zwaar gemoed. Op een dag ontvluchtte hij zelfs zonder ontbijt het huis. Maar in het café, met zijn cappuccino en een croissant, voelde hij zich nog ellendiger – alsof zijn leven alleen al was begonnen.

2

'Je draagt alweer een paars overhemd!'

Er fonkelde iets in de ogen van Laura, alsof ze hem ergens op had betrapt. Maris glimlachte.

'Ik heb meteen drie van die hemden gekocht,' zei hij.

'Drie?'

'Ik ben even verslaafd aan dat paars, dat heel diepe paars.'

'Het is een kleur waar je helemaal in wordt gezogen.'

'Het is de kleur van diep inzicht.'

'Diep inzicht?'

'Ik lul maar wat.'

'Op de dag van de opening droeg je paars, eergister, en nu alweer. Volgens mij loop je heerlijk na te genieten.'

Maris glimlachte. Een lange seconde, tijd die werd opgerekt, zag hij haar gezicht, om haar heen de Erezaal van het Stedelijk, in de verte de doeken van *After Grünewald*, en vlak achter haar, hurkend op de vloer, twee jongens in zwarte kleren, bezig hun apparatuur uit te pakken. Hij zag haar gezicht haarscherp. Haar lange blonde haren glansden van gezondheid en ook de huid van haar gezicht glansde, mat, volmaakt gaaf. Tussen haar lippen – het was of zijn ogen er binnendrongen – haar tanden, wit en regelmatig. Hij wilde haar gezicht aanraken met zijn vingertoppen, de ronding van haar wangen. Ze kwam net uit bed. Er hing nog iets vochtigs om haar heen van een snelle douche. Of was het een licht zweten, omdat ze zo hard had moeten fietsen om op tijd te zijn?

'Heb je alles met de jongens doorgesproken?' vroeg hij.

'Ze weten precies wat er van ze verwacht wordt. Ze hebben elke ochtend een uur om te filmen. Over vijf dagen moeten ze klaar zijn. Golo zal bij het monteren zijn en dan gaat het de site op.'

Maris keek nog steeds naar haar gezicht. Hij schaamde zich voor zijn blik. Hij wist niet wanneer het begonnen was, deze indringende blik op gezichten, erin gezogen worden, het haarscherp zien van een huid, van elke oneffenheid. Ergens na zijn vijftigste? De ouder wordende gezichten van Fran, zijn vrienden en generatiegenoten drongen zich aan hem op, omdat ze in verval waren, en de gezichten van jonge mensen, omdat ze nog gaaf waren. Tegenover Laura in het bijzonder schaamde hij zich ervoor. Het kon niet anders of ze voelde het indringende van zijn blik, zijn ogen gericht op haar lippen.

Maris wendde zich van haar af en keek naar de twee hurkende jongens. De jongen die de videofilm zou maken was vijfentwintig, heel introvert, slim en snel. Hij had een vriend meegenomen en hem voorgesteld als 'mijn assistent'. De jongens werkten vliegensvlug, kisten en rugzakken openend, dingen in elkaar schroevend, elkaar dingen aanreikend zonder een woord te zeggen. Maris en Laura keken toe.

'Wil je niet even langs je werk lopen,' vroeg ze.

Maris schudde zijn hoofd.

'Liever niet.'

'Waarom niet?'

'Ik word er niet blij van.'

'Okay...'

'Het is allemaal verleden tijd en dat begint op me te drukken.'

'Maar je hebt nu de kans om dingen terug te zien zonder dat er allemaal mensen voor staan.'

'Ik vind het juist leuk als er mensen voor staan.'

'Kom op.'

'Weten die jongens echt wat ze moeten doen?'

'Ik heb het ze allemaal uitgelegd. Sam, is alles duidelijk?'

'Ja, Laura. Over vijf minuten kunnen we draaien. We beginnen met de totaalshots.'

Zwijgend, met zijn handen in zijn zakken, liep Maris door de zalen. Hij had begrepen dat het Laura zelf was die langs zijn schilderijen wilde lopen – met hém. Ze had dit voor zichzelf geregeld. Hij deed het nu voor haar, en dat maakte het anders en makkelijker. Vluchtig bekeek hij zijn werk van de afgelopen vijfendertig jaar. Soms stond hij stil om wat langer naar een doek te kijken. Laura stelde vragen, hij antwoordde. Sommige schilderijen had hij in een dag gemaakt, aan andere had hij dagen of weken gewerkt, en weer andere had hij weggezet en pas na twee, drie jaar kunnen voltooien. Nu Laura naast hem liep, kon hij met meer afstand naar zijn werk kijken.

Ze stonden stil voor een tweeluik dat was geïnspireerd op het Flatiron Building in Manhattan; op de eigenaardige driehoekige vorm van die oude wolkenkrabber in de avond, niet meer dan contouren, in een sneeuwjacht, zou je kunnen denken, en op de voorgrond de rode vorm van een kadaver. Het eerste wat hij opmerkte waren een paar onhandigheden in het schilderwerk – die hij nooit meer zou kunnen wegwerken. Hij had twee keer min of meer hetzelfde beeld geschilderd. Het versterkte de triestheid van het kadaver.

Laura stond vlak naast hem, haar handen halfweg in de zakken van haar broek geschoven, haar schouders iets omhoog. Hij rook vagelijk de geur van de amandelzeep die ze gebruikte. Hij kon het ruiken omdat de lucht in de zaal nog fris was. Het schilderij van de wolkenkrabber en het kadaver nam haar in beslag. Ze keek kritisch, dat wist hij, ze had een volkomen eigen blik op de dingen en ook op zijn werk. Zonder haar naast zich te zien staan kon hij toch haar aandacht voelen.

'Ik besef opeens,' zei ze, 'dat ik nog altijd niet weet hoe je op dat idee van die tweeluiken bent gekomen.'

'Heel simpel! Als ik ergens in een museum een schilderij zag dat ik geweldig vond, kocht ik er altijd twee kaarten van. In mijn atelier zette ik die kaarten naast elkaar. Het leek of het schilderij nog sterker werd door die verdubbeling.'

'Okay.'

'Meer?'

'Meer.'

'Het ging altijd om staande formaten, en flink hoog. Bomen, figuren, wolkenkrabbers. Ik heb ook eens die foto van Stieglitz van het Flatiron Building in de sneeuw in tweevoud gekocht. Voor mij een van de mooiste gebouwen in Manhattan, die oude wolkenkrabber.'

'En dat kadaver?'

'Een soort kadaver. Ik laat dat onbeslist.'

'Maar toch een soort kadaver.'

'Het zou kunnen.'

'Het ligt in een kuil.'

'Ik had een man gezien die uit een wolkenkrabber was gesprongen. Toen ze hem weghaalden, zat er een afdruk in het asfalt.'

'Dat geloof ik niet.'

'Ik heb het met mijn eigen ogen gezien. Ik heb er zelfs een foto van.'

'Okay.'

Laura zweeg.

'Dit was de eerste,' zei Maris. 'Na dit werk ben ik begonnen met nu en dan van een schilderij een tweede versie te maken en die ernaast te hangen. Of een schilderij B dat met een heel ander beeld een antwoord was op een schilderij A. Of twee tegenpolen, of twee complementaire schilderijen.'

'Het zijn eigenlijk ook paren die je schildert.'

'Dat zeg je goed.' Hij was getroffen. 'Dat zeg je goed.'

Laura stond nog steeds vlak naast hem, haar handen in de zakken van haar strakke jeans, haar schouders licht opgetrokken, nadenkend, starend naar het tweeluik. Maris waagde het naar haar te kijken. Ze leek hem volkomen te zijn vergeten, en een ogenblik was het of hij haar zag zoals ze eruitzag als ze alleen was en in haar huis door een raam naar buiten stond te kijken. Eenendertig, en al twee jaar alleen.

Ze gingen verder, kriskras door de zalen. Laura liep opgetogen naar een groot schilderij van twee jonge meisjes die met hoog opgeheven been een trap gaven tegen een bokszak.

'Een foto van Stan,' zei Maris. 'Ik heb haar op haar veertiende naar een school voor vechtsporten gebracht omdat ze zo verschrikkelijk driftig was en zich niet kon beheersen. In haar kamer thuis heb ik een bokszak opgehangen. Dat was een schot in de roos. Ik heb foto's genomen. Ik heb haar toen geschilderd en nog een tweede meisje erbij gezet. Met zijn tweeën geven ze die zak een beuk.'

'Het is zo'n spetterend schilderij.'

'Je voelt haar energie.'

Maris kreeg een brok in zijn keel en zweeg. Opeens voelde hij Laura's vingers op zijn onderarm, heel even, heel licht.

'Over een week is ze er hopelijk weer,' zei ze.

'Hopelijk.'

'Het is een slimme meid, Maris.'

'Daar heb je niets aan als de mortiergranaten inslaan en de scherven alle kanten op vliegen.'

Hij zweeg.

'Wat bizar om daar nu over te praten,' zei hij.

'Waarom? Dit houdt je toch dag en nacht bezig?'

'Fran is helemaal over de rooie. Ze slaapt nauwelijks, zit 's nachts voor het scherm en leest alles over de ontvoeringen van journalisten in dat gebied.'

'Stan is toch wel verzekerd?'

'Voor driekwart miljoen.'

'Maar het losgeld dat ze vragen is veel hoger.'

'Ze gaat ervan uit dat het niet gebeurt.'

Hij keek om zich heen, naar alles wat hij had geschilderd. Het zei hem niets. Hij zag de lijkzak voor zich waar Stan in lag, het stof van de woestijn nog op haar gezicht en haar kleren.

'Kom,' zei hij, 'ik wil toch even zien hoe die jongens het doen.'

3

In zijn atelier had hij voorlopig niets te zoeken en toch trok het hem. Hij had er maandenlang gezwoegd om in het Stedelijk ook werk te kunnen tonen dat nog niemand had gezien. Vaak was hij in zijn atelier blijven slapen en had hij tegen middernacht alleen nog even met Fran gebeld, wetend dat het hun verhouding geen goeddeed als hij weer een nacht niet bij haar sliep, maar vastbesloten, in de greep van een ijzeren wil.

Op een ochtend liep hij naar zijn atelier. Hij sloeg de steeg in die tussen oude huizen naar een binnenplaats voerde. Daar stond de voormalige drukkerij die hij dertig jaar geleden had gekocht, een klein gebouw met blinde muren en lichtkappen op het schuine dak, in de schaduw van een majestueuze rode beuk. Toen hij de deur achter zich had dichtgeduwd en de stille ruimte met het bovenlicht betrad, voelde hij kortstondig opluchting. Het zweet droogde op zijn gezicht. Hij stond stil en keek. Het bovenlicht tilde hem op.

'Okay,' mompelde hij, alsof hij zichzelf moest aansporen.

Hij trok de stalen kantoorkast open die hij hier destijds had aangetroffen en die hij gebruikte om zijn aantekenboeken in te bewaren, ging met zijn ogen langs de rijen aantekenboeken van tientallen jaren, tot hij op een rug geplakt het jaar zag waarin hij

Drowning had geschilderd. Hij bladerde gehaast. Het stond hem tegen om in zijn verleden te duiken. Hij bladerde steeds gehaaster en begon opnieuw te zweten. Toen vond hij wat hij zocht: dubbelgevouwen, de zwart-witfoto van de verdronken Japanse duikster met het touw om haar lichaam, die hij destijds kennelijk uit het fotoboek over de duiksters had gesneden.

'Okay,' mompelde hij, nu alsof hij iets had opgelost.

Hij liep de trap op naar de entresol, waar hij twee kamers en een badkamer had laten bouwen en in zijn jonge jaren had gewoond.

Hij ging op bed liggen om door het dakraam naar de rode beuk te kijken. In het ochtendlicht hadden de bladeren een roestrode kleur. Hij zette het raam open om het geritsel van de bladeren te horen, de geluiden uit de omliggende huizen. Langzaam kalmeerde hij.

Het bed riep herinneringen op. Hier had hij gelegen met Sigi, met Ilse, met een paar vrouwen die hij al bijna vergeten was, en met Fran. Van kindsbeen af had Stan hier gelegen, altijd met platenboeken, op haar zij, een hand onder haar hoofd. Een halfjaar geleden was ze voor het laatst in Amsterdam geweest. Ze zat aan de grond en hield het in New York niet meer uit. Haar ouders hadden haar ticket betaald, zodat ze naar huis kon komen. In het atelier had ze op een dag urenlang tegen hem aan gepraat. Ze had gehuild. Na het gesprek van die middag, terug in Brooklyn, had ze besloten naar het Midden-Oosten te gaan en daar de vernielingen te fotograferen die een oorlog aanricht, de vluchtelingenkampen, de vluchtroutes, de landschappen waarin de gruwelen zich voltrokken, hoe mensen overleefden. Ze had zich maandenlang minutieus voorbereid op haar expeditie, met experts gesproken en een agent gevonden die haar foto's kon verkopen. Ze had een verhaal bij haar onderneming. Toch leek het hem vooral een wanhoopsdaad.

Hij hoorde zijn telefoon trillen en vond hem op de tast ergens op het bed.

'Hé, Maris.'

Het was Laura, die hem belde om zaken door te nemen. Hij richtte zich op. Hij wilde niet dat ze aan zijn stem zou kunnen horen dat hij op bed lag. Hij verliet zelfs de slaapkamer.

Het gevoel van wachten werd elke dag sterker. Onder de mensen deed hij wat hij moest doen, professioneel, vol energie, met een lach, maar zodra hij alleen was zakte hij in. De catalogus van zijn tentoonstelling wilde hij niet meer zien – het leek hem een grafzerk. Hij kon zich er niet toe zetten ook maar één artikel over zijn werk te lezen. Het weerzien met zijn schilderijen riep herinneringen aan zijn jonge jaren in hem op, vooral de pijnlijke herinneringen, de pijnlijke momenten. Hij had een avond doorgebracht met zijn oude vrienden Nick en Ella. Door hen herleefde zijn tijd in New York.

Het waren moeilijke jaren geweest, ondanks twee succesvolle tentoonstellingen, een gemakkelijk oppikken van de taal, inclusief het *slang*, ondanks tientallen kennissen en vele momenten waarop hij zichzelf gelukkig prees dat hij daar rondliep. Het was voortdurend erop of eronder geweest. Hij had geen contact meer met zijn ouders. Hij was zijn Amsterdamse vriendenkring grotendeels kwijtgeraakt. Oscar, die aan de andere kant van de oceaan zijn belangen behartigde, was de enige die hem regelmatig schreef op het lichtblauwe en flinterdunne luchtpostpapier, hij was een paar keer op bezoek geweest en belde zelfs weleens. Hij teerde dagen op zo'n telefoongesprek, trans-Atlantisch, ook al was de verbinding vaak slecht. Het liet een weldadig gevoel in hem achter een vertrouwde stem te horen, om een vriend te hebben die zich om hem bekommerde.

Hij had geschilderd, maar het had hem veel moeite gekost, omdat hij te veel alleen was geweest.

Elke intieme relatie was gecompliceerd. Hij kon zich niet binden. Het ergerde hem wanneer een vrouw hem begon te claimen, en hij ergerde zich aan zichzelf omdat hij altijd weer geneigd was het haar naar de zin te maken, zoals hij als kind het zijn moeder naar de zin had willen maken om haar goedkeuring te verdienen. Hij had zich soms als bouwvakker verhuurd in de hoop dat hij met eenvoudig handwerk de depressie kon bestrijden. Een week lang twaalf uur per dag staan schilderen in een nieuw ingerichte winkel op Fifth Avenue, waar geen spatje verf verkeerd mocht zitten. Hij had eindeloos langs de Hudson gelopen, de geur van de rivier in zijn neus. Moeilijke jaren, scherp herinnerd, alsof in eenzaamheid alles dieper indruk op je maakt.

In het Stedelijk hing nu een schilderij dat van meet af aan de aandacht had getrokken: *Jewish Boys, Praying.* Het was destijds gekocht door een Joodse verzamelaar. Het was het eerste schilderij dat hij in New York had gemaakt én verkocht. Het herinnerde hem aan Irmgard. Ze kwam van het Noord-Duitse platteland en was streng opgevoed. Ze had een prachtig lijf, maar verstopte het het liefst onder slobbertruien en wijde broeken, omdat ze zo schuw was en er niet van hield dat mannen naar haar keken. Het was misgegaan tussen hen omdat ze steeds bij hem wilde zijn: elke avond, elke nacht, in zijn krappe studio. Ze liep ergens stage, maar kon het niet aan. Huilende Irmgard, haar gezicht nat van tranen, vol rode vlekken. Nog jaren had hij een slobbertrui van haar bewaard.

Met Irmgard was hij naar Brighton Beach gegaan en daar had hij die Joodse jongens gezien. Wanneer hij het niet meer uithield in de stad, nam hij de trein naar Brighton Beach, op de meest zuidelijke punt van Brooklyn. In drie kwartier was hij aan zee, met de exprestrein zelfs sneller. Hij had met Irmgard op het strand gelegen. Ze hadden gezwommen. Irmgard, die met verlegen opgetrokken schouders uit zee kwam omdat er mannen naar haar keken. In Brighton Beach, op de boulevard, in de straten, overal liepen die dag Joodse jongens rond, twee aan twee, allemaal in slobberige zwarte pakken en goedkope witte overhemden, met pijpenkrullen en met zwarte hoeden op hun hoofd. Twee aan twee gingen ze door de stad met een palmtak en de een of andere vrucht. Ze spraken voorbijgangers aan. Ze konden een gebed voor je opzeggen en daarna kreeg je een collectebus onder je neus geduwd. Hij had ze ontweken, vol afschuw over deze ostentatieve en opdringerige godsdienstigheid, en Irmgard had hem uitgelachen. Onder een viaduct van de metro had hij een witte pick-up zien staan. Op de laadbak was met latten en wit linnen een tent gebouwd. Over het viaduct denderden treinen, er was druk verkeer in de straat, maar in die witte tent op die witte pick-up stonden drie Joodse jongens te bidden, wiegend met hun bovenlijf. Hij had er een paar foto's van genomen. 's Avonds had hij fijn gevreeën met Irmgard en dat had iets te maken met die Joodse jongens in hun tent en met de zee en de ontspanning die hij had gevoeld op het strand.

De volgende dag was hij aan het schilderij begonnen. Drie biddende jongens in het zwart in de witte tent op de witte pick-up onder de stenen boog van het viaduct. Hij had het meeste alleen maar vluchtig aangegeven, weinig kleur gebruikt, het hele schilderij bijna in zwart, grijs en wit geschilderd. De pick-up met de tent en de biddende jongens domineerden het beeld. Het was een merkwaardig hoog schilderij. Hij had het snel kunnen maken. Voor het eerst in lange tijd was het weer vanzelf gegaan.

Pas toen hij het terugzag in het Stedelijk, begreep hij waarom hij die jongens had geschilderd, het gebed midden in de drukte en het lawaai, ondanks zijn afkeer van hun uniforme kleding, hun ostentatieve godsdienstigheid. Die drie jongens in een tent, biddend in de hectiek van de stad – dat was hijzelf, pogend zich te concentreren en te schilderen in een studio waar het lawaai van Eighth Avenue dag en nacht binnendrong. *Jewish Boys, Praying* was het eerste schilderij waarin hij contact had gemaakt met de stad en de stad had toegelaten in zijn werk. Niet lang daarna was hij erin geslaagd een studio te vinden in een pakhuis in Brooklyn.

In zijn atelier zocht hij in de stalen kast ook het aantekenboek uit het jaar van Irmgard op. Daar was ze. Hij had eens een foto van haar genomen terwijl ze huilde. Ze had de foto van haar gezwollen en betraande gezicht verscheurd, maar naderhand had hij de stukken weer aan elkaar geplakt. Nu kuste hij de foto. Irmgard. Wat was er van haar geworden? Hij vond een paar briefjes van haar en zijn eerste schetsje voor *Jewish Boys*, en verlangde terug naar die chaotische tijd waarin zijn leven nog geen vaste vorm had.

4

Ook Fran wachtte op de coverstory. Overdag kon ze het vergeten in de drukte van La Tarantella, het grote café-restaurant dat ze bezat in een van de betere straten van de Pijp. Door de verbouwing van het oude veilinghuis had ze destijds de smaak te pakken gekregen. Ze had voor weinig geld in de toen nog verpauperde arbeidersbuurt de parterre van een bedrijfspand kunnen kopen. De ruimte had een mooie hoogte, was twintig meter diep en had achterin lichtkappen op het platte dak. De buurt was in opkomst. In twee jaar had ze van de Tarantella een opvallende plek in de stad gemaakt. De zaak was uitgegroeid tot een bedrijf met een bedrijfsleider, drie koks en tien mensen in de bediening. Voor een van de lange wanden had Maris een gigantisch schilderij geleverd: een parade van zeedieren. De gerechten werden geserveerd op Italiaans aardewerk. Op zondagmiddag was er muziek. Toeristen kwamen naar de buurt om La Tarantella te zien en er de huisgemaakte pasta's en kleurrijke vegetarische schotels te eten.

Om zichzelf op een nieuw spoor te zetten had Fran buiten de stad op een landgoed een lap grond gepacht en er een moestuin met kassen ingericht om haar eigen restaurant te bevoorraden. Ze had er een ervaren hovenier en twee jongens aan het werk en was er zelf de halve week te vinden om een nieuw vak te leren en het tempo erin te houden.

In de drukte van het restaurant kon ze Maris vergeten. Maar wanneer ze op haar knieën in de grond van de moestuin lag te wroeten, namen gedachten over Maris bezit van haar. Ze had het gezelschap van haar hovenier en zijn hulpen kunnen zoeken, maar ze trok zich terug en werkte alleen, in de kassen of in een uithoek op het land. De anderen lieten haar met rust.

Het was of de stilte op het oude landgoed het verdriet in haar opriep. Na de opening in het Stedelijk vlamde het weer hevig op. Op een serene septemberochtend zat ze op haar knieën, aan het oog onttrokken door struiken, plotseling onbedaarlijk te huilen.

Maris had haar verlaten.

Anderhalf jaar geleden had hij zich tijdens een niet al te enthousiaste vrijpartij halverwege teruggetrokken en was na wat gemompelde excuses in slaap gevallen met zijn rug naar haar toe. Hij had niet eens de moeite genomen om een smoes te verzinnen. Een paar avonden later had zich dit nog eens herhaald. Er waren weleens haperingen in hun seksleven geweest, maar het was altijd verholpen. Deze keer wist ze dat het om veel meer ging dan te druk en te moe. Dit was een breuk. Maris had zijn liefde voor haar lichaam verloren, het trok hem niet meer, hij wilde niet meer met zijn vingers naar de bekende plekken, hij wilde niet meer aan haar zitten. Ze zag zijn mooie, stevige vingers als ze zaten te eten. Ze was jaloers op de sinaasappel in zijn handen, tussen die sterke, pellende vingers. Ze hoorde de schil loslaten onder zijn vingers – het deed haar pijn.

Ze hadden één keer geprobeerd erover te praten, zonder drank, rustig, bereid om naar elkaar te luisteren. Maar de verwijten over en weer waren zo heftig en pijnlijk geweest dat ze er nadien nooit meer over waren begonnen. Van een generatie die had geleerd om vrijuit over seks te praten, waren ze door hun pijn en gekwetstheid teruggedreven in het zwijgen en zwijgend verdragen van hun ouders.

’s Avonds was het vooral Stan die haar bezighield. In het halfdonker zat ze voor haar laptop, turend naar het scherm, bezig haar dochter in den vreemde te volgen. Ze bekeek satellietfoto’s van het gebied waar Stan zich bevond, vergrootte ze, steeds verder, alsof ze, als ze maar lang genoeg doorging met uitvergroten, uiteindelijk haar dochter kon zien staan naast de pick-up, een lange schaduw werpend op de rotsen, geflankeerd door twee bebaarde jongemannen met kalasjnikovs en patroongordels om hun bovenlijf. Ze wist hoe de mannen eruitzagen. Ze had van Stan foto's van hun paspoorten gekregen, voor het geval dat, en ook van de nummerplaat van de auto, voor het geval dat.

In het gebied waar Stan rondtrok werden journalisten gegijzeld, gemarteld en onthoofd. Uitsluitend mannen tot nu toe, en uitsluitend Amerikanen en Britten. Een vrouw, een westerse vrouw en een ongelovige bovendien, werd verkracht. Daar maakte ze zich geen enkele illusie over. Jongemannen. Ze zouden haar verkrachten. Fran meed de krant, meed de televisie. Ze kreeg pas weer een beetje rust als er een bericht van Stan kwam. 'Zit weer in mijn hotelletje.' Het hotel aan de veilige kant van de grens, het hotel in Kilis. Ze had de straten van die stad op internet bekeken, het hotel gevonden. Waarschijnlijk was Stan juist niet in Kilis wanneer ze meldde dat ze weer terug was in haar hotelletje.

Fran zat bij de ramen aan de straatkant, aan een werktafel die was dichtgeslibd met spullen – er was maar nauwelijks plaats voor haar laptop. Ze keek opzij en zag Maris aan het andere eind van de kamer, zo ver mogelijk bij de straat vandaan. Hij zat in zijn fauteuil op draaipoot zonder armleuningen, laag bij de grond, met om zich heen de dingen die hij nodig had: zijn glas rode wijn, zijn laptop en telefoon, zijn notitieboek en de boeken waar hij mee bezig was. Blote voeten op de houten vloer. Waar ze ook waren, het liefst zat hij te werken in een lage stoel met om zich heen op de vloer zijn spullen. Nu zat hij met zijn handen achter zijn hoofd voor zich uit te staren, naar de donkere erker gewend. De mouwen van zijn overhemd had hij opgerold. Hij liep in huis altijd met blote onderarmen en op blote voeten. Ooit was het voor haar een plezierige ontdekking: dat lijfelijke van hem. Roerloos staarde hij voor zich uit. Hij kon dat lang volhouden: staren, roerloos. Het riep tegenwoordig afkeer in haar op. Zijn roerloosheid, zijn onverzettelijkheid, de zwaarte die in hem zat – het benauwde haar.

Ze keek weer naar de satellietfoto, verschoof hem op het scherm en scheerde over een dorre hoogvlakte. Al dagen hadden ze niets van Stan gehoord. De foto die ze vlak voor de opening had gestuurd, was haar laatste bericht geweest. Waar hing ze uit? Waarom reageerde ze niet op berichten? Ook Thijs, ook vrienden en vriendinnen zaten al dagen zonder nieuws. Fran had nooit de videobeelden willen zien waarop ontvoerde westerse journalisten in oranje overall, geknield in de woestijn, door een gemaskerde jihadist werden onthoofd. Maar ze dacht er nu onophoudelijk aan, en aan een kamer waar Stan werd gepakt, uiteengereten, voor altijd verminkt, door een stel bebaarde jongens.

Ze boog zich voorover om haar voet met de verzwikte enkel in een schoen te wringen, een vinger in de hak. Zonder een woord te zeggen liep ze de kamer uit, de trap af naar de vestibule en daar de lange gang in naar de achterkant van het huis, zonder licht te maken. In de kleine, ommuurde tuin rook ze de aarde, zag ze de contouren van de magnolia tegen de lucht, de hortensia's langs de tuinmuur en de donkere kruinen van de bomen. Met haar ogen zocht ze boven de huizen naar de volle maan, de maan die Stan nu ook moest kunnen zien in de woestijn of waar ze ook was op dit moment. Fran maakte een foto van de maan tussen de boomkruinen en stuurde hem met een paar zinnen naar haar dochter. Ze had er meteen razende spijt van. De bezorgdheid van haar moeder – daar zat die meid echt niet op te wachten.

Maris ademde vrijer nadat Fran de kamer had verlaten. Hij stond op, schonk zichzelf nog eens bij en nam een lange teug van de rode wijn. Met nog een slok liet hij het niveau van de wijn in zijn glas dalen tot waar het had gestaan toen Fran de kamer uit liep met een laatste blik op zijn ergerlijke verschijning en op zijn glas. Ze hield zijn drankgebruik in de gaten, en in deze tijden van crisis scherper dan ooit. Je houdt niet meer van mijn lichaam, had hij tegen haar gezegd. Je ziet het alleen maar veranderen, zwaarder worden, niet meer zijn wat het was toen we elkaar tegenkwamen.

Je zit vol stille haat, ook al durf je dat jezelf niet te bekennen, zo tjokvol haat dat je het niet eens merkt.

Terug in zijn stoel pakte hij een aantekenboek dat hij mee naar huis had genomen. Het dateerde uit hun begintijd. Hij had toen veel aantekeningen gemaakt. Situaties. Wat hij in haar zag. Wat ze zei. Wat ze deed. Hij beschreef hun seks, waar en hoe, zodat hij het zich later zou kunnen herinneren. Hij had foto's van haar naakte lichaam gemaakt terwijl ze lag te slapen op een wirwar van lakens. Achterin, geklemd onder een roestig geworden paperclip, stuitte hij op een foto die hij van Fran had genomen op de berg van Cézanne. Lachend, met wapperende haren, stond ze in de stormwind die op een heldere dag in februari over de top van de berg raasde, de mistral die hen had verrast.

Het was hun eerste reis met zijn vieren. De kinderen waren acht en tien. In één ruk waren ze naar de Provence gereden, elkaar afwisselend aan het stuur. Ze hadden dichter bij huis moeten blijven, want de vakantie duurde maar tien dagen. Maar Fran had een geweldige plek in de buurt van Aix gevonden: een groot boerenhuis op een helling met in de ene helft van dat huis een Nederlands echtpaar, dat nu en dan een dag op de kinderen wilde passen. Ze had het gevonden via haar vrouwennetwerk: elkaar tegenkomen op straat, op de markt, in een winkel, praten en op het eind nog snel even vragen, en dan wist die ander iets voor haar, misschien, ze moest er eerst iemand voor bellen, ook een vrouw – en een paar dagen later had ze een huis, met een echtpaar dat op kinderen wilde passen, en de Mont Sainte-Victoire, de berg van Cézanne, in het zicht.

Op een middag stonden ze met zijn tweeën aan de voet van die berg. Het was windstil en zonnig weer, de hemel was winterblauw. Verderop in het dal lag het kasteel waar Picasso zijn laatste jaren had doorgebracht. Langs een ezelpad onder pijnbomen waren ze omhooggegaan. Hij genoot van het klimmen: het ritme van zijn stappen, het ritme van zijn ademhaling, het gestage vooruitkomen. Hij keek naar de wortels op het pad, bijna versteend, naar de kleuren van de rotsen en de vegetatie. Fran bleef achter, voortdurend stilstaand om dingen te bekijken. Ze had een blik die zich richtte op de vierkante centimeter, op alles wat klein en onaanzienlijk was, en ze had de neiging om te verdwijnen in wat ze zag.

Nu en dan wachtte hij haar op.

'Loop jij maar door,' zei ze.

'De tijd is beperkt, Fran. Je kunt niet overal stilstaan, schat.'

'Ga jij maar.'

Hij wachtte haar op bij de boomgrens. De zon begon al flink te dalen toen ze eindelijk opdook. De verrukking op haar gezicht vertederde hem. Hij schaamde zich ervoor dat hij haast had gehad. Ze passeerden de refugie, een plek waar eeuwenlang monniken hadden gewoond. Kort daarop overviel hen een ijskoude wind, die over de bergkam kwam gestormd. Ze lieten zich er niet door afschrikken en klommen verder over naakte rots, een smal pad langs de rotswand met een afgrond ernaast. Onder het klimmen hielden ze zich met hun handen vast aan de rotswand. Handschoenen hadden ze niet bij zich. Hun vingers werden gevoelloos door de koude steen. Toen Maris halverwege omkeek, zag hij Fran stilstaan, leunend tegen de rots, maar ditmaal niet om iets te bekijken. Hij ging terug.

'Ik ben duizelig,' riep ze in de bulderende wind. 'Ga jij maar alleen. Ik red me wel!'

Ze begon met haar zakmes een minuscuul pijnboompje uit de rots te spitten. Hij keek omhoog naar de grillig gevormde bergrichel. Hij wilde naar de top nu hij er zo dichtbij was, maar ook wilde hij Fran onder geen beding alleen laten. Hij pakte haar hand en trok haar mee.

Boven op de smalle richel woei de wind nog harder. Er stond een abri, die geen beschutting bood, want het glas was eruit verdwenen. Pal ernaast viel de rotswand loodrecht naar beneden: de ongenaakbare noordhelling van de berg. Hij ging in de abri op de grond zitten om bij te komen. Fran bleef staan, in de storm, aan de rand van de afgrond. Haar jack wapperde in de wind. Hij trok haar naar de grond. Opeens was ze uitgeput. Haar hart ging tekeer. Een halfuur lag ze op de grond om te herstellen. Hij gaf haar te eten om haar op te peppen. De zon stond al laag. In de diepte lag het glinsterend lint van een rivier. Hand in hand daalden ze langs de rotswand. Opeens was de ijskoude wind er niet meer. In de schemering liepen ze het ezelpad onder de pijnbomen af.

Toen ze thuiskwamen troffen ze een zeer schuldbewuste Stan aan, stilletjes in een hoek van de bank. Ze had een driftaanval gehad en in het huis van het echtpaar een ruitje van het dressoir ingetrapt. Ze was boos geworden omdat ze niet mee mocht. Ze had per se mee gewild om de berg te beklimmen.

Er kwam geen antwoord. Was Stan in haar Turkse hotel? Of lag ze te slapen in de laadbak van de pick-up, op de binnenplaats van een huis, in een grot en hield een van haar gidsen de wacht, zittend met gekruiste benen, zijn kalasjnikov dwars over zijn bovenbenen?

Fran ging naar binnen, terug naar haar werktafel, en schoof weer voor het scherm. Ze probeerde een vriendin te schrijven, maar kon zich niet concentreren. Nu waren het gedachten over Laura die haar afleidden. Ze keek opzij naar Maris, die aan het andere eind van de kamer in de erker stond, afgetekend tegen het donkere glas. Van achteren zag hij er nog goed uit, recht en sterk. Hij kon nog een sprong maken naar een andere vrouw. Laura kon hem aan, ook al was ze pas eenendertig. Vlak voordat ze voor Maris was gaan werken, had ze een eind gemaakt aan haar eerste serieuze relatie. Ze was met liefdesverdriet bij hem in dienst gekomen.

Ze hoorde Maris naderen op zijn blote voeten. Onzekerheid kwam in haar op, zelfs een vage angst. Hij zette een glas wijn bij haar neer. Hij zette het op een plek waar ze het niet zou kunnen omstoten.

'Alsjeblieft.' Hij hield haar een bordje met snacks voor. Met enkel een handgebaar wees ze dat af.

'Ga jij dat nog allemaal opeten,' vroeg ze met een blik op het bordje.

'Wil jij vannacht nog slapen?'

'Bemoei je er niet mee.'

'Twee uur voordat je gaat slapen dat scherm uitzetten! Hoe vaak hebben we dat nu al niet gehoord en gelezen? Het is het eerste wat elke slaapcoach tegen je zegt.'

Tegen middernacht werd Maris wakker in zijn stoel. Alleen zijn leeslamp brandde nog in de grote kamer. Moeizaam kwam hij overeind. Hij liep naar de werktafel van zijn vrouw. Op het scherm stond een Arabische site. Hij sloot die en sloot ook de andere schermen die ze open had staan. Haar glas wijn had ze niet aangeraakt. Hij deed de luiken aan de straatkant dicht en voelde meer rust omdat hij eindelijk de stad had buitengesloten. Hij liep de trap af naar de vestibule en controleerde het nachtslot op de voordeur. Voor de zekerheid liep hij door de gang naar de tuin. De tuindeur stond nog wijd open.

'Fran?'

Zacht riep hij haar naam de tuin in. Op blote voeten liep hij naar het schuurtje bij de achtermuur, overschaduwd door het gebladerte van de magnolia, om te zien of ze daar misschien zat met haar oortjes in. Hij trok een tak van de magnolia omlaag en begroef zijn gezicht in de bladeren.

In het donkere trappenhuis stond hij stil en luisterde. Boven in het trappenhuis hoorde hij geluid van vallend water. Hij beklom de trappen zonder licht te maken, langzaam, met tegenzin, somber. In de slaapkamer was ze niet. Hij opende de deur naar Stan's kamer en daar hoorde hij water tegen het douchegordijn sproeien.

'Fran?'

'Ik ben bezig!'

Vijf minuten later kwam ze uit de badkamer, in een badjas van haar dochter. Het bracht Maris in verwarring om haar in een badjas van Stan te zien, die haar ook nog eens perfect paste.

'Ik slaap vannacht hier,' zei ze, 'in het bed van Stan.'

Probeerde ze hem te verleiden om met haar in het bed van haar dochter te kruipen? Hield ze hem een lokaas voor? Hield ze hem het lichaam van haar dochter als een lokaas voor?

5

Halverwege de woensdagmiddag zat Maris op een caféterras met een glanzend, nieuw nummer van het weekblad op tafel. Daar lag het, naast zijn espresso, in een wemeling van vlekjes zonlicht dat door de bomen viel. Hij had het ondersteboven gelegd, want zijn portret stond op het omslag. Hij was niet op het laatste moment toch nog verdrongen door een politicus, een buitenlandse grootheid of een natuurramp, zoals hij had gehoopt.

Hij had het blad gekocht bij een supermarkt waar hij nooit kwam en er bij de kassa een krant bovenop gelegd. De kassière scande het blad, terwijl ze lachend opzijkeek naar een collega met wie ze in gesprek was. Hij zag de cover, zwevend boven het scanapparaat: hijzelf in zijn atelier, zijn met verf besmeurde hemd, en dwars over de cover de woorden: MARIS COPPOOLSE: LEVENSLANG. Hij hoefde al niet meer te raden naar de inhoud van het stuk. Het weekblad had eindelijk een reden om een schilder op de cover te zetten – en niet vanwege zijn werk natuurlijk. Wilt u het bonnetje, had het meisje gevraagd.

Op het terras staarde hij naar de advertentie voor het machohorloge op de achterkant en nam een slok van zijn koffie. Het blad lag al een paar uur in de kiosken. Niemand had hem de afgelopen uren gebeld. Hij sloeg het open en merkte dat zijn handen trilden. Het was een verhaal van acht bladzijden. Het opende met een paginagrote foto waarop hij nogmaals in zijn atelier te zien was, maar van groter afstand. Toen hij de bladzijde omsloeg, zag hij Matty. Daar was ze, daar stond ze, op de zeedijk aan de Westerschelde, in haar badpak. Ze stond met twee vriendinnen in de wind en achter haar lag de vluchthaven met de steiger van zwart geteerde palen. Het was eb: de vissersbootjes lagen op hun kant in het slik. Er restte nog maar een smalle vaargeul. Alleen bij hoogwater kon je van de steiger duiken in het kolkend instromende zeewater. Maris herkende haar met een schok. Hij sloeg het blad dicht en opende het meteen weer. Hij keek naar een tweede foto uit zijn jeugd, genomen tijdens een schoolreisje naar Schiphol. Twee schoolklassen poseerden in een hangar voor een propellervliegtuig, de jongens en meisjes van elkaar gescheiden, de twee juffen in het midden. Omdat hij een van de langste jongens was, stond hij achteraan, met zijn zwarte kuif en zijn geblokte bloes en korte broek. Niet ver bij hem vandaan stond Matty.

Roerloos incasseerde hij de klap. Hij keek om zich heen naar de mensen op het terras, naar de serveersters die rondgingen met hun dienbladen – alles was hetzelfde als daarnet en niets was meer hetzelfde.

Thuis lag een exemplaar van het weekblad op de lange tafel bij de erker, achter die tafel stond Fran en ze had de vingertoppen van haar rechterhand op het blad gezet, alsof ze wilde voorkomen dat hij het zomaar zou openslaan. In haar ogen las hij schrik en onzekerheid. Zwijgend keken ze elkaar aan. Hij zag dat een van haar vingertoppen op zijn gezicht op het omslag drukte en dat riep een bijgelovige angst in hem op. Ze bleven elkaar maar aankijken en zwijgen.

'Wat gaan we doen?' vroeg ze ten slotte met hese stem.

Maris dacht na. Hij wilde nu vooral een beheerste indruk maken.

'Laten we naar zee gaan,' zei hij.

In de auto spraken ze geen woord. Verstard zaten ze naast elkaar en staarden voor zich uit. Het was uitgesloten om nu zomaar ergens over te praten. Maris reed en had moeite zich te concentreren op het verkeer. Een ongeluk leek voortdurend dichtbij, alsof het in de maak was, die ene fatale coïncidentie, alsof ze er onherroepelijk naar op weg waren. Zijn gedachten draaiden om het artikel, dat hij op het terras met een stuiterende blik had doorgenomen, niet in staat het te lezen, en waarin hij thuis, toen Fran naar boven was gegaan om andere kleren aan te trekken, niet meer had willen kijken. De journalist had zijn oorspronkelijke opzet losgelaten, zoveel was hem duidelijk. Hij had in plaats van een profiel een onderzoeksverhaal geschreven. Hij had met een aantal van zijn vrienden over hem gesproken, hij had het eiland bezocht, in het dorp de drie broers van Matty aangetroffen en uitgehoord, met een paar oudere dorpelingen gepraat die zich die zondag in augustus nog herinnerden 'als de dag van gister', hij had de kranten van die dagen erop nageslagen en toen vlotweg 'de geschiedenis van een obsessie' geschreven.

Op het strand de avondrust. De lange schaduwen, de laatste badgasten die met hun tassen door het zand zeulden op weg naar de parkeerplaats, de verlaten kuilen. Het vertrouwde beeld. Maar Maris was schichtig en vroeg zich af of hij wel op het terras van een strandpaviljoen wilde zitten, of hij wel onder de mensen wilde zijn. Er kwam een bal naar hem toe vliegen uit een groep voetballende jongens. Hij stopte hem en trapte hem terug. Op het dorp had hij nooit lid willen worden van de voetbalclub, terwijl hij na schooltijd wel fanatiek voetbalde. Daar was het al begonnen: met zulke afwijkingen van het gangbare. Hij wilde die bal nog wel een keer terugtrappen – het gaf lucht.

Voor hem uit over het plankier ging Fran op haar twee krukken, haar geblesseerde voet licht opgetrokken.

Pas bij het derde strandpaviljoen konden ze een tafel krijgen. Ergens in het zand gaan zitten om de zaak te bespreken – dat was onmogelijk. Er moest een tafel tussen hen in staan, met borden en bestek en glazen, en er moesten mensen om hen heen zijn. Het was het nieuwste paviljoen waar ze een tafel konden krijgen, helemaal uitgevoerd in wit, grijs en marineblauw, met veel ligbanken en kussens en de onvermijdelijke olijfboom – het soort tent dat ze doorgaans zo veel mogelijk meden. Maar ze kregen een plek op het terras, een mooi gedekte tafel waarop de glazen flonkerden in het laatste zonlicht. Ze bestelden iets te eten, haastig, niet in staat om de menukaart door te nemen.

Fran haalde het tijdschrift tevoorschijn en legde het op tafel, ondersteboven. Ze beschouwde het toch ook nog als een trofee: Maris stond op de cover van een groot blad.

'Kan dat niet weg,' vroeg Maris. 'Zit ik weer naar dat stomme horloge te kijken!'

Fran stopte het in haar tas. Ze keek naar Maris, die met zijn ellebogen op tafel zat, ze kreeg het hem maar niet afgeleerd, zijn kin op zijn handen gestut en verwoed opzij kijkend naar de zee. Ze had de neiging hem aan te raken, maar besefte dat dit niet het juiste moment was.

'Waarom zeg je niets,' vroeg Maris.

'Ik wacht tot jij iets gaat zeggen.'

'Heb je het helemaal gelezen?'

'Uiteindelijk wel.'

Ze was er misselijk van geworden, ze had huilend in de badkamer gezeten, helemaal in de war. Maar zulke dingen zei ze niet tegen Maris, zulke dingen hield ze voor zichzelf.

'Uiteindelijk wel,' herhaalde ze.

'Hoe kan zo'n man dit rechtvaardigen? Hoe kan een blad zoiets rechtvaardigen? Zo'n inbreuk op andermans leven. Ik ben geen politicus, ik heb geen openbare functie, ik heb me voor niets te verantwoorden. Waarom moet dit verhaal verteld worden? Wat heeft dit met mijn werk te maken?'

'Ze zagen hun kans schoon.'

'Ze zagen hun kans schoon.'

'Kun je er wat tegen doen?'

'Het is al gepubliceerd. Ik kan de hoofdredacteur bellen, maar dat heeft geen zin. Elke hoofdredacteur gaat vóór zijn journalisten liggen als ze worden aangevallen. Het is bovendien zijn eigen beslissing geweest om dit zo te publiceren. Ik zou er een rechtszaak van kunnen maken. Maar dan zal het allemaal nog veel groter worden en nog meer aandacht trekken. En het gaat me een jaar van mijn leven kosten.'

Hij zweeg abrupt, want het voorgerecht werd gebracht. Verstrooid glimlachend keken ze op naar de serveerster in het avondlicht. Fran zei iets aardigs tegen haar om haar niet het gevoel te geven dat ze stoorde. Maris had een van zijn favorieten besteld: vitello tonnato. Maar hij had geen zin om te eten en legde na een paar happen zijn bestek neer. Hij veegde zijn lippen af aan een stralend wit servet en keek naar het bevuilde gedeelte.

'Ik bestel toch een glas wijn,' zei hij. 'Ik trek het niet meer. Jij ook?'

Hij wenkte de serveerster, die haastig naar hen toe kwam en weer aan hun tafel stond in haar zwarte rokje, met haar dorpse uitstraling, en even gaf dat lucht, maar toen ze wegliep sloot de cocon zich weer. Ze wachtten tot de wijn was gebracht. Maris hief zijn glas en tikte het tegen dat van Fran.

'Op ons,' zei hij dof en afwezig.

Ze herhaalde het niet. Ze voelde hoe een kramp, een verstijving, een pijn door haar schouders en nek trok. Ze wilde er niets van laten merken en ging rechterop zitten. Maris nam nog een hap van het koude vlees, veegde zijn lippen af en staarde weer naar zijn servet. De wijn kalmeerde hem een beetje.

'Heb je het helemaal gelezen,' vroeg hij, meteen beseffend dat hij dat al had gevraagd.

'Ja.'

'Ik zag dat hij de broers van Matty heeft gesproken.'

'Dat klopt. Ze hebben een loonwerkersbedrijf en wonen nog in het dorp.'

'Wat hadden ze te vertellen?'

'Het bekende verhaal. Ik wist alleen niet dat jullie al zo snel uit het dorp zijn vertrokken.'

'Mijn vader is meteen ander werk gaan zoeken.'

Maris herinnerde zich hoe de ramen van hun huis waren ingegooid. Hij had dat niet met eigen ogen gezien, maar hij zag het met houtplaten dichtgespijkerde raam van de woonkamer aan de dijk voor zich alsof hij het zelf had gezien. Het beeld werd onmiddellijk verdrongen. Hij keek naar de serveerster in de avondzon. Hij hield van de dorpsmeisjes die van oudsher in de strandpaviljoens werkten – omdat het gewone meiden waren. Hij herkende in hen de gewoonheid van het platteland waar hij vandaan kwam.

Fran wreef over haar nek.

Maris zag het en wist wat dat betekende: pijn.

De serveerster kwam hun borden wegnemen. Ze vroegen of ze hun hoofdgerecht nog konden afbestellen. Het kon niet anders of het meisje voelde dat er iets met hen aan de hand was. Het was of hun ontreddering op haar oversloeg. Ze repte zich naar de keuken en bijna opgelucht kwam ze terug: ja, het kon, de kok was er nog net niet aan begonnen.

'Wilt u misschien nog iets anders?'

'Straks misschien.'

Maris keek haar na terwijl ze langs de ramen van het paviljoen liep waarin de ondergaande zon zich spiegelde. Ze zwegen weer. Er reed een pick-up over het strand om de vuilniszakken uit de afvalbakken op te halen. Lichtblauwe vuilniszakken die door nieuwe werden vervangen. Maris hield nog steeds zijn servet vast, alsof hij hem op elk moment tegen zijn mond moest kunnen drukken. Nóg een halfvolle vuilniszak die achter in de pick-up werd geslingerd.

'Zo onwezenlijk,' zei hij ten slotte. 'Zo onwezenlijk dat dit verhaal nog eens langskomt.'

Fran luisterde, opvallend rechtop.

'Vijfenveertig jaar geleden. Wat heb ik daar nog mee te maken? Dit gaat over iemand die ik allang niet meer ben. Hoe kan ik nog verantwoordelijk zijn voor de daden van een veertienjarige? Alle cellen in mijn lichaam hebben zich inmiddels minstens zes keer vernieuwd.'

'Behalve de cellen waarin je herinneringen liggen opgeslagen.'

'Helaas, alleen die niet.'

Maris boog zich naar voren, reikte met zijn hand over tafel en wilde met een vingertop Fran's wenkbrauwen strelen. Onwillekeurig trok ze haar hoofd een beetje naar achteren.

'Thijs zal dit lezen,' zei Maris.

'Hij heeft het al gelezen.'

'Wat zei hij?'

'Hij hield zich op de vlakte.'

Ze durfde niet te zeggen hoe de jongen had gereageerd, hoe de altijd zo ingehouden Thijs aan de telefoon was gekomen.

'Stan zal dit lezen. Mijn en jouw vrienden zullen dit lezen, iedereen met wie ik te maken heb. Ze zijn elkaar nu aan het bellen. Ze zullen naar de winkel rennen om het blad te kopen. Mensen zullen mij uitkotsen.'

HOOFDSTUK III

1

Een paar dagen later reed Maris naar Schiphol. Hij zat in de oude stationcar waar hij maar geen afstand van kon doen. Het was een comfortabele wagen. Hij had er nog met de kinderen in gereden, Stan altijd achter hem en Thijs altijd achter zijn moeder. Op de achterbank lagen nog de kussens van toen. De leren fauteuils voorin waren zo versleten en zo naar hun lichamen gaan staan dat ze iets persoonlijks hadden gekregen. Zelfs de krassen op de flanken van de auto en de al jaren verbogen achterbumper droegen bij aan zijn gehechtheid.

Vlak voordat hij bij Schiphol de tunnel in dook, wierp hij een blik op een vliegtuig dat over de baan boven de tunnel taxiede. Hij vond dat nog altijd een imposant gezicht. Voor een kind van tegenwoordig was het misschien vanzelfsprekend om een vliegtuig boven een achtbaansweg te zien rijden. Maar hij was negenenvijftig, hij kwam van het platteland en uit een tijd waarin een vliegtuig nog zoiets bijzonders was dat er schoolreisjes naar Schiphol werden georganiseerd – waar je dan voor die ene vertrekhal een handjevol toestellen geparkeerd zag staan en echt geduld moest hebben wilde je een toestel zien opstijgen. Autowegen die in sierlijke curves over elkaar heen waren aangelegd – dat bestond toen alleen in Amerika. *Spaghetti junction*. Die uitdrukking – hij herinnerde zich wanneer hij hem voor het eerst had gehoord. De bestuurder van een auto had het tegen hem gezegd terwijl ze op een van die elkaar in de lucht kruisende wegen reden – het moest Nick zijn geweest, en waarschijnlijk waren ze op weg naar diens huis op Long Island.

Zo lang mogelijk, te lang, keek hij naar het taxiënde toestel boven de tunnel, glinsterend in het zonlicht. Er schoot een rode Porsche voorbij die hevig claxonneerde, ook achter hem werd geclaxonneerd. Hij scheerde langs de vangrail in de bocht vlak voor de tunnel. Met een ruk aan het stuur bracht Maris zijn auto weer op de rijbaan.

'Aanstellers,' schreeuwde hij.

Maar zijn hart bonsde.

Terwijl hij naar het vliegtuig keek, had hij beseft dat hij zijn blik ervan moest losmaken, dat hij een risico liep, maar hij had het niet gedaan. Hij had er moedwillig te lang naar gekeken. Een ogenblik, en niet langer dan een ogenblik, dacht hij aan Raf König, de eerste man van Fran, die in de buurt van Rome met zijn auto tegen een boom was geknald.

Het verhaal in het weekblad had hem onderuitgehaald. Na de opening, na die achthonderd man in het Stedelijk, na al die handdrukken, kussen en complimenten had hij in een roes geleefd, steeds onder de mensen, steeds gedragen door sympathie en bewondering. Nadat hij zichzelf op de cover van het weekblad had gezien, was zijn stemming omgeslagen. Hij was schuw geworden. Hij had al zijn afspraken laten afzeggen. Hij meed het café waar hij de kranten doornam, hij meed plaatsen waar hij herkend kon worden.

Op het strand, in de avondzon, had Fran hem stukken uit het artikel voorgelezen. Een paar vrienden hadden met de journalist over hem gesproken, ze hadden hun best gedaan, maar ook dingen gezegd die hem verbaasden of pijnlijk troffen. Je wist het wel, maar in het dagelijks leven vergat je het en ontstond die illusie van een nabijheid van anderen. Ook vrienden keken van een afstand naar hem – het kon niet anders. Maar het maakte hem somber. Op hun beurt waren zijn vrienden overvallen door een geschiedenis waar hij nooit over had gesproken: een meisje, dood aangetroffen in een boerenschuur, nadat ze daar op een zondagmiddag met hem naartoe was gegaan. Fran had hem ook het relaas van de drie broers van het meisje over deze gebeurtenis voorgelezen: in hun ogen was hij een moordenaar die er met een veel te lichte straf van af was gekomen.

Een dag later had hij een nieuw exemplaar van het weekblad gekocht, bij dezelfde supermarkt, was ermee op hetzelfde terras gaan zitten, dwangmatig, en had geprobeerd het verhaal van begin tot eind te lezen. Het was hem niet gelukt. Hij had het blad voor de stalen borstels van een passerende schoonmaakwagen gegooid. In gedachten had hij keer op keer in het gebouw van het blad de man met het baseballpetje achterover op een kopieerapparaat gesmakt en op zijn bek geslagen. Hij was zichzelf niet meer. Hij vergat dingen, hij kwam te laat. Hij was er met zijn hoofd niet meer bij.

Op de sociale media was de hel losgebroken, hoorde hij van zijn assistenten. De ratten waren ook voor hem uit hun holen gekomen. Hij had besloten het volledig te negeren. Hij kreeg verzoeken om in een interview opening van zaken te geven, zijn verhaal te vertellen, maar hij wees elk verzoek van de hand, niet van plan zich door de publieke opinie te laten dwingen.

Hij belde zijn vrienden, elke dag minstens een.

In de aankomsthal las hij op het scherm dat de vlucht uit Istanbul was vertraagd. Stan hing nog in de lucht. Ze was ontkomen aan kogels, landmijnen, bermbommen, instortende gebouwen, ontvoerders en verkrachters. Ze zat gewoon in een vliegtuig. Op de laatste foto die ze had gestuurd, genomen in een koffiehuis met lichtgroene muren, had ze ernstig gekeken, niet meer in staat tot een vrolijke grimas, zoals gebruikelijk.

Stan leefde en kwam eraan. Hij was er zonet bijna geweest. Hoe was het mogelijk dat hij van de rijbaan was geraakt? Hij zou de vangrail niet alleen maar geschampt hebben, hij zou er met volle snelheid op zijn geknald. Daar hadden snijbranders aan te pas moeten komen. Een man die dood over het stuur hing, dat diep in zijn borst was gedrukt. Een stroom auto's die langzaam reden. Automobilisten, hun hals rekkend, die zich vergaapten aan de gruwel.

Maris liep een toiletruimte binnen om zijn gezicht en handen te wassen. Hij wilde het geruststellende stromen van water horen, de geruststellende geluiden van een drukbezochte toiletruimte: stemmen, deuren die open- en dichtgingen, het blazen van de luchtdrogers.

In een bar roerde hij minutenlang in zijn dubbele espresso.

Toen hij ophield met roeren en opkeek, zag hij een jongeman lopen die hem aan Thijs deed denken en volgde hem met zijn ogen tot hij in de menigte verdween. Thijs, altijd van alles op de hoogte, altijd snel, had hem alleen maar een kort bericht gestuurd. 'Vreemd verhaal over jou in de krant! Veel sterkte met de reacties.' Een van de tientallen berichten die hij dagelijks verstuurde. Vreemd verhaal, veel sterkte. Maris was verbijsterd. Hij had geprobeerd het te plaatsen. Thijs was nog bezig zich van hem los te maken. Hij leefde in zijn eigen wereld. Waarom zou hij geïnteresseerd zijn in de jeugd van zijn stiefvader, nu bijna een oude man, zelfs als het om zo'n 'vreemd verhaal' ging? Of: hij probeerde het op afstand te houden, hij wist niet wat te zeggen, hij kon er niet bij. Maris kon het allemaal bedenken, maar hij bleef verbijsterd en pijnlijk getroffen.

Acht jaar was Thijs toen hij hem had leren kennen. Een fragiel kind met een hoog voorhoofd en een vriendelijk-onderzoekende blik, te wijs voor zijn leeftijd. Maris had ervoor gewaakt zich aan hem op te dringen als zijn 'nieuwe vader'. Maar het kind had zich voor hem opengesteld. De jongen was van meet af aan wonderlijk delicaat met alle gevoeligheden omgesprongen. Hij had hem altijd de indruk gegeven dat hij welkom was. Er was alleen een grens in het aanraken. Het kind zat bij hem op schoot, op zijn rug, op zijn schouders, ze stoeiden met elkaar, Thijs kroop bij hem in bed, hij omhelsde hem – alleen strelen stond hij niet toe, daar lag altijd de grens. Hij was voor de buitenwereld vrijwel zijn zoon geworden en noemde hem tegenover zijn vrienden ook 'mijn vader'.

Sinds hij werkte en zich in de grote wereld bewoog, dreef Thijs van hem weg. Hij voelde zich heel wat sinds hij bij een grote krant werkte. Hij was zich anders gaan kleden, hij had zich het onder bepaalde jongemannen modieuze baardje aangemeten. In New York, op bezoek bij zijn zusje, was dat kapsel erbij gekomen. Het was of hij zich, nu hij zich een positie had verworven, van zijn stiefvader wilde distantiëren, en niet alleen van de man die hij 'mijn vader' was gaan noemen maar ook van diens 'vaderschap'. Hij deed dit subtiel, bijna ongemerkt, want hij was een diplomaat in hart en nieren. Opeens richtte hij zich op de familie van zijn moeder. Op familiefeesten zat hij met zijn ooms en tantes en zijn neven en nichten te praten. Op een zeker ogenblik meende Maris het te begrijpen: de buitenlandredactie van een krant was voor hem niet meer dan een begin, de journalistiek was voor hem niet meer dan een leerschool en een noodzakelijke stap. Hij was op weg naar de top van een mediaconcern. Hij leek ervoor geschapen: charmant, scherpzinnig, snel, ambitieus tot in zijn vingertoppen, altijd in staat zich aan te passen en de juiste dingen te zeggen.

Bij vlagen voelde Maris zich verraden. De erkenning van zijn 'vaderschap' was voor de jongen kennelijk niet meer dan een tijdelijke aangelegenheid geweest. Hij had zijn stiefvader niet meer nodig. Met zijn ooms en tantes scheen hij te praten over zijn echte vader – die zij, toen hij nog in leven was, niet hadden geaccepteerd. Tragisch omgekomen, heette het nu opeens. Na een stilte van twintig jaar begon hij zich voor zijn werkelijke vader te interesseren. Maris besefte dat hij wijs moest zijn, dat dat zo langzamerhand van hem verwacht mocht worden, hij besefte dat hij Thijs moest laten gaan. Maar hij was gekwetst. Hij zag in de jongeman in zijn modieuze pak met de smalle pijpen vooral de arrogantie, de geldingsdrang, het van zichzelf vervuld zijn, de berekening en subtiele zelfpromotie. De vroegwijze, zachtaardige, wonderlijk sensitieve en zich altijd om Fran en hem bekommerende Thijs leek verdwenen. In stilte – met Fran viel hier niet over te praten – rouwde Maris om het verlies van Thijs.

Ondertussen maakte hij zichzelf verwijten. Had hij zich ooit onvoorwaardelijk aan de jongen gegeven? Had hij niet, net als de jongen zelf, gedaan alsof? Was er ooit één omhelzing geweest waarin hij niet zijn eigen voorbehoud, hoe gering ook, had bespeurd? En als hij het zelf had bespeurd, zou dan een kind, dat gevoelig en scherpzinnig was, het niet bespeuren?

Met een ruk kwam hij overeind, zijn tafel bijna omvergooiend. Hij kon zijn wegglijdende koffiekop nog net vastgrijpen, glimlachte naar de mensen die opschrokken uit hun gesprek of voor zich uit staarden en haastte zich naar de aankomsthal.

Het toestel uit Istanbul was nog altijd niet geland. Hij liep een kiosk binnen. Tussen de tijdschriften op de schappen zag hij bijna onmiddellijk het weekblad staan met zijn portret op het omslag.

2

De glazen schuifdeuren gleden open. Daar was ze, tussen de andere passagiers van de vlucht uit Istanbul. Ze had niet de moeite genomen om een bagagekar te pakken. Ze droeg al haar bagage zelf: een volgepropte rugzak, een schoudertas en haar fotokoffer, die met een ketting aan haar pols was bevestigd. Maris had een ogenblik de neiging zich achter anderen te verbergen. Maar tegelijkertijd lichtte zijn gezicht op en deed hij een paar snelle stappen naar voren om in het blikveld van zijn stiefdochter te komen en haar op te vangen.

'Maris! Wat goed!'

Haar stem klonk hees. Haar gezicht was gebruind, vermagerd, en ze had kringen onder haar ogen.

'Wat een kek jasje heb je aan,' riep ze, meteen zijn jasje van lichtblauw leer vastpakkend en betastend. 'O ja, zoenen!' Lachend liet ze zich op haar wangen zoenen. 'Wat goed dat je er bent, man! Ik loop op mijn laatste benen.'

'Geef mij dan die tas.'

'Nee joh, de auto haal ik nog wel!'

Ze liepen al, om zo snel mogelijk uit het gedrang te komen. Stan liep een paar passen voor Maris uit, zich met snelle hoofdbewegingen oriënterend. Vier weken geleden was ze vanuit New York rechtstreeks naar het Midden-Oosten gevlogen en nu maakte ze een tussenstop om een paar dagen bij te komen in het huis van haar ouders. Maris volgde haar door de mensenmassa en kon haar maar nauwelijks bijhouden, zo snel bewoog ze zich. Ze leek er helemaal op afgericht om alleen te opereren, alleen haar weg te zoeken. Op het trottoir voor de aankomsthal stond ze stil, licht hijgend, en draaide zich om.

'Sorry dat ik zo hard ga! Ik ben nog een beetje speedy!'

Op de parkeerplaats, nadat ze haar bagage had neergezet, sloeg ze opeens haar armen om hem heen, bruusk, een beetje bonkig en zonder een woord te zeggen. Maris drukte haar tegen zich aan. Daar ben je, wilde hij zeggen, maar hij kon het niet. Na enkele ogenblikken al maakte ze zich van hem los en liep langs de auto naar voren om in te stappen. Maris keek en zag de daken van honderden auto's, schitterend in het zonlicht, hij zag een vliegtuig opstijgen en hij zag Stan, die met opzichtig draaiende billen langs de auto liep en haar armen hief in een spottend juichgebaar. Ze had het gered, ze had het overleefd.

Maris vroeg zich af of ze het wist. Het was haast onmogelijk dat ze het niet wist, dat ze het niet ergens had opgepikt, dat niemand haar had ingelicht. Maar ze kwam van ver, ze kwam uit de woestijn, uit geruïneerde steden, en was wekenlang dag en nacht in beslag genomen door wat er om haar heen gebeurde en volledig gericht op overleven. Het kon zijn dat ze dit nieuws toch had gemist, dat mensen het voor haar hadden weggehouden om haar niet te ontregelen.

Maris reed rustig, zorgvuldig, met soepele bewegingen, en vaker dan nodig was keek hij in zijn spiegels. Bij het verlaten van de tunnel wierp hij een snelle blik op de plek waar hij had kunnen verongelukken. Hij had de vangrail van de tunnel op een haar na gemist. Een autowrak met een volledig in elkaar geperste voorkant had daar nu kunnen staan, de snijbranders hadden hun werk gedaan, de ambulance was weg, er was een kraanwagen gearriveerd, politiewagens met blauwe zwaailichten waren nog ter plaatse, een agent was bezig het versplinterde glas bij elkaar te vegen.

'Je rijdt nog steeds in die oude bak,' zei Stan. 'Toen ik hier voor het laatst was, wilde je ervan af.'

Ze zat onderuitgezakt in haar stoel, haar linkerbeen helemaal gestrekt en haar rechter opgetrokken met haar knie tegen het dashboard.

'Stagnatie,' antwoordde Maris.

'Stagnatie.'

'Ik heb een jaar lang nergens tijd voor gehad, ik heb alleen maar gewerkt aan die tentoonstelling.'

'Ik zou zo'n oude Jag kopen.'

'Je schijnt heel moeilijk aan nieuwe onderdelen te kunnen komen.'

'Of zo'n oude Land Rover.'

'Dat lijkt me meer iets voor jou, als je weer op expeditie gaat.'

Stan draaide haar raam open en stak een sigaret op.

'Ja ja, je ziet het goed,' zei ze spottend.

'Je bent weer gaan roken.'

'Yep.'

'En je ogen zijn bloeddoorlopen.'

'Yep.'

'Ben je uitgegaan vannacht?'

'In het hotel kwam ik een leuke Italiaanse fotograaf tegen die ook te veel ellende had gezien. Dus toen zijn we maar hand in hand het nachtleven van Istanbul in gedoken.'

‘Bruist dat nog een beetje?’

‘Dat bruist behoorlijk. Als je weet waar je moet zijn.’

Als een soldaat die terugkeert van het front was ze meteen de bars en nachtclubs in gedoken.

‘En nu rij je opeens weer op zo’n keurige Hollandse autoweg. Geen kuil of hobbel te bekennen, perfect asfalt, perfecte wegmarkering, vangrail, overal borden en camera’s.’

‘Toen ik het vliegtuig uit kwam, zag ik een paar kerels van de douane, hoe heet dat, van de marechaussee, bij de uitgang van de slurf. Overal waar ik de afgelopen weken ben geweest, sta je volkomen machteloos tegenover politie en militairen. Ze kunnen met je doen wat ze willen. Je moet ze altijd weer omkopen, dollars, nog meer dollars. Je bent aan ze overgeleverd. Ze laten je zo een etmaal in een donker hok zitten, geen haan die ernaar kraait. Ik had het verwacht, maar toch. En hier, je ziet die kerels van de marechaussee in hun uniform en je weet: als die me wat flikken, dan kan ik elders verhaal halen, en daar zullen ze naar me luisteren en de zaak uitzoeken. Ongelooflijk!’

‘Dat is het wonder van de rechtsstaat.’

‘Noem het maar gerust een wonder. Ik kwam uit de slurf en even was ik zó godvergeten blij met al die wetten en regels hier waar altijd zo op wordt gekankerd.’

Ze tikte haar as uit het raam.

‘Maar als ik over een paar dagen de VS weer in wil, zullen ze me bij de douane wel even apart nemen als ze al die stempels van al die griezelige landen in het Midden-Oosten in mijn paspoort zien.’

‘Maar daar staan weer advocaten klaar om je eruit te halen.’

‘Ze schijnen tegenwoordig zelfs op de luchthavens te bivakkeren. *Sharks!*’

Ze trok haar rechterbeen nog wat hoger op en zette haar schoen tegen het dashboard.

‘En je hebt duizenden foto’s bij je.’

‘Duizenden. Ik heb wel tien boeken bij elkaar gefotografeerd.

Ik heb ook al foto's verkocht. Mijn agent heeft aan me verdiend.'

'Heb je lijken gefotografeerd?'

'Jezus, Maris! Hallo! Waarom vrááág je dat?'

Maris zweeg.

'Okay,' zei ze. 'Ik ga er niet over liegen. Ik wilde het niet, maar ik heb het toch gedaan.'

'Wat waren de eerste?'

'Dat was hoog in de bergen, op een pas, een complete familie die het niet had gered. Ze lagen in de sneeuw langs de kant van de weg. De jongste kinderen bij de moeder, twee jongens bij de vader en twee oudere jongens ook weer bij elkaar. Doodgevroren.'

Ze mikte haar sigaret naar buiten.

'Heb je trouwens mijn foto nog gekregen op de dag van de opening?'

'Ik zag hem in de taxi op weg naar het Stedelijk. Heel lief van je. Ik ga er een mooie print van laten maken.'

'En hoe loopt je tentoonstelling?'

'Een paar duizend bezoekers per dag.'

'Een paar duizend per dag? Jezus, Maris! Ouwe reus!'

Ze hief haar hand op voor een high five. Maris sloeg zijn rechterhand tegen de hare. Hij raakte haar hand maar half. Hij lachte, maar voelde dat het hem moeite kostte om te lachen, om een lach te laten doorbreken op zijn gezicht. Wist ze het werkelijk niet? Had Thijs haar niet op de hoogte gebracht en hadden anderen het ook niet gedaan?

In de binnenstad draaide Stan haar raam helemaal open, legde haar elleboog op het portier en keek naar de mensen op de trottoirs en de terrassen.

'Nauwelijks een etmaal geleden zat ik nog in de bloedhitte in de pick-up,' zei ze, 'en ook zo met mijn elleboog uit het opengedraaide raam, naast Majeed en Mahmoud.'

Ze zweeg.

'Vertel verder. Wat zag je?'

'Aan de achteruitkijkspiegel het gebedssnoer. Majeed met zijn wapen op zijn knieën. Bij kuilen in de weg tikte de loop van zijn kalasjnikov op mijn bovenbeen. De hete lucht, een trillend waas boven de woestijn. Ik wilde naar huis, ik wilde terug naar Europa, ik hield het niet meer vol. Maar nu al voel ik dat ik het ga missen: de koude nachten buiten onder de sterren, de stilte in de woestijn, de lange ritten, de spanning, het gevoel van heel hevig te bestaan. Ik ga zelfs die twee ondoorgrondelijke mannen missen met wie ik zoveel heb meegemaakt. Ik kijk nu met hun ogen naar al dat bloot op de terrassen hier. O, wacht even.'

Met een soepele beweging, haar bekken optillend, trok ze haar telefoon uit de zak van haar jeans. Maris verstrakte: nu zou ze het op haar telefoon kunnen lezen. Ze las een net binnengekomen bericht, tikte een kort antwoord en schoof het toestel in haar zak.

Opeens was haar spraakzaamheid verdwenen. Ze zei niets meer. Ook Maris zweeg. Eindelijk wist hij uit te brengen: 'Zie je ertegenop om Fran te zien?'

'Yep.'

Ze had onder vuur gelegen, wist Maris, ze was in de straten van verwoeste steden over de lijken heen gestapt, ze had de ellende van een oorlog ondergaan en gefotografeerd, maar nu was ze weer een dochter die bang was haar moeder terug te zien.

3

Fran had een van de fotoboeken van Raf tevoorschijn gehaald en was op zoek gegaan naar een foto die hij tijdens hun jaar op Stromboli van Stan had gemaakt. Een meisje van vijf met een bord risotto aan een ijzeren tafel, een lepel in haar hand. Ze zat op de binnenplaats van het huis, voor een muur waar de zwarte lavasteen door de witte stuc heen schemerde, in de schaduw van de vijgenboom. Op haar schoot lag een jong katje dat ze van de buren had gekregen. Met haar linkerhand hield ze het katje op zijn plaats, met de lepel in haar rechter nam ze een hap van haar risotto. Zonlicht viel door de bladeren van de vijgenboom op de muur en op het meisje, dat met een dromerig lachje naar de fotograaf keek.

Ze dacht aan het huis waarin ze op Stromboli hadden gewoond, het nauwe straatje tussen de lage huizen. Ze zag ook meteen Pierina voor zich, altijd in het zwart, die op de kinderen paste als zij en Raf aan het filmen waren en die haar risotto had leren maken. Stan hield van risotto. Vandaag had Fran de risotto van Pierina voor haar gemaakt.

Nadat ze het fotoboek had opgeborgen in het kastje waar ze spullen van Raf bewaarde, keek ze naar zijn portret. Er waren veel overeenkomsten tussen hem en zijn dochter: dezelfde wildheid, dezelfde reislust, dezelfde charme en handigheid in de omgang met mensen en hetzelfde talent. Kijkend naar dat vrolijke mannengezicht voelde ze nog altijd schuld en wroeging. Jarenlang had ze geen portret van Raf kunnen zien en ook zijn fotoboeken nooit meer ingekeken. Nu Maris zich van haar aan het losmaken was, dacht ze vaker aan Raf en had ze zijn portret op het kastje gezet. Herinneringen kwamen uit hun schuilhoeken. Het jaar op Stromboli was hun beste tijd geweest.

Fran ging naar boven om zich te verkleden. In de kamer van Stan stond het raam open, er lagen schone lakens op het bed. Om de een of andere reden wilde ze de kamer nu niet meer binnengaan.

Toen stond ze boven aan de trap en zag ze opeens haar dochter in de vestibule staan, gebruind, vermagerd en zoals gebruikelijk in een wolk van woeste energie.

'Hé, Stan!'

Gewoonlijk liep ze bezoekers tegemoet. De trap was breed en 'loom', zoals ze het sinds jaar en dag noemden, en rondde zich naar de vestibule. Ze vond het heerlijk om anderen tegemoet te gaan, voortgestuwd door haar dalende beweging. Maar nu bleef ze staan, met haar hand op de leuning, ongewild statig. Haar nog altijd pijnlijke enkel bemoeilijkte haar het lopen.

'Hé, mam!'

Het ingehoudene dat in haar eigen begroeting had gelegen, hoorde ze terug in de begroeting van haar dochter. Fran wilde in beweging komen, toch de trap af, toch tegemoetgaan, maar ze kon het niet. Ze wilde roepen: Ik heb mijn poot verzwikt, daarom sta ik hier zo raar, daarom ben ik niet meegekomen naar Schiphol. Maar ze riep het niet.

'Hé, mam!'

Stan kwam de trap op, met twee treden tegelijk. Fran probeerde haar aan te kijken, maar kreeg haar ogen niet te zien tot haar dochter vlakbij was. Na een blikwisseling keek Stan weg. Ze omhelsden elkaar, maar zonder de gebruikelijke geluiden, haast in stilte, en snel lieten ze elkaar weer los.

'Wat is er, mam? Ben je boos? Nee toch? Jezus!'

Driftig liep Stan de trap weer af.

'Ik ben niet boos,' riep Fran haar achterna.

'Je bent boos, mam!'

'Hoe kom je daarbij?'

'Wat is er dan? Huil nou toch gewoon. Moeders mogen ook huilen, hoor!'

Ze greep haar fotokoffer, slingerde haar rugzak over haar ene en haar tas over haar andere schouder en liep er de trap mee op. Een diepe blos kleurde haar gezicht.

'Bij jou steekt alles ook zo nauw!'

Ze zei het vol venijn en wrong zich met haar bagage langs haar moeder.

4

Onder de magnoliaboom achter in de tuin dekte Maris de tafel. Het liep tegen het eind van de middag. Overal zaten mensen in de tuinen, in de schaduw van de bomen. Geroezemoes en gelach weerkaatsten tegen de achtergevels van de huizen. De bomen ruisten in een lichte wind. Zijn buren aan weerskanten waren er godzijdank niet. Ook zij hadden het verhaal gelezen. Hij had het gemerkt aan de manier waarop ze hem op straat begroetten en ontweken, voorwendend druk of gehaast te zijn. Het toneelspel van mensen die iets voorwenden – ze voelen zelf hoe doorzichtig het is en toch doen ze het.

Het zilveren bestek, de borden, de glazen en het tafelkleed – het kwam allemaal uit het huis van Fran's ouders en werd alleen voor speciale gelegenheden gebruikt. Maris schikte alles nauwkeurig, gedreven door schuldgevoel. Hij opende de Pouilly-Fumé en zette de fles in de koeler. Hij had vier flessen Pouilly gekocht, hartstikke duur, en ook dat had hij uit schuldgevoel gedaan. Hij zag zijn handen een beetje trillen. Met moeite wist hij zich ervan te weerhouden alvast een glas in te schenken en stiekem te drinken. Een paar minuten later dacht hij er alweer anders over en schonk zichzelf een bodempje in.

In het trappenhuis ging hij de grote kamer binnen. Fran was aan het werk bij haar kookeiland. Hij bood zijn hulp aan. Ze zei dat hij niet hoefde te helpen. Ze zei het alsof hij uren eerder met dat aanbod had moeten komen – terwijl hij toen op het vliegveld zat. Ze wilde hem zelfs niet aankijken, en toen ze hem eindelijk aankeek zag hij tranen in haar ogen.

'Jij bent alvast aan de wijn begonnen,' zei ze schamper.

'Zal ik je wat inschenken?'

Ze gaf geen antwoord.

Maris liet haar achter in een geur van gerookte zalm – met haar verongelijktheid, haar wrok, op het eiland waar ze zich had teruggetrokken sinds ze geen seks meer hadden.

Hij liep naar boven, onweerstaanbaar aangetrokken door Stan's aanwezigheid. Het afgelopen jaar had hij veel met haar gemaild en veel foto's gestuurd: foto's van de nieuwe schilderijen in zijn atelier, foto's van het inrichten van de tentoonstelling en foto's van Fran – de laatste stuurde hij haar om minder zichtbare kanten van haar moeder onder haar aandacht te brengen. Hij had haar geholpen met de voorbereiding voor haar reis, belde haar en praatte met haar over haar leven, haar problemen, haar werk. Ze had voor haar reis naar het Midden-Oosten allerlei redenen, maar een ervan was zeker dat ze in haar liefdesleven was vastgelopen. Niet eerder had hij zo intens met haar gepraat als het afgelopen jaar, misschien wel juist omdat ze aan de andere kant van de oceaan zat.

Maris hoorde haar bezig in de badkamer en wilde weer naar beneden gaan. Maar toen zag hij op haar bed het scherfvest liggen. Hij liep ernaartoe en pakte het op. Het was zwaarder dan hij had gedacht. Hier had ze vele dagen in rondgelopen, in dat zware ding, ze was alleen al daardoor kilo's afgevallen. Aan de binnenkant zaten donkere zweetplekken in de stof.

'Wat sta jij nou te doen, Maris?'

Hij draaide zich om.

'Staat-ie met mijn scherfvest in zijn handen! Jezus! Hoe vaak moet ik het nou nog zeggen? Niet aan mijn spullen zitten!'

'Alsof ik dagelijks aan je spullen zit!'

Bijna onhoorbaar was ze binnengekomen, op blote voeten, in een sportbroekje en een T-shirt, haar natte haren opgestoken met een haarklem. Ze trok het scherfvest uit zijn handen en gooide het in een hoek. Bliksemsnel draaide ze toen op de bal van haar linkervoet, haar rechterbeen schoot omhoog en met de bovenkant van haar voet schopte ze tegen de leren zak die aan een van de balken hing. Even snel maakte ze een halve draai en raakte de zak nogmaals in een achterwaartse trap met haar hiel.

'Hier heb ik ten minste de ruimte,' zei ze licht hijgend. 'Mijn flat in Brooklyn is zelfs nog te krap om zo'n ding op te hangen.'

'Dan ga je toch naar de sportschool?'

'Dat kost geld. Het afgelopen jaar heb ik zo veel mogelijk opzijgelegd voor die verdomde trip. Maar ik kan het nog!'

Nog eens knalde haar voet op kinhoogte tegen het leer van de zak. Ze liep naar de wastafel om haar haren te föhnen. Maris draalde. Zou hij haar op de hoogte brengen? Ondanks haar verbod pakte hij nogmaals haar scherfvest op. Het was of het ding hem kon vertellen wat ze allemaal had meegemaakt, waar ze allemaal was geweest. Hij moest zich bedwingen om er niet aan te ruiken.

'Verdomme, Maris! Blijf daar nou van af!'

Ze trok het nogmaals uit zijn handen en borg het weg in haar klerenkast. Een beetje schutterig stonden ze tegenover elkaar.

'Ik zie je zo,' zei Maris.

Fran zag haar dochter de kamer binnenkomen, fris gedoucht, in een trainingsbroek en een T-shirt. Haar opgestoken haren waren nog half nat. Ze had nooit genoeg geduld gehad om haar haren helemaal droog te föhnen. Op haar teenslippers liep ze langs de zuiltjes, ze aanrakend met haar hand. Fran zag haar dochter en glimlachte haar vol warmte toe.

'Ik kan nauwelijks geloven dat je hier weer gewoon rondloopt,' zei ze.

'Ik kan het ook nauwelijks geloven.'

Stan liep naar haar moeder toe, boog zich naar haar toe en kuste haar op haar wang.

'Sorry, mam, voor daarnet.'

'Geeft niet, lieverd.'

'Het was niet aardig.'

'Je hebt ook zoveel achter de rug.'

Fran boog zich weer over haar werk. Ze was nog in de war door de manier waarop Stan zich toegang had verschaft tot haar huis – zich langs haar wringend op de overloop met haar bagage – en door wat ze haar had toegesnauwd: bij jou steekt alles ook zo nauw. Was dat wat haar zo mateloos ergerde? Was het waar wat ze zei? Fran was boos, maar kon zichzelf die boosheid niet toestaan. Hoe kon ze boos zijn op een dochter die net was teruggekeerd uit een oorlog, die getuige had willen zijn van de gruwelen van die oorlog om ze aan de wereld te laten zien? Het was kleingeestig om gegriefd te zijn door de manier waarop Stan was thuisgekomen. Ze stond het zichzelf niet toe. Ze werkte aan het dessert. Ze was rood fruit aan het inkoken, dat ze met ijs wilde serveren. Op wat gebabbel tussen moeder en dochter had ze gehoopt: elkaar weer vinden in de gewone dingen. Maar Stan liep rusteloos rond, de kamer die ze een halfjaar niet had gezien in zich opnemend, zonder een woord te zeggen. Ze stond met gespreide armen, haar handen op de raamlijsten steunend, in de erker en keek naar Maris in de tuin. Ze bekeek vluchtig de boeketten van een week geleden, die haar moeder 's middags allemaal onder handen had genomen, het uitgebloeide eruit halend, de stelen opnieuw afsnijdend, het water verversend. Toen vond ze op tafel de catalogus van de tentoonstelling en ging zitten, erin bladerend, geabsorbeerd door wat ze zag.

'Wil je iets drinken?' vroeg Fran.

'Een glas wijn zou er wel in gaan.'

Ze zei het zonder op te kijken.

'Heb je al die weken drooggestaan?'

'Het was daar niet veel qua drank.'

Ze kreeg een glas witte wijn voorgezet en toast met zalm. Fran legde haar hand op de schouder van haar dochter, terwijl ze het glas voor haar neerzette, hopend op een reactie – die niet kwam. Na een afwezig-gemompeld 'lekker, mam' schoof Stan het stuk toast in één keer in haar mond en begon het al kauwend te vermalen. Zwijgend zat ze aan tafel, bladerend in de catalogus, en toen was ze opeens verdwenen, met haar glas en de catalogus. Fran begreep het: ze wilde bij Maris zijn, ze wilde met Maris praten.

Zodra ze alleen was, sloegen de vlammen haar uit. Ze deed nog twee knoopjes van haar blouse open, schoof die naar achter over haar schouders en blies de haren uit haar gezicht. Met driftige stappen liep ze naar haar werktafel, sloeg haar exemplaar van de catalogus open en zocht de foto op waar de immer gehaaste Stan opvallend lang naar had zitten kijken: Maris rond zijn dertigste, in zijn atelier, nog helemaal strak en mager.

5

Tijdens de maaltijd voelde Maris zich beklemd. Hij had zijn stiefkinderen nooit verteld wat er op zijn veertiende was gebeurd. Hij had ze er niet mee willen belasten. Ook zijn vader en moeder hadden altijd gezwegen. Ze waren van het eiland naar Rotterdam verhuisd omdat zijn vader een baan bij een scheepvaartmaatschappij kon krijgen – dat was de officiële lezing. Er was tot zijn stiefkinderen ook nooit iets doorgedrongen vanuit zijn vriendenkring, want niemand wist ervan. Toen hij op zijn negenendertigste terugkwam uit Amerika, had hij de zaak als afgedaan beschouwd. Vijf New Yorkse jaren lagen tussen hem en zijn verleden. Hij was veranderd. Met Fran en de kinderen begon hij een nieuw leven. In New York had hij gezien hoe mensen zichzelf 'maakten', los van hun achtergrond in Europa. Na zijn terugkeer was hij in Amsterdam verdergegaan met zichzelf te 'maken', om te beginnen door de aankoop van dit huis met een vestibule vol marmer en een trappenhuis met een koepel. Ver boven zijn stand, zoals hij door zijn nederige herkomst moest denken, en ook werkelijk dacht.

Op aandringen van Fran waren zijn ouders elk jaar een paar dagen naar Amsterdam gekomen. Ze waren vreemden gebleven voor Stan en Thijs: boerse mensen in wie ze niets herkenden, bij wie ze zich nooit op hun gemak voelden en die ze alleen maar vriendelijk bejegenden omdat het zijn ouders waren. Hun grootouders, dat waren de vader en moeder van Fran. Ze logeerden bij hen in hun grote huis met het rieten dak aan de rand van de bossen, ze speelden daar met speelgoed dat nog van hun moeder was geweest en sliepen in de kamer waar zij als kind had geslapen. Ook de ouders van hun verongelukte vader beschouwden ze als een opa en oma, ook al logeerden ze niet bij hen. Zijn eigen familie was altijd op de achtergrond gebleven. Ze waren er niet nieuwsgierig naar. Het stak hem soms, maar hij had geen keus. Hij was zichzelf gaan zien als een man die overzee was gegaan en zijn familie uit het oog was verloren. Er was niets vreemds of ongebruikelijks aan. Zo was het eeuwenlang voor zoveel mensen geweest.

Maris wilde de zaak nu aankaarten. Stan was ondertussen vijf uur in Amsterdam. Ze had lopen bellen in haar kamer. Van Thijs had ze er ongetwijfeld over gehoord. Vroeg of laat zou het verhaal in het weekblad ter sprake komen. Hij moest nu dapper zijn en het haar zelf vertellen, er zelf over beginnen, op een geschikt moment. Maar er was geen geschikt moment. Ze was bovendien een vrouw en kwam net terug uit een wereld van moordende mannen. Met zijn verhaal zou hij haar misschien voor altijd van zich vervreemden.

Maris dacht terug aan de avond in haar kindertijd waarop ze in een angstaanjagende woedeaanval tegenover hem en Fran had gestaan, schreeuwend en stampvoetend, helemaal buiten zichzelf. Ze kon het verlies van haar vader niet verwerken, heette het. Woedeaanvallen maakten haar onhandelbaar. Fran was bang voor de agressie van haar eigen kind. Hij had Stan opgetild, over zijn schouder gelegd en naar haar kamer gedragen, waar hij haar net zo lang tegen zich aan had gedrukt tot ze bedaarde. Nooit eerder en ook nadien niet meer had hij een kind zo zonder enig voorbehoud tegen zich aan gedrukt en vastgehouden. Ondertussen gleden, onzichtbaar voor het kind, de tranen over zijn wangen. Tot ze het toch had opgemerkt en had gezegd: 'Jij huilt ook. Ik voel het aan je buik.'

Stan had een leren jackje aangetrokken over haar T-shirt en zat, één been onder zich gevouwen, in haar stoel.

Maris vermeed het om naar zijn stiefdochter te kijken en tegelijkertijd moest hij naar haar kijken. Hij had haar een halfjaar niet gezien. Ze had vier loodzware weken achter de rug, een vermoeiende terugreis, een nacht met weinig slaap, maar haar lichaam herstelde zich nu al. Onwillekeurig stelde hij zich voor hoe ze de afgelopen nacht in bed had gelegen met die Italiaan, ene Maurizio of Piero uit Milaan of Rome met zijn dichtbehaarde borst. Of was het zo'n bleke, rossige Italiaan geweest? Nee, dat kon onmogelijk haar type zijn. Of was het een al wat oudere oorlogsfotograaf, die haar verlangen naar een vaderfiguur had gewekt en er gebruik van had gemaakt? Vanochtend vroeg had ze afscheid van hem genomen, *ciao ciao*, ze was buiten gekomen in de lauwe ochtend aan de Bosporus, niet ver van de zee, en was in een taxi gestapt, alweer op weg naar het volgende. Eén ogenblik hunkerde hij ernaar: een vreemde stad, een lauwe ochtend met de geur van bij elkaar gespoten afval, de straat op gaan terwijl het nog heel vroeg was, na een nacht met een vrouw. Zij leefde al jarenlang zo, steeds op zoek naar de ware, maar steeds niet verder komend dan kortstondige, vluchtige verhoudingen. In New York had hij het zelf meegemaakt: buiten komen na een nacht met een vrouw – altijd brak, altijd blij dat hij weer alleen was.

Ondertussen praatte hij, maar te weinig. Fran spoorde hem met blikken aan om meer te zeggen.

'Haal jij even de risotto,' zei ze tegen hem.

Toen hij terugkwam met de risotto, zag hij halverwege het tuinpad al dat moeder en dochter iets hadden uitgewisseld wat niet voor hem was bestemd.

'De risotto van Pierina,' zei hij.

'Waarom zeg je dat nou?' riep Fran verstoord.

'Heb ik iets verraden?'

'Waarom vertel je dat er nou meteen bij?'

'Ik wil je alleen maar eer van je werk geven. Je hebt je weer zo uitgesloofd.'

'Daar gaat het toch niet om?'

Maris voelde zich terechtgewezen. Hij had de neiging om erkenning voor zijn werk op te eisen, zij had dat helemaal niet en keek er zelfs op neer. Zij was bescheiden, hij was het niet. Zij kon zich altijd beheersen, en hij kon dat minder goed. Ze was voortdurend boos op hem. Ze was boos op hem omdat hij haar niet meer neukte. Een vrouw werd onverdraaglijk als je niet meer met haar vree.

'Mam, wat heeft Pierina met deze risotto te maken? Zij was toch dat oude vrouwtje op Stromboli dat op ons paste?'

'O, dus je weet het niet meer.'

'Wat weet ik niet meer?'

'Op Stromboli en nog jaren erna was je dol op deze risotto.'

'Sorry, ik wist niet dat hij van Pierina kwam. Ik was vijf toen we daar zaten, mam.'

'Maar daarna heb ik hem nog zo vaak gemaakt. De risotto van Pierina.'

'Sorry, mam, mijn kindertijd is erg lang geleden.'

Na het eten gingen de borden, glazen en schalen van tafel. Stan spreidde een kaart uit van het gebied waar ze was geweest. Met haar vinger wees ze de plaatsen aan waar ze had gebivakkeerd. Maris zag iets terug van de opvoeding die hij haar had gegeven: hij was het die Stan had geleerd om kaart te lezen. Op reis deed ze haar navigatie met haar telefoon en de satelliet, maar ze hield ook van kaarten – net als haar vader trouwens, de reislustige fotograaf, die stapels verkreukelde, gescheurde en slecht opgevouwen kaarten had achtergelaten.

Stan vertelde. Over haar Turkse gidsen en fixers, twee broers, allebei nog niet getrouwd en zonder werk. Over de lauwe geitenmelk die een boerin haar op een ochtend bij het ontbijt had aangeboden, de misselijkmakende geur die daar vanaf kwam. Over kinderen die ze had gefotografeerd. Hoe ze in de woestijn in alle vroegte stenen had verzameld, tot verbijstering van de dorpelingen, om de woorden 'GOOD LUCK MARIS' te leggen op een helling buiten het dorp. Ze vertelde alleen over onschuldige dingen. Ze vouwde de kaart weer op en zuchtte.

'De rest komt later. Ik ben er nog niet aan toe.'

'Natuurlijk niet, lieverd,' zei haar moeder.

Ze zwegen.

Maris stond op om de lantaarns aan te steken, vier oude stallantaarns met kaarsen achter glas, blij dat hij iets te doen had. Hij zette schalen en borden op een dienblad. De vrouwen babbelden, moeder en dochter. Hij bracht het dienblad naar binnen en kwam weer terug, maar pas na geruime tijd. Hij ging weer zitten. Zwijgend zat hij erbij.

Opeens stond Stan achter hem, zich vooroverbuigend, en sloeg haar armen om hem heen. Haar lange haren gleden langs zijn wangen.

'Wat is er met je, Maris?'

Maris zweeg.

'Je hebt een schitterende tentoonstelling neergezet. Zelfs aan de catalogus kan ik dat wel zien. Het is echt *awesome* wat je in vijfendertig jaar bij elkaar hebt geschilderd. Je zou moeten barsten van trots. Je lastige dochter is weer thuis. Thijs komt eraan. Wat wil je nog meer?'

Haar stem klonk een beetje geforceerd. Maris glimlachte, ook een beetje geforceerd. Bood ze hem een opening? Hoe kon ze dit zo luchtig zeggen als ze zijn verhaal kende? Had ze maar het halve verhaal gehoord? Koos ze meteen partij voor hem? Hij rechtte zijn rug en drukte een kus op haar wang.

'Alles kits, hoor.'

Stan bleef hem vasthouden, haar armen om zijn hals. Ze leunde op hem, zonder gêne.

'We gaan de komende dagen nog heel veel knuffelen,' zei ze.

Ze liep naar haar moeder en omhelsde haar op dezelfde manier, waarbij haar lange haren weer naar voren vielen. Maris zag het gezicht van Fran tussen de haren van haar dochter, haar opeens weer lieve, onschuldige, verbaasde en ontroerde gezicht. Hij zag dat ze het heel warm kreeg. Met een grap maakte ze zich los uit de omhelzing van haar dochter.

Stan pakte de catalogus en sloeg hem open bij een foto van Maris en Fran in een galerie waar schilderijen tegen de muur stonden te wachten om opgehangen te worden.

'Dit is zo'n leuke foto van jullie,' zei ze.

'Dat was in Keulen,' zei Maris.

In de loop der jaren waren er veel van dergelijke foto's van hen genomen: hij was met anderen bezig om zijn schilderijen te hangen en ergens opzij stond of zat Fran. Ze hield zich op de achtergrond en keek toe. Ze had niet alleen een goed oog voor zijn werk, maar ook voor hoe het moest hangen. Ze lette op de plaatsing van de schilderijen, ze lette op hem, op de anderen, op wat er zich afspeelde. Er ontging haar niets.

'Hebben jullie de tentoonstelling in het Stedelijk ook samen gedaan?'

Maris vroeg zich af of dit een argeloze vraag was. En als het geen argeloze vraag was – wat wilde ze er dan mee?

'Ik had het te druk met mijn werk,' antwoordde Fran.

Stan keek naar Maris.

'Ze had het te druk,' beaamde hij.

Thijs kwam, lang en slank, en als altijd een tikje mysterieus. Hij kwam in de schemering. In de lucht boven de huizen hingen nog wat flarden roze, maar onder de bomen in de tuinen was het al haast donker.

Stan zette haar glas neer en gooide haar armen in de lucht.

'Hé, broertje!'

'Hé, zus!'

Broer en zus omhelsden elkaar en bleven lang in omhelzing staan. Fran keek eerst vertederd toe en wendde toen haar blik af omdat het zo lang duurde, veel te lang, vond ze.

Door die omhelzing op het tuinpad herinnerde ze zich hoe de kinderen zich na de dood van hun vader aan elkaar hadden vastgeklampt, soms letterlijk, zoals op de begrafenis. Ze waren toen drie en vijf. Ze hadden altijd veel samen gedaan, zij het dominante en bazige zusje, hij het vriendelijke en volgzame broertje, veel te wijs voor zijn leeftijd. Op het schoolplein had Thijs, hoe teruggetrokken hij ook was, nooit iets te duchten gehad want Stan waakte over hem, zo nodig hardhandig. Ze waren altijd heel nauw met elkaar verbonden gebleven. Zelfs nu ze op twee verschillende continenten woonden, belden en mailden ze elkaar nog veelvuldig. Thijs was de enige die toegang had tot Stan wanneer ze zich in een bui van diepe neerslachtigheid voor iedereen had afgesloten. De afgelopen weken had hij haar in het Midden-Oosten steeds gevolgd.

Maris stond op om zijn stiefzoon te begroeten. Ze omhelsden elkaar, met klopjes op de rug, maar kort en vluchtig. Het verbaasde hem dat de jongen zijn gevoelens zo goed wist te verbergen, dat hij zich als gebruikelijk kon gedragen nu er zoveel was veranderd. Zijn gevoel van beklemming werd haast ondraaglijk nu hij tegenover degene stond die hem had geschreven: 'vreemd verhaal over jou in de krant', en diep geschokt moest zijn.

'Wilde Alicia niet meekomen?' vroeg hij na een stilte.

Alicia, het neurotisch-magere meisje met wie hij al een paar jaar een problematische verhouding had.

'Ze bleef liever thuis.'

De jongen boog zich voorover om zijn moeder te kussen. Maris sloeg hen scherp gade, maar zag niets wat zijn achterdocht kon opwekken, geen bemoedigend kneepje, geen blikwisseling.

Broer en zus zaten naast elkaar op een bankje aan tafel, in het licht van de lantaarns, en hielden elkaars hand vast. Thijs kreeg een bord risotto toegeschoven en at een tijdje met één hand om met de andere die van zijn zus te kunnen vasthouden.

6

Maris lag op zijn rug in bed met zijn handen onder zijn hoofd – een houding die hij zelden of nooit aannam. Naast hem lag Fran op haar zij, van hem afgewend, te lezen. Hij luisterde of hij Stan kon horen in haar slaapkamer. Voetstappen, muziek, een laat telefoongesprek, de stemmen in een film. Maar hij hoorde niets. Hun slaapkamer had een dubbele deur. In het portaal tussen de twee deuren had hij aan weerszijden garderobekasten laten bouwen, met lampen die aansprongen als je de kastdeuren openschoof. Hij wilde stilte in zijn slaapkamer. Hij wilde ook dat Stan en Thijs hem niet zouden kunnen horen als hij met hun moeder vree. Hij had zich daarin altijd geremd gevoeld, omdat ze niet zijn eigen kinderen waren. Alsof hij bang was dat ze er diep vanbinnen toch bezwaar tegen zouden hebben dat een ander dan hun vader met haar vree.

Hij wilde zijn handen vanachter zijn hoofd halen om op zijn zij te gaan liggen en in slaap te vallen. Meer dan ooit wilde hij weg, verdwijnen in de slaap. Maar hij deed het niet, hij volhardde in die piekerhouding waar hij juist zo'n hekel aan had. Jij moet natuurlijk die hele film nog een keer bekijken, hoorde hij Fran in gedachten zeggen. Inderdaad trok de hele film van die avond nog eens door zijn hoofd. Wat er was gebeurd, wat er was gezegd, wat hij had gezien. Zijn brein had al een selectie gemaakt en presenteerde hem wat pijn deed, en wat het pijnlijkst was het langst en steeds opnieuw.

Fran las met haar Japanse leesbril. In de hoeken van het montuur waren ledlampjes aangebracht, die twee smalle lichtbundels op haar boek wierpen. Zo kon ze 's nachts lezen zonder hem wakker te maken. Fran hield van nieuwigheden. Dit was een nieuwigheid. Ze had gelezen over de ontdekking van de ledlamp, over de lange weg vol tegenslagen die de Japanse uitvinder had moeten gaan om de wereld van zijn vinding te overtuigen – en sindsdien geloofde ze in de ledlamp, deels omdat hij veel minder energie gebruikte dan de gewone gloeilamp, deels uit medelijden met de uitvinder ervan. De minilampjes in haar montuur konden zelfs op verschillende sterktes worden ingesteld. Om te weten hoe je dat deed, moest je de handleiding bij de bril lezen. Maar voor het lezen van handleidingen had ze geen geduld.

'Fran?'

Ze gaf geen antwoord.

'Mevrouw Fran?'

'Wat is er?'

'Stan is thuisgekomen. We hebben moeilijke weken achter de rug. We zijn bang geweest. We hebben slecht geslapen. We hebben spanningen gehad. Maar nu is ze thuis.'

'Waar wil je het over hebben?'

'We zouden onze dag kunnen besluiten met je weet wel. Nakaarten. De dingen nog even doornemen.'

Fran bleef roerloos liggen, nog steeds met haar rug naar hem toe. Maar de lichtbundels van haar bril priemden nu schuin omhoog in het donker en wierpen een vage lichtvlek op de muur.

'Er is iets anders waar je het over wilt hebben,' zei ze.

'Natuurlijk.'

'Of Stan het weet.'

'Ja, of ze het weet. Misschien heb je een half minuutje om erover te praten.'

'Je wordt agressief.'

'Natuurlijk word ik agressief.'

Ze zwegen. Dat hadden ze geleerd: zwijgen als de agressie opvlamde. Fran zette haar bril af. De ledlampjes wierpen nu hun koude witte schijnsel op de plooien van het dekbed.

'Ze weet het.'

'Waarom begint ze er dan niet over, waarom beginnen ze er dan niet over?'

'Ze laten het bij jou.'

'Ze laten het bij mij.'

'Ze willen je niet lastigvallen met een verhaal uit je verleden dat ze buiten jou om hebben gehoord en waar jij nooit iets over hebt willen vertellen.'

'Wat ontzettend chic! Wat ontzettend beleefd! Wat ontzettend beschaafd!'

Fran zweeg.

'En wat een totale onzin! Heb jij dit geregeld?'

'Thijs.'

'Ja, zo is Thijs.'

'Wees blij dat hij het zo heeft geregeld. Ze sparen je.'

'Sparen? Ze kwellen me door hun mond te houden.'

'Ik ben doodop, Maris. Ik ga mijn druppels innemen en daarna wil ik niet meer praten. Als we hier nu nog over beginnen, slaap ik de hele nacht niet meer.'

Fran nam haar drie druppels hennepolie en begon te prutsen aan haar bril om de lampjes uit te zetten, met haar duim zoekend naar de palletjes, knopjes of dingetjes die je moest indrukken om ze uit te krijgen. Maris rukte de bril uit haar handen en zette de lampjes uit.

Een uur later was hij nog klaarwakker en was de invasie van zijn demonen in volle gang.

HOOFDSTUK IV

1

De dubbele deuren zwiepten open en vielen weer dicht. Stan kwam de kamer binnen. Niet in haar nachthemd, nog slonzig-slaperig, niet in de trainingsbroek en het T-shirt dat ze de vorige dag had gedragen, maar volledig gekleed – ze had zich ergens op voorbereid. Zwijgend liep ze naar de koelkast, waar ze nog blindelings de verse jus wist te vinden. Zwijgend ging ze tegenover Maris aan tafel zitten. Hij had met het ontbijt op haar gewacht.

Minutenlang zaten ze in stilte tegenover elkaar.

'Nóg een bom,' zei ze ten slotte.

Maris zag de woede in haar ogen.

'Een bermbom,' grapte hij.

'Niet leuk.'

Ze reikte naar een schaaltje met geroosterd brood, maar halverwege trok ze haar hand terug.

'Dat kon ik er echt nog bij hebben, dat er hier ook nog een bom afgaat. Wat moet ik hiermee? Ik heb er een halve nacht van wakker gelegen!'

Achter elkaar dronk ze haar glas jus leeg.

'Klopt dit verhaal?'

'In grote lijnen.'

'Maar die journalist heeft het van horen zeggen.'

'Van de mensen in het dorp en van de broers van het meisje.'

'Heeft hij ook de processtukken gezien?'

'Die zijn niet openbaar. Áls ze nog bestaan na zoveel jaar.'

'De familie heeft ze natuurlijk ingezien!'

'Dat weet ik niet.'

Ze stond op om een tweede glas jus te halen. Toen ze weer aan tafel ging zitten, trok ze de stoel met een luid gekras van de poten op de vloer weer onder zich.

'Heel onnozel,' zei ze, 'ik weet het, maar ik ga het toch zeggen. Hoe is het mogelijk dat je zoiets doet? Op je veertiende! Ik durf niet eens te zeggen wat! Ik word misselijk als ik het me alleen al voorstel!' Stan's hoofd bewoog schichtig, ze durfde Maris geen ogenblik aan te kijken. 'Op je veertiende! Dan ben je toch gewoon een geval? Dat gaat nooit meer weg.'

Maris had haar uitbarsting over zich heen laten komen, maar nu vond hij het genoeg.

'Ik ben geen geval,' zei hij. 'Ik ben een schilder, en niet eens zo'n slechte, ik ben een liefhebbende echtgenoot in een lang huwelijk, ik heb twee kinderen opgevoed, ik probeer voor een handjevol mensen een goede vriend te zijn, en voor de rest ben ik een gebrekkig mens, als iedereen, en heb ik ooit, in een ver verleden, een woedeaanval gehad die een ander het leven heeft gekost en is me iets overkomen wat me niet zou zijn overkomen als ik die middag naar de zeedijk was gegaan om te zwemmen of het gras was gaan zeisen in de boomgaard van twee oude mensen en me niet door dat meisje had laten meetronen naar een verlaten schuur.'

'Dat is jouw verhaal.'

'Inderdaad. Ik heb ook een verhaal.'

Voor het eerst sinds ze was losgebarsten keek ze hem aan. Maris wendde zijn blik af. Stan had van grote afstand naar hem gekeken. Nu keek hij van grote afstand naar haar. Hij zag een jonge vrouw die consequent de verkeerde minnaars nam, allemaal zagen ze er goed uit, allemaal hadden ze een goeie kop, maar ze konden geen van allen tegen haar op, want ze moest en zou domineren. Hij zag een vrouw die als fotografe naar een oorlogsgebied trok en dacht dat ze dat deed om 'de wereld te laten zien wat daar gebeurde' en niet begreep dat ze dit alleen voor zichzelf had gedaan, omdat ze was vastgelopen en naar een doorbraak zocht, en van wie je zelfs zou kunnen zeggen dat ze de ellende van anderen gebruikte om carrière te maken.

'Zal ik wat roerei bakken,' vroeg hij, al half overeind komend.

'Okay,' zei ze met schorre stem.

2

Zwijgend zaten ze naast elkaar in de taxi naar het Stedelijk. Maris had geprobeerd een gesprek op gang te brengen, op zoek naar luchtigheid, maar Stan had hem kortaf geantwoord en was in stilzwijgen vervallen. Met afgewend gezicht staarde ze naar buiten.

Ook Maris staarde voor zich uit. Ze had hem 'een geval' genoemd, ze werd 'misselijk' als ze zich voorstelde wat hij had gedaan. Ze was 'in shock'. Over een paar dagen zou ze het waarschijnlijk al genuanceerder kunnen zien. Maar dat besef hielp hem niet. Hoe was het mogelijk dat die drie gisteravond in de tuin urenlang hadden gezwegen over het verhaal in het weekblad? Hoe hadden ze zo terughoudend kunnen zijn tegen iemand die al twintig jaar in hun leven was? Ze hadden zich teruggetrokken op hun diepste verwantschap: die van het bloed. Hij was weer de vreemdeling in hun midden. Vanuit zijn ooghoeken keek hij nu en dan naar Stan. Hij had misschien iets verschrikkelijks in haar aangericht. Ze had hem altijd volkomen vertrouwd, zij die zo moeilijk anderen kon vertrouwen.

Hij keek naar de voorbijglijdende stad en stelde zich een nieuw leven voor. De zakelijke stappen had hij al overdacht. Hij zou Fran het huis laten en zijn aandeel niet opeisen, want in dat geval zou ze het moeten verkopen. Het was ook altijd meer haar huis geweest dan het zijne. Zij had het ingericht. Iedereen herkende het als haar huis. Hij zou voorlopig in zijn atelier bivakkeren en nam alleen zijn kunstboeken mee, alles wat hij vanaf zijn achttiende had verzameld, de kunstenaars met wie hij had geleefd, zijn ware en enige familie. Hij zou teruggaan naar Amerika, hij had er nog genoeg connecties. Er lag een uitnodiging van een galerie in New York. Hij kon verder. Maar hij zou zich nergens meer vestigen voordat hij oud was. Dit werd de nieuwe fase: onderweg zijn, zijn werk achternareizen.

Maar hij geloofde niet in opnieuw beginnen. Je kon niet opnieuw beginnen. Je kon je niet van het verleden ontdoen. Hij wilde blijven waar hij was, geworteld en gehecht zijn. Hij hoefde maar een ogenblik aan Fran te denken om dat zeker te weten. Zelfs als hij ruzie met haar had, kon hij bij vlagen nog van haar houden. Het kwam altijd door haar gezicht. Een bepaalde uitdrukking van haar gezicht kon zelfs door zijn boosheid heen dringen en hem treffen. Maar ze wilde niet verder met hem, vreesde hij, omdat de kinderen het nu ook wisten. Dat was de druppel. Ze zou kiezen voor haar kinderen. Uiteindelijk zou het daar dan toch op stuklopen: op zijn verleden – zoals hij altijd had gevreesd. Ik kan het niet meer opbrengen, zou ze zeggen. Had hij nog de kracht om door te gaan, om haar opnieuw te overtuigen?

Opeens hoorde hij de schorre stem van Stan.

'Driver, can you drop us here?'

'In Amsterdam zeggen we chauffeur, jongedame.'

'Ach, zeikerd! Stop nou gewoon!'

'In Amsterdam zeggen we niet zeikerd, maar seikerd, jongedame.'

'Stop nou even, man!'

'Waar wil je dat ik je drop? Hiero tussen de Chinezen of daaro tussen de Yanks? Vroeger waren de Yanks het luidruchtigst, maar tegenwoordig begin je die Chinezen ook te horen, en alles fotograferen hè, om het thuis na te maken. Asjeblieft, jongedame.'

Maris gaf de man een biljet van twintig euro en schoof achter Stan aan de taxi uit. Zonder op hem te wachten liep ze verder over het trottoir. Huilde ze? Ja, ze huilde.

3

Op het plein voor het Stedelijk kruiste een vrouw van een jaar of veertig hun pad, op weg naar de ingang van het museum. Ze glimlachte stralend naar Maris en hield met een aanvallig gebaar het weekblad met zijn portret op het omslag naar hem omhoog, alsof ze wilde zeggen dat ze eerst de tentoonstelling ging bekijken en dan het grote verhaal over hem zou lezen, ongetwijfeld met een caffè latte en een lekker stuk taart erbij.

'Je hebt fans,' zei Stan cynisch.

'Ze heeft geen idee wat haar te wachten staat.'

'Zo te zien denkt ze dat ze een fijn verhaal gaat lezen.'

Het was druk in de hal van het museum. Er stonden lange rijen voor de kassa. Tussen de honderden bezoekers liepen ze de directeur tegen het lijf – er viel niet aan te ontkomen. Ze spreidde haar armen en kwam hem stralend tegemoet. Maris' glimlachte flauwtjes, zijn gezichtsuitdrukking bleef somber en gekweld. Bijna onwillig boog hij zich voorover om haar te kussen. Ze was op weg naar het restaurant, op de voet gevolgd door twee lange jongemannen.

'Oh, how lovely to see you, Maris.'

De twee jongemannen knikten hem toe, maar bleven op afstand. Ze namen hem van hoofd tot voeten op en bleven beleefd zwijgend wachten tot dit oponthoud voorbij zou zijn, als twee lakeien achter een vorstin.

'Ah, so this is your daughter. Good to see you, Stan.'

De jongemannen bekeken nu ook Stan.

'Maris, your show is a miracle. We have thousands and thousands of visitors every day!'

'Okay.'

'I am looking at one or two of your paintings every day myself and I learn so much.'

'Oh, wonderful. What do you learn?'

'Oh, so much. And there's so much press. New clippings every day.'

'Did you read that marvelous coverstory?'

'Not yet, not yet.'

Ze leek meteen te weten wat hij bedoelde.

'But Sunday morning my coffee table will be covered with newspapers and magazines and then I will read all your reviews and interviews.'

'As far as you can.'

'As far as I can. But, Maris, my Dutch is improving. Het wordt beter, elke dag.'

'Maybe I have to warn you for this coverstory.'

'Oh…'

'I am accused of being a murderer.'

Hij zei het bijna lachend.

'Oh, my God!'

'It was an accident.' Hij zei het luid, om het geroezemoes van de menigte in de hal te overstemmen. 'An accident. But some people claim it was murder.'

'Oh, Maris, how awful.'

De lange jongemannen stonden nu als verstijfd te luisteren. Een van hen had aan het begin van het gesprek, om het wachten te bekorten, zijn telefoon tevoorschijn gehaald. Toen Maris hem aankeek, had hij zijn hand met de telefoon tegen zijn kruis gedrukt en zijn andere hand er langzaam overheen gelegd. Het gebaar had iets obsceens en uitdagends.

'It's just muckraking,' zei Maris met een rood aangelopen gezicht. 'Vuilspuiterij!'

'I am so sorry for you, Maris… But… well… your show is a miracle… And now you're here to see it with your daughter. Where do you live, Stan?'

'I live in Brooklyn.'

'That's great!'

De interesse van de kleine vrouw in het zwart nam aanzienlijk toe toen ze hoorde dat Stan als assistent had gewerkt voor twee wereldberoemde modefotografen in New York – 'ah, Inez and Vinoodh' – en dat ze net vier weken op reportage was geweest in Syrië en Irak.

'I'd love to see your pictures.'

'I'll send you some.'
De twee vrouwen lachten elkaar liefjes toe.

Maris liep de brede, marmeren trappen op naar zijn tentoonstelling. Stan liep naast hem. Ze droeg een leren broek en hoge witte sneakers, een strak T-shirt, een jackje en een rugzakje. De leren broek liet duidelijk zien dat ze niet een hyperslank en gestroomlijnd lichaam had, maar dat maakte haar juist sexy en opvallend. Er stak een zwarte zonnebril in haar haar. Ze straalde energie uit. De energie van een wereldstad, dacht Maris. Dat ze vier weken in oorlogsgebied was geweest viel niet aan haar af te lezen. In het Midden-Oosten had ze iedere dag hetzelfde gedragen, wist hij van een paar zelfportretjes die ze had gestuurd: een overhemd in legerkleuren, bruin of donkergroen, waarop altijd zweetplekken te zien waren, haar scherfvest, een broek met veel zakken en hoge legerschoenen. Het moest haar goeddoen om eindelijk weer gewone kleren te kunnen dragen. Ze droeg wat ze daar onder geen beding had mogen dragen.

In zichzelf gekeerd liep hij de trappen op. Door de glazen dakkap en het eronder gespannen velum viel getemperd licht. Stemmen weerkaatsten in de hoge ruimte. Hij was er trots op dat hij nu over deze trappen naar zijn eigen tentoonstelling liep. Meteen was er ook een gevoel van tijdelijkheid, een besef van vluchtigheid. Het gesprek met de museumdirecteur smeulde nog in hem na, en het beeld van de twee lange jongemannen, de een haast een kloon van de ander.

Op het plateau halverwege de trap stond hij stil, licht hijgend.

'Hier stonden Gilbert & George,' zei hij, 'daar aan de zijkant. Ze waren toen al wereldberoemd. Twee keurig geklede Engelse heren die hun gezicht met goudverf hadden bestreken en daar urenlang roerloos poseerden als levende beeldhouwwerken. Tegenwoordig zou geen mens er meer van opkijken, maar toen was het nieuw en revolutionair en trok het veel bekijks. Ik vond het helemaal niks. Zo oppervlakkig.'

'Okay.'

Stan wilde doorlopen. Maris bleef staan.

'Waarom vertel je dit?'

'Omdat deze trap iets voor me betekent. Ik ben hier zo vaak naar boven gelopen en ik heb in de zalen daarboven zoveel gezien en ontdekt. Ik ben eens op een zaterdagochtend met mijn vader en een andere kerel, een amateur-archeoloog, over een pas geploegde akker gelopen. Een gestolde zee was het. Ik liep tussen golven blauwe klei, een kleine jongen, en opeens zie ik in de gladde kleiwand een potscherf zitten, matbruin met een lik oranje erop. Ik vond het fantastisch. Ik had nog nooit zoiets gezien. Ik had het gevoel van een ontdekking. En datzelfde heb ik in die zalen daarboven dikwijls meegemaakt, precies diezelfde sensatie.'

'En die potscherf?'

'Die heb ik meegenomen. Ik heb hem nog steeds.'

Maris voelde dat de voorbijgangers op de trappen naar hem keken en werd onrustig. Hij begon aan het tweede deel van de trap. Stan liep voor hem uit, als altijd snel en gehaast. Ze had iets bonkigs in die strakke leren broek. Hij wendde zijn blik ervan af. Toen hij bovenkwam, voelde hij een duizeling door zijn hoofd trekken. Hij was oververmoeid.

Stan stond hem bij de ingang van de eerste zaal op te wachten. Terwijl hij haar naderde, nam ze hem lang en peinzend in zich op. Ze keek van grote afstand naar hem, besefte hij. Ze zag hem opnieuw.

'Eigenlijk bizar,' zei ze, 'om nu je schilderijen te gaan bekijken.'

In drie kwartier liepen ze door de vijftien zalen langs zijn oeuvre. Stan ging snel van het ene schilderij naar het andere, nieuwsgierig, alles absorberend. Ze zag schilderijen die ze nog nooit had gezien, schilderijen die ze in zijn atelier had gezien of thuis aan de muur en daarna nooit meer, schilderijen die haar trokken en andere die ze na een enkele blik voor gezien hield – aan beleefd kijken deed ze niet. Ze verbaasde zich over het aantal musea waar zijn werk zich bevond. Het was of nu pas tot haar doordrong wie hij als schilder was. Steeds wilde ze weten of een schilderij gemaakt was vóór zijn tijd met Fran of nadát hij haar had ontmoet. Zwijgend, met af en toe een vraag of opmerking, nam ze alles in zich op.

'Alles draait om intensiteit,' zei ze. 'Intensiteit en nog eens intensiteit! En dit werk heeft dat.'

Ze kon onuitstaanbaar zelfverzekerd doen. Ze had dat in New York ontwikkeld: zelfverzekerd lijken.

Maris volgde haar door de volle zalen. Hij zag de blikken die op hem werden geworpen, tussen de hoofden door, over een schouder, in het voorbijgaan. Vooral vrouwen keken. Het was goed, besefte hij, dat hij niet in zijn hol was blijven zitten, dat hij zich niet terugtrok, zichzelf niet onzichtbaar maakte, maar zich ook hier op zijn eigen tentoonstelling liet zien, geflankeerd door een jonge vrouw. Het verhaal over zijn misdaad op jeugdige leeftijd maakte zijn werk voor het publiek alleen maar intrigerender. Hij leidde het af uit de blikken die op hem werden geworpen. Zijn misdaad betekende niets voor hen. Ze genoten van een schouwspel: een man die het onbevattelijke had gedaan, een man die nog altijd gebukt moest gaan onder schuld – daar liep hij, zomaar.

4

In het restaurant van het museum kropen ze weg in een hoek waar weinig mensen hen konden zien en bestelden hun lunch. Stan leunde met haar ellebogen op tafel en keek de serveerster na. Ze had haar rugzakje afgedaan, haar jackje uitgetrokken en de mouwen van haar T-shirt opgestroopt.

'Okay, Maris. Even afronden. Je tentoonstelling, bedoel ik.'

Ook Maris had zijn ellebogen op tafel gezet en steunde zijn kin op zijn duimen. Hij wilde dicht bij haar zijn. Nog steeds was hij vooral dolblij dat ze terug was, levend en wel. Sinds het weerzien op Schiphol was het nog steeds vooral haar fysieke aanwezigheid die hij in zich opnam, alsof hij maar nauwelijks kon geloven dat ze er was.

Stan viel stil.

'Even afronden,' herhaalde Maris.

'Yep!'

'Vooruit.'

'*Complimenti*, man,' zei ze. 'Je bent een meester. En dat meen ik echt.'

Maris glimlachte om haar stelligheid en zelfverzekerdheid.

'Dank je, lieverd.'

'Ik snap ook waarom hier zoveel mensen op af komen.'

Twee glazen witte wijn werden voor hen neergezet. Ze tikten hun glazen tegen elkaar en een ogenblik keken ze elkaar behoedzaam aan. Maris probeerde haar blik te peilen. Vooral onzeker, ontwijkend. Wat haar zo diep had geschokt, zat alweer onder de oppervlakte.

Snel pratend ordende Stan haar indrukken. De ene observatie volgde op de andere. Ze had veel gezien en opgemerkt. Nu probeerde ze greep te krijgen op het vele dat ze had gezien en op een oeuvre dat haar grotendeels onbekend was en dat haar had overweldigd. Ze had een nieuwe Maris gezien. Ze was geïmponeerd door de heftigheid van zijn vroege werk. Het was of ze hem opeens als jongeman had gezien of besefte dat hij ook jong was geweest. Ze had lang staan kijken naar een enorme blow-up van een foto waarop hij in zijn atelier een luchtsprong maakte voor een van zijn schilderijen. De foto was genomen door zijn galeriehouder ter onderbreking van een van hun gesprekken.

'Ik ging in die tijd naar kungfu-films,' zei Maris, 'in een totaal verlopen bioscoop. Dit moest een soort kungfu-sprong voorstellen. Ik had er een lange aanloop voor genomen.'

'En je was zeker twintig kilo lichter dan je nu bent.'

'Ik was jong, lieve schat. Net zo jong als jij nu bent.'

Twee borden ravioli werden voor hen neergezet.

Onder het eten vervielen ze in stilzwijgen. Stan at steeds trager en schoof haar bord ten slotte opzij. Zonder inleiding zei ze: 'Ik moet hier zo over nadenken, Maris. Er verschuift opeens zoveel.'

Ze leegde haar glas wijn.

'Ik moet aan je vader en moeder denken. Ze maakten altijd een beetje een geslagen indruk. Ik dacht altijd: dat heeft te maken met waar ze vandaan komen. Maar nu begrijp ik waar dat geslagene door werd veroorzaakt.'

'Ze voelden zich ook klein in Amsterdam.'

'Maar het kwam ook door wat er gebeurd was.'

'Ja.'

'Ik begrijp opeens waarom je geen familie hebt of die mensen altijd op afstand hebt gehouden. Het zal ook zijn uitwerking hebben gehad op je zus en op jullie verhouding. Snap je? Zo begint me opeens van alles duidelijk te worden. Je relatie met Fran. Hoe jullie bij elkaar zijn gekomen. Fran die rondliep met een waanzinnig schuldgevoel over de dood van Raf. En jij die rondliep met een nog veel groter schuldgevoel, omdat je het zelf had gedaan. Jullie deelden dat met elkaar.'

Ze keek om zich heen, zoekend naar de serveerster.

'Nemen we nog een glas?'

'Ik hou het bij water. Neem jij nog wat.'

'Nee, dan ga ik ook verder op water. Wel zo verstandig.'

Maris had zijn onderarmen weer op tafel gelegd en steunde met zijn kin op zijn duimen. Hij wist niet wat hij moest zeggen, hij probeerde ook niets meer te zeggen en terwijl hij zweeg voelde hij tranen in zijn ogen komen. Aan de overkant van de tafel zag hij in Stan's ogen hetzelfde gebeuren.

'Ik ben gewoon in shock,' zei ze half huilend.

'Dat kan ook niet anders.'

'Eerst dat verhaal over jou en alles wat dat oproept, nu komt al dat werk van je er nog eens bij. Na alles wat ik de afgelopen weken heb meegemaakt. Het is een beetje veel.'

Maris pakte haar hand. Het voelde onwennig, na zes maanden en alles wat er was gebeurd. Algauw trok ze haar hand uit de zijne, veegde de tranen van haar wangen en glimlachte.

'Dit blijft niet zo, hoor. Ik ga dit verwerken. En we gaan erover praten. Doen we er toch nog een?'

'Ik niet. Maar neem jij lekker nog een glas.'

'Okay.'

Nadat ze had besteld, ritste ze haar rugzakje open.

'Tijd voor een verrassing.'

Ze haalde een dubbelgevouwen krant tevoorschijn. Op weg naar het Stedelijk had ze de taxi over het Spui laten rijden en was ze bij Athenaeum de tijdschriftenafdeling in gedoken. Ze had er *Le Monde* gekocht. Haastig bladerde ze nu door het zaterdagse magazine van de krant, greep al naar haar telefoon omdat ze niet kon vinden wat ze zocht, en toen zag ze het. Zowel geïmponeerd als trots keek ze naar twee glanzende pagina's.

'Hij staat erin!'

Ze draaide het magazine naar Maris toe, zodat hij de foto kon zien die over twee pagina's was afgedrukt.

'Even rechtsonder kijken,' zei ze.

'Foto van jou!'

'Foto van mij.'

Bruusk draaide ze het blad weer naar zich toe en boog zich zwijgend over de foto. Toen draaide ze het weer naar Maris toe.

'Jij hebt nog Frans geleerd. Wat hebben ze eronder gezet?'

Maris vertaalde met enige moeite het bijschrift. De foto was een straatbeeld in een Syrische stad. Op de voorgrond lagen een oude man en een man van middelbare leeftijd op hun knieën en klampten zich aan elkaar vast. De jongere man troostte de oudere, die zijn vader was. Verderop stonden een paar militairen rond een verveloze brancard op wielen. Op de brancard het bebloede lichaam van een jongen, net gedood bij een mortieraanval. Links in beeld stond een andere jongen toe te kijken. Het verdriet van de vader en de grootvader. Ze waren huilend door hun knieën gezakt, midden op straat.

Maris kon niet zo lang kijken naar dit soort oorlogsfoto's. Hij werd er zo langzamerhand ziek van. Elke dag kwam hij ze tegen in de kranten, de ene nog effectvoller dan de andere.

'Mooie foto.'

Hij zei het een tikje cynisch, ondanks zichzelf. Het wás ook een mooie foto. Hij was niet alleen dramatisch en indringend, maar hij had ook een niet geringe aantrekkingskracht door zijn compositie. De straat diagonaal in beeld – dat werkte altijd: een krachtige diagonaal. De twee hoofdfiguren op de voorgrond min of meer op de gulden snede en de bijfiguur links die je blik richtte op het eigenlijke drama: de dode jongen op de brancard, omringd door onverschillige soldaten in afwachting van de ambulance.

'Ik ben echt even apetrots,' zei Stan. 'Dit kan ik overal laten zien. Dit kan mijn agent overal laten zien. Dit wórdt vandaag overal gezien. Hier ga ik verder mee komen.'

'Gefeliciteerd.'

'Dank je.'

Ze nam een slok wijn, terwijl ze langs haar glas naar de foto bleef kijken.

'Het was best een heftige situatie.'

Ze draaide het tijdschrift zo dat ze allebei naar de foto konden kijken. Zwijgend keek Maris naar de glanzende pagina's. Daar was ze geweest, in die stoffige straat met een temperatuur rond de veertig graden, verpletterend fel zonlicht en het gekrioel van mensen die het hadden overleefd: de aanval, de plotseling inslaande granaten. Zij had daar rondgelopen, in die chaos, en opeens dit tafereel gezien. Ze was door haar knieën gegaan om de twee mannen, die huilend in elkaar waren gezakt, te fotograferen. Ze had hen durven naderen, ze had dicht bij hen durven komen, heel dichtbij, bij het verdriet van mensen voor wie ze een vreemde was, een westerling bovendien, en ze had afgedrukt.

Een halfuur later zag Maris vanuit het restaurant zijn stiefdochter over straat lopen. Ze zwaaide naar hem, de telefoon al aan haar oor, zij met de scheefgeknipte pony boven de dikke wenkbrauwen. Negenentwintig. Alweer op weg naar het volgende. Hij vroeg zich af of ze besefte, met meer dan alleen maar haar verstand, aan hoeveel gevaren ze was ontkomen, of ze het wel wilde beseffen. Ze had, in de gebieden waar ze zich had gewaagd, gevangengenomen kunnen worden door jihadi's, jongens van rond de twintig die van wapens hielden, van vechten en moorden, en die strijder wilden zijn, voor welke zaak dan ook. Hij had een mail kunnen ontvangen, in slecht Engels gesteld: we hebben je dochter, betaal twee miljoen dollar als je haar levend terug wilt zien. Bij die brute mail een foto van Stan in gevangenschap, zittend op de vloer van een smerig onderkomen, Stan die hem smekend aankeek, of verwilderd en angstig, of apathisch – van ver weg. Met diezelfde scheefgeknipte pony.

Hij keek haar na tot ze in de menigte was verdwenen. Toen belde hij Fran.

'Maris?'

Ze klonk ongeduldig. Hij hoorde de geluiden van een café en ook het verkeer op straat en stemmen van voorbijgangers.

'Zit je op een terras?'

'Ja, ik zit ergens buiten.'

Aan haar stem hoorde hij dat hij niet verder moest vragen: in welke straat ze zat, bij welk café. Ze vond dat een 'vervelend soort nieuwsgierigheid'.

'Hoe ging het,' vroeg ze.

'Hoe ging wat?'

'Met Stan natuurlijk!'

'Het ging goed.'

'Ging ze tekeer?'

'In het begin. Maar daarna hebben we goed kunnen praten.'

'Okay.'

Hij hoorde aan haar stem dat ze nu geen tijd voor hem had en bang was dat hij zou losbarsten.

'Er staat een foto van haar in *Le Monde*.'

'Dat zie ik vanavond wel. Daar komt mijn afspraak.'

Hij hoorde hoe ze heel vrolijk een van haar vriendinnen begroette, hij was er vlakbij, hij zat in Fran's hand, hij gleed langs de jas van haar vriendin, die luid ritselde in zijn oren, en nu werd hij in Fran's broekzak geschoven. Ze vergat haar telefoon uit te zetten, ze vergat eigenlijk ook om het gesprek te beëindigen, en toen deed hij het zelf maar.

Maris leunde achterover in zijn hoek van het restaurant. Hij dacht weer aan Stan, zoals ze tegenover hem had gezeten met haar scheve pony en haar dikke wenkbrauwen. Hij herinnerde zich een foto van Fran waarop ze zo op haar dochter leek. Stan had de dikke wenkbrauwen van haar moeder, en de grote ogen, de brede mond, het expressieve gezicht dat mensen aantrok. Hij opende zijn telefoon en zocht de foto op. Hij had die een paar jaar geleden genomen tijdens een van hun jaarlijkse bezoeken aan New York. Het was op een avond in Bryant Park en het was warm. Vlak bij hen waren op een smalle strook gras een man en een vrouw met een bokstraining bezig, er stond een jongen te jongleren met ballen die in een gestage stroom uit zijn handen leken op te stijgen, het verkeerslawaai dwong hen om met stemverheffing te praten. Fran had het warm. Ze had eerst haar jack uitgetrokken, maar omdat ze het nog steeds warm had, had ze haar blouse verder opengeknoopt en naar achteren geschoven, haar schouders ontblotend. De foto was een beetje wazig, want er was weinig licht op het terras waar ze zaten. Maar hij voelde des te sterker haar wilde energie, iets ontembaars, wat hem aantrok. Opgewonden, haar haren klevend aan haar voorhoofd, haar schouders bloot en vol plezier keek ze hem aan vanachter haar cocktail.

Vluchtig bekeek hij andere foto's van Fran. Hij had tientallen portretten van haar in zijn toestel. Fran aan de eettafel, bezig om het laatste restje van een salade uit de schaal te eten. Fran in bed, vlak naast hem, op haar zij, terwijl ze sliep. Fran in de badkamer, terwijl ze zich stond af te drogen. Fran op de rand van het bed, voorovergebogen, bezig haar teennagels te knippen. Misschien wil je wel een andere vrouw, had ze onlangs tegen hem gezegd.

Hij keek op. Twee tafels verderop streek een jong Japans stel neer, frêle, ingetogen, allebei met dik en matglanzend zwart haar, jeans waarin de door de mode voorgeschreven scheuren zaten en clownesk grote schoenen. Als twee diertjes kropen ze tegen elkaar aan op de roodleren bank. Ze hadden een groot boek gekocht, pakten het uit, sloegen het open, de bollende bladzijden behoedzaam neerdrukkend. In een flits zag hij dat het de catalogus van zijn tentoonstelling was. Twee zulke jonge mensen, van zo ver weg, die zich over zijn werk bogen. Een beetje verbluft keek hij naar buiten.

In de menigte op het voorplein van het museum zag hij een man van ergens in de zestig naar de ingang van het museum lopen. Hij droeg een halflange leren jas van het dure en opzichtige soort. De jas hing open. Zijn overhemd was schoon en gestreken. Zijn broek was nieuw, zijn schoenen waren nieuw. Het was een man van het platteland die in zijn beste kleren naar de stad kwam. Maris herkende eerst het type, een ogenblik later besefte hij dat hij ook de man zelf herkende.

Geschrokken wendde hij zich af en keek het restaurant in. Zijn hart bonsde. Hij zat roerloos. Toen kwam hij overeind, gleed langs het Japanse stel, dat schuw naar hem opkeek, en liep het restaurant uit, in het voorbijgaan een biljet van vijftig euro overhandigend aan een serveerster. Ze wilde weten waar hij had gezeten, maar hij was al weg.

In de hal van het museum zag hij de man uit de glazen draaideur komen. Hij was hier duidelijk nooit eerder geweest, want hij stond stil om zich te oriënteren. Maris stelde vast dat hij alleen was gekomen, zonder zijn twee broers, en ook zijn vrouw niet had meegenomen. Het was zaterdag, een vrije dag voor hem. De grote loods met landbouwmachines aan de rand van het dorp was gesloten. Of hij had de zaken voor vandaag aan zijn broers overgelaten. Een paar uur geleden was hij van het eiland vertrokken, aanvankelijk rijdend over de inlandse dijken tussen de lange rijen iepen. Hij was met de auto gekomen, want een man als Corné Tramper reisde niet met de trein.

Maris' hart sloeg nog altijd als een razende. Hij had de neiging om het gebouw te verlaten en in de menigte te verdwijnen. Nog altijd was hij bang voor Corné. Het moest een overblijfsel uit zijn kindertijd zijn. Het was de angst voor de oudere buurjongen die hem niet mocht en die hij zo veel mogelijk ontliep. Het was de angst die hij jaren later had gevoeld op een verlaten parkeerterrein bij een begraafplaats, waar Corné hem met zijn broers de weg had versperd en de autosleutels uit zijn hand had gerukt. Het was de angst die hij had gevoeld toen hij zich na zijn misdaad in het schuurtje van zijn vader achter de aardappelzakken had verborgen en Corné in de moestuin hoorde roepen. Woedend had Corné toen zijn naam geroepen: Maris! Máris! Má-ris! Het was de verschrikkelijke angst van precies dát moment die in hem herleefde.

Hij volgde Corné door het gebouw, alsof hij aan hem geketend was. Hij ging achter hem de trappen op, steeds recht achter hem, zich verschuilend in het publiek. Corné had zijn jas aangehouden. Er zat grijs in zijn haren, maar het zwart was nog krachtig. Langzaam en zelfbewust liep hij de trappen op. Een ogenblik bespeurde Maris in zichzelf bewondering voor de man die voor hem uit ging, ook al herkende hij in die zelfbewustheid de provinciaal die zich in een vreemde omgeving een houding probeert te geven.

Hij volgde Corné door de zalen. De man liep met zijn handen in zijn zakken en wierp in elke zaal slechts snelle blikken op de schilderijen, kennelijk naar iets op zoek. Ten slotte stond hij stil voor *Drowning*, het grote blauwe schilderij van het verdronken meisje, gewikkeld in een touw, en de tientallen gesloten ogenparen. Op enige afstand stond ook Maris stil, met het bonzen van zijn bloed in zijn oren en het zweet op zijn rug. Hij begreep onmiddellijk waarom Corné naar dit schilderij op zoek was geweest: ook zijn zusje was met een touw om haar lichaam gevonden. Hij moest de reproductie van het schilderij in het weekblad hebben gezien. In het artikel was gesuggereerd dat dit schilderij, als een van de weinige in zijn oeuvre, een autobiografische aanleiding had. Met zijn voeten uiteen geplaatst, zijn handen voor zijn kruis gevouwen, keek de man in de leren jas naar *Drowning*. Na een paar minuten liep hij verder door de tentoonstelling, als betrof het een wandeling. Maris' hart bonsde nog feller. Hij was bang dat Corné in de laatste zaal naar het schilderij *Black Barn* zou lopen, dat hij recent had gemaakt en pas na lang aarzelen aan de tentoonstelling had toegevoegd. Maar Corné sloeg het over, hij kende het niet, want het was nergens gereproduceerd. Maris had het werk buiten het beeldmateriaal voor de kranten gehouden.

Hij volgde Corné Tramper naar de uitgang en daarna op zijn tocht door de stad. Aan het zweten en de hartkloppingen was een einde gekomen, de verschrikkingen van destijds, plotseling weer zo levend, waren weggezakt. Hij voelde zich alleen nog beklemd, de gevangene van zijn verleden, niet in staat Corné te laten gaan. Waarom kon hij hem niet laten gaan?

In het museum was de man een nieuweling geweest, in de Amsterdamse binnenstad was hij dat zeker niet, ook al gebruikte hij alleen de hoofdstraten om zijn weg te vinden. Het verbaasde Maris steeds opnieuw hem hier te zien, hij kon het haast niet geloven. Bijna drie kwartier volgde hij Corné – de rijzige gestalte, de zwarte leren jas, de trage gang die contrasteerde met het tempo van de stad. Pas toen hij de man op de Wallen zag verdwijnen in de stegen, liet hij hem gaan. Toen begreep hij ook waarom Corné zijn beste kleren droeg.

5

Aan het eind van de zaterdagmiddag kwam Maris thuis met een boeket voor Fran, een fles whisky voor Thijs en voor Stan het pas verschenen fotoboek van een New Yorkse fotograaf.

Fran was bezig met de voorbereidingen voor de maaltijd van die avond. Ze was gehaast. Ze had al een overvolle dag achter de rug. Ze was vroeg opgestaan en naar La Tarantella gegaan om aanwezig te zijn bij de reparatie van de afzuigkappen in de keuken. Ze had een van haar serveersters eropuit gestuurd om boodschappen voor haar te doen. Ze had zitten praten met twee meiden die ze op zondag in haar restaurant wilde laten optreden. Nieuwe dagmenu's doorgenomen met de kok. En ondertussen was ze aangeslagen omdat Maris met Stan door zijn tentoonstelling liep, terwijl hij dat nog steeds niet met haar had gedaan. Aan het begin van de middag had ze met een vriendin op een terras zitten praten – over Stan, niet over Maris, nog altijd niet. Vandaar had ze zich op haar fiets, moeizaam trappend met haar nog omzwachtelde enkel, naar een massage gerept en in een doodstil souterrain overal in haar lichaam de spanning gevoeld. Thuis een emotioneel telefoongesprek met een van haar zussen, die ze nog niet had gesproken na de onthullingen over Maris. Ten slotte Thijs aan de lijn, die weer problemen met zijn Alicia had en zich maar niet van haar kon losmaken – en al luisterend had ze zo geruisloos mogelijk alvast een begin gemaakt met de maaltijd van vanavond.

Ze schrok toen ze Maris zag binnenkomen met het boeket. In een oogwenk zag ze dat het prachtig was, ze zag hém erin, zijn kleurgevoel, maar ook zichzelf, precies dat wat ze mooi vond, en ze begreep dat ze ervan schrok omdat ze bang was voor nieuwe pijn.

'Dat is lang geleden,' zei ze stroef.

Maris legde een arm om haar middel en trok haar tegen zich aan. Fran wendde haar gezicht van hem af toen hij haar wilde kussen. Als een schoolmeisje, dacht hij. Ze liet zich alleen op haar wang kussen. Hij nam van dichtbij haar gezicht in zich op. Ze zag er getekend uit. De rimpels rond haar ogen en in haar gezicht werden scherper als ze moe was. Maris liet haar los. Het stelde hem teleur dat ze alleen maar zei dat het lang geleden was.

Zwijgend zette hij de bloemen in de schedelvaas die hij haar op de dag van de opening had gegeven en die tot nu toe leeg was gebleven. De vaas was hoog genoeg voor zo'n grote bos. Het gele glazuur van de schedel glansde, zo ook de twee rijen monsterlijk grote tanden in gebroken wit. Hij tilde de vaas op aan zijn grote oren en droeg hem naar de tafel. Bloemen deden het goed in zo'n opgewekt grijnzend doodshoofd.

Onder de warme stralen van de douche kreeg Maris een erectie. Hij dacht aan een van de prostituees in de stegen van wie hij een glimp had opgevangen. Het duurde niet lang of zijn zaad sprietste tegen de tegels op de muur. Hij deed zijn ogen weer open. Zijn hart bonsde.

Hij wilde naar beneden gaan om Fran te helpen, maar bleef half gekleed zitten op de rand van de badkuip en keek door het open raam naar de bomen. Nog altijd kon hij niet goed geloven dat hij Corné Tramper in de stad had gezien en dat de man hier zo te zien al jaren kwam voor zijn hoerenbezoek. Hij dacht terug aan het dorp op zaterdag. Hij zou met zijn vader zijn gaan vissen bij de kreek buiten het dorp en op de steiger voor de vissershut zou hij hebben zitten tekenen. Op de dijk stond de Mercedes in de berm. Bij thuiskomst de geur van het vlees dat zijn moeder voor het weekend had bereid. Tijdens het middageten lag het dorp er uitgestorven bij. Je kon de mussen horen tsjilpen. Dorpse rust. Dorpse saaiheid. 's Middags werkte zijn vader in de moestuin achter het huis. De spa van zijn vader die de vette zeeklei in ging, krassend langs schelpresten. Een paar huizen verderop vlogen de duiven van Matty's vader klapwiekend op in een wolk van grijs en blauw, ze draaiden cirkels boven de tuinen, verdwenen in een langgerekte sliert boven de velden en keerden terug, dalend naar het grote duivenhok op palen. Soms fietste hij 's middags in zijn eentje naar de zeedijk. De matte glans van de zee op een dag als deze, herfstig al. De vissers die hij gadesloeg als ze met diep doorbuigende hengel een mooie zeebaars binnenhaalden, de zilverige glinstering van het vissenlijf, kletsend op de stenen, het bebloede wit van de bek. Hij zag Matty dood liggen, met het touw om haar lijf, haar haren voor haar gezicht geslagen. De natuur was wreed, net zo goed voor mensen als voor dieren. Ook zij was op het verkeerde moment op de verkeerde plaats geweest. Maar zo mocht hij het niet zien, als dader.

Maris schrok op. Hij hoorde de stemmen van Stan en Thijs, die een verdieping lager in de erker voor het open raam verschenen. Haastig kleedde hij zich verder aan. Toen hij bijna klaar was, schakelde hij over op een bestudeerde kalmte. Hij trok zijn gewoonste kleren aan, want hij wilde er niet opgedoft uitzien. Hij wilde zichzelf blijven. Maar hij was al voorbij het punt waarop hij zichzelf kon zijn. Hij begon zich te wapenen, hij zag de anderen als tegenstanders, een gevoel van minderwaardigheid bekroop hem, hij kreeg het benauwd. Met een ruk van zijn sterke lichaam richtte hij zich op wat komen ging. Voor het gevecht was hij nooit bang. Hij was altijd alleen bang voor zichzelf, voor wat er uit hem tevoorschijn kwam als hij zijn zelfbeheersing verloor.

'We gaan het erover hebben.'

Maris zei het bijna spottend. In zijn zware stem klonk plotseling het Zeeuws accent door. Fran hoorde het. Het kwam altijd tevoorschijn als hij gespannen was of te veel had gedronken.

'Maar eerst hef ik het glas op jullie. Op de lieve Fran, de lieve Stan en de lieve Thijs. Zonder jullie zou ik niet zijn wie ik nu ben.'

Ingehouden, een beetje beklemd, tikten ze hun glazen tegen elkaar.

'Een mooi, plechtig begin,' zei Stan.

'Een beetje stijf,' zei Maris vol zelfverachting, 'een beetje stijf en boers.'

Hij zag dat Fran haar ogen neersloeg. Hij had uitgesproken wat zij dacht. Hij had nog maar een paar zinnen gesproken of het eerste oordeel was al over hem geveld. En de eerste agressie kwam al in hem op.

'Een beetje stijf en boers,' herhaalde hij sarcastisch. 'Zo was ik toen ik Fran tegenkwam, en zo ben ik, als het erop aankomt, nog steeds.'

‘Een beetje onzin is dit wel,’ zei Thijs.

‘Een beetje.’

‘Een beetje jouw minderwaardigheidsgevoel, zou ik zeggen. Omdat je helemaal nergens vandaan komt en daar maar niet overheen komt.’

‘Het staat op de kaart, hoor,’ zei Maris met een glimlach. ‘Je kunt ernaartoe rijden. Ik geef meteen toe: niemand heeft ooit van dat dorp gehoord. Maar sinds afgelopen woensdag is daar glorieus verandering in gekomen.’

Hij lachte.

Fran durfde niet meer naar Maris te kijken. Vanaf de eerste minuut was hij agressief.

Nu haar kinderen zijn geschiedenis kenden, was haar blik op Maris veranderd. Het was of ze opeens veel meer van buitenaf naar hem keek nu ze niet langer de enige was die zijn geheim kende. Ze had hem altijd willen beschermen en daarom veel consideratie met hem gehad. Ze deelde zijn gevangenschap in het geheim. Het had ook op haar gedrukt. Die druk was weggevallen. Nu zijn geheim op straat lag, nu iedereen ermee aan de haal ging, kon ze hem niet langer beschermen en leek hij voor haar een andere man.

Het was of ze van groter afstand naar hem keek en zag wat anderen zagen. Een grote, donkere en ondanks zijn mondaine manieren nog altijd wat boerse man, zeer aanwezig, ook als hij niets zei en roerloos zat te kijken. In die man school een moordenaar. Ze had het nooit eerder zo objectief geconstateerd. Maar tegelijk was en bleef hij Maris, een man die zich van anderen onderscheidde door het raadsel van zijn talent, jarenlang haar geliefde, de man die zijn hand zo zacht en verleidelijk in haar haren schoof dat er een tinteling langs haar ruggengraat liep. Nog steeds was hij de man van de mooie, stevige vingers. Ondanks de afstand, ondanks dat van buitenaf zien, bevrijd van het beklemmend geheim, bleef zijn aantrekkingskracht. Ze was destijds voor hem gevallen en had niet voldoende beseft wat hij bij zich droeg.

Had ze diep vanbinnen gehoopt dat ze hem zou kunnen veranderen? Had ze gehoopt dat hij van zijn verwonding zou kunnen genezen door te leven in een gezin? Het leek of ze erin geslaagd was. Maris was zijn agressie gaan beheersen, hij had jarenlang gestaag en goed gewerkt. Door de onthulling in het weekblad leek alles opeens tevergeefs te zijn geweest.

Tijdens het voorgerecht werd er nog gepraat over Stan's reis en Thijs' werk, over het uitgaansleven in Istanbul, over de tentoonstelling, maar lang hielden ze dat niet vol. De conversatie werd per zin onwezenlijker, holler, leger, alsof niets er meer toe deed behalve dat ene onderwerp.

Er viel een stilte. Thijs zat gespannen rechtop aan tafel, zijn vingers om de steel van zijn glas dat hij ronddraaide, en hij keek naar het gebogen hoofd van zijn stiefvader aan de andere kant van de tafel. Fran had de haast onbedwingbare neiging om de restjes in de schaal met salade bij elkaar te vegen. Stan, haar onderbeen onder zich gevouwen, met haar elleboog leunend op tafel, nam een laatste slok uit haar glas, zacht slurpend.

'Mag ik nog wat,' zei ze en ze schoof haar glas over tafel naar Thijs.

Hij schonk haar in.

'Jij nog, Maris?'

'Nee, dank je.'

Er begon iets zwaars en drukkends te ontstaan. Maris kwam overeind en liep naar de erker om de ramen dicht te doen. De sfeer werd nog drukkender. Iedereen staarde voor zich uit.

'Hoe is het mogelijk,' begon Maris, 'dat jullie gisteravond uren met mij hebben zitten praten zonder over dat afschuwelijke verhaal te beginnen?' Hij vermeed het om Stan en Thijs aan te kijken. 'Terwijl jullie het hadden gelezen. Terwijl jullie wisten dat ik dat wist of in elk geval vermoedde. Hoe is het mogelijk dat jullie er een hele avond over zwegen?'

'Maris, dit is geen goed begin,' zei Fran geschrokken.

'Laat mij maar begaan.'

'Je bent agressief!'

'Jij bent net zo agressief met je moederlijke ingrijpen. Ik stel gewoon een vraag aan twee volwassen mensen.'

'Ik wil die vraag graag beantwoorden,' zei Thijs, die zijn leeggedronken glas met een scherpe tik op tafel zette. 'Stan was net terug uit het Midden-Oosten. Ze kwam terug uit een oorlog. Ze had het overleefd. Dat was voor ons op dat moment net iets belangrijker, Maris. We hebben het bij jou gelaten. En jij bent er niet over begonnen.'

Maris zweeg.

'Waarom ben je er niet zelf over begonnen?' vroeg Stan.

'Het is niet bij me opgekomen.'

'Het is niet bij je opgekomen?'

'Het is wél bij me opgekomen,' zei hij, zich herstellend, 'maar ik kon geen opening vinden.'

Maris zweeg.

Hij had inmiddels met vrienden over zijn geschiedenis gesproken. Maar dit gesprek met Stan en Thijs viel hem nog veel zwaarder. Hij voelde dat zowel de kinderen als hun moeder zich van hem distantieerden, niet uit afkeer, maar uit zelfbehoud. Hij wist niet meer wie hij in hun ogen was.

'Ik heb er meer dan veertig jaar over kunnen nadenken,' zei hij. 'Ik ben alles beter gaan begrijpen, maar het raadsel is er niet door opgelost. Alles staat me nog helder voor de geest. De herinneringen vervagen niet. Ze zijn er altijd. Ik zie het hele dorp nog voor me. Ik zou er in het donker de weg nog kunnen vinden. Alles staat in mijn geheugen gegrift. Zelfs mensen die aan de rand van mijn bestaan leefden, met wie ik nooit een woord heb gewisseld, herinner ik me. Ook mensen van elders op het eiland, mensen uit de stad waar ik naar school ging. Alles is er nog. Alsof het allemaal is gestold. Misschien omdat ik er zo abrupt ben weggegaan: van de ene op de andere dag was ik weg uit het dorp. Misschien ook door de dood van dat meisje, door de schok. Tegelijkertijd is er iets ondoordringbaars in dat verleden, een plek waar ik bijna niet naartoe kan.'

'En daar moet je nu naartoe,' zei Stan zacht.

Maris vertelde wat er in die ene week in augustus was voorgevallen, toen tijdens de hondsdagen het stof in wolken over de akkers rolde. In zijn verhaal kwamen veel elementen voor die in het weekbladartikel ontbraken. Het was een volkomen ander verhaal, waarin alleen een aantal cruciale feiten dezelfde waren als in het artikel. Wat er in de grote schuur buiten het dorp was voorgevallen vertelde hij ook. Zijn stem viel haast weg toen hij het had over de manier waarop hij als veertienjarige plotseling was ontspoord.

Fran kende het verhaal, maar ze had het er met Maris al jaren niet meer over gehad. Bovendien hoorde ze het hem nu aan de kinderen vertellen. Het klonk haar anders in de oren. Ze had altijd geprobeerd om Maris' schuldgevoel te temperen, om die verschrikkelijke last minder drukkend te maken. Maar nu, van een afstand kijkend, zag ze vooral het feit van zijn schuld. Hij was pas veertien geweest. Zijn hersenen waren nog in ontwikkeling, hij had een puberbrein, per definitie onevenwichtig, aan grote schommelingen onderhevig. Hijzelf was kort tevoren gemolesteerd en diep vernederd. Toch leek hij haar nu, ondanks zijn veertien jaar en verzachtende omstandigheden, schokkend schuldig. Hij had dat gedaan. Hij was tot zoiets in staat geweest.

Nog meer dan zijn schuld hielden haar de reacties van haar kinderen bezig. Hoe ze naar Maris keken, de geringste uitdrukking op hun gezichten. Ze voelde zich schuldig omdat ze dit verhaal nu moesten horen, van een man die ze altijd hadden vertrouwd, van wie ze hielden, die ze hadden gekust en omhelsd, die ze bij hun moeder in bed hadden zien liggen. Nog schuldiger voelde ze zich omdat er aan Maris een man was voorafgegaan, hun vader, die zij uit huis had verbannen en die een paar weken later was verongelukt. Fran voelde haar rug en nek verstijven. Tranen sprongen in haar ogen toen Thijs haar hand in de zijne nam. Ze zag dat Stan de hand van Maris vastpakte.

Zwijgend zaten ze in de halfdonkere kamer. Maris herademde. Het zat erop. Hij voelde dat hij Stan en Thijs door zijn verhaal naar zich toe had gehaald. Hij sloot zijn ogen, plotseling doodmoe.

'Dat was een zware bevalling,' zei hij.

Fran veegde de tranen van haar wangen.

Om elf uur gingen Stan en Thijs de deur uit om nog ergens wat te drinken, te praten en – zo vermoedde Maris – bij elkaar op schoot te zitten, om beurten, het zusje bij haar broertje en het broertje bij zijn zusje. Hij nam een paar foto's van ze in het trapportaal.

'Dat meisje was jouw eerste liefde,' zei Stan.

'Ik was niet verliefd.'

'Op die leeftijd kun je verliefd zijn zonder het te weten.'

Toen zag hij ze de trap af lopen en hij voelde dat ze haast hadden om weg te komen, dat ze het probeerden te onderdrukken, maar toch niet helemaal onzichtbaar konden maken wat hen voortstuwde: ze wilden weg van die schokkende geschiedenis en terug naar hun eigen levens.

Toen hij de grote en stille kamer binnenging, was hij weer alleen met Fran.

HOOFDSTUK V

1

Op de parkeerplaats van Schiphol staarden Maris en Stan door de voorruit. De wind rukte aan de auto. Maris volgde met zijn blik een zakenman die een rolkoffer achter zich aan trok, een telefoongesprek voerde en ondertussen om zich heen keek, speurend naar zijn auto. Uit tegengestelde richting naderde een Indiase familie met een paar enorme koffers. Stukken van het plastic dat op een luchthaven om de koffers was gewonden, wapperden in de wind. De moeder van het gezin droeg een prachtige geel met groene sari.

Stan draaide haar portierraam open, stak een sigaret op en inhaleerde gulzig en sissend.

'Volgens mij hebben jullie ook geen seks meer,' zei ze.

Maris was een ogenblik overrompeld en ook verbaasd. Zou een Indiase dochter dit ooit tegen haar vader durven zeggen? Zou hij dit zelf ooit tegen zijn vader en moeder hebben durven zeggen? Hij aarzelde.

'Dat klopt,' zei hij.

'Ik wil er verder niets over zeggen,' zei Stan, 'maar jammer is het wel. Jullie hadden het zo goed, jullie gingen zo lekker. Mama heeft het weleens verteld. Dat wil zeggen: ze heeft dat weleens laten doorschemeren. Je weet hoe ze is.'

Maris zweeg. Hij keek de Indiase familie met hun enorme koffers na en het gescheurde, in de wind wapperende plastic. Hadden ze hun eigen voedsel bij zich, hun eigen kookgerei? Strenge hindoes konden niet zomaar het voedsel van anderen eten.

'Zonder seks kun je niet verder,' zei Stan.

'Niet als je dertig bent.'

'Ben je dan uitgeraasd?'

'Helaas niet.'

'Nou dan.'

Met een vinnig gebaar tikte ze de as van haar sigaret en blies rook uit het halfopen raam. Ze schaamde zich kennelijk voor wat ze eruit had geflapt, want ze legde lief haar hoofd op Maris' schouder om het goed te maken. Maris rook haar haren. Ze roken goed. Haar adem had jarenlang niet goed geroken, alsof haar darmen niet in orde waren. Maar dat was verdwenen. Ze blaakte van gezondheid. Het verbaasde hem hoe snel ze zich van een uitputtende reis had hersteld. Ook haar ervaringen van de afgelopen weken leek ze te hebben verwerkt. Waarschijnlijk had ze helemaal niets verwerkt en holde ze maar door.

'Wat zijn je plannen?' vroeg hij.

'Volgende week assisteer ik weer bij Inez en Vinoodh. Eerst in de studio en daarna bij een *shoot* op locatie voor *Vogue*. We worden met de hele crew de woestijn in gereden om de zaak voor te bereiden. Er zijn campers, er is catering, er is een vrachtwagen vol apparatuur. Inez, Vinoodh en de modellen worden met een heli gebracht. Een beetje bizar en decadent allemaal na wat ik net heb meegemaakt. Ondertussen mijn eigen foto's selecteren en bewerken. En waarschijnlijk ga ik nog een keer terug.'

'Terug?'

'Ja, terug.'

Maris zweeg. Stan inhaleerde nogmaals gulzig en mikte haar sigaret uit het raam.

'Waarom terug?'

'Ik ben geïntrigeerd door de overlevingskracht van de mensen daar, hoe ze het redden, hoe ze onder de meest afschuwelijke omstandigheden toch weer een eigen plek maken, dat ze het aankunnen, dat ze niet gillend gek worden.'

'Daar ontstaan ook weer oneindig veel trauma's, die aan kinderen en kleinkinderen zullen worden doorgegeven. Wanneer een oorlog voorbij is, duurt het nog drie generaties voordat hij echt voorbij is.'

'Misschien gaat mijn verhaal daarover,' zei Stan, 'over de overlevingskracht van mensen. Dat wil ik verder uitdiepen.'

'Fran zal er niet blij mee zijn.'

'Ze moet er maar aan wennen.'

Maris keek naar een passerend busje met schoonmakers. Allemaal waren ze zwart of bruin en allemaal keken ze zwijgend voor zich uit, moe gewerkt, afgestompt. De nieuwe slavernij, maar nu netjes geregeld, zonder zweepslagen. In de natuur had je de voedselketens met de grootste en sterkste dieren aan het eind van de keten. In de mensenwereld een piramide van uitbuiting met de sterksten en rijksten boven aan de top.

Ook Stan keek zwijgend naar buiten, haar tijd in Holland onder een Hollandse wolkenlucht nog wat rekkend.

'Ik zou langer, veel langer met je willen praten,' zei ze. 'Vooral over wat je is overkomen, destijds, toen je jong was.'

'We laten het rusten. Dat komt wel.'

'Maar één ding wil ik je nog wel zeggen.'

'Je gaat weer iets zelfverzekerds zeggen.'

'Fuck! Je kent me veel te goed, man.'

'Wat voor zelfverzekerds wilde je zeggen?'

'Nu durf ik niet meer.'

'Geloof ik niet.'

'Okay. Ik wilde zeggen: beschouw jezelf toch vooral niet als een moordenaar. Dat is maar één aspect van een persoon.'

Maris glimlachte nerveus.

'Het was geen moord, Stan. Dood door schuld was het vonnis.'

'Okay.'

'We laten het rusten.'

Ze zwegen en staarden voor zich uit. Maris vroeg zich af hoe ze erbij kwam dat hij zichzelf als een moordenaar beschouwde. Was ze het verhaal van de drie broers in het weekblad gaan geloven? Had ze het afgeleid uit de manier waarop hij zijn geschiedenis had verteld? Had ze hem dieper gepeild dan hij zichzelf? Beschouwde hij zichzelf als de moordenaar van Matty? Had hij haar ook maar één ogenblik werkelijk willen doden? Had hij zich er naderhand inderdaad gewoon uit geluld, zoals de broers van Matty beweerden?

'Heb je zin om terug te gaan,' vroeg hij.

'Ik zie ertegen op. Terug naar een idioot krappe flat en een idioot onduidelijke relatie. Heb daar maar eens zin in. Ik mis de woestijn en het simpele, harde leven nu al.'

'Terug naar de ratrace.'

'Sorry als ik iets verkeerds heb gezegd, Maris.'

'Nee, schat.'

'Echt niet?'

'Echt niet.'

'Okay.' Ze zuchtte. 'En waar ga jij zo dadelijk heen?'

'Fran heeft me eropuit gestuurd,' zei Maris. 'Ik moet minstens een week wegblijven. Naar de grassprietjes kijken. Ik ga langs de kust naar het zuiden. Dat in elk geval. In een dorp aan de kust van Normandië ga ik naar het graf van Braque, een van de schilders naar wie ik al mijn halve leven kijk. Als hij daar tenminste nog ligt, want hij heeft ook een staatsbegrafenis gehad.'

'Jeetje, een staatsbegrafenis voor een schilder.'

'Dat kan alleen in Frankrijk. Zijn kist stond opgesteld bij de colonnade van het Louvre met een militaire erewacht en duizenden mensen trokken erlangs. De minister van Cultuur hield een speech.'

Stan richtte zich op.

'Time to go!'

Maris stak een hand in de binnenzak van zijn jasje en haalde een pak dollarbiljetten tevoorschijn.

'Hier, van Fran en mij. Het geeft je even lucht.'

'No way, Maris! Doe niet zo raar. Moet ik op mijn negenentwintigste nog geld van jullie aannemen?'

'Beschouw het als een bijdrage aan je boek.'

Ze bloosde.

'Okay. Dat vind ik leuk en lief.'

Ze kuste hem op zijn wang. Maris zag hoe ze haar bekken optilde van de stoel en naar voren duwde om de bankbiljetten in haar broekzak te kunnen proppen.

'Probeer af en toe de stad uit te gaan,' zei hij. 'Laat je niet opvreten.'

'Okay.'

'De Catskill Mountains.'

'Okay.'

'Met je rugzakje.'

'Ruimte maken in m'n kop.'

'Ruimte maken voor het visioen.'

'Welk visioen?'

'Het visioen van je werk. Wat het kan zijn.'

Er verscheen een glimlach op haar gezicht.

'Fuck, Maris, vandaag ben jij mijn wijze, oude indiaan!'

Ze stapten uit. Hun haren en kleren wapperden in de wind. Stan wilde niet dat hij meeging naar de vertrekhal. Zonder nog iets te zeggen sloeg ze haar armen om hem heen en drukte zich tegen hem aan. Maris hield haar vast. Toen zag hij haar weglopen, beladen met haar rugzak, haar schoudertas en haar fotokoffer. Ze liet haar hoofd een beetje hangen. Hij wachtte tot ze nog een keer zou omkijken. Maar ze keek niet om.

2

Een paar uur later was hij in een dorp op de kust van Walcheren. Een immens hoge en brede dijk, gekromd als een elleboog, beschermde het tegen de Noordzee. Op de punt van de elleboog een kleine vuurtoren en een oorlogsmonument. Pal achter de kolos van aarde, basaltblokken en een laag asfalt stonden de huizen in het schelle licht van de zon die tussen de wolken door scheen. Hij was hier sinds zijn kinderjaren niet meer geweest.

Maris reed tegen de dijk op, over de kruin heen en naar beneden over de asfaltvlakte. De wind rukte aan de auto, druppels zeewater spatten op de voorruit. Hij parkeerde op geruime afstand van een restaurant op palen. Hij bleef in de auto zitten, met zijn handen over zijn gezicht wrijvend, en luisterde naar het bulderen van de wind. Hij was van zijn route naar het zuiden afgeweken om deze plek terug te zien. Het was geweldig om over de dijk naar beneden te rijden en vlak bij de branding te parkeren. Zijn auto stond te schudden. De zuidwestenwind stuwde de golven op naar de dijk. Hij tastte naar de handrem. Wanneer hij die losgooide, zou zijn wagen, ondanks de tegenwind, de golven in rijden. Hij zou wachten tot zijn auto was gezonken, dan het raam opendraaien om te ontsnappen. Maar waarschijnlijk zouden de golven de wagen omversmijten. Hij sloot zijn ogen en zag de foto: een stationcar op zijn kant in de golven, als een gestrande boot.

Hij moest moeite doen om uit zijn auto te komen – met zoveel kracht duwde de wind het portier dicht. Hij wrong zich naar buiten en voelde, ondanks zijn gedrukte stemming, een lach op zijn gezicht doorbreken. Hij hield van ruw weer. Als kind wilde hij naar de zeedijk wanneer het stormde en hij kon leunen op de wind. Het was of ruw weer en schokkende gebeurtenissen hem naar buiten trokken, alsof hij er dan pas helemaal was.

Hij sloeg het restaurant op palen over en liep naar de punt van het eiland, naar de vuurtoren en de Shermantank op zijn gemetselde voetstuk. Langs de dijk daalde hij af naar een houten strandpaviljoen. Zand stoof langs zijn onderbenen, striemde zijn gezicht.

In het paviljoen was op deze doordeweekse dag bijna niemand. Hij zat aan het raam en luisterde met een half oor naar het gesprek van de vrouw achter de bar en twee oude mannen uit het dorp. Hij zat met zijn rug naar hen toe en volgde met zijn ogen de schepen die binnenliepen of juist de zee op gingen, optornend tegen de golven. Een coaster die bijna verdween in het opspattende water van uiteengereten golven. In een plas zonlicht voer een containerschip, de gele en rode containers hoog opgestapeld aan dek. Hij dacht aan Fran, aan hun irritaties, aan de ruzies van het afgelopen jaar, aan de dingen waar ze niet over konden praten.

Weer buiten zat hij op het voetstuk van het oorlogsmonument, zijn handen in de zakken van zijn leren jack, alleen nu en dan zijn hoofd bewegend als zijn haren hem in het gezicht woeien. Hij keek naar de fel belichte plekken op het zwart en grijs van de zee, waar het zonlicht tussen de wolken door plensde, en naar de snel voortglijdende schaduwen van die wolken zelf. Hij keek opzij naar de kust van het eiland: de duinen, de stranden met de golfbrekers, de lange rijen palen die in zee verdwenen, waar de golven doorheen stoven. Aan de voet van de dijk was een troep strandlopertjes bezig, steeds wegdribbelend of opvliegend voor het aanstormende water. Licht en schaduw vlaagden over de grauwe en woeste zee. Hij keek er net zo lang naar tot hij wat rust in zijn hoofd begon te krijgen, een allereerste begin van rust, een allereerste begin van tot zichzelf komen. Het liefst zou hij dagenlang niets anders doen dan staren. Fran had het goed gezien.

In zijn auto tastte hij onwillekeurig naar een plek vlak onder een van zijn neusvleugels. Jarenlang was hij daar met zijn vingers niet geweest. Het zat er nog: een klein putje in zijn vlees tussen neusvleugel en bovenlip. Het was de plek waar de stalen punt van een werppijl naar binnen was gedrongen. De pijl was geworpen door Corné Tramper.

Vanaf een zekere leeftijd had zijn vader hem op zondagochtenden meegenomen naar een van de twee cafés in het dorp, goed gevuld na het uitgaan van de mis. Hij stond daar met andere jongens te kijken naar het biljarten of naar het pijltjes gooien achter in het café. Op een dag was hij voor het dartboard langs gelopen om naar de wc te gaan. Er liep wel vaker iemand voor het dartboard langs als er gespeeld werd. Er werd gewacht met gooien. Maar hij had een pijl in zijn gezicht gekregen. Vlak bij zijn neus had de pijl zich in zijn gezicht geboord. Verbaasd stond hij stil. Hij hoorde meisjes gillen. Hij zag Corné staan. Hij voelde de pijl hangen. Hij had hem uit het vlees getrokken en voor de voeten van Corné gegooid. De wond bloedde. Zijn vader was erbij gehaald. Er was een prop watten in jenever gedrenkt en op zijn bovenlip gedrukt. Corné had erbij gestaan en hem uitgescholden voor 'stomme hond'. De woorden waren blijven hangen zoals ze in het dialect van het eiland werden uitgesproken: 'stommen ond'. Pas naderhand had hij beseft dat Corné waarschijnlijk met opzet te laag had gemikt. Hij was tien en stond in het dorp al bekend als 'een eigenaardigen'.

De herinnering was verbonden met een gevoel van vernedering. Hij was gepakt. Vlak voor het avondeten was zijn moeder, ontevreden over het optreden van zijn vader in het café, naar de buren gegaan om haar moederlijke toorn uit te storten over Corné. De jongen had haar, zoals ze later niet moe werd te vertellen, steeds 'met een vals lachje' aangekeken. Zo waren in zijn ogen ook zijn vader en moeder nog eens vernederd, zijn immer berustende vader en zijn immer opvliegende moeder. De volgende zondag was hij weer met zijn vader naar het café gegaan. Corné had hem plagerig over zijn bol geaaid en het nog eens gezegd: 'Wat ben je toch een stomme hond.'

Hij drukte met een vinger op zijn bovenlip onder zijn neusvleugel. Het was altijd een gevoelige plek gebleven. De stalen punt was door zijn bovenlip gedrongen en tot op het bot gegaan.

Een paar uur later stond hij aan het graf van zijn ouders.

Na de jaren in Rotterdam – de Rotterdamse ballingschap, zoals zijn vader het noemde – waren zijn ouders teruggekeerd naar het dorp van zijn moeder. Ze had er nog vier zussen wonen. Met zoveel familie in het dorp voelde ze zich sterk genoeg om terug te keren naar het eiland. Zijn vader had gestaag promotie gemaakt bij de scheepvaartmaatschappij en een kleine aandelenportefeuille goed beheerd. Ze keerden welgesteld terug en hadden de notariswoning van het dorp gekocht, een kast van een huis uit de negentiende eeuw. Ik wil een herenhuis, had zijn moeder gezegd, en niet weer zo'n opgelapte arbeiderswoning waarin ik mijn kinderen ter wereld heb gebracht. Alsof ze in een stal is bevallen, had zijn vader smalend gezegd. De notariswoning had een balkon boven de voordeur. Zijn moeder had daar nog een vlaggenstok laten plaatsen. In de hal van het huis hing het portret dat hij op zijn veertiende van zijn ouders had geschilderd.

Maris reed langs het huis om er een blik op te werpen, minderde gas, maar stopte niet. Hij was er vaak geweest toen zijn ouders achteruitgingen, in wisseldienst met zijn zusje. Achter het huis lag de grote moestuin waar zijn vader elke ochtend werkte en om twaalf uur, bij het luiden van de dorpsklok, zijn gereedschap uit zijn handen liet vallen en naar binnen ging om te eten. Zijn moeder had haar zin gekregen: eindelijk woonde ze in een groot en statig huis. Zijn vader had zich er nooit op zijn gemak gevoeld. Hij had zich alleen gehecht aan de moestuin, de boomgaard en de schuur. Voor het huis lag een vijver met waterlelies, de trots van zijn vrouw. Hij maakte er elke dag wel een spottende opmerking over.

Aan het graf hield Maris het niet lang uit. Hij was geen grafbezoeker. Hij kon zich zijn ouders overal ter wereld herinneren, maar juist aan het graf wilden de herinneringen niet komen. Hij haalde een bezem en een emmer water bij het doodgravershuisje en boende de grafsteen schoon. Ondertussen stelde hij zich de lijken van zijn ouders voor, twee meter diep in de grijsblauwe zeeklei van het eiland. Vijf en zes jaar lagen ze hier nu. Hij stelde zich het ontvleesde gezicht van zijn moeder voor, waar de schedel doorheen begon te schemeren. Bij leven al had hij in haar laatste jaren, wanneer ze lachte en haar tanden ontblootte, de schedel in haar gezicht kunnen zien, huiveringwekkende voorbode van de dood. Zijn vader, tanig, bleef vast langer goed. De wind joeg door de bomen van het kerkhof, het wolkendek trok dicht. Hij herinnerde zich hoe hij hier op Allerzielen met Fran had gestaan. Ze hadden whisky gedronken – tegen de kou van november en ter ere van zijn vader, die zichzelf in de laatste jaren van zijn lange huwelijk dagelijks heimelijk op glaasjes whisky had getrakteerd.

De laatste zeven jaar van hun leven was hij goed geweest met zijn ouders. De stilzwijgende band met zijn vader, die er in zijn jeugd altijd was geweest, was hersteld. Ze leken in menig opzicht op elkaar. Hij had de zwijgzaamheid van zijn vader, zijn neiging om zich terug te trekken en zich te schikken, zijn uithoudingsvermogen en zijn werkkracht. Van zijn moeder had hij de drift, de trots, de gevoelens van minderwaardigheid, het snel gekwetst zijn en de welbespraaktheid waarmee zij haar zwaktes camoufleerde. Hij was ten slotte in staat geweest haar te verdragen en was zelfs mededogen gaan voelen toen ze zwak werd. Maar wat was gebeurd, kon niet worden uitgewist. Het zwijgen van zijn ouders over wat er was gebeurd was nooit werkelijk geëindigd. Zijn schuldgevoel over wat hij hun had aangedaan was nooit verdwenen.

Het dieptepunt in hun verhouding waren zijn vijf jaren in New York geweest. Hij was naar Amerika vertrokken zonder afscheid te nemen en had zelfs geen adres achtergelaten. Hij schreef niet, zijn ouders schreven niet. Alleen had hij van zijn vader (die zijn adres bij zijn galerie had weten te bemachtigen) op elke verjaardag een ansichtkaart in envelop ontvangen met de woorden: Wij denken aan je. Hij wierp er een blik op en legde hem terzijde. Weggooien kon hij de kaarten niet. Hij had ze nog alle vijf. Zijn moeder zweeg. Tegen de familie zei ze: 'Ons Maris is in Amerika.' Alsof het iets was om trots op te zijn, alsof hij daar grootse dingen verrichtte en op een dag zou terugkeren als een rijk man. Zijn vader had het hem na zijn terugkeer eens verteld. Ons Maris is in Amerika. Hij hoorde het haar zeggen, verwaand en naïef tegelijkertijd.

Bij de heg achter het graf keek hij uit over het land. Zijn haren woeien in zijn gezicht. Op een vage manier trok zijn geschiedenis met zijn ouders door hem heen. Zijn vader leek dichtbij wanneer hij aan hem dacht, zijn moeder veraf en onbereikbaar. Sommige van zijn vrienden droomden van hun dode ouders: ze zagen hen in levenden lijve in de droom, ze spraken met hen, ze raakten hen aan. In de vijf en zes jaar dat ze dood waren had Maris nog nooit van zijn ouders gedroomd.

Zijn hartslag versnelde toen hij doorreed naar het dorp waar hij tot zijn veertiende had gewoond. De weg erheen was nog altijd smal. Maris deed geen moeite iets te herkennen. Hij sloot zich er eerder voor af. Bij de ingang van het dorp stond hij met draaiende motor in de berm. Hij zag het langgerekte dijkdorp voor zich liggen: een verzameling huizen aan weerszijden van een oude, inlandse dijk – het dorp van de familie van zijn vader. Hij draaide zijn portierraam open, luisterde naar het ruisen van de bomen en sloot zijn ogen. Daar reed hij op zijn fiets, zijn ellebogen op het stuur, op weg naar de stad. Daar reed zijn vader op zijn motor met het brede stuur, ook op weg naar de stad, naar de lijmfabriek. Daar stond hij in de berm, trouwhartig jongetje, zijn vader op zijn motor op te wachten.

Hij gaf gas. Het was of een vlies zich om de rijdende auto spande, werd uitgerekt en knapte.

Toen was hij in het dorp en reed over de niet helemaal rechte dijk tussen de lage huizen met hun lagergelegen en diepe tuinen aan de achterkant. Schaduw van wolken gleed eroverheen. Hij herkende het huis. De dakkapel die zijn vader had gebouwd. Het huis van de Trampers. Geen winkels meer. De twee cafés, waarvan er nog een in bedrijf was. De bushalte, waar niemand stond. Het bushokje, ooit de verzamelplaats van meiden, jongens en hun brommers. Aan het licht kon je zien dat de zee niet ver was. Hij reed langzaam maar durfde niet te stoppen, laat staan uit te stappen. Hij was angstig. Zijn lichaam was angstig, gealarmeerd, klaar om te vluchten.

Op de doodlopende weg naar de begraafplaats kwam hij niemand tegen. Hij parkeerde zijn wagen strak achter een hoge heg, maar het dak was zichtbaar vanuit het dorp. De harde wind leek bescherming te bieden: zijn voetstappen op het grind waren vrijwel onhoorbaar door het ruisen van de bomen. Terwijl hij zoekend langs de graven liep, bonsde zijn hart. Het was of hij met stenen bekogeld zou kunnen worden. Hij liep gejaagd. Ze ligt hier niet, zei hij tegen zichzelf, ze ligt hier niet. Maar toen stond hij aan haar graf.

Onmiddellijk het beeld dat hij niet met eigen ogen had gezien: de begrafenisstoet die op een warme augustusdag door het dorp was getrokken, langs het huis waarvan de ramen waren ingegooid en dichtgetimmerd. De priester en zijn misdienaars voorop. De misdienaars met hun witte overkleed waar hun broek onderuit stak. Hij kende die jongens.

Het graf was goed onderhouden. Hij schrok ervan. Hij kon er niet blijven staan en liep door naar de heg rond de begraafplaats. Aan de andere kant van de heg lag een net geploegde akker: enorme brokken klei, gladgeslagen door het ploegmes, in lange en regelmatige rijen. Midden op de akker reed de trekker; erachter hing een zwerm meeuwen die door de wind steeds uiteen werd gedreven, opzijzwiepte en terugkeerde, druk fladderend.

Bij het graf wist Maris niet waar hij zijn handen moest laten, hoe hij moest staan, en was het of een scherpschutter ergens achter zijn rug hem in het vizier had. Hij stond stil. Het meisje zou nu wel vergaan zijn. In de kist lag een onvolgroeid skelet, in de restanten van een jurkje. Ze zou nu een vrouw van negenenvijftig zijn geweest. Hij had haar teruggezien op de foto's in het weekblad: een meisje van lang geleden. Een paar dagen later had hij haar teruggezien in een droom, precies zoals ze geweest was toen ze op de schommel stonden, volmaakt gaaf bewaard in een uithoek van zijn geheugen. In de droom was ze hem vertrouwd, een buurmeisje dat hij al zijn hele leven kende.

Met zijn ogen volgde hij de trekker op de akker die, scheefhangend, zijn voren trok. Als hij de man in de trekker kon zien, besefte hij, dan kon deze onbekende, die zich nu en dan half omdraaide naar zijn ploegmessen en de opzijkrullende klei, hem ook zien.

Maris bleef niet lang.

Toen hij het dorp uit reed, herkende hij in een flits twee mensen voor een huis, leeftijdgenoten, die hij op zijn veertiende voor het laatst had gezien, kennelijk getrouwd. De man was in zijn voortuin aan het werk, op zijn hurken, steunend op de schoffel in zijn linkerhand, en wierp een blik op de auto die voorbijreed. Zijn vrouw stond bij hem op het tuinpad, haar armen kouwelijk om zich heen geslagen, en ook zij keek, al pratend, naar de onbekende auto die passeerde en het dorp uit reed. Vanuit zijn ooghoeken meende Maris een reactie op haar gezicht te zien, alsof zij ook hem herkende.

Daar was de kreek. In het riet aan de oever stonden nog altijd een paar vissershutten op palen. Het leken de hutten van destijds, met een houten trap aan de achterkant en een steiger in het water aan de voorkant. Op zaterdagen zat zijn vader in een klapstoel op de steiger met aan weerszijden een hengel. Hij was dikwijls met zijn vader meegegaan: langs de dijk naar beneden, het pad door het riet, platgetreden, zompig, het riet in het voorjaar vol vogels, een bochtig pad waarop hij soms even achterbleef om zich alleen te wanen, de trap naar de hut, binnen het halfdonker. Hij zat altijd te tekenen, het papier op een plank op zijn knieën. Hij kon tekenen waar zijn vader bij was.

Nog altijd bezat hij de tekening van de deuropening van de hut met zijn vader in zijn klapstoel, op de rug gezien, dan het water en aan de overkant de beboomde dijk. Het was een Van Gogh-achtige tekening, met de rietpen gemaakt. Het handschrift van Van Gogh, had meneer Welleman eens gezegd. Op dat moment was tot hem doorgedrongen dat elke kunstenaar een eigen handschrift heeft – en hij had zich afgevraagd hoe hij ooit zijn eigen handschrift zou kunnen vinden. Hij had een tekening gemaakt waarop hij zelf te zien was, schuin van boven, terwijl hij met een wielerpetje op zat te tekenen op de steiger. Aan de rechterkant een stuk van zijn vaders klapstoel en zijn benen. Door het eigenaardige perspectief van bovenaf, dat hem veel hoofdbrekens had gekost, was hij trots op die tekening. Hij had geprobeerd zichzelf wijs te maken dat hij dat perspectief zelf had bedacht, maar wist dat hij het op een foto had gezien.

Langzaam reed Maris over de dijk, het portierraam open, kijkend naar het water van de kreek waarop de wind grillige patronen trok. De bomen op de dijk ruisten heftig in een windstoot. De bocht van de dijk was de plek waar hij had gedaan of hij een atleet in de bocht van een atletiekbaan was, de laatste bocht voor de finish. Zijn vader was met de directeur van de lijmfabriek op zakenreis geweest in Amerika en had voor hem een paar All Stars meegenomen, witte basketbalschoenen waarop hij door de schuin liggende bocht van de dijk sprintte. Hij was altijd bezig om zichzelf sterk te maken.

Hij zette de wagen in de berm en leunde met gesloten ogen achterover.

In het donker had hij in een hoek van de hut op de grond gezeten toen zijn vader binnenkwam met een brandende zaklantaarn. Zijn vader had hem tegen zich aan getrokken en vastgehouden. Hij had naar de brandende zaklantaarn op de grond gekeken.

Maris opende zijn ogen. Op zijn achterhoofd begonnen zijn haarwortels te prikken. Opnieuw had hij de gewaarwording dat een scherpschutter hem in het vizier had. De indruk was zo sterk dat er een branderige plek op zijn achterhoofd ontstond.

3

De zon stond laag en zakte onder de wolken uit. Rond de boeg van een tanker, die in de vaargeul vlak onder de kust tegen de inkomende vloedstroom optornde, spatten de golven hoog op. Het gebulder van de branding aan de voet van de boulevard vulde de hotelkamer.

In de eetzaal van het hotel keek Maris naar een groot schilderij van twee boten met roeiers, die elk als eerste een loods aan boord van een op de rede liggend schip probeerden te krijgen – de Belgische loods tegen de Nederlandse. Het water spatte op onder hun riemen. In zijn familie van vaderskant was zo'n roeier geweest, een broer van zijn overgrootvader die na een ruzie was weggelopen van de boerderij. Hij was roeier geworden op een van de loodsboten in Vlissingen. In de familie werd op hem neergekeken. Op een dag had hij in een caféruzie een zeeman neergestoken. Hij was naar een strafkolonie in het oosten van het land gestuurd. Toen hij terugkwam was hij nog niet oud, maar zijn haren waren wit. Hij was weer gaan werken op de boerderij van zijn broer en sprak zelden of nooit. Het was een verhaal in de familie, het verhaal van een schandvlek.

Boven zee kleurde de hemel kortstondig rood. Toen trok de lucht dicht. Aan boord van de passerende schepen brandden de lichten. Zelfs achter de dubbele ramen van de eetzaal kon hij het gebulder van de branding horen. Hij dacht aan de broer van zijn overgrootvader. Had die ook met dit weer nog moeten uitvaren? Er was geen portret van de man, maar hij had al gefotografeerd kunnen worden, een minuut doodstil zittend, met zijn witte haren in een rond kapsel geknipt, met de ronde hoed van het eiland op, zilveren knopen op zijn broeksband, zijn werkmanshanden rustend op zijn knieën.

Op stormachtige zondagen had hij met zijn vader over de boulevard gelopen, opzijspringend of wegrennend als het zeewater over de weg stroomde. De vrouwen bleven liever thuis. In de Mercedes reden ze hiernaartoe. In Rotterdam maakte zijn vader geen tochtjes meer met hem, want hij kende de omgeving niet en was er ook niet in geïnteresseerd. Hij was daar in ballingschap. Het gezin was uiteengevallen. Zijn zus was na een jaar het huis uit gegaan om een nieuw leven op te bouwen, zoals ze het noemde. Hij schaamde zich als hij zijn vader en moeder ontheemd en onthand in hun Rotterdamse flat zag. Zijn vader miste het buitenleven: zijn moestuin, de polders, de zeedijk. Hij miste ook het dorp, waar hij altijd was blijven wonen, ook al verdiende hij genoeg om een huis in de stad te kunnen kopen. Ook de fabriek miste hij, het familiebedrijf waarin hij op zijn achttiende was opgenomen. Zijn moeder deed of ze blij was dat ze eindelijk in de stad woonde, maar was ook opvliegend en neerslachtig. Over wat er was gebeurd werd gezwegen. Hijzelf stopte het weg. Hij had nachtmerries, beet in zijn slaap op zijn tong en spuwde 's ochtends bloed in de wasbak. Van de flat waren ze verhuisd naar een benedenwoning met tuin. Zijn vader had geprobeerd iets te maken van die stadstuin tussen schuttingen, maar hij kon er niet trots op zijn. Het treurige spotlachje waarmee hij zei: 'Zo, ik ga de tuin maar weer eens in.' Hijzelf had zich aangetrokken gevoeld tot de stad, elke dag opgelucht dat niemand hem hier kende. Hij was in opstand gekomen tegen zijn ouders. Ruzies met zijn moeder. Minachting voor zijn vader, die zich altijd terugtrok en zich niet durfde te laten gelden. Nadat hij uit huis was gegaan, zag hij zijn zus nooit meer, zijn ouders sporadisch.

Bij de lift stond er opeens die vrouw bij hem. In de eetzaal had hij tweemaal naar haar gekeken. Het was een mooie, struise vrouw, zijn type. Ze zat alleen te eten onder het schilderij met de roeiers. Nu stond ze met hem op de lift te wachten. Het was of ze uit het niets was opgedoken. Ze hield haar blik gericht op de cijfers boven de lift, een hand in haar zij geplant zodat haar borsten naar voren kwamen. Hij had haar niet aan zien komen en ook niet horen naderen door de hal. Had ze hem hier vlakbij staan opwachten? Toen de glazen deuren bij de ingang van het hotel openschoven, hoorde hij het breken van de golven, en achter zich bespeurde hij haar aanwezigheid.

In de lift wendde hij zich van haar af. Dertig seconden, zei hij tegen zichzelf, langer duurt dit niet.

'Ben je altijd zo verlegen?'

Maris draaide zich om en keek haar aan.

'Ik heb geen trek in je.'

'Dat is wel heel direct.'

'Dat ben jij toch ook?'

Hij schoof zijn handen in de zakken van zijn jack en wendde zich weer af. Opeens kon hij de vrouw ruiken, alsof ze als een bezetene haar feromonen verspreidde. Of was het angstzweet wat hij rook?

In de hotelkamer sloot hij het raam, hij schoof de gordijnen dicht, maar bleef het breken van de golven horen, de doffe dreun waarmee elke golf brak op het basalt aan de voet van de boulevard. Het werkte op zijn zenuwen. Alleen in de badkamer hoorde hij het niet. Hij waste zijn handen en keek zichzelf aan in de spiegel, geschrokken van de brute manier waarop hij de vrouw in de lift had afgewezen, de grofheid waartoe hij in staat bleek.

Liggend op bed zette hij de televisie aan, maar van de televisiebeelden werd hij nog ongeduriger. Hij zette hem uit, sloot zijn ogen en zag de plekken terug waar hij die dag was geweest. Het dorp leek nog maar een zwakke afspiegeling van het dorp dat hij had gekend. In zijn herinnering was het vol leven, vol mensen, en waren er overal kinderen. Na schooltijd werd er op straat gespeeld, 's avonds stond men voor zijn huis met anderen te praten. Op zaterdagmiddag: in de verte het fluitje van de scheidsrechter op het voetbalveld, het geroep van de spelers, het plotseling opstijgend gejuich bij een doelpunt. Hij stond bij de benzinepomp te kijken naar de mannen en hun auto's, hij hoorde hun gesprekjes met de pompbediende. In de tuinen achter de huizen waren altijd mannen en vrouwen aan het werk. Er waren de twee cafés. Er was de kermis. Er was de wielerwedstrijd, waar je dagen naartoe leefde. In zijn herinnering werden al die beelden kennelijk bij elkaar gezet en gaven hem de indruk van een levendig dorp. Maar hij herinnerde zich ook de lege uren, de lege dorpsstraat en een verstikkende saaiheid.

Het beeld van Matty's graf liet hem merkwaardig onberoerd. Hij was er geweest. Hij had er gestaan. Hij had aan haar gedacht.

Maar de boer die zijn land aan het ploegen was, de scheefhangende trekker die de ploegmessen door de klei sleurde, de sliert meeuwen erachteraan – dat leek meer indruk op hem te hebben gemaakt dan het zien van haar graf.

Hij pakte zijn telefoon en zag dat er een bericht van Stan was binnengekomen. Een ogenblik later zat hij op de rand van zijn bed en boog zich over de foto die ze hem had gestuurd. Ze had met haar telefoon een zelfportret gemaakt in de taxi van het vliegveld naar New York. Je zag haar schuin van boven op de achterbank. Ze huilde. Haar wangen waren nat van tranen. Onder de foto had ze alleen maar geschreven: 'So glad to be alive!'

Met duim en wijsvinger vergrootte Maris de foto om haar gezicht beter te kunnen zien: de scheve pony, haar dikke wenkbrauwen, haar ogen vol tranen. Het verbaasde hem dat ze hem dit toestuurde. Het was haast te vertrouwelijk. Hij voelde zich opeens schuldig tegenover Fran.

Hij kreeg behoefte aan frisse lucht, zette de balkondeur op de haak, maar sloot hem een minuut later alweer vanwege het gebulder van de branding. Hij kon beneden aan de bar nog wat drinken. Hij kon een wandeling maken op de boulevard om op te frissen in de wind. Maar een toenemende beklemming maakte het hem onmogelijk de kamer te verlaten.

Hij schreef Fran om te vertellen waar hij uithing en wat hij die dag had gedaan. Bellen wilde hij niet, want elk gesprek gaf nieuwe complicaties, veroorzaakte nieuwe irritaties en liet kwetsuren bij hen achter. Hij wachtte een tijdje op antwoord, maar ze antwoordde niet. Onophoudelijk hoorde hij het doffe dreunen waarmee de golven braken. Hij belde de receptie om te vragen of ze oordoppen hadden, maar die hadden ze niet.

Rond middernacht werd Maris wakker in de donkere hotelkamer. Hij lag gekleed op bed. Hij tastte naar zijn telefoon: geen bericht van Fran. Wel was er een bericht van Golo, zijn assistent, die vaak 's avonds laat werkte. Golo had hem een mail met bijlages van een onbekende doorgestuurd. De mail had geen aanhef. Maris las: 'Deze foto's zullen je wel interesseren. Ze komen uit de nalatenschap van de fotograaf Van der Linde, die altijd de bruidsreportages maakte. Hij heeft ze diezelfde avond genomen. Corné.'

Met een ruk kwam hij overeind, de bedlamp aanknippend. Hij kon de bijlages ongeopend laten, de foto's ongezien. Maar hij opende ze al, de ene na de andere, zijn hart kloppend in zijn keel. Het waren zwart-witfoto's, aan de onderkant gemarkeerd met een code. Twee waren op ooghoogte genomen, twee van een hoger standpunt: de hooizolder. Op de vloer van de schuur, die met stro was overdekt, lag het meisje, op haar rug, haar hoofd opzijgedraaid. Haar haren waren over haar gezicht gevallen, ze bedekten het, en door de haren heen was één oog zichtbaar. De benen van het meisje zaten verstrikt in een stuk touw. Er was niets vreemds aan haar te zien, maar ze was zichtbaar dood.

De mail was halverwege de avond verstuurd, na zijn bezoek aan het dorp. Hij was herkend door de vrouw in de voortuin, die een blik op hem had geworpen toen hij in zijn auto het dorp uit reed. Hij was gezien. De schutter had geschoten. Maris legde zijn telefoon weg en liet zich achteroverzakken op bed. Het was of hij in een afgrond viel.

II

HOOFDSTUK I

1

Op zijn veertiende kende Maris nog maar een klein deel van het eiland en hij had het maar een enkele keer verlaten, nooit langer dan een dag. Hij kende zijn eigen dorp en een paar dorpen in de omtrek, maar in die andere dorpen voelde hij zich al een vreemde. Hij kende een paar boerderijen, waaronder die van zijn grootouders van moederskant. Door de week fietste hij in een lange colonne scholieren naar de stad, maar de stad zelf, een kleine provinciestad, kende hij maar oppervlakkig, want na schooltijd fietste hij met de anderen meteen terug naar het dorp, waarbij de colonne steeds verder uitdunde en er nog maar vijf over waren wanneer hij na een uur het dijkdorp binnenreed. Daar kende hij iedereen en kon hij zelfs in het aardedonker zijn weg vinden.

De wereld buiten het eiland kende hij voornamelijk door wat hij las. De televisie had twee kanalen in zwart-wit, die elke avond een paar uur programma's leverden, waarvan alleen de wekelijkse aflevering van een western hem boeide. De radio bracht populaire liedjes en nieuwsberichten. In de krant las hij alleen de sportpagina's op maandag.

Maar hij had er zijn eigen wereld. Hij tekende en kreeg sinds een jaar les van een schilder in de stad. Hij was waarschijnlijk de enige veertienjarige op het eiland die een boek over Picasso bezat en diens tekeningen van het stierengevecht bewonderde. Hij leefde toe naar de jaarlijkse wielerwedstrijd in en rond het dorp, en het naderen en voorbijvliegen van het peloton met het ruisen van tientallen lichte wieltjes bracht hem in extase. Na het peloton kwamen de achterblijvers, zwoegers met bezwete hoofden en gekromde ruggen, zichtbaar beschaamd, die hij ook stuk voor stuk nog belangrijk vond, omdat het toch wielrenners waren, en met wie hij medelijden had omdat ze achterblijvers waren en zich schaamden en spottend werden toegejuicht. Op het voetbalveld van het dorp had hij zijn helden en van alle spelers in het eerste elftal kon hij een karakteristiek geven. Op zaterdagen ging hij met zijn vader uit vissen aan de kreek of op de zeedijk. Wanneer hij op de zeedijk tussen de vissers en hun werphengels stond, wist hij wat ze uit zee ophaalden, en hij keek naar die met vissenslijm en bloed besmeurde handen die een zeebaars of sliptong van de haak wipten. In het slachthuis van een van zijn ooms hield hij de staart vast van de koe die werd geslacht, dit om te voorkomen dat het stervende dier zijn uitwerpselen in het rond zwiepte en de tegelwanden ermee zou besmeuren. In de zomer werkte hij op het land om geld te verdienen, en hij reed naar de zeedijk, naar de plek waar werd gezwommen. Hij zag er hoe de meisjes hun badpak over hun billen trokken als ze druipend nat uit het water kwamen. Hij keek naar de meisjes en de meisjes keken naar hem. Op zondagmiddag ging hij met zijn ouders naar de boerderij van zijn grootouders voor luidruchtige en met drank overgoten familiebijeenkomsten. Twee ooms voerden hem dronken – hij sliep zijn eerste roes uit in een greppel. Twee nichtjes lokten hem naar de schuur en daagden hem uit. Met zijn rug leunend tegen een tractorband had hij in het schemerdonker eerst zijn ene en daarna zijn andere nichtje gezoend.

Hij was een zwijgzame jongen. Op zijn gemak voelde hij zich nergens. Zelfs thuis verliet de onrust hem niet. Alleen als hij tekende kwam hij tot rust. Je zette een lijn, je zette een tweede lijn en er gebeurde al wat, je voegde een kleur toe en er gebeurde nog meer. Tekenen was magisch.

Op zijn veertiende kwam er abrupt een eind aan zijn leven in dit afgelegen dorp. Het voltrok zich in een week tijd, het was een week in augustus, die begon op een zaterdag toen hij naar een onbekend deel van het eiland reed waar hij niets te zoeken had.

2

’s Ochtends was hij het dorp uit gefietst met op zijn bagagedrager een kist met groenten voor zijn oom en tante in de stad. Hij droeg zijn All Stars en het jack dat zijn tante in de stad hem had gegeven: lichtblauw met aan de onderkant en de uiteinden van de mouwen gele manchetten. Hij had het eerst niet durven dragen, omdat het zo opvallend was, maar hij was bezweken voor de kleuren. Nu maakte hij er goede sier mee. Hij fietste met zijn onderarmen op zijn stuur, tegen de wind in, een al flink uitgeschoten jongen met sterke benen.

Tegen twaalf uur liep hij in de stad de kledingzaak van zijn oom en tante binnen. Zijn oom stond achter de toonbank in zijn driedelig pak en rekende af met een klant, naast hem een van de winkelmeisjes die de gekochte kleren opvouwde en inpakte. Maris kreeg een blik en een knipoog van zijn oom, een blik van het meisje. Elders was zijn tante bezig met klanten. Hij liep meteen naar achter en naar boven om van zijn kist met groenten af te zijn, maar ook uit verlegenheid. Hij ergerde zich aan zijn verlegenheid en wilde teruggaan. Maar hij ging niet terug en hing verveeld uit een raam.

Om halfeen werd de winkel gesloten voor de middagpauze. Hij gebruikte de warme maaltijd met zijn oom en tante, zoals hij elke dag deed wanneer hij naar school ging in de stad. Zijn oom was een broer van zijn vader, zijn tante een zus van zijn moeder. Zijn oom en tante waren kinderloos gebleven. Hij was hun petekind. Zijn oom was rustig, op het zwijgzame af, zijn tante levendig en druk, net als zijn moeder, maar zonder de geldingsdrang en de neiging tot opscheppen die hem zo stoorden in zijn moeder. Ze spraken dialect. Maris begon zich daar licht voor te schamen. Hij hoorde zichzelf nu dialect praten, terwijl hij daar eerder nooit bij stil had gestaan. Bij het afscheid haalde zijn tante een hand door zijn haar en zei misprijzend dat het veel te lang was. Aan haar stem hoorde hij dat ze het heerlijk vond om dat te kunnen zeggen. Toen ze hem op zijn wang kuste, raakte ze hem heel licht aan met haar borsten. Er ging een schok door hem heen. Toen hij weer op straat kwam, voelde hij nog waar ze hem had aangeraakt.

Om twee uur stond hij voor het huis van meneer Welleman. Het huis lag aan een van de singels, in de schaduw van de bomen langs het water, en keek uit op de oude stadswal. Maris had zijn jack uitgetrokken en de mouwen van zijn bloes opgerold. Zijn armen waren gebruind en gespierd. Hij was nerveus. Na het aanbellen was het wachten op de vrouw van meneer Welleman. Hij zou haar moeten passeren in de deuropening. Mevrouw Welleman had iets van een zigeunerin, vond hij. Ze maakte vlechten van haar dikke, zwarte haren en zette die kunstig vast op haar achterhoofd – geen enkele vrouw op het eiland deed dat. In de zomer droeg ze katoenen jurken met weinig eronder. Eenmaal had hij haar en meneer Welleman gearmd door de stad zien lopen, met een drift in hun manier van lopen die hem iets leek te vertellen over hun intieme leven. Nu hoorde hij haar naderen door de halfdonkere gang en hij hoorde dat ze op blote voeten liep. Nerveus streek hij een haarlok achter zijn oor.

'Kom d'r erin,' zei ze. 'Sjaak is al boven.'

Hij keek haar niet aan, maar hij zag de vlechten op haar achterhoofd, in een dubbele krans. Hij zag haar blote armen, een plukje okselhaar. Het was stil in huis.

'Je weet de weg!'

Hij zag haar weglopen naar de keuken op die brede blote voeten.

Maris herademde. Hij beklom de trappen naar de atelierzolder, waarbij hij langs de op een kier staande deur van de echtelijke slaapkamer kwam. Op zolder was een gedeelte van het dak weggebroken en vervangen door glas. Elke keer dat hij bovenkwam was hij weer verbaasd over het licht in het atelier. Het deed hem goed, het tilde hem op.

Ook meneer Welleman liep op blote voeten. Hij was klein, bijna een kop kleiner dan zijn vrouw, en beweeglijk. Hij begroette Maris hartelijk, maar zonder op te staan van zijn kruk, met zijn rug naar hem toe. Hij werkte door aan het schilderij dat op de ezel stond: een naakte vrouw met opgebonden vlechten in een landschap van rotsen en agaves, het landschap van het Spaanse eiland waar hij elke zomer een maand doorbracht. Maris bleef schuin achter zijn leraar staan en zonder een woord te zeggen keek hij toe. Hij volgde elke penseelstreek, hoe meneer Welleman verf nam, hoe hij mengde. De vrouw op het doek probeerde hij niet te zien. Hij begreep niet dat meneer Welleman zich niet schaamde. Nog steeds hield hij zijn jack in zijn hand. Het zweet stond op zijn bovenlip, zijn bloes plakte aan zijn rug. Daar stond hij, slungelig, verlegen, ongelukkig met zichzelf, een jongen van veertien die griezelig goed tekende en onlangs een verbluffend portret van zijn vader en moeder had geschilderd.

Na de tekenles ging hij niet meteen op huis aan. Hij moest dingen verwerken en kon dat niet wanneer hij meteen de bekende weg naar huis nam. Hij reed van de singel naar de graanpakhuizen aan de rand van de stad, waar het kanaal begon en waar een paar vrachtschepen lagen in zaterdagse rust, met hun luiken open. Hij had er weleens staan kijken, maar nooit lang, want in de stad voelde hij zich niet op zijn gemak.

Voor hij het wist reed hij langs het kanaal, dat aan weerszijden door populieren werd beschaduwd. Hij kon onmogelijk verdwalen zolang hij het kanaal volgde. Hij trapte langzaam en liet de beelden opkomen. Hij zag de winkelmeisjes in de zaak van zijn oom en tante, die allemaal aandacht voor hem begonnen te krijgen, hij zag zijn tante, die niet van hem af kon blijven, de blote voeten van meneer en mevrouw Welleman en het schilderij op de ezel. Algauw werd hij triest, zoals altijd wanneer hij alleen was. Hij wilde rechtsomkeert maken. Te laat thuiskomen kwam hem op klappen van zijn moeder te staan. Maar hij wilde ook weten wat er aan het einde van het kanaal lag.

Hij passeerde een dorp met een draaibrug. Het kanaal maakte een bocht, het land werd kaler, leger. Nogmaals wilde hij omkeren, maar toen hoorde hij in het geruis van de populieren dat geluid dat hij eerst niet kon thuisbrengen, en dat het plonzen van de armen van een zwemmer bleek te zijn. Hij zwom aan de overkant, in de schaduw van de bomen: een witte badmuts, zijn lichaam vaag zichtbaar in het water, een lichte kolking rond waar zijn voeten op en neer gingen en na elke twee slagen verscheen een opengetrokken mond boven water en een gezicht met zwembril. In een waaier van druppels kwamen steeds zijn armen uit het water omhoog. Maris kneep in zijn remmen om achter hem te blijven en ongezien naar hem te kunnen kijken. Hij wist niet wie het was die daar zwom. Zwom hij werkelijk helemaal van de stad naar de sluizen van het Sas en weer terug? In de krant las hij de verslagen van de langeafstandswedstrijden in de provincie. Er stond steevast een foto bij van de start: een stuk woelig water, bezaaid met tientallen witte badmutsen, erachter de volgboten en ergens een stuk kade of een ponton met publiek. Dit moest een wedstrijdzwemmer zijn.

Maris vergat zijn triestheid, het alleen-zijn, en vol bewondering keek hij toe. Ook de zwemmer was alleen, maar onverstoorbaar en gestaag gleed hij door het water. Maris bewonderde zijn soepele crawl. Hij kende alleen maar het zelfgeleerde zwemmen: jongens die zich met driftig heen en weer draaiend hoofd en wild maaiende armen een weg door het water hakten, meisjes met een haastige schoolslag, het hoofd angstvallig en krampachtig boven water houdend. Maar niet kende hij dit soepele, bijna geruisloze voortglijden door het water. Nadat hij het in zich had opgenomen, kwam hij uit het zadel en zette aan. In snelle vaart reed hij naar een zwarte vlek in de verte.

Hij wist hoe de plek heette, maar evenzogoed was die naamloos voor hem. Het was er uitgestorven, zo stil dat je het water kon horen klotsen. Tot voor een paar jaar werd er gezwommen in het kanaal, maar sinds er in de stad een zwembad was gebouwd, kwam hier niemand meer. De badhokken op de kanaaloever en de duiktoren stonden er nog. Een rij huizen voor de sluiswachters, een café onder hoge bomen en een oude boerderij.

Maris zette zijn fiets neer en wist niet of hij zijn jack in de groentekist kon laten liggen. Hij keek om zich heen. Voor het café stonden twee auto's, een paar brommers. Hij beklom het talud bij de sluis. Onmiddellijk werd zijn oog getrokken door een immense watervlakte, fel schitterend met miljarden vonken. Hij wist hoe dit water heette, maar het had voor hem geen naam. Alles wat hij zag was nieuw en naamloos. Snel liep hij naar de havenkom vóór de sluizen. Een steiger van geteerde palen stond daar in het water, verder was er niets. Hij klom op de betonnen borstwering op de kruin van de dijk om verder te kunnen kijken, hand boven zijn ogen, om andere eilanden te zien, maar hij zag ze niet door de verblindende schittering op het water. Het was doodstil. Hij hoorde alleen de wind in het gras. Verderop stond een lichtbaken op een pier – waar hij niet meer heen kon, want hij moest terug. Maar hij kon de verleiding niet weerstaan om af te dalen langs de dijk rond de havenkom, te hurken op het basalt en zijn handen in het water te steken om ze te verkoelen. Onder water stonden de zwarte wieren rechtop. Dit herkende hij, dit was precies hetzelfde als op de plek waar hij zwom, het glasheldere water, de wuivende wieren, dit was het vertrouwde.

Toen hij opkeek zag hij de drie jongens staan op de hoge sluis aan de zeekant, hun silhouetten afgetekend tegen de strakblauwe lucht. Ze keken naar hem. Langzaam kwam hij overeind, zonder hen uit het oog te verliezen, en vanaf dat moment voelde hij zich een prooi.

Hij kende de situatie. In het dorp waren er jongens die hem niet mochten, altijd oudere jongens, altijd in een groepje, die hem nariepen. Hij wist dat hij iets terug moest roepen, maar hij kon het niet en negeerde ze. Naderhand voelde hij zich vernederd en kwam de woede in hem op. Hij minachtte ze: jongens die hun brommers lieten steigeren als er meisjes voorbijkwamen. En hij was jaloers op ze: op hun onbehouwenheid, op hun gewoon maar doen en nergens bij stilstaan. Hij voelde zich zwak tegenover hen. Maar in het dorp konden oudere jongens hem niets doen, want het was het dorp van zijn vaders familie, hij had er ooms en tantes, hij was er beschermd.

Zonder de jongens op de sluis uit het oog te verliezen, klom Maris tegen de dijk op. Hij besefte dat ze het op hem gemunt hadden en hem de weg zouden versperren. Om hen te ontwijken liep hij de sluis aan de zeekant op, hoog boven het water, zijn handen op de reling aan weerszijden. Hij had misschien nog naar het café kunnen ontkomen als hij de dijk was af gerend en het op een lopen had gezet. Wanneer hij vlak bij of voor het café door de jongens was opgewacht, hadden ze hem niets meer kunnen doen, want er zouden getuigen zijn geweest. Maar hij liep de andere kant op, de sluis op, tegen zijn wil, toegezogen naar het gevaar waaraan hij juist moest zien te ontkomen.

'Eeeeh!'

Rauw en grof schalde een stem over de sluiskolk, weerkaatsend tegen de kademuren.

'Eeeeh!'

Maris deed of hij het niet hoorde.

'Je mag daar niet lopen, hoor,' riep de kleinste van de drie met potsierlijk verdraaide stem. 'Terug! Dat is verboden!'

De jongens lachten, renden naar de sluis aan de kanaalkant en staken eveneens over. Maris wilde geen angst tonen en liep hun tegemoet. Op de kade van de sluiskolk hielden ze hem tegen. Ze hadden rood aangelopen hoofden. Waarschijnlijk kwamen ze uit het café onder de bomen.

'Je bent toch over de sluis gelopen,' zei de kleine met een snerpend hoge vrouwenstem. 'Dat mag echt niet, hoor!'

Maris stond stil en zweeg. Hij maakte een verlegen indruk, maar uit zijn houding sprak ook minachting, zonder dat hij het wilde of besefte. De jongens stonden vlak voor hem, de kleine ophitser in het midden.

'Ik wil hem zien,' riep de kleine opeens. 'Ik wil hem zien!'

Maris liep door, hij verliet de kade en ging schuin omhoog tegen de dijk rond de sluiskolk om ze te omzeilen. Maar ook daar versperden ze hem de weg.

'Wat moeten jullie van me,' vroeg hij.

De verkeerde zin. Zijn stem klonk geknepen. Hij hoorde het en dat maakte hem nog bozer. De grootste van de drie posteerde zich nu vlak voor hem. Zijn bloes stond twee knoopjes te ver open en toonde een gladde, haarloze borst. Zijn ogen waren bloeddoorlopen. Nog voor het eind van de zaterdagmiddag was hij stomdronken. Hij zette de vijf vingers van zijn linkerhand op Maris' borst en gaf hem kleine, jennende duwtjes. Bij elk duwtje brulde hij, zijn rood aangelopen hoofd naar voren stekend: 'Eeeeh! Eeeeh! Eeeeh!'

Hij scheen niet meer behoorlijk te kunnen praten.

'We willen hem zien,' riep de kleine. 'We willen hem zien.'

Maris kon zich niet langer beheersen. Hij sloeg de hand op zijn borst weg en stootte die dronken stier van zich af. Hij stormde vooruit, vloog tegen de dijk op, om de jongens heen, maar het lukte hem niet om als eerste de sluis te bereiken. De derde jongen, die de kortste weg had, sneed hem de pas af, de sluis afsluitend met zijn lichaam, een kille blik in zijn ogen. Maris rende terug naar de sluis aan de zeekant, maar hij werd ingehaald door de kleine, die heel snel was op rappe benen en hem onderuithaalde met een venijnige sliding die hij op het voetbalveld al heel wat keren op tegenstanders had uitgevoerd. Maris viel en smakte met zijn jukbeen tegen de stenen, hij haalde een hand en een onderarm open bij het breken van zijn val. Pijn voelde hij niet. Hij draaide zich op zijn rug. De kleine stond over hem heen, lachend, en blaffend als een hond. Maris trok een been op en stampte zijn voet in het kruis van de knaap. De jongen kromp in elkaar. Half overeind gekomen werd Maris gegrepen en meegesleurd, over de dijk heen, uit het zicht van wie zich bij de sluis mocht vertonen. Terwijl hij zich verzette, ziedend van drift, werd hij geslagen en geschopt. De kleine leefde zich op hem uit met gerichte trappen, tegen zijn benen, in zijn buik. Bij elke trap stootte hij een kreet uit. Het was of hij eindelijk lucht kon geven aan een lang bedwongen woede.

In een waas zag hij opeens de badhokken. De kleine opende een deur, de twee anderen smeten hem naar binnen. Hij sloeg met zijn voorhoofd tegen een kleine spiegel die aan de achterwand hing. Het glas versplinterde en drong in zijn voorhoofd. Hij zakte in elkaar op de betonvloer en in de verte, aan de rand van zijn bewustzijn, hoorde hij de jongens over de sluis klossen en hun brommers starten.

Het duurde een tijd voordat hij overeind kon komen. Bloed liep in zijn ogen. Toen hij uit het badhok kwam, in het licht van de dalende zon, in een warmte die nog net zo drukkend was als voorheen, overviel hem schaamte. Niemand mocht hem zien. Niemand mocht dit weten. Hij had naar het café kunnen gaan, maar hij sloop achterlangs de dijk om de sluis heen.

In de haven hurkte hij weer op het basalt aan de voet van de dijk. Verscholen achter een van de kolossale palen van de steiger waste hij zijn gezicht. Bloed bleef uit zijn haren sijpelen. Hij zag de druppels in het heldere water vallen en erin oplossen. Onder zijn behoedzaam tastende vingertoppen voelde hij overal stukjes glas in de huid tussen zijn haren steken. Ondertussen keek hij om zich heen. Pijn voelde hij maar nauwelijks. Hij was nog in staat om het gebeurde op een afstand te houden en met iets anders bezig te zijn. Zo speet het hem dat hij deze plek niet eerder had leren kennen, temeer omdat hij wist dat hij hem nooit meer terug zou willen zien. Nog vreemder dan deze spijt was de gewaarwording dat dit een terechte afstraffing was geweest. Hij verdiende dit.

Voorzichtig trok hij glassplinters uit zijn haren. Van onder zijn wenkbrauwen zag hij steeds bloeddruppels op het water petsen en er kringelend in uiteenvallen. Rond zijn jukbeen gloeide het en leek alles beurs en gezwollen, zijn hand en elleboog lagen open en overal in zijn lijf kwam de pijn opzetten. Korte tijd nog wist hij buiten het gebeurde te blijven. Toen begon hij van het ene op het andere moment van top tot teen te trillen.

HOOFDSTUK II

1

Bijna twintig kilometer had Maris af te leggen naar zijn dorp. Het bonsde en klopte in zijn hoofd, zijn jukbeen schrijnde, hij begon steeds meer pijn te voelen op de plekken waar ze hem hadden geraakt, maar trapte door de pijn heen. Hij reed in een roes, voorovergebogen, zijn handen in het midden van het stuur. De wind was gaan liggen. De smalle wegen in de polder waren verlaten. Hij zag de gele stoppels op de akkers waar het koren was gemaaid, de bomen, de hagen, hij herkende ze, maar het leek of hij ze kende van vroeger, uit een andere tijd.

Rond zeven uur naderde hij het dorp. Het was niet mogelijk er ongezien binnen te komen, want vrijwel alle huizen lagen aan weerszijden van de dijk. Hij verborg zich aan de voet van de dijk en zag boven zich de silhouetten van jongens op hun brommers, hun meisjes achterop, die naar de stad reden. Hij waste zijn gezicht met het water uit een sloot en wachtte tot hij de meesten die op zaterdagavond naar de stad gingen had zien passeren. De uitlaatgassen van de brommers bleven hangen in de lauwe avondlucht. Zijn handen trilden. Hij kon nog steeds niet gewoon ademhalen. Eindelijk kwam hij uit zijn schuilplaats en reed het dorp in, zijn lege groentekist achterop – Maris die bij zijn oom en tante in de stad was geweest en wat later terugkwam dan gewoonlijk.

Op het pad achter de diepe tuinen van de dijkwoningen stuitte hij op Lenie, zijn zus. Ze stond met haar rug tegen de schuur geleund, in omhelzing met haar vrijer. Met hun tongen wroetten ze in elkaars monden. Er hing een wolk van parfum om haar heen. Ook zij gingen naar de stad. Verstoord hield ze op met zoenen en richtte haar broeierige ogen op Maris.

'Jij komt ook altijd op het verkeerde moment!'

Zonder een woord te zeggen liep hij door. Hij gooide zijn fiets tegen de schuur. In de moestuin zag hij zijn vader: met één hand hield hij de klep van de platte bak omhoog en met de andere goot hij water uit een gieter. Ruisend vielen de druppels op de bladeren van de planten. Cor Coppoolse draaide zich om naar zijn zoon en keek hem na. Maris liep mank, hij trok met een been. In de keuken was zijn moeder bezig met bakken en braden. Ze had een doek om haar haren gewonden om ze te beschermen tegen de vette lucht. Haar gezicht was bezweet. Maris ging aan de keukentafel zitten, zijn hoofd gebogen, zwijgend. De geur van het gebraden vlees drong scherp in zijn neusgaten. Een ogenblik later stond hij over de gootsteen gebogen. Een gele drab gulpte uit zijn mond. Geschrokken nam zijn moeder hem op en met driftige passen liep ze naar de achterdeur.

'Cor, kom eens hier! Kom eens gauw!'

Op haar negenendertigste was Gini Coppoolse nog een mooie vrouw. Ze was trots op haar dikke, zwarte haar, dat ze opstak, en ze keek neer op de dorpsvrouwen die hun haar lieten permanenten en zo allemaal met hetzelfde kapsel rondliepen. Ze was trots op haar borsten, en als ze een mooie jurk aanhad om ergens op bezoek te gaan, streek ze vergenoegd met haar handen over haar heupen om te voelen hoe slank ze nog was. Van haar zestiende tot haar trouwen had ze op de boerderij van haar vader gewerkt. Ze molk de koeien, maakte kaas en boter in de koele kelders, ze ging mee naar het land om te hooien, en ze was degene die de kippen slachtte en de konijnen met een nekslag doodde. Nog altijd doodde zij in de schuur achter het huis de konijnen als hun tijd gekomen was, met een kleine knuppel, trots, lachend om haar man, die daarvoor terugdeinsde. Ze bezat een haast brute doortastendheid, die goedhartigheid niet uitsloot.

Maris was haar oogappel, haar knappe jongen. Ze was trots op hem. Maar ze had ook de gewoonte ontwikkeld om hem te slaan. Ze kon het niet uitstaan dat de jongen verlegen was. Het was ook ongenoegen over haar echtgenoot dat zich baan brak in het slaan van de jongen, in wie ze zoveel terugzag van zijn vader. Ze sloeg hard. Maris liep met gloeiende oren rond als ze hem had geslagen. Wanneer zijn vader erbij was, kwam hij tussenbeide en zei: 'Doe dat toch niet, Gini. Op een dag gaat die jongen nog terugslaan.' Vanuit zijn ooghoeken had Maris eens een lach in de ogen van zijn moeder zien oplichten, nadat ze hem een klap had gegeven. Ze had er kennelijk plezier in.

Cor Coppoolse kwam uit zijn moestuin naar binnen en sloot de achterdeur. Hij liep op kousenvoeten naar zijn stoel aan tafel. Alleen al de geur van zijn vaders kleren boezemde Maris vertrouwen in. Zolang zijn vader erbij was, kon hem niets ernstigs overkomen.

Zijn moeder maakte misbaar. Maar weldra stond ze met een pincet de glassplinters uit zijn hoofdhuid te trekken. Ze druppelde jodium op de wondjes. De stukjes glas werden op een schotel gelegd, haast als bewijsstukken. Maris weigerde te vertellen wat er met hem was gebeurd. Met gebogen hoofd en zwijgend zat hij aan de keukentafel. Hij wilde doorgaan met zijn leven zoals het was geweest, doen alsof er niets gebeurd was. Maar nu hij stilzat, voelde hij de nabijheid van de jongens weer: de vijf vingers van de grootste jongen op zijn borst, alsof er schroeiplekken waren achtergebleven, flarden van het gevecht zag hij, de kleine die hem schopte en schopte, terwijl de anderen hem naar een badhok sleepten. Hij stond op en liep naar de wc om zijn handen onder de koude kraan te houden en alleen te zijn, maar niets hielp tegen de verwarring, de golven van schaamte en woede, niets hielp tegen het gevoel van onverdraaglijk en onherstelbaar vernederd te zijn.

Toen hij terugkwam in de keuken stond zijn moeder hem op te wachten, handen in de zij.

'Stommen donder,' riep ze half huilend. 'Stommen donder dat

je bent! Waarom bijt je dan ook niet van je af?'

'Dat heb ik gedaan,' brulde hij, 'dat heb ik gedaan! Maar wat moet ik beginnen tegen drie?'

'En wat heb jij tegen die jongens gezegd dat ze zoiets met je doen?'

'Ik heb niets gezegd!'

'Natuurlijk heb jij iets gezegd!'

'Ik heb niets gezegd. Ze pakten me gewoon!'

'Waarzo? Waar is dat gebeurd? Waar kunnen drie jongens jou zo toetakelen?'

Hij legde het uit.

'Wat had je daar te zoeken?'

Hij vertelde het haar.

'En hoe kom je aan al dat glas in je haar?'

Met moeite wist hij haar ook dat te vertellen.

'En heeft iemand dit gezien?'

'Niemand.'

Met gebogen hoofd had Maris haar vragen beantwoord. Tegenover hem aan tafel zat zijn vader, die nog altijd niets had gezegd. Hij deed er het zwijgen toe wanneer zijn vrouw zich opwond.

'Ik ga dat café daar opbellen,' besloot ze. 'Ik wil weten wie dit op zijn geweten heeft.'

Terwijl ze de trap op liep naar de hoger gelegen hal van de dijkwoning, waar de telefoon aan de muur hing, nam ze met beide handen haar dikke, zwarte haar op en stak er een gevorkte haarpin in, ter voorbereiding op de strijd.

Alleen achtergebleven met zijn vader vermeed Maris het hem aan te kijken. Zijn vader zette een flesje bier voor hem neer, zoals hij tegenwoordig elke zaterdagavond deed.

'Eerst een stuk brood,' zei Maris schor.

Zijn vader maakte brood klaar en zette het voor hem op tafel. De jongen at het met gebogen hoofd, zijn mond vlak boven zijn bord. Hij had opeens iets dierlijks, hij leek op een schuwe hond.

Toen het donker was geworden, liep hij de moestuin in, ook al deed elke stap hem pijn. Hij wilde buiten zijn. Hij liep over het pad tussen de stille planten. Aan de hemel stond een bijna volle maan. Hij rook de akker achter de tuinen, een lauwe geur van aarde, alsof de warmte van de zomer opsteeg uit de grond. Hij wilde ergens in een greppel gaan liggen, zich verbergen. Maar achter in de moestuin, in het donker tussen twee schuren, durfde hij niet verder.

2

Maris bleef een hele week in huis. Zodra er bezoek kwam, verdween hij uit het zicht. Hij had zijn vader en moeder bezworen om niemand in het dorp te vertellen wat er met hem was gebeurd.

Elke dag bekeek zijn moeder onder een lamp de wondjes op zijn hoofd. Ze had er zestien stukjes glas uit gehaald – ze lagen nog steeds op een schotel. Ondanks de zwelling en blauwe plekken rond zijn oog en jukbeen was zijn gezicht ongeschonden. Dat was voor haar een grote opluchting. Wanneer ze zijn neus hadden gebroken, zou hij 'voor zijn leven geschonden zijn geweest'. Ze zei ook: 'Ik begrijp niet dat een jongen die zoveel in zijn mars heeft, zo verlegen kan zijn.' Ze kon er 'met haar verstand niet bij'.

Hij dacht aan de drie jongens en vroeg zich af waarom ze hem te grazen hadden genomen. Van het ene op het andere moment waren ze veranderd in beesten. Hij vermoedde dat het zijn blik was. Het was zijn blik waar anderen soms een hekel aan hadden, de manier waarop hij naar hen keek. Maar waarom ze zo gewelddadig waren geworden, begreep hij niet. De kleine had hem uit alle macht geschopt. Ze hadden hem in het badhok gesmeten als in een cel.

'Je moet uit de kreukels komen,' zei zijn moeder, 'dat is al.'

Maris begon zich alleen maar steeds verkreukelder te voelen. Het was of het gebeurde steeds dieper in hem doordrong, of hij het steeds beter begon te beseffen. Hij zat in zijn kamer urenlang voor zich uit te staren, slechts gekleed in zijn jeans en onderhemd, en betastte de korstjes op zijn hoofd. Bewegen deed pijn. Hij sliep slecht en werd elke nacht angstig en bezweet wakker.

Hij maakte die week maar één tekening: een grote houtskooltekening van de duivel die in een nachtelijk bos op een tweesprong verschijnt. Hij had erover gelezen: een man in een koets die 's nachts in een bos wordt tegengehouden door de duivel. Links op de voorgrond tekende hij de koets, schuin vanachter gezien, met twee paarden ervoor en boven het dak uit stekend de schouders en het hoofd met hoed van de koetsier. In het maanlicht onder de bomen bij een tweesprong stond een man op bokspoten, in een mantel met schouderstukken en met twee kromme hoorns in zijn woeste haardos.

Deze tekening werd later bij het onderzoek betrokken. Hij moest erover vertellen. Hij hield van koetsen. In de schuur van een oom had hij in het halfdonker een oude koets aangetroffen. Hij had erin gezeten, op het versleten fluweel, door een portier zonder vensterglas naar buiten gekeken, en sindsdien hield hij van koetsen. Bij het maken van de tekening was hij de man in de koets. Hij zat op de achterbank, achterovergeleund, en keek door het venster in het portier naar de in het maanlicht voorbijglijdende bomen, hij hoorde hoeven van het paard op het bospad, dof in het zand, het kraken van de veren onder de koets en van het paardentuig. Opeens hield de koetsier de paarden in, de koets kwam tot stilstand. Hij keek naar buiten en in een plas blauwig maanlicht zag hij een man op bokspoten staan. Hij had erover gedacht hem twee pistolen te geven, maar dan zou het een struikrover zijn geweest en het moest de duivel zijn, een duistere figuur die zijn leven veranderde.

Hij fixeerde de tekening en borg hem weg.

Na een week vond zijn vader dat hij genoeg binnen had gezeten: hij moest naar buiten, hij moest weer onder de mensen. Over de blauwe plek rond zijn jukbeen kon hij zeggen dat hij in het donker ergens tegen aan was gelopen. De blauwe plekken op zijn lichaam werden door zijn kleren aan het oog onttrokken. Niemand hoefde te weten dat hij in elkaar was geslagen. Zonder er ook maar een woord over te reppen hadden zijn vader, moeder en zusje besloten het onder elkaar te houden wat er met hem was gebeurd. De buren, die zich erover verwonderden dat ze 'Maris niet meer zagen', kregen te horen dat hij ziek was.

Op zaterdag, na het middageten, nam meneer Coppoolse zijn zoon mee uit vissen. De rit naar de vissershut werd gemaakt in de auto, zodat Maris niemand hoefde te spreken. De jongen had zijn wielerpetje opgezet, de klep voor zijn ogen getrokken, en zat een beetje onderuitgezakt. Hij luisterde naar het vertrouwde geluid van de Mercedes van zijn vader, keek naar diens rustige bewegingen achter het stuur om het bonzen van zijn hart te bedwingen. Enkele kilometers buiten het dorp werd de wagen in de berm gezet. Achter elkaar daalden ze af langs de dijk en liepen over het pad door het rietland. Maris keek een paar maal achterom, alsof er iemand uit het hoge riet kon opduiken. Pas toen ze een paar traptreden beklommen en over een plankier naar de hut liepen werd hij rustiger.

Zwijgend en lusteloos zat hij op de steiger voor de hut, zijn blote voeten bengelend boven het water. Hij dacht aan meneer Welleman, die nu in zijn atelier aan het werk was, aan zijn vrouw, die op blote voeten door hun huis liep, en aan zijn oom en tante die dachten dat hij ziek was. Hij dacht aan zijn zus. Omdat hij onophoudelijk thuis was geweest, kon het gebeuren dat hij haar met alleen een haastig omgeslagen badhanddoek om haar lijf uit de badkamer had zien komen. Haar naaktheid maakte tegenwoordig een andere indruk op hem. Hij voelde nu opeens de aantrekkingskracht van het zachte, naakte vlees van haar armen en schouders. Ze had hem een snibbige blik toegeworpen en was zonder iets te zeggen haar kamer binnengegaan, de deur achter zich dichtslaand. Het had iets geheimzinnigs dat ze geen van beiden wat hadden gezegd. Hij liet zich achteroverzakken op het warme hout van de steiger, ogen gesloten, boven het klotsende water, om zich zijn zus voor te stellen zonder handdoek, de zwarte haartjes die van onder haar badpak krulden bij haar dijen. Maar toen hij eenmaal lag schoot er een pijnscheut door zijn lijf en richtte hij zich kreunend weer op.

Hij zag zijn vader in zijn klapstoel met aan weerszijden een hengel, turend naar zijn dobbers. Het was het vertrouwde beeld van vele zaterdagen, maar het was aangetast, het was besmet – het kon net zo goed iets onheilspellends verbergen. Er lag een smet op de dingen zoals hij ze had gekend. Hij vertrouwde het vertrouwde niet meer. Aan de overkant van de kreek zag hij de silhouetten van fietsers tussen de bomen op de dijk door schuiven, brommers, een auto, en hij vroeg zich af waar de drie jongens waren, of ze gewoon naar het Sas waren gereden om te drinken in het café of dat ze er voorlopig wegbleven.

Toen ze hun thee dronken, begon meneer Coppoolse met zijn zoon te praten. Behoedzaam stelde hij zijn vragen. Maris vertelde nu uitvoeriger wat er die middag op het Sas was gebeurd, steeds kleine beetjes toevoegend, steeds met gebogen hoofd, wegkijkend, zijn lange haren achter zijn oren vegend. Aan zijn behoedzame vader kon hij het makkelijker vertellen dan aan zijn moeder.

Ze hielden eerder dan gewoonlijk op met vissen. Een aantal dikke voorns werd uit het leefnet, dat onder de steiger hing, in een emmer gegooid. Maris wierp een blik op de in doodsnood opspringende vissen in de emmer. Gewoonlijk wist hij bij zijn vader voor elkaar te krijgen dat er een paar werden teruggezet, de kleinste. Het was haast een ritueel: hij mocht er twee, drie uitkiezen en teruggooien in het water. Nu wierp hij alleen maar een blik in de emmer en wendde zich toen af. Hij had geen medelijden meer.

Thuis wasten ze zich en trokken andere kleren aan.

Op weg naar de stad in de auto spraken ze nauwelijks. Maris draaide zijn raam open om frisse lucht te krijgen. Hij voelde de pijnlijke plekken op zijn lichaam. Op de weg langs het kanaal werd hij angstig.

Op het Sas was het nog net zo stil en uitgestorven als een week geleden. Het deed Maris goed om hier nu uit een Mercedes te stappen. Er parkeerde hier maar zelden een Mercedes. Hij volgde zijn vader. Ze liepen op de trap naar de sluis aan de kanaalkant, daalden af naar de sluiskolk en klommen verderop omhoog naar de sluis aan de zeekant. Coppoolse liet zijn blik rondgaan: hij was hier lang niet geweest. Hij tastte naar het pakje sigaretten in het borstzakje van zijn overhemd, trok er een sigaret uit en stak hem op. Maris wachtte. Zijn vader nam de tijd voor dingen. Terwijl hij over het water keek, hoorde hij zijn vader inhaleren. Hij werd ongeduldig van zijn moeder, en hij werd ongeduldig van zijn vader, van dat trage, van dat uitvoerig de tijd nemen. Maar het deed hem goed om nu met zijn vader op het Sas te zijn. Hij wees naar de plek waar hij had gezeten, kijkend naar de wieren, toen hij door de jongens werd opgemerkt. Hij liep met zijn vader naar het badhok, waarvan de deur nog half openstond. De versplinterde spiegel hing nog aan de achterwand. Hij schrok toen zijn vader de spiegel van de wand nam.

In het café was het rustig, te rustig. Sinds er niet meer werd gezwommen in het kanaal liep de zaak slecht. Er zaten twee jonge kerels aan de bar. De tafels in het café en in de serre waren allemaal leeg. Je kon de mussen op het grind onder de lindebomen horen tsjilpen.

Achter de bar stond een jonge vrouw. Ze leunde met haar billen op de rand van een barkruk, de twee jonge kerels tegenover zich, en ze tikte nerveus de as van haar sigaret toen ze Maris en zijn vader zag binnenkomen. Meneer Coppoolse begroette haar en vroeg of hij haar even alleen kon spreken.

'Ik ben aan het werk,' zei ze.

'Maar zo druk heb je het toch niet?'

'Ik ben aan het werk.'

'Op een ander moment dan?'

'Dan zal je heel lang moeten wachten.'

Ze lachte een schorre lach, tikte met een felle beweging de as van haar sigaret en begon een glas af te drogen. Coppoolse zweeg. De mannen aan de bar zwegen. Toen zei hij: 'Deze jongen is hier verleden week rond deze tijd mishandeld door drie van jouw klanten.'

'Hier in het café? Onmogelijk!'

'Daar buiten. Bij de sluis.'

'Van mishandeling is niet veel te zien.'

'Dan moet je maar eens goed naar zijn gezicht kijken.'

'Een blauw oog. Meer niet.'

'Snijwonden op zijn voorhoofd en zijn hele lijf is bont en blauw. Til je hemd maar eens op,' zei zijn vader tegen Maris.

Met tegenzin tilde Maris zijn hemd op om de blauwe plekken op zijn bovenlijf te laten zien. Overal op zijn borst en rug zag het blauw en geel en paars van de beurse plekken.

'Ja, dat ziet er niet best uit,' zei de vrouw. Ze lachte nerveus naar de twee andere gasten aan de bar. 'Ik hoop niet dat jullie nu allemaal je blote bast gaan laten zien!' Nerveus wendde ze zich weer tot meneer Coppoolse. 'Was dat jouw vrouw die twee keer heeft gebeld en gedreigd dat ze de politie op mijn dak zou sturen?'

'Wat zou jij ervan vinden als je zoon met zijn hoofd onder het bloed thuiskwam?'

'Een paar wondjes op zijn voorhoofd.'

Meneer Coppoolse legde de versplinterde spiegel op de bar.

'Hier is die jongen tegenaan gesmakt.'

De vrouw viel stil, haar handen vielen stil, ze nam de sigaret uit haar mondhoek en drukte hem uit.

'Hoor es hier,' zei ze, 'ik heb het ook al tegen je vrouw gezegd: ik ben niet verantwoordelijk voor wat mijn klanten hier buiten uitspoken.'

'Maar je kunt me wel de namen van die jongens geven.'

'Die ken ik niet en ik weet ook niet waar ze vandaan komen. Ik vraag mijn klanten niet naar hun paspoort.'

Weer liet ze haar schorre lachje horen. Ze draaide meneer Coppoolse en zijn zoon de rug toe. Maris liep het café uit, de deur hard achter zich dichtslaand. Meneer Coppoolse pakte de spiegel en liep zijn zoon achterna.

Zwijgend zaten ze naast elkaar in de auto.

'Zo zijn de mensen,' zei meneer Coppoolse na een stilte.

Hij startte zijn wagen en reed weg. Maris draaide zijn raam open en spuwde naar buiten. Opnieuw voelde hij zich vernederd, en nog erger vond hij dat ook zijn vader zich had laten vernederen door dat valse wijf.

In de bocht van het kanaal zag hij de zwemmer, die daar door het rimpelloze water gleed, zijn armen heffend en onderdompelend, zijn schuin getrokken mond net boven water, de kolking rond zijn voeten en de vloeiende cadans. Hij herinnerde zich de extase van de eerste aanblik, een week geleden, het magische ogenblik. Er was niets van over. Het deed hem niets meer. Roerloos staarde hij voor zich uit, niet in staat om wat dan ook te uiten. Alleen zijn linkerbeen trilde onophoudelijk op een wippende voet. Zijn vader legde zijn hand erop. Maar een paar minuten later trilde dat been opnieuw.

HOOFDSTUK III

1

Op zondagmiddag droeg meneer Coppoolse zijn zoon op om een kist met groenten te brengen naar twee oude mensen aan de rand van het dorp. In de moestuin moest Maris de kist zelf vullen met wat er voorhanden was. In de schuur deed hij er nog een paar kilo aardappelen bij. In het halfdonker keek hij om zich heen om te zien of hij hier met zijn oog en jukbeen ergens tegenaan had kunnen lopen, en toen hij niets zag dacht hij aan de machines in de schuur van zijn grootvader. Hij was tegen een machine aan gelopen.

In de schuur pakte hij, ook op de tast, een stok van een richel. Hij gebruikte die stok nooit. Hij bewaarde hem daar. Het was een knoestige en door veelvuldig gebruik glad geworden stok, die hij had gevonden op een pad buiten het dorp. Van een boer stelde hij zich voor, een oude boer die er zijn koeien nog mee had voortgedreven. Er hing een raadsel rond de stok. Van wie was hij geweest? Hoe had die boer zijn stok verloren? Weggegooid had hij hem zeker niet, want daarvoor was het te veel een persoonlijk ding. Maris had hem nooit aan anderen laten zien. De stok zou herkend kunnen worden. Hij zou hem moeten teruggeven en zich schuldig voelen omdat hij een stok had achtergehouden die duidelijk van iemand anders was. Er waren nog andere, belangrijker en ongrijpbaarder redenen om met niemand over de stok te spreken.

Die middag pakte hij de stok om hem mee te nemen. Met het ronde en bultige uiteinde gaf hij een tik tegen de wand van de schuur. Het klonk hol en dof, een gedempt geluid in de hitte van de middag. Hij wachtte en luisterde. Hij bevoelde de stok. Hij gaf er een tikje mee tegen zijn hoofd, tegen zijn gezicht. Nog een ogenblik aarzelde hij. Toen zette hij de kist met groenten met een zwaai op zijn schouder – wat hem een enorme pijnscheut opleverde –, hij omklemde zijn stok en liep het helle zonlicht in.

Er lag een grote rust over het dorp. Na het middageten was er een uittocht geweest naar de zeedijk. In trossen waren ze over de dijk voorbijgekomen. Zijn zus was bij haar vrijer achter op de brommer gestapt. Om haar hals, boven haar bloesje uit stekend, had Maris de strik van het bovenstukje van haar bikini gezien. Met haar donkere ogen had ze nog een boze blik op hem geworpen. Hij had zijn hand naar haar opgestoken, een beetje hulpeloos, geïntimideerd. Het was beter geweest als hij haar had aangestaard. Meisjes konden je zo aanstaren – alsof je hen mateloos verveelde. Je moest gewoon terugstaren.

Zijn vader en moeder waren vertrokken voor familiebezoek: eerst naar de boerderij van zijn grootouders, dan naar een van de zusjes van zijn moeder in een dorp verderop. Voorafgaand aan het vertrek had zijn moeder de te bezoeken familieleden alvast doorgenomen: spottend, honend, lachend. Maris mocht thuisblijven. Hij hoefde alleen die kist met groenten weg te brengen, een paar honderd meter lopen naar het eind van het dorp en weer terug. Vanuit de woonkamer had hij zijn moeder in de Mercedes zien stappen, opzettelijk langzaam en omslachtig, om langer te genieten van het moment waarop ze in een Mercedes stapte en zich op de met leer beklede stoel kon laten zakken.

2

Eerst drong het klapwieken van duiven tot hem door en toen, uit een wolk van fladderende duiven, de stem van Matty Tramper.

'Maris!'

Ze zat op de schommel die aan een oude perenboom was opgehangen, in de schaduw, bespikkeld met lichtvlekjes, en wiebelde met haar onderbenen, een beetje verveeld. De duiven fladderden rond het duivenhok op palen, ze raakten de bladeren van de perenboom met hun klapwiekende vleugels. Ineens steeg een sliert duiven op in de blauwe lucht en begon aan een snelle rondvlucht boven de tuinen.

Maris stond stil op het pad achter de schuren. Het geklapwiek van de duiven bracht hem in verwarring, het meisje bracht hem in verwarring. Hij had er niet bij stilgestaan dat hij haar zou kunnen treffen.

Hij kende Matty Tramper al zijn hele leven. Ze woonde een paar huizen verderop. Ze hoorde bij de meisjes uit de buurt. Toen ze een jaar of twaalf was, begon hij haar werkelijk te zien. Het meest was hem opgevallen dat ze kunstjes deed op haar fiets. Ze reed met losse handen, wat hij nooit enig ander meisje had zien doen. Zij ging, de helling van de dijk af rijdend, op de bagagedrager van haar fiets staan, diep voorovergebogen om het stuur nog vast te kunnen houden. Ook had hij haar ondersteboven aan een rekstok zien hangen, de neergevallen jurk voor haar ogen, haar hangende lichaam moeiteloos terugbuigend, omhoog, om met beide handen de rekstok weer te kunnen grijpen.

Een paar maanden geleden had hij voor het eerst meer dan een paar zinnen met haar gesproken. Hij liep over het pad achter de schuren en zag haar staan op de schommel. Ze had niets gezegd, alleen maar geglimlacht. Hij was de tuin in gelopen. Staande op de schommel keek ze op hem neer. Ze had sproeten in haar gezicht. Met koele, bleekblauwe ogen nam ze hem op vanonder haar pony.

'Ik zoek een jongen om mee te schommelen,' zei ze met een lachje.

'Niet een meisje,' grapte hij.

'Nee, een jongen.'

Hij was op de schommel geklommen, zijn handen om de touwen, net boven de hare. Ze zwiepten heen en weer, de touwen kraakten, de tak van de perenboom boog door, en haar lichaam was nu eens onder hem en dan weer boven hem, haar haren en jurk wapperden in de wind, en hij zag haar opgewonden ogen, boven zich, onder zich. Ze spraken nauwelijks. Van die eerste keer herinnerde hij zich ook dat mevrouw Tramper de tuin in was gekomen om te zien wie er met haar dochter op de schommel stond en ze had hem gemaand voorzichtig te zijn.

Voortaan schommelde hij met Matty.

De eerste twee weken van de zomervakantie had hij in de bessenpluk gewerkt. Tientallen jongeren uit het dorp werkten in de bessenpluk. Ook Matty was erbij. Ze deed het werk snel en handig, ze had rappe vingers. Zittend op een kistje, zijn armen en hoofd tussen de takken van de struiken, plukte Maris de trosjes rode bessen. De zon brandde op zijn nek. Het monotone werk viel hem zwaar. Soms zat Matty te werken bij een struik naast de zijne en dan praatten ze wat, zonder hun handen stil te laten staan. Hij kwam haar tegen bij het wegen van de kisten. Terwijl de gewichten op de weegschaal ketsten, stonden ze zwijgend naast elkaar. Hij zag dat haar haren aan haar bezwete voorhoofd kleefden, dat haar hemd aan haar rug plakte en dat de stof daar donker kleurde. Hij zag haar naar hem kijken in een troep meiden die op het punt stond om terug te fietsen naar het dorp. Hij zag haar bij een andere jongen achter op zijn bagagedrager staan, met haar handen op zijn schouders, en kon het niet goed verdragen. 's Avonds stonden ze op de schommel, of niet, en dan miste Maris het en vroeg hij zich af waar ze was. Soms sloeg hij zelf een avond over, en zag hij haar vanuit zijn kamer alleen op de schommel zitten en voelde zich schuldig. Soms zagen ze elkaar drie avonden achter elkaar niet, maar langer hielden ze het niet uit.

Op een avond kwam ze hem zelfs halen.

'Kom je?' vroeg ze een beetje bedroefd.

Hij liep mee. Eenmaal op de schommel lachte ze alweer. Maris voelde zich bedrogen.

Op vakantie ging hij niet. Hij logeerde op de boerderij van een oom en trok op met zijn neven. Hij had in de cabine van de combine gestaan toen het graan werd geoogst. Hij had gezien hoe de combine met zijn raderen het graan onthoofdde en opvrat, geïmponeerd en opgewonden door het stampen van de enorme machine.

Na een week was hij weer thuis en zag hij Matty terug. Ze gingen met elkaar naar de zeedijk. Hij tekende en hij las. Elke dag werkte hij verplicht een uur in de moestuin. Zijn vader gebruikte zijn twee weken vakantie om wat langer te slapen dan gewoonlijk en klussen te doen in huis. Ze maakten tochtjes naar het strand, maar op het strand tussen louter vreemden voelden ze zich niet op hun gemak. Zijn ouders hadden geen enkele behoefte aan vakantie. De rust van het eigen dorp verlaten om ergens anders te gaan uitrusten – ze konden er alleen maar om lachen. Er was bovendien ook niets om van uit te rusten. Allebei waren ze gewend om altijd te werken. De enige uitstap waaraan ze waarde hechtten was naar de stad rijden, in hun beste goed, in de Mercedes, die ze het liefst op de Grote Markt voor het stadhuis parkeerden. Na het parkeren liep zijn vader met een keurende blik rond zijn wagen en als hij wegliep, keek hij nog een keer om.

Ondertussen maakte Matty hem onrustig. Hij voelde zich van zijn vrijheid beroofd. Er waren allerlei verplichtingen ontstaan. Op termijn zou hij haar moeten zoenen. Het boeide hem niet. Meisjes waren interessant om naar te kijken, maar zodra je met ze te maken kreeg, was er alleen nog maar chaos. Je wist niet wat je moest zeggen, je wist niet wat je moest doen, je opereerde in den blinde – en daar, in dat blindelingse, voelde hij zich opgejaagd, schichtig, niet meer zichzelf. Matty had hem in haar greep. Hij kon er niet aan ontsnappen.

Op die zondagmiddag, toen hij haar op de schommel zag zitten, verveeld wiebelend met haar benen, klapwiekende duiven om haar heen, schrok Maris van haar. Hij had haar daar niet verwacht. Hij had verwacht dat ze naar de zeedijk zou zijn gegaan. Het verveelde gewiebel van haar onderbenen stond hem tegen.

Door zijn zus te observeren had hij het nodige geleerd. Hij begon te zien hoe meisjes dingen voor elkaar kregen, maar zich aan hun manipulaties onttrekken kon hij niet. Door zijn teerhartigheid, zijn snel opgewekte medelijden, zijn neiging zich schuldig te voelen en zijn verlegenheid was hij een makkelijke prooi voor Matty.

Zij was die zondagmiddag thuisgebleven. Waarom was ze niet naar de zeedijk gegaan om te zwemmen met haar vriendinnen? Er was geen duidelijke reden voor aan te wijzen. Misschien omdat ze zich een dag tevoren had gestoten bij het uit het water klimmen en een teen had opengehaald aan de scherp gerande schelpen op een steigerpaal. Misschien omdat ze minder goed had geslapen. Misschien omdat ze bij haar vader wilde blijven die met zijn duiven bezig was, want dat vond ze altijd 'gezellig'.

Maris aarzelde. Hij wilde doorlopen. Hij kón ook doorlopen: hij moest ergens naartoe immers. Tijdens de week die hij buiten het zicht van anderen had doorgebracht, veelal alleen in zijn kamer, had hij besloten niet meer met Matty op te trekken. Zijn nichtje Louise, dat hem in de schuur van zijn grootvaders boerderij zo lief had gekust, vol schroom en overgave – tot ze besefte dat ze het te serieus nam en door haar toekijkende zusje zou worden uitgelachen –, zijn nichtje had iets in hem opgeroepen dat ver afstond van het spel dat hij en Matty speelden. Hij aarzelde, maar hij was niet bestand tegen het gewiebel van haar benen en haar blik.

'Kom je?' vroeg ze met neergeslagen ogen. Het beproefde zinnetje, zacht uitgesproken.

'Ik moet naar Daan en Truke,' zei hij.

'Dat kan straks toch ook?'

Ze leek oprecht bedroefd dat ze hem zo lang niet had gezien. Maris zette de kist neer, ten koste van een pijnscheut, legde zijn stok ernaast en liep de tuin in, zich ervan bewust dat hij de kwetsuren in zijn gezicht nu aan haar blik blootstelde. Hij deed het met tegenzin. Hij liep naar het duivenhok, dat op palen boven de schuur stond en met een ladder bereikbaar was. Omringd door fladderende duiven stond daar meneer Tramper. Op zijn schouders zaten duiven, onrustig klapwiekend, er zaten er zelfs twee op zijn hoofd, elkaar die plaats betwistend. In zijn grote handen hield hij een grijsblauwe duif, grijsblauw met een vleug parelmoer erin. Roerloos en gedwee lag de vogel daar, terwijl meneer Tramper zijn vleugels een voor een openvouwde voor een onderzoek.

Maris was beducht voor deze man, net als voor zijn drie zoons. Meneer Tramper verhuurde zichzelf als loonwerker aan de boeren. Hij ploegde en egde hun akkers, hij oogstte hun graan met zijn combine, hij groef hun sloten met zijn graafmachine. Hij is een beetje een rabauw, had zijn vader eens over meneer Tramper gezegd. Hij was het tegendeel van Maris' vader: aanwezig, luidruchtig, een rabauw. Maar met zijn duiven was meneer Tramper haast teder. Het verbaasde Maris: zo'n kerel, die zijn zoons commandeerde en afsnauwde, en toch een duif zo behoedzaam kon vastpakken. Onlangs had meneer Tramper zijn dochter en hem laten meerijden op de combine terwijl hij het graan oogstte. In de cabine hadden ze elk aan een kant van zijn stoel gestaan, in de hitte en het lawaai, in het stof. Matty had haar bezwete vingers over de rugleuning van de stoel over de zijne geschoven, en hij had zijn vingers niet terug durven trekken.

Vanaf de schommel bekeek ze hem nieuwsgierig. Ze droeg witte sokjes en sandalen en haar zondagse jurk. Boven haar hoofd ruisten de bladeren van de perenboom.

'Wat is er met je gebeurd?' vroeg ze, terwijl ze naar zijn gehavende gezicht keek.

'Ik ben in de schuur van mijn opa ergens tegenaan gelopen.'

'En je hebt bloedkorstjes in je haar.'

Ze had scherpe ogen.

'Ik was met mijn nichtjes in de schuur aan het rennen en toen ben ik ergens tegenaan geknald.'

Maris lachte om zijn stommiteit alsof het zich werkelijk zo had voorgedaan. Hij geloofde het haast zelf wat hij verzon, zo levendig zag hij voor zich hoe hij met zijn nichtjes door de schuur rende. Hij was ook met zijn nichtjes in die schuur geweest, alleen had hij er in het halfdonker iets anders gedaan dan rennen en was dat langer dan een week geleden.

'En toen ben je naar huis gefietst, met al dat bloed op je hoofd.'

Maris begreep dat hij gezien was bij het binnenrijden van het dorp, nadat hij op het Sas zo was toegetakeld.

'Dat ging nog wel.'

'Dat je opa je niet heeft gebracht!'

'Het ging nog wel.'

'Maar je bent een week binnengebleven.'

'Ik kreeg koorts.'

Hij had geen zin om er nog langer over te praten en zweeg. Een langdurige windvlaag stoof door de tuinen en deed de bomen ruisen. De duiven in de lucht kantelden en lichtten zilverig op. Afwachtend zat het meisje op de schommel. Ze hield haar ogen op hem gericht en wiebelde met haar benen, een beetje spottend.

'Ik moet naar Daan en Truke,' zei Maris.

'Zal ik meegaan?'

Hij wilde niet met Matty op stap, maar stemde toch toe. Na een week op zijn kamer deed het hem goed om met een ander te zijn, zelfs al was het met Matty, met wie hij niet meer wilde optrekken. Hij zag er bovendien tegenop om alleen naar Daan en Truke te gaan, twee oude mensen. Hij stemde toe, maar tegelijkertijd nam hij het zichzelf kwalijk dat hij geen nee durfde te zeggen, dat hij weer was gezwicht voor wiebelende onderbenen, blikken, een meisje dat iets van hem wilde, en voor zijn eigen ijdelheid. Het maakte hem boos op haar, want ze had hem doen zwichten, ze legde zijn zwaktes bloot.

Hij kwam haar halen in de tuin, zou meneer Tramper later zeggen. Hij had die groentekist bij zich en een stok. Die stok vond ik raar. Hij had iets achterbaks, net als zijn vader. Je wist nooit wat je aan die mensen had. Maar ik wilde haar niet tegenhouden want ze was helemaal gek op die jongen, al twee maanden. Hij kwam haar halen en ze ging mee.

Naast elkaar liepen ze over het pad achter de tuinen en de schuren, langs de akkers met de rijen stoppels. Ze spraken bijna niet. Bij een enkele blik opzij zag Maris de blonde haren van het meisje, de sproeten op haar gezicht. Hij was zich hevig van haar aanwezigheid bewust. Zijn lichaam deed pijn, meer dan hij had verwacht, en hij moest zich inspannen om de pijn te verbergen. De drie jongens zweefden om hem heen, vaag maar onmiskenbaar. In zijn hand klemde hij de stok, glad, knoestig en hard. Boven de velden zag hij kraaien, zwermen kraaien, zwermen zwart in het blauw en op het geel, kraaien die landden op de akkers, weer opvlogen, opzijzwiepend in de wind. Hij wilde wel ophouden met bestaan, maar je kon niet zomaar ophouden met bestaan.

Toen ze de oude en verzakte arbeiderswoning waren genaderd, toen ze door de opening tussen twee meidoornbosjes gingen – hij onthield die plek – haakte Matty twee vingers achter een riemlus van zijn broek en hield hem vast. Er trok een huivering van geluk door hem heen. Dat iemand hem aanhaalde, dat iemand hem aanraakte, deed hem goed. Een ogenblik later wilde hij alweer dat het meisje hem zou loslaten.

Het huis lag weggedoken tegen de dijk onder twee grote bomen, de tuin was verwilderd. Maris zag de plek met de ogen van het meisje: het lege varkenskot, waar het nog vaag naar mest rook, de waterput met het roestige deksel, het schijthuis met de houten deur waarin een hartje was uitgezaagd – nog altijd zoemden er vliegen rond, ook al werd het al lang niet meer gebruikt. Op de zwarte dakpannen van het huis groeide een dik donkergroen mos. Na een regenbui leek het mos haast lichtgevend. Zijn leven lang onthield hij de kleur van dat mos, dat donkergroen op zwart, en zijn leven lang zouden die twee oude mensen hem bijblijven, zoals hij ze die middag had gezien.

In de schaduw van een paar verwilderde pruimenbomen was de oude man met een zeis het gras aan het maaien. Maris hoorde de zeis met een rasperig geluid door het kniehoge gras gaan. Na elke slag moest de man wachten tot hij de volgende kon maken.

Er zat geen ritme in zijn slagen. Het ging zo moeizaam dat het Maris aan zijn hart ging. Op de boerderij van zijn grootvader had hij met de zeis leren werken, uit de kluiten gewassen jongen die hij was. Voor een paar gulden en een fles bier maaide hij het gras in de boomgaard, het gras langs de slootkant. Hij had het voor de oude man willen doen, een stuk maaien, omdat die zo tergend langzaam vooruitkwam, omdat hij na elke slag leek te kunnen bezwijken.

De man richtte zijn felle blik op hen.

'Zo, samen op stap?'

Er lichtte iets op in zijn toegeknepen ogen, in de spleetjes tussen tientallen rimpels en groeven. Maris knikte. Matty had moeite haar lachen in te houden. Maris schaamde zich voor haar. Hij stond op het punt aan te bieden een stuk te maaien, maar hij kreeg het niet over zijn lippen.

'Je vader heeft weer aan ons gedacht,' zei de oude.

Hij trok een zakdoek uit zijn zak en wiste het zweet van zijn voorhoofd. Hij zei niet: je moeder heeft aan ons gedacht, want hij wist dat het niet mevrouw Coppoolse was, de dochter van zijn vroegere baas, die de kist met groenten stuurde. Maris was er niet van op de hoogte dat deze kromgegroeide man, die leunend op zijn zeis tegenover hem stond, jarenlang slecht was behandeld door zijn grootvader: in de winter ontslagen omdat er geen werk meer was, in het voorjaar weer aangenomen, en geen enkele steun als de winter lang en bar was en het geld en de bonen en aardappelen opraakten.

Er lagen pruimen in het gras. Maris keek omhoog naar de oude pruimenbomen, die al jaren niet waren gesnoeid. Dikke, paarse pruimen hingen aan de takken en deden ze doorbuigen.

'Ze zijn goed,' zei de oude, 'neem ze maar.'

Maris raapte er een paar op. Matty bleef staan kijken. Toen hij verder liep over het tuinpad hoorde Maris achter zich de zeis weer in het gras slaan, traag, krachteloos, bijna tevergeefs.

In het huis was het stil en vredig. In de keuken zoemden vliegen boven een bord dat met een gazen stolp was afgedekt. Hij nam dat in zich op: de gazen stolp over een stuk koud vlees. De woonkamer was zo laag dat hij er met zijn hand de balken kon aanraken. Voor elk van de twee ramen stond een bed. Hij durfde er nauwelijks naar te kijken, naar die intieme plek van twee zulke oude mensen. In een van de bedden zat Truke met kussens in haar rug. Het raam achter haar bed was omhooggeschoven en werd ondersteund door een balkje. Zijn oog viel op dat balkje, omdat het scheef stond en niet goed was neergezet. Door het raam zag hij een stuk van de moerbeiboom, die tussen het huis en de dijk stond en veel schaduw gaf. Op de dijk passeerden een paar fietsers. Hij zag de wielen en trappende benen, en hoorde stemmen. Naderhand bleek dat allemaal nog in zijn hoofd te zitten.

'Dag Truke.'

'Dag Maris! Dat vind ik nou leuk, dat ik jou nog eens zie.'

Ze had hem twee weken geleden nog gezien, en de week daarvoor, maar ze scheen dat te zijn vergeten.

'En je hebt iemand meegebracht.'

'Dit is Matty.'

'Dag Matty! Van wie ben jij d'r eentje?'

Het meisje gaf met tegenzin antwoord. Ze leek alles wat ze hier zag bespottelijk te vinden.

'O, ben je d'r eentje van Tramper.'

Ondertussen kwam de oude man op kousenvoeten naar het bed geschuifeld. Hij ging bij het voeteneind staan en legde zijn hand op de hoge rand van het bed.

'Gaat het, Daan?' vroeg zijn vrouw.

''t Gaat.'

'Daan wil opeens het gras maaien. Het is nergens meer voor nodig. Als het binnen maar schoon blijft. Maar vandaag wilde hij opeens het gras maaien.'

De oude man keek weg door het raam en boog toen zwijgend zijn hoofd. Roerloos stond hij aan het voeteneind van het bed, zijn grote hand op de baluster, trouwhartig, haast als een dienaar van zijn vrouw. Terwijl Maris naar die kromgegroeide man keek, die met gebogen hoofd bij het voeteneind van het bed van zijn vrouw stond, voelde hij iets droevigs in de kamer komen. Er viel een stilte. Fietsers gingen voorbij op de dijk. Toen vroeg Truke, haar stem opgewekt als altijd, naar de verwondingen in zijn gezicht. Hij vertelde haar wat hij ook Matty had verteld: tegen een machine op gelopen in de schuur van zijn grootvader. Truke vroeg naar zijn tekeningen. Hij vertelde over zijn tekenleraar in de stad, het atelier waar hij op zaterdagmiddag les kreeg. Steeds wilde hij het raam achter haar verder omhoogschuiven om het ondersteunende balkje recht te zetten. Maar hij durfde zich niet over het bed en de oude vrouw heen te buigen.

Opeens voelde hij hoe Matty, die schuin achter hem was blijven staan, weer twee vingers door de riemlus van zijn broek liet glijden en eraan trok. Hij liet haar doen. Maar toen ze nog eens trok, draaide hij zich verstoord naar haar om.

'Ze wil weg,' zei Truke glimlachend.

Ze begreep het meteen, ook al kon ze niet gezien hebben wat er achter zijn rug gebeurde.

'Gaan jullie maar. Het was leuk jullie nog eens te zien.'

De oude man bracht hen naar de deur. Hij bedankte voor de groenten. 'Bedank je vader maar,' zei hij, 'en jij bedankt voor het brengen.'

Snel, nog net niet hollend, liepen ze door de tuin, waar de zeis tegen een van de pruimenbomen stond. Maris wierp er in het voorbijgaan een blik op, hij zag een mogelijkheid om zich van het meisje los te maken door het gras in de boomgaard te gaan maaien, hij wilde weer alleen zijn nu, maar hij was te verlegen om het haar te zeggen.

Ze liepen weg, niet terug naar het dorp, maar de velden in. Het was rond halfdrie. Terwijl ze daar liepen werden ze voor het laatst met zijn tweeën gezien, vanaf de dijk, door een van de dorpelingen.

In de schaduw van een paar bomen stonden ze stil. Ze lachten, keken om zich heen en keken elkaar aan met schuwe blik. Over de oude mensen, over wat ze in het kleine arbeidershuis en de verwilderde tuin hadden gezien, spraken ze met geen woord. Het was allemaal in één klap verdwenen, als verzwolgen. Ze hadden alleen oog voor elkaar. Ze namen het pad naar de boerderij van Fraanje, waar ze al eerder waren geweest.

Maris droeg zijn stok bij zich. Matty had er al meerdere malen naar gekeken met haar snelle meisjesogen, maar er niets over gezegd. Het stoorde hem. Waarom zei ze er niets over? Waarom deed ze of dat ding er niet was? Hij was te trots om er de aandacht op te vestigen. Maar hij kon het ook niet van zich af zetten. Hij overwoog om de stok ergens te verstoppen en hem later weer op te halen, maar hij deed het niet. Hij wilde hem bij zich hebben, hij wilde hem voelen, hard en knoestig. Maris voelde dat ze hem bespeelde door niets te zeggen over de stok. Hij tikte met de stok tegen paaltjes, tegen bomen.

Ze spraken over school. Over een week zouden ze in alle vroegte weer in de colonne naar de stad fietsen. Ze hurkten bij het kadaver van een haas. Ze spraken over de duiven van haar vader, over de bessenpluk en wie ze daar hadden leren kennen. Maar alles wat ze bespraken leek onbelangrijk. Het was of ze ergens op wachtten, al aan dat ene dachten, terwijl ze naar de boerderij van Fraanje liepen. Stof woei in wolken op van de stoppelvelden. Kraaien vlogen op, gitzwart, opzijgezwiept door de wind en weer neerstrijkend.

'Heb je pijn?' vroeg ze.

Hij had zijn gezicht in een grimas vertrokken.

'Bij sommige bewegingen.'

'Je kwam van de kant van de stad toen je al dat bloed op je hoofd had.'

'Ik ben anders gereden. Met een omweg. Ik durfde eerst niet naar huis.'

'Dat je opa je niet naar huis heeft gebracht. Zo raar.'

'Hij is een harde.'

Dat klopte tenminste: zijn grootvader was een harde, net als zijn moeder. Maar hij was geschrokken en voelde zich in het nauw gedreven door de nieuwsgierigheid van het meisje. Hij mepte met zijn stok tegen de paaltjes langs het pad.

'Toch raar.'

Hij stond op het punt om het haar te vertellen, om zich te laten gaan, om in het gras naast het pad te gaan zitten en het te vertellen. Maar hij kon zich niet laten gaan. Het dorp had hem behoedzaam gemaakt: als hij het haar nu vertelde, wist morgen iedereen het. Zwijgend liep hij verder.

De boerderij van Fraanje lag aan het eind van een onverharde weg – zoals het pad later werd omschreven – en stond al een paar jaar leeg vanwege een erfeniskwestie. In het pad zaten de sporen van tractorbanden. De klei was hard en hobbelig. Het meisje dreigde te struikelen en greep zijn bloes vast. Ze stelde zich aan, wist hij, maar er ging toch een schok door hem heen toen hij het overhemd om zijn schouders voelde spannen.

'Was ik bijna gevallen,' zei ze lachend.

'Ja, was je bijna gevallen.'

Maris tuurde naar de boerderij, naar het woonhuis waarvan de ramen met kranten waren afgeplakt, naar de kolossale schuur, zwart geteerd, die in de schaduw van hoge bomen lag. Vlak naast zijn schouder zag hij het vlasblonde haar van Matty. De wind blies het in haar gezicht. Hij zag de twee rondingen onder haar truitje en dacht aan de naakte vrouw op het schilderij van meneer Welleman, de vrouw die hij een paar minuten eerder nog gekleed en wel in de gang van het huis had gezien. Hij dacht aan de drie jongens, aan de grootste van de drie, de stier, die zijn vingertoppen op zijn borst had gezet, en was bang dat hij hen hier tegen zou komen. Hij keek achterom naar het dorp, denkend aan de oude man in de boomgaard, dat hij daar zelf had kunnen staan, maaiend onder de pruimenbomen.

'Gaan we nog,' vroeg Matty.

'Ja, natuurlijk.'

Hij wilde zich niet laten kennen. Hij tilde het prikkeldraad voor haar op, kroop er daarna zelf onderdoor. Gebukt renden ze naar de schuur, Maris achter het meisje aan, een beetje strompelend. Hij opende de kleine, wit omrande deur in een van de hoge mendeuren, en ze glipten naar binnen.

Hijgend, bezweet, stonden ze stil om hun ogen te laten wennen aan het schemerdonker. Ergens in de schuur klonk het gesjirp van zwaluwen. Maar het drong niet tot hen door. Ze hadden alleen oog voor elkaar. Het meisje haakte een vinger achter zijn broeksband en trok eraan. Maris draaide zich naar haar toe en had de neiging haar te kussen, want dat wilde ze, en ze had mooie lippen, maar haar spottende blik weerhield hem ervan. Hij maakte haar hand los van zijn broek.

'Doe niet zo stom,' zei ze.

'Later.'

Hij kon al net zo kortaf zijn als zijn vader.

'Waarom later?'

Maris liep de schuur in, zijn armen uitspreidend, om een gebaar te maken, om uit zijn beklemming te breken, beseffend dat het een loos gebaar was, een gebaar dat nergens op sloeg, en dat zij dat zag. Hij liep naar de ladder. Zwijgend voegde het meisje zich bij hem.

Ze deden alles op dezelfde manier als de eerste keer. Achter elkaar klommen ze de ladder op. Twintig sporten. Een lange ladder die doorboog. Op de hooizolder hing een droge, stoffige lucht. De vloer was er met stro bedekt. Het touw hing nog op dezelfde plaats.

Eerst liet Maris zichzelf vastbinden. Matty bond hem aan een van de dikke palen die het gebinte van de schuur ondersteunden. De paal was net zo breed als hijzelf. Hij ging aan een andere kant staan om niet precies hetzelfde te laten gebeuren als de eerste keer. Met snelle bewegingen bond het meisje hem vast. Ze was handig, ook met een stuk touw.

'Strakker,' zei Maris.

'Nog strakker?'

'Het moet echt strak zitten,' antwoordde hij, op een toon alsof het maar een grap was.

Hij had zijn overhemd wat opgetrokken, zodat hij het touw op zijn buik zou kunnen voelen. Hij voelde het ook op zijn blote armen, ruw. De sensatie van het vastgebonden zijn was net zo sterk als de eerste keer, een opwindende mengeling van angst, lust en schaamte, dit keer nog versterkt door de zacht dreinende pijn van de blauwe plekken overal op zijn lichaam. Hij durfde het meisje niet aan te kijken. Ze stond vlak voor hem met haar lange haren, die achter haar aan zwiepten als ze hardliep, met haar beginnende borsten in haar witte jurk, haar koele blik.

'Ogen dicht,' zei ze.

Maris sloot zijn ogen en voelde haar vlak voor zich staan, duidelijker nog dan wanneer hij haar zag. Hij rook haar. Opeens waren daar haar zweterige vingers, haar meisjesvingers op zijn gezicht. Ze betastte hem alsof ze een blinde was – dat was het spel. Maris glimlachte onwillekeurig door haar aanraking van zijn gezicht. Toen ze met haar vingertoppen zijn glimlachende lippen voelde, zei ze: 'Je moet wel een beetje serieus blijven.'

Haar stem klonk zacht, gesmoord.

Het touw omknelde zijn lichaam, en vlakbij was het meisje van de schommel, van het woeste heen en weer zwiepen, maar anders dan ze gewoonlijk was omdat ze hem nu mocht aanraken. Ze betastte zijn gezicht, zijn wenkbrauwen, zijn neus, zijn haren, met gebaren die nog net geen strelingen waren. Haar vingers gleden naar zijn hals, zijn borst, maar algauw weer terug naar zijn gezicht.

Maris werd losgemaakt. Het had langer mogen duren voor hem, maar het kon niet langer duren want ze waren gehaast, een beetje schichtig. Terwijl het meisje hem losmaakte, trok ze hard aan zijn haar.

'Niet aan mijn haren trekken!'

Ze deed het nog eens toen ze achter hem stond. Het was of ze zich ervoor schaamde dat ze hem zo nieuwsgierig en aandachtig had betast. Maris was niet kleinzerig. Maar hij werd woedend wanneer iemand hem plotseling ruw aanraakte.

'Waarom doe je dat?'

'Zomaar.'

'Zomaar?'

Ze lachte, met haar handen voor haar mond, wild en schichtig. Maris stapte uit de kluwen touw die rond zijn voeten lag. Hij raapte het touw op.

'Nu jij.'

Matty deed een stap achteruit. Maris' haren hingen voor zijn gezicht. Hij veegde ze met een hand achter zijn oren en glimlachte naar haar. Hij wilde weg uit deze ellendige situatie. Het moest zo snel mogelijk gebeurd zijn.

'Nu jij!'

Het meisje keek hem aan, met een taxerende blik, en veegde nu ook met een hand haar haren achter haar oren.

'Ik doe liever wat anders,' zei ze.

Ze bleef hem aankijken. Nadat hij haar voor de eerste keer had vastgebonden, had hij zijn handen vlak over haar lichaam laten gaan, maar vrijwel zonder het aan te raken. Magnetiseren had hij het genoemd. Ze kende het woord niet en had zich erdoor laten verleiden.

'Wat doe je liever?'

'Doe niet zo stom, Maris!'

Haar stem klonk nuchter. Hij deed een stap naar voren en slingerde het touw in een snelle beweging om haar heen. Ze stond roerloos, weer geïnteresseerd omdat hij zo dicht bij haar was en door het gevoel van dat touw losjes om haar heen. Ze hief haar gezicht naar hem op, verwachtend dat hij haar zou kussen, maar hij deed het niet. Hij herinnerde zich de lange en waarschuwende blik van haar moeder toen hij voor het eerst met haar op de schommel stond, hij dacht aan haar vader en aan haar broer Corné, die hem angst inboezemden, en hij herinnerde zich het oordeel van zijn moeder die altijd zei dat de Trampers anders waren en dus ook Matty, en hij deed het niet, hij kuste haar niet, ook al vroeg ze erom. Hij trok het touw dat hij om haar lichaam had geslingerd strakker. Hij zag haar gezicht veranderen. Haar blik werd kil.

'Je bent geen echte jongen,' zei ze.

Roekeloos kwam hij uit de dekking.

'Zeg dat nog eens.'

Hij strekte de vijf vingertoppen van zijn linkerhand naar haar uit en zette ze op haar borstbeen. Het maakte hem niets uit dat ze een meisje was. Hij gaf haar een duw. Ze bleef met moeite overeind.

'Zeg dat nog eens!'

'Je bent geen echte jongen,' zei ze. 'Meer een soort meisje.'

Maris gaf haar een harde duw, zo hard dat hij ervan schrok. Het was of een enorme kracht uit zijn hand spoot. Het meisje wankelde. Ze deed een stap achteruit om haar evenwicht te bewaren, maar omdat het touw nog rond haar benen zat was het een klein stapje, te klein, ze deed er nog een om overeind te blijven, en toen viel ze achterover, nog half op de hooizolder, en ze gleed weg, haar handen klauwend in het stro. Maris zag haar vallen, de schrik op haar gezicht, en hoorde haar met een zware bons tegen de vloer van de schuur slaan.

Toen het stil bleef, deed hij een paar stappen naar voren en zag haar liggen, roerloos, haar hoofd opzij, het lange haar over haar gezicht geslagen. Er gleed bloed uit haar mondhoek.

HOOFDSTUK IV

1

Hij glipte naar buiten, het felle licht in. Daar was de wind, daar was het ruisen van de bomen, daar was de wereld, nog precies zoals toen hij hier aankwam. Hij liep naar de bomen en van de bomen naar de afrastering, hij glipte onder het prikkeldraad door, richtte zich op en begon te lopen. Het was of hij hulp ging halen. Ja, hij ging hulp halen, hij was een goede jongen en hij ging hulp halen in het dorp omdat Matty was gevallen en haar been had gebroken, hij rende naar het dorp. Maar hij rende niet, want hij wist dat hij gezien kon worden: een wegrennende jongen. Er waren altijd spiedende ogen in en rond het dorp.

Hij liep alsof hij in zijn eentje buiten het dorp had rondgezworven en tikte met zijn stok tegen de paaltjes en de bomen, alsof hij zich verveelde op deze warme zondagmiddag. De wind rukte aan zijn kleren. Stof woei op van de akkers, stof woei op uit de grijze en hard geworden bandensporen, stof omhulde hem. Het tolde in zijn hoofd. Hij kon niet meer nadenken, hij kon niet meer stilstaan, hij moest bewegen, hij moest vóór blijven wat hem op de hielen zat en zou vermorzelen, zou doden, leek het, zodra hij stilstond.

Opeens zag hij de groentekist, die hij achter een boom had gezet. Hij liep ernaartoe om hem te pakken. De kist riep een vertrouwde wereld op. Hij stak vier vingers in de gleuf tussen twee planken, hij klemde ze om het hout, en even was er niets gebeurd. Hij was een beetje triest want alleen, zoals gebruikelijk, en hij kwam terug bij zijn kist, en op zijn wandeling buiten het dorp had hij het karkas van een haas gezien, met aasvliegen rond zijn anus en op zijn ogen, en hij had de kraaien op de akkers gezien, opvliegend en weer neerstrijkend. Dat was alles. Meer was er niet gebeurd.

Een paar dorpelingen zagen hem achter de schuren lopen, die jongen van Coppoolse, altijd wat schuw en op een afstand, maar zachtaardig en vriendelijk, net als zijn vader. En niet van gister, ook net als zijn vader, die eenvoudig en bescheiden bleef, maar ondertussen dik geld verdiende bij de lijmfabriek in de stad die wereldwijd zaken deed, hij was ervoor naar Amerika geweest, en na die reis had hij het over *hardware stores*, toch wel een beetje trots, omdat in die winkels in heel Amerika de tubes en blikken van de lijmfabriek in de schappen lagen. Van onder hun parasols zagen ze hem voorbijkomen, die jongen van Cor en Gini Coppoolse, en ze zouden het allemaal vergeten zijn als er niet iets was gebeurd wat ze nooit meer zouden vergeten, en daarom zagen ze het later allemaal 'nog zo voor zich': hoe hij daar liep, die jongen van Coppoolse met zijn stok en zijn groentekist en dat haar, dat hij steeds uit zijn ogen moest vegen omdat het veel te lang was.

En Maris zag hén, onder hun parasols, met een krant of tijdschrift, in een korte broek of een jurk die tot halverwege de dijen omhoog was geschoven, en hij besefte dat ze hem zagen terugkomen, alleen. Vlak voor de schuur en het erboven gebouwde duivenhok van meneer Tramper stond hij stil en luisterde. Er was niemand. De schommel hing roerloos onder de perenboom. Hij kon er ongezien langs lopen – en liep erlangs.

Thuis was er ook niemand. Zijn ouders waren op familiebezoek. Zijn zus lag in het gras van de zeedijk naast haar vrijer. Met haar broeierige ogen keek ze om zich heen, leunend op een elleboog, ze wierp een blik op haar broekje, trok eraan en wierp een blik op haar vrijer met zijn gesloten ogen, die ze wilde plagen. Maris kon het dromen: zoals zijn zus was, zoals ze deed. Zijn moeder lachte haar trotse en honende lach in de keuken van de boerderij, waar de vliegen zoemden, en zijn vader zat het voornamelijk zwijgend aan te zien. Zijn ooms waren tegen elkaar aan het opbieden, zijn tantes lachten hen uit en stookten het vuurtje op. Dat kon hij ook dromen. Hij had met zijn vader en moeder mee kunnen gaan, hij had zijn nichtje Louise terug kunnen zien, met haar naar de schuur kunnen wegglippen, zelfs met twee nichtjes, maar hij was niet meegegaan.

In huis hing de vertrouwde geur. Maar het vertrouwde was verleden tijd. Hij zou hier worden weggehaald. Met trillende handen dronk Maris een glas water. Hij kon nog steeds niet nadenken. Elke beweging die hij maakte was jachtig. Hij hoorde zichzelf zacht janken. Op zijn kamer stak hij al het geld bij zich dat hij in de bessenpluk had verdiend. In de hal trok hij een jack aan, een oud jack, niet dat nieuwe en opvallende. In de keuken probeerde hij wat te eten, stoofvlees uit de pan met een stuk brood erbij, maar hij kreeg geen hap door zijn keel. Hij wierp een spiedende blik in de buurtuinen en liep naar de schuur. Hij verborg zich daar achter de zakken met aardappelen en begon zijn bovenlijf heen en weer te bewegen, het zachte janken zo veel mogelijk onderdrukkend.

Tegen zes uur hoorde hij voetstappen naderen, een man die het pad door de moestuin op liep.

'Maris?'

Het was de stem van Corné Tramper, de oudste broer van Matty. Hij liep naar het huis, opende de achterdeur en keerde terug op zijn klossende klompen.

'Maris!'

De jongen hoorde de agitatie in die stem, de ongerustheid. Hij verroerde zich niet en hield zijn gezicht naar beneden, voor het geval Corné in de deuropening zou verschijnen om een blik in de schuur te werpen – wat hij inderdaad deed. Voetstappen die zich verwijderden. Maris begon zijn bovenlijf weer heen en weer te wiegen. Vanaf dat moment had hij geen hoop meer.

Tegen zeven uur hoorde hij zijn ouders thuiskomen in gezelschap van zijn oom en tante uit de stad. In de avondstilte hoorde hij de portieren van de Mercedes en een tweede auto dichtslaan voor het huis. Weldra stemmen in het huis. Zijn vader kwam de tuin in, gevolgd door zijn broer die met hem over zaken sprak, over kosten, minder kosten maken, extra kosten, de seizoenopruiming.

'Ik moet ervan af,' zei zijn oom, 'ik moet er echt van af. Maar ik kan het toch niet weggeven?'

'Ik kom morgen langs,' zei zijn vader, 'en dan kijken we samen naar de cijfers.'

Hij zette een gieter onder de kraan en draaide de kraan open.

'Doe jij er ook een,' zei hij tegen zijn broer.

Een tweede gieter werd gevuld, het water stortte uit de kraan met het vertrouwde geluid van water op zink, water dat steeg en de gieter vulde tot aan de rand. Maris kwam half overeind achter de zakken met aardappelen, maar hij liet zich weer terugglijden.

Hij wilde wachten tot zijn oom en tante weg waren, en toen ze vertrokken waren, wilde hij wachten tot het donker was geworden. Maar eerder al, in de schemering, hoorde hij sirenes naderen. Achter elkaar reden twee politiewagens en een ambulance over de dijk het dorp in. Degenen die buiten voor hun huizen stonden, keken de wagens na en zagen ze aan het eind van het dorp afslaan. Jongens gingen er rennend, op hun fietsen en brommers achteraan, maar werden aan het begin van het pad naar de boerderij van Fraanje al tegengehouden door een agent. In de verte, onder de krans van bomen rond de schuur, zagen ze de drie wagens staan, donkerblauw en wit, nog net zichtbaar. Er werd gewacht. Een halfuur later deed het gerucht de ronde. Het is het meisje van Tramper, werd er gezegd, het is het meisje van Tramper. Vrouwen stonden huilend op straat.

Maris rende. Eerst langs de rand van de pas geploegde akker achter het huis. Dan door een boomgaard, dan door weilanden, zigzaggend tussen de koeienvlaaien, vanuit het dorp al niet meer zichtbaar door de meidoornhagen. Hij had gewoon kunnen lopen nu, maar hij bleef rennen, hijgend, snakkend naar adem, stilstaand, om zich heen kijkend.

Het werd donker, maar hij bleef rennen, wegduikend wanneer hij de lichten van een auto zag naderen, zwiepend over de velden. Hij bleef rennen tot hij de zeedijk had bereikt.

Van over het water woei een lauwe wind hem in het gezicht. In de verte zag hij de lichten van een schip dat op weg was naar zee, en in het zwoele donker hoorde hij het bonken van de scheepsmotor. Hij rende onder de dijk langs naar een vluchthaven waar alleen wat vissersbootjes lagen. Daar verborg hij zich onder de dektent in een oude sloep.

Langzaam kwam hij tot bedaren. Hij lag met zijn rug op een zwemvest in de holte tussen twee spanten van de sloep. Hij luisterde. Het was afgaand tij. Hij hoorde het water wegstromen uit de haven, reutelend, sijpelend, hard stromend door een diepe geul in het slik. De boot raakte de bodem, zakte scheef. Hij hoorde de roep van vogels, op weg naar de drooggevallen platen in de Westerschelde.

2

In alle vroegte bereikte hij de volgende dag de veerhaven. Het was maandag. Op de veerboot staken dagelijks scholieren de Schelde over. Hij viel hoogstens op omdat hij geen schooltas bij zich had. Hij zorgde ervoor dat hij in het gedrang liep toen hij aan boord ging en de dekknecht zijn kaartje moest laten zien en deed of hij bij een echtpaar hoorde.

In de kajuit kocht hij aan het buffet een glas thee en broodjes. Hij streek neer bij een tafel waarop een exemplaar van de provinciale krant was achtergelaten. Hij wilde de sportpagina's lezen. Maar de krant gaf hem nu een gevoel van onveiligheid. Hij liet hem liggen en zat onderuitgezakt op de bank, handen in zijn zakken, verveeld, alsof hij dagelijks deze overtocht maakte. Maar hij verlangde zo naar iets gewoons en vertrouwds dat hij de krant toch naar zich toe trok. In het sportkatern was een halve pagina gewijd aan de jaarlijkse zwemrace over de Westerschelde, die gistermiddag had plaatsgevonden. Door de harde wind waren de golven hoog geweest. Zwemmers waren misselijk geworden van de deining en kotsend uit het water gehesen. Een grote foto van de vloot volgboten op een ruwe zee met daartussen de badmutsen van de ploeterende zwemmers. Hij dacht aan de jonge kerel die hij in het kanaal had zien trainen. Het was nauwelijks een week geleden. Hij was gister waarschijnlijk ook de monding van de Westerschelde overgestoken, van top tot teen ingevet tegen de kou. Had hij de overkant gehaald? Maris herlas bepaalde zinnen in het artikel, de spannendste, zoals hij altijd deed. Hij herlas ook nog eens het bijschrift onder de foto, waarin gesproken werd van een spectaculaire race met veel uitvallers. Toen hij opkeek van zijn krant, toen in zijn hoofd de film van de zwemwedstrijd afbrak, zag hij dat een paar scholieren nieuwsgierig naar hem keken. Hij kwam overeind en slenterde naar het buffet: een lange en slungelige jongen, in een oud jack, veel te warm voor de tijd van het jaar, lang zwart haar in een scheiding, dat hij aan één kant achter zijn oor veegde, spijkerbroek, hoge gympen, een stil type, hij zat in een krant te lezen en had geen schooltas bij zich. Naderhand wisten ze het nog, de twee meiden die elkaar hadden aangestoten en naar hem hadden gekeken, naar die stille, mooie, mysterieuze jongen.

Maris kocht nog een paar broodjes, liep naar buiten en verdween tussen de auto's op het achterdek. De veerboot gleed achter een tanker langs. Opeens doemde vlak bij hem die hoge scheepsromp op, met strepen roest van boven tot beneden in het vuile wit.

In de haven aan de overkant stond een streekbus met draaiende motor te wachten. Hij stapte in. De chauffeur verkocht hem een kaartje en keek naar hem. Alle scholieren hadden abonnementen.

Hij had niets bij zich, geen schooltas, geen koffer. Hij ging ergens halverwege de bus zitten, vlak bij de uitgang. Na het passeren van een aantal dorpen was de bus vrijwel leeg. De chauffeur keek naar hem in zijn spiegel. In het eerstvolgende dorp stapte Maris uit. In de supermarkt kocht hij brood en kaas en een aardappelmesje, het enige mes dat ze hadden. Hij liep ermee over straat of hij een boodschap voor zijn moeder had gedaan, maar ook hier draaiden de hoofden zich naar hem om, want hij was hier vreemd. Buiten het dorp begon hij te rennen, opnieuw tussen stoppelvelden. Toen hij een paar uur later de rietpluimen rond een kreek zag, zette hij nogmaals aan, rennend tot hij tussen het hoge riet was. Hij vond er een vissershut en sliep de rest van de dag. In de schemering schrok hij wakker van de kreet van een uil.

3

Drie dagen later, op woensdagavond, zat Maris in de vissershut van zijn vader. Hij was vervuild en uitgehongerd. Het was hem nogmaals gelukt om onopgemerkt de Westerschelde over te steken, ook al werd er nu in de hele provincie naar hem gezocht en had zijn foto in de krant gestaan. Bij het aan boord gaan had hij zich weer aangesloten bij een nietsvermoedende volwassene, dociel naar hem opkijkend, voordat hij zijn kaartje toonde aan de dekknecht bij de verschansing. Tijdens de overtocht had hij zich schuilgehouden tussen de vrachtwagens op het achterdek. Bij aankomst op het eiland was hij in de drukte op de kade van de veerhaven zo snel mogelijk uit het zicht verdwenen en weer gaan rennen. Het was of hij niets anders meer kon dan rennen, stilstaan om op adem te komen, om zich heen kijken en weer doorgaan met rennen.

In de schemering bereikte hij de hut van zijn vader. Dichter durfde hij het dorp niet te naderen. Hij was op zijn tocht verschillende keren langs een telefooncel gekomen, maar hij had zijn vader en moeder niet durven bellen. Teruggaan naar de hut van zijn vader was het enige wat hij had kunnen bedenken. Met opgetrokken knieën zat hij op de vloer, voor zich uit starend, en wachtte.

Rond tien uur in de avond hoorde hij een Mercedes stoppen op de dijk. Er viel een diepe stilte nadat de motor was afgezet. Maris was overeind gekomen en stond te luisteren.

Weldra hoorde hij de vertrouwde, kalme voetstappen van zijn vader in het rietland.

Maris opende de deur van de hut, hij stapte naar buiten en zag in het maanlicht zijn vader naderen.

'Ik wist het,' zei meneer Coppoolse.

Halverwege de trap stond hij stil en keek naar zijn zoon, die drie dagen onvindbaar was geweest. Toen beklom hij de laatste treden, liep naar hem toe en trok hem zwijgend tegen zich aan. Maris liet zich door zijn vader omhelzen, maar zo gauw hij kon maakte hij zich van hem los. Schuw stond hij voor hem, langs hem kijkend naar het rietland in het maanlicht. Sinds zondag was meneer Coppoolse hier elke avond geweest, ervan overtuigd dat hij zijn zoon er vroeg of laat zou aantreffen. De politie had hij erbuiten gelaten. Hij wilde eerst zelf met zijn zoon spreken.

Cor Coppoolse klapte zijn visstoel uit op de steiger voor de hut, precies op de plek waar hij hem altijd neerzette, links van de deur, en ging zitten. Hij stak een sigaret op. Maris zag zijn vaders gezicht bij het licht van het vlammetje op zijn aansteker. Het was zo stil dat hij het geluid van de aansteker kon horen: het zacht knisterend geluid van het tandrad langs het vuursteentje.

'Ga jij ook es zitten,' droeg zijn vader hem op.

Onwillig ging Maris op de steiger zitten, zijn onderbenen over de rand.

'Op een stoel,' zei zijn vader.

Maris pakte nu ook een klapstoel en ging zitten, rechts van de deur van de hut, met zijn ellebogen geleund op zijn knieën, en staarde over het water naar de silhouetten van de bomen op de dijk. Alles was hetzelfde als voorheen, zo vertrouwd, en niets was meer hetzelfde als voorheen. Het leek of hij van al het vertrouwde voorgoed was gescheiden.

'Wat heb je met haar gedaan?' vroeg zijn vader na een lange stilte.

Maris kreeg geen woord uit zijn mond. Hij staarde naar het donkere water bij de steiger. Hij wilde verdwijnen, vervluchtigen, ergens door een spleet wegglippen uit de wereld.

'Kijk me eens aan,' zei zijn vader, 'en vertel me wat er is gebeurd.'

Maris vertelde met horten en stoten wat er op de hooizolder was gebeurd. Hoe hij in die schuur was beland, Matty die wilde zoenen en hij niet, de ladder naar boven, het elkaar vastbinden en het spel dat ze speelden, en dat hij haar in drift van zich had af geduwd toen ze hem kwaad maakte. Hij deed de feiten geen geweld aan, maar hij besefte dat het uitmaakte hoe hij het verhaal vertelde en hij besefte ook dat hij het nog vaker zou moeten vertellen.

'Is dat alles,' vroeg zijn vader.

'Dat is alles.'

Cor Coppoolse stak een nieuwe sigaret op. Maris zag het pakje North State in zijn vaders hand, dat hij weleens had nagetekend. Opnieuw luisterde hij naar het geluid van de aansteker: het openklappen van het metalen kapje, het knisterend geluid van het tandwiel langs het vuursteentje, het geluid van de zengende vlam, bijna onhoorbaar, maar hoorbaar voor zijn nog jonge oren. Het was of hij wilde verdwijnen in die geluiden, in wat hij zag: het gezicht van zijn vader, van onderen aangelicht door de kleine vlam op de aansteker.

'Waarom werd je nou zó verschrikkelijk kwaad op dat meisje?'

'Dat weet ik niet.'

'Ze zei alleen maar wat jij zegt dat ze zei? Meer niet?'

'Meer niet.'

Weer een lange stilte, waarin niets hem te hulp kwam en hij niet kon wegglippen uit de wereld, en alleen maar kon staren naar het donkere water en de reflecties van het maanlicht.

'En besef je wat er met haar is gebeurd?'

'Ik denk het, ja.'

'Je denkt dat je het weet.'

'Ik weet het.'

Meneer Coppoolse achtte het niet raadzaam zich met zijn zoon in het dorp te vertonen. Zijn vrouw en dochter waren daar al niet meer: ze waren het dorp ontvlucht en logeerden bij een van de zussen van zijn vrouw. Hij reed over het donkere eiland naar de stad, bracht de jongen onder bij zijn oom en tante en bleef er ook zelf voor de nacht.

Maris nam er een douche. Met nog natte haren zat hij tegen middernacht aan de keukentafel in het lamplicht, zwijgend, net als zijn vader en zijn oom, terwijl zijn tante bezig was een warme maaltijd voor hem te maken. Zijn tante huilde. Hij zag haar gezicht: haar wangen waren helemaal nat, ook al veegde ze met haar vingertoppen steeds de tranen weg. Hij schaamde zich, hij had met haar te doen, hij wilde iets tegen haar zeggen, maar hij kreeg geen woord over zijn lippen. Het bord met eten werd voor hem neergezet, maar hij kon niet eten. Zijn tante kwam naast hem staan, legde een hand om zijn nek, streelde zijn haar en zei steeds alleen maar: 'O Maris, o Maris toch!' Toen ze zich ook nog over hem heen boog, duwde hij haar zachtjes weg. Hij wilde niet breken.

Het moment bleef hem bij: de ontroostbaarheid van zijn tante, de weerloosheid van haar nat gehuilde gezicht.

Twee agenten kwamen hem de volgende ochtend halen. Ze parkeerden de donkerblauwe politiewagen in de smalle straat achter de huizen, waar alleen opslagplaatsen en garages waren en zelden iemand liep. Maris stond hen op te wachten in het magazijn van de winkel van zijn oom en tante, een plek waar geluiden werden gedempt door de kleding die er in rekken hing of in dozen lag opgestapeld. Zijn tante had hem die ochtend in nieuwe kleren gestoken en met de schaar zijn haar gefatsoeneerd.

Hij hoorde de auto stoppen, de portieren dichtslaan. Toen hij de twee agenten zag verschijnen bij de openstaande deur, verstrakte hij en begon zijn hart te bonzen. Naast hem en achter hem stonden zijn vader, zijn oom en tante. Zijn moeder had zich niet in staat gevoeld hierbij te zijn. Maris zag zijn vader naar voren stappen en de agenten een hand geven: zakelijk, maar ook met een zekere zwier, zoals hij dat misschien in Amerika had gedaan, met in die zwier een toets van onderdanigheid die op het eiland gepast werd geacht tegenover het gezag. Eén ogenblik was hij getroffen door de nieuwe gedaante waarin hij zijn vader zag: de zakenman die precies wist hoe zich te presenteren.

Zwijgend en met bonzend hart zat hij achter in de politiewagen naast zijn vader. Het was maar een korte rit. Door de nauwe straat naast het postkantoor reden ze de Grote Markt op, die nog voor de helft in de schaduw lag. Het was donderdagochtend, nog vroeg, de meeste winkels waren nog niet open. Ze passeerden het gebouw van de bank waar zijn vader zaken deed. De directeur, een kleine en gezette man, liep juist de stoep op in een lichtgrijs pak.

'Daar heb je Padmos,' zei zijn vader onwillekeurig.

De bankier voor wiens snelwerkende brein hij grote bewondering had. Meneer Padmos – Maris kende hem uit de verhalen van zijn vader. Nu zag hij hem voor het eerst in levenden lijve, op de rug, in een van zijn maatpakken, terwijl hij het bankgebouw binnenging.

Halverwege de Grote Markt stopte de politiewagen, omdat er mensen voor het politiebureau stonden. Men wilde Maris niet blootstellen aan nieuwsgierige blikken. De agent achter het stuur legde uit waarom hij stopte, met een zekere omhaal van woorden. Het oponthoud duurde enkele minuten. Maris boog zijn hoofd, als om zichzelf onherkenbaar te maken voor voorbijgangers. Zijn hart bleef maar bonzen. Er was geen spleet in de werkelijkheid waardoor hij kon wegglippen. Niets of niemand kwam hem te hulp. Er was geen uitweg. Hij rook zijn nieuwe kleren, hij rook de aftershave en de ochtendwasem van drie mannen, hij zag de vloermat van een politieauto en dacht aan meneer Padmos, die hij net had gezien en die volgens zijn vader de slimste man van het eiland was. De wagen kwam weer in beweging, traag, beheerst. Nog vijftig meter. Op de stoep voor de zaak waar zijn ouders schoenen kochten, stonden twee meisjes de etalageruiten te lappen. Een van die meisjes had hem zijn nieuwste paar schoenen verkocht.

'Zo, we zijn gearriveerd, heren. Blijft u nog even rustig zitten.'

Toen Maris uitstapte, stonden de twee agenten klaar om hem mee te nemen. Hij moest zich laten vastpakken. Opeens was hij niet vrij meer. Snel werd hij meegevoerd, een paar stoeptreden op, een bordes over, naar een deur die al openzwaaide. Instinctief deed hij wat al zoveel anderen hadden gedaan terwijl ze werden weggevoerd: hij keek om, hij keek om naar het marktplein, dat nog deels in de schaduw lag, alsof hij afscheid nam.

III

HOOFDSTUK I

1

In de nauwe steeg naar zijn atelier stootte Maris met zijn schouders nu eens tegen de ene, dan weer tegen de andere muur. Op straat had hij nog aardig recht weten te lopen, maar nu hij bijna thuis was begon hij te zwalken. Bij de poort naar de binnenplaats keek hij achterom: in de steeg was hij altijd bang dat hij zou worden ingesloten. Twee, drie knapen die hem waren gevolgd, van die opgefokte jongens die 's nachts de Wallen onveilig maakten – hij kwam uit die buurt.

'Nu nog die sleutels.'

Rinkelend viel zijn sleutelbos op de grond, half verdwijnend in een dunne laag sneeuw. Toen hij zich bukte, viel hij voorover tegen de poort. Hij bleef zitten in de sneeuw, zwaaiend met zijn bovenlijf. Hij staarde naar het leer van zijn jack en vroeg zich af of het een messteek zou kunnen opvangen. Het was een dik jack, gevoerd met schapenwol, en een kraag die tot boven zijn oren reikte. Het was een vliegeniersjack. Hij zou het naspringen als het in het water viel. Het leer was zo dik en stug en vooroorlogs degelijk dat het een messteek moest kunnen weerstaan – dat maakte hij zichzelf graag wijs.

Moeizaam kwam hij overeind. Hij boog zich voorover, met één hand steun zoekend, om zijn sleutels uit de sneeuw te vissen. Nadat hij door de poort naar binnen was gegaan, sloot hij hem snel. Als kind kon hij het gevoel hebben dat hij een deur net op tijd dichtduwde om het een of andere gevaar buiten te sluiten – dat gevoel had hij nu ook, al was er niemand in de steeg. De lage gebouwen rond de binnenplaats, de hoge huizen eromheen, de beuk die zijn takken uitstrekte over zijn atelier – alles baadde in een ijzig maanlicht. Het was doodstil – de stilte van een vriesnacht. Maar de buitenwereld drong nauwelijks meer tot hem door.

In zijn atelier had hij de gaskachel laten branden. Toen hij de warmte voelde, die zachte en onschuldige warmte, herinnerde hij zich Sigi's warme lichaam in bed, de willoze meegaandheid van haar slaperige lichaam.

'Sodemieter op,' mompelde hij.

Hij stommelde de trap op naar de entresol, waar hij twee kamers had. Hij maakte geen licht. Hij liet zijn jack op de grond vallen, rukte de laarzen van zijn voeten en smeet ze weg. Hij wilde niets meer zien, niets meer weten. In het donker liet hij zich op bed vallen, zijn hoofd vol beelden en rumoer.

Een vrijdagavond in januari. Hij had zichzelf gedwongen om naar een opening te gaan. Een pand in de Warmoesstraat, smal en hoog. Blauw licht viel naar buiten door de deuropening. In de vestibule van het gebouw lagen stukken karton, doordrenkt van de sneeuw en de modder die vele schoenen erop hadden achtergelaten. In een hoge en kale ruimte stond een heteluchtblazer te loeien. Het was er schemerig. Alleen een van de muren werd blauw verlicht. Het was al druk toen hij binnenkwam. De eerste die hem opviel was een lange jongen in een legerjas met een witte rat op zijn schouder. Hij stond met wilde gebaren te praten, stuiterend van de coke waarschijnlijk, terwijl de rat op zijn schouder in evenwicht probeerde te blijven. Zijn gezicht had een vettige glans en zat onder de puisten. Een ogenblik kruisten hun blikken elkaar. Maris keek meteen weg.

Hij haalde een plastic beker met koffie aan de bar en leunde tegen de muur, dicht bij de vestibule en de straat, zodat hij nog makkelijk weg kon komen. Hij begroette een paar mensen. Hij kuste een zwangere vrouw, die haar hand liefkozend door zijn kortgeknipte haar liet gaan en hem op zijn mond kuste, voordat ze verderliep. Hij zwaaide naar mensen. Maar hij had zichtbaar geen zin in een gesprek. Er hing iets om hem heen wat anderen op afstand hield. Hij besefte dat hij hopeloos terughoudend oogde en dat zijn voorgewende onverschilligheid hopeloos doorzichtig was. Hij had een week lang niemand gesproken. Hij was dichtgeslibd. Rustig acclimatiseren, hield hij zichzelf voor. De zwangere Nadia had hem alvast weer enige levenswarmte gebracht met haar kus, haar hand in zijn haar en haar bolle buik ongegeneerd tegen de zijne.

Tussen een paar honderd anderen stond hij te kijken naar de performance waarmee de tentoonstelling werd geopend. Aan de blauwe verlichte muur was op vijf, zes meter hoogte een stoel bevestigd. Op de stoel stond een jongeman met ontbloot bovenlijf. Hij had een boormachine bij zich en boorde in hoog tempo gaten in de houten stoelzitting. Alle gezichten waren geheven naar die halfnaakte figuur in het blauwe licht. De stoelzitting raakte doorzeefd. De jonge kunstenaar verplaatste nu en dan zijn voeten en begon dan in het nog intact gebleven deel van de zitting te boren, net zo lang tot de stoel krakend onder zijn gewicht bezweek en hij zich met een sprong in veiligheid moest brengen. Hij landde ongedeerd op de vloer. Geconcentreerd, met een lege blik in zijn ogen, begon hij nu plastic zakken met vloeibare verf tegen de muur te smijten. Het publiek deinsde terug voor de rondspattende verf. De jongeman raakte van onder tot boven met verf besmeurd. Muurverf, dacht Maris, makkelijk af te wassen.

Aandachtig maar niet zonder ongeduld stond hij naar dit ritueel van een hedendaagse sjamaan te kijken. Niemand begreep het, maar het hoorde erbij. Geweld als purgeermiddel, geweld als reiniging. Of was het een romantisch gebaar, ingegeven door de hunkering naar de een of andere bevrijding? Bevrijding van wat? Maris keek naar de gezichten, de gestaltes in het halfdonker. Iedereen had zijn jas aangehouden. Sommigen leken op Aziatische steppebewoners met hun laarzen, bontmutsen en met riemen dichtgesnoerde jassen. Hij keek naar die aandachtige gezichten. Een groep stervelingen, even bij elkaar. De heteluchtblazer loeide.

De zakken met verf kletsten tegen de muur en barstten open. Terwijl hij om zich heen keek, drong het tot hem door dat Sigi hier zou kunnen zijn.

Na het applaus verliet hij de zaal en ging op zoek naar zijn eigen werk. Hij vond het in een enorme hal, een voormalige theaterzaal, volledig gestript, waar ver boven zijn hoofd de dakspanten in duister waren gehuld. Hij had twee schilderijen afgestaan voor de tentoonstelling waarmee het nieuwe jaar werd ingeluid. Hij had het ophangen aan anderen overgelaten, zo neerslachtig was hij geweest, zo slecht in staat om onder de mensen te komen. Het was minder werk van enkele jaren geleden. Van zijn beste werk bezat hij bijna niets meer: het was door zijn galeriehouders in Amsterdam, Keulen en New York verkocht. Het hing bij verzamelaars, het hing in musea en godzijdank ook bij vrienden. In New York had hij een van zijn schilderijen zien hangen in het licht van de avondzon boven Manhattan, in een appartement op de zeventiende verdieping, schitterend opgehangen, niks op aan te merken, bij aardige mensen die *The New York Times* lazen, de dikke weekendeditie lag er op tafel, en toch had hij onwillekeurig gedacht aan Jackson Pollock, of welke schilder was het ook weer, die op een partij van New Yorkse rijken stomdronken in de open haard had staan pissen, precies wat er van zo'n schilderbeest werd verwacht natuurlijk, onnozel, maar toch had hij eraan gedacht toen hij naar de glaswand liep, hoog boven een straat in de Upper East Side, om over Manhattan uit te kijken, ogenschijnlijk meer geïnteresseerd in het stedelijk landschap dan in zijn eigen werk in dit chique appartement met *private elevator*. Naderhand begreep hij dat hij zich had gedragen als een provinciaal die niet wil toegeven dat hij onder de indruk is.

Hier, in dit door een groep kunstenaars gekraakte pand, hing zijn werk op een kale muur. Her en der stonden plassen op de vloer, want het dak lekte. Twee heteluchtblazers konden de vrieskou maar nauwelijks verdrijven. Deze entourage was al haast een nieuw soort chic. Conservatoren, verzamelaars en critici waren er dol op: ruige plekken waar je kunstenaars in het wild kon ontmoeten en iets nieuws kon ontdekken.

Er stonden mensen naar zijn werk te kijken. Hun gestaltes staken donker af tegen zijn fel verlichte schilderijen.

'Waardeloos werk,' hoorde hij een minder bekende collega zeggen. 'Het is één grote hype. Maar hij schijnt nu al opgebrand te zijn.'

Onder normale omstandigheden zou Maris naar voren zijn gestapt en had hij de man vrolijk spottend begroet. Nu verwijderde hij zich, pijnlijk getroffen. Het liefst was hij het gebouw uit gelopen, maar hij wilde niet op de vlucht slaan. Weggaan was een nederlaag. Hij bleef zich gestaag door de menigte bewegen, zonder ergens stil te staan. Niemand sprak hem aan. Al zijn bekenden lieten hem passeren, na een snelle blik, zonder hun gesprek te onderbreken. Of ze wendden zich zelfs van hem af, zo terloops, zo soepel dat het bijna niet te zien viel. Hij was niet bij machte de stap naar anderen te zetten. Hij kon niet anders dan maar blijven circuleren in de menigte, tussen de mensen door schuivend, alsof hij een doel had, alsof hij onderweg was naar iets belangrijks.

Hij keek uit naar Nadia, haar rode sjaal, haar warrig opgestoken haren, haar bollende buik tussen twee jaspanden, en naar Oscar, maar hij zag ze nergens. Ze waren waarschijnlijk al naar huis gegaan om het kind in Nadia's buik de harde muziek te besparen. Hij vreesde nog steeds Sigi tegen te zullen komen – door ondoorgrondelijke krachten toch weer naar elkaar toe getrokken – maar hij raakte er ook steeds meer van overtuigd dat ze er niet was. Dit lawaai was niets voor haar, in dit gedrang voelde ze zich niet op haar gemak. De enigen die met belangstelling naar hem keken waren twee alleengaande vrouwen. Hij zag de bereidheid in hun ogen, in de manier waarop ze zich naar hem toe draaiden, in een vleug teleurstelling op hun gezicht toen hij doorliep.

2

Meisjes had Maris lange tijd op een afstand gehouden. Hij keek naar ze, hij zocht ze op, maar hij hield ook afstand. Over elke omgang met een meisje lag een schaduw, en zodra ze dichtbij kwam zelfs een dreigende schaduw. Verliefd worden stond hij zichzelf niet toe.

Pas op zijn tweeëntwintigste, al twee jaar op de kunstacademie, had hij voor het eerst een meisje toegelaten in zijn bed. Sindsdien waren er meisjes in zijn leven. Meisjes die hijgend en blozend de trap op kwamen, meisjes die thee dronken en nieuwsgierig om zich heen keken, meisjes die zich uitkleedden, meisjes die zichzelf met een vluchtige blik in de spiegel bekeken, meisjes in zijn bed die zich naar hem toe draaiden, meisjes die hem verwijten maakten omdat hij de telefoon niet opnam en briefjes niet beantwoordde. Meisjes wilden aan hem peuteren. Het begon met een meeeter in zijn gezicht die ze wilden uitdrukken, en weldra peuterden ze aan zijn bestaan. Ze wilden er een plaats in krijgen, ze wilden er deel van uitmaken, en vooral wilden ze vastigheid. Maar hij gaf ze geen vastigheid. Meisjes verweten hem bindingsangst. Het was een nieuw woord: bindingsangst. Hij moest er zich voor schamen, begreep hij, als voor een zwakte, maar in plaats van zich te schamen gaf hij het gewoon grif toe: ja, hij had een onoverwinlijke bindingsangst. Zijn neiging tot zwijgzaamheid maakte het er niet gemakkelijker op. Langer dan drie maanden duurden zijn betrekkingen met een meisje zelden.

Hij hield ervan om naar meisjes te kijken. Hij hield ervan om een meisje naakt door zijn huis te zien lopen. Hij hield van seks. Het maakte hem los, het maakte hem lucide. Na een vrijpartij laat op de avond wachtte hij tot het meisje in slaap was gevallen en stak dan een lange, blote arm uit naar een van de kunstboeken die naast zijn krap bemeten bed op de vloer lagen en ging door met lezen en kijken. Een meisje hield hem bezig, maar de effecten van de brede kwast van een Chinese schilder van eeuwen geleden boeiden hem minstens zo sterk. Nooit kon hij beter nadenken over zijn werk dan wanneer er een meisje naast hem lag te slapen, een naakt en warm meisje, dat soms smakte met haar droog geworden lippen of mompelde in haar slaap. Hij verlangde al naar de dag van morgen. Vroeg opstaan, het meisje de deur uit werken en beginnen.

Hij werkte hard. Hij raakte opgefokt als hij een week of zelfs een dag niet genoeg had kunnen doen in zijn atelier. Hij sloot zich op, nam de telefoon niet meer op en liet zijn post ongeopend om ongestoord te kunnen werken. Rond zijn vijfentwintigste begon hij een eigen handschrift en een herkenbare stijl te ontwikkelen. Hij drong snel door in de Amsterdamse kunstwereld. Hij was een opvallende verschijning, hij sprak goed en intelligent over zijn eigen werk en het werk van anderen en wist ook indruk te maken door op het juiste moment te zwijgen. Hij deed het goed, maar voelde zich altijd weer gehinderd door zijn boerse achtergrond, zijn accent, zijn gebrek aan wereldse manieren, zijn schuwheid en onbeholpenheid in vele situaties. Maar dat onbeholpene en afwijkende werkte ook in zijn voordeel. Hij was niet een gladde figuur.

Hij ontmoette Oscar Seeghers, jong en begaafd, een aankomend galeriehouder. Oscar zocht hem op in zijn atelier en ze spraken twaalf uur aan één stuk. Op zijn eerste tentoonstelling verkocht hij bijna al zijn schilderijen. In Duitsland werd zijn werk door een invloedrijke galeriehouder gebracht en daarna was het, zoals dat heet, snel gegaan. De kunstwereld was veranderd. Je hoefde niet meer, als Giacometti, Mondriaan, Matisse en zoveel anderen, twintig of dertig jaar te wachten tot je kunst door het publiek werd geaccepteerd en je uit de armoede kon komen. Nieuwe kunst werd meteen geaccepteerd. Reputaties werden snel gemaakt, maar konden ook even snel in rook opgaan.

Op zijn negenentwintigste kon hij een atelier kopen. Het beviel hem om te werken aan een kleine binnenplaats tussen de huizen, slechts bereikbaar door een nauwe steeg. Trots liet hij zich fotograferen bij zijn verrijdbare materiaaltafels en voor een monumentaal nieuw doek. De entresol met twee kamers werd in recordtijd gebouwd. Hijzelf werkte zich uit de naad om aan de vraag van galeriehouders te kunnen voldoen, terwijl hij al wist dat hij geen vijftig doeken per jaar kon leveren zonder zichzelf geweld aan te doen. Iedereen in zijn omgeving gebruikte coke. Hij beperkte zich tot sigaretten, tien espresso's per dag en gebruikte de drank om onder de druk uit te komen.

Na zijn eerste tentoonstelling in New York was er iets misgegaan. In de taxi naar dat appartement aan de Upper East Side, samen met Oscar, had hij het benauwd gekregen. Hij ademde te snel en zijn hart ging tekeer. Hij raakte in ademnood. Terwijl ze omhoogsuisden in de private elevator had hij het nog benauwder gekregen, maar niets durven te zeggen tegen Oscar. In dat imponerend grote en chique appartement was hij óók naar het raam gelopen omdat het leek of hij daar gemakkelijker zou kunnen ademhalen. Terug in Amsterdam voelde hij zich uitgeput, en dat was niet het gevolg van de jetlag. Hij kreeg het benauwd wanneer hij probeerde te schilderen, en zelfs tekenen, dat altijd als ademhalen voor hem was geweest, stond hem tegen. Het duurde nog een paar maanden voordat hij het zichzelf durfde bekennen: hij kon niet meer werken.

Deze gedwongen werkeloosheid duurde al meer dan een jaar toen hij Sigi tegenkwam. Hij had gastlessen gegeven, hij had gereisd, hij was gaan hardlopen, hij hielp vrienden met hun verbouwing, hij keek eindeloos naar tenniswedstrijden op televisie en heel soms, na middernacht, als de wereld ver weg leek, ontglipten hem een paar schetsjes. Hij liet niemand meer toe in zijn atelier en verborg zijn improductiviteit voor de buitenwereld, zelfs voor Oscar. Hij hield zichzelf voor dat het goed met hem ging, want hij was eindelijk in staat om zichzelf vrij te geven, om een time-out te nemen na jaren van extreem hard werken. Maar hij nam de telefoon zelden op, liet de post ongeopend en hij hyperventileerde. Vlak voordat hij Sigi ontmoette, had hij in een wc gestaan met zijn gezicht in een plastic zak, bang dat hij zou stikken.

3

Op een middag in mei reed hij met Oscar en een gezelschap dat in de loop van de middag in zijn galerie was ontstaan, naar zee. Hij had zich als laatste aangesloten. Hij kwam aanlopen juist toen Oscar wilde wegrijden. Hij werd haast opgetogen begroet, alsof er net over hem was gepraat. Een portier zwaaide open, een jonge vrouw stapte uit en ging achterin zitten om plaats voor hem te maken. Het wekte Maris' achterdocht. Hij aarzelde, maar toen stapte hij in. De eerste woorden die hij in de auto sprak waren vrijwel onverstaanbaar, zo schor was zijn stem. Hij had dagenlang niemand gesproken. Hij draaide zich om en begroette de anderen. In de laadruimte zaten twee jonge schilders, op de achterbank drie jonge vrouwen, vrolijk door de witte wijn, en recht achter hem zat degene die was uitgestapt, en dat was Sigi, die nieuwsgierig naar hem keek.

Op het strand werd er na de picknick gevoetbald. De zon stond laag, hun lichamen wierpen lange schaduwen. In de majestueuze stilte van de avond aan zee klonk hun lachen en schreeuwen haast gedempt, het vervluchtigde. Maris voetbalde fanatiek, hij leefde zich uit. De vrouw die in de auto zo nieuwsgierig naar hem had gekeken, speelde bij de tegenpartij. Ze zocht hem op, probeerde hem de bal afhandig te maken en botste tegen hem op, vaker dan nodig was.

De zee was nog te koud om in te zwemmen, maar zij kon de verleiding kennelijk niet weerstaan. Na het voetballen trok ze haar kleren uit en liet ze in een hoopje achter op het strand. Ze liep zonder aarzelen de golven in en stortte zich voorover – wat hij jaren later op film de Ama zag doen, de Japanse duiksters naar schelpdieren, die op dezelfde manier, zonder aarzelen, zonder terug te schrikken voor de kou, de golven in liepen. Ze stond in de branding, opspringend in golven met gespreide armen. Toen ze terugkeerde naar het strand zaten er rode vlekken op haar lichaam. Ze wankelde terwijl ze met twee handen, in een kinderlijk gebaar, de haren uit haar gezicht veegde. Maris stond haar op te wachten met een handdoek.

'Dank je,' zei ze.

Hij zag het kippenvel op haar lichaam, de rode vlekken.

'Was het koud?' vroeg hij, verward door haar naaktheid.

'Wat denk je?'

'Waarom ga je er dan in?'

Hij rende weg om de in zee terechtgekomen bal op te halen. Hij wipte hem met zijn linkervoet uit het water omhoog en gaf hem een ram met rechts. Hij hield niet van brutale antwoorden.

Bij het afscheid in de stad had hij haar op haar wangen gekust en haar natte haren geroken, de geur begerig opgesnoven. Ze was mooi, een jonge vrouw op haar mooist, ze had een oogopslag die hem beviel. Ze bewoog zich onhandig en verlegen en compenseerde dat met bruuskheid en brutaliteit. Ze was nog erg jong. Maar hij had gezegd: ik hoop dat ik je nog eens zie, en zij had geantwoord: dat hoop ik ook. Het had hem verpletterend onnozel in de oren geklonken. Maar toch liep hij opgetogen naar huis in de voorjaarsavond en keek met plezier naar de volle terrassen voor de cafés. Het was of hij weer in de wereld kwam. Thuis gooide hij de plastic zak die hij altijd bij zich had in het vuilnisvat. Een uur later begon zijn roes af te nemen. Hij had er geen zin in om verliefd te worden. Hij wilde eerst uit zijn impasse zien te komen – in deze toestand was hij een al te gemakkelijke prooi. Maar het was al te laat: ze had al bezit van hem genomen. Hij kon alleen nog maar denken aan dat wat opdringerige meisje.

Een week later lag Maris met haar in bed in zijn atelier, onder het schuine dakraam, dat openstond vanwege de warmte en waardoor je de takken van de grote beuk zag. Ze hoorden het geluid van de stad en het geritsel van bladeren. Twee etmalen brachten ze door in bed.

Na dat eerste weekend wist Maris dat Sigi op haar vijftiende haar ouderlijk huis was ontvlucht en in een pleeggezin was opgenomen; dat ze, net afgestudeerd aan de kunstacademie, niet wist of ze wel wilde doorgaan met schilderen, omdat het alleen-zijn in het atelier haar zo onzeker maakte; dat ze droomde in kleur, dat ze niet tegen koffie kon en ook niet tegen wijn, dat ze het meest hield van vrijen, buiten zijn en lezen, en dat haar belangrijkste leefregel was: je moet ervoor zorgen dat je krijgt wat je nodig hebt. Op haar vierentwintigste was ze een zoekende ziel, zonder familie, begaafd maar zonder doel, en verdwaald in het leven in de grote stad. Alles wat hij na dat weekend van haar wist, al zijn inzicht in wie ze was – het was ondergeschikt aan de dolle waan van zijn verliefdheid. Hij voelde zich rijk wanneer hij dit meisje in haar blote kont door zijn huis zag lopen. Haar jeugd en gebrek aan ervaring vertederden hem en riepen een beschermdrift in hem op die hem goeddeed. Dankzij haar vrouwenverstand leek ze bovendien alle dingen die er werkelijk toe doen al te weten en te begrijpen. Hij had meisjes altijd op een afstand gehouden, maar ditmaal liet hij zijn terughoudendheid varen en dompelde zich onder in Sigi's vrouwelijkheid. Hij veranderde zijn leven voor haar. Hij hield zelfs op met roken omdat zij dat van hem vroeg.

Na een halfjaar woonde ze bij hem in het atelier. De twee kamers en de badkamer op de entresol werden aan haar schrobzucht en poetsdrift onderworpen. Er werd nieuw beddengoed aangeschaft. Er kwam een klerenkast in de slaapkamer – al zijn kleren hadden tot dan toe aan metalen hangers aan een touw gehangen – waarin ondergoed en handdoeken op keurige stapeltjes lagen. Elke maand vertolkte Sigi met haar eisprong het oer-gebeuren in huis: er werd gewacht op het bloeden, de eerste bloeddruppels werden met opluchting begroet en op slag waren de boze geesten, die dagenlang hadden rondgespookt, verdwenen. Sigi was voor hem één doorlopend oer-gebeuren.

Ze vertelde hem over haar kinderjaren en verbaasde hem met herinneringen die teruggingen tot haar tweede levensjaar. Hijzelf herinnerde zich, in haar ogen, verbazingwekkend weinig van zijn kinderjaren, hij sprak er met tegenzin over en wist zo weinig te vertellen dat ze zei: dit is niet normaal. Maris vertelde over het dorp waar hij was opgegroeid, de boerderij van zijn grootouders, de zeedijk en het zwemmen in de Westerschelde, zijn vader en de lijmfabriek en hoe hij als jochie bij de ingang van het dorp stond te wachten op zijn vader op zijn motor. Maar het persoonlijke ontbrak in zijn herinneringen – hij voelde het zelf. Het waren standaardverhalen die hij vertelde. Het was of het verleden van zijn kinderjaren er wel was, maar zonder dat hij erbij kon. Hij sprong uit bed om naar de wc te gaan. Toen hij terugkwam, trok Sigi hem tussen haar benen.

'We krijgen dat allemaal wel los,' zei ze, en het leek haast of een ander door haar sprak, een vrouw die veel ouder en wijzer was dan zij. 'We krijgen dat allemaal wel los.'

Een andere keer – in bed, zoals gebruikelijk – vroeg ze naar zijn moeder. Maris maakte zich ervan af. Je moest meisjes niet te veel over je moeder vertellen. Sigi kwam erop terug. Hij beloofde haar dat ze zijn ouders zouden bezoeken, maar stelde een bezoek steeds uit. Zijn moeder was wel tegen Sigi opgewassen, maar zijn vader misschien niet, en Sigi was nieuwsgierig, ze wilde alles van hem weten. Ze is *inquisitive*, had Nadia over haar gezegd, en het had geklonken als een waarschuwing. Hij stelde een bezoek aan zijn ouders uit. Sigi drong niet aan. Haar eigen ouders hield ze ook liever uit het zicht. Het belangrijkste was dat ze hem nu had.

Sigi had nog andere redenen om niet aan te dringen. Zodra ze diep op elkaar in gingen, zodra ze probeerden om zaken uit te benen, kregen ze ruzie. Het waren ruzies die zich dagenlang voortsleepten, in steeds nieuwe golven van strijd, tot ze de uitputting nabij waren. Sigi huilde wanneer ze zich eindelijk met elkaar konden verzoenen.

'Laten we nooit meer zo praten,' zei ze eens, haar gezicht nat van de tranen. 'We hoeven ook helemaal niet te praten om elkaar te begrijpen. Ik doe mijn mond nu op slot!'

Met een lachje draaide ze voor haar lippen een denkbeeldige sleutel om. Als om zich van het praten en de woorden te ontdoen, ontdeed ze zich van haar kleren en kroop in bed. Daar lag ze te lonken naar haar minnaar.

Na een jaar leek hun verhouding zich te stabiliseren. We beginnen elkaar te vertrouwen, meende Sigi. Op een dag zaten er tijdens het avondeten twee poppetjes met mutsen op tafel, een jongetje en een meisje. Sigi had ze in een etalage gezien en gekocht. Een paar dagen later zaten ze op een plek naast hun bed, maar daar kregen ze het koud, dus mochten ze in bed. Ze sliepen naast Sigi. Voor het slapen gaan kuste ze de poppetjes, legde ze tussen haar borsten en liet ze praten tegen Maris. Zeg maar dag tegen Maris, zei ze. Over een tijdje, dacht Maris, is het: zeg maar dag tegen papa. Hij had nog nooit aan kinderen krijgen gedacht. Maar zelfs dat leek nu mogelijk.

'S Nachts, terwijl hij naast Sigi lag, voelde hij dat hij begon toe te geven, dat er iets in hem begon toe te geven. Hij had nooit geloofd dat hij de ene helft van een paar zou kunnen zijn, maar het begon erop te lijken dat hij dat nu was. Sigi verweet hem dat hij niet kon genieten, dat hij dat niet mocht van zichzelf, en zelfs dat onvermogen leek nu te verdwijnen door de voortdurende paring met dit meisje, dat zo min mogelijk wilde praten. Naast het bed had hij een reproductie opgehangen van een zittende Indiase god, donkergetint, met een witte godin op zijn schoot, die haar benen om hem heen had geslagen. Het leek mogelijk: een geregeld bestaan, een paar zijn, gedijen. Het werken begon hem beter af te gaan. Aan schilderijen, en zeker aan grote schilderijen, durfde hij nog niet te denken. Maar hij had een reeks litho's gemaakt, genoeg voor een kleine tentoonstelling, en alle mappen met litho's waren meteen verkocht. Hij had ook honderden tekeningen gemaakt om nieuwe ideeën te ontwikkelen.

Op een zaterdag bezochten ze zijn ouders in hun bungalow in een chique wijk van Rotterdam. Maris wil zijn meisje komen presenteren – hij had het zijn moeder honend horen zeggen tegen zijn vader toen hij belde om af te spreken. Hij had de neiging gehad om de hoorn erop te gooien en het contact voor minstens een jaar te verbreken. Maar zo was het: hij kwam zijn meisje presenteren. Zijn moeder had de lunch klaarstaan. Het viel haar niet makkelijk om zo'n prachtig, bloeiend meisje naast zich te dulden, maar gelukkig kon ze denken (en hij zag het haar denken): ze is wel érg jong. Zijn vader was geraakt door Sigi's verschijning, zijn mannenhart klopte sneller, hij bloosde zelfs licht toen Sigi hem aanraakte. Ze wist onmiddellijk bij wie ze moest zijn voor haar nieuwsgierige vragen: bij zijn vader. Na vijftien jaar Rotterdam waren zijn ouders nog altijd zichtbaar plattelanders. Boerse mensen in een riante bungalow. Sigi wachtte, ze oefende geduld, maar ten slotte kon ze zich niet langer bedwingen en vroeg zijn vader of het niet moeilijk was geweest om te verhuizen van het eiland, zo'n mooi eiland, naar de grote stad.

'O nee, welnee, dat wilden we al zo lang en zo graag.'

Zijn vader zweeg, niet goed wetend hoe verder te gaan. Zijn moeder had het meteen van hem overgenomen. Inderdaad, ze had al zo lang weg gewild van het eiland, en hier in de stad kon je toch 'veel interessantere mensen' ontmoeten dan in een dorp, hier kon ze tenminste 'behoorlijke kleren' kopen, en in de stad kon je ook nog eens naar 'een mooi concert' – wat ze, zo wist Maris, hooguit één keer per jaar deed, omdat het status gaf en ze er haar zussen op het eiland de ogen mee kon uitsteken. Sigi vroeg door. In bepaalde aangelegenheden was het onmogelijk haar te misleiden. Ze voelde dat ze iets had aangeboord. Zijn moeder had het gesprek abrupt een wending gegeven. Ook dat was Sigi niet ontgaan. Ze had opeens hevig moeten blozen, alsof ze zich terechtgewezen voelde voor een al te grote nieuwsgierigheid naar een beladen onderwerp.

Op de terugweg, in de auto, had hij zijn moeder nagedaan en valse dingen over haar gezegd. Sigi had hem dat kwalijk genomen. Zulke dingen mocht hij niet over haar zeggen. Zo'n eenvoudige vrouw, zei ze, die zich zo goed staande weet te houden in een vreemde omgeving, dat is knap.

'Zo'n eenvoudige vrouw,' herhaalde Maris honend.

Hij verdroeg het niet dat Sigi partij koos voor zijn moeder. Hij ging nog even door, hij imiteerde de stem van zijn moeder, haar accent, hoe ze behaagziek met haar handen over haar jurk streek, het soort dingen dat ze zei, de manier waarop ze zichzelf altijd weer in het middelpunt wist te plaatsen.

'Het is gewoon een domme vrouw,' besloot hij.

'Nu moet je ophouden.'

Ze kapte hem af. Het maakte hem woest. Hij stond op het punt om met zijn vuist een ram op het dashboard te geven, maar wist zich te beheersen, klemde zijn handen om het stuur en strekte zijn armen om zichzelf dieper in zijn stoel te drukken. Ze zwegen. Ze voelden zich heel ongemakkelijk, van elkaar vervreemd, zonder te weten waarom.

Thuis probeerde hij haar in bed te krijgen om de boze geest van zijn moeder, die tussen hen in stond, te verjagen. Maar Sigi wilde niet. Hij besloot te gaan koken om te kalmeren. Het zou haar ook geruststellen. Maar terwijl hij ermee bezig was, zag hij steeds op het aanrecht het Chinese hakmes liggen dat hij had gebruikt om kruiden fijn te hakken. Telkens viel zijn oog erop. Sigi nam het weg van het aanrecht, alsof ze wist wat er in hem omging, spoelde het af en stopte het diep achter in een kast. Het huis leek opeens vol boze geesten. Je kunt beter niet drinken, zei ze. Hij duwde de kurk in de fles en trok haar tegen zich aan, haar bange en onwillige lichaam, om haar te voelen, haar buik, haar borsten, haar adem, en terwijl hij haar vasthield, zonder een woord te zeggen, ebde zijn woede langzaam weg, hij werd rustig – de boze macht liet hem los.

Hij had het haar verteld onder het eten. Het raam bij de tafel stond open. De bladeren van de beuk leken koperkleurig in het licht van de ondergaande zon. Tussen de schalen op tafel zaten de poppetjes, die Sigi uit de slaapkamer had gehaald. Hij vertelde haar het verhaal zoals het zich had gevormd, beginnend met die zaterdagmiddag waarop hij na de tekenles bij meneer Welleman naar een plek was gefietst waar hij nooit eerder was geweest en door drie dronken jongens was aangevallen en afgetuigd, en alles wat daarop was gevolgd: de politieverhoren, de kinderrechter, de rechtszaak, het smartengeld dat zijn vader de familie van Matty had aangeboden en dat was geweigerd, de tuchtschool, de psychiater. Halverwege kreeg hij een hoestbui. Hij moest opstaan om een glas water te pakken, en toen hij weer was gaan zitten, wist hij niet hoe hij verder moest en besefte hij dat Sigi zich, al was het maar voor een ogenblik, vereenzelvigde met het meisje op de hooizolder, met Matty Tramper.

Na zijn eerste zinnen had ze geen hap meer gegeten. Hij voelde hoe ze zich terugtrok. Hij zag haar verbleken, zij met haar zo veranderlijke lichaam, hij zag hoe ze in minder dan een uur tijd kringen onder haar ogen kreeg. Tegelijkertijd was het of zich met haar nog iets terugtrok en verdween: datgene wat hen met elkaar verbond, de energie waarin ze met zijn tweeën leefden.

'Ik kan hier voorlopig niets over zeggen.'

Dat was het enige wat ze zei na zijn verhaal.

In bed, bij het licht van een kaars, had ze zich naar hem omgedraaid en hem zwijgend en onafgebroken aangekeken, en hij had haar aangekeken, onafgebroken, als om zijn betrouwbaarheid te bewijzen. Allebei hadden ze de hele nacht niet kunnen slapen.

Sigi herstelde zich niet van de schok. Eerder leek ze per dag onzekerder te worden. Ze was bang voor hem geworden, zei ze, en ze kwam er niet overheen. Ze voelde zich niet langer veilig bij hem, en bij haar draaide alles om veiligheid. Een maand na het bezoek aan zijn ouders maakte ze een eind aan hun verhouding en trok in bij een vriendin. Ik kan dit niet aan, schreef ze hem, ik ben hier nog te jong voor. Hij was een dag de stad uit gegaan om haar de gelegenheid te geven haar spullen uit zijn huis te halen.

Nog maandenlang kwamen ze elkaar tegen in de stad. Op een vroege zondagochtend, terwijl hij doelloos door de buurt liep, zag hij haar in een wasserette. Daar zat ze, in haar eentje, op een plastic stoel voor een rij wasmachines. Hij ging naar binnen. Ze zag er slecht uit en ze kon niet uit haar woorden komen.

'O Maris,' zei ze, 'niet, niet...'

Ze bezweek toch voor zijn aandrang, en voor haar eigen verlangen, en ging met hem mee. Terwijl hij met haar vree, was het of ze wegging uit haar lichaam. Nauwelijks een uur later verliet ze alweer zijn atelier met haar twee tassen schoon wasgoed. Hij hunkerde naar die geur van schoon wasgoed in zijn huis, de lakens aan een door zijn atelier gespannen lijn, Sigi die in haar blote kont door het huis liep en de deur dagenlang op slot. Het was de geur van geluk die ze met zich meenam. Hij liep met haar naar het eind van de steeg en zag haar wegfietsen, ineengedoken, bijna bang. Toen hij terugkwam in zijn slaapkamer hoorde hij klokken luiden, het bronzen geluid boven de stille stad, dat hij zo dikwijls had gehoord wanneer ze op zondagochtend nog in bed lagen. Hij kleedde zich weer uit, kroop tussen de lakens waar zij had gelegen en rook haar. Hij keek naar de reproductie van de donkere Indische god, parend met de witte godin op zijn schoot. Hij stak zijn hand uit naar die reproductie en trok hem van de muur.

4

Een paar maanden later liep hij door die hoge, koude en spaarzaam verlichte ruimtes van het gekraakte gebouw, zich een weg banend tussen de vijfhonderd en nog wat bezoekers van de tentoonstelling waar twee van zijn mindere schilderijen hingen. Sommige mensen hadden hem inmiddels al drie keer zien langslopen: Maris Coppoolse, snel gegaan, iets te snel, opgebrand, doet of hij nog heel wat voorstelt, maar er komt niks meer uit zijn handen, zou hij naar iemand op zoek zijn of is hij gewoon gaga, zo speedy dat hij nergens meer kan stilstaan. Aan de bar had hij twee plastic bekers met rode wijn achterovergeslagen, maar het veranderde niets aan zijn toestand. Hij voelde zich niet in staat met wie dan ook te spreken, maar weggaan kon hij ook niet.

Het duurde nog verbazingwekkend lang voordat hij haar tegenkwam in de menigte. Het liep al tegen tien uur toen ze opeens tegenover elkaar stonden in het gewoel, zonder de mogelijkheid om elkaar nog te ontwijken. Hij zag aan haar gezicht dat ze schrok. Hijzelf schrok net zo hevig als zij, maar aan zijn gezicht viel dat niet af te lezen.

Daar stond ze.

In een oogwenk las hij haar verschijning. Ze droeg een leren jack dat haar te groot was – was dat het jack van een ander? – een dikke trui met rolkraag, een gewatteerde broek en, ondanks de sneeuw en de gladheid, ook laarsjes. Zonder laarsjes ging het niet. Het jack en de trui herkende hij niet, de gewatteerde broek evenmin en de laarsjes ook niet. Zijn blik viel op de haarpin in haar opgestoken haren, de haarpin van walvisbeen, een van de eerste dingen die hij haar had gegeven. Dat hij haar kleren niet herkende, deed hem pijn, en ook dat ze, van hem gescheiden, in een leven dat hij niet kende, nog steeds die haarpin droeg die hij haar had gegeven.

'Daar sta je dan,' zei hij, 'tegenover die engerd.'

'Doe niet zo raar.'

Sigi zweeg, niet van plan hem aan te kijken. Om hen heen de onverschilligheid: tientallen donkere gestaltes met hun jas nog aan, een glas in de hand. Sigi stond vlak naast een plas water.

'Je hebt allemaal nieuwe kleren aan,' zei Maris.

'Dat klopt.'

'Je hebt een nieuwe vriend.'

Zelfs in het slechte licht kon hij zien dat er uit haar hals een diepe blos kwam opzetten.

'Dat klopt.'

Hij hoorde wat ze zei, maar het drong niet tot hem door.

'Ik kan je niet verstaan,' zei hij, zich naar haar toe buigend.

'Ik zei: dat klopt.'

Ze liet er geen gras over groeien. Ze zorgde ervoor dat ze kreeg wat ze nodig had. Schuw hield Sigi haar gezicht van hem afgewend. Maris deed een stap naar voren en legde zijn handen op haar heupen, hij gaf er een paar zachte klopjes op, geruststellend, triest, en hij voelde haar lichaam verstarren. Nog een ogenblik liet hij zijn handen op haar heupen rusten, het afscheid rekkend.

Toen schoof hij zonder nog een woord te zeggen langs haar en liep het gebouw uit.

Een kwartier later was hij alweer terug. Het was zijn eer te na om weg te gaan zonder iemand te hebben gesproken. Hij wilde zich onderdompelen in het lawaai van stemmen, muziek en heteluchtblazers, weerkaatsend in de holle ruimtes, hij wilde drinken.

Binnen een minuut stond hij al aan te pappen met een vrouw die tijdens de performance aan het begin van de avond naar hem had staan kijken. Hij haalde een drankje voor haar, hij streek met de rug van zijn hand over de bontkraag van haar jas, maar algauw voelde hij dat het een vrouw met veel problemen was en hij maakte zich van haar los door naar de wc te gaan. Ben zo terug, beloofde hij. In het gedrang voor de wc's begon hij een praatje met een vrouw met treurige ogen die hem aantrokken en een lichaam dat zich naar hem toe draaide, dat bij hem wilde zijn. Maar opeens rook hij haar adem, een bedorven lucht rechtstreeks uit haar ingewanden leek het, die hem afstootte, en hij maakte zich ook van haar los. Tot later, zei hij. Het was beter om niet op vrouwenjacht te gaan.

Bij de bar kwam hij eindelijk Oscar en Nadia tegen. Maris omhelsde hen beiden. Hij bewonderde de lange en stijlvolle jas die Oscar in Londen had gekocht, zich hardop afvragend hoe hij toch altijd aan die mooie kleren kwam. Oscar glimlachte om zijn naïeve verbazing, legde een hand om zijn nek en kuste hem op zijn wang. Nadia zag er blakend uit. Sommige vrouwen kregen een slechte huid wanneer ze zwanger werden, maar haar gezicht werd er juist mooier van. Haar borsten waren al groter, de zachte wol van haar jurk spande om haar lichaam. Er lag een blos op haar wangen. Haar opgestoken haar leek warmte uit te stralen, warmte en welbehagen.

Ze boog zich naar Maris toe en riep in zijn oor: 'Zag je Sigi?'

'Ja.'

'En heb je ook gezien...'

'Dat ze een nieuwe vriend heeft? Ja, dat zag ik.'

Nadia nam een pauze en bracht toen haar mond weer bij zijn oor.

'Ze is te jong voor je. Ze kan jou niet aan. Treur er niet te veel om.'

'Zie ik er zo treurig uit?'

'Ik zie het aan je ogen.'

Haar lippen waren vlak bij zijn oor, een paar losgeraakte haren kriebelden zijn wang. Maris schoof een hand onder haar lange jas en legde zijn hand om haar middel. Nadia stond het toe. Halverwege die beweging keek hij naar Oscar en trok hem aan de revers van zijn dure jas naar zich toe.

'Mag ik even meegenieten,' riep hij.

Oscar glimlachte afwezig en zette zijn gesprek met anderen voort. Maris trok Nadia nog wat dichter tegen zich aan om haar welvingen te voelen, haar zachte lichaam. Ze was even groot als hij. Ze kuste hem op zijn slaap en streek vluchtig door zijn haar.

'Kom gauw weer eens gezellig bij ons eten,' zei ze. 'Morgen zou al kunnen.'

'Morgenavond?'

'Ja.'

Haar gezicht was vlak bij het zijne, bijna onscherp, haar ogen, haar lippen, haar adem gleed over zijn gezicht. Hij hield zijn arm stevig om haar middel onder haar lange jas. Maris voelde weer enige warmte terugkeren in zijn lege, uitgehongerde lichaam. Maar hij kon haar niet eeuwig blijven vasthouden. Langzaam liet hij haar los.

'Is dit lawaai niet te heftig voor je baby?' vroeg hij.

'Volgens mij dempt dat vruchtwater geweldig!'

Oscar, die haar dit hoorde zeggen, draaide zich naar hen toe.

'Maar thuis praat je tegen hem, haar,' riep hij, 'opdat hij, zij je stem alvast leert kennen.'

'Daar is het stil, en ik weet niet of hij het hoort.'

'Nadia vindt dat ik ook tegen hem, haar moet praten, zodat hij, zij mijn stem ook alvast leert kennen. Ik praat elke avond een tijdje tegen haar buik.'

'Het wordt een jongetje,' riep Nadia vol overtuiging. 'O, een jongetje, dat lijkt me zo leuk!'

Ze pakte Oscars sigaret.

'Nee, schat!'

'Eén trekje!'

De vrouw met de trieste ogen kwam langs en keek Maris aan. Hij deed of hij haar niet zag. Een eindje verderop bleef ze staan met haar plastic beker rode wijn, haar sigaret en haar triestheid. Ze blies de rook van haar sigaret schuin omhoog in de lage ruimte van de bar, ongeduldig, geagiteerd, en bleef met een schuin oog naar hem kijken. Ook de vrouw met de bontkraag kwam langs en wierp een lange blik op hem. Maris begon steeds woester te praten, met Nadia en Oscar, met wie er maar bij kwam staan, de een na de ander. Oscar stopte van tijd tot tijd een nieuwe beker wijn in zijn hand.

Een van Maris' vrienden, conservator bij het Stedelijk, sloeg twee armen om zijn bovenlijf en drukte zijn hoofd tegen zijn borst.

'Hé, ouwe reus!'

'Ouwe rukker zal je bedoelen.'

'Zover wilde ik niet gaan, Maris.'

'Ben je op dienstreis geweest? Volgens mij heb je een halve Russische beer op je kop.'

'Ik kom net uit Moskou. Min vijfentwintig is het daar. Uitgeleende schilderijen weggebracht.'

'Zulke klusjes laat jij je niet ontgaan.'

'Zulke klusjes laat deze jongen zich niet ontgaan!'

Een geheel in leer gestoken figuur met een brilletje met blauwe glazen op zijn neus begon op Maris in te praten over een nieuw project en bood hem een lijntje coke aan. Maris sloeg het af. Hij was geen snuiver, slikker of prikker, maar een drinker. De jongen met de rat op zijn schouder passeerde hem, op weg naar de uitgang, naar hem kijkend. Maris beantwoordde zijn blik. De jongen hield stil.

'Ik wil een keer met je praten,' riep hij.

'Waarover?'

'Over je werk, van alles, de toestand in de stad.'

'De toestand in de stad?'

'Er is van alles gaande, man!'

'Okay. Wat doe je eigenlijk voor de kost?'

'Ik ben zwerver.'

Hij zei het vol trots.

'Sinds mijn zeventiende ben ik zwerver. Mijn oom was trouwens een beroemd schilder.'

'O, je oom.'

Terwijl de jongen tegen hem praatte, steeds met wilde armgebaren, bezag Maris de rat die zich in evenwicht probeerde te houden op zijn schouder, op de epaulet van zijn soldatenjas. Ook de rat leek gedrogeerd, versuft in elk geval. Hij keek ook aandachtig naar de gezichtshuid van de jongen, die vettig glansde, alsof hij al weken of misschien wel maanden niet was gewassen. Onder het laagje vettigheid zaten rode bulten. De jongen sprak steeds half schreeuwend, opgewonden, als een agitator, en zijn opwinding leek elk ogenblik te kunnen omslaan in gewelddadigheid.

'Ik praat een andere keer met je,' zei Maris, hem afkappend. 'Ik ben nu bezig.'

Tegenover hem stonden opeens en tegelijkertijd de twee vrouwen met wie hij had staan aanpappen. Ze wierpen elkaar vuile blikken toe en keken hem vragend en verwijtend aan. Het leek lang geleden dat hij zijn avances had gemaakt. Hij keek de jongen met de rat na om tijd te winnen. Toen stapte hij naar voren, legde bij beide vrouwen een hand om hun nek, trok hun hoofden naar zich toe.

'Sorry, dames,' riep hij, het lawaai met moeite overstemmend, 'ik moet vannacht waken bij een stervende vriend.'

Hij wist niet waar het vandaan kwam of waar het op sloeg,

maar hij had het gezegd. Hij gaf ze elk een zoen en liep het gebouw uit, zijn handen in zijn zakken, zijn schouders opgetrokken tegen de kou, op weg naar zijn stervende vriend.

HOOFDSTUK II

1

Tegen enen liep Maris het kleine en chique warenhuis van Metz & Co binnen, een statig pand op een hoek van de Leidsestraat en de Keizersgracht. Er waren nauwelijks klanten in de zaak, ook al was het zaterdagmiddag. De tijd van het kleine en chique warenhuis was voorbij. De verkoopsters, allemaal perfect opgemaakt, stonden zich te vervelen. Ze bekeken hem een beetje argwanend. Hij leek niet het type voor Italiaanse tassen of Deens serviesgoed met een gouden randje.

In de lift wierp hij een blik in de spiegel. Zijn ogen stonden waterig. Zijn gele ski-jack begon vuil te worden: de binnenkant van de kraag en de uiteinden van de mouwen kleurden donker en glansden vettig. Hij wierp ook een blik op zijn bergschoenen. Hij had ze alvast aangetrokken want hij zou op reis gaan, ook al wist hij nog niet wanneer en waarheen. Onrustig wendde hij zich af van zijn spiegelbeeld. Door het smalle en langwerpige raam in de lift kon hij een blik werpen op de voorbijglijdende afdelingen. Voortdurend voelde hij een pijnlijke druk op zijn oogbollen.

Op de bovenste verdieping verliet hij de lift en liep het café-restaurant in. Bijna alle tafels waren bezet. Aan drie kanten lag achter de glazen wanden de besneeuwde stad te glinsteren in de zon. De uitgestrektheid van de stad, de gebouwen tot aan de horizon – zoals altijd maakte het indruk op hem. Maris was er heimelijk trots op dat hij hier zomaar kon binnenlopen, dat hij hier iets te zoeken had – als jongen uit de diepe provincie.

Oscar was er al. Hij zat aan een tafel bij het raam, een van de beste tafels. Tegenwoordig liet hij zulke zaken regelen door zijn assistent. Lang en slank rees hij op met zijn imponerend hoge voorhoofd, al een beetje kalend onder zijn helblonde haar, twee lichtblauwe ogen achter brillenglazen zonder montuur. Hij kwam van een ver verwijderd platteland, net als Maris, maar aan hem kon je dat niet zien, of het moest blijken uit de grote, bijna overdreven zorg waarmee hij zich kleedde. Als jongen had hij op de tractor gezeten en de ploegmessen door de klei zien snijden, net als Maris.

De mannen omhelsden elkaar vluchtig.

'Ik ben misschien iets te brak voor een zakelijk gesprek,' zei Oscar.

'Je hebt er wel een pak voor aangetrokken.'

'Ik dacht dat dat misschien zou helpen.'

Oscar droeg pakken, op het uitdagende af, en liet ze tegenwoordig zelfs op maat maken. Terwijl hij zijn vuile ski-jack uittrok voelde Maris zich beschaamd, want hij moest tevoorschijn komen in een oude schipperstrui met een gat erin, die hij niet kon wegdoen omdat hij er zo aan gehecht was en omdat hij nerveus werd van kleren kopen, zwetend in het pashok staan, niet kunnen besluiten, zo kritisch dat hij maar liever geen nieuwe kleren kocht. Hij had zich met hand en tand verzet toen Sigi op een dag al zijn oude kleren had willen weggooien en besefte nu, terwijl hij beschaamd zijn jack aan de ober meegaf, dat hij haar had moeten laten begaan. Uit schaamte voor de rafelige mouwen van zijn trui trok hij ze meteen tot aan zijn ellebogen op, net als de mouwen van zijn overhemd. Het maakte in elk geval een energieke indruk.

'Je ziet er niet slecht uit,' stelde Oscar vast.

'Ik heb anders wel gezopen vannacht.'

'Het heeft je goedgedaan.'

'Ik was eraan toe.'

Alsof hij een normaal werkzaam leven leidde in zijn atelier en eraan toe was geweest om eens uit te gaan en zich te ontspannen, alsof hij niet een hele week opgesloten had gezeten, tot niets in staat, in steeds ziedender onrust. De ober verscheen aan hun tafel.

'Nemen we weer de garnalenkroketjes?' vroeg Oscar.

'Ik wil graag de ravioli. Ik zag net een bord voorbijkomen en dat zag er goed uit. Ik heb iets stevigs nodig.'

'Met de botersaus en salie?'

'Doe maar, joh. Het zag er goed uit.'

Nadat ze hadden besteld, viel er een stilte. Maris keek naar buiten, overrompeld door neerslachtigheid. De hemel was strakblauw en straalde. Hij moest zijn ogen dichtknijpen, zo fel was het licht. In de verte schitterde de zon op de glasgevels van kantoorgebouwen. Hij zat op een mooie plek met een goede vriend en hij was neerslachtig. Hij voelde de blik van Oscar op zich gericht en draaide zijn hoofd. Een ogenblik – maar de tijd leek te worden opgerekt – drong de vleselijkheid van het gezicht van zijn vriend zich aan hem op: de pas geschoren huid met rode vlekken in de hals, het hoge en winters bleke voorhoofd, zijn ogen, licht vergroot achter de brillenglazen, zijn lippen waarop kleine blaasjes zaten, alsof hij te lang en te heftig met Nadia had gezoend.

'Ik heb iets voor je meegenomen,' zei Oscar. 'Ik geef het je meteen.'

Hij reikte naar de plastic tas die op de stoel naast hem stond. Met licht bevende handen haalde hij een groot en zwaar pakket tevoorschijn. Er zat altijd een lichte beving in zijn handen.

Maris opende het pakket.

'Grünewald.'

'Het boek is net verschenen. Ik liep er in Londen tegenaan en kon het niet laten liggen. Ik heb het voor je meegesjouwd.'

'Grünewald,' zei Maris nog eens, alsof hij het tot zich door moest laten dringen.

'De reproducties zijn werkelijk geweldig. En zoveel interessante close-ups. Je weet echt niet wat je ziet.'

Maris bleef stil. Onder de oude meesters was Grünewald een van zijn favorieten. Oscar wist dat. Oscar wist hoe gefascineerd hij was door de manier waarop Grünewald zijn schokkende kruisiging voor het klooster van Isenheim had geschilderd, zijn wonderbaarlijk zwellende mantels met hun talloze plooien, de altijd bijzondere handen van zijn figuren, hun gezichten die na vijfhonderd jaar nog altijd tot je spraken. Was het de bedoeling dat hij 'naar Grünewald' zou gaan werken? Zag Oscar dat als een uitweg uit de impasse: improvisaties op een oude meester?

'Dank je, man! Geweldig!'

Het kwam er stroef uit.

'Ik moest zo sterk aan je denken toen ik het zag liggen.'

'Ontzettend aardig.'

Maris kreeg geen woord meer over zijn lippen.

'Ik ga nog even mijn handen wassen,' zei Oscar, 'voordat het eten komt.'

Maris bladerde plichtmatig in het boek: de kruisiging, het gemartelde lichaam van Jezus, zo dichtbij als hij het nog nooit had gezien, de wonderbaarlijke mantels, enorme lappen stof, opbollend, zich plooiend, zwevend op een niet aanwezige wind, de handen met de lange vingers, die boerse gezichten van lang geleden die hem deden denken aan gezichten uit zijn jeugd, stroblonde mannen, stroblonde vrouwen, bij de mannen het haar altijd afgesneden met een mes. Zijn blik gleed langs de reproducties. Hij besefte hoe hij hier in normale doen van zou hebben genoten. Nu kon hij zich er niet voor interesseren.

Toen Oscar terugkwam van de toiletten, had hij een kleine maar sophisticated camera in zijn handen. Hij stond stil en nam van respectvolle afstand een foto van Maris die, met zijn blote ellebogen op tafel en zijn kin steunend op twee duimen, roerloos uit het raam staarde.

'*Sadness*,' mompelde hij en drukte af.

Twee uur later, na een haastig afscheid in de mensenmassa die langs Metz stroomde, was Maris er nog ellendiger aan toe. Het gesprek was geëindigd in een ongemakkelijk stilzwijgen – gelaten en verbaasd van de kant van Oscar, geladen en haast agressief van zijn kant. Hij had geweigerd een afspraak te maken voor een tentoonstelling, zijn eerste in drie jaar, afgezien van de reeks litho's waarmee hij alleen de voorzaal van de galerie had kunnen vullen. Bij het afscheid had Oscar met zijn hand even in zijn wang geknepen, een geamuseerde en spottende blik in zijn ogen, en dat had hem gekwetst. Hij had zich moeten beheersen om die hand niet weg te slaan. Zo'n kleine, als vals ervaren aanraking kon hem al ziedend maken.

Naar huis gaan wilde hij niet. Doelloos liep hij door de stad in de drukte van de zaterdagmiddag. De plastic tas met het prachtige cadeau van Oscar had hij liefst ergens achtergelaten, aanvankelijk had hij zelfs de neiging om hem op het ijs te gooien. Hij was gekwetst door Oscars onbegrip, culminerend in die spottende, geamuseerde aanraking van zijn wang, dat tartende kneepje. Oscar zag een gezonde kerel die niet werkte, of bijna niet werkte, of heel moeizaam werkte, en hij begreep er niets van. Van dat onbegrip was het maar een kleine stap naar het oordeel: aanstellerij, verwend, lui, zwak. Oscar beschouwde zijn verhouding met Sigi als een miserabele vergissing. Het meisje had zich aan hem opgedrongen, binnen zes maanden woonde ze in zijn atelier, terwijl het niets voor hem was om een vrouw toe te laten in zijn atelier. Een schilder in de bloei van zijn leven, die niet werkt, alleen maar wat reist, kijkt, leest, wat lesgeeft en zich in een onzalige verhouding stort. Achter Oscars behoedzaamheid vermoedde hij al een tijd het oordeel, en in dat ene gebaar, vergezeld van een blik, was dat nu naar de oppervlakte gekomen.

Midden in de drukte hield een meisje hem staande en vroeg hem om een vuurtje. Hij gaf het haar.

'Bedankt, joh,' zei ze en ze liep verder.

Hij keek haar na. Het deed hem goed dat een meisje hem om een vuurtje had gevraagd. Zijn oog viel op een telefooncel. Hij kon Oscar bellen in de galerie en zich verontschuldigen voor zijn slechte stemming. Met een paar woorden kon hij een last van zich af werpen. Hij ging de telefooncel binnen, hij stond al met de muntstukken in zijn hand, de plastic tas tussen zijn benen op de vloer, hij praatte in zijn hoofd al tegen Oscar, die hem opeens weer nabij was. Maar hij deed het niet, hij gooide de hoorn weer op de haak.

Thuis de doodsheid van een atelier waarin niet gewerkt werd. Kwasten die hij al maanden niet meer had aangeraakt. Stof op zijn verftubes. De twee kamers op de entresol waar niet meer geleefd werd maar gevegeteerd. Troep op het aanrecht. Het leek of hij al zijn kracht gebruikte tegen zichzelf, om zichzelf het leven onmogelijk te maken.

In de slaapkamer zag hij zichzelf in de lange spiegel die hij voor Sigi had opgehangen, de spiegel waarin ze naar zichzelf had gekeken, altijd een beetje kinderlijk en schuw. In een opwelling trok Maris hem van de muur en gooide hem op de vloer kapot. De glassplinters kraakten onder zijn bergschoenen. Het had geen zin, het hielp hem niet, maar het was gebeurd. Hij veegde de splinters voorlopig in een hoek. In de woonkamer maakte hij de houtkachel aan. Alleen de nabijheid van een vuur, de warmte van een vuur, hielp hem nog. Vanuit een lage buisstoel met schapenvacht staarde hij in de vlammen, naar het roodgloeiende en uit elkaar vallende hout – sloophout dat hij met Sigi op straat uit containers had gehaald. Maar zelfs het vuur hielp hem niet meer. Door het stilzitten nam zijn onrust alleen maar toe.

Rond halfzeven ging de telefoon. Van een afstand keek Maris naar het toestel – hij stond soep te lepelen uit een kom. Hij wist dat het Nadia was, die hem zou vragen of hij nog kwam eten. Hij wist dat hij zou zwichten en dat het hem nog ongelukkiger zou maken om een gelukkig paar te zien en een mooie, zwangere vrouw. Hij liet het toestel rinkelen, ook toen er tien minuten later opnieuw werd gebeld. Zijn schaamte en zelfverachting bereikten een nieuw dieptepunt.

2

Tegen elf uur in de avond, bij een temperatuur van zeven graden onder nul, dwaalde Maris door een van de buitenwijken. Hij had een willekeurige tram genomen en zich naar het eindpunt van de lijn laten rijden, zoals hij wel vaker deed, en vandaar zocht hij nu, door stadsdelen waar hij anders nooit kwam, zijn weg naar huis. Alleen uitputting kon hem nog helpen.

Hij liep door verlaten straten, langs eindeloze rijen geparkeerde auto's, langs sneeuwranden, vuilniszakken aan de voet van een boom en half ondergesneeuwde fietsen die als trouwe dieren stonden te wachten. Hij keek in de huizen naar binnen en zag mensen die zich uitrekten of in slaap waren gevallen voor de televisie, mensen die in de keuken voor het aanrecht stonden of net de lichten uitdeden. Soms volgde hij een voorbijganger tot die een huis binnenging of in een auto stapte en wegreed. Ondertussen was hij voortdurend op zijn hoede. Hij maakte een omweg om niet door een slecht verlichte voetgangerstunnel te hoeven lopen, maar toen hij in de verte een paar jongens zag naderen die plotseling in een portiek verdwenen, dwong hij zichzelf om erlangs te lopen.

Hij vroeg een vuurtje aan een vrouw die op de hoek van de straat met twee tassen stond te wachten en net haar sigaret had uitgetrapt. Het duurde tien, twintig seconden voordat ze haar aansteker uit haar tas had opgediept.

'Alsjeblieft.'

Ze had een lage, doorrookte stem en dat slonzige en treurige dat hem aantrok. Hij zag al een slaapkamer voor zich met linoleum op de vloer, koud en plakkerig aan je blote voeten. Hij zag haar borsten, het kippenvel op haar dijen. Haar bed was koud.

'Bedankt.'

Zijn antwoord kwam een seconde te laat. Hij bleef staan. De vrouw werd angstig.

'Zoek je iets?' vroeg ze.

Hij maakte zich er met een paar woorden van af en liep door.

Stratenlang beeldde hij zich in dat hij werd gevolgd door een paar opgeschoten jongens, die hij niet had gezien maar die hem wel hadden opgemerkt. Hij versnelde zijn pas. Op de speelplaats achter een barak met je kop tegen een klimrek gesmeten worden, trappen in je buik en tegen je hoofd, en dan achtergelaten worden. Het was even belachelijk als pervers, deze inbeelding. Wat zocht hij eigenlijk?

Tegen middernacht kwam hij weer in bekende straten. Op een plein niet ver van zijn huis zag hij zijn eigen auto staan, onder een laagje sneeuw waaruit bruine bladeren staken. De auto leek een object uit een vorig bestaan. Het verbaasde hem dat de wagen daar nog stond, dat hij niet was opengebroken. Hij had er drie maanden niet in gereden.

Hij pakte zijn reistas, gejaagd, alsof zijn impuls elk ogenblik kon uitdoven. Hij stak de tien briefjes van honderd bij zich die hij altijd klaar had liggen, en zijn paspoort, dat hem geboren deed zijn in een dorp op een eiland, en een ogenblik staarde hij naar de naam van zijn geboortedorp, een naam die hem tegenstond en ook zo vreemd voorkwam, en hij klapte het dicht toen er door zijn hoofd het beeld van een meisje dreef, als in cellofaan verpakt, maar half zichtbaar. Hij gooide een fles whisky in zijn tas en het poppetje dat Sigi hem had gegeven, een *moezjik*, een Russische boer van lapjes stof, en hij gooide het er weer uit, en ook de fles whisky. Met een deken en een slaapzak over zijn schouders haastte hij zich naar zijn auto. Het kostte moeite om de motor tot leven te wekken, maar na een paar minuten startte hij toch. Opeens was het of hij een kameraad had. Hij legde zijn rechterarm op de rugleuning van de stoel naast hem, een vertrouwd gebaar, en manoeuvreerde zijn wagen uit de parkeerplaats. Hij gaf een paar klopjes op het dashboard.

Maris reed de hele nacht door. Ergens in het noorden van Frankrijk kwam de ochtendschemer. Hij verliet de snelweg en reed over smalle wegen door heuvelland met bossen en akkers, het raam van zijn portier halfopen om wakker te blijven door de koude lucht. In de nog schemerige valleien hing een dikke, witte nevel boven het grasland. In het oosten werd de lucht grijs en roze, de zon dook op uit de nevels, ijzig rood. Het was doodstil. Zelfs terwijl hij reed drong de diepe stilte van het land tot hem door. Hij reed van het ene dorp naar het andere. Ergens belandde hij achter een trekker met een veewagen. Hij kon de koppen van de koeien zien. Ze stonden een beetje verbaasd voor zich uit te kijken. Hij stak zijn hoofd uit het raam om hun warme geur te ruiken.

Uit een dorp op de rand van een steile helling reed hij omlaag, de vallei in. Er liep een dijk dwars door de vallei, die door de rivier was overstroomd en door de vorst was veranderd in een ijsvlakte. Hij parkeerde zijn wagen bij de rivier en liep een stuk over de dijk die de ijsvlakte doorsneed. Aan weerskanten stonden de bomen en struiken in het ijs. Hij hoorde alleen het stromen van de rivier achter zijn rug. Amsterdam was ver weg. Het was of hij zich maanden achtereen had afgejakkerd zonder een ogenblik rust te nemen.

Uren later werd hij wakker in de laadruimte van de auto. Het eerste wat zich bij hem voegde was de eenzaamheid, daarna kwam de onrust en dan het verdriet, dat er al was zolang als hij zich kon herinneren. Hij kroop uit de auto. De zon stond op het hoogste punt van haar lage winterbaan. Aan weerszijden van de dijk flonkerde en schitterde het ijs, er leken vonken op te dansen. Het was spectaculair. Maar zelfs nu was daar de demon, iets wat aan hem vrat.

Hij liep de vallei in. Ergens liet hij zich omlaagglijden langs de helling van de dijk, door het beijzelde gras. Om hem heen was er alleen nog flonkering en schittering en stilte. Met de punt van zijn schoen hakte hij een gat in het ijs. Hij boog zich voorover om met zijn hand het water op te scheppen en er zijn gezicht mee te wassen. Een paar seconden was de onrust er niet, een paar seconden was er alleen de zon die hem verwarmde, de schittering van het ijs en zijn hand die water schepte op een plek waar hij nooit eerder was geweest.

HOOFDSTUK III

1

In Colmar kon hij zijn auto naast de kapel parkeren. Het was vroeg in de ochtend. Hij bleef nog een tijd zitten en stapte pas uit toen het in de auto begon af te koelen. Hij was er zo slecht aan toe dat hij nauwelijks een koffiehuis durfde binnen te gaan. Twee keer liep hij erlangs, en pas toen hij de ingang voor de derde keer passeerde ging hij naar binnen.

Hij kwam in een salon met donkergroen behang, leren banken langs de muur, tafels met een marmeren blad; de ruimte werd verlicht door een kroonluchter. Voorin stond een vitrine met gebak en broodjes. De serveersters droegen een zwarte jurk met een wit schortje en een wit kanten kroontje in het haar. De koffie kwam in een verzilverde kan en was uitstekend: heet en sterk. De verse broodjes geurden. Hij leefde, wat een groot voorrecht was, en ging zo dadelijk iets zien wat hij al heel lang had willen zien. Maar het zweet brak hem uit, zo ongemakkelijk voelde hij zich hier. Aan de serveersters kon hij merken hoe gespannen en schichtig hij was. Ze waren een beetje bang voor hem.

In de kapel was het ijzig koud, ook al viel het zonlicht door de hoge, gotische vensters. Het altaarstuk van Grünewald was uit elkaar gehaald en in drie delen opgesteld, zodat het niet open- en dichtgeklapt hoefde te worden voor bezoekers. Maris, zijn skijack weer tot boven toe dichtgeritst, liep meteen naar de Opstanding. Het paneel met Christus' opstanding uit de dood was groot en hoog geplaatst: hij moest omhoogkijken om de boven zijn opengebroken sarcofaag zwevende Christus te kunnen zien. Zelfs deze figuur, de zoon van God, had de typische Grünewald-vingers: lang, licht mollig en buigzaam.

Het geconcentreerde kijken maakte hem rustiger. Hij dacht nog wel aan de rivier waar hij uit de auto was gestapt en waar hij naartoe was afgedaald, alsof een hand hem in de rug duwde – ging het soms zo, zonder gedachte aan anderen, in een vlaag? Hij dacht aan de serveerster, die zich na het afrekenen zo snel mogelijk van hem had afgewend. Hij dacht aan Sigi, aan Oscar en Nadia, aan de houthakkers met hun dampende paarden die boomstammen uit het bos sleepten, aan de vrachtwagenchauffeur van gisteravond, die hij niet vertrouwde en bij wie hij toch in de cabine was gaan zitten om te praten en bier te drinken, aan zijn angst van de afgelopen nacht op de parkeerplaats in het bos. Maar gaandeweg werd wat hij voor zich zag sterker dan zijn herinneringen.

Christus was hier een hoogblonde man, waarschijnlijk een man uit de streek. Maris zag door een kleine kijker gezonde, rode lippen in de blonde baard. In een aureool van licht, wit en geel, oranje en rood steeg hij op uit de sarcofaag. Het was nacht, de hemel was bezaaid met sterren. Rond de sarcofaag vier vallende soldaten, als door de schokgolf van een explosie getroffen en tegen de grond geworpen. Maris ging vlak voor het paneel staan om de twee soldaten op de voorgrond te bekijken, de grafbewakers: hun helmen, hun maliënkolders, de stalen hand- en scheenbeschermers, hun zwaarden, de vlijmscherpe hellebaard, de scheurtjes in een wapenrok. Het was allemaal gezien door de schilder, hij had alle details met zijn ogen afgetast en tot een verstilde schoonheid getransformeerd.

De lange lijkwade waarin Christus' lichaam was gehuld, verbluftte hem het meest. Deze meterslange lap stof, achter hem aan slepend vanuit de sarcofaag, maakte het beeld. Aan kolkend water, aan de ribbels van een schelp, aan het inwendige van een grot deed de lijkwade hem denken. Hij leefde van de eerste tot de laatste plooi. Hoe had Grünewald dit in godsnaam kunnen visualiseren? Dit viel nergens in werkelijkheid te zien, niet te ensceneren en dus niet na te tekenen.

De kou van de plavuizen in de kapel trok door de zolen van zijn bergschoenen heen. Maris liep heen en weer om zijn voeten te warmen en stond stil bij een groepje ouderen, dat werd toegesproken door een priester. Hij was jong, mooi en welbespraakt. Het witte boordje stond hem goed. Over zijn zwarte pak droeg hij een lange zwarte jas met grijs fluweel op de revers. Zo onopvallend mogelijk luisterde Maris naar de priester.

Grünewald, der Meister... Wissen ja gar nichts von ihm... Van Dürer heel veel, hebben zelfs zijn dagboek... Van Grünewald, helemaal niets... Het klooster van Isenheim, hier vlakbij... Orde van de Antonieten... Orde van hospitalen, netwerk over heel Europa... Zieken werden uit de stad gezet, besmettelijk... Pest, lepra, syfilis... Antoniusvuur... Plant die tussen de rogge groeide, giftig, raakte in het brood... Vuur dat je vanbinnen opvrat... Euforie, dansen, ledematen werden zwart, vielen af, ten slotte krankzinnig... Altaarstuk van Grünewald voor deze zieken... Geloof in wonderen... Werden voor de Kruisiging gebracht, mis opgedragen, lichaam en bloed van Christus... Volgde voor sommigen de operatie, lichaamsdelen geamputeerd, vaak niet overleven... Mortuarium. Grünewald vond daar waarschijnlijk zijn inspiratie voor de Kruisiging... Zou een lijk kunnen zijn... Is dood of bijna dood... De kleur van een lijk.

De priester merkte hem op. Maris liep verder door de smalle en hoge kapel. Hij stelde zich de ziekenzaal in het hospitaal van Isenheim voor, de bedden langs de wanden, de ziekenbroeders, de kreten van pijn, het gesteun en gejammer in de nacht, de oliepitjes in het donker, hoe het was om dag en nacht pijn te hebben, uur na uur, elke minuut, vloeken, nee, dat was uitgesloten, bidden natuurlijk, maar dat leidde maar even af of hielp helemaal niet, je nam iets in je handen om in te knijpen, de deken, bij elke pijnscheut, en de stank, de stank van je eigen lichaam, de ontbinding van je lichaam, de rotting van je eigen lichaam ruiken terwijl je nog leefde. Het mortuarium was een kelder met gewelven. Hoog in de muur een paar spleten voor licht en lucht. De doden lagen op houten brancards, op stro. Bossen met kruiden hingen aan de muur. Er werden kruiden gebrand tegen de stank. Een jongen met twee fakkels bracht Grünewald erheen, zette de fakkels in houders aan de muur en ging haastig weg. Hij was alleen, omringd door doden, mannen en vrouwen, naakt onder een lap stof. Sommige lijken waren bijna zwart geworden, andere zaten onder de zweren, weer andere misten handen en voeten, het bloed lekte nog uit een verband. Hij had zijn neusgaten dichtgestopt. Hij ging zitten en tekende een lange, gespierde jonge boer met ingevallen ogen, ingevallen wangen en een ingevallen buik. Een jonge boer met grote handen en grote voeten.

Maris liep weer achter het groepje grijze hoofden langs en ving nog een paar flarden op van het verhaal van de jonge priester. Het lijden… Neem het lijden op je… Het lijden afwijzen, omdat het zinloos is… Het lijden op je nemen… De woorden resoneerden in hem, maar hij was niet in staat er nog langer naar te luisteren. Het werd hem te veel.

Hij liep naar de Kruisiging, waar zoveel zieken, verward en wanhopig, naar hadden gekeken. Onmiddellijk keek hij alleen maar naar het geteisterde lichaam van de Gekruisigde, dat niet hoog boven de omstanders hing, maar ertussenin, nog geen halve meter boven de grond. Dat lange, pezige, uitgemergelde lichaam met de diep ingevallen buik onder de welving van de ribbenkast. Hij was gegeseld met doornige takken. Grünewald had niet alleen de wonden geschilderd, maar overal ook de doornen die in het vlees waren achtergebleven. Op sommige plaatsen deed het denken aan een cactus. De voeten, de veel te grote voeten, dropen van het bloed. Alleen al deze met een spijker vastgenagelde en in pijnkramp vertrokken voeten waren voldoende om het lijden te verbeelden. Het had een apart schilderij kunnen zijn. De afgetrapte schoenen van Van Gogh, deze doorboorde voeten van Grünewald. Boven in het beeld de uitgestrekte, veel te lange armen en de te grote handen met de wijd uitgespreide en verkrampte vingers. Het hoofd van Christus hing opzij, zijn mond stond open. De doornenkroon was de grootste en wreedste die Maris ooit had gezien. Op de achtergrond lag een doods en al bijna donker landschap met een rivier.

Hij bracht de kijker naar zijn ogen om de Christuskop in close-up te krijgen. Hij wilde in de open mond kijken, de tanden zien, de lippen, met wit gehoogd. De zwaarte van het opzijgevallen hoofd was voelbaar. Hij volgde met zijn ogen Grünewalds penseel, van de streekjes wit die het licht op de doornenkroon suggereerden tot de dunne streekjes waarmee hij de roodblonde baard had opgezet. De dwarsbalk van het kruis, doorbuigend, was met een bijl ontschorst. Je zou kunnen vaststellen welke houtsoort was gebruikt. Er school een soort devotie, een vorm van aanbidding, in de aandacht en nauwgezetheid waarmee elk detail van de marteling was geschilderd. Hij bespeurde er ook steeds sterker een extravagantie in, een sensuele extravagantie die van de schilder zelf was en die je al zag in de manier waarop hij zijn vingers schilderde: zo lang, zo buigzaam, zo expressief.

Roerloos, met één hand in een zak van zijn jeans, stond hij te kijken. Met zijn ogen tastte hij nu ook de figuren rond het kruis af. De imposante Johannes de Doper, een ruige figuur met door een mes afgesneden haren, onaangedaan, buiten de scène, die alleen maar op de Gekruisigde wees met een lange, omhoogbuigende wijsvinger. Aan de andere kant de geknielde, handenwringende en huilende Maria Magdalena, een boerenmeisje met krullend, goudblond haar tot op haar billen, ook een figuur vol leven. De huilende en bezwijmende Maria, door Johannes ondersteund. Maris vroeg zich af hoeveel tijd Grünewald nodig had gehad om de Gekruisigde te schilderen. Hij had er waarschijnlijk weken over gedaan. Hij had zich over de nodige weerzin heen moeten zetten om zoveel verminking te kunnen schilderen. Hij had een gestorvene of bijna-gestorvene geschilderd, centimeter na centimeter, detail na detail.

Toen Maris nogmaals zijn kijker naar zijn ogen bracht, zag hij uit zijn ooghoeken dat de jonge priester naar hem keek terwijl hij verstrooid een vraag beantwoordde van twee vrouwen die na zijn rondleiding bij hem waren achtergebleven.

In een roes kwam hij buiten in de winterzon. Auto's reden langzaam door de modderig geworden sneeuw. Er passeerde een vrachtwagen met een sneeuwschuiver. De schuiver maakte een hard ratelend geluid op de straatstenen. Het drong maar half tot hem door. Het was of hij uit de bioscoop kwam en weer moest landen in de werkelijkheid.

Hij liep terug naar het koffiehuis waar hij had ontbeten. Zijn verlangen naar nog een kan met die sterke, zwarte koffie was sterker dan zijn beduchtheid om er binnen te gaan. Bovendien kende hij nu de plek. Maar het zweet brak hem weer uit toen hij in de vestibule de sneeuw van zijn bergschoenen stampte. Hij groette vriendelijk, veranderd door wat hij had beleefd. De twee serveersters bij het buffet groetten hem. Ze leken hem niet te herkennen. Het was nu druk in de salon. Hij ging weer op een van de banken langs de muur zitten, maar voelde zich er zo ongemakkelijk dat hij bijna was opgestaan en weggegaan. De meest eenvoudige situaties zetten hem onder spanning. Op zijn drieëndertigste, in het bezit van een robuuste gezondheid, was hij vaak onverklaarbaar moe.

Na zijn koffie en een croque-monsieur pakte hij zijn aantekenboek en begon te schrijven over wat hij had gezien. Hij had zichzelf dit aangeleerd. Wanneer hij schreef, begreep hij pas goed wat hij had gezien. Hij rookte, schreef, staarde voor zich uit en kalmeerde. Tussen zijn aantekeningen verschenen schetsjes van de fragmenten die hij als aparte schilderijen had gezien: de doorboorde voeten van Jezus, de doornenkroon, de doorboorde handen. Hij vroeg zich af waarom hij zo'n belangstelling had voor een gemarteld lichaam. Als het een levensgrote foto van een gekruisigde man zou zijn geweest, zou hij er met afschuw naar hebben gekeken. Als een hedendaags fotograaf een soortgelijk beeld van een gemartelde man zou exposeren, zou hij geschokt zijn en het afwijzen als een smakeloze provocatie. Maar omdat het geschilderd was, gestileerd geweld, kon hij ernaar kijken en het zelfs prachtig vinden. Het eeuwige raadsel: waarom het beeld van een gekruisigde man het meest bekende, meest vereerde en meest gereproduceerde beeld van een beschaving was geworden. Net zo raadselachtig: waarom hij per se dit schilderij had willen zien en bereid was er zevenhonderd kilometer voor te rijden.

In zijn aantekenboek kwam hij een klein krantenknipsel tegen. Het was de foto van een meisje dat op haar zij lag, haar hoofd ondersteunend, in alleen een slipje en bh. Het was een reclame voor ondergoed. In het meisje had hij bij de eerste blik Sigi menen te herkennen. De gelijkenis was frappant. Het was vrijwel uitgesloten dat zij zo had geposeerd, zelfs als ze in grote geldnood zat. Hoe hij ook naar de foto keek, zwart en korrelig, hij kon maar niet vaststellen of ze het was of niet, verblind als hij was door zijn jaloezie. Ze was het niet, en toch was hij jaloers op de fotograaf voor wie ze zo had geposeerd, op iedereen die haar zo zag. Ze was het niet, en toch keek hij naar die foto om haar te zien.

Het was het beste voor hem om onderweg te zijn. Hij reed over binnenwegen. Het ene sneeuwlandschap volgde op het andere. Dorpen en kleine steden. Een kathedraal op een heuvel – die hij niet bezocht om maar door te kunnen blijven rijden. Na elk dorp reed hij bijna opgelucht weer de leegte in van besneeuwd land, besneeuwde heuvels, besneeuwde bossen, besneeuwde holle wegen. Een kleumende buizerd op een hek. Een aangereden hert langs de kant van de weg. Koeien in een stal waar de damp uit opsteeg. Een landhuis tussen de kale bomen van een park. Daar had hij voorlopig genoeg aan.

In het restaurant van een dorpshotel zag hij een ouder echtpaar dat hem aan zijn ouders deed denken: de vrouw zeer overheersend, de man die zich zo veel mogelijk aanpaste aan de luimen van de vrouw. Hij bezocht zijn ouders niet meer. Na het desastreus geëindigde bezoek met Sigi was hij niet meer bij hen geweest. Zijn moeder had hem nog een keer gebeld en toen gezegd dat het maar goed was dat het uit was met 'dat meisje'. Hij was zo kwaad op haar geworden dat ze in tranen was uitgebarsten. Naderhand had hij haar gebeld om het goed te maken, maar het was een geforceerde verzoening geweest. Hij wilde ze niet meer zien, hij wilde de woorden 'Rotterdamse ballingschap' nooit meer horen, hij wilde de razernij die zijn moeder in hem opriep nooit meer voelen. Het was of hij ze heel lang niet meer zou zien, jarenlang, tot er verandering mogelijk was, tot er over het verleden gesproken kon worden.

Sigi was onophoudelijk in zijn gedachten. Hij herinnerde zich allerlei onnozele dingen. Hoe ze op een ochtend de weegschaal een trap had gegeven omdat hij niet het gewenste gewicht aangaf. Dat ze eens de grote en glibberige pit van een avocado in haar mond had gestoken om erop te zuigen. Hij miste haar wanneer hij in zijn slaapzak achter in de auto lag. Hij had kaarsen gekocht om te kunnen lezen. Hij kon Sigi's naakte lichaam niet meer oproepen als in de eerste maanden na het afscheid, zo concreet dat het was of ze naast hem lag. Ze had een nieuwe minnaar, maar maakte nog dezelfde geluiden als ze klaarkwam. Ze trok nu bij die andere vent de lakens recht, de lakens die strak op het bed moesten liggen. Ze had hem verlaten. Misschien had ze gelijk, hem met haar scherpe intuïtie gepeild, in hem gezien waar hij zelf blind voor was: het monster. Hij zou een vrouw nooit voor langere tijd bij zich kunnen houden. Zijn leven zou nog moeilijker zijn dan hij had gevreesd. Steeds diepere eenzaamheid. Er was geen grens aan wat je moest kunnen verdragen. Het ging steeds verder, steeds dieper, het hield nooit op. Als je dacht dat de grens was bereikt, bleek je nog meer te moeten kunnen verdragen. Er was geen grens. Het meest hield die gedachte hem bezig: dat er geen grens is aan wat je moet kunnen incasseren.

2

Een tankstation aan de noordkant van Parijs, natte sneeuw, een gure wind, auto's die langzaam en met hun koplampen aan door de sneeuwjacht reden, en onder de overkapping boven de pompen stond Maris in zijn gele jack, met zijn rug tegen zijn wagen geleund. Hij had even rust. Hij was een man die zijn tank volgooide en voor zich uit staarde, de verspringende cijfers op de pomp zag, passanten die zich naar de kassa haastten of terug naar hun auto, een vrachtwagen die onder de overkapping tot stilstand kwam, druipend nat, de chauffeur die vooroverleunde op zijn stuur en vermoeid het hoofd liet hangen, en de natte sneeuw die in dichte vlagen over het land joeg. Het deed hem goed om een man te zijn die zijn tank volgooide, tussen anderen die hetzelfde deden. Soms was het goed om te doen wat iedereen deed, om in een rij te staan, om ergens bij te horen. Tanken had bovendien een onbetwijfelbaar nut. De slang terughangen. Dop op de tank draaien. Hij liep naar de kassa om zijn liters af te rekenen. Ook dat had nut en nog steeds hoorde hij ergens bij, bij al die onbekende anderen.

In zijn auto, de natte sneeuw in zijn haar, startte hij de motor, zette de verwarming een slag hoger en leunde met gesloten ogen achterover. Hij was een uur in Parijs geweest en had rechtsomkeert gemaakt. Hij had er op dit moment niets te zoeken. Maar waar dan wel? Het was gaan dooien, de sneeuw smolt. Het platteland bood alleen nog maar een desolate aanblik nu de sneeuw verdween. Hij probeerde te wennen aan het idee dat hij naar huis zou gaan.

Maris schrok op toen er op zijn raam werd getikt. Hij zag een meisje, een jonge vrouw, met een hondje in haar armen. Ze maakte een liftgebaar. Hij schudde zijn hoofd. Het meisje bleef staan. Maris draaide zijn raam open.

'I can't speak,' zei hij.

Hij zei het precies zoals het was. Hij kon geen woord uit zijn strot krijgen. Hij kreeg het gevoel – omdat het een vrouw was die hij aankeek – dat de ellende in zijn ogen te lezen stond. Een golf kou kwam de auto binnen.

'I can't speak,' herhaalde hij, geërgerd omdat ze bleef staan.

'Je bent een Nederlander. Ik zie het aan je nummerbord, man. Ga je toevallig naar Amsterdam?'

Hij hoorde dat het meisje met een Zeeuwse tongval sprak. Hij hoorde het altijd meteen.

'A'dam,' herhaalde ze gejaagd. 'Amsterdam. Ga je daar toevallig heen?'

Het hondje rekte zich in haar armen, het stak zijn glanzend zwarte neus uit naar de warmte in de auto. Maris wierp een blik op haar dunne benen in de leren broek. Ze stond te wiebelen.

'Moet je plassen?' vroeg hij.

'Ja, ook! Ik moet naar Amsterdam en ik moet plassen.'

'Dan zou ik eerst maar gaan plassen.'

'Wacht je op me? O man, ik sta hier al uren en ik heb het zo godvergeten koud gekregen. Wacht je op me?'

Ze liet het hondje uit haar armen op de grond glijden. Haastig, op haar lange stelten, liep ze terug naar het tankstation. Het hondje dribbelde met aandachtig geheven kop naast haar. Maris keek haar na. Hij herkende de rukkerige pasjes waarmee ze liep. In Amsterdam had hij rond de Nieuwmarkt heel wat graatmagere figuren zo zien lopen, met van die rukkerige pasjes, licht voorovergebogen, altijd op jacht naar wat ze nodig hadden.

Hij wachtte. Hij durfde er vergif op in te nemen dat het meisje een junk was. Onwillekeurig begon hij om zich heen te kijken in zijn auto om te zien of hij iets moest verbergen wat ze zou kunnen jatten. Hij schoof zijn slaapzak en rugzak verder in de laadruimte en klapte de achterbank overeind. De natte sneeuw viel in schuine banen. Hij zag haar terugkomen, kleumend in haar Afghaanse jas en leren broek, wankel op haar laarsjes, twee bekers koffie in haar handen, pratend tegen het hondje, dat met opgeheven kop naast haar draafde. Maris boog zich opzij en wierp het portier voor haar open.

'O, man, wat goed dat je me gewoon meeneemt. Ik heb zo staan blauwbekken. Ik heb staan huilen van de kou. En die chauffeurs maar lachen! Klerelijers! Joosje, het komt goed. We gaan naar Amsterdam!'

Met twee sprongen was het hondje op de achterbank beland. Het ging niet meteen liggen, maar bleef afwachtend staan, alert, gewend aan snel veranderende situaties. Het meisje trok een plaid uit haar reistas en wierp die op de achterbank.

'Hij is hartstikke schoon, hoor, maar ik leg er toch liever wat onder.'

Ze bukte zich naar de twee koppen koffie die ze op de vloer van de auto had gezet, gaf er een aan Maris en nam zelf de andere. Ze stak één lange staak naar binnen in de auto, kwam er toen zelf achteraan en plofte neer.

'O, man, wat goed!'

In de striemende sneeuwjacht reed Maris de snelweg op, zijn ruitenwissers zwiepend in het hoogste tempo. Hij zweeg. Hij moest wennen aan de plotselinge aanwezigheid van een ander in zijn auto, hij moest ontdooien nadat hij dagenlang met niemand had gesproken. Het meisje slurpte van haar koffie, haar beker met beide handen vasthoudend, nu en dan omkijkend naar het hondje, waarbij ze ook steeds een snelle blik op Maris wierp. Ze was geïntimideerd. Maar al snel herstelde ze zich en zei met haar schorre, als steeds iets te luide stem:

'Ook in Parijs geweest, makker?'

Maris glimlachte.

'Ook in Parijs geweest.'

'Ik wilde er ook weer eens heen, maar ik had geen cent te makken, dus ik dacht: Ik ga liften. Nou, ik kan het niemand aanraden. Liften is kennelijk niet meer van deze tijd. Je komt gewoon niet meer weg, man. Uren heb ik gestaan. In de kou. We worden steeds rijker met zijn allen, maar hebben steeds minder zin om een ander een lift te geven. Zoiets oorzakelijks moet het verband zijn.'

Ze schoot in een schorre lach, die overging in een hoestbui.

'En wat heb je gedaan in Parijs, als ik vragen mag? Was je er voor zaken of voor de lol?'

'Voor de lol.'

'Mag ik trouwens roken?'

'Geen probleem.'

Ze draaide een sigaret, met vaardige vingers, uit een verfomfaaid pakje shag, en stak hem op.

'O man, wat goed om in een warme auto te zitten! In Parijs heb ik het ook zo koud gehad, zo godvergeten koud!'

'Je lijkt me ook een beetje te dun gekleed voor dit weer.'

'Travelling light, man, travelling light. Wat heb je trouwens gedaan in Parijs, als ik vragen mag?'

'Rondgestruind.'

'Zomaar?'

'Zomaar.'

'En wat doe je voor de kost, als ik vragen mag? Ja, sorry hoor, ik probeer gewoon een gesprek op gang te brengen.'

'Ik ben schilder.'

Het meisje nam een hijs van haar sigaret. Maris voelde hoe haar blik op hem rustte.

'Ben je bekend?'

'Een beetje.'

'Hang je in het Stedelijk?'

'Soms. Ze hebben werk van me.'

'O, dan ben je dus bekend.'

Ze tikte haar lange askegel net op tijd in de asbak en keek opeens zwijgend naar buiten. Maris begon haar te ruiken, haar Afghaanse jas, die ze waarschijnlijk al jaren droeg. Ze rook ook naar bier.

'Ja, ja, ja,' zei ze, terugkerend uit haar afwezigheid. 'Te gek, man! Je bent schilder, je hebt een lekkere auto en je hebt een plek in Amsterdam. Wat wil je nog meer? O, eindelijk heb ik het niet meer koud. Alleen mijn voeten zijn nog van ijs. Mag ik mijn laarzen uitdoen?'

'Geen probleem.'

Ze trok een van haar dunne stelten omhoog, verrassend lenig, en begon aan haar laars te sjorren tot hij losschoot. Haar tweede laars volgde. Ze droeg geen sokken. Haar tenen waren rood en gezwollen. Ze wreef haar voeten warm, haar ogen half dichtknijpend tegen de rook van haar sigaret, die ze in haar mondhoek had gestald. Maris probeerde haar leeftijd te schatten. Hij zag haar als een meisje, maar ze moest al in de dertig zijn. Op haar voorhoofd had ze rode bulten, die hem herinnerden aan het vettig glanzende gezicht van de jongen met de rat. Nadat ze haar koude en pijnlijke voeten had gewreven, schoof ze haar rechtervoet onder haar achterste en legde haar linker op haar rechterdij onder haar jas.

'Te gek, man! Echt te gek!' zei ze, het gesprek hervattend. 'Na al die ellende heb ik nou eens mazzel. Kan het trouwens zijn dat jij... sorry man, ik heb as in je wagen gemorst... dat jij... shit, brand ik ook mijn vingers nog – dat jij uit de dunst bevolkte provincie van het land komt? Ik hoor iets in je stem, ik zie iets in je gezicht. Het zal wel niet. Maar ik check het gewoon even.'

Maris bleef strak naar de weg kijken, naar de achterlichten van de vrachtwagen voor hem, vage rode vlekken in de sneeuwjacht. Hij vermeed het om over zijn herkomst te praten. Maar voor dit meisje, van wie hij niet alleen de tongval maar ook het gezichtstype herkende, en dat hem, terwijl ze een vreemde was, toch vertrouwd voorkwam, zwichtte hij.

'Ik kom van Zuid-Beveland.'

Hij zei het met moeite.

'Shit, man, my home country! Waar ik overigens al heel lang niet ben geweest. En uit welk dorp kom je?'

Hij noemde de naam van het dorp.

'Shit! Is dat echt waar?'

Zij kwam uit een naburig dorp.

'En hoe heet je dan, als ik vragen mag?'

Maris aarzelde. De ruitenwissers zwiepten heen en weer. Nee nee nee, leken ze te zeggen. Toen noemde hij ook zijn naam.

'Maris Coppoolse,' riep ze. 'Shit, man, dan weet ik precies wie je bent! Welk een samenloop van toevalligheden! Jezus! Ja, jij was zo'n beetje een wonderkind met je tekenen en schilderen. Op je veertiende al een prachtig portret van je ouders... Maar toen verongelukte dat meisje waarmee je op stap was... Je bent dagenlang op de vlucht geweest... De hele provincie was naar je op zoek... Ik weet het nog zo goed... Zwaar klote, man, echt zwaar klote. Jullie zijn toen toch weggegaan, naar Rotterdam of zo?'

Maris minderde vaart en ging naar de rechterbaan. Het kostte hem moeite zich op de weg en het rijden te concentreren. Hij strekte zijn armen om zichzelf dieper in zijn stoel te drukken.

'Sorry, man, dat ik meteen zo persoonlijk word. Ik flapte het er zomaar uit. Maar het heeft destijds ook zo'n indruk gemaakt, weet je!'

Maris kreeg het benauwd. Hij had de neiging om te stoppen en haar uit de auto te zetten. Maar hij kon haar niet zomaar achterlaten langs de kant van de weg, in dit weer, op een plek waar niemand zou stoppen.

'Sorry, makker!'

Hij keek opzij en glimlachte.

'En wie ben jij?'

'Oh, ik heet Ilse, Ilse van Damme, nou ja, eigenlijk Els van Damme, maar toen ik van huis wegliep, heb ik meteen mijn naam veranderd.'

Er viel een stilte. Maris staarde naar de vage rode vlekken van de auto voor de zijne. Het meisje nam haar hondje op schoot en streelde het. Geruime tijd wisten ze niets te zeggen.

3

Zes uur later, halverwege de avond, reed hij Amsterdam binnen. Ook hier een gure wind en dooi. Hij had de stad besneeuwd achtergelaten en nu lagen er alleen nog vuilwitte hopen sneeuw langs de randen van de trottoirs. Het asfalt glom van het smeltwater.

Maris draaide een raam open. Ilse had haar laarzen weer aangetrokken en rekte zich geeuwend uit. Het hondje was overeind gekomen en stond alert op zijn deken.

Halverwege de rit was zijn liftster in slaap gevallen, schuin wegzakkend tegen het portier. Ze had toen al het nodige over zichzelf verteld. Nog niet zo lang geleden was ze uit haar huis gezet, een kleine etage, waar eerder al gas en licht waren afgesloten. In de maanden zonder gas en licht was ze bij thuiskomst meteen in bed gekropen. Het water voor de thee kookte ze op een petroleumstel. Ze las bij het licht van een zaklamp. Overdag had ze zich 'rot gezocht naar een baan'. Het leek hem waarschijnlijker dat ze zich elke dag had uitgesloofd om aan het geld te komen dat ze nodig had voor haar verslaving. Nadat ze haar huis uit was gezet, had ze 'haar spullen tijdelijk ergens opgeslagen'. Welke spullen? Omdat ze 'een break nodig had', was ze 'met een vriend naar Parijs gereden' – dus niet gelift, zoals in een eerdere versie van haar verhaal. In Parijs was ze de vriend 'kwijtgeraakt'. Dagenlang had ze rondgedoold, in warenhuizen de warmte opgezocht en 's avonds in cafés gezeten met een kop koffie tot de obers haar wegjoegen. Ten slotte had ze een metrokaartje gekocht en zich naar de rand van Parijs laten vervoeren om naar Amsterdam te kunnen liften. Hij vroeg zich af waarom ze niet meteen was teruggegaan naar de stad waar ze, zo te horen, veel mensen kende. Hij had zich ook afgevraagd hoe ze aan eten was gekomen en waar ze de nachten had doorgebracht, maar er niet naar geïnformeerd. Ze probeerde nog een laatste restant van uiterlijke waardigheid te handhaven, en hij wilde dat niet aantasten.

Terwijl ze door de stad reden, werd Maris steeds zwijgzamer en de jonge vrouw naast hem steeds drukker en nerveuzer. Het hondje, dat zijn zenuwen niet langer kon bedwingen, had zich bij haar gevoegd, klaar voor het vertrek uit weer een tijdelijk onderkomen.

Het ging tegen alle verstand in, hij wist het, maar hij deed het toch, want hij kon het niet over zijn hart verkrijgen om haar ergens op straat achter te laten. Hij bood haar een slaapplaats aan.

In zijn atelier, hoog en leeg en koud, liep ze naar de materiaaltafels en liet haar handpalm over de tientallen kwasten en penselen glijden die daar in potten stonden.

'Jezus, wat heb jij er een zooi staan, zeg!'

Ze bleef maar doorgaan met het aaien van zijn penselen en kwasten, bijna kinderlijk, en keek ondertussen om zich heen. Maris zat gehurkt bij zijn gaskachel en prutste met lucifers en de knop die hij ingedrukt moest houden om de waakvlam te laten branden en steeds weer te snel losliet.

'Shit, man, jij hebt echt alles! Een huis, werk, geld, een auto!'

Maris lachte maar wat en liep de trap op naar de entresol. In zijn kamers trof hij alles aan zoals hij het had achtergelaten bij zijn overhaaste vertrek, en dat benauwde hem – het was of hij geen stap verder was gekomen. Hij was haast blij om het meisje op de trap te horen, pratend tegen haar hondje, en tegelijkertijd vreesde hij haar binnenkomst, want daardoor zou haar aanwezigheid nog definitiever worden.

'Jezus, en dan dit nog!'

Hij ging er niet op in. Hij knielde voor de houtkachel, zijn gietijzeren kameraad van vele uren, en begon er proppen krantenpapier en aanmaakhout in te stoppen. Tegen de muur lag een fikse houtvoorraad opgestapeld. Overal in zijn buurt werden oude huizen opgeknapt, complete interieurs werden eruit gesloopt en belandden in de container. Zodra ze tijdens een avondwandeling ergens een partij sloophout aantroffen, had hij de auto gehaald en hadden ze de laadruimte ermee gevuld. Sigi hield ervan om te zagen en het gezaagde hout netjes op te stapelen. Het gaf haar rust. Soms ging ze 's avonds in zijn atelier een tijd staan zagen. Hij hoorde de trekzaag heen en weer gaan en stukken hout op de vloer vallen. Regelmatig zagen kon ze niet het bleef hem verbazen. Als ze bovenkwam met een arm vol hout, rook hij haar bezwete lichaam.

‘Over tien minuten kun je je jas uittrekken,’ zei hij tegen Ilse, ‘dan is het hier wel warm.’

Het vuur in de kachel begon te loeien. Hij liep naar de ijskast en nam de fles wodka uit het vriesvak.

‘Eerst maar eens een borrel op de behouden thuiskomst.’

‘Lekker, man. Maar ik moet even geen borrel nemen.’

Lang en dun stond ze voor de houtkachel, haar vuil geworden Afghaanse jas om zich heen trekkend, haar armen over elkaar, haar handen onder haar oksels.

‘Te gek, man, dat je ons een slaapplaats geeft voor vannacht. Vandaag hebben we echt eens mazzel, Joosje, echt mazzel! Mag ze wel op haar deken bij de kachel liggen?’

Ze spreidde de deken uit en begon te lachen.

‘Moet je kijken, moet je kijken. Ze weet van genot en gekkigheid niet hoe ze moet gaan liggen. Zo? Of toch beter zo? Nee, zo ook niet. Zo dan? Ja, zo! Zo lig je goed, hè Joosje?’

Maris zette muziek op, inspecteerde de voorraden en begon eerst maar eens een enorme afwas weg te werken. Simpele dingen doen. De afwas. Hout op het vuur gooien. Je scheren. Douchen en schone kleren aantrekken. Koken. Langzaam maar zeker. Stap voor stap. Ergens kwam er een eind aan de tunnel. Hij zag dat het meisje er steeds slechter uit begon te zien. Ze leek voortdurend te huiveren. Met haar jas aan bleef ze voor de kachel staan. Ze hoestte. Ze vloekte omdat ze moest hoesten. Misschien werd dat hoesten nu een beetje overdreven.

Opeens stond ze naast hem, heel bleek.

‘Mag ik je nog iets vragen?’

Hij zag angst in haar ogen, de angst van een hond die bang is voor slaag.

‘Ja, je zult het wel krankzinnig vinden. Je moet het me maar niet kwalijk nemen. Maar ik ben ziek, man. Ik heb geprobeerd het uit te houden, maar ik kan het niet meer uithouden. Ik ben ziek. Begrijp je? Ik heb wat nodig, man. Zou je me misschien voor één keer drie geeltjes kunnen lenen?’

Er verscheen een smekende grijns op haar gezicht. Maris vertrok geen spier, maar vermeed het haar aan te kijken.

'Voor één keer dan,' zei hij stug. 'Bel je dealer maar.'

Ze liep naar de telefoon, die ze, zo besefte hij nu, meteen bij het binnenkomen al met haar ogen had gelokaliseerd.

'O, als ik zijn nummer nu maar heb! Shit, waar heb ik dat nummer?'

Ze haalde haar zakken leeg, alles op tafel gooiend – hij wilde dat niet, dat ze haar spullen op zijn tafel gooide – en vond ten slotte een opgevouwen papiertje, kleiner dan de nagel van haar duim, en vouwde het open.

'Hier heb ik het! Shit, als hij nu maar opneemt!'

Met gebogen hoofd en gekromde schouders, als een smekeling, stond ze met de telefoon tegen haar oor gedrukt.

'O, neem nou op, man!'

Een uur later kwam Ilse uit de badkamer – waar ze haar arm had afgebonden om haar aders te laten zwellen, een lepel met haar aansteker had verhit en de naald in haar arm had gestoken, en waar ze ook een langdurige douche had genomen. Over het dunne truitje met verder niks eronder waarin ze door Parijs had gezwalkt had ze een van Maris' truien aangetrokken, de mouwen omgeslagen. Haar nog natte haren droeg ze in een staart, grappig schuin op haar achterhoofd.

'O, wat goed, man, wat goed! Ik ben weer helemaal boven Jan!'

Ze liep naar de tafel om de spullen, die ze er inderhaast had neergegooid, weer in haar zakken te stoppen. Nu ze zich ontspande, nu de kramp uit haar lijf was verdwenen, leek ze nog langer en magerder.

'Bedankt, man! En nu gaat Elsje van Damme heel lief voor je zijn, dat begrijp je wel!'

'Dat is fijn, Elsje,' zei hij ironisch.

'Toen ik my home country verliet, toen ik naar de grote stad ging, heb ik meteen mijn naam veranderd. Of heb ik dat al verteld? Nou, ja, doet er niet toe. Anyway, nu ik jou zie en terugdenk aan a place called home, maar niet heus, word ik weer even de Elsje van voor ik wegging.'

Ze barstte uit in een scheurende lach, die overging in hoesten en haar ineen deed krimpen. Maris bracht haar een glas water. Toen ze het had leeggedronken, legde ze haar voorhoofd, het voorhoofd met de rode bulten, op zijn schouder, haar armen slap langs haar lichaam. Maris voelde zich verplicht even een arm om haar heen te leggen.

Na de maaltijd – Ilse had met moeite een half bord leeggegeten – zaten ze voor het vuur. Maris zat in de lage buisstoel die hij op straat had gevonden (het tweede exemplaar was met Sigi uit huis verdwenen) en Ilse was op een kussen gaan zitten, haar benen onder zich gevouwen in een perfecte lotus. De hond lag naast haar te slapen op zijn deken. Maris staarde in het vuur en dacht aan het wit met geel, oranje en rood van de aureool rond het lichaam van de uit zijn graf herrijzende Christus. Had Grünewald zich laten inspireren door de kleuren in een vuur, van witheet vuur en gele vlammen tot oranje en roodgloeiende kooltjes? Maar hij had geen tijd voor overpeinzingen. Zijn gast eiste al zijn aandacht op. Ilse maakte haar inmiddels droog geworden haren los, opeens vrouwelijk in haar gebaren. Ze droeg haar sluike, blonde haar zoals ze dat als meisje op het eiland waarschijnlijk ook al had gedragen: in het midden gescheiden, halflang langs haar gezicht. Een vrouw van in de dertig met het kapsel van een meisje van vijftien. Met beide handen duwde ze haar haren omhoog om het wat meer volume te geven – tevergeefs. Toen schoof ze het maar weer achter haar grote oren. De bulten onder de huid van haar voorhoofd glommen. Ze intrigeerden Maris. Was het een vorm van acne? De acne op het gezicht van een meisje, en ook op dat van een jongen, had een ondoorgrondelijke aantrekkingskracht op hem. Afstotend, en toch moest hij ernaar kijken.

'Wat kijk je, man!'

Ze nam een grote slok wijn, onbesuisd, al aardig op weg naar dronkenschap.

'Je hebt zo'n blik, man!'

Maris gebaarde met zijn hand naar zijn voorhoofd.

'O, dat. Ik ben niet ziek, hoor, ik heb niks engs bij me. Een soort uitslag. Heb ik al mijn hele leven. Nu eens hier, dan weer daar. Een soort wandelende aandoening is het.'

Beschaamd keek Maris weg.

'Wanneer ben je eigenlijk weggegaan,' vroeg Maris.

'Weggegaan waar?'

'Uit het dorp.'

'Op mijn zestiende.'

'Dat is jong.'

'Ik ben weggelopen met een jongen uit een band. Hahaha, cliché cliché cliché. Maar we zijn wel vijf jaar bij elkaar gebleven. En jij? Nou ja, dat weet ik. Jullie zijn toch naar Rotterdam verhuisd?'

'Klopt.'

Maris keek haar strak aan. Ze schrok zichtbaar.

'Luister, man, ik weet niet of je het erover wilt hebben...'

'Nee.'

'Wat nee?'

'Nee, ik wil het er niet over hebben.'

'Okay, begrijp ik.' Ze mikte haar sigaret in het vuur. 'Waarom eigenlijk niet? Je hebt toch niets te verbergen?'

'Sommige dingen blijven pijnlijk.'

'Begrijp ik, begrijp ik, man. Maar weet je... Ik kan mijn bek er gewoon niet over houden... Je moet niet schrikken... Ik wil het je toch zeggen, makker. Wij kenden dat meisje. Begrijp je? Wij kwamen daar over de vloer. Daarom staat het me zo bij. Shit, man, het heeft ook mijn leven beïnvloed!'

Maris leunde zwijgend met zijn onderarmen op zijn knieën en staarde in het vuur. Opeens, als om zichzelf af te leiden van wat hij zojuist te horen had gekregen, keek hij weer naar de rode puisten op haar voorhoofd, waarmee zij moest rondlopen en die ze niet meer verborg. Hij wilde weten wat het was.

'Shit, man! Wil je niet gewoon een foto van mijn voorhoofd maken? Dan kun je daarnaar kijken. Zolang je maar wilt!'

'Maak je niet druk.'

Maris liet zich vooroverzakken uit zijn stoel om nieuwe stukken hout op het vuur te gooien. Sigi's blokken. Hij steunde op een van de stukken hout om niet voorover te vallen. Zoals gebruikelijk raakte hij van het ene op het andere moment beneveld door de drank, hij kon het niet meer tegenhouden. Toen, terwijl hij vlak bij het op de vloer zittende meisje was, ontglipten hem die woorden.

'Ik heb altijd geweten dat ik ooit iemand zou tegenkomen… van de andere kant.'

'Je moet niet schrikken, Maris.' Het was de eerste keer dat ze hem bij zijn voornaam noemde. 'Maar ik heb dat meisje gekend.'

'Matty.'

'Matty.'

Maris ging weer zitten en leunde achterover, zijn handen boven zijn hoofd om het buisframe van de stoel klemmend. Hij liet het weer los toen hij besefte dat het snel op en neer gaan van zijn borst zichtbaar was nu hij zich zo uitrekte.

'Dus jij herinnert je waarschijnlijk ook die schommel achter in de tuin.'

Ilse drukte een hand tegen haar borst.

'O, man, ik schrik me rot! Het komt opeens zo dichtbij! Dat klopt. Achter in de tuin, bij het duivenhok, daar hing die schommel.'

'Aan de tak van een boom.'

'Jij weet het allemaal nog verdomd precies!'

'Vind je het gek? Hé, vind je het gek!'

Maris kwam overeind en liep de kamer uit.

In de wc leunde hij tijdens het plassen met een hand tegen de muur, altijd een teken dat hij flink aangeschoten was. Kappen met dit gesprek, hield hij zichzelf voor. Kap ermee! Hij had een lange dag achter de rug. Hij was vanochtend in alle vroegte wakker geworden in een bos, zevenhonderd kilometer van hier, hij was naar Parijs gereden, hij had in Parijs aan de boulevard gezeten en zonder plattegrond weer zijn weg naar de rand van de stad gezocht, hij had een vrouw opgepikt en zes uur bijna onophoudelijk in een sneeuwjacht gereden. Hij sloot zijn ogen, vooroverhangend, en zag de schuin neervallende natte sneeuw in het licht van zijn koplampen, de leren broek van Ilse, haar blote voeten in zijn auto. Ze heeft vast een droge kut, dacht hij. Er is iets met haar gebeurd, lang geleden, in haar dorp, waardoor ze is weggelopen. Elsje werd Ilse, het ging mis, en Ilse begon te spuiten. Ze noemt je makker. Nou, makker, jij gaat nu pitten en voor haar maak je een bed in de kamer. Ze is ziek, ze heeft iets onder de leden. Dus doe wat ik zeg. Gebruik je verstand.

Met zijn hand tegen de muur steunend, licht heen en weer zwaaiend, nog half in zijn auto in de sneeuwjacht, sprak Maris zichzelf toe. Het was of hij een luik probeerde dicht te houden. Het lukte hem niet. Hoe langer hij zichzelf toesprak, hoe verstandiger hij zich voordeed, des te groter werd de tegenkracht. Hij wilde doorgaan – doorgaan met drinken, doorgaan met dit meisje, dat hem vreemd was en toch ook vertrouwd, hij wilde doorgaan met dit gesprek waar hij beter mee kon kappen, het kon hem niet meer schelen wat er zou gebeuren.

Met snelle stappen kwam hij de kamer weer binnen, glimlachend naar Ilse, opgewonden, en pakte zijn glas van tafel. Het meisje was overeind gekomen, stond met haar rug vlak bij de kachel en rookte. Ze had zijn trui uitgetrokken en op de grond laten liggen.

'Ben je niet verbaasd?' vroeg ze, het gesprek meteen hervattend.

'Natuurlijk ben ik verbaasd.'

'Maar je lijkt zo – shit, hoe zeg je dat – je lijkt zo onaangedaan.'

'Onaangedaan?'

'Ja, onaangedaan.'

Maris vond het altijd pijnlijk om onaangedaan te lijken.

'Het is mijn tweede natuur geworden,' zei hij met een spottend glimlachje. 'Kalm blijven, onaangedaan lijken, me schuilhouden, niets laten zien van wat er in me omgaat.'

'Aangeleerd.'

'Wat is er niet aangeleerd?'

'Weet je hoe ze jou in het dorp zagen?'

'Ben ik niet benieuwd naar.'

'Als een stiekemerd.'

Maris lachte minachtend. Hij dronk zijn glas in één teug neer en zette het met een klap op tafel.

'Ik onttrok me aan anderen, ik ging ze uit de weg, ik bleef achteraan staan en sloop weg zodra ik kon. Waarom? Om alleen te kunnen zijn. Omdat ik niet zo was als de andere jongens, hoeveel klappen mijn moeder me ook gaf, omdat ze me verveelden. Ik had alleen halve vrienden. Ik deed mee zonder mee te doen, ik deed mee om niet buitengesloten te worden, maar als ik kon sloop ik weg. Ik vertelde nooit iets. Omdat ik niets te vertellen had wat anderen zou interesseren. Er was niemand die me aantrok. Niemand in wie ik iets herkende. Een oom en tante in de stad bij wie ik graag kwam. Helemaal op het laatst mijn tekenleraar. Dat was het. Maar misschien hadden ze wel gelijk en was ik een beetje een stiekemerd, een jongen van wie je nooit wist wat je aan hem had, een beetje achterbaks, een beetje een gluiperd, want ja, anders had hij dát toch nooit kunnen doen, met dat meisje!'

Al pratend was een kracht die van beneden kwam, uit zijn onderbuik, uit zijn benen, sterker en sterker geworden, en nu spoot hij door zijn lichaam omhoog. Maris greep het eerste wat hij te pakken kon krijgen – het was zijn eigen leeggegeten bord – en smeet het kapot op de vloer. De scherven spatten alle kanten op. Het hondje stond meteen op zijn poten. Ilse boog zich voorover op haar lange en wankele stelten, tilde het dier op en drukte het tegen zich aan. Zelfs in zijn drift zag Maris nog haar bleke onderrug tevoorschijn komen van onder haar truitje.

'Je hoeft niet bang te zijn,' zei hij met verstikte stem.

Hij liep in de kamer op en neer, woest en bezig die woestheid te bedwingen. Hij wilde nog meer vernielen, nog meer aan barrels smijten, dingen kapottrappen, maar wist nieuwe en al zwakkere erupties te onderdrukken. Opnieuw merkte hij dat er lust school in zijn drift: hij genoot ervan, eindelijk was hij vrij, niets kon hem meer tegenhouden.

'Sorry,' zei hij.

Hij hurkte om de scherven bijeen te rapen.

'Niet met je blote handen,' zei Ilse.

'Maakt me niet uit.'

Maris begon de scherven op te stapelen in zijn handpalm.

'Je hoeft niet bang te zijn,' herhaalde hij.

'Ik ben wel wat gewend, makker.'

'Sorry.'

Hij veegde de laatste scherven op, gooide ze weg en keek naar Ilse, die nog steeds met haar hondje in haar armen bij de houtkachel stond. Het dier gromde toen hij het aankeek.

'Rustig maar, Joosje. Hij doet niks. Gaat het, makker?'

'Ik ga dat hele dorp nog eens uitmoorden.'

'Mijn zegen heb je, makker.'

Opeens wantrouwde hij haar. Ze was hier om wraak te nemen. De wreker kwam in de gedaante die hij zich nooit had kunnen voorstellen. Als hij haar in bed nam, zou ze het mes in zijn keel stoten terwijl hij lag te slapen.

Maris duwde de kurk in de fles.

'Het is mooi geweest,' zei hij. 'Ik ga een bed voor je maken.'

Midden in de nacht schrok hij wakker uit een droom, bezweet en ontdaan. In het donker tastte hij naar het glas water dat hij altijd bij zijn bed had staan. Hij was in een besneeuwd bos geweest, op de vlucht voor een stel nazi's en hun honden. Het geblaf van de honden weergalmde in het winterse bos. Hij was niet snel genoeg om ze voor te blijven en de sneeuw was te diep om hard te kunnen rennen. Hij stuitte op een ravijn, zag een beek in de diepte kolken, hij rende langs de afgrond en sprong erin toen hij de honden uit het bos zag opduiken.

Hij dronk het koude water met grote slokken en keek om zich heen: hij was niet in een bos, lag niet achter in zijn auto, hij zag de takken van de boom die naast zijn atelier stond. Maris knipte zijn bedlamp aan. De angst ebde weg. Hij pakte een boek en begon te lezen om te kalmeren: Chinese gedichten van lang geleden – een beproefd recept.

Behoedzaam werd de deur van de slaapkamer geopend. Ilse verscheen, slechts gekleed in een shirt met lange mouwen, een zwart shirt met een paar rode vegen erop, en ze werd gevolgd door haar hondje.

'Ik zag licht branden,' zei ze met schorre stem.

Maris keek naar haar als met bloed bespatte shirt. Het leek of een schilder het met een spattende kwast wild onder handen had genomen. Het was waarschijnlijk bedoeld als een horror-shirt.

'Kun je niet slapen?'

Als tegen een kind zei hij het.

'Ik begon het koud te krijgen.'

'Word je weer ziek?'

'Ik heb het gewoon heel gauw koud, man.'

Ze deed een paar stappen in de richting van het bed. Het hondje sprong er al op. Maris zuchtte en sloeg het dekbed aan de kant van Sigi open. Het was de eerste keer na haar vertrek dat hij een vrouw in zijn bed toeliet.

Zonder dralen kroop ze onder het dekbed naar hem toe. Maris voelde haar adem over zijn gezicht glijden. Hij had naar haar handen gekeken – ze waren leeg. Toch dacht hij aan een mes. Ze kon het al eerder onder de matras hebben gelegd. Van dichtbij zag hij de uitslag op haar voorhoofd, haar fletsblauwe ogen en haar lippen, het enige in dat langwerpige gezicht dat echt aantrekkelijk was: mooie, volle lippen die contrasteerden met haar uitgemergelde lichaam. Vanaf het moment waarop ze in de auto had gevraagd of ze haar laarzen mocht uittrekken om haar koud geworden voeten te warmen met haar handen, was ze stap voor stap dichterbij gekomen. Nu lag ze naast hem in bed.

'Je vindt me leuk,' zei ze met een onderdrukte lach. 'Je vindt me leuk, man, ontken het maar niet.'

'Ik vind je hartstikke leuk,' antwoordde Maris, 'maar ik ga nu wel proberen te slapen.'

'Zoals je wilt, makker.'

Hij deed het licht uit en draaide zich om. Zodra hij zijn ogen sloot, zwaar van de drank en uitgeput door de lange dag, zakte hij weg in een warreling van beelden: een straat in Parijs, een metro-ingang, een schilderij dat onderzocht moest worden, de achterkant van het houten paneel met talloze houtwormgaatjes erin, hij hing half uit zijn auto en keek naar de slippende achterwielen, hij stond tegen de schemering op een besneeuwde heuvel en zag een dier, een wolf, nee, een vos in grijze wintervacht de weg oversteken, snel en vederlicht, en verdwijnen in schemer en besneeuwde velden, Sigi die in ondergoed in een fotostudio stond en grapjes maakte met de fotograaf, de schittering van het ijs in de vallei – en ondertussen was hij steeds op zijn hoede voor Ilse.

'Zal ik je aftrekken?'

In zijn slaap had Maris zich naar het meisje omgedraaid. Ze hield zijn hard geworden pik in haar hand, geroutineerd.

'Hé, zal ik je aftrekken?'

'Geen goed idee,' mompelde Maris.

'Maar je hebt een stijve van hier tot Tokio, man.'

'Dat heb ik elke ochtend.'

'Nou dan!'

Maris liet haar begaan. Hij dacht aan Sigi. Ze leek nu ver weg, onherroepelijk. Hij zag het gemartelde lichaam van de Gekruisigde voor zich, de gapende holte onder zijn borst, die diep ingevallen buik – dat had Ilse net zo. Hij dacht aan het mes dat nu alsnog kon komen. Maar het was te laat om er nog iets tegen te doen. Daar was de bocht in de dijk buiten het dorp, die hij gebruikte als de bocht in een atletiekbaan, daar lag de kreek en de vissershut van zijn vader, daar was zijn leven nog intact geweest, hoe ongelukkig hij soms ook was. Daar was het water dat tegen de palen van de vissershut klotste en daar tekende hij zijn vissende vader en zichzelf met wielerpetje in een ongebruikelijk perspectief. Daar was dat leven – maar hij kon er niet meer bij. Toen Maris bijna klaarkwam, legde hij onwillekeurig een hand op Ilse's schonkige heup. Haar betasten durfde hij niet. Hij hijgde en hoorde haar kreunen en giechelen. Toen hij klaarkwam was het of hij achteroverviel en wegzonk.

'Zo, makker, daar ben je van af.'

Het meisje draaide zich met haar rug naar hem toe en duwde haar kont tegen hem aan.

'Nu gaan we lekker pitten, man. En Joosje komt er ook bij, hier, tegen mij aan.'

Ze tilde het dekbed op en liet het hondje eronder kruipen.

HOOFDSTUK IV

1

Dat kneepje in zijn wang. Het was een week geleden: die aanraking, die schending van god mag weten wat, bij de uitgang van Metz & Co. Hij herinnerde het zich nog goed, veel te goed. Hij had het allang vergeten moeten zijn, zoiets onbeduidends. Maar de herinnering eraan kwelde hem nog steeds.

Oscar had de lunch bij Metz betaald, hij had hem een schitterend boek over Grünewald cadeau gedaan, hij was een aanstaande vader – met hem ging het goed. Oscar had gezien dat híj in slechte doen was en gemeend dat hij treurde om een verbroken verhouding, maar hij kon niet begrijpen waarom een man in de bloei van zijn leven niet werkte, hij had het onbegrijpelijk gevonden, zo'n langdurige stagnatie, een onbegrijpelijke zwakheid, niet goed te praten, en bij het afscheid had hij hem dat bemoedigend bedoelde kneepje in zijn wang gegeven met een sarcastische flonkering in zijn ogen. Het had hem gekwetst. Hij had zich vernederd gevoeld. Het bewees voor hem wat hij al een tijd vermoedde: dat deze man te beperkt voor hem was. Hij had het oog, hij wist binnen een paar seconden of hij voor een goed of een slecht schilderij stond. Maar hij had geen antenne die de subtielere signalen uit de binnenwereld van een ander opving, dat wat niet gezegd werd, niet gezegd kon worden. Daar had hij Nadia voor.

Tijdens zijn tocht naar Colmar en verder had Maris zich dat kneepje van tijd tot tijd herinnerd. In gedachten sloeg hij Oscars hand weg. Die bleke en vlezige vingers met hun altijd zorgvuldig geknipte en verzorgde nagels. Maris schaamde zich voor zijn woede en gekwetstheid. Hij besefte dat het kleinzielig was om hier zo lang mee rond te lopen, en niet bepaald grootmoedig jegens een vriend. Dat kneepje in zijn wang, meer nog die sarcastische fonkeling in Oscars ogen die een wereld van verborgen gedachten leek te onthullen.

Precies een week later, aan het begin van de zaterdagmiddag, liep hij weer naar Metz. Hij voelde zich niet op zijn gemak met Ilse aan zijn arm. Het hondje, dat ze had aangelijnd aan een stuk touw, gaf haar een iets normaler aanzien, maar ze bleef er verloederd uitzien in haar vuile Afghaanse jas, met die bulten op haar vettig glanzend voorhoofd, graatmager. Hij besefte maar al te goed dat hijzelf ook aan de grond zat. Zonder zijn talent en wat het had opgebracht zou hij er misschien net zo slecht aan toe zijn geweest als zij, op de vlucht voor zijn demonen en steeds dieper wegzakkend in het moeras.

Maris voelde zich ongemakkelijk, maar het deed hem ook goed om Ilse aan zijn arm te hebben, om de druk van haar arm te voelen, om haar overeind te houden als ze wankelde op haar laarzen met veel te hoge hakken – het enige schoeisel dat ze bezat. Hij was niet langer alleen. Hij hielp haar. Ze was er ontegenzeggelijk beter aan toe, in elk geval iets beter, dan vierentwintig uur geleden toen ze stond te blauwbekken bij een tankstation.

Toen hij het grote en statige hoekpand van Metz zag oprijzen, bespeurde Maris in zichzelf een aarzeling – alsof Oscar hem daar zou staan opwachten. Hij kon ook naar Americain gaan. Maar zijn benen brachten hem naar Metz. Hij moest erheen om een pijnlijke herinnering uit te wissen of ten minste te neutraliseren. Nu was hij degene die hielp, nu was het een ander die aan de grond zat, nu kon hij zich de meerdere wanen. Op de brug over de Keizersgracht, midden in de drukte, keek hij even opzij naar Ilse. Het had wel iets, zo'n vrouw met eindeloos lange benen. Haar lengte had iets aandoenlijks.

Op de parterre van het warenhuis was het rustig, net als een week geleden. Personeel dat voor zich uit stond te staren. Maar ditmaal leefden de gezichten van de perfect opgemaakte vrouwen achter de vitrines op. Geschokt en vol misprijzen keken ze naar Ilse. Ze kroop dichter tegen hem aan.

'Niets van aantrekken,' zei Maris.

'Wat een teringwijven. Weet je zeker dat we op het goeie adres zijn?'

Bij de liften keek hij weer opzij naar Ilse, naar dat langwerpige en geschonden gezicht. Hij vond het opeens mooier, aangrijpender dan het gezicht van Grünewalds madonna met de scheve ogen, dat hij die ochtend in zijn atelier had bewonderd. Ilse staarde naar het hondje, dat naar haar opkeek, zonder het te zien. Voor het eerst zag hij haar in zichzelf gekeerd.

Ook in de lift, die maar langzaam steeg, zwegen ze. Hij rook Ilse's jas, als de vacht van een dier. Tersluiks wierp hij een blik op de lange, benige handen waarmee ze hem die nacht had afgetrokken.

Terwijl hij wakker werd en door zijn nog gesloten oogleden het daglicht gewaarwerd, was hij nog in zijn droom, en in zijn droom was hij op het eiland, in het huis waar hij was opgegroeid. Hij stond in de deuropening van de keuken en zag de tuinen achter de dijkwoningen en in de lucht een cirkel van duiven in snelle vlucht. Hij werd wakker met een gevoel van onbekommerd zijn en wist dat hij als kind wel zo wakker was geworden uit een diepe slaap, helemaal schoon en uitgerust. Sindsdien had hij het nooit meer ervaren. Hij hield zijn ogen gesloten om het weldadige gevoel te laten voortduren.

Naast hem lag het meisje van het eiland nog te slapen. Ze haalde licht snurkend adem. Maris gleed uit bed en hoorde getrippel op de houten vloer – het hondje volgde hem. Hij douchte nog niet om Ilse niet wakker te maken, maar bij de wasbak in zijn atelier waste hij meteen zijn geslacht met ijskoud water en veel zeep, alsof hij zich had laten aftrekken door een melaatse.

Hij liet het hondje uit op de binnenplaats. Schichtig glipte het langs zijn benen naar buiten. Terwijl hij toekeek hoe het dier zijn behoefte deed, voelde hij de depressie hangen in zijn lichaam, als lood. Daar was ie weer, zijn trouwe makker. Tijdens zijn tocht over het Franse platteland, bivakkerend in zijn auto, banjerend door de sneeuw in fel zonlicht, had hij er minder last van gehad. Maar nu hing het weer in hem, loodzwaar, onveranderd. Stond hij toe te kijken hoe een hond zijn behoefte deed, met verkrampend onderlichaam, zo snel als hij kon. Schichtig schoot het dier langs hem naar binnen. Met een stuk papier raapte hij de uitwerpselen op. Het ongewone van de zachte, warme massa aan de andere kant van het papier, de geur van verse stront – het gaf hem een schok. Een ogenblik was 'het' er niet. Alleen een schok maakte hem vrij. Wanneer hij zijn vinger openhaalde aan een stuk glas en het bloed uit de wond zag opwellen op het ritme van zijn hartslag, was 'het' er niet.

Met een loep boog hij zich over de reproducties van het *Isenheimer altaar*. De over elkaar geschoven en met een enkele, luguber grote spijker doorboorde voeten van de Gekruisigde, bebloed, verkrampt van pijn. De feeërieke bomen op de achtergrond van de ontmoeting van Antonius en Paulus, twee asceten in de wildernis. De zwarte vogel die hun een stuk brood bracht. De doorzichtige sluier voor de ogen van de huilende en handenwringende Maria Magdalena. De vallende soldaten, hun wapenrusting. Hij bleef haken aan de mollige madonna met kind. Ze leek een Japanse met de geloken oogleden over haar schuinstaande ogen en haar kleine, knalrode, verwrongen pruimenmondje, maar ze was blond. Hij besloot alle reproducties op A3-formaat te kopiëren en de kopieën op te hangen in zijn atelier – alsof hij aan het werk was.

'Hé, joh, hier ga ik niet naar binnen.'

'Hé, joh, hier gaan we juist wel naar binnen.'

'Ik zie er niet uit, man!'

'En ik dan?'

Maris legde zijn hand om de mouw van haar jas, een ogenblik

op zoek naar haar bovenarm voordat hij die vasthad, en voerde haar mee naar een tafel aan het raam, waar juist een Amerikaans echtpaar opstond. Ilse's verschijning, die bonenstaak in een vuilwitte schapenvacht met een hondje aan een stuk touw, baarde opzien. De Amerikaanse wist niet waar ze moest kijken en hoe snel ze zich uit de voeten moest maken.

Ze bestelden een pompoensoep en een ravioli. Ilse at met tegenzin, maar ze deed haar best. De laatste stukjes ravioli liet ze liggen. Maris prikte er een aan zijn vork en hief het op naar haar lippen, haar mooie volle lippen.

'Je bent best wel dwingend, man.'

Maar ze liet zich toch door hem voeren. Vier pastakussentjes, die hij eerst nog doormidden sneed. Ze moest erom lachen. Haar gezicht werd zachter – ze kon er niets aan doen. Ondertussen spraken ze over de plek waar ze waren opgegroeid. Het gebit van Ilse mocht zijn aangetast door het leven dat ze had geleid, haar geheugen leek nog intact. Ze gaf hem een beschrijving van een plek aan de Westerschelde waar hij ook dikwijls was geweest en in de zomer hele dagen had doorgebracht: de vluchthaven met de bunkers en de vissersbootjes, de steiger, de friettent en de walm van die friettent in de frisse zeelucht, transistorradio's in het gras en aan de voet van de dijk een wirwar van brommers en fietsen. Ze moesten daar op sommige zomerdagen tegelijkertijd zijn geweest, ze hadden misschien wel tegelijk op de steiger gestaan, druipend nat, wachtend tot ze weer konden duiken. Maris wilde er liever niet aan terugdenken, aan een plek waar hij ook met Matty was geweest, maar hij kon er niet aan ontkomen om jeugdherinneringen op te halen, voor het eerst in zijn leven. Hij wilde ook niet de indruk wekken dat het hem ongemakkelijk maakte. Hij wilde normaal zijn

Hij leidde het gesprek naar haar herkomst om niet over zichzelf te hoeven praten, en na enig aandringen vertelde ze over thuis: een kleine boerderij, een gezin van zes kinderen, een moeder die het niet aankon, een vader die sloeg.

'Niks bijzonders,' zei ze, een geeuw onderdrukkend.

'Maar je bent toch niet zomaar weggelopen?'

Ilse zweeg en keek opzij door de glaswand, over de stad onder haar grijze hemel. Maris zag haar oor, een groot oor. Hij keek ook naar buiten. De roerloze, egaal grijze hemel bedrukte hem. Hij wilde sneeuw zien, een blauwe hemel, hel zonlicht, naast een dampend paard lopen dat boomstammen uit een bos sleepte. Ilse wendde zich weer naar hem.

'Wat kan het mij ook verdommen,' zei ze. 'Je hebt het toch allang begrepen. Dus ik kan het net zo goed vertellen. Het was mijn vader.'

'Die je sloeg.'

'Het ging wel wat verder, man. De eerste die ik aftrok, haha, dat was, haha, mijn vader. En je zult het niet geloven, maar in het begin vond ik het okay, ook al was het griezelig en raar. Het gaf me het gevoel dat hij van me hield, dat we iets speciaals hadden. Iets speciaals!'

Ze lachte haar schorre lach en draaide met nerveuze gebaren een nieuwe sigaret. Tong kwam tussen haar slechte tanden tevoorschijn. Likte langs de rand van het vloeipapier. Maris volgde het allemaal. Hij wilde opstaan en weggaan, zich van haar ontdoen, maar bij de lift zou ze hem al hebben ingehaald, en ze wist waar hij woonde. Hij kon ook beleefd afscheid nemen, haar drie geeltjes geven voor een nieuwe dosis, in het voorbijgaan de serveerster betalen en verdwijnen in het trappenhuis. Zijn atelier lag aan een binnenplaats met een poort. Hij hoefde haar niet binnen te laten. Hij had genoeg gedaan. Snel nam hij de verschillende scenario's door. Maar hij was niet in staat om op te staan, om haar zomaar in de steek te laten, en hij kon zich niet onttrekken aan haar verhaal. Hij wilde weten wat haar was overkomen. Hij wilde een lotgenoot.

'Zal ik verder vertellen?'

Ze wachtte zijn antwoord niet af en boog zich over de tafel naar hem toe. Maris verstarde. Heel dichtbij waren nu haar bleekblauwe ogen met de blonde wimpers, het vettig glanzende voorhoofd.

'Hij kwam 's avonds voor het slapengaan nog even bij me aan het bed zitten. Zo'n lieve vader. Hij aaide me een beetje en dan moest ik aan de slag. Toen ik geen kind meer was en hij met goed fatsoen niet meer zo lang boven kon blijven, trok ik hem af in de schuur, in het donker. Ik heb zijn ding nooit gezien. Ik deed het op de tast. Ik keek ook nooit naar hem als ik mijn karweitje deed.'

Ze nam een hijs van haar sigaret en tikte de as met een venijnig gebaar in de asbak.

'Toen ik voor de eerste keer van huis wegliep en door de politie – de plisie, weet je nog? – toen ik door de plisie werd thuisgebracht, heeft hij me bont en blauw geslagen. Ik heb drie dagen in bed gelegen. Die man kon slaan, hoor!'

Ilse doofde haar sigaret, stampte hem uit in de asbak en kwam overeind.

'Ik moet even naar de plee, man. Hoge nood. Let jij op Joosje? Joosje, netjes bij Maris blijven zitten. Okay? Ik ben zo terug. Nou ja, zo terug... Als een van die obers of obergines het maar niet in zijn streepje haar hoofd haalt om me eruit te gooien.'

'Maak je geen zorgen.'

'Maar ze werpen wel voortdurend van die blikken, weet je, op mij, bedoel ik.'

'Ga nou maar.'

'Hou je ze dan in de gaten? Dat ze me er niet uit flikkeren?'

'Dat gebeurt niet.'

'Waarom niet?'

'Ze kennen me hier.'

Hij keek haar na terwijl ze wegstiefelde. Vlak voordat ze de toiletten in draaide, keek ze nog eens naar hem om, bang als een kind. Het hondje kwam overeind en duwde zijn snuit tegen Maris' knie. Hij aaide het over zijn kop, maar hij vergat het dier terwijl hij over de stad uitkeek. Hij voelde zich mateloos beklemd. Een serveerster nam de borden weg. Hij kon het niet opbrengen zich naar haar toe te draaien en iets te zeggen.

Daar kwam ze terug, in haar wijde jas die om haar heen zwierde. Gezichten werden naar haar toegewend, de bewegingen van vorken en messen stokten, mensen keken haar na. Ilse glimlachte blij en opgelucht en schoof weer aan tafel in een geur van zeep en schapenvacht, automatisch haar hand uitstekend naar het hondje om het gerust te stellen.

'Toffe toiletten, man! Marmer op de vloer. Zelfs marmer aan de muur. Top!'

Ze draaide een nieuwe sigaret en stak hem op. Ze leunde met haar ellebogen op tafel, zich naar Maris toe buigend, nadat ze met een snelle blik om zich heen had gekeken.

'Hé, man, dat verhaal dat ik je net heb verteld, dat moet je niet geloven. Dat heb ik alleen maar verteld om te zien hoe je zou reageren. Ik probeerde je alleen maar te verleiden. Ik ben een schooier, hè.'

'Verleiden?'

'Mannen kicken op dit verhaal.'

'Geloof ik niet.'

'Is toch zo. Maar ik ben dus de dans ontsprongen, in werkelijkheid dus. Want mijn vader kon slaan, maar ik kon het ook, weet je. Ik sloeg thuis de konijnen dood, met het knuppeltje. Mijn vader was er trots op dat ik dat durfde, en ik deed het alleen maar om bij hem in de smaak te vallen. Maar ik moest daar weg, hè. Op mijn veertiende wist ik het al: ik moet hier weg.'

Ze lachte verontschuldigend. Ze leek zelf ook niet helemaal te geloven wat ze nu weer vertelde.

'Je lult maar wat,' zei Maris.

'Soms schiet ik een beetje door.'

'Soms.'

Maar ze was enorm opgeknapt van haar bezoek aan de toiletten. Maris wierp een blik op de tas die ze weer op de stoel naast zich had gezet. Daarin moest haar gereedschap zitten: de injectienaalden, de lepel, de riem. Die ochtend had hij een glimp opgevangen van haar onderarmen: ze waren bezaaid met littekens. Ze hield ze niet voor niets zo veel mogelijk bedekt.

'En toen was Matty dood.'

Ze zei het alsof er nog een verhaal afgemaakt moest worden. Maris liet zich achteroverzakken in zijn stoel.

'O, man, ik kan het me nog zo goed herinneren. Mijn vader nam de telefoon op. Hij kwam lijkbleek terug uit de gang. Matty is dood, zei hij. En hij zei ook: die jongen van Coppoolse heeft het gedaan, hij is ervandoor.'

Maris had zijn rechterarm over de rugleuning van de lege stoel naast de zijne gelegd, zijn linker had hij uitgestoken naar zijn lege wijnglas op tafel, met vijf vingers omklemde hij de steel van het glas en liet het ronddraaien. Bijna achteloos leunde hij achterover, alsof hij in alle rust zijn lunch verteerde. Maar terwijl Ilse sprak, opgewonden, met moeite haar stem dempend, gingen zijn ogen onrustig heen en weer door het restaurant, alsof ze schichtig wegdoken voor haar woorden. Hij was bang dat het bonzen van zijn hart te zien zou zijn onder de schipperstrui die om zijn borst spande.

Toen ze was uitgesproken, zei hij:

'Jullie wisten dus wie ik was.'

'Wij kwamen weleens bij de Trampers over de vloer, man. Mijn vader en de vader van Matty, dat waren maten.'

'Jij kende mij dus.'

'Matty had die zomer een vriendje, en dat was jij. Die jongen van Coppoolse. Zo werd je genoemd.'

'Dat was ik niet, haar vriendje. Zij drong zich aan mij op.'

'Ik heb je een keer in de tuin van de Trampers gezien. Je was een mooie jongen, nou ja, mooi, eerder interessant dan mooi. Ik heb je toen met Matty op die schommel zien staan. Toen ik gister in de auto eenmaal wist wie je was, was dat het eerste dat ik me herinnerde.'

De serveerster verscheen weer aan hun tafel, opgelaten dat ze hen moest storen. Of ze nog een dessert wilden. Maris bestelde een espresso. Ilse vroeg om 'een gewone koffie met een cognacje, als dat mag'. Het mocht. Ze zwegen tot de serveerster zich had verwijderd.

'Hebben we elkaar toen gesproken?'

'Weet ik niet, man. Ik zie alleen maar voor me hoe je achter in die tuin met Matty op de schommel stond. Een paar weken later was ze dood. Ik ben naar de begrafenis gegaan. Het hele dorp was uitgelopen en trok in een stoet over de dijk naar de begraafplaats. We kwamen langs jullie huis. Het raam van de woonkamer was dichtgetimmerd.'

Ze zwegen opnieuw toen de bestelling voor hen werd neergezet op het marmeren tafelblad. De cognac zat in een groot glas. Ilse hield het onder Maris' neus om hem te laten ruiken. Hij snoof de geur van de cognac op. Met zijn neus in het glas was het of hij zou stikken.

'Geniet ervan,' zei hij.

Zijn stem was schor. Hij kon haast niet meer praten en toen de serveerster weer langskwam vroeg hij om de rekening.

'Heb je soms de geldpest?'

Maris had haar meegenomen naar de grote winkelstraten, straten die hij doorgaans zo veel mogelijk meed. Hij hield er niet van om tussen duizenden anderen langs etalages te slenteren. Maar met Ilse aan zijn arm had hij er opeens toch een zeker plezier in: om een man te zijn die met een vrouw aan zijn arm op zaterdagmiddag door een drukke winkelstraat loopt. Hij wilde dat ze warm gekleed zou gaan, dat ze iets nieuws kon aantrekken. In de winkels stond hij een beetje schuw toe te kijken hoe ze haar handen langs de kleren in de rekken liet glijden, overal de aandacht trekkend met haar te luide stem en ongegeneerde manier van praten. Hij moest bij haar blijven, vond ze, met haar meekijken, en het hondje vond dat ook, want het liep tussen hen heen en weer als hij achteropraakte en rustte niet voordat hij zich weer bij haar had aangesloten.

Maris dacht terug aan de kledingzaak van zijn oom en tante op zaterdagmiddag, zijn oom en tante die hij uit het oog verloren was, net als de rest van zijn familie, en hij drukte de beelden weg. Hij werd neerslachtig en wilde vertrekken. Hij liet zich uitkleden door een gehaaide junk, zo ver was hij nu gezonken. Terwijl hij wachtte, half onder een roltrap, zocht hij naar een uitweg. Een uitweg uit de banaliteit, uit deze omstandigheden, uit het bepaald worden door die omstandigheden. De enige uitweg leek te accepteren wat er nu was, hoe het nu was, kleren kopen met Ilse, die ze nodig had, en erbij horen, bij de anderen. Waarom had hij van kindsbeen af de neiging om zichzelf overal buiten te plaatsen, om er niet bij te willen horen?

Hij liet Ilse kopen wat ze wilde en spoorde haar aan om meer te nemen, nog wat ondergoed, meer sokken, een sjaal, een paar schoenen, en toen vroeg ze hem of hij soms de geldpest had. Hij had het nog nooit gehoord, dat woord. Hij leefde ervan op. De geldpest. Misschien was het wel zo, misschien wilde hij wel van zijn geld af. Hij had in een paar jaar tijd onzinnig veel verdiend. Dat geld moest weg. Het hinderde hem. Maar voor zichzelf kocht hij niets, terwijl ze zo een paar mooie overhemden voor hem tevoorschijn haalde en een jas die zijn vuile ski-jack kon vervangen. Zichzelf gunde hij niets. Hij wilde haar bovendien niet het gevoel geven dat ze zijn meisje was dat kleren voor hem uitkoos en haar zo nog verder laten opdringen.

2

Tegen het eind van de middag – het begon al donker te worden – liep hij met Ilse een helverlichte galerie binnen. Het was er druk. De ruiten waren beslagen door de uitwaseming van al die lichamen.

'Hip Amsterdam,' constateerde Ilse. 'Kun je dit niet zonder mij?'

'Kom op!'

'Tering, man! Ik heb hier niets te zoeken.'

'We lopen even snel langs het werk van dit nieuwe genie en ik begroet wat mensen. Binnen tien minuten zijn we weg.'

Hij pakte haar hand om haar door de menigte te loodsen, een hand die onwillig in de zijne lag, steeds op het punt om weg te glippen. Het hondje volgde haar op de voet, voortgetrokken aan zijn stuk touw. Snel ging Maris langs de schilderijen, ze alleen maar taxerend. Brachten ze iets nieuws? Waren ze beter dan de zijne of slechter? Na vijf minuten had hij het wel gezien. Ze waren inmiddels achter in de galerie beland bij een glazen wand met uitzicht op een binnenplaats met hoog opgeschoten bamboe in de sneeuw.

'Een beetje japansig,' meende Ilse.

'Wat?'

'Japansig. Die bamboe in de sneeuw.'

'O, dat, ja.'

Hij begon het al benauwd te krijgen in het gedrang en vroeg zich af waarom hij hier naar binnen was gelopen tijdens de opening en niet op een andere dag. Alleen maar om zichzelf te vertonen? Alleen maar om gezien te worden met een opvallende vrouw en haar hondje? Voordat hij het wist had hij een glas rode wijn van het buffet gepakt.

'Jij ook wat?'

'Ik moet pissen. Zou dat hier ergens kunnen?'

'Hé, kijk nou, meneer Coppoolse!'

Een walm van whisky, een vettig glanzend gezicht vlak bij het zijne, een lange sladood die zich naar hem toe boog. Het was de jongen met de rat. Het dier zat op zijn schouder en klemde zich met zijn voorpootjes vast aan de epaulet van de lange soldatenjas. Overal waar hij gratis kon eten en drinken was deze knaap te vinden. Grijnzend hief hij een bordje naar zijn mond en schoof met een plastic vork het restant van een salade naar binnen.

Maris wilde niets met hem te maken hebben. Van Oscar had hij gehoord dat de knaap onlangs in zijn woonboot een van zijn vrienden een oog had uitgestoken – met een priemende vinger, stomdronken. Maris wilde hem niet zien, maar keek toch naar hem, geboeid door het verval, de vervuiling, de zelfdestructie. Hij had, ondanks zijn afkeer, ook een zwak voor de jongen. Zoals hij in Ilse, ondanks haar getekende gezicht, nog het meisje van het eiland kon zien, zo zag hij in deze losgeslagen en verwilderde knaap nog de zoon van goede familie die hij tot voor een paar jaar was geweest.

'Hé, Ilse! Tijd niet gezien. Hoe kom jij hier verzeild? Heb jij deze famous artist aan de haak geslagen? Ben je een starfucker geworden?'

Hij barstte in lachen uit en maaide met zijn armen door de lucht.

'Hé, joh, niet zo druk.'

'Ik ben altijd druk. Ik ben niet te stuiten zo druk. Er gebeurt gewoon te veel, weet je.'

Hij strekte zijn lange arm tussen hen door en schoof zijn bord op het buffet. In de draai die hij ervoor moest maken sloeg de punt van een van zijn jaspanden tegen de snuit van het hondje, dat zich angstig verschool achter de lange stelten van Ilse en blafte.

'Hé, makker, let op mijn hondje!'

'Je hondje?'

'Je slaat met je jas in zijn snuit.'

'Dan moet hij maar beter opletten waar hij gaat staan, jouw hondje.'

'Nee, jij moet opletten, want hij is klein en jij bent groot.'

'Okay, okay. Sorry, mevrouw!'

'Hoe heet je eigenlijk,' vroeg Maris.

'Niels.'

'Hé, Niels.'

'Vorige keer vroeg je me zo heel burgerlijk, zo intens burgerlijk, wat ik doe voor de kost. Toen zei ik: Ik ben zwerver. Nu zeg ik: Ik steel fietsen. Bij nacht en ontij en op klaarlichte dag. Ik ben een professional. Ik kraak elk slot. Ik kan je alles bezorgen wat je maar wilt.'

'Knap van je.'

'Heb ik je al verteld dat mijn oom een beroemd schilder was?'

'Ja, je oom, daar hebben we het al over gehad.'

'Hé, lieverd!'

Maris voelde een arm om zijn hals glijden, iets groots en zachts drukte zich tegen hem aan, en daar waren de lippen van Nadia op zijn wang. Zelfs in die kortstondige aanraking door haar lippen bespeurde Maris de weelde van haar lichaam. Innerlijk bereidde hij zich al voor op de confrontatie van Nadia met Ilse. Hij had hier totaal geen rekening mee gehouden.

'Is Oscar er?'

'Hij komt later. Hij zit nog in de galerie.'

Maris voelde de hand van Ilse, die tot dan toe om zijn elleboog had gelegen, wegglippen en toen zag hij ook Ilse zelf wegglippen in het kielzog van de jongen met de rat. Hij zag dat Nadia haar nakeek. Het ratje glipte over de kraag van de soldatenjas. Niels' lange arm kwam omhoog om hem te pakken en in zijn binnenzak te stoppen.

Nadia vroeg niets en zweeg, maar er trok een blos over haar gezicht. Maris voelde dat ze geschokt was. Hij legde een arm om haar zware lichaam en trok haar tegen zich aan. Maar Nadia was onwillig en kuste hem alleen maar snel en vluchtig om ervan af te zijn.

'Hoe is het, Maris?'

Het klonk serieus, dringend.

'Ja, hoe is het.'

'Je bent toch niet weer een hele week alleen geweest?'

Ze probeerde het luchtig te laten klinken.

'Ik ben in Colmar geweest voor het *Isenheimer altaar*, en zelfs even in Parijs.'

'Je meent het!'

'Je kunt het haast niet geloven.'

'Je leek zo opgesloten in jezelf, vorige week. Oscar kwam helemaal ontdaan terug uit Metz.'

Maris glimlachte, hoofdschuddend, alsof Oscar schromelijk

had overdreven. Opgewekt, maar vrijwel zonder haar aan te kijken, begon hij te vertellen over zijn tocht naar Colmar, zijn overnachtingen op parkeerplaatsen langs de snelweg en in besneeuwde bossen. Het ontging hem niet dat Nadia met enige scepsis naar hem luisterde. Ze leek maar half te geloven wat hij haar vertelde. Maar hij was niet in staat haar te zeggen hoe slecht hij eraan toe was, en al helemaal niet in welke situatie hij met die haar onbekende vrouw was beland en wat en hoeveel zij in hem opriep. Hij had ook Oscar en Nadia, zijn beste vrienden, nooit verteld wat er zich lang geleden op een zondagmiddag in augustus had afgespeeld. Hij zag geen reden om het hun te vertellen, om er ook hen mee op te zadelen. Het zou hun vriendschap alleen maar nadelig beïnvloeden.

Terwijl ze praatten en steeds verder wegschoven uit het gedrang naar de glaswand en het uitzicht op de binnenplaats met het bamboebosje, zag Maris steeds haar gezwollen buik, de welving onder haar wollen jurk, en werd hij bang dat hij er met zijn knie tegenaan zou stoten. Het was misschien niets anders dan de kwetsbaarheid van haar lichaam dat dit angstbeeld in hem opriep. Hij draaide van haar weg en ging zo staan dat hij haar met zijn knie niet zou kunnen raken: vlak voor het koude glas. Nadia probeerde zijn blik te vangen, zijn schuwheid te doorbreken, maar tevergeefs.

'Hoe is het met je kindje?' vroeg hij opeens.

'O, heel goed,' antwoordde ze terughoudend, en ze legde haar handen om haar buik.

Het zweet brak hem uit. Hij kon er niet naar kijken, naar die twee handen op haar buik.

'Sorry,' zei hij, 'ik hou het niet langer uit in deze drukte.'

'Dan moet je naar huis gaan.'

Ze draaiden zich om naar de menigte. Maris wist niet hoe hij afscheid van haar moest nemen. Hij durfde haar niet te kussen, niet dicht bij haar te komen. In verwarring pakte hij haar hand, bracht hem naar zijn lippen, drukte er een kus op en liep rechtuit de menigte in, zich een weg banend naar de uitgang. Mensen zagen hem gaan in zijn knalgele jack, alsof hij plotseling haast had. In het voorbijgaan feliciteerde hij met een handdruk en een schouderklop de schilder die hier exposeerde, hij kuste meteen ook de galeriehoudster, zei nog iets vleiends over het werk aan de strakke, witte wanden, en toen, met een heel diepe stem, alsof hij iemand nadeed, iemand uit een film: 'I must be on my way now.'

Ilse vond hij terug voor de galerie, waar ze rokend en blauwbekkend – ondanks de sjaal, de handschoenen en bontmuts die hij haar had gegeven – stond te wachten.

'Waar ben je al die tijd geweest?' vroeg Maris.

'Ik moest wat regelen, man!'

Hij keek haar aan. Ze rook naar whisky.

'Ik heb even wat met Niels geregeld. Hij zit met een paar anderen op een woonboot en daar kan ik tijdelijk bij. Die jongens maken er een zootje van op die boot. Ik ga dat aanpakken. Begrijp je? Het is niet ideaal, maar ik moet nu eerst de winter zien door te komen.'

Hij begreep nu waarom ze naar whisky rook. Ze had gedronken uit de fles die Niels in zijn jaszak had, waarschijnlijk gejat van het buffet in de galerie. Had ze hem aan zijn gerief laten komen in de portiek? Had hij haar beloond met whisky? Had ze haar mond ontsmet met whisky?

'Kan ik nog een paar nachten bij jou blijven,' vroeg ze. 'Dat zou te gek zijn. Dan hoef ik me geen zorgen meer te maken, begrijp je. Overmorgen of de dag daarna verkas ik. Dat is nog niet helemaal duidelijk. Er moet daar namelijk eerst nog iemand weg.'

3

In een plotselinge en diepe neerslachtigheid liep hij door de straten met naast zich de lange en licht voorovergebogen gestalte van Ilse, die het weer 'godvergeten koud' had en op de voet werd gevolgd door haar hondje, dat leek te voelen dat er in de verstandhouding tussen zijn baasje en de man naast haar iets was veranderd. Maris vond haar opeens afstotend, te vies om aan te pakken, nu ze met de gewelddadige, stelende en vervuilde Niels had verkeerd. Het was of hij nu ook zelf dreigde weg te zakken in dat moeras waar je nooit meer uit kwam. Ook het gesprek met Nadia drukte op hem. En hij walgde van de plek waar hij was geweest, het gedoe tussen te fel verlichte schilderijen, en hij geneerde zich voor de manier waarop hij zich had gedragen.

'Hé, makker, scheelt er wat aan?'

Zonder te antwoorden liep hij verder.

'Hé, joh, zeg eens wat!'

Zwijgend liep hij door tot hij eindelijk in staat was iets te zeggen.

'Soms is het of er gif in mijn brein wordt gespoten.'

'Vertel mij wat.'

'Ik verdraag niets meer. Alles is gitzwart.'

'Vertel mij wat.'

Hij had tegen zijn zin gesproken, uit beleefdheid, alsof hij haar een verklaring schuldig was, en nu haatte hij zichzelf om zijn toegevendheid. Hij keek opzij en zag haar hoofd met het dunne piekhaar nog verder vooroverhangen. Zijn stemming was kennelijk besmettelijk.

'Tering, man, als je eens wist...'

Ze stond stil om een sigaret op te steken, huilend en wel, met haar rug naar de wind. Bij het licht van haar aansteker zag hij haar nat glanzende wangen, de tranen in haar ogen. Ze inhaleerde gulzig en huilde tegelijkertijd.

'O, man, als je eens wist...'

Hij vertrouwde haar voor geen cent, maar ze huilde zo erbarmelijk en overtuigend dat hij zich verplicht voelde haar tegen zich aan te trekken. Je bent in een situatie beland waarin alles fout zit. Wat moet je doen? Wanneer hij nu met een paar zinnen afscheid van haar nam, zou dat huilen waarschijnlijk onmiddellijk ophouden en overgaan in schelden. Besluiteloos bleef hij staan met in zijn armen een huilende vrouw, die zich liet vasthouden omdat ze dacht daar voordeel van te zullen hebben. Hij rook haar stinkende schapenvacht, trok er zijn neus van weg en registreerde de plek waar hij zich bevond. Hij zag mensen met volle boodschappentassen uit een supermarkt komen, hij hoorde het geluid van autobanden op een nat wegdek, en daar stond hij met een bijna volslagen vreemde in zijn armen.

Hij liet haar los. Met een snurkend geluid haalde Ilse haar neus op en ze spuwde op straat.

'Dat was een goeie rochel.'

Hij zei het in dialect. Op het eiland gebruikten ze het woord 'rochel' als er gespuwd werd. Ze leek het niet te horen en veegde met de mouw van haar jas over haar gezicht.

'Ik deug nergens meer voor,' zei ze met een laatste huilkramp. 'Ik wil eigenlijk alleen nog maar dood.'

Zwijgend liepen ze naast elkaar voort tot ze de steeg naar zijn atelier bereikten. Hij opende de poort, zich ervan bewust dat hij haar weer toeliet in zijn domein, voor weer een nacht, waarschijnlijk zelfs voor twee nachten. Op de binnenplaats liep het hondje meteen naar de plek waar het die ochtend zijn behoefte had gedaan om er te snuffelen. Hij was weer thuis.

'Sorry voor die huilbui,' zei ze. 'Ik huil anders nooit.'

Hij nam een glaasje ijskoude en in het vriesvak stroperig geworden wodka, het in één teug leegdrinkend, en daarna nog een tweede wodka in een groot glas met ijsblokjes om de zaak te verdunnen en zichzelf de illusie te geven dat hij zijn drankzucht beheerste. Het kalmeerde hem. Het gif in zijn hersenen was nog niet helemaal uitgewerkt, maar hij kon weer aandacht opbrengen voor de buitenwereld. Het was een infantiele razernij die hem in bezit nam wanneer zijn stemming zo plotseling omsloeg. Het waren altijd kleine dingen die zijn razernij veroorzaakten. Veel meer begreep hij er niet van. In zijn kindertijd had hij driftbuien gehad.

Hij herinnerde zich er niets van. Maar zijn moeder had hem erover verteld en ermee geplaagd: dat hij kwaad werd om niks.

De wodka brandde in zijn keel en borst. Het was precies de optater die hij nodig had om uit zijn obsessieve gevoelens te worden gerukt.

Hij waste zijn gezicht en handen met warm water.

'Waarom ga je niet lekker in bad?'

Nog steeds wilde hij haar helpen, haar leven veranderen.

'In bad?'

'Ja, in bad.'

'Jezus, man. Het kan niet op. In bad!'

Ilse verdween in de badkamer met haar hondje en haar tas vol nieuwe kleren. Een kwartier later – hij had de houtkachel inmiddels aangemaakt – klopte Maris op de deur van de badkamer.

'Ik heb een glas wijn voor je.'

'Top!'

Terwijl hij de deur opende en de met waterdamp gevulde badkamer binnenging, dacht hij aan Sigi, aan haar lichaam in hetzelfde bad, de badkamer in het donker, verlicht door de brandende waxinelichtjes op de rand van het bad. Ilse begon meteen te praten om haar gêne te verbergen. Haar knieën staken ver boven het water uit. Hij reikte over haar heen om het glas op de brede rand bij de muur te zetten, zoals hij in zijn tijd met Sigi zo vaak had gedaan. Toen hij zich weer oprichtte, zag hij haar lichaam in het water. Ze was angstaanjagend mager. Haar heupbeenderen staken puntig uit haar vel omhoog, haar buik was een gapende holte onder haar ribbenkast. Ze had een klein plukje roodblond schaamhaar, dat tot zijn verrassing een beetje krulde. Blauwe aderen schemerden op de binnenkant van haar dijen. Ze hield haar onderarmen zo dat hij de binnenkant ervan niet kon zien.

In de kamer nam hij het grote glas met wodka en ijsblokjes weer in zijn hand en liep naar de tafel waar het boek over Grünewald lag. In de stad had hij er bij vlagen naar gehunkerd om weer een tekening van Grünewald te kunnen bekijken of een van zijn figuren met de typische Grünewald-vingers en Grünewald-koppen. Hij kon een tijdlang verslaafd zijn aan het werk van een schilder – tot hij het helemaal had geabsorbeerd.

Hij zocht de Japanse madonna weer op, de jonge vrouw met de schuinstaande en geloken ogen en het verwrongen pruimenmondje. Haar huid was blank en romig. Haar lange, blonde haren krulden licht. Achter haar lag een landschap. Vlak bij haar gezicht had Grünewald een roos geschilderd, vlezig, dieprood. Maris verwonderde zich erover dat iemand ooit zo een roos had kunnen schilderen. Hij verwonderde zich over de eenvoud en devotie waarmee vijfhonderd jaar geleden een roos kon worden geschilderd. Zulke eenvoud bestond niet meer. Misschien nog op de steppen van Mongolië of in de Himalaya, maar ook daar zou hij nu spoedig verdwijnen.

Hij liep de trap af en haalde in zijn donkere atelier een armvol houtblokken. Met zijn ogen dicht probeerde hij van de houtstapel tot precies onder aan de trap te lopen, zoals hij wel vaker deed. Het lukte. Hij zette rijst op. Ilse verdroeg geen zwaar voedsel, had hij inmiddels begrepen – ze had iets aan haar darmen. Hij liep terug naar de tafel om weer naar de roos te kijken. Hij hoorde het bad leeglopen, hij hoorde de föhn blazen en voelde dat hij ondanks alles in afwachting verkeerde van een herboren Ilse.

Haar gezicht bloosde nu. Ze droeg de trui die ze die middag had gekocht: een roomkleurige wol met een zigzagmotief dwars over de borst, een wat kinderlijk aandoende trui, een trui uit een andere tijd, die ze meteen had willen hebben. In plaats van haar leren broek droeg ze een nieuwe wollen maillot. Ook zonder laarzen waren haar benen nog heel lang.

'Ik ben zo blij met mijn nieuwe spulletjes,' zei ze.

Ze kwam naast hem staan, wierp een vluchtige blik op de madonna, legde toen haar arm kameraadschappelijk om zijn schouders en kuste hem in zijn hals.

'Eeh, Maris,' zei ze in dialect.

Hij legde een arm om haar middel en wreef kameraadschappelijk over haar rug, die zo hard als een plank was.

'Ik ben helemaal schoon,' zei ze zacht. 'Kruipen we even lekker in bed?'

Maris liet haar los.

'Geen goed idee.'

'Kan ik jou ook een keer helpen.'

'Ik hoef niet geholpen te worden.'

Ilse deed een stap opzij, zette een hand op tafel en boog haar lange lichaam zo dat ze hem in zijn ogen kon kijken.

'Je bent er bang voor.'

'Hoe kom je daarbij?'

'Dat soort dingen ruik ik gewoon bij mannen.'

'Ik vind het gewoon geen goed idee. Mag dat ook?'

'Ik ruik het gewoon, man. Je vindt me leuk, maar je durft het niet aan. Vanochtend was je nog half in slaap en kon je het laten gaan. Maar nu, klaarwakker, ben je bang voor me, bang dat het je niet lukt.'

'Je bent best wel dwingend, joh.'

Glimlachend herhaalde Maris de woorden die ze in Metz had gebruikt toen hij stukjes ravioli in haar mond wilde schuiven. Ilse kon er niet om lachen.

Onder het eten werd ze onrustig. Ze at met lange tanden. Ze snauwde haar hondje af. Ze vroeg om whisky, die hij niet had. Ze liep heen en weer, haar handen kouwelijk onder haar oksels geschoven. Ze trok haar leren broek en haar laarzen weer aan. Ten slotte kwam het hoge woord eruit: of hij haar nog één keer geld kon lenen.

'Ik betaal het je terug, ik zweer het!'

Maris keek haar zwijgend aan.

'Je gelooft me niet, hè? Er is heel veel aan mij wat niet deugt. Ik lieg, ik steel als het moet, maar oneerlijk ben ik niet! En als ik één avond achter het Centraal Station ga staan, heb ik dit allemaal terugverdiend!'

Maris zag haar in het donker op de kade achter het Centraal Station staan, huiverend in de wind die van over het water kwam, met de andere tippelaarsters die daar avond aan avond stonden, hij zag auto's die stopten, portierramen die werden opengedraaid, meisjes op naaldhakken die zich vooroverbogen, onderhandelden, instapten. Hij had geen illusies gehad over de manier waarop ze aan geld kwam, maar het schokte hem toch dat ze het zo verdiende, als het moest, en dat ze het hem gewoon vertelde – ook al draaide ze haar gezicht weg toen ze het hem zei.

Hij gaf haar honderdvijftig gulden, nog meer dan de eerste keer. 'Ik heb nu eenmaal de geldpest.'

Ilse vertrok met achterlating van haar hondje, nadat ze zes keer een van ongeduld en ellende trillende vinger in de kiesschijf van de telefoon had gestoken. Maris begreep niet waarom hij haar toch weer geld had gegeven voor die troep. Hij overwoog haar niet meer binnen te laten, haar spullen in haar tas te pakken en haar die bij terugkeer mét het hondje bij de poort van de binnenplaats te overhandigen en afscheid te nemen. Tegelijkertijd wilde hij dat ze zou terugkomen, opgeknapt, blij. Hij werd ongerust toen ze lang wegbleef.

Om een uur of tien trok hij de deur van zijn atelier voor haar open. Daar stond ze, grijnzend, opgelucht, weer helemaal boven Jan, met een taartdoos in haar opgeheven handen.

'Je bent een schat,' zei ze, terwijl ze het atelier in stiefelde, haar bontmuts aftrok en haar haren losschudde, alsof ze een dikke bos haar had, overmoedig, vol energie. 'Ik ga je verwennen, joh! Morgen ga ik hier schoonmaken! Echt schoonmaken! Begrijp je? Overal!'

Zwierig draaide ze zich naar hem toe. Haar jas hing open en zwierde om haar heen. Hij zag haar nieuwe trui met de zigzag, waar ze zo kinderlijk blij mee was. Haar ogen straalden. Ze had een gedaantewisseling ondergaan. Maris keek naar haar, zijn handen in zijn zakken, glimlachend, zijn ogen vol scepsis.

'Je vindt me leuk,' zei ze. 'Beken het maar!'

Maris mocht graag vertellen dat hij op zijn twaalfde voor het eerst dronken was geweest en zijn roes had uitgeslapen in een greppel. Het gaf iets rauws aan zijn herkomst. Hij kon er indruk mee maken en had er plezier in om er een bepaald soort beschaafd gezelschap mee te verbazen of zelfs choqueren. Het was een standaardanekdote geworden.

Nu, door Ilse's aanwezigheid, herleefde opeens de herinnering zelf. Het was gebeurd op een van die zondagmiddagen in de zomer waarop de familie van zijn moeder bijeenkwam op de boerderij van zijn grootouders. Zijn ooms en tantes, zijn neven en nichten. Het erf stond vol auto's. De ooms die elkaars auto's bespraken en eromheen liepen. Naast het woonhuis, op het grasveld dat afliep naar een sloot, onder de vruchtbomen, stonden een lange tafel en stoelen. Daar hadden ze de hele middag gezeten. Een van zijn ooms had hem een fles bier toegeschoven, en nog een, en nog een. Hij zag het gezicht voor zich van de oom die slachtte, voor wie hij in het slachthuis de staart van de koe moest vasthouden. Deze oom moest het geweest zijn. Zijn vader en moeder hadden niet ingegrepen. Zijn vader kon niet tegen de broers van zijn vrouw op. Er werd alleen naar hem geluisterd als het over geldzaken ging, want daar had hij verstand van. Die middag waren zijn bezwaren tegen flesjes bier voor zijn pas twaalfjarige zoon waarschijnlijk weggelachen. Zijn moeder had dan ongetwijfeld meegelachen, want ze lachte altijd mee met haar broers om haar man. Na het derde flesje was hij weggelopen om te plassen en in die greppel beland, en daar had hij tot het begin van de avond zijn roes uitgeslapen. Hij hield van greppels om in weg te kruipen, onder een struik, de greppels waar ook de hazen en patrijzen zich verborgen.

Door Ilse kwam ook een nieuwe herinnering tevoorschijn. Nooit eerder had hij zich dit herinnerd.

In zijn laatste zomer op het eiland, op zijn veertiende, had hij voor het eerst gezoend. Met twee nichtjes. Hij was met hen in de schuur van de boerderij van zijn grootouders beland. In het halfdonker, met zijn rug geleund tegen een tractorband – hij herkende zichzelf onmiddellijk in deze quasi-nonchalante houding – had hij eerst zijn ene nichtje gezoend en toen, op haar aandringen, ook het andere, dat eerst niet durfde, Louise. De meisjes wisselden elkaar af bij het tongzoenen, Louise en Keetie. Ze duwden elkaar naar voren, giechelend. Hij hield nu eens het ene, dan weer het andere bezwete meisje tegen zich aan en kuste haar, terwijl er zwaluwen door de schuur vlogen en hun gesjirp weerkaatste in de grote, stille ruimte. Was het al avond geweest? Een paar weken later had Matty hem meegenomen naar de schuur van Fraanje. Zijn nichtjes hadden hem verleid, besefte hij nu: lachend hadden ze hem meegetroond naar de schuur. Ook Matty had hem verleid. Ik weet een plek, had ze gezegd, en dat was de schuur van de leegstaande boerderij van Fraanje. Meisjes wilden hem juist omdat hij zo teruggetrokken was.

'Ben jij ooit terug geweest?' vroeg Ilse.

Maris zat in de buisstoel voor de houtkachel. Ilse had plaatsgenomen op een kussen op de vloer, haar lenige benen in de maillot gevouwen in een dubbele lotus.

'Terug in het dorp?'

'Ja, man.'

'Nooit. En jij?'

'Mijn vader zou me bont en blauw geslagen hebben. Maar na jaren kreeg ik opeens een van mijn zussen op bezoek. Opeens stond ze voor mijn deur. Ik had nog net tijd om, hoe zeg je dat, om wat belastend materiaal weg te werken. Surprise, surprise! Mijn zus op mijn Amsterdamse bovenwoning, zomaar, opeens. Ze vond dat ik er maar armoedig bij zat. En waar leef je nou van, bleef ze maar vragen. Met haar ben ik toen nog een keer teruggegaan. Back home. Mijn vader heeft zich de hele dag niet laten zien.'

Maris dacht aan zijn eigen zus. Ze was altijd jaloers op hem geweest omdat hij meer aandacht kreeg dan zij. Ze had zich woedend van hem afgekeerd na de dood van Matty. Ze was niet blij toen hij vrijkwam uit de tuchtschool. Hij herinnerde zich een stugge omhelzing in de woonkamer van de Rotterdamse flat. Ze had een dokter aan de haak geslagen, een medisch specialist, zoals ze zelf graag zei, en zich een veilig en beschermd bestaan verschaft met de juiste vrienden en kennissen, de juiste scholen voor haar kinderen, de juiste vakantiebestemmingen. Op uitnodigingen voor zijn tentoonstellingen reageerde ze met formele zinnetjes van 'helaas niet in de gelegenheid zijn'. Wanneer hij toch nog maar eens belde, leek ze verstoord.

'Ik denk dat mijn vader geen seks meer had,' zei Ilse.

Maris keek op.

'Ik denk dat mijn moeder het na zes kinderen welletjes vond. Voor haar kwam de pil te laat. Dus zette ze de kutklem erop, begrijp je, ze deed haar benen niet meer van elkaar voor die vent. En toen kon ik het voor haar opknappen.'

Maris zweeg, verbluft door haar openhartigheid. Ilse stak haar handen in haar haar en duwde het voor de zoveelste keer omhoog.

'En wat heb jij met Matty gedaan in die schuur? Ik trok mijn vader af. Wat heb jij gedaan? Dat zou ik weleens willen weten.'

'Dat zou jij weleens willen weten.'

Maris zweeg.

'Je kunt het toch gewoon vertellen, man! Als je niks te verbergen hebt, kun je het toch gewoon vertellen?'

Maris staarde zwijgend in het vuur.

'In het dorp noemden ze je een stiekemerd.'

'Heb je al eerder gezegd. Wat vind je zelf?'

'Je bent wel op de vlucht geslagen, man, je bent dagenlang zoek geweest!'

'En jij fietste elke dag gewoon naar school.'

'Ik fietste elke dag naar school en kon alleen maar aan Matty denken. Ik raakte er helemaal bezeten van. Ik probeerde me voor te stellen wat haar was overkomen. Een meisje dat ik had gekend. Met wie ik had gepraat. Dat me haar kamer had laten zien. Dood, zomaar opeens. Ik probeerde me voor te stellen wat daar was gebeurd. Is dat zo gek?'

Het was of hij opnieuw werd verhoord. Het was of er opnieuw iemand achter hem stond, als destijds, toen er bij elk verhoor voortdurend iemand achter hem had gestaan, als om te voorkomen dat hij iets zou verbergen. Hij werd onzeker. Twijfel, waar hij lange tijd niet mee te maken had gehad, herleefde. Het verhaal dat hij had verteld, was misschien niet het ware verhaal. Als hij nu sprak, onder invloed van de drank, zou hij misschien iets anders vertellen dan hij altijd had verteld, aan anderen en vooral aan zichzelf. Hij kon zich verspreken. Er kon iets anders tevoorschijn komen nu hij zo aangeschoten was. Bij zijn schuldgevoel voegde zich de angst, de angst dat het niet waar was wat hij had verteld.

'Ik kan er niet over praten,' zei hij.

'Je hebt haar van die hooizolder gegooid. Dat weet iedereen. Dat is het verhaal.'

'Ik kan er niet over praten, ik wil er niet over praten, en als je nu aanhoudt zet ik je de deur uit.'

De drift begon altijd in zijn buik, daar werd hij voelbaar, drift die aanzwol, plotseling omhoogkwam en hem overweldigde.

'Ik kan er niet over praten,' zei hij nog eens.

Hij hijgde.

'Rustig, man, rustig!'

Opnieuw stak Ilse haar handen in haar haar en woelde er nerveus in rond. Het was nog steeds of er iemand achter hem stond. De mannen die hem hadden verhoord, urenlang, onophoudelijk, hadden hem ten slotte meegenomen naar de schuur van Fraanje. Ze hadden verwacht dat hij daar zou breken, maar hij brak niet. Een van de hoge mendeuren was opengezet, zodat het volle licht in de schuur viel. De atmosfeer was er daardoor anders dan op die zondagmiddag toen hij en Matty waren binnengekomen in een schemerige ruimte. De plek waar Matty had gelegen was nog afgezet. Maar in het daglicht had het weinig indruk op hem gemaakt. Hij moest langs de ladder omhoogklimmen en voordoen wat hij en het meisje hadden gedaan. Het touw werd hem aangereikt, hetzelfde touw, hij herkende het, en hij had het om de paal gewonden. Hij had alles aangewezen, waar precies, hij en zij. Hij had aan de rand van de hooizolder gestaan, naar beneden kijkend – en daar had hij zijn eerste hevige aanvechting gehad. Sindsdien waren er de aanvechtingen, soms met een afstand van jaren. Na de opening van zijn eerste tentoonstelling in New York waren ze op een feest beland dat op het dak van een gebouw werd gegeven. Op een iets lager gebouw aan de overkant van de straat lag een atletiekbaan waar mensen hardliepen in het licht van felle lampen. Hij had zich afgezonderd, was de afzondering in gedreven, onweerstaanbaar, als door een hand in zijn rug, en had opnieuw zo'n hevige aanvechting gehad. Wanneer een lichaam van zo grote hoogte viel, liet het een afdruk achter in het asfalt.

'Je was even helemaal weg,' zei Ilse.

'Ja, ik was even helemaal weg.'

'Ik dacht even dat je out ging, man.'

'O, dacht je dat ik out ging.'

'Dood door schuld. Dat herinner ik me ook nog. Mijn geheugen zit vol gaten. Maar die woorden vergeet ik nooit. Dood door schuld.'

'Dat was de uitspraak.'

Maris liet zich uit de buisstoel op zijn knieën zakken, met één hand steun zoekend op de vloer, om nieuw hout op het vuur te gooien. Ilse leunde opzij naar haar hondje. Met het houtblok in zijn hand, stelde hij zich voor, kon hij zo haar schedel inslaan, en na een of twee slagen zou hij haar vernielde schedel zien, het bebloede haar. Hij schrok en gooide het stuk hout in het vuur.

Ilse bleef lang in de badkamer. Maris lag in bed op haar te wachten, zijn handen achter zijn hoofd. Er brandde alleen een bedlamp, een kleine metalen lamp die Sigi op een dag boven het hoofdeinde van het bed op de muur had geschroefd en die ze had laten zitten toen ze haar spullen uit zijn huis had gehaald. Maris dacht aan haar, terwijl hij wachtte op Ilse en haar hondje, en besefte dat Sigi de verwachting van een goed leven in hem had gewekt, een leven waarin hij zijn schuld had kunnen uitwissen of uitboeten door zelf kinderen op te voeden, door een offer te brengen. Nu lag hij hier te wachten op een zieke vrouw, bijna een wandelend skelet, iemand zonder toekomst. Daar lag hij met zijn handen krampachtig achter zijn hoofd gevouwen, niet in staat ze daar weg te nemen.

Eindelijk kwam ze de slaapkamer binnen, bruusk, brutaal, in het lange zwarte shirt met de rode vegen, gevolgd door haar hondje. Ze sloeg het dekbed open, een beetje te woest. Ze liet zich op de matras ploffen, alsof ze hier al jaren woonde.

'Zo, nu kruipen we weer lekker in bed naast die mafkees.'

Dat ene woord was genoeg. Maris schoot overeind en greep haar vast bij haar shirt. Hij sleurde haar het bed uit. Het was of er vuur uit zijn handen schoot. Hij sleurde haar met één hand de slaapkamer uit, gooide de deur naar de trap open. Daar herstelde ze zich en greep zich vast aan de balustrade.

'Nu ga je zeker ook *mijn* nek breken!'

Woest duwde Maris haar achterover, over de balustrade, hield haar daar, en liet haar toen los. Schuw richtte ze zich op. Hij zag de flikkering van minachting en spot in haar ogen. Maris greep het horror-shirt vast bij de hals en met één haal scheurde hij het van haar lichaam. Naakt, op haar nieuwe slipje na, stond ze voor hem. Hij zag haar kleine borsten, de littekens op haar onderarmen, haar ingevallen buik. Ze was nu doodsbang en klampte zich met beide handen aan de balustrade vast. Het hondje stond oorverdovend te blaffen, zijn geblaf schalde door het donkere atelier.

HOOFDSTUK V

1

De telefoon stond op de vloer van zijn atelier. Maris keek ernaar, roerloos en verstoord. Hij droeg met verfvlekken overdekte kleren en schoenen en stond op het punt om aan het werk te gaan: hij was bezig verf uit de tubes te knijpen. Rondom was de vloer bezaaid met tekeningen, tegen de muren stonden doeken in allerlei formaten te drogen.

Na zijn laatste confrontatie met Ilse had hij twee dagen door de stad gezworven om de herinneringen aan hun ontmoeting te verteren en tot zichzelf te komen. Hij had veel geslapen, niets meer gedronken, hij had regelmaat in zijn leven gebracht en op een ochtend was het wonder geschied: hij was gaan tekenen, Grünewald-fragmenten, op grote vellen papier. Het was of Ilse hem met haar rauwe energie, met haar vitaliteit ondanks alles, ergens uit had losgerukt. In de loop van een paar dagen was hij op gang gekomen en daarna had hij twee series *After Grünewald* gemaakt, één in houtskool, de andere in olieverf. Hij had de Kruisiging en Opstanding op grote formaten geschilderd en op kleine formaten fragmenten van het altaarstuk: de doorboorde en bebloede voeten, de opzijhangende Christuskop, de roos, de Japanse madonna met het pruimenmondje, de wringende handen en het gezicht van Maria Magdalena, haar mantel, die herinnerde aan geribbelde schelpen en stromend water, de raaf met een stuk brood in zijn snavel, de koppen van twee kluizenaars, hun vingers met de lange nagels, een opgezwollen buik met pestbuilen, vallende soldaten en fragmenten van de golvende lijkwade. Het werk eiste hem op. Ilse was naar de achtergrond verdwenen. Als hij aan haar dacht, hoorde hij haar stem, zo doordringend. Waar zou ze zijn? Op de woonboot? Of was ze alweer elders? Aanvankelijk vreesde hij dat ze terug zou komen, dat ze weer voor zijn deur zou staan, schreeuwend, maar ze kwam niet terug.

Hij keek naar de rinkelende telefoon op de vloer van zijn atelier, een geopende verftube in zijn handen, verstoord, verstard, gealarmeerd. Niemand belde hem ooit om tien over negen. Het kon een ambtenaar van de gemeente zijn, die contact met hem zocht vanwege Ilse. Het toestel bleef maar rinkelen. Eindelijk liep hij ernaartoe, bukte zich en nam op.

Hij trapte uit alle macht. Wachten op een taxi zou te lang hebben geduurd. Zijn eigen auto stond te ver weg geparkeerd. Hij stampte de pedalen van zijn fiets naar beneden, vloekend omdat hij niet snel genoeg vooruitkwam, ondertussen steeds de kortste route projecterend in het stratenplan van de stad in zijn hoofd. De koude lucht stak in zijn longen, zo schielijk en diep zoog hij die naar binnen. Om hem heen begon het leven van alledag op gang te komen: de vuilnis werd opgehaald, winkels werden bevoorraad, cafés werden gelucht en schoongemaakt, en trossen fietsers haastten zich naar hun werk. Maar deze alledaagsheid leek zich nu aan de andere kant van een scheidslijn te bevinden, in een vertrouwde wereld waar hij opeens niet meer bij hoorde.

In de Hoogstraat passeerde hij het antiquariaat waar hij zes weken geleden in een van de etalages drie fotoboeken had zien staan die hem bekend voorkwamen, door Ilse uit zijn kast gehaald en hier verpatst, en door hem herkend aan scheurtjes in het omslag, aan verfspatten, en vooral aan hun al te toevallige gezamenlijke verschijning in deze etalage. In een flits zag hij die plek in de etalage, waar nu andere boeken stonden, maar waar zijn boeken nog hadden kunnen staan, en dan was alles misschien anders gelopen. Op de hoek van de Kloof schoot hij rakelings voor een auto langs. Verderop reed hij het trottoir op omdat een stilstaande vuilniswagen hem de weg versperde en werd hij uitgescholden door de mannen die de vuilniszakken van het trottoir plukten.

Hij had zijn boeken teruggekocht, tegen inkoopprijs, en thuis had hij ze op tafel gesmeten. Er was iets in zijn woede wat hem niet beviel. Het deed hem goed om woedend op haar te zijn en het ging hem te gemakkelijk af om woedend te zijn op iemand die zo zwak stond en van hem afhankelijk was.

Ilse had zich verontschuldigd.

'O, man, ik heb er zo'n spijt van, ik begrijp niet hoe ik zo stom heb kunnen zijn!'

Ze huilde, voorovergebogen, haar handen tussen haar dijen.

'Ik heb een break nodig, begrijp dat dan toch! Ik wil niet meer achter het Centraal Station staan. Ik kan het niet meer opbrengen. Ik ben afgestompt, dat is waar, maar ik onderga het nog altijd als een mens, begrijp je?'

Zo had ze haar ultieme machtsmiddel ingezet. Het hing nu van hem af of ze weer zou afglijden. Hij voelde zich gemanipuleerd en wilde niet langer gemanipuleerd worden. Hij had haar gedwongen om haar tas te pakken en te vertrekken. Hij was tevreden over zijn beslistheid. Bij de deur van zijn atelier had ze nog eens huilend voor hem gestaan, weer voorovergebogen, met haar handen tussen haar dijen. Ze wilde niet naar de woonboot. Hij had zich geweld moeten aandoen om haar buiten te zetten, maar hij had het gedaan. Toen had ze zwijgend haar reistas aan haar schouder gehangen, ze had het touw van haar hondje gepakt en was weggestiefeld. Hij had het poortje naar de steeg gesloten, hij had de deur van het atelier achter zich gesloten, hij was de trap naar de entresol op gelopen en roerloos had hij staan kijken naar die drie fotoboeken op tafel.

Nog twee dagen had Ilse hem belaagd met telefoontjes. Op de avond van de derde dag werd er aangebeld. Hij nam de hoorn van de intercom.

'Hé, makker, ik kom je bezoeken. Doe effe open!'

Hij zweeg.

'Doe effe open, man! Ik kom geld brengen!'

'Ik hoef geen geld. Het is okay.'

'Doe effe open, man!'

Waarom had hij toch opengedaan? Hij was naar beneden gegaan, onderwijl zijn jas aanschietend, had zich in de deuropening van het atelier geposteerd en op de knop gedrukt om de steegpoort te openen.

Daar stond ze. Haar adem kwam in witte pluimen uit haar mond. Ze had kennelijk geprobeerd om zelf haar haar te knippen, had er met de schaar een paar happen uit geknipt en was er toen mee opgehouden. Haar ogen schoten onrustig heen en weer. Ze wipte van de ene voet op de andere, terwijl ze met één hand haar Afghaanse jas dichthield onder haar kin. Het hondje stond schuin achter haar, naar hem opkijkend.

'Laat me effe binnen, man!'

Maris bleef in de deuropening staan.

'Ja, jij denkt, daar heb je haar weer... die vuile, vuile... nou, vul zelf maar in. Jij bent geslaagd, haha, jij hoeft alleen maar die schilderijen te maken en voor jou ben ik alleen maar een vuile, vuile... vul zelf maar in.'

Ze stond met haar handen in haar haar tegen hem te praten. In de hoeken van haar lippen zaten gedroogde klontjes speeksel.

'Laat me nou effe binnen, man!'

Ze probeerde zich langs hem te wringen.

'Jij hebt bijna mijn nek gebroken, weet je dat? Als ik niks had geroepen, had je me zo naar beneden gesmeten en had ik mijn nek gebroken. En dan was jij nu *on the run*!'

Ze gaf met beide handen een duw tegen zijn borst.

'Laat me nou effe binnen, man!'

'Je moet weggaan, Ilse. Ik kan je ergens heen brengen, als je wilt, maar je moet weggaan!'

Toen vocht ze om binnen te komen. Ze was sterker dan hij had verwacht, een wild dier met een mager en hard lijf. Terwijl hij zich schrap zette om haar buiten de deur te houden, boos, steeds bozer, kon hij toch ook nog bewondering voor haar kracht voelen.

'Alsjeblieft, ga weg,' hijgde hij.

Ze zei niets meer. Met beide handen klampte ze zich vast aan de deurpost, één been in zijn atelier.

'Ilse, dit is belachelijk. Ik breng je naar een plek om te slapen, maar je gaat hier weg.'

Hij zag iets vals in haar ogen flikkeren, een bespotting. Hij rukte haar los van de deurpost. Ze viel languit achterover op de keien en lachte haar schorre lach, hatelijk. Haar jas werd nog vuiler dan die al was. Ze kwam overeind, zwaaiend op haar benen of ze dronken was. Spreken deed ze niet meer. Ze keek hem alleen maar aan. Ook toen hij haar vastpakte en naar de steegpoort duwde zei ze niets. Ze keek alleen maar naar hem met een uitdagende blik in haar ogen, spottend, vals, niet klein te krijgen. Hij had haar nagekeken terwijl ze de smalle steeg uit liep met haar hondje.

Aan het eind van een lange en smalle straat kreeg hij de bakstenen kolos van een oud elektriciteitsgebouw in zicht, het oriëntatiepunt dat Niels hem had opgegeven. Ertegenover twee houten loodsen die dienstdeden als fietsenstalling, aan weerszijden van een hek. Hij draaide een binnenterrein op waar de negentiende-eeuwse kasseien waren blijven liggen. Rondom lagen opslagplaatsen, kleine garages en autospuiterijen. Hij smeet zijn fiets tegen een boom. Hij was nu vlakbij. Hij zou het zo dadelijk zien. Hij liep naar een garage en vroeg hoe hij bij de woonboten kwam – alsof hij het nog wilde uitstellen. Een opgeheven en wijzende arm in een vuilblauwe overall waar zijn ogen zich aan hechtten. Een gezicht met een geschiedenis erin gegrift waar zijn ogen zich vervolgens aan vastklampten. Nog een blik op de auto op de hefbrug, op de monteur die daaronder bezig was. Zelfs de voorstelling dat hij hier alleen maar was om zijn auto te laten repareren.

Toen rende hij naar de afrastering in een hoek van het terrein en kroop door het gat dat erin was geknipt. Hij liep langs het water van de Nieuwe Vaart, nevelig en nog onder het ijs, in de verte de brug en het tankstation en pal naast hem het autokerkhof met stapels autowrakken. Er lag maar één woonboot. Maris liep langzamer om op adem te komen en geen paniekerige indruk te maken. Op de oever bij de woonboot stond Niels, huiverend in zijn soldatenjas, de ogen bloeddoorlopen, en naast hem stonden nog twee lange, magere jongens van rond de twintig. Het was hem in één oogopslag duidelijk dat ze daar al een hele tijd stonden en dat ze de woonboot niet meer durfden binnengaan.

Het was een primitieve woonboot: een dekschuit met een ruw getimmerde en zwart geschilderde opbouw. Zelfs de raamkozijnen waren zwart geschilderd. In het eerste vertrek stond een butagaskachel te branden, de ramen waren er beslagen, het was er benauwd. Op tafel de resten van een ontbijt. De jongens ontbeten met wit fabrieksbrood met hagelslag en gevulde koeken. Ook drie halflege koffiekoppen wezen op hun vlucht uit de woonboot. In het tweede vertrek hing een koude, muffe lucht. Op de vloer drie matrassen met opengeritste slaapzakken. Hij zag alles in flitsen. Zijn voorwaartse snelheid was nog steeds groot. Zijn hoop, tegen beter weten in, leefde nog. Hij was bereid in een wonder te geloven.

Toen hij zijn hand op de deur van het derde vertrek had gelegd, stond hij stil. Hij boog zijn hoofd. Hij hoefde dit niet te zien. Hij kon ook naar het tankstation rennen en de politie bellen. In het tankstation zou hij onder de mensen zijn, een kop koffie kunnen krijgen, stemmen horen. Het tafereel doemde al voor hem op. Waarom zou hij het willen zien? Hij had haar vijf dagen meegemaakt. Ze was een passante in zijn leven.

Maar hij kon er niet aan ontkomen. Hij wilde haar zien. Het was of hij haar nog eens in de steek zou laten door haar niet te willen zien.

Ilse lag op haar buik op de matras, half in haar slaapzak, in haar Afghaanse jas en de trui met de zigzag die hij haar had gegeven. Haar gezicht was gezwollen en blauwig. Hij boog zich voorover en raakte even haar gezicht aan bij de geopende en starende ogen. Haar gezicht was al koud. Het was de eerste keer in zijn leven dat hij een dode aanraakte.

Achter haar stond het hondje, dat zacht jankend overeind was gekomen, hem onmiddellijk herkennend.

'Hé, Joosje.'

Hij zei het met gedempte stem.

'Hé, Joosje.'

Hij boog zich voorover, tilde het trillende dier op en drukte het tegen zich aan.

In het tankstation was er weer het leven van alledag, dat zijn gang ging en waar hij buiten stond. Een paar taxichauffeurs dronken er een beker koffie. Een Texaco-meisje in een rood met donkergrijs uniform dat op een trap stond en de ramen lapte, buiten, en de taxichauffeurs die al pratend allemaal naar haar keken. Klanten die in en uit liepen en een spoor van modderige voetstappen achterlieten op stukken karton die van de deur naar de kassa waren gelegd. Met trillende vingers wierp hij munten in de telefoon. Het toestel pakte ze niet. Pas nadat hij ze voor de derde keer had ingeworpen, bleven ze zitten.

Hij sprak met gedempte stem om niet door anderen gehoord te worden, om geen opschudding te veroorzaken, en terwijl hij vertelde wie er dood was en waar en hoe daar te komen, draaide hij zich naar de glaswand en keek naar het meisje dat buiten op de trap stond, naar het rekken en strekken dat ze deed om de ramen te lappen en naar de gestapelde autowrakken achter de schutting van het autokerkhof, in de richting van de woonboot, en alles verbaasde hem, het meest dat hij degene was die vertelde wie er dood was en waar ze lag en wat de waarschijnlijke doodsoorzaak was, en dat dat nu was, op een ochtend in februari, in een tankstation, en dat hij ondertussen net als de taxichauffeurs keek naar het lichaam van het ramen lappende meisje.

Tien minuten later hoorde hij sirenes naderen. Hij had zich geposteerd bij het hek naar het binnenplein en stond de politie op te wachten. Hij keek om zich heen: hij zou nog weg kunnen komen, een van de garages in lopen om iets te vragen, maar hij had zijn naam en adres opgegeven en kon niet meer vluchten. Het was lang geleden dat hij de politiewagens met loeiende sirene het dorp in had horen komen, de donkerblauwe Volkswagens over de dijk had zien naderen en zich had omgedraaid om te vluchten. De neiging om te vluchten was onmiskenbaar, hij voelde het in zijn benen, maar dwong zichzelf om te blijven staan. Het was of hij zichzelf had aangegeven en nog maar een paar minuten in vrijheid kon verkeren. Het was of ze kwamen om hem op te pakken.

Hij ging de politiemannen en rechercheurs voor door het gat in de afrastering. Hij probeerde een goede indruk te maken. Hij probeerde ook meteen duidelijk te maken dat hij niet bij de drie jongens hoorde, niet in de boot woonde en het dode meisje alleen maar een paar dagen in huis had gehad om haar te helpen. Bij het woord 'helpen' werd er sceptisch naar hem gekeken.

Nogmaals ging hij de woonboot binnen, de vijf treden naar beneden in de roef. Nogmaals langs de tafel met de ontbijtresten, langs de drie lege slaapzakken, nogmaals door die laatste deur. Hij merkte dat hij al begon te wennen aan de aanblik van de dode Ilse, haar opgezwollen gezicht, het braaksel dat in haar halfopen mond en op haar lippen was gestold. Ze was degene die hij daarnet had gezien, maar door de aanwezigheid van onbekenden, die zich nu geroutineerd over haar heen bogen en de dood constateerden, begon er een onteigening: ze was al niet langer de vrouw die hij had gekend.

Hij stond op het nog altijd berijpte gras van de oever, onder een grijze hemel, starend naar het vliesdunne ijs op het water, het gedreun van het verkeer aan de overkant in zijn oren, toen hij de brancard met een dichtgeritste en vastgesnoerde lijkzak uit de roef tevoorschijn zag komen. Instinctief bukte hij zich om het hondje op te tillen en drukte het tegen zich aan. Het dier trilde en jankte en klauwde verwoed met zijn voorpoten, maar gaf zich ook over aan zijn greep, alsof het besefte dat zijn situatie opnieuw was veranderd. De drie jongens stonden met hangend hoofd te roken. Hij vermeed hun blik en sloot meteen aan toen de brancard langskwam. Toen hij zich vooroverboog om door het gat in de afrastering te stappen, hoorde hij de stem van Niels over het water schallen:

'Hé, schilder, zie je!'

2

Halverwege de middag was hij weer thuis, na nog een paar uur op het politiebureau, waar tijdens de ondervragingen de onteigening was voortgegaan, want steeds was er over haar gesproken als 'deze persoon' of 'de persoon in kwestie'.

In zijn atelier lag alles er nog bij zoals hij het had achtergelaten – ja, natuurlijk, hoe kon het ook anders. Hij draaide de doppen op de nog geopende tubes, en terwijl hij langzaam de ene na de andere dop vastschroefde kwam die warme golf in hem op en begon hij te huilen. Na een halve minuut al brak hij het af en veegde met de mouw van zijn jack langs zijn wangen. Hij duwde zijn gezicht in de lap waaraan hij zijn penselen afveegde, rook de verf en dacht aan het doek waarmee hij die ochtend verder had willen gaan, en tot zijn verbazing voelde hij zelfs een impuls om gewoon verder te gaan met werken.

Hij liep de trap op, ontheemd in zijn eigen huis, niet wetend wat te doen, opeens overal gevolgd door het geluid van hondenpootjes. In de badkamer waste hij zijn handen, tweemaal, opnieuw huilend en dat afbrekend, hij waste zijn gezicht en rukte toen opeens alle kleren van zijn lichaam onder de verbaasde blikken van het hondje. Hij liet het warme water van de douche over zich heen stromen, besefte dat hij in het bad stond waarin Ilse had gelegen, en voelde het gebeuren, halverwege zijn lichaam. Het was een erectie, die hij eerst schandalig vond, dan beschamend, dan verbazend en dan toch ook weer niet zo vreemd en die hem, ten slotte, zelfs goeddeed – alsof een trouwe makker zich bij hem voegde. Haastig, nog naakt, maakte hij de houtkachel aan, legde het kussen van het hondje ernaast, gaf het te eten en te drinken, praatte tegen hem, aaide hem, maar zijn geilheid werd niet minder. Inmiddels was Sigi hem verschenen. Zij zou het begrijpen, zich ontbloten, alleen vanonder, hem tussen haar dijen trekken, met haar stevige vingers zijn behuilde gezicht betasten, nieuwsgierig naar zijn tranen, terwijl hij haar neukte. Zij zou het begrijpen en via haar begreep hij het nu zelf ook.

Maar eenmaal in bed, huiverend tussen de koude lakens die zijn lichaam nog moesten verwarmen, was het niet langer Sigi die hem verscheen maar Ilse, zoals hij haar in bad had zien liggen, en het was haar magere lichaam met het dunne, roodblonde schaamhaar, dat een beetje krulde, waar hij zijn geslacht in liet glijden, nog een beetje afkerig van haar magerte, al die harde botten, en van de uitslag op haar voorhoofd, tot hij opeens haar armen en benen om zich heen kon verdragen en zijn handen half onder haar billen schoof, de enige plek op haar lichaam waar ze nog wat vlees had. Na een minuut al kwam hij klaar – en toen begon voor hem de verlatenheid, toen pas was ze werkelijk dood.

Halverwege de avond zat hij bij de telefoon. Urenlang had de aanwezigheid van het hondje hem geholpen en getroost. Het dier had zwijgend naar hem gekeken, het was opgestaan van zijn plaats bij de warme kachel en met hangende kop en op beschroomde pootjes naar hem toe gelopen om zijn snuit tegen zijn knieën te drukken – om ook zelf getroost te worden. Maar nu was dat niet langer genoeg.

Het was bij hem opgekomen, toch nog, om zijn vader en moeder te bellen. Maar dat was uitgesloten. Hij belde ze maar zelden en sprak niet met ze over persoonlijke sores. Hij zou Oscar en Nadia kunnen bellen, maar dat wilde hij niet, want hij wilde niet langer afhankelijk van hen zijn. Hij bladerde in zijn adresboek en legde het weer neer. Hij nam de hoorn van het toestel en gooide hem er weer op. Voortdurend zag hij Ilse liggen in de woonboot, half in haar slaapzak, gestikt. Voortdurend dacht hij aan de koelcel waarin ze nu lag. Voortdurend zag hij haar weglopen door de steeg, nadat hij haar eruit had gezet. Zijn gevoel van schuld werd zo beklemmend dat hij het in huis niet langer uithield.

'Ik ben zo terug,' zei hij tegen het hondje, terwijl hij zijn jack aanschoot. 'Ik moet even een boodschap doen.'

Sta je te liegen tegen een hond. Hij begrijpt echt alles, hoor! Hij hoorde het Ilse zeggen, verontwaardigd. Maar hij wilde nu op straat geen hond bij zich hebben, het was hem te veel. In de steeg haastte hij zich naar de gracht. Het was of het geluid van haar laarzen er nog tegen de muren weerkaatste. Hoe kon je zo onder de indruk zijn van iemand die je vijf dagen had meegemaakt? Voor de zoveelste keer vroeg hij het zich af.

Hij besloot tot een 'gecontroleerde wandeling'. Geen tram naar de buitenwijken, geen urenlange zwerftochten, geen angst voor jongens die hem zouden aftuigen of beroven. Hij liep door de stad met zijn handen op zijn rug, een houding die voor hem volwassenheid en zelfbeheersing uitdrukte. Hij probeerde zich te verheffen boven het chaotisch jongmens dat hij was door met zijn handen op zijn rug te lopen. Beetje bespottelijk, vond hij zelf, maar vooruit. Moest hij terug naar de woonboot, moest hij praten met de drie jongens? Dat zou normaal zijn, hoorde hij iemand zeggen – Sigi. Hij had die ochtend bij de woonboot vrijwel geen woord met hen gewisseld, op het politiebureau was hij meteen van hen gescheiden. Hij wilde ook nu liever niet met ze praten, met die grote kinderen, en hij wilde die stinkende woonboot liever nooit meer zien.

Maar drie kwartier later zag hij aan het eind van een lange en nauwe straat de kolos van het elektriciteitsgebouw opdoemen en de houten loodsen met de fietsenstallingen ertegenover. Het hek naar het binnenplein met de louche garages en autospuiterijen was gesloten. Hij liep langs het autokerkhof en zag de schimmen van twee rennende bouviers tussen de autowrakken en even later hoorde hij ze hijgen achter de schutting. Ze volgden hem tot hij het tankstation had bereikt. Daar ontdekte hij een sluiproute naar de woonboot die door de jongens zelf kennelijk ook werd gebruikt, want in het gras van de oever was een pad uitgesleten. Maar de woonboot was donker. De jongens waren er niet.

Ilse was steeds bij hem, ze was om hem heen, ze hing aan zijn arm. Hij kon nog voelen hoe het was om zo'n lange vrouw naast zich te hebben, steeds wankel op haar hoge hakken. Hij hoorde haar schorre stem. Hij zag haar in het donker van de steeg, haar jas dichthoudend bij haar keel. De happen die ze uit haar haar had geknipt, het opgedroogde speeksel in haar mondhoeken. Of hij het nog één keer met haar wilde proberen. Vergeef me, Maris, vergeef me! Huilen met haar handen tussen haar dijen geklemd. Tranen die ze op elk gewenst moment kan oproepen. De worsteling in de deuropening van zijn atelier. Hij kon er niet langer dan een seconde aan terugdenken en drukte het dan weg.

Op de terugweg passeerde hij het Paleis op de Dam, nog altijd rusteloos. Hij stak de Nieuwezijds over en hoorde toen achter zich een luid rammelende fiets naderbij komen, een woest trappende gestalte schoot hem voorbij, zich half naar hem omdraaiend. Het was Niels, dronken of speedy, waarschijnlijk allebei, die hem aan zijn gele ski-jack had herkend maar geen tijd had om te stoppen, die de Spuistraat in draaide, op weg naar een van de grote kraakpanden daar, en in de bocht een lange arm met gebalde vuist in de lucht stompte en uit alle macht schreeuwde:

'Hé, schilder! Ze is dood!'

Maris keek hem na terwijl hij op zijn rammelende fiets in de straat verdween, een woest fladderende jas om zich heen. Het was of de ban was gebroken. Hij kon naar huis.

HOOFDSTUK VI

1

Het viel hem in terwijl hij over het Rokin in de winterzon liep met zijn jas open. Hij stond abrupt stil midden in de stroom voetgangers. Hij kreeg er hartkloppingen van, temeer omdat hij besefte dat het niet zomaar een inval was, maar een opdracht. Hij liep door en hoopte er nog onderuit te kunnen komen. Beetje overdreven, hield hij zichzelf voor. Een vrouw die je krap vijf dagen hebt gekend. Heeft zichzelf naar de verdommenis geholpen. Was al niet meer te redden. Wat heeft zij eraan als jij aan haar graf gaat staan? Wil je soms iets goedmaken? Je doet dit uit schuldgevoel, maar je bent nergens schuldig aan. Maris liep door naar het ruiterstandbeeld van de jonge Wilhelmina en toen hij bij de glanzend-zwarte sokkel stond en omhoogkeek naar de slanke amazone met haar hoed, had hij nog steeds hartkloppingen. Hij moest gaan, ook al was het een begrafenis op het eiland, hemelsbreed een paar kilometer van het graf van Matty.

Het geringste probleem was nog wel zijn kleding. Op zo'n dorpsbegrafenis zouden alle mannen een zwart of ten minste donker pak dragen. Hij bezat geen pak, laat staan een donker pak. Begrafenissen waren nog een zeldzaamheid in zijn leven. In zijn tijd met Sigi was een van zijn kunstenaars-vrienden overleden na een auto-ongeluk. Maar zijn begrafenis was een begrafenis in de kunstwereld geweest en daar was elke uitdossing geoorloofd. Hij kwam langs etalages waar de paspoppen pakken droegen die hem goed zouden staan. Hij zag het in één oogopslag, hij wist het meteen, zoals hij in één oogopslag wist of hij voor een goed of slecht schilderij stond, of een kleur hem beviel, of een vrouw hem beviel, zo makkelijk was het, maar hij ging de winkel niet binnen. De kwestie hield hem bezig, maar hij deed niets om haar op te lossen.

Schilderen kon hij niet meer. Hij huurde een lange ladder en bracht hem met zijn auto naar het atelier. Daar hing hij de twee series *After Grünewald* op aan de balken, elke serie in een rechthoek, alle stukken op verschillende hoogtes, in elke rechthoek de Kruisiging en de Opstanding tegenover elkaar. Op een ochtend was er plotseling nogmaals een 'opening', zoals hij het noemde. Hij schilderde Ilses met bulten bedekte voorhoofd als het voorhoofd van de madonna met de Japanse ogen en het verwrongen mondje, en Ilses broodmagere lichaam schilderde hij liggend in een landschap, met een hondje dat naast haar lag, één poot op haar borst. Hij werkte veertien uur aan een stuk.

Daags erna liep hij de galerie binnen. Oscar kwam overeind uit zijn met zwart leer beklede Eames-bureaustoel, in zijn driedelig pak van een hippe ontwerper. Ze hadden elkaar niet meer gezien sinds de lunch bij Metz en het kneepje in zijn wang. Oscar nam hem een ogenblik onderzoekend op en lachte toen vol verbazing om het hondje dat hij bij zich had. De assistente bracht hem een kop koffie en glimlachte hem toe. Het hondje maakte hem aantrekkelijker, toegankelijker. Een kind op je arm of een hondje aan de lijn en de wereld lag voor je open.

'Wat heb je nou weer uitgespookt?' vroeg Oscar.

Maris vertelde hem een verhaal over een meisje van het eiland dat hij vroeger had gekend, onlangs weer had ontmoet en dat een paar dagen geleden aan een overdosis was overleden. Ja, die lange, magere vrouw met wie Nadia hem had gezien. Naar de begrafenis, hij, morgen. Het klonk als een volkomen normaal verhaal, een verhaal met een geheimzinnig randje, want waarom liep hij met zo'n vrouw aan zijn arm, maar dat kon geen kwaad, en hij had over het eiland gesproken alsof hij daar een volkomen normale jeugd had gehad. Het was zo gemakkelijk om de waarheid een beetje te verbuigen. Het klonk zo overtuigend dat hij er zelf haast in geloofde en zichzelf met Ilse zag op de zwemplaats aan de Westerschelde, alsof hij haar daar destijds had leren kennen.

Met zijn ogen volgde Maris het hondje, dat naar de assistente aan haar bureau liep, het touw achter zich aan slepend. Ilse leek opeens aanwezig in de hoge, witte ruimtes met de daklichten. Ze was vlakbij, leek het, nog steeds onrustig, maar minder hectisch en gekweld dan ze tijdens haar leven was geweest. Langgerekt als een beeld van Giacometti was ze daar, ergens achter hem in de witte ruimte en het winterse licht. Tegelijkertijd de aanwezigheid van Oscar: zijn blonde haar, dat was geknipt, zijn pak van een mooie stof, zijn Italiaanse schoenen, zijn welverzorgde handen, zijn vanzelfsprekende zelfvertrouwen, zo contrasterend met zijn eigen gevoel van minderwaardigheid dat alweer de kop opstak, het gevoel niet te voldoen, nooit te zullen voldoen, de mindere te zijn, van wie dan ook. Het hondje liep nu langs de randen van de galerie, snuffelend aan de plinten. Het kwam weer bij hem staan, zacht jankend, en keek naar hem op. Het was of Ilse vlak bij hem was. Hij hoorde haar hese stem. Hé makker, komt er nog wat van, ga je het nog zeggen?

'Ik zou het bijna vergeten.'

In later jaren citeerde Oscar Seeghers graag dit zinnetje om aan te geven hoe achteloos Maris zijn *After Grünewald* had geïntroduceerd. Het was of hij naar de galerie was gekomen om zijn hondje voor te stellen en pas helemaal aan het eind van het gesprek zei hij: 'Ik zou het bijna vergeten', en gaf hij me de polaroids die hij had gemaakt.

Inderdaad gaf Maris hem een envelop met daarin de polaroids die hij had gemaakt van de schilderijen en houtskooltekeningen, hangend aan de balken van zijn atelier. Er gleed weer een vleug winters zonlicht door de daklichten. Hier binnen kon je door dat verglijdende licht zien dat het buiten woei. Het was licht dat hem gelukkig had kunnen maken. Oscars vertrouwde aanwezigheid, het hondje tegen zijn been, de aardige assistente, de koffie, het verglijdende licht in de galerie – het had hem gelukkig kunnen maken.

Zwijgend bekeek Oscar de polaroids. Hij nam elke foto behoedzaam in zijn hand om er geen vingerafdrukken op achter te laten. Maris herinnerde zich hoe Oscar bij het inrichten van zijn eerste tentoonstelling witte handschoenen had aangetrokken voordat hij de schilderijen vastpakte. Door die witte handschoenen waren zijn schilderijen opeens belangrijke en waardevolle objecten geworden. Oscar keek op van de polaroids. Er lag een blos van opwinding op zijn wangen.

'Dit is geweldig,' zei hij. 'Zelfs op de foto's ziet het er al geweldig uit.'

De lof van zijn galeriehouder, wiens naam inmiddels aan twee kanten van de oceaan werd gerespecteerd, deed Maris goed. Maar hij wantrouwde die ook meteen. Oscar zei dit tegen elke kunstenaar die met nieuw werk kwam. Hij had er zelf vaak genoeg bij gestaan.

'Wanneer kan ik langskomen?' vroeg Oscar.

'Morgen heb ik die begrafenis.'

'Overmorgen?'

Dan moet ik bijkomen, wilde Maris zeggen, beseffend dat hij minstens een dag nodig zou hebben om het verleden terug te dringen, om alles weer op zijn plaats te krijgen, maar hij wist zich in te houden.

'Okay, kom overmorgen aan het begin van de middag. Dan heb ik de lunch klaarstaan.'

Oscar haalde twee handen door zijn haar.

'Ik kan het haast niet geloven,' zei hij.

'Wat niet?'

'Dat het heeft gewerkt, dat boek dat ik voor je uit Londen heb meegenomen. Voortaan weet ik wat ik moet doen om je aan de gang te krijgen.'

'Dat werkt maar één keer!'

Lachend omhelsde Maris zijn vriend. Onder zijn handen voelde hij de mooie stof van diens pak, en er trok een afschuwelijk verdriet door hem heen. Hij had er niets aan dat hij een belangrijk werk had voltooid, het kon hem niets schelen, want het hielp hem niet uit zijn gevangenis. Nog altijd lachend, ogenschijnlijk welgemoed, liep hij de galerie uit op zijn lange, sterke benen, na nog een blik op de assistente, die lief naar hem glimlachte.

2

De begrafenissen van zijn grootouders had Maris aan zich voorbij laten gaan. In een periode van tien jaar waren ze alle vier gestorven, de mannen eerst, de vrouwen een paar jaar later. De zwartomrande rouwbrieven kwamen van ver, leek het, uit een ander deel van de wereld. Maris las ze vluchtig en vol afschuw over het stijve witte papier met de zwarte randen, dat hem herinnerde aan klerenkasten die naar mottenballen roken, aan het tikken van een klok op de schoorsteenmantel en de immer natte lippen van een grootmoeder op zijn voorhoofd. Hij had het te druk met zijn eigen leven om er lang bij stil te staan. Het raakte hem nauwelijks dat ze waren gestorven, deze mensen van wie hij zo weinig wist en die hij na zijn veertiende alleen nog een enkele keer in Rotterdam had ontmoet, boerse mensen in een grote stad. Toch was er van elke rouwbrief een drukkende invloed uitgegaan. Hij nam dagenlang de telefoon niet meer op, want het kon zijn moeder zijn. Op de dag van de begrafenis had hij niet kunnen werken en was hij door de stad gaan zwerven.

Maar nu ging hij terug naar het eiland voor de begrafenis van een vrouw die hij vijf dagen had meegemaakt. Het was nog donker toen hij wakker schrok. Het hondje lag op zijn voeteneind en stond meteen op zijn poten, gealarmeerd. Terwijl hij zich klaarmaakte voor de reis was hij nerveus en gejaagd. Eenmaal op straat kon hij zijn geparkeerde auto lange tijd niet vinden.

Een paar uur later reed hij het eiland op, over de landengte die het al anderhalve eeuw met het vasteland verbond. Hij voelde zich een volwassen man die een volwassen besluit had genomen. Hij keek door de voorruit omhoog naar de lucht om te zien of de nabijheid van de zee eraan viel af te lezen. Het was een winderige dag met grote stukken blauw in de bewolking. Aan het blauw kon hij zien dat het geen winter meer was: de ijzigheid was eruit verdwenen. Hij zette zijn wagen langs de kant en stapte uit om de hond te laten plassen en de frisse lucht op te snuiven – het begin van het voorjaar misschien. In de hellende berm gleed hij uit en viel hard op zijn achterste. De gedachte aan een slecht voorteken kwam in hem op. Vanaf dat moment was hij weer in de greep van die ongekende nervositeit die in zijn hele lijf zat. Zijn vingers trilden bij het opsteken van een sigaret. Vol schrik dacht hij: Dit is het onbeheersbare. Het zit ergens in je.

Op het eiland registreerde hij de veranderingen. Er was een vierbaansweg aangelegd dwars door de oude polders. Er waren royale afslagen naar de dorpen, grote lussen van asfalt en beton, die ook weer vele hectares van het oude land opeisten. Er was een tunnel gegraven onder het kanaal dat het eiland doorsneed, en het kanaal was twee keer zo breed geworden. De onvermijdelijke bedrijventerreinen langs de snelweg. De onvermijdelijke schaalvergroting overal. Hij las de namen van de dorpen nu op gigantische borden boven de autosnelweg en moest erom lachen. Het kalmeerde hem een beetje. Alles was hier veranderd, alles was hier zo veranderd. Niemand zou zich hem nog herinneren.

Wachten bij de ingang van de begraafplaats. Wind zoemde in de toppen van de nog kale bomen. Grijze tegels. Geen sprietje gras of onkruid tussen de tegels. Strak en netjes lag achter het hek de begraafplaats. 'Vuulte' noemde zijn vader het onkruid. In verdroogde plukken lag het op het tegelpad door de moestuin, nadat het met een mes was uitgestoken. Maris herinnerde zich hoe hij op zaterdagochtend op zijn knieën over dat tuinpad kroop, weerspannig. 'Ga jij de vuulte maar eens uitsteken,' hoorde hij zijn vader zeggen, met iets pesterigs in zijn stem, wetend dat hij een hekel had aan dat werk.

Anderen stonden op de parkeerplaats bij hun auto's. Ook die anderen sloegen de kerkdienst over. Ilse was teruggekeerd op het oude nest en werd als een christelijk meisje begraven. Iedereen was in het zwart of donkerblauw. Enkele vrouwen droegen een hoed. Maris droeg een zwartleren jack en zwarte jeans, zwarte laarzen en een zwarte zonnebril. Hij stond alleen, maar voelde zich niet alleen nu hij het hondje bij zich had, inmiddels aan een leren riem. Hij stond te denken aan zijn werk, in een poging zich los te maken van de plaats waar hij zich bevond, van het eiland. Snel in en uit, had hij besloten.

Eindelijk reed de lijkwagen het grindpad naar de begraafplaats op, langzaam, lang en zwart, hij naderde, gevolgd door een rij auto's, en maakte de draai op de smetteloze tegels voor het hek. De wind rukte aan de lange, zwarte jassen van de mannen van de begrafenisonderneming, ze drukten hun hoed stevig op hun hoofd. Er werd gewacht met het uitladen van de kist tot de rouwstoet zich had geformeerd. De auto's vulden de parkeerplaats. Er naderden tientallen in het zwart geklede gestaltes, de ouderen voorop, sommige ondersteund. Jonge mannen en vrouwen volgden, jonge ouders voor wie de dood nog achter de horizon lag en die het druk hadden, in hun hoofd al bezig met de beslommeringen van na de begrafenis. Opgeschoten jongens in hun eerste pak. Opgeschoten meisjes, kouwelijk weggedoken in hun jas, de handen in de mouwen geschoven. De complete familie schaarde zich om het zwarte schaap. Maris zag hen naderbij komen. Het had zijn eigen familie kunnen zijn. Hij herkende het langwerpige gezicht van Ilse in dat van een jonge vrouw in donkerblauwe jas, waarschijnlijk een zusje, en ook in het bleke gezicht van een oudere vrouw, haar moeder, een en al verslagenheid.

Aan het graf stond hij in de haag van mensen, ergens achteraan. Vanuit ooghoeken werd er naar hem gegluurd, vooral door jonge meisjes. De dominee deed zijn werk. Hij sprak nog eens langdurig. Er werd gebeden en gezongen. Het ging allemaal langs Maris heen. Tussen de hoofden door keek hij naar Ilses moeder, naar haar bleke gezicht onder de rand van haar hoed. Haar man stond naast haar: een grote kerel met een grijze kuif, al iets van ouderdom in zijn schouders. Deze man had twintig jaar geleden op de rand van haar bed gezeten en zijn broek opengemaakt. Later had hij haar in de schuur tegen de wand geduwd en haar opgedragen hem te bevredigen. Nu stond hij aan haar graf, zijn handen voor zijn kruis. Wist zijn vrouw het, wisten zijn kinderen het? Was het waar wat Ilse hem had verteld? Maris kon alleen maar naar deze mensen kijken, en naar Ilse's zusje, net zo lang als zij, dat naast haar moeder stond en haar een arm had gegeven.

Opeens boog hij zijn hoofd. Hij durfde niet meer op te kijken. Hij wilde weg. Zijn blik gleed al over het vertrapte gras naast hem naar het pad. Zijn hart sloeg fel in zijn borst. Maar hij kon niet weggaan. Het was onmogelijk. Toen moest hij toch kijken, tussen de hoofden door, en keek hij recht in het gezicht van Matty's moeder. Hij herkende haar onmiddellijk. Naast haar stond een grote en grijzende man in een te krap geworden pak. Zijn dichtgeknoopte jasje spande om zijn bovenlijf, zijn gezicht was pafferig geworden – een man die zich niet meer inhield met eten en drinken, een man die het liet gaan. Op zijn brede schouders en uitgestrekte armen stonden ooit klapwiekend zijn duiven. Naast hem drie jonge kerels, drie jonge stieren, strak in het pak, elk met een vrouw.

Secondenlang keek hij haar aan, en in het gezicht van de moeder herkende hij Matty, het meisje dat er niet meer was. Ze keek hem aan, geschrokken, met grote ogen. Maris keek weg.

Hij wilde niet weglopen. Het zou worden gezien, het zou worden opgemerkt, het zou worden uitgelegd als een vlucht. Maar hij was zichzelf niet langer meester. Zijn voeten bewogen al in het modderige gras, onwillekeurig boog hij zich een beetje voorover om zich kleiner te maken, hij trok het hondje mee achter de mensenhaag langs in de richting van bomen en struiken, waar hij onzichtbaar zou zijn. Hij liep niet naar de uitgang van de begraafplaats, want hij wilde niet op de vlucht slaan, hij wilde zich ook niet laten wegjagen, hij wilde tot zichzelf komen, de schok verwerken, zich beraden. Trillend op zijn benen stond hij onder een boom. Heel kort doemden de gezichten van zijn vader en moeder in hem op. Hij zocht naar een uitweg, maar er was geen uitweg.

Op de parkeerplaats stonden nog twee auto's: zijn eigen stationcar met de lange kras op zijn flank en, er dwars voor geparkeerd, een glanzend zwarte Mercedes. Er stapten drie mannen uit die Mercedes. Ze waren blootshoofds en droegen een donker, driedelig pak. De wind rukte aan hun haren en hun jasjes, die ze onder het lopen dichtknoopten.

Hij had ze al herkend aan het graf en herkende ze nu opnieuw, de drie mannen die hij voor het laatst had gezien op die zondagmiddag in augustus, toen ze op hun brommers achter de schuren langs reden, op weg naar de zeedijk. Hij wist het nog omdat tijdens de verhoren die hele zondag minutieus was gereconstrueerd, van uur tot uur, waar hij was en wat hij deed. Nu stonden ze hem op te wachten, hun handen in hun zakken, langs hem heen kijkend, Corné Tramper voorop, zijn broers aan weerszijden schuin achter hem.

Maris wist – via zijn moeder, die het dorpsnieuws nog altijd bijhield – dat ze het loonwerkersbedrijf van hun vader hadden overgenomen: een grote hal vol machines aan de rand van het dorp. Ze waren welvarende ondernemers geworden. Ze hadden meebetaald aan de nieuwe tribune van de voetbalclub van het dorp, hun naam stond op de reclameborden langs het veld, elk jaar werden de sloten rond het veld kosteloos met een van hun graafmachines schoongemaakt.

Op enkele meters afstand hield Maris stil. Hij moest wel, want ze versperden hem de weg. Nog voordat er één woord was gezegd, voelde hij zich al de mindere van deze mannen in hun strakke pakken. Dit waren mannen met echte levens: ze waren ge trouwd, ze hadden kinderen, ze hadden een bedrijf opgebouwd, ze hadden hun plaats in de dorpsgemeenschap. Hij was alleen, hij had geen vrouw, geen kinderen, en wilde ze ook niet, hij was nog altijd aan het zoeken en nog altijd niet volwassen. Hij had alleen zijn schilderijen, waar hij weliswaar bedragen voor kreeg waar ze ontzag voor zouden hebben, maar die voor hen toch volmaakt onbegrijpelijke frivoliteiten waren.

'Zo, Coppoolse,' zei Corné, en er trilde iets in zijn stem, iets vervaarlijks, 'hoe gaat het?'

Hij sprak in dialect.

'Ik heb niets te klagen, Corné. Dank je voor je belangstelling.'

Maris antwoordde in dialect.

'En... bevalt het je nog altijd in... eh... Amsterdam is het toch?'

'Ik ben er nog niet uitgekeken.'

'Kunstschilder, toch?'

'Zeg maar schilder. En jullie, hoe gaat het met jullie?'

'Z'n gangetje, Coppoolse.'

Ze zwegen. Het hek van de begraafplaats werd gesloten, een man sprong op zijn fiets en reed terug naar het dorp. Maris wierp een snelle blik op de twee broers schuin achter Corné, die hem van hoofd tot voeten hadden opgenomen en nu wegkeken.

'Je bent het Zeeuws nog niet verleerd,' constateerde Corné.

'Dat heb je goed opgemerkt.'

'Het was bedoeld om iets vriendelijks te zeggen.'

'Verder heb je waarschijnlijk niet veel vriendelijks te zeggen.'

'Rustig maar, Coppoolse.'

Ze hadden hem gevangengenomen, besefte hij. Hij kon alleen nog maar wat fladderen als een vogel in een kooi. Ze hielden hem vast zolang ze wilden. Vroeger waren dit de jongens die hij zo veel mogelijk ontweek. Hij ontweek ze, omdat hij wist dat ze zijn zwakte zagen. Hij ontweek ze, omdat hij wist dat ze met één enkele opmerking, met één enkele blik, macht over hem hadden. De drie jongens die hem op het Sas hadden afgetuigd waren net zo.

Corné vouwde zijn armen voor zijn borst. Zijn jasje spande om zijn zware schouders. Hij had een onderkin nu hij zijn hoofd wat liet zakken en Maris strak aankeek.

‘Denk je nog weleens aan Matty?’

De vraag had met al haar dreiging haast iets naïefs.

‘Natuurlijk.’

Het kwam er te vlot uit.

‘Natuurlijk,’ herhaalde Corné.

Hij zette zijn voeten wat verder uit elkaar.

‘En als je aan haar denkt, wat denk je dan?’

‘Ik ben hier niet om ondervraagd te worden.’

‘Je bent al genoeg ondervraagd, bedoel je.’

‘Inderdaad.’

‘En allemaal zijn ze je gaan geloven. De politie, de psychiaters, de rechters. Maar wij niet. Dat weet je.’

‘Dat weet ik.’

Onbeweeglijk stond hij tegenover de drie mannen. Het hondje zag hij nergens meer. Hij wilde naar zijn auto lopen, maar die kerels versperden hem de weg. Hij kon ook geen voet verzetten, want hij had al zijn kracht nodig om te blijven staan waar hij stond.

‘Hoe is het met jullie vader en moeder?’

Hij vroeg het om de ander te pacificeren. Hij wilde het ook werkelijk weten, hoe angstaanjagend het ook was om over hun vader en moeder te beginnen, de mensen wie hij een kind had ontnomen.

Corné zweeg geruime tijd, toen zei hij: ‘Ons vader en ons moeder zijn nooit meer geworden wie ze waren voordat Matty werd vermoord.’

Maris wendde zijn blik af en zweeg.

‘Hoor je wat ik zeg,’ vroeg Corné.

‘Het spijt me dat te horen.’

‘Voor ons is het er elke dag.’

‘Voor mij ook.’

Het kwam er te vlot uit en klonk hem onwaarachtig in de oren, zwak. Alles wat hij zei klonk hem onwaarachtig en zwak in de oren. Hij was er niet bij, hij wilde er niet bij zijn, hij hield zich schuil, hij handelde dit af, meer niet. Hij voelde zich een leugenaar die koste wat kost een leugen in stand wil houden, een snelle jongen uit de stad die het moet afleggen tegen de robuuste eerlijkheid van een dorpsbewoner, precies de achterbakse figuur die zij altijd in hem hebben gezien.

'Ik zou nu graag in mijn auto willen stappen.'

Hij trok zijn autosleutels uit zijn jaszak. Onmiddellijk besefte hij dat hij een fout had gemaakt door die sleutels tevoorschijn te halen.

'Dan zullen we je even naar je auto begeleiden, Coppoolse.'

De twee jongere broers stapten naar voren, hun handen uit hun zakken trekkend. Met zijn drieën kwamen de Trampers op hem af. Ze kwamen tot vlak bij hem. Zijn ogen schoten heen en weer. Voordat hij het besefte, had Corné hem zijn autosleutels afgenomen. Slechts een zacht rukje was ervoor nodig, en toen liet hij ze al schieten. Ze omringden hem als lijfwachten, aan weerszijden en achter hem waren ze, terwijl hij naar zijn auto liep. Hij zag het hondje uit de struiken schieten. Het portier werd voor hem geopend, het hondje wipte naar binnen, hij kon instappen, kreeg zijn autosleutels aangereikt, maar toen hij het portier wilde dichttrekken, werd het vastgehouden. Corné boog zich naar hem voorover, een arm op het portier, een hand op het dak van de auto. Maris kon hem ruiken.

'Ga je nu terug naar... eh... Amsterdam, Coppoolse?'

Maris zweeg.

'Het liefst zouden wij je natuurlijk een mes in je donder steken, Coppoolse. Maar wij zijn geen moordenaars.'

Maris bleef zwijgen.

Opeens boog de man zich in de auto, greep zijn linkerarm bij de pols vast, pakte ook de vingers van zijn linkerhand en begon ze achterover te drukken, terwijl hij hem aankeek. Maris verdroeg de pijn, zwijgend en passief. Steeds verder werden zijn vingers achterovergedrukt. Spieren en gewrichten stonden op breken. Hij zag een gemene flikkering in de ogen van Corné en opeens begreep hij dat het menens was: de man wilde zijn vingers breken, zodat hij nooit meer zou kunnen schilderen. Op de tuchtschool was Maris zijn schroom om geweld te gebruiken verloren. Hij hield twee vingers gereed om ze in een van de ogen van Corné te steken. Hij keek hem strak aan.

'Stop hiermee,' zei hij, en hij greep hem met zijn vrije hand bij zijn strot, 'stop hiermee!'

Corné liet hem langzaam los en met zijn gezicht nog vlak bij het zijne zei hij: 'Salut, Coppoolse. Wij wensen je alle goeds.'

Toen trok hij zich terug en smakte het portier dicht.

3

Maris reed hard. De wind loeide langs de auto. Banen roze kleurden de hemel tegen het eind van de middag, de maan kwam op in de bleekblauwe lucht, en hij reed veel te hard. Drie mannen in donkere pakken hadden bezit van hem genomen. De begrafenis was naar de achtergrond gedrongen. Hij dacht alleen nog aan de drie broers en alles wat er op die parkeerplaats was gepasseerd.

Hij reed naar Rotterdam, hij reed naar zijn ouders. Hij wist niet wat hij bij zijn ouders te zoeken had, maar hij reed naar ze toe, woedend, wraakzuchtig, alsof hij hen ter verantwoording wilde roepen. Hij probeerde zichzelf nog wijs te maken dat hij via Rotterdam naar Amsterdam reed, een niet ongebruikelijke route, maar hij wist dat hij op weg was naar de bungalow waar hij zijn ouders zou treffen en stennis zou maken. Sigaretten werden opgestoken, er werd diep geïnhaleerd, en ze werden voortijdig en driftig weer gedoofd. Dit meende hij niet. Wat moest hij daar? Die arme mensen. Hadden ze door hem al niet genoeg ellende gehad? Het werd donker. Het werd nog gevaarlijker om zo hard te rijden, elke aanrijding was bij deze snelheid fataal. Maar hij kon zichzelf niet intomen – tot hij zag dat het hondje op de stoel naast hem stond te trillen op zijn poten. Hij schoof naar de rechterrijbaan, remde af, schoof meteen door naar de oprit van een tankstation om er koffie te halen en te plassen, als herinnering aan Ilse, die onder de grond lag. Het hondje trippelde naast hem toen hij de winderige parkeerplaats overstak en keek naar hem op. Hij herinnerde zich hoe hij Ilse in de sneeuwjacht had zien lopen met het hondje naast zich. Het was nauwelijks twee maanden geleden.

In Rotterdam raakte hij de weg kwijt. Hij had geen plattegrond van de stad en moest stoppen, zijn raam opendraaien en naar de weg vragen, verschillende malen, wat hem kalmeerde want hij zag gezichten, hij zag andere levens, en eindelijk reed hij de straat van zijn ouders in.

Het was een straat met bomen en vrijstaande huizen en grote tuinen, hier en daar rieten daken, en de straat was niet recht maar kronkelde. De straatlantaarns brandden en wierpen hun schijnsel op het plaveisel, de geparkeerde auto's, een enkele voorbijganger. Hij parkeerde onder een boom, voor de hoge taxushaag waarachter het huis van de overburen schuilging, hij draaide zijn raam open en liet de rust van deze rustige wijk voor welgestelden naar binnen komen.

Het huis van zijn ouders was donker.

Hij was hier voor het laatst geweest op tweede kerstdag voor een familiedinertje samen met zijn zus en haar man, een fikse vent, die ze niettemin al aardig onder de duim had en die rond zijn veertigste net zo getemd en meegaand als zijn schoonvader zou zijn. Zus was vierendertig en wachtte nog even met haar eerste kind. Het moest haar precies goed uitkomen. Ze maakte carrière bij een verzekeringsbedrijf. Ze had een pony tot op haar wenkbrauwen, rood gestifte lippen en droeg de bril die bij een bepaald soort zakenvrouw leek te horen. Niets kon haar opmars in de wereld nog stuiten. Na een moeizame avond had Maris alsnog besloten om niet te blijven logeren en terug te rijden naar Amsterdam. In de ogen van zijn zus had hij een wilde vreugde zien oplaaien.

Onderuitgezakt in zijn auto, knie tegen het dashboard, keek

Maris naar de donkere bungalow, de flagstones van het pad naar de voordeur, de zonnewijzer in de voortuin, de keurig onderhouden perken waar zijn vader zo te zien mest had uitgestrooid. Over een paar jaar zouden ze teruggaan naar het eiland, dan zat hun ballingschap erop. Zijn moeder had al een notariswoning in een van de dorpen op het oog. De notaris was oud en zwak. Een van haar zussen op het eiland hield haar op de hoogte. Terugkeren zou ze, hoe dan ook.

Hij herinnerde zich hoe zijn vader elk jaar met een aanhanger mest bij een boer in de omgeving haalde en voor het invallen van de winter in de moestuin verspreidde, met een mestvork de mest goed uitschuddend. Je moet hem goed uitschudden, zei hij altijd, niet van die dikke klonten. De mest goed uitschudden. De aanhanger trokken en duwden ze met zijn tweeën achter de schuren langs, want daar kon je met de auto niet komen.

Opeens gleden er tranen over zijn wangen, die hij geïrriteerd wegveegde, maar ze bleven komen, en zijn vingers werden nat en zelfs zijn sigaret werd nat toen hij bleef doorgaan met roken. De Trampers waren naar elkaar toe gegroeid, besefte hij, en in zijn familie was het tegenovergestelde gebeurd: ze waren elkaar kwijtgeraakt. De jongens van Tramper hadden verder kunnen leren, ze hadden weg kunnen gaan van het eiland, maar ze waren in het dorp gebleven, bij hun vader en moeder, ze waren dicht bij elkaar gebleven, zich aan elkaar vastklampend. Het tegenovergestelde was in zijn familie gebeurd, meteen al in de eerste week na de dood van Matty. Zijn vader bezocht hem elke dag, liefst twee keer per dag, zijn moeder liet het afweten. Ze was ondergedoken bij een van haar zussen en bracht haar dagen huilend en klagend door. Hij had het vanzelfsprekend gevonden dat zijn vader naar het politiebureau en later de gevangenis kwam en niet zijn moeder. Pas naderhand was het tot hem doorgedrongen dat hij haar toen was kwijtgeraakt. Van kindsbeen af was hij de lieveling van zijn moeder geweest, haar mooie jongen, haar trots, veel meer dan zijn zusje. Maar na de dood van Matty had ze hem laten schieten. Toen ze eindelijk op bezoek kwam, opgedirkt en ruikend naar parfum, was het te laat. Zijn zus had nog langer op zich laten wachten. Ze was met zijn vader meegekomen, had nauwelijks een woord met hem gewisseld, en naderhand had ze nooit met hem willen spreken over wat er was gebeurd. Zijn moeder en zus wisten niets van wat hij had doorstaan in de weken die volgden op die zondagmiddag in augustus – die een door niemand herinnerde zondagmiddag had kunnen zijn als hij Matty had gekust. Alleen met zijn vader had hij een enkele keer een paar zinnen gewisseld over het gebeurde. Overheersend was het zwijgen geweest.

Hij wachtte en keek naar het donkere huis zonder te weten waarom, want hij had zijn ouders niets te zeggen en voelde geen behoefte ze te zien. Maar hij wachtte en staarde naar de kluiten tussen de struiken in de voortuin, hij wilde uitstappen om te kijken of zijn vader inderdaad mest had uitgestrooid en weerhield zichzelf ervan, want hij wilde niet gezien worden. Toen naderde er een auto. Maris herkende het geluid van een Mercedes en zag de wagen, langzaam, behoedzaam – zijn vaders rijstijl – het pad naar de garage op draaien. De koplampen verlichtten de garagedeur. De motor werd afgezet. Zijn moeder stapte uit, gooide het portier achter zich dicht en stevende meteen op de voordeur af, de huissleutels in haar hand. Zijn vader stapte uit, gebogen al in de schouders, hij sloot de auto af en terwijl hij achter de Mercedes langs liep leek hij iets te bespeuren, hij vertraagde zijn pas, stond stil en draaide zijn hoofd in de richting van de geparkeerde auto aan de overkant, maar onbestemd, bijna zonder het te beseffen, en toen volgde hij zijn vrouw naar binnen door de openstaande voordeur, die nog een ogenblik openbleef en toen werd gesloten.

Nog even keek Maris naar het huis van zijn ouders, toen startte hij zijn wagen en trok op. Langzaam reed hij door de stille lanen. Het was of hij zijn ouders lange tijd niet meer zou zien.

4

Terwijl hij bezig was zijn vertrek voor te bereiden, liep hij Sigi tegen het lijf in het Stedelijk. Hij had gehoord dat er drie grote schilderijen van De Kooning werden tentoongesteld met een aantal van zijn bronsfiguren, die zelden te zien waren. Hij had ontzag voor De Kooning, die op zijn tweeëntwintigste vanuit de Rotterdamse haven als verstekeling op een vrachtboot naar Amerika was gevaren, tientallen jaren had geploeterd in kale en slecht verwarmde ateliers om een nieuwe stijl te ontwikkelen en ten slotte een groot schilder in New York was geworden, die zijn eigen atelier kon laten bouwen op Long Island. Hij kende dit atelier van foto's: de hoge glaswand, de vloer bezaaid met tekeningen en De Kooning in zijn gestreepte werkjasje, een wollen muts achter op zijn hoofd. Hij hield van een foto die van de oude De Kooning was genomen: zittend op een rotsblok met ontbloot bovenlijf, waarschijnlijk al licht dement. Deze foto hing in zijn atelier. 'A man like a rock sitting on a rock', had hij erop geschreven. Wit haar, de uitgezakte tors van een oude man. Nog altijd macho, maar ook weerloos.

In het Stedelijk had hij eerst een tijd in het restaurant gezeten, plotseling in de ban van het afscheid. Hoeveel jaar zou hij weggaan? Hoelang zou hij deze vertrouwde plek niet meer zien? Achter een glazen wand lag de bibliotheek waar hij jarenlang de buitenlandse kunsttijdschriften had doorgenomen. In de hoge ruimte van het restaurant was een tien meter lange kano opgehangen, uit Nieuw-Guinea of daaromtrent, een beschilderde en gebeeldhouwde kano uit de wereld van de jungle, mistige valleien, modderige rivieren, met witte klei beschilderde mannen die ten strijde trokken, peniskokers, speren, schilden en de gebleekte schedels van gedode vijanden. Het alleroudste en het allernieuwste waren in het museum zo bij elkaar gebracht. Hij had hier met vrienden afgesproken. Hij had er naar eindeloos veel vrouwen gekeken. Nu keek hij naar een chic geklede Italiaanse met een imposante neus en vroeg zich af hoe ze in bed zou zijn, zo'n trotse vrouw met zo'n neus. Haar echtgenoot zag hij op de rug. Zijn camel winterjas hing los om zijn schouders. De haarlijn op zijn achterhoofd, zwart op lichtbruin, was scherp geschoren. Hij had hier met Sigi gezeten, ze droeg haar maillot van okergele wol waarin hij haar benen zo geil vond. Hij had hier de man met de lange witte haarlok voor zijn oog, de vlinderdas en zijn vooroorlogse chic gezien: Sandberg, vegetariër, idealist, typograaf, de man van de gescheurde letters in rood, blauw en geel, de man die het museum groot had gemaakt. Hij had zijn stem gehoord, zijn gebruinde gezicht met de ouderdomsvlekken van dichtbij gezien, hij had hem de hand gedrukt – en zo was hij maar één handdruk verwijderd geweest van Picasso, Mondriaan, Chagall en vele andere grote kunstenaars. Hij had hier zoveel mensen ontmoet, bij zoveel openingen in de menigte staan praten, verhit en halfdronken.

In de hal van het museum besteeg hij de grote trap. Hij liep door de zalen om nog een blik op oude bekenden te werpen. Opeens bevond hij zich in een kleine zaal met de schilderijen en bronsfiguren van De Kooning. En daar stond ook Sigi voor de gele en roze verfvegen van de *Rozevingerige dageraad te Louse Point* in een kort rood truitje dat hij herkende, een gewatteerde broek en op haar onafscheidelijke laarsjes. Naast haar stond haar nieuwe minnaar. Hij had maar één blik nodig om het te weten. Een jongen in een leren jack, die net een haarlok uit zijn gezicht veegde en toen begon te blozen, net als zij.

Er verscheen een ironische glimlach op Maris' gezicht. Hij herinnerde zich hoe ze destijds over het werk van De Kooning hadden gepraat. Ze had er niets van willen weten, omdat de man op een aantal van zijn beroemdste schilderijen vrouwen zo afschuwelijk lelijk en agressief had weergegeven. Monsters waren het in haar ogen. Ze was er bang voor geweest. Hij had haar nooit voor De Kooning kunnen winnen, en nu stond ze hier.

'Hé, Maris.'

De blos op haar gezicht werd almaar dieper. Hij wist hoe ongelukkig dit blozen haar maakte. Hij had medelijden met haar en hij gunde haar die immense en zo zichtbare verlegenheid. Ondertussen bonkte zijn hart.

'Hé, Sigi.'

Hij raakte haar niet aan. Ze maakte een onbeholpen gebaar naar de jongen en stelde hem voor. Maris knikte hem toe. Het was een introverte, broeierige jongen van haar eigen leeftijd. Maris kon een vlaag van minachting niet onderdrukken, alleen maar omdat deze knaap zijn plaats in haar leven en tussen haar dijen had ingenomen. Maar hij voelde ook nieuwsgierigheid, want het was geen doorsneejongen, hij was eigenaardig en had mooie, glanzende en enigszins naïeve ogen.

Moeizaam wisselden ze een paar zinnen. Maris kapte het gesprek zo gauw mogelijk af en nam afscheid.

'Dag,' zei ze.

Haar groet trilde de rest van de dag in hem na.

HOOFDSTUK VII

1

Op een dag in oktober liep hij over Eighth Avenue. Het was nog vroeg, maar de zon begon al te branden. Geen zuchtje wind, frisse lucht was er al nergens meer. Boven de gebouwen stond een wazig-blauwe lucht. Met ingehouden adem liep hij langs het vloeibare en dampende asfalt, dat net op de weg was gestort. De geur sloeg in zijn neusgaten. Hij passeerde de asfalteermachine, bestuurd door een zwarte man die zijn oranje hesje over zijn blote bovenlijf droeg, hij wierp een blik op de wegwerkers met hun brede schoppen, en tien meter verderop begon hij weer te ademen. Om hem heen dreunde de stad.

Hij merkte dat vrouwen naar hem keken en dat gaf hem moed. Hij droeg een zwart linnen jasje op een helblauw T-shirt – het zwart en blauw waren precies de kleur van zijn haar en zijn ogen –, een zwarte jeans en opvallende schoenen van wit leer, die hij gister had gekocht. In zijn kielzog volgde een hondje, zijn kop geheven, alert, soms schichtig opzijspringend voor een voorbijganger op het overvolle trottoir, soms afdwalend naar een geurspoor, om dan met een korte, felle tussensprint weer langszij te komen.

Bij het metrostation op West 14th Street bukte hij zich om het hondje aan te lijnen, wierp al bukkend een blik op een haveloze, zwarte man die in de schaduw van een bouwsteiger met gesloten ogen tegen de muur lag, ontweek een vrouw die hem een dienblad voorhield, een stuk roze tule optilde en haar zelfgemaakte snoepgoed aanbood, en liep de trappen af. Op het perron loeiden vlak boven zijn hoofd de airco's. Met donderend geraas, een luchtgolf voor zich uit stuwend, schoot de exprestrein uit de tunnel. De wagons waren overdekt met graffiti. De kunst van de spuitbus beleefde haar hoogtijdagen in de stad.

Hij stapte in en vond een zitplaats.

'How long to Brighton Beach?'

Hij vroeg het aan een meisje met dik blond haar en sproeten dat aan de overkant van het gangpad zat. Ze droeg sandalen en las een boek.

'Brighton Beach?'

'Yes.'

'About forty-five minutes.'

'Are you going there?'

'No, I'm not.'

Met een glimlachje wendde het meisje zich af. Maris voelde zich betrapt. Hij streelde het hondje, dat tussen zijn benen zat, en zag het meisje vanuit haar ooghoeken kijken naar zijn strelende handen. Bij een volgend station liep de wagon vol en kwamen er mensen tussen hen in staan. Hij trok een pocket uit de zak van zijn jasje en probeerde te lezen. Maar hij was er te moe voor. Hij staarde naar de drukinkt die rond de letters uitvloeide op het grove papier. Tussen de benen van de mensen in het gangpad door keek hij naar de voeten van het meisje: blote voeten in sandalen. Hij hield niet van sandalen. Maar haar voeten riepen een krachtig, naakt lichaam op in een klein, houten huis aan zee, een verwaarloosd huis met eromheen hoog gras dat boog in de wind. Op haar ruggengraat, vlak boven haar billen, zaten blonde haartjes. Onder de douche gebruikte ze een enorm stuk zeep. Ze boende zichzelf schoon. Daarna zat ze, bijna dubbelgevouwen, haar teennagels te knippen. Haar natte haren vielen naar voren en werden met een ruk naar achter geworpen. Ze zou een dominante moeder zijn. Na haar veertigste werd ze klagerig en daardoor nog dominanter en dwingender. Maar nu zat ze nog hier. Was ze een Zweedse au pair in Brooklyn? Hij keek naar de kop van het hondje tussen zijn benen, hij keek naar andere voeten, de vuile vloer onder de banken. Hij was doodmoe. Voor het eerst in twee maanden stond hij zichzelf toe de stad uit te gaan.

Hij had een kleine studio gevonden in een smerig gebouw aan de Hudson waar 's nachts ratten rondscharrelden. Het oppervlak van de studio was een vijfde van het atelier dat hij had achtergelaten in Amsterdam. Het geluid van de stad drong er volop naar binnen, het was er haast of hij nog op straat stond. Hij had de kierende ramen dichtgemaakt met isolatietape, hij had dikke gordijnen opgehangen om nog meer geluid buiten te kunnen sluiten, maar alleen in de piepkleine badkamer vond hij een begin van stilte. Hij had de galeriehouder opgezocht die tweemaal zijn werk had geëxposeerd en goed had verkocht, een veertiger in een glanzend pak, die leek te schrikken toen hij binnenkwam en seconden nodig had om zijn Amerikaanse jovialiteit weer tevoorschijn te toveren. Het was duidelijk: hij zou hier opnieuw moeten beginnen. Hij had tientallen galeries bezocht om zich op de hoogte te stellen van de stand van zaken. In de wereldberoemde galerie van Castelli had hij een wereldberoemde kunstenaar voorbij zien komen, in een gele trui, lijzig pratend. Hij had de mensen opgezocht voor wie hij introducties had gekregen en ze bij het afscheid bedankt voor hun tijd. Hij had een supermarkt gekozen, een koffiebar waar hij *The New York Times* las en een praatje kon maken. Hij was afgevallen door het vele lopen. Hij had gemerkt dat hij zich niet een paar duizend kilometer kon verplaatsen en gewoon weer aan het werk gaan. Hij had moeten wennen, ook aan het licht dat van de Hudson kwam. Een halve dag was hij bezig geweest om het juiste transparante plastic te vinden om een deel van de ramen van zijn atelier mee af te dekken en het licht te temperen. Maar hij was aan het werk. Op sommige dagen begon hij zich in zijn atelier senang te voelen.

Hij had veel van het verleden achter zich gelaten. Hij had geen tijd om er nog over na te denken en het verdween achter alle nieuwe indrukken. Aan zijn dagen met Ilse dacht hij liever niet terug. Hij had gedaan wat hij kon, meende hij, en al veel meer dan vele anderen gedaan zouden hebben. Anderen zouden zo'n vrouw niet eens hebben meegenomen van dat tankstation. Ze wilde al niet meer leven. Hij was getuige geweest van haar laatste fase en had haar ondergang alleen maar kunnen vertragen. De herinnering aan hun worsteling in de deuropening van het atelier was pijnlijk, maar zou slijten. Ze viel niet te handhaven. Wat had hij nog voor haar kunnen doen? Ergens hield het op.

Gebleven was alleen dat ene, onuitroeibaar, een pak herinneringen dat op onverwachte momenten naar boven kwam en openbarstte. Het gevoel van een niet te delgen schuld, dat alleen maar toenam naarmate hij ouder werd en scherper besefte wat hij had aangericht. Zweet dat hem uitbrak bij het zien van jonge meisjes. Nachtmerries waarin hij gedwongen werd zichzelf te doden. En woede, een onbeheersbare woede, die door de geringste dingen kon worden veroorzaakt – een schoenverkoopster die hem niet naar behoren hielp en die hij had verbijsterd door zijn agressie.

Het meisje met het dikke blonde haar en de sproeten verliet de wagon zonder nog een blik op hem te werpen. Hij zag haar brede hielen in haar sandalen, en toen was ze weg.

Halverwege Brooklyn werd de trein leger, de gebouwen werden lager, en ten slotte reed hij langs de achterkant van rijtjeshuizen. Het station van Brighton Beach lag op een viaduct midden in de straat. Hij liep de trappen af en belandde in een Russische wijk. De opschriften op winkels en restaurants waren in cyrillisch schrift. Het was of hij dichter bij huis kwam nu hij tussen Russische emigranten liep. Het hondje trok aan de lijn, Maris volgde hem. Het licht was hier anders. Het was heller. Tussen twee flatgebouwen verscheen opeens de zee.

IV

HOOFDSTUK I

1

Fran had haar als eerste in de peiling. Ze stond niet ver bij hen vandaan aan de reling van de veerboot tussen Tenerife en La Gomera: een jonge vrouw in een jurk met gele linten die om haar heen dwarrelden in de wind. Ze was opvallend lang. Ze had haar blonde haar in twee dikke vlechten op haar achterhoofd gewonden en vastgezet. Fran hield haar in de gaten. Ze zag vrouwen die het op Maris hadden gemunt meestal eerder dan hijzelf.

Toen Maris opzijkeek, omdat er opeens gele linten in zijn blikveld verschenen, viel hij in de blik van de jonge vrouw. Ze herkende hem. Hij voelde het: een blik die net iets te lang op hem rustte en dan wegschoot. Hij had in alle kunstbijlages gestaan, de coverstory had veel aandacht gekregen, zijn tentoonstelling was met een maand verlengd. Het verbaasde hem niet dat hij ook hier, een paar duizend kilometer van Amsterdam, werd herkend. Er landden elke dag vliegtuigen vol Nederlanders op Tenerife.

Hij keek weer naar de school dolfijnen die naast de veerboot was opgedoken. De dieren zwommen op topsnelheid met het schip mee, hun slanke lijven zichtbaar onder water, ze sprongen omhoog, doken weer onder en zwommen verder, tot ze zich opnieuw met een ruk in de lucht wierpen. In rijen schoten ze naast elkaar voort door het lichtblauwe water. Fran maakte opgewonden geluiden en had vol verbazing Maris' onderarm vastgegrepen. Maris genoot van het schouwspel. Maar onder het genot lag de donkerte, die hem altijd als een schaduw vergezelde, zoals die uit zee opspringende dolfijnen vergezeld gingen van hun schaduw die over de zee flitste. Hij keek naar de dieren, maar zijn aandacht lag bij de hand waarmee Fran hem in haar opwinding had vastgepakt.

Toen ze in het scheepsruim de trappen af liepen naar het autodek zagen ze de vrouw met de linten nogmaals. Uit de massa passagiers keek ze omhoog naar Maris en glimlachte. Ze was achter in de twintig, maar had nog iets kinderlijks over zich in haar glimlach, haar blik en vooral in de manier waarop ze de aandacht probeerde te trekken met iets te sierlijke bewegingen van haar lichaam. Naast haar liep een lange, in zichzelf gekeerde jongeman. Hij was bijna helemaal in het zwart: een zwart linnen jasje op een wit hemd, een zwarte jeans met zwarte schoenen en in zijn haar een zwarte zonnebril. In het scheepsruim werden al auto's gestart. In het lawaai en de drukte keek de vrouw opeens omhoog, alsof ze wist dat hij daar zou zijn. Maris beantwoordde haar glimlach. Zwierig daalde ze de trappen af naast haar in zichzelf gekeerde vriend. Maris bleef glimlachen.

'Wat maakt jou zo blij,' vroeg Fran.

'Ik moet lachen om die vrouw met haar gele linten.'

'Ze probeert al een hele tijd je aandacht te trekken.'

'Het lijkt me een enorme aanstelster,' zei Maris, in een poging haar jaloezie voor te zijn of die weg te nemen.

Ze wrongen zich tussen de geparkeerde wagens door naar hun rode huurauto. Hij rook nog nieuw. Fran ging achter het stuur zitten, want ze zouden over een hooggelegen kustweg moeten rijden, permanent langs afgronden, en daar was zij veel beter in dan Maris. Hij vertrouwde zichzelf niet helemaal op dergelijke in de rots uitgehouwen kustwegen met panoramische uitzichten over zee. Hij had niet alleen *a bad head for heights* – de Engelse uitdrukking had zich meteen in zijn geheugen vastgezet –, de hoogtes maakten hem ook bang voor zichzelf. De afgrond zoog.

2

In het dorp – twee uur later en dertig kilometer verderop – kwamen ze het jonge stel nogmaals tegen. Ze waren te vroeg om het huis op de kaap al te betrekken en hadden besloten eerst wat te eten in het dorp aan zee waar ze de komende weken hun boodschappen zouden doen.

Kijken, glimlachen, elkaar toe knikken – dat was al genoeg om de vrouw een vrijbrief te geven. Zonder omwegen kwam ze nu op hen af, terwijl haar vriend achterbleef bij de lage muur die boulevard en strand van elkaar scheidde. Ze had een energieke tred. De gele linten golfden om haar heen. Maris stond stil, Fran verstarde en wendde haar blik af.

'U bent toch Maris?' vroeg ze.

Haar stem klonk vleiend. Meteen wendde ze zich ook tot Fran.

'Neem me niet kwalijk, mevrouw, dat ik uw man zomaar aanspreek.'

Zelfs na een paar woorden had Maris het Zeeuws accent in haar stem al opgemerkt. Ze sprak slepend en deed geen enkele moeite haar accent te verbergen – wat hem voor haar innam. Ze had in haar kinderjaren een dialect gesproken. Haar mond was ernaar gaan staan.

'Ik ben Albertina,' zei ze, en ze ontblootte haar prachtige tanden. 'Het doet me zo'n plezier je een ogenblik te kunnen ontmoeten.' Ze sprak een beetje plechtstatig. 'Ik heb je tentoonstelling in het Stedelijk – ik mag toch wel je zeggen? – vijf keer gezien.'

'Ik ben vereerd,' zei Maris, geduldig.

'Werkelijk waar: vijf keer. Harald, mijn vriend, zei dat ik er bezeten van was. Ik denk dat hij gelijk heeft. Ik móést naar het Stedelijk, steeds weer. Ik werd ernaartoe gezogen.'

Fran stond uiterst sceptisch naar dit eigenaardige, vreemd sprekende, langbenige schepsel te kijken. Ze had een afkeer van mensen die alleen maar vanwege zijn faam op Maris af kwamen, een faam die een ogenblik op hen moest afstralen. Haar afkeer ging ditmaal gepaard met een ellendig voorgevoel. Net aangekomen op het eiland waren ze nu alweer door deze vrouw belaagd. Ze zaten in hetzelfde dorp. Deze vrouw ging zich in hun leven dringen. Ook Fran had het Zeeuws accent van de vrouw opgemerkt en ze wist hoe gevoelig Maris daarvoor was. Ze was mooi en van het hyper-onzekere type waar hij meteen medelijden mee had en dat hij altijd te ver liet opdringen.

'Zeg iets over één schilderij,' zei Maris plagend en uitdagend. 'Welk schilderij zie je meteen voor je?'

Fran kon haar ongeduld nauwelijks bedwingen. Hij ging er nog op in ook, de idioot.

'O, dan denk ik aan het laatste doek op de tentoonstelling: *Black Barn*, dat ik onmiddellijk vertaalde als *Zwarte schuur*, omdat ik die grote zwart geteerde schuren ken uit mijn kindertijd. Ik speelde in zo'n schuur. Ik lag daar op de grond in het halfdonker, zoals dat meisje daar ligt met haar haren voor haar gezicht geslagen. Het dode meisje.'

Maris schrok en verstarde. Hij keek naar haar terwijl ze sprak. Hij keek strak in die grote, kinderlijke ogen die niet wisten of ze hem wel aan durfden te kijken. Zijn blik rustte op haar lippen, op haar opvallend grote tanden, die hem leken te vertellen dat ze ook een roofdier was. Hij keek naar de opgestapelde vlechten op haar achterhoofd, die hem herinnerden aan vrouwenportretten van eeuwen geleden. Ze leek niet helemaal te sporen. Maar ze was ook een oergezonde meid van het platteland, die in zoiets als de modewereld terecht was gekomen, verschrikkelijk onzeker, maar vastbesloten om te slagen. Om haar heen dwarrelden de gele linten op de warme middagwind.

Fran maakte een ongeduldige beweging.

'Sorry Maris, sorry mevrouw, ik laat jullie!' Ze deed al een stap naar achter. 'Als je in Amsterdam ooit een verloren uur hebt… Ik kan je een paar merkwaardige verhalen vertellen. We hebben het nodige gemeen.'

Ze graaide in haar tas, haalde een verkreukeld visitekaartje tevoorschijn en streek het glad voordat ze het hem gaf. Toen stak ze de boulevard weer over, terug naar haar vriend, die geduldig had staan wachten. Halverwege draaide ze zich nog eens om en riep, opgetogen over haar ontmoeting: 'Maris! Salut!'

Maris en Fran vervolgden hun weg naar de auto.

'Nou, dat vond je zeker wel leuk,' zei Fran.

'Ja, een bewonderaarster, daar zat ik echt op te wachten,' antwoordde hij sarcastisch.

Zwijgend liepen ze verder langs de zee.

Maris zag het schilderij voor zich dat hij na lange aarzeling had gemaakt en *Black Barn* had genoemd. Hij had het gemaakt in herinnering aan de grote schuren op het eiland. Door de openstaande hoge deuren keek je in de schuur. Op de grond lag een meisje met de haren over haar gezicht geslagen, haar houding was onnatuurlijk. Het leek een nachtelijk tafereel met maanlicht. Wekenlang had hij zichzelf ervan weten te weerhouden om het meisje op de vloer te schilderen en in plaats van haar een andere gestalte. Toen was het er laat op een avond toch van gekomen. Het voelde als een bekentenis.

Maris stak een hand in zijn broekzak en vond daar het visitekaartje. Hij betastte het, met zijn vingertoppen bevoelde hij de barstjes in het karton, hij drukte het tegen de binnenkant van zijn dij en liet het toen weer los. Het was of hij iets verkeerds deed door het tegen zijn dij te drukken. De naam Albertina zat meteen in zijn hoofd, zoals hij lang geleden het telefoonnummer van een meisje op wie hij verliefd was maar één keer hoefde te zien om het uit zijn hoofd te kennen. Door haar stem en haar accent riep ze het verleden in hem op. Waar kwam ze vandaan? Ze was een vreemde en maakte toch een vertrouwde indruk.

Hij probeerde het van zich af te zetten. Dit was alleen maar gevleide ijdelheid en vallen op een jonge vrouw. Hij kon dit niet gebruiken, juist nu niet, nu hij zijn al bijna gebroken huwelijk wilde repareren. Onder het lopen luisterde hij naar de branding, hij zoog de schone lucht van duizenden kilometers oceaan diep in zijn longen en koesterde zich in de zon.

'Zo lekker, die warmte,' zei hij. 'Dit zal ons goeddoen, Fran.'
'Ik hoop het.'
Fran keek op haar horloge.
'We kunnen in het huis,' zei ze.
Maris keek omhoog naar de kaap, maar het huis daarboven kon hij niet zien.

HOOFDSTUK II

1

Fran werd vroeg wakker. Grauw licht kierde door de luiken. Al twee weken, sinds haar aankomst op het eiland, werd ze bij zonsopgang wakker. Op het platteland voegde haar lichaam zich altijd onmiddellijk weer naar het ritme van de natuur. Ze stond op en duwde de luiken open. Tussen een haag van hoge cactussen door zag ze in het oosten een grijs met roze lucht boven de bergen. Met Maris hoefde ze geen rekening te houden. Meteen op de eerste dag, bij hun eerste rondgang door het huis, hadden ze ruzie gekregen en 's avonds was de stemming zo slecht dat ze hadden besloten om apart te gaan slapen. Al veertien dagen was daar geen verandering in gekomen.

In de badkamer keek ze door een klein raam in de dikke muur en zag de kaap met zijn door onkruid overwoekerde akkers en in verval geraakte muurtjes, en de bleekblauwe zee, nog vlak, in afwachting van de dag. Er bewoog iets in die zee, ver weg. Het konden de natglanzende ruggen van grote vissen zijn. Daar in zee waren dolfijnen. Achttien soorten. Daar waren ook walvissen, en daar leefde ook een kudde van driehonderd grienden – een schuwe kudde, had ze ergens gelezen. Met Raf zou ze die dolfijnen, walvissen en grienden allang hebben gezien. Hij zou meteen op zoek zijn gegaan naar een boot. Maris was traag in dit soort ondernemingen. Hij bleef op zijn plek.

Fran liep naar het terras om de zon boven de bergen te zien verschijnen. De hemel kleurde roze. De rozevingerige dageraad – hij bestond echt. Een lichte wind streek langs haar lichaam. Achter het huis rees de dode vulkaan op, omringd door lagere bergruggen die afliepen naar zee. Op een van die bergruggen stond het boerenhuis dat ze hadden gehuurd.

Terwijl ze naar de top van de krater keek, zag ze Raf met zijn camera lopen op de zwarte hellingen van Stromboli, voorafgegaan door een gids. Zij volgde met de geluidsapparatuur, achter haar liepen twee jongens met nog meer apparatuur, en de kinderen waren beneden in het dorp bij Pierina. De zwarte lavasteen gleed weg onder haar voeten. In de diepte lag de donkerblauwe zee. Zwart en donkerblauw: de kleuren van Stromboli. Bloedheet was het door de straling van de stenen. Het zweet droop van haar kin.

Fran keek omhoog tussen de bladeren van de citroenboom, waar ze opeens twee kleine vogels hoorde die daar de nacht hadden doorgebracht. Op Stromboli had ze ook een citroenboom bij het huis gehad. De zwarte stranden, net als hier op La Gomera. De zwaardvis die ze roosterden, glanzend van de olijfolie. Een jaar lang elke nacht het geluid van de golven. Stan en Thijs altijd samen, hand in hand kwamen ze aanlopen door het hellende straatje, Stan al net zo wild als haar vader en Thijs volgzaam, altijd in haar schaduw. Zelfs 's nachts waren ze de hellingen van de vulkaan op gegaan om te filmen. De lava die uit een gat in de kraterwand stroomde, rood en oranje, en dampend en onstuitbaar haar weg zocht op de helling. Het profiel van de vulkaan, afgetekend tegen de sterrenhemel.

Sinds ze op La Gomera was, dacht ze terug aan haar jaar op Stromboli.

Ze liep het huis in over de koele plavuizen. Alles verkeerde nog in rust. Niet ver hiervandaan dreven potvissen in de blauwe diepte. Potvissen, wist ze, slapen terwijl ze rechtstandig in zee hangen, maar altijd kort en nooit volledig. Ze kunnen hun ene hersenhelft uitschakelen, terwijl de andere alert blijft. De ene hersenhelft slaapt, de andere blijft wakker.

Terwijl ze haar nachthemd uittrok, keek ze weer door het raam van de badkamer, het kleine schilderij met op de voorgrond het enorme rotsblok, daarachter het bruin van de akkers, het blauw van de zee, de hemel vol roze. Ze plaste, en toen ze overeind was gekomen bekeek ze zichzelf in de spiegel. Het was niet meer dan een vluchtige blik. Ze was nooit een vrouw geweest die zichzelf uitvoerig in de spiegel bekeek. Maar de blikken die ze tegenwoordig op zichzelf wierp waren wel erg vluchtig. Haar dagelijkse vluchtige blik op zichzelf richtte zich ook steeds op hetzelfde punt: het vlees van haar bovenarmen, dat begon te rimpelen. Heel fijne, verticale rimpels. Ze had die rimpels ook al tussen haar borsten ontdekt. Ook daar werd haar huid slap. We gaan ons er niet mee bezighouden, had ze zich voorgenomen. Maar we hielden ons er dus toch mee bezig, elke dag. Er waren bloesjes die ze niet meer droeg vanwege te korte mouwen. Maar aan het dragen van een badpak ontkwam ze hier niet. Ze had een badpak met pijpjes gekocht, de maximale hoeveelheid stof om haar verouderende lichaam mee te bedekken. De jonge Albertina, zelf nog helemaal gaaf, had het opgemerkt: die rimpelende bovenarmen. Ze had haar van boven tot onder opgenomen.

Ook Maris bekeek haar. Hij besefte vaak niet eens dat ze merkte dat zijn blik op haar lichaam rustte. Een korte maar intense blik. Ze kon zijn ogen in haar rug voelen. De ene hersenhelft slaapt, maar de andere blijft wakker. Dat is knap. Maar ogen in je rug voelen – dat is ook best knap. Lichamen in verval – hij keek ernaar. Het schokte hem en het prikkelde hem. In Amsterdam had hij de weduwe van de beroemde jonggestorven kunstenaar om zich in te verlustigen. Haar verwoeste gezicht, haar hangborsten, altijd in een te diep decolleté, haar huid vol rimpels. Hij had medelijden met haar, hij hielp haar met het beheer van de nalatenschap van haar overleden man, hij bezorgde haar uitnodigingen, hij hield haar in ere. Maar hij had ook iets met haar lichaam. Hij stond haar toe dat ze hem op zijn mond kuste met haar natte lippen, scheef door een attaque.

Fran trok een legging en een T-shirt aan en liep weer naar buiten, het prille licht in, met de sensatie van als eerste en enige buiten te zijn. Op het terras spreidde ze een handdoek uit onder de citroenboom en begon haar oefeningen te doen. Twintig minuten later liep ze zwetend het pad op dat tussen de verlaten akkers door naar de punt van de kaap voerde, een hellend pad, waarop ze moest uitkijken voor losliggende stenen. Een paar honderd meter van het huis had ze onder een steeneik een plek waar ze sinds haar aankomst op La Gomera elke ochtend een tijd zat. De hagedissen waren er nog niet, ze sliepen nog in het koele donker tussen de stenen. In de diepte lag de zee te glanzen. Boven haar hoofd hingen de bladeren. Ze hoorde alleen vogelgeluiden, heel zacht.

Ze sloot haar ogen en zag hem voor zich: Raf, mager en gebruind. Zo had ze hem gefotografeerd op het strand van Stromboli. Daar was ook Pierina met haar schelle stem, altijd in het zwart. De blonde haren van de kinderen die ze zo mooi vond en streelde, ongelovig lachend omdat ze zo blond waren. Het vuurtje van Pierina. De hele dag brandde er in haar keuken een klein vuur in de haard en daarboven hing een pot waarin ze de pastasaus liet pruttelen, urenlang, een zwart geblakerde ijzeren pot. De hele dag wist ze dat vuurtje aan te houden. Soms lag ze op haar knieën om het weer aan te blazen.

Het was vijfentwintig jaar geleden dat Raf in de buurt van Rome in het donker tegen een boom was gereden. Maar hij was nooit uit haar verdwenen. In de etalage van antiquariaten zag ze soms een van zijn fotoboeken, inmiddels gewild onder verzamelaars. Ze kon ze zien zonder te schrikken. Zijn ouders, die altijd grootouders voor Stan en Thijs waren gebleven, leefden niet meer. Een enkele maal zag ze nog zijn broer, die zo sprekend op hem leek. Ze was nooit op de plek geweest waar hij door onachtzaamheid, door een black-out of moedwillig was verongelukt. Stan was er geweest en had foto's genomen van de weg met pijnbomen en het ijzeren kruis aan de voet van een van de bomen. Het zou goed zijn om eindelijk een boeket te leggen bij dat ijzeren kruis en de zaak af te sluiten. Wat hield haar tegen? Was ze bang? Was ze nog altijd boos op hem om wat hij had gedaan? Had ze hem nog altijd niet vergeven? Smeulde diep in haar nog altijd wrok, terwijl ze meende dat ze er allang overheen was, dat ze het allang achter zich had gelaten?

Raf die dagenlang van huis bleef en vreemdging, terwijl hij twee piepjonge kinderen had. Ze begon mensen te bellen om hem op te sporen, ze ging langs de cafés waar hij kwam. Nog altijd kon ze zich hun laatste ruzie niet te binnen brengen zonder innerlijk terug te deinzen. Hun woordenwisseling was volkomen uit de hand gelopen. Ze had een stuk hout gegrepen en was hem ermee te lijf gegaan. Hij had haar een blauw oog geslagen en was weggegaan. De kinderen lagen boven in bed, klaarwakker, angstig luisterend naar hun geschreeuw. De volgende dag had ze meteen een nieuw slot op de voordeur laten aanbrengen. Stan verweet haar dat nog steeds. Midden in de nacht had Raf zijn sleutels door de brievenbus gegooid. Ze had het gerinkel gehoord en op het punt gestaan naar beneden te gaan en hem toch weer binnen te laten. Ze had zijn voetstappen in de straat horen verdwijnen. De rest van de nacht had ze liggen huilen.

Raf was naar Rome vertrokken, waar hij graag kwam en allerlei mensen kende. Hij schreef leuke kaarten aan de kinderen, kaarten die ze wilde verscheuren wanneer ze ze van de deurmat opraapte en dan toch aan de kinderen gaf. Zes weken later was hij dood. Vanaf haar puberteit hield Stan haar verantwoordelijk voor de dood van haar vader. Zij had Raf zijn veilige plek ontnomen, zij had hem zijn kinderen ontnomen, hij was op drift geraakt en tijdens een nachtelijke rit had hij op een verlaten weg zijn handen van het stuur genomen.

Het jaar op Stromboli was hun gelukkigste jaar geweest. Hij had daar geen kans gehad om vreemd te gaan: de mannen waakten er over hun vrouwen. Hij zou zijn film verspeeld hebben wanneer hij avances had gemaakt bij de vrouwen of meisjes in het dorp. Hij was met een van de vissers veelvuldig de zee op gegaan en kalmer geworden. Hij kon opeens zomaar een tijd stilzitten. In het donker glansden zijn ogen. Hij was de faun die haar midden in de nacht betastte, streelde en nam zonder een woord.

In Amsterdam was de onenigheid weer begonnen. De laatste maanden van hun huwelijk waren een uitputtingsslag geweest. Ruzies, verzoeningen, opnieuw ruzies. Raf die wegbleef, zogenaamd aan het werk. De stem van een vrouw op de achtergrond als hij belde. Alleen de kinderen hielden haar overeind. Op een ochtend liep ze huilend door de stad, nadat ze de kinderen naar school had gebracht. Een stratenmaker, op zijn knieën in het zand, een jonge kerel, had haar aangekeken en iets gezegd waar ze om moest lachen. Het hielp haar even voort. Maar Raf kwam en ging, vaak zonder een woord te zeggen. De woede, de razernij van die dagen – zoiets had ze later nooit meer meegemaakt. Het had haar uitgeput. Er moest een eind aan komen. Toen ze een vrouw van het consulaat in Rome aan de lijn kreeg, wist ze al dat hij dood was voordat er iets was gezegd.

Sinds een jaar beleefde ze haar slechtste tijd met Maris en waarschijnlijk dacht ze daarom terug aan haar slechtste tijd met Raf. Maris was zich van haar aan het losmaken. Hij vree niet meer met haar. Hij had niet een ander, want hij was trouw. Daar had ze hem onder andere op uitgekozen na haar ervaring met Raf. Maar hij dreef bij haar weg. Hij ging steeds meer zijn eigen gang, leefde dagenlang in zijn atelier. Hij veerde op wanneer hij zijn assistente Laura aan de telefoon kreeg en hij was de grote vriend en vertrouweling van haar dochter. Stan stuurde hem foto's van zichzelf die zij niet te zien kreeg. Ze had hem een foto gestuurd waarop ze huilend in een taxi zat, op weg naar Brooklyn, net terug van haar krankzinnige onderneming in het Midden-Oosten.

Toen Fran aan die foto dacht en aan Maris, die er beaat naar had zitten staren, had ze geen rust meer en kwam ze overeind onder de steeneik. Ze probeerde zichzelf af te leiden van een opkomende razernij door kruiden te zoeken op de verwilderde akkers. Pierina had haar de namen willen bijbrengen van alle kruiden die er op Stromboli te vinden waren. Met haar schelle stem had ze de namen steeds weer uitgesproken: drie keer, vier keer en nog een keer, als voor een hardleers kind. Ze dacht ook aan het vuurtje van Pierina. Dat vuurtje was haar het meest bijgebleven, meer dan de lava die 's nachts uit de vulkaan stroomde, haar dieper rakend, meer aansprekend: een klein vuur onder de zwart geblakerde pot, dat Pierina brandend wist te houden met haast niets.

2

Een paar uur later daalden ze af van de rots. Een reeks trappen met honderden treden voerde van de kaap naar het dorp, verscholen in een lange en smalle vallei, en het strand. De wereld was in beweging gekomen: er was wind opgestoken, er reden auto's over de kustweg, vlinders dwarrelden over de struiken op de rotswand naast de trappen, er zoemden insecten, en uit de diepte steeg het geluid van de branding naar hen op.

Fran liep voorop. Ze droeg een rugzakje en ze had een zonnebril op. Ze keek steeds naar de traptreden: bij elke stap lette ze op waar ze haar voeten neerzette. Van tijd tot tijd stond ze stil om te kijken naar wat er op de rotswand groeide, naar een bloem die ze niet kende, naar een vlinder, een stuk fraai gekleurde rots. Maris wachtte zwijgend en tuurde naar de zee. Buiten de baai was een tweemaster voor anker gegaan. Hij kon het ranke jacht zien deinen op de golven van de oceaan.

'Loop jij maar door.'

Fran had haar telefoon tevoorschijn gehaald en fotografeerde. Ze veegde met duim en wijsvinger over het scherm om het beeld te vergroten en een bloem, een vlinder, beter te zien. Maris bleef bij haar staan, in de hoop door zijn fysieke nabijheid haar stemming te veranderen. Als een kind, dacht hij, dat iets verkeerd heeft gedaan en het goed probeert te maken. Zo had Stan als kind bij hem gestaan, nadat hij haar op haar donder had gegeven, stil en smekend, wachtend tot hij even zijn hand over haar haren haalde.

Zijn stiefdochter was voor hem een open boek. Haar moeder bleef voor hem zelfs na twintig jaar vaak nog ondoorgrondelijk. Hij zette zijn hand als een koker voor zijn oog om het jacht beter te kunnen zien in de flonkering van de zee. Niemand aan dek. De golven gleden onder het schip door, tilden het op en lieten het weer van zich af glijden.

Fran liep verder. Aan de manier waarop ze voor hem uit de trappen af liep kon hij zien dat ze zich had afgesloten. Ze keek niet om, ze wees onder het lopen niet op iets wat hij moest zien, ze zei niets. Ze was er een meester in: zich afsluiten, in haar eentje overleven.

Gistermiddag had Fran hem gezien met de foto van de huilende Stan. Hij had in zijn lage vouwstoel onder de citroenboom gezeten, zijn laptop op zijn knieën. Hij had een mail van Stan gekregen. Ze was net wakker geworden in haar flat in Brooklyn en had een idee voor de laatste foto in haar boek. Na haar reis door de oorlogsgebieden in het Midden-Oosten had het magazine van *The New York Times* een paar van haar foto's gepubliceerd. Een dag later had ze een uitgever voor haar boek. Sindsdien werkte ze eraan met een redacteur. Ze had na scherpe selectie nog steeds honderden foto's om uit te kiezen en kon wel tien verschillende verhalen vertellen. Gister, meteen na het wakker worden, was haar ingevallen wat de laatste foto in het boek moest zijn. Het was het zelfportret dat ze had genomen in de taxi van het vliegveld naar huis in Brooklyn, nadat ze ongedeerd van een levensgevaarlijke reis was teruggekeerd. Huilend van opluchting, blijdschap en waarschijnlijk ook uitputting had ze in de taxi gezeten en zichzelf gefotografeerd. Ze had hem de foto gestuurd met de woorden 'So glad to be alive!'

Hij kreeg vaker foto's van Stan en stuurde ze dan door naar Fran. Maar deze leek alleen voor hem bestemd. Het was een foto die hem vertederde, juist omdat ze er niet mooi op stond: door dat opgezwollene van haar gezicht, door haar vet geworden haren, haar uitputting, haar verwarring. De foto riep vaderlijke gevoelens en vertedering in hem op. Hij vergrootte hem en tastte haar behuilde gezicht af met zijn blik. Hij keek naar de details in het interieur van de taxi, de achterruit, wat er door die achterruit te zien viel. Het beeld oefende een verkeerd soort aantrekkingskracht op hem uit – hij besefte het en schaamde zich ervoor. Desondanks had hij de foto destijds opgeslagen, niet alleen in zijn computer maar ook in zijn telefoon, zodat hij hem altijd bij zich had. Ernaar kijken deed hij zelden, want dan begaf hij zich op verboden terrein, maar de foto wissen deed hij ook niet.

In de schaduw van de citroenboom zat hij nu opnieuw naar dat zelfportret te kijken. Stan wilde er de laatste foto in haar boek van maken, klein of groot – dat was nog de vraag.

Opeens stond Fran achter hem. Hij schrok ervan: hij had haar niet horen aankomen.

'Jij zit lekker naar Stan te kijken.'

Hij had de neiging om de laptop dicht te klappen maar wist zich te beheersen. Met moeite bedwong hij ook zijn woede om haar insinuatie.

'Stel je niet zo aan, Fran.'

'Wat is dat voor foto?'

Haar stem klonk schor. Ze bleef achter hem staan, haar blik gericht op het scherm. Maris zweeg. Hij had zin om zijn laptop op de grond te smijten.

'Wat is dat voor foto?'

'Wat is dat voor foto,' jende hij.

'Ja, wat is dat voor foto?'

'Kan het iets minder agressief?'

Hij legde haar uit wat dit voor foto was en waarom hij op zijn scherm stond.

'Je hebt hem nooit aan mij doorgestuurd.'

'Omdat het een intieme foto is...'

'Precies!'

'... die aan mij werd gestuurd en niet aan jou.'

Maris zweeg en sloot met trillende handen zijn laptop. Hij hoorde haar weglopen, driftig. Vlak voordat ze het huis binnenging slaakte ze een kreet. Woede, afschuw, pijn, verdriet – hij kon het er allemaal in horen. Het was niets voor Fran om te schreeuwen.

Op het strand was nog bijna niemand. De plek waar ze iedere ochtend neerstreken – tussen een paar rotsblokken – was nog vrij. Ze spraken nauwelijks met elkaar. Fran liep naar de zee in haar badpak met pijpjes, terwijl Maris achterbleef om op hun spullen te passen.

Een tijdlang stond ze tot haar enkels in het water. Ze glimlachte naar kinderen die haar voorbijrenden, elkaar nat spattend, en voelde hoe ver ze af stond van dat onbekommerde. Ze dacht eraan hoe Maris naar kinderen keek: kinderen zijn niet onbekommerd, dat willen wij volwassenen er graag in zien, maar ook de kinderwereld is hard en wreed. Kinderen die lachend en elkaar nat spattend door het water renden konden net zo ongelukkig zijn als volwassenen, maar dan opgesloten in kinderspel dat er zo leuk uitzag. Zo zag hij het. Alles waar hij zijn oog op liet vallen kreeg zijn zwaarte.

Ze liep de zee in om zich los te maken van gedachten over Maris. Toen ze zich eindelijk voorover liet glijden en haar eerste slagen maakte, dacht ze aan de foto van haar huilende dochter in de taxi op het scherm van Maris' laptop. Onmiddellijk hield ze op met zwemmen.

Het was of ze hem had betrapt, het was of ze hen beiden had betrapt. Ze had er de halve nacht niet van geslapen. Ze had beter dan ooit gezien hoe goed die twee bij elkaar pasten. Stan had voor alles een man nodig die haar vroegtijdig verdwenen vader verving. Haar woestheid kwam tot bedaren zodra ze zich beschermd voelde. Maris gaf haar dat gevoel van beschermd zijn, hij had overwicht, en hij was dol op haar. Hij was vitaal en zou dat nog een flinke tijd blijven. De kleinkinderen, die ze van Stan zou krijgen, waren door Maris verwekt. Op een dag zouden ze bij elkaar zitten in de nieuwe constellatie: zij en Stan en Maris met een kleinkind – en zij had zich erbij neergelegd.

Ze besefte dat ze doordraafde en dwong zichzelf om voor de kust haar baantjes te trekken.

Toen ze uit zee kwam, stond Maris aan de vloedlijn en reikte haar haar handdoek aan. Hij deed zijn best om haar mild te stemmen. Het ontging haar niet. Maar het stoorde haar eerder dan dat het haar beviel. Terwijl ze zich afdroogde, zag ze hoe hij naar haar bovenarmen keek, juist toen ze haar gezicht afdroogde en ze even met één oog een blik langs haar handdoek kon werpen. Hij keek naar haar rimpelende bovenarmen en dacht dat zij dat niet merkte.

'Ik denk dat ik naar dat jacht zwem,' zei hij.

Met haar hand boven haar ogen keek ze naar het jacht buiten de baai. Het verbaasde haar dat hij daarnaartoe wilde zwemmen. Het alarmeerde haar.

'Het lijkt me erg ver weg,' zei ze alleen maar.

3

Toen de zee over zijn voeten spoelde, bleef Maris staan, even niet in staat verder te gaan. Hij zat vol verdriet. Anderen keken naar hem: doelloze man met zwembril op zijn hoofd. Hij begon te lopen, zijn zwembril voor zijn ogen schuivend, en wierp zich voorover.

Aanvankelijk zwom hij moeiteloos. Hij was een goede zwemmer. Zijn vader had hem leren zwemmen in het ondiepe water bij de zeedijk, er tot zijn middel in staand, zijn armen onder de buik van zijn zesjarige zoon. Maris herinnerde zich het moment waarop zijn vader hem losliet en hij zich voor het eerst een paar slagen lang drijvend wist te houden. In Rotterdam was hij op aandringen van de psychiater bij een zwemclub gegaan en daar had hij goed leren zwemmen, ook al was zijn lidmaatschap als sociaal experiment een mislukking geweest: hij bleef een eenling, hij hoorde er niet bij.

Sinds hij op La Gomera was had hij niet meer gedronken, weinig gegeten, veel gezwommen en veel gerust. Al na een week voelde zijn lichaam weer schoon en fris. Hij was er trots op dat hij zich nog zo snel herstelde. Met een lome borstcrawl gleed hij door de baai. Het geluid van de stemmen op het strand vervaagde, de mensen daar werden stippen. Onder hem lag de diepte en ergens ver weg in zijn leven lag de misdaad. Hij kwam er niet van af. Hij zag een kleine, bruine man voor zich die uit een prauw in glashelder water dook en tot onder een grote haai zwom, hij zag de kleine man omhoogkomen en met één stoot en één haal van zijn mes de buik van de haai openhalen. Bloed kringelde uit de langgerekte wond naar buiten, eerst nog weinig. Hij zelf werd nu, terwijl hij hier zwom, van onder tot boven opengehaald met een mes. Dat was zijn straf. Hij zwom wat harder, boog af, boog nog eens af, als om te ontwijken.

Hij passeerde het uiteinde van de pier, die vanaf de punt van de kaap de haven van het dorp afschermde. Aan zeezijde lagen grote, vierkante blokken beton. Hij aarzelde even. De zee, tot nu toe vlak, was dat hier niet meer, en het water werd koeler. De tweemaster lag nog een flink eind verder. Maar hij wilde nu niet meer opgeven. Hij zwom door, in een rustig tempo, opgewonden omdat hij in open zee was gekomen.

Eindelijk bereikte hij het jacht. Daar lag het, lang en slank, in een blauwe zee. De deining van de oceaan gleed eronderdoor, tilde het op en liet het weer zakken. Hij zwom naar de achtersteven om de woorden die erop geschilderd waren te lezen. Het schip kwam uit Stockholm.

Terwijl Maris schuin achter het jacht dreef en uitrustte, verscheen er een man aan dek. Hij liep over het schip, duwde met twee handen tegen de plooien van een opgebonden zeil, bukte zich om een losgeraakte lijn vast te zetten, en drentelde verder, ongehaast, genietend. Maris voelde zich een voyeur. Hij nam aan dat de man aan dek van zijn rust genoot – het was zondagochtend, besefte hij opeens – en wilde hem niet storen. Fran zou geroepen hebben. Fran zou het vreemd vinden als hij haar vertelde dat hij de man op het schip niet had aangeroepen ('Dat je dan helemaal géén contact maakt!'). Hij zwom weg van het schip, een eind er voorbij, om helemaal alleen te zijn in open zee.

Toen hij ophield met zwemmen, zag hij in de verte op de horizon de besneeuwde top van de vulkaan op Tenerife. Hij kon het niet geloven en wachtte tot een golf hem nogmaals optilde. Het was El Teide die hij zag, besneeuwd en wel. Hij nam niet de tijd om er lang naar te kijken. De dreiging was te groot. Hij hoorde hier niet, hij moest hier weg.

Op de terugweg moest hij vaker rusten. Zijn vingers werden koud en wit. Hij zag tijdens het rusten zijn benen woelen in het peilloos diepe blauw. Het leken hem de pootjes van een insect – zo nietig voelde hij zich. Hij ploeterde, moest zichzelf toespreken. Het duurde lang voordat hij het doffe geluid van brekende golven weer hoorde, het gejoel van zwemmers, en terugkeerde in de mensenwereld.

Fran zag hem uit het water komen. Ze liep al een tijd op en neer langs de vloedlijn, de zee afspeurend zonder hem te kunnen vinden – nergens dat ene hoofd. Nu zag ze hem uit de branding komen in zijn lichtblauwe zwembroek. Het was vreemd om hem opeens te zien tussen de anderen. Hij wankelde even, zette de zwembril op zijn voorhoofd, hees zijn zwembroek op en leek een tevreden man. Het stak haar dat hij haar niet onmiddellijk opmerkte. Het strand, leeg toen hij vertrok, was inmiddels vol mensen. Daar was hij, alsof hij even een duik had genomen. Ze moest eraan wennen om hem weer te zien, zo concreet, zo alledaags, in de schittering en het schuim, net zo concreet als de mensen om hem heen. En ze moest iets overwinnen om naar hem toe te gaan.

Eindelijk zag hij haar.

'Ik liep al aan een helikopter te denken,' zei ze.

Ze probeerde het luchtig te laten klinken.

'Ben ik zo lang weg geweest?'

'Anderhalf uur!'

'Zo lang?'

'Ik begrijp niet dat je daar niet bij stilstaat!'

'Ik heb je toch gezegd wat ik ging doen? Ik heb behoefte aan dit soort dingen.'

Maris strekte zich uit op een groot en warm rotsblok, zijn lichaam bedekkend met zijn handdoek, ook zijn gezicht. Hij was uitgeput. Er drukte iets op zijn borst. Hij moest wennen aan de mensen en de geluiden om hem heen, alsof hij heel lang weg was geweest.

Vanuit het café aan de dorpsboulevard kon Fran hem zien liggen op zijn rotsblok, terwijl ze in haar cappuccino roerde en naar een foto van de linkerhandpalm van Picasso staarde, die iemand haar had gestuurd, zich verbazend over de grote hoeveelheid lijnen in die handpalm. Je mail openen, alsof er niets aan de hand is. Ze sloot het scherm en begon te trillen. Haar benen trilden. Het lepeltje in haar hand trilde. Ze was er op een vage manier al haast van uitgegaan dat hij niet terug zou komen uit zee. Alsof ze gedoemd was mannen aan te trekken die zich van kant maakten.

HOOFDSTUK III

1

Op het pad naar het huis, tussen de overwoekerde akkers en half ingestorte muurtjes, zagen ze de vrouw die op handen en voeten liep. Ze onderbraken hun gesprek en gingen zwijgend voort met hun plastic tassen met boodschappen. Het was doodstil op de kaap aan het begin van de middag.

'Je gaat niet als een idioot naar haar lopen kijken,' zei Fran over haar schouder.

'Ik ga een foto van haar nemen.'

'Ben je belazerd!'

De vrouw werkte in een bankfiliaal in de hoofdstraat van het dorp. Maris had haar opgemerkt toen hij er binnenliep om geld op te nemen. Ze zat op een speciale bureaustoel voor een computerscherm, haar vingers bewogen razendsnel over het toetsenbord. Elke dag, zo had hij ook vastgesteld, werd ze aan het begin van de middag in een auto het dorp uit gereden, omhoog, over de weg met de haarspeldbochten, naar het begin van de kaap. Daar werd ze uit de auto geholpen en vervolgde ze op handen en voeten haar weg over het pad naar het huis van haar familie.

Hij had haar voor het eerst gezien terwijl hij bij de muur stond die het terrein rond het huis afscheidde van het pad. Hij hoorde achter zich iemand naderen, maar wat hij hoorde was niet het geluid van een gewone wandelaar. Er kletste steeds iets op de grond en tegelijkertijd klonken er slepende voetstappen. Hij keerde zich om en zag een jonge vrouw die op handen en voeten liep. Haar ruggengraat was kromgegroeid met een diepe knik boven haar achterwerk. Ze droeg oorbellen, een horloge van gele kunststof en om haar handen soepele leertjes, vuil van het stof. Haar dikke, zwarte haren waren kortgeknipt. Ze had een heel dichte haarinplant. Hij had haar, na een voor zijn gevoel beschamend lang ogenblik van roerloosheid, gegroet met een glimlach.

'Buen día, señora.'

Ze beantwoordde zijn groet. Rond het middaguur hing er een atmosfeer van verlatenheid over de kaap. In die verlatenheid hoorde hij haar stem, zacht en schuchter, en zag hij haar koolzwarte ogen in het bruine gezicht dat ze naar hem had toe gewend.

'Buen día, señor.'

Ze zei het zonder een glimlach. Beiden waren ze in verlegenheid gebracht. Maris had nog iets anders willen zeggen, maar zijn Spaans was te rudimentair om in die paar seconden dat het kon de juiste woorden tevoorschijn te toveren. Hij wendde zich af, deed een paar stappen in de richting van het huis en spitste zijn oren om haar te horen voortgaan op handen en voeten. Toen hij bij het huis was gekomen, draaide hij zich half om om nog een blik op haar te kunnen werpen. Haar achterwerk in spijkerbroek was het hoogste punt in haar langzaam voortbewegende gestalte. Het was of hij een fabeldier had gezien.

Nu naderde deze vrouw over het pad tussen de akkers en de agaves. Het kletsen van haar leertjes was hoorbaar in de stilte. Fran liep zo veel mogelijk aan de zijkant van het pad. Ze voelde verlegenheid opkomen, wist niet waar te kijken. Naar de vrouw kijken kon pijnlijk voor haar zijn, maar wegkijken was dat net zo goed. Het kletsen van de leertjes kwam naderbij. De vrouw moest haar hoofd in haar nek duwen om voor zich uit te kunnen kijken. Fran glimlachte naar haar, maar kreeg geen glimlach terug. Haar blik viel op de oorbellen en het knalgele horloge van de vrouw. Het leek haar een zelfbewuste tante, schuw en zelfbewust. Achter haar rug hoorde ze Maris de vrouw groeten.

Fran moest zichzelf bedwingen om niet om te kijken. Ze wilde weten of Maris haar nakeek. Zoals hij naar mensen keek, dat indringende kijken. Het liefst zou hij inderdaad gewoon een foto van haar nemen. Ze voelde de plastic handvatten van haar draagtas in haar vingers snijden. Nog even en ze zouden breken. Toen keek ze toch om en zag Maris met zijn zonnebril, die recht voor zich uit keek, en een eind verderop de vrouw, haar achterwerk omhoog, langzaam vooruitkomend. Ook zij keek nu om, als een dier, schuw, alsof ze zelfs op deze afstand de blik van een ander nog voelde.

'Ik ben moe,' zei hij na de lunch. 'Ik dacht dat ik die vermoeidheid eindelijk uit mijn lijf had, maar het is niet zo.'

Een man die zegt dat hij moe is: voor Maris kon het eigenlijk niet. Hij was ook niet moe, hoogstens nog loom van zijn lange zwemtocht. Maar hij had een excuus nodig om te ontkomen aan een urenlange autorit over het eiland met hier en daar uitstappen en rondkijken. Hij was in een slechte stemming en doodmoe van alle controverse: de voortdurende meningsverschillen en irritaties – die allemaal werden veroorzaakt door wat niet kon worden uitgesproken.

'Je hoeft alleen maar naast me in de auto te zitten,' zei Fran.

'Ik heb genoeg aan deze plek. Ik ben hier helemaal tevreden.'

'Je hebt gewoon geen zin om met mij op pad te gaan.'

'Ik ben moe, schat, sorry. Ik wil hier blijven, schat, sorry.'

'Je laat dat hele eiland aan je voorbijgaan.'

'Misschien wel, ja.'

'Je rust uit door je te vermaken, door eens iets anders te doen dan in die kop te zitten!'

'Ik rust niet uit van zo'n tocht. Hoe vaak hebben we het daar nu al over gehad? Ik neem alles in me op. Bij jou spoelt het langs. Maar ik onthou het, of ik het nu wil of niet.'

'En 's avonds moet je die hele film nog een keer bekijken.'

'Ik probeer uit te rusten, Fran, na alle toestanden van het afgelopen jaar. Ik dacht dat dat ook de bedoeling was.'

'Nou, dan ga jij lekker de hele middag in je kampeerstoeltje onder de citroenboom zitten.'

'Fijn dat het mag.'

Maris draaide zich om, liep naar zijn slaapkamer, stootte de luiken open en staarde naar de haag van cactussen en de bergen daarachter. Hoe ontstemd Fran was, kon hij afleiden uit de geluiden die ze maakte – te veel, te luid – en hij hoorde het aan de driftige manier waarop ze heen en weer liep door het huis. Toen ze hem door de deuropening van zijn slaapkamer voor het raam zag staan, handen in zijn zakken, riep ze: 'Je staat gewoon te wachten tot ik wegga!'

Hij probeerde zich voor te stellen dat dit geen provocatie was, dat ze simpelweg zei wat ze dacht, misschien zelfs wel een beetje geïntimideerd, maar het lukte hem niet.

'Nou, da-haag!'

Ze riep het vanuit de gang en vertrok. Roerloos bleef Maris staan, er bijna zeker van dat ze nog een keer terug zou komen. Een paar minuten later hoorde hij inderdaad haar voetstappen weer in de stilte. Toch weer iets vergeten, zoals gebruikelijk. Zonder iets te zeggen ging ze het huis in en uit. Maris bewoog zich pas toen hij haar in de verte de auto hoorde starten.

2

Een tijdlang stond hij op het terras onder de citroenboom, één hand om de tak boven zijn hoofd. De boom was dik en grillig gevormd. Hij gaf vuistgrote, knobbelige vruchten. Hij hield van zulke niet gestroomlijnde citroenen. De eerste had hij al op zijn veertiende gezien: meneer Welleman had er een paar meegebracht van het Spaanse eiland waar hij elke zomer een maand doorbracht. Een grote, knobbelige citroen met nog een takje en een blaadje eraan had de man voor hem neergelegd. Hij had de citroen geschilderd en na verloop van tijd was het hem gelukt om de kleur en structuur te treffen, dat ruwe oppervlak met grote poriën. Daarna had hij de opdracht gekregen de citroen met steeds minder penseelstreken weer te geven. Hier op La Gomera dacht hij aan meneer Welleman en zijn schilderijen van het Spaanse eiland, zijn naakte vrouw tussen de agaves en rotsen. Na zijn vlucht van het eiland had hij de man nooit meer gezien. Hij leefde nog en woonde nog op hetzelfde adres. Waarom ging hij hem niet opzoeken?

Hij klapte de vouwstoel open waarin hij elke dag urenlang zat, hier op het terras, of in de deuropening van de schuur om het rotsblok te tekenen. Meteen na aankomst, bij een eerste rondgang door het huis, had hij de stoel ontdekt en zich toegeëigend. Het had hem een ruzie met Fran opgeleverd. Ze kon het niet verdragen dat hij dat ding zomaar inpikte. Het ging haar niet om de stoel, maar om 'de vanzelfsprekendheid waarmee hij zich dingen toe-eigende'.

Hij pakte zijn laptop en klapte hem open.

'Okay,' mompelde hij, alsof hij moed moest vatten.

Hij wachtte nog een tijd, tuurde naar het jacht waar hij die ochtend naartoe was gezwommen, net te zien in de schittering van de zee. Nu pas beangstigde het hem dat hij zich zo ver in zee had gewaagd. Hij kon niet begrijpen dat hij het had gedaan, niet aan Fran had gedacht. Het was misschien weer een stap in de richting van het onvoorstelbare geweest.

'Okay.'

Hij opende het document.

Zes maanden had hij de politiefoto's nu in zijn bezit. Hij had zichzelf er na die afschuwelijke nacht in Vlissingen nog een paar keer mee geconfronteerd, op dagen dat hij alleen was en tijd had om ervan bij te komen. Elke keer was de schok minder hevig. Hij had er nog altijd niet met Fran over gesproken.

Opnieuw keek hij naar de foto's die vanaf de hooizolder waren genomen. Door het zwart-wit, het effect van het flitslicht en de ouderwets aandoende kleding van het meisje leek het een foto uit een beeldroman zoals die destijds werden gemaakt, een detective. Het zou ook een foto van een misdaadfotograaf kunnen zijn, een foto van Weegee, die jarenlang de verongelukten en vermoorden in New York had gefotografeerd. Net als op foto's van Weegee had het slachtoffer niets triests. Daar, op die plek, was haar leven geëindigd, nadat ze van een hooizolder was gevallen. Haar haren waren voor haar gezicht geslagen. De punt van haar neus stak erdoorheen. Als je goed keek, zag je tussen haar haren ook een van haar ogen. Witte sokken in open schoenen, want het was zondag, en haar benen waren tot boven haar knieën bloot. Half op haar zij lag ze. Je kon niet zien dat ze haar nek had gebroken. Je begreep alleen dat ze was gevallen door dat haar voor haar gezicht, en ze was onmiskenbaar dood.

Hij zette ook de andere foto's van Matty op het scherm. Je zag haar van dichtbij, alsof ze vlak voor je voeten lag. Je zag nieuwe details: dat ze borsten begon te krijgen – wat op de foto van bovenaf niet of nauwelijks te zien was. Maar nog altijd: ze was dood, een meisje van veertien, en dit was de plek waar haar leven plotseling was geëindigd. Onder elke foto stond een datum en een tijdstip. Ze waren die zondag genomen, aan het begin van de avond. Terwijl hij door de velden naar de zeedijk rende.

Hij ging naar de laatste foto in het document dat Corné Tramper hem had gestuurd. Het was een opname van de achterkant van een van de foto's. Er was een stempel met zwartomrande vakken op gezet. In de vakken stonden naam, adres en telefoon- en banknummer van de fotograaf. Waarom had Corné ook deze opname meegestuurd? Misschien wilde hij dat hij die naam onder ogen zou krijgen. De fotograaf had gewoond in de winkelstraat waar zijn oom en tante hun kledingzaak hadden. Maris wist precies wie het was. Hij zag hem nog voor zich in het zwartleren jasje dat hij altijd droeg.

Hij ging terug naar de foto waarop je het meisje van dichtbij zag, alsof ze aan je voeten lag op de vloer van de schuur. Hij herkende haar, maar had niet het gevoel dat het een meisje was dat hij heel goed had gekend. Het was een buurmeisje geweest – daarom kende hij haar. Hij had nog geen tien keer met haar op die schommel gestaan. Hij was eenmaal met haar naar de zeedijk gereden en tweemaal met haar naar de schuur van Fraanje gegaan. Hij was niet eenmaal bij haar in huis geweest en nooit verder gekomen dan de achtertuin met het duivenhok en de schommel die aan de perenboom hing.

Uit zijn geheugen kwamen beelden tevoorschijn van de fotograaf. De man had altijd dat zwartleren jasje gedragen, ongebruikelijk op het eiland omdat het iets artistieks had. Een geil leren jasje. Of had die kerel zelf iets geils gehad, en was die indruk van dat geile verschoven naar zijn jasje? In de etalage van zijn winkel stonden altijd bruidsfoto's, altijd op dezelfde plaatsen genomen: onder de bomen op de stadswal, op de brug over de oude haven, in een in bloei staande boomgaard, een enkele maal aan zee. Maris kon zich de man voorstellen als de gewiekste bruiloftsfotograaf, met armgebaren en een grijns op zijn gezicht de mensen groeperend voor de foto. Die zondagavond was hij door de politie gebeld voor een haastklus in een van de dorpen. Hij had moeten zoeken naar de boerderij van Fraanje, mensen in het dorp hadden hem de weg gewezen.

Met zijn handen achter zijn hoofd keek Maris omhoog in de kruin van de citroenboom. Het benauwde hem dat hij de foto's van de dode Matty nog altijd niet aan Fran had laten zien. Hij was er bang voor. Hij was er bang voor om haar te laten zien wat hij had aangericht. Hijzelf werd er nog altijd beroerd van

In de badkamer plensde hij koud water in zijn gezicht, hij maakte ook zijn hals en haren nat en herademde. Hij zag dat er water op de vloer rond de wasbak lag. Fran vond dat niet prettig. Het ergerde haar. Hij bukte zich en haalde een lap over de natte vloer. Hij was een goed afgerichte man. Hij deed het voor haar. Zelfs na een ruzie deed hij het voor haar. Hij deed het zelfs nog nu hij het gevoel had dat hun huwelijk voorbij was.

Hij dwaalde door het huis. Het bleef er koel door de dikke muren, de stenen vloeren en de luiken. Hij keek naar de binnenplaats, waar aan de randen rietmatten waren opgehangen tegen de zon, naar de potten met bloeiende planten. Het was een fijn huis. Fran had het op internet gevonden, op een avond, nadat ze zich door een van hun ruzies hadden gewerkt. Er moest iets gebeuren, vond ze. Een uur later had ze dit huis op La Gomera gevonden.

Hij zette zich weer in de vouwstoel met zijn laptop. Het werd tijd om Stan antwoord te geven op haar vraag over de laatste foto in haar boek: zijzelf in de taxi naar Brooklyn, huilend. Waar blijf je, had ze hem al gevraagd. Hij zette de foto op het scherm. Het was niet meer dezelfde foto als gister en eergister. Nu Fran er een blik op had geworpen, was de intimiteit ervan verdwenen. Hij kon niet langer vertederd zijn door dat betraande gezicht van Stan. Het leek opeens haast een banale foto. Hij had er van meet af aan het zelfmedelijden in gevoeld, het onder de indruk zijn van jezelf, maar ook dat had hem vertederd. Nu wilde ze dit zelfportret gebruiken als laatste foto in een boek waarin ze de gevolgen van een oorlog liet zien, niet paginagroot als de andere foto's, had ze al laten weten, maar klein, met veel wit eromheen. Het stond hem tegen om een reeks oorlogsfoto's zo af te sluiten: zijzelf in een taxi, huilend en blij dat ze nog leefde. Het verbaasde hem dat ze op het idee was gekomen. Ze was minder volwassen dan hij had gedacht.

Hij wilde haar schrijven, haar uit een dilemma helpen, maar kon zijn gedachten er niet bij houden.

Daar lag Matty. Daar op die plek was het leven voor haar geëindigd. Buiten zwenkten de zwaluwen om de schuur. Hij hoorde ze. Tegen zonsondergang was de wind gaan liggen. In de schuur het geluid van voetstappen, van gedempte stemmen, van de flitser. Zelfs de sluiter van de reflexcamera kon hij horen. Haar vader stond daar en waarschijnlijk ook Corné, als oudste zoon, om zijn vader te steunen. De twee andere jongens waren bij hun moeder in het dorp gebleven. De vader stond erbij als versteend. Corné dacht aan hém, die jongen van Coppoolse, die zijn zusje had vermoord en ervandoor was. Hij wilde hem achternagaan, hem zoeken, op zijn brommer over alle wegen van het eiland scheuren om hem te vinden en helemaal verrot te slaan.

Dringend waren ook de mails van Phaidon Press. Een aanbod dat hij niet had kunnen weigeren: een prachtig uitgevoerd boek over zijn werk. Het zou hem nog langer uit zijn atelier houden, vreesde hij. Hij had gehoopt na de tentoonstelling in het Stedelijk weer aan het schilderen te komen, maar het was hem niet gelukt. Het was of hij door de vele gebeurtenissen uit zijn baan was geslingerd en er niet meer in kon terugkeren. Neem er nou maar een halfjaar voor om weer te landen en aan het werk te komen, had Fran gezegd. Hij voelde er niets voor. Maar zulke inschattingen van Fran waren meestal juist.

Hij had Laura meegenomen naar Londen. Het is goed haar voor te stellen aan de mensen van Phaidon, had hij tegen Fran gezegd, want ze zullen veel met elkaar te maken krijgen. Maar zelfs zo'n solide argument leek dubieus. Drie dagen met Laura, altijd fris, opgewekt en mooi bovendien, maar nog altijd niet aan de man. Zulke vrouwen had je. Ze wachtten gewoon tot ze hem tegenkwamen, die ene, en dat was hem dan, voor de rest van hun leven. Hij was blij dat hij haar had meegenomen. Ze had hem ervan weten te overtuigen dat dit boek hem niet van zijn werk hoefde te houden. Zij ging het regelen. Een vrouw van tweeëndertig die hem gerust wist te stellen. Hij had haar een nieuw contract voor twee jaar aangeboden en ze had het geaccepteerd.

Hij zag haar voor zich in Londen, in de taxi, terwijl ze naar buiten keek, haar telefoon in haar hand. In de Tate, waar hij haar met een naar binnen gekeerd gezicht voor de schilderijen had zien staan – alsof ze alleen was. Hij had haar meegenomen naar Holland Park, omdat hij de buurt wilde zien waar Lucian Freud had geleefd. Ze hield niet van het werk van Freud en vooral niet van zijn vele naaktportretten. Al dat paarsige vlees, had ze gezegd. Het had hem getroffen, want met die twee woorden had ze iets essentieels gezegd over het werk van deze schilder. Er zat een perversiteit in zijn schilderijen die haar tegen de borst stuitte. Paarsig vlees. Het had hem nog meer voor haar ingenomen.

Elke avond had hij vanuit zijn hotelkamer met Fran gebeld. Ze was elke avond kortaf of ronduit vervelend geweest. Ligt ze naast je, had ze grappend gevraagd. Nee, ze lag niet naast hem en ze was ook niet in de kamer. Hij had de camera op zijn telefoon aangezet en haar naar zijn bed laten kijken, voor de helft bezaaid met tijdschriften, en onder zijn bed en in de kast en op het balkon en in de badkamer en zelfs naar de gang waaraan zijn kamer lag. Het was pijnlijk geweest. Zo was Fran niet. Zo waren zij niet, met zijn tweeën. Bij het afscheid in Amsterdam had hij Laura niet alleen gekust, maar ook tegen zich aan getrokken, zo blij was hij met haar, zoveel vertrouwen had ze hem gegeven. Ze was ervan geschrokken, alsof ze zijn onderdrukte lust had gevoeld in die ene omhelzing, en daardoor was hij zelf er ook van geschrokken.

Maris schreef een halve mail, maar was niet in staat zich op zijn zaken te concentreren.

Hij ging het internet op en tikte: Weegee, *Their First Murder*. Een ogenblik later stond de foto op het scherm. Hij was genomen op een oktoberdag in 1941 in Brooklyn. Een kleine crimineel, een gokker, was voor het stoplicht in zijn auto neergeschoten door het open raam. Hij was nog in staat geweest om uit zijn auto te komen, maar op het trottoir in elkaar gezakt en gestorven. Daar lag je dan, in een plas bloed. Daar, op die plek, was het plotseling voorbij. De man was ergens naar op weg geweest. Hij had net iets achter de rug. Hij had plannen voor die avond. Maar toen was het plotseling voorbij, niets telde meer, en je viel neer op een trottoir. Een troep opgewonden kinderen stond naar de neergeschoten man te kijken. Weegee was snel ter plaatse geweest. Hij was door zijn knieën gezakt en had de zich verdringende kinderen gefotografeerd – niet het lijk maar de toeschouwers, zoals hij wel vaker deed. De blik van die kinderen: vol afschuw en schrik, maar ook opgewonden, gretig, nieuwsgierig, gefascineerd door de dood. 'Their First Murder', had de redacteur van de krant erboven gezet.

Hij liep naar de vervallen schuur naast het huis. Zelfs na jaren leegstand hing er nog een vage geur van beesten en mest. Er hadden twee ezels gestaan, was hem verteld. De ezels die alles wat van het land kwam langs het pad met de traptreden naar het dorp droegen, en uit het dorp alles omhoogbrachten wat ze hier nodig hadden. Hij had een foto van de boer op zijn ezel gezien: met twee benen aan één kant zat hij op een stapel suikerriet, een korte stok in zijn hand. Op de achtergrond de kaap met al zijn muurtjes nog intact.

In de schuur was het licht gedempt. Overal lag, stond en hing nog het gereedschap van toen. Het ijzer was verroest, het leer uitgedroogd en gebarsten. Hier was het leven voorgoed tot stilstand gekomen. Hij pakte een hak. Aan de houten steel viel te zien waar de boer hem had vastgehouden: het zweet uit zijn handpalmen was op twee plekken in het hout getrokken en had het daar donker gekleurd. Met een zwaai sloeg hij de hak in een van de palen die het dak van de schuur ondersteunden. Hij schrok ervan.

Maris zette zijn vouwstoel in de deuropening van de schuur. Hij spreidde twee jutezakken uit aan weerszijden van de stoel. Op de ene stalde hij zijn tekenspullen uit, op de andere alles wat hij nodig had om te schilderen. Al twee weken zat hij hier elke dag om met houtskool het rotsblok te tekenen, dat op tien pas afstand van de schuur lag. Een restant van de laatste vulkaanuitbarsting, miljoenen jaren geleden. Te groot om te verwijderen, en aan een staaf dynamiet was kennelijk nooit gedacht. Het rotsblok was meer dan manshoog en zes, zeven meter lang. Aan één kant zat een holte waarin je op je hurken kon zitten, als in een kleine grot. Rond het rotsblok stond een kring van reusachtig grote agaves. Het waren net wachters. De puntige en leerachtige bladeren en de potente bloemstengels die er metershoog uit oprezen rondom dat kolossale rotsblok. Hij had er al tientallen tekeningen van gemaakt. Urenlang staarde hij naar de rots.

Het rotsblok en de agaves herinnerden hem aan dat ene schilderij van meneer Welleman, aan zijn atelier, de zolderverdieping waar een deel van het dak door glas was vervangen, het licht dat daar naar binnen stroomde. Zes maanden had hij er les gehad. Hij zag het atelier nog helder voor zich, herinnerde zich bepaalde lessen, uitspraken van meneer Welleman, de drie citroenen van het Spaanse eiland met takjes en blad, foto's van primitieve boerenhuizen, een mandfles, aan de muur een spectaculaire houtskooltekening van drie Zeeuwse boerenkoppen: de vader en twee ooms van meneer Welleman. De zware baardgroei van zijn leraar. De blote voeten van zijn vrouw. Het zat allemaal in zijn geheugen. Een episode in zijn leven die plotseling was afgebroken en daarom als gestold in hem was blijven voortbestaan. Net als zijn laatste weken op het eiland, zijn weken met Matty. Haar bleekblonde haar en bleekblauwe ogen, de lichte tint van haar huid met lichtbruine sproeten op haar jukbeenderen. Het touw van de schommel. Zijn handen vlak boven de hare. Lijf aan lijf op de schommel. Zij boven hem tegen de blauwe lucht, hij onder haar, zij onder hem, hij boven haar.

Het was nog te vroeg om te tekenen – de zon stond nog te hoog.

Hij tuurde naar het jacht aan de rand van de baai, één hand als een koker voor zijn oog. Hij was weer daar en voelde de deining van de oceaan, de diepte onder zijn voeten, hij voelde de deining in zijn lichaam, het gevaar. Opeens wilde hij niet langer alleen zijn.

Hij liep over het pad naar de kustweg en staarde daar naar de bandensporen van hun auto. Al twee weken waren ze hier en nog altijd hadden ze geen gesprek gevoerd. Ze leefden voort, zo goed en kwaad als het ging, met elk een eigen slaapkamer, vrijwel zwijgend tijdens de maaltijden, elk ging zijn eigen gang. Ze konden dat lang volhouden – zij op haar eiland, hij in zijn grot.

3

Fran was niet de bergen in gereden, maar teruggegaan naar het dorp in zijn nauwe vallei, naar de boulevard en het strand. Ze had dit niet bedacht of besloten, maar eenmaal in de auto was het vanzelf zo gegaan, ze had de weg met de haarspeldbochten genomen, dalend naar de vallei, ze was door de dorpsstraat gereden en pas op de boulevard, met de zeewind en het geluid van de branding in de auto, had ze begrepen waarom dit gebeurde.

Ze ging terug naar het restaurant waar ze die ochtend had gezeten en nam weer een barkruk aan het open raam. Ze was gesteld op het meisje dat er bediende: haar vrolijkheid, haar manier van bewegen, haar oogopslag. De ouderen op het eiland waren allemaal klein en gedrongen, opgegroeid in armoede, een hard bestaan. Het meisje hoorde bij een generatie die van jongs af aan genoeg eiwitten had gekregen en was een kop groter dan haar vader en moeder, die ook in de zaak werkten. Achterin zaten op dit uur families paella te eten, in zwarte bakpannen op tafel gezet. Fran zou daar met haar gezin willen zitten, de kinderen nog jong, Stan met een arm om de schouders van haar broertje, stoer onderuitgezakt, Maris met natte haren en zijn warme hand op haar dij.

Ze bestelde een salade. Het meisje moest gemerkt hebben dat ze triest was en bleef met haar staan praten. Weer achter de bar haalde ze opgewekt de glazen op en neer over de borstels in de spoelbak, met een half gedraaid hoofd sprak ze met haar moeder in de keuken, en ze had ook nog tijd om haar daar bij het raam toe te lachen. Het ging allemaal vanzelf.

Fran keek naar het rotsblok waarop Maris had liggen bijkomen na zijn zwemtocht, roerloos onder zijn handdoek, die hij ook over zijn gezicht had getrokken. Als hij was verdronken, had ze nu Stan en Thijs al gebeld en zat ze in een politiepost formulieren in te vullen. Een uur lang was ze op en neer gelopen langs de branding tussen spelende kinderen en pootjebadende ouders. Er was geen strandwacht. Ze had niemand om hulp durven vragen. Haar ogen deden pijn van het turen in de schittering van de zee. Nergens dat hoofd van Maris, een zwart puntje in het blauw van de baai. Ze had Stan al horen vloeken en tieren aan de telefoon: wáárom heb je die man gód-ver-domme niet tegengehouden, wáárom heb je niks gedaan, die man is negenenvijftig, moet dat zo nodig nog doen en jij houdt hem niet tegen! In de politiepost had een vrouwelijke politieagent zich over haar ontfermd. Nogmaals Stan aan de telefoon, al op weg naar het vliegveld. En Thijs, geschokt maar rustig, alles meteen overziend en regelend. Telefoongesprek met de Nederlandse consul op Tenerife. Formaliteiten, procedures. Ondertussen die koude lucht in de politiepost waar de airconditioning veel te hoog stond, een koude lucht die haar deed terugdenken aan het mortuarium. De vrouw van het consulaat in Rome had haar 's ochtends gebeld. Ze was diezelfde dag naar Rome gevlogen en had halverwege de avond in een steenkoud mortuarium Raf geïdentificeerd.

Na de dood van Raf was Stan veranderd en waren haar woedeaanvallen begonnen. Een kind dat huilend, schreeuwend en stampvoetend van woede tegenover haar stond, dat ze niet tot bedaren kon brengen en waar ze zelfs bang voor was. In die tijd was haar gevoel van tekortschieten tegenover Stan begonnen. Het had haar nooit meer verlaten. Dat brullende kind, helemaal buiten zichzelf, dat maar niet tot bedaren kon komen. Schoppen. Niet aangeraakt willen worden. Een kind dat razend was op haar moeder, die ze zag als degene die de dood van haar vader had veroorzaakt. Maris tilde haar op, gooide haar op zijn schouder en droeg haar naar boven, waar het dan opeens stil werd.

Fran nam een hap van haar salade en legde haar vork weer neer. Haar handen trilden.

Zo was de verstandhouding van Maris met haar dochter begonnen: in het fysieke. Ze hield van wilde spelletjes, en die deed ze met hem. Hij tilde haar in de lucht en gooide haar op bed. Dat vond ze leuk. Met hem vechten. Vond ze ook leuk. Op haar veertiende was ze hem in een woedeaanval te lijf gegaan. Maris had haar met zijn lichaam tegen een deur gedrukt, zijn handen om haar polsen, net zo lang tot ze huilend in elkaar zakte. Ze zocht hem op in zijn atelier en lag op zijn bed te lezen. Ze ging achter hem staan als hij aan tafel zat, hing op hem en streelde zijn haar. Tot ze haar eerste vriendje kreeg. Tien jaar ouder dan zij. Daarna altijd leeftijdgenoten, jongens die van haar onder de indruk waren en niet tegen haar waren opgewassen. Ze was op Raf gaan lijken. Dezelfde bravoure en charme waarmee ze mensen voor zich innam. Dezelfde rusteloosheid: ze ging van de ene partner naar de andere, net als hij, en ze moest reizen, in beweging zijn, net als hij. In haar puberteit had ze de fotoboeken van Raf ontdekt. Met Maris keek ze naar de foto's van Raf. Niet met haar moeder. Het was Maris die haar had verteld wie Raf was. Aan haar was dat nooit gevraagd. Ze had hetzelfde vak gekozen als Raf. In haar eentje was ze naar die plek bij Rome gegaan waar hij was verongelukt. De boom stond er nog: een hoge pijnboom in de lange rijen pijnbomen aan weerszijden van een smalle weg. Ze had de boom gefotografeerd en het ijzeren kruis dat er scheefgezakt in de berm stond. Zijzelf was er nog nooit geweest.

Fran opende haar telefoon en zocht de weerberichten op. In New York was het twee graden onder nul en het sneeuwde er.

'Are you finished?'

Daar stond ze weer met haar vrolijke ogen, haar rappe handen en op haar T-shirt, schuin over haar borsten, die grappig geschilderde gitaar waarop twee gebroken snaren levenslustig omhoogkrulden.

Een uur later stond Fran op een bergpad, in de schaduw van een overhangende rots vanwaar ze nog net de rode huurauto kon zien die ze langs de kant van de weg had geparkeerd. Ze had een pad gekozen waar ze al eens met Maris had gelopen. Ze had zichzelf gedwongen tot een wandeling, want lopen deed haar altijd goed. Maar na een paar honderd meter begon ze al te aarzelen. Eerst leek het nog of ze beducht was om alleen verder te gaan in een woestenij van zwarte rotsen, hier nauwelijks begroeid en zo verlaten ogend in de middagzon. Maar toen besefte ze dat het iets anders was wat haar tot staan had gebracht. Er trok een wee gevoel door haar buik. Er fladderde daar ook iets wat ze herkende als paniek. Ze probeerde op de kaart te kijken, maar ze zag niets.

Het was voorbij. Plotseling drong het tot haar door. Dat ze hier nu alleen op een bergpad stond, leek er het symbool van. Het was voorbij. Ze had er niets over te zeggen. Het gebeurde eenvoudigweg. Het was of alles wat ze samen in al die jaren hadden meegemaakt nu weggleed. Wat voor altijd had geleken, bleek niet voor altijd te zijn. Wat hun levende geschiedenis was, werd opeens verleden tijd. Maris zou iemand van vroeger worden, een man die ze soms nog tegenkwam bij Thijs en Stan, op een feest van gemeenschappelijke vrienden, in kleren die ze niet kende, met een kapsel dat hem niet stond en met een jongere vrouw die zich tegenover haar geen houding wist te geven.

Ze knielde en boog zich over een paar rotsplanten met minuscule gele bloemen. Ze tastte naar haar broekzakken, vond haar zakmes, knipte het open en spitte een van de planten uit. Uit haar rugzak diepte ze een rol wc-papier op. Ze plette de plant tussen velletjes wc-papier en legde hem in haar *Bergflora*. Terwijl ze daarmee bezig was, in de schaduw, in de stilte van de bergen, kwam een gedachte in haar op waar ze van schrok. Ze probeerde zichzelf meteen af te leiden. Dit eiland steekt vijftienhonderd meter boven zee uit, hield ze zichzelf voor, maar onder de zeespiegel dalen de hellingen nog drie kilometer voordat ze de zeebodem bereikten – dus eigenlijk zit je hier op de helling van een meer dan vierduizend meter hoge berg, jij met je mesje en je zorgen. Toen kreeg de weggedrukte gedachte haar toch in de greep. Maris zou verdergaan met Laura, de vrouw die zich in twee jaar tijd onmisbaar had weten te maken. Hij besefte het nog niet, hij hield zijn genegenheid voor haar nog onder de duim. Maar hij kon al niet meer zonder haar. Hij belde haar om haar stem te horen. Hij werd blij van haar. Hij was opgetogen teruggekomen uit Londen. Toen de geschiedenis van zijn misstap via het weekblad naar buiten was gekomen, had Laura hem diezelfde avond nog gebeld – ze waren nog op het strand. Het meisje was ingetogen, bescheiden, maar ook ambitieus, ze wist wat ze wilde. Hij was toe aan een andere vrouw, een vrouw die rust bracht, en hij had een seksleven nodig. Waarom zou het anderen overkomen, verlaten worden voor een jongere vrouw, en haar niet? Hij ging de laatste periode van zijn leven doorbrengen met een jongere vrouw, die hem alle zaken uit handen nam en na zijn dood zijn nalatenschap ging beheren. Een soort non. Een halve non. Alles voor hem doen. Ze beseften zelf niet hoe zichtbaar hun bedwongen gevoelens waren. Durfden elkaar nauwelijks aan te raken. Wat er gaande was, had ze kunnen zien op de opening in het Stedelijk. Laura stond voortdurend bij hem, dienstbaar, maar al zo vanzelfsprekend dat het leek of ze bij hem hoorde.

Fran knipte haar mes dicht en kwam overeind. Laura was een prinses op de erwt. Daar kwam hij nog wel achter. Maar jong. Daar ging het om. Fran controleerde de inhoud van haar rugzak, zoals haar vader haar in haar kinderjaren had bijgebracht. Werd erin gestampt. Altijd. Voordat je. Haar telefoon, de kaart, een fles water, mueslirepen, een stuk brood, een geitenkaasje, lekker hard, haar mes, haar trui, haar jack en boven op de rugzak een rol plastic voor het geval ze een nacht in de bergen zou moeten doorbrengen. Ze wierp een blik op haar bergschoenen, die haar vader voor haar uit Noorwegen had meegebracht, en begon te lopen. Het was zo stil dat ze de steentjes onder haar schoenen hoorde knersen.

Ze hijgde en hijgde steeds dieper, terwijl het pad steil omhoogliep naar de bergrug, een van de uitlopers van de grote berg in het midden van het eiland. Ze klom onvervaard. Voorzichtig, maar onvervaard. In gedachten ging ze tekeer tegen Maris, hem toesprekend over de foto van de huilende Stan, zijn verhouding met haar dochter, het meisje aan zich binden terwijl ze zich juist van hem moest losmaken. Drie keer achter elkaar zei ze dezelfde dingen. Ze gleed uit, maar wist zich nog net vast te grijpen.

Eenmaal boven kon ze de zee weer zien: donkerblauw met witte schuimstrepen. De wind rukte aan haar blouse. Hijgend richtte ze zich op en pakte de laagste tak van een steeneik vast. Het klimmen, de weerstand die ze moest overwinnen om omhoog te komen, had haar woedend gemaakt. Ze keek om naar de steilte die ze had bedwongen, zich vastgrijpend aan takken en stenen. Op de bergrug, afdalend naar zee, kon ze de contouren van een pad onderscheiden. Er was niemand. Er was alleen de wind, die door de kruin van de steeneik stoof, de struiken deed buigen, vlinders uit de koers sloeg zodra ze opvlogen.

Ze wilde teruggaan, maar durfde niet te dalen langs het steile pad, dat van bovenaf nog steiler leek. Sinds ze op La Gomera was, was ze bang om te vallen. Ze ging aan de rand van de steilte staan en schatte haar kansen. Hoe was het mogelijk dat ze hier naar boven was gekomen? Waarom herinnerde ze zich deze klim niet van de vorige keer? Of was ze hier helemaal niet geweest? Ze keek om zich heen en herkende niets. Op de kaart zag ze dat er over de bergrug twee paden liepen en met een schok besefte ze dat ze met Maris waarschijnlijk het lagergelegen pad had genomen. De twee paden kwamen nergens bij elkaar, ze weken zelfs uit elkaar. Ze ging op haar achterste boven aan de steilte zitten. Beproefde methode: plat op je achterste naar beneden. Maar het leek hier niet mogelijk. Ze kon haar rugzak naar beneden gooien, dan moest ze wel. Op haar twintigste had ze met een zus een voettocht door de bergen gemaakt en was ze tijdens een afdaling vastgelopen op een klein plateau – ze kon geen kant meer op. Fran beschouwde het opduiken van deze herinnering als een waarschuwing en trok zich terug.

Zittend onder de boom pakte ze haar telefoon. Google Maps werkte ook hier: met een rood opgloeiende cirkel werd haar positie op de berg aangegeven. Ze nam een paar slokken water, meteen zuinig, dus kleine slokjes. Om te kalmeren dacht ze aan haar huis in Amsterdam: de vestibule met de nis en het boeket in de nis, elke week een nieuw, de brede trap en de blik omhoog in het trappenhuis, de koepel met glas in lood, de zaal met de zuiltjes, de hoge boekenkasten, de schilderijen van Maris, de lange tafel, haar kookhoek, de slaapkamers boven en de tuin achter het huis met de oude stenen muur en verderop de bomen in de binnentuinen.

Maris zou weggaan uit het huis. Dat wist ze nu al. Het was altijd meer haar huis geweest dan het zijne.

Ze had hem in een flits voorbij zien komen op straat en herkend van de foto, en ze was teruggegaan naar de galerie. Terwijl ze terugliep, zelfs al terwijl ze zich omdraaide om terug te gaan, had ze gevoeld dat ze iets beslissends deed. In haar eerste stappen naar de galerie had nog een aarzeling gezeten, maar ze had doorgezet. Toen ze de galerie binnenzwierde, zag ze Maris op de rug, in gesprek met de galeriehouder met zijn woeste haardos en driedelig pak, die zich half naar haar toe draaide in de veronderstelling dat ze iets was vergeten. Ze had Maris aangekeken en voelde het gebeuren. Ze was bijna bang geweest voor wat er gebeurde, alsof haar leven buiten zijn oevers trad. Ze hoorde zijn accent, dat ze niet meteen kon thuisbrengen, maar dat haar wel het nodige over een herkomst van het platteland zei. In New York had hij een Amerikaans accent opgedaan: hij sprak met een dikke r. Het klonk merkwaardig, zo'n stem met twee accenten tegelijk. Het was of hij van heel ver weg kwam, en dat kwam hij ook.

Hij had een hondje bij zich dat langs de plinten liep te snuffelen, onder de schilderijen langs, zijn riem achter zich aan slepend. Al pratend ging ze op haar hurken zitten om het hondje aan te halen, en toen ze weer overeind kwam, leek dat een eeuwigheid te duren omdat ze overeind kwam onder zijn blik, zich plotseling hevig bewust van haar kleren en haar lichaam. Maris keek tijdens het gesprek nauwelijks meer naar zijn galeriehouder, hij keek alleen nog naar haar of naar buiten door de etalage. Alles aan hem was groot en duidelijk. Zijn stugheid beviel haar. Dit was geen charmeur en flierefluiter, zoals Raf. Met één hand tilde hij het hondje van de vloer en drukte het tegen zijn borst. Zij had het dier aangehaald en niet lang daarna had hij het tegen zijn borst gedrukt. Zo doorzichtig allemaal, maar ze konden er niets aan doen. In zijn ogen zag ze een floers van droefheid, die er geen moment uit verdween, ook niet als hij lachte.

Al snel was ze vertrokken om de kinderen van school te halen. Ze had dat meteen laten weten: dat ze twee jonge kinderen had. Ondanks de verwarring was ze ook helderziend geweest: ze had toen al geweten dat er iets met hem was, dat hij iets bij zich droeg.

Ongehoord helder kwam die eerste ontmoeting haar opeens voor de geest. Alsof ze er nog één keer naar moest kijken. Alsof ze iets over het hoofd had gezien. Had ze zichzelf overschat?

Maris had haar al snel zijn geschiedenis verteld. Alles tussen hen was snel gegaan. Hij had het haar verteld toen ze in zijn atelier in bed lagen, nadat ze al een paar keer iets had gezegd over het verdriet in zijn ogen. Toen hij zijn verhaal had gedaan, hadden ze lange tijd zwijgend naast elkaar gelegen, zonder elkaar aan te raken. Het had een breekpunt kunnen zijn. Daarna waren ze naar zee gegaan en daar vertelde hij meer over zijn jeugd in het dorp, in een boerse familie, met een bikkelharde moeder, een vader die niet tegen haar was opgewassen, een oom die slager en slachter was, een oom die een garage had, een oom en tante die een kledingzaak dreven, grootouders met een boerderij. Het verschil met haar eigen herkomst was groot. Maar juist dat grote verschil had hen bij elkaar gebracht. Hij was zijn milieu ontstegen. Hij was naar Amerika gegaan. Hij had een grote ruimte bij zich, de ruimte van wie ver weg is geweest. Bijna kinderlijk nieuwsgierig was hij geweest naar details uit haar jeugd. Het mooie Engelse serviesgoed, dat ze ook zelf had aangeschaft. Een schilderij van Breitner ('Dat hing gewoon bij jullie in huis!'). De paarden van haar vader. Haar eigen paard. Boven de eettafel de knop van de bel waarmee de dienstbode uit de keuken kon worden geroepen – zij vond het vreselijk, zo beschamend, maar hij keek daartegen op, het imponeerde hem.

Die dag aan zee was beslissend geweest. Hij was die nacht voor het eerst in haar huis blijven slapen, nadat hij er al ettelijke keren was geweest om de kinderen te leren kennen. De volgende ochtend had Stan meteen op hun bed gezeten, Thijs volgde. Het was misschien allemaal te snel gegaan. Ze hadden elkaar misschien te veel nodig gehad. Zij had een vader nodig voor haar kinderen, ze kon de stampvoetende Stan niet meer aan, ze was al vijf jaar alleen en te jong om alleen te blijven. Maris had zware jaren achter de rug: New York had hem veel gegeven maar ook uitgeput, hij had een paar kortstondige relaties gehad en verlangde naar rust, naar stabiliteit, er moest een einde komen aan het zwerven. Ze waren voor elkaar gevallen. Maar er was voor hen beiden ook een grote noodzaak geweest. Ze had zich omgedraaid op straat toen hij voorbijkwam, ze was hem achternagegaan naar de galerie, ze had de aarzeling gevoeld, en toen had ze doorgezet, zich erin gegooid, want er moest iets veranderen in haar leven.

In de majestueuze stilte van de bergen hoorde Fran een onnozel elektronisch geluidje, dichtbij, op haar lichaam. Ze ging op haar knieën zitten en betastte gejaagd haar broek, tot ze uit een van de zakken haar telefoon had opgediept. Ze opende het scherm. Maris had haar de foto gestuurd van Stan in de taxi, huilend van uitputting en opluchting.

Sorry, schreef hij.

Een beetje laat, antwoordde ze.

Beter laat dan nooit.

Je hebt zes maanden naar mijn dochter zitten gluren. Ik word er misselijk van.

Ga lekker wandelen.

Ze keek naar Stan. Het Raf-kind. Het kind dat haar net zo kon irriteren als Raf zelf destijds: als een bulldozer over gevoeligheden heen walsen, mensen inpalmen en net zo makkelijk weer laten schieten, egocentrisch. Maar het was ook haar dochter. Met duim en wijsvinger vergrootte ze de foto die Maris zo lang had achtergehouden. Ze keek naar het betraande gezicht en zag de uitputting, de geschoktheid en iets kinderlijks dat zichtbaar werd omdat ze huilde. Fran schaamde zich een beetje voor de foto. Waarom doe je zoiets, dacht ze, jezelf fotograferen terwijl je zit te huilen in een taxi? Maar vooral voelde ze een afkeer van het beeld omdat ze Maris had betrapt terwijl hij onder de citroenboom op het scherm van zijn computer naar de foto zat te kijken. Ze wilde hem wissen. Maar ze kon het niet, want het was haar dochter die huilde.

Fran stond op en hees haar rugzak op haar rug. Ze wierp nog een blik op de steilte waarlangs ze niet durfde af te dalen en liep een nieuw pad op dat tussen rotsblokken en lage struiken door voerde.

HOOFDSTUK IV

1

De zon ging om 19.24 onder, zoals voorzien, en een uur later was het donker. In het dal waren de lichten aangesprongen: de lantaarns in de hoofdstraat van het dorp, in twee lange rechte rijen, en de lantaarns op de boulevard, in een halve cirkel om de baai. De temperatuur daalde flink.

Maris registreerde het allemaal. Hij had een lange broek aangetrokken, schoenen en een jack over zijn shirt. Op het terras had hij onder een paar glazen stolpen kaarsen aangestoken en ook de olielamp die in de citroenboom hing. Met een krant wapperde hij bij de gloeiende houtskool in een ijzeren bak. Er stond een schaal met sardines klaar. Ondertussen wond hij zich op. Waar bleef ze? Waarom belde ze niet? Hij had haar inmiddels vijf, zes keer gebeld, maar kreeg steeds opnieuw haar voicemail. Om negen uur liet hij de houtskool voor wat het was en zette de sardines terug in de koelkast. Het huis oogde plotseling unheimisch, meer dan ooit het huis van niemand.

In het donker liep hij naar de weg, alsof hij zo haar terugkeer kon bespoedigen. Er passeerde nog maar een enkele auto op de kustweg. Lichtbundels zwiepten over de rotsen in de bochten. Hij liep terug, passeerde het huis en begaf zich naar het huis van de vrouw die op handen en voeten liep. Zij woonde er met haar vader, moeder en jongere broer. Het leek een gezin dat aaneenklitte. De jongere broer had allang het huis uit moeten zijn. Rond de vader en moeder, klein en donker, hing iets primitiefs: zij hadden de armoede nog meegemaakt, zij waren nog met hun ezel afgedaald naar het dorp langs de traptreden, ze werkten ook nu nog op het land. De jonge vrouw met haar gele horloge was de meest levendige, haar ouders en broer waren stil en ingetogen. Het huis trok Maris. Of trok hem het gezin, waarvan een mismaakte het middelpunt vormde? Of waren het de vader en moeder die in stilte hun lot droegen? Er kierde licht door de luiken. De wind ritselde in een bamboebosje. In de donkere tuin bogen goudsbloemen zich landinwaarts.

Hij liep naar de rand van de kaap, naar een plek waar hij kon kijken naar de schuimende zee in de diepte, het vale wit van brekende golven. Vanuit de diepte steeg een dof dreunen op. Hij verplaatste zich en keek bijna recht op het dak van het restaurant waar hij graag at en waar de eigenaar hem de hand drukte. Wanneer hij zich zou laten vallen op het dak van het restaurant, zou hij er dwars doorheen gaan. Hij verplaatste zich naar waar hij op de rotsblokken in zee zou vallen. Hoe zou het zijn? Al zijn halve leven fascineerde hem de laatste seconden van een gebroken lichaam. Het afgehouwen hoofd dat, in een mand met stro beland, nog een paar seconden bewustzijn had en wist dat het een afgehouwen hoofd was. De mannen en vrouwen die op 9/11 uit de brandende wolkenkrabbers waren gesprongen, sommige met hun attachékoffer in de hand, met nog een paar seconden te leven, oneindig lange seconden of juist afschuwelijk korte seconden, waarin ze hun kleren hoorden wapperen en in de diepte sirenes hoorden loeien. Hier zou hij nauwelijks drie seconden vallen. Nog een laatste indruk van de buitenwereld misschien vanuit zijn verbrijzelde lichaam en zijn verbrijzelde schedel: zeewater dat schuimend over hem heen spoelde, onverschillig.

Toen hij thuiskwam, stond Fran op het terras onder de citroenboom, verlicht door de olielamp. Er kleefden haren aan haar voorhoofd. Ze had haar rugzak nog om en maakte een gejaagde en uitgeputte indruk. Het was elf uur.

'Waar wás je?' vroeg ze geschrokken.

'Waar was jíj, kan ik beter vragen.'

Een ogenblik keken ze elkaar verbijsterd aan, haast alsof ze vreemden voor elkaar waren.

'Waar wás jij, Fran?'

Ze zweeg. Zijn woede maakte haar altijd bang.

'Waarom bel je me niet?'

'Maak je niet druk, man. Mijn batterij was leeg.'

'Je batterij was weer eens leeg. Weer eens niet opgelet, niet nagedacht, niet bij stilgestaan.'

Fran liep naar de badkamer en sloot zichzelf op. Ze voelde zich niet veilig genoeg om zich uit te kleden en te douchen en waste alleen haar gezicht en handen. In haar slaapkamer verwisselde ze haar bergschoenen voor sneakers, omdat ze daar harder op kon lopen, en ze trok haar trui aan. Ze legde haar telefoon aan de oplader. Haar batterij was al uren leeg: ze had te veel foto's en filmpjes gemaakt. De autosleutels hield ze in haar tas. Al die tijd hoorde ze hem niet – alsof ze alleen in huis was.

Ze ging terug naar het terras, waar ze Maris aantrof onder de boom, broedend, zijn hand om een tak boven zijn hoofd. Opeens voelde ze haar vermoeidheid: loodzware benen. Ze rammelde van de honger.

'Heb je misschien iets te eten gemaakt?' vroeg ze.

Het was eruit voor ze het besefte. Het klonk Maris als een verwijt in de oren, het zoveelste.

'Tot een uur of negen stond ik klaar om sardines te roosteren en er een gezellige avond van te maken. Ik ben niet van plan om nu nog iets klaar te maken.'

Ze bleven enkele meters van elkaar staan, buiten, in de kille wind, alsof ze niet meer met elkaar in huis wilden zijn. Maris schonk zichzelf een glas wijn in. Hij zag Fran naar zijn glas en de fles kijken. Ze vroeg zich af hoe ver heen hij al was.

'Je bent weer eens verdwaald,' zei hij.

'Weer eens.'

'Ja, weer eens.'

'Wat voor jou verdwalen is, dat is voor mij iets heel anders.'

Maris nam een lange teug.

'Wat is er gebeurd, Fran?'

Ze zweeg.

'Je bent een oorbel kwijt.'

'Maak je niet druk, joh. Ik laat wel een nieuwe maken.'

Het pad had haar in een diep ravijn gebracht. Of het het pad was dat op de kaart stond, wist ze niet. Ze vermoedde van niet, want ze kwam nergens meer merktekens tegen. Het zag er ook uit of het zelden of nooit meer werd gebruikt. De hevige regens van enkele weken geleden hadden stukken ervan weggespoeld. De stenen van ingestorte muurtjes lagen op het pad. Op de bodem van het ravijn had ze voor een beek gestaan waarover een boom was gelegd of gevallen, al een tijd geleden zo te zien. Ze was er schrijlings op gaan zitten en had zich met behulp van haar handen over de stam verplaatst. Aan de overkant had ze zich door een struik moeten worstelen. Daar was ze waarschijnlijk haar oorbel kwijtgeraakt, een gouden met een citrien erin, een cadeau van Maris. Ze had alle takjes en takken van de struik boven de boomstam onderzocht. Ze had haar kleren betast, in de kraag van haar jack gevoeld, nog eens in de struik gekeken, op de oever van de beek onder de stam, op zoek naar een glinstering, naar het vertrouwde dat lag te wachten tot ze het zou zien, maar niet dus, nee dus, ze was haar oorbel kwijt.

Ze had uit het ravijn weten te komen, net op tijd, want het begon al te schemeren. Toen het donker werd, had ze op een helling licht zien branden in een huis. Een halfuur later was ze bij dat huis, trekkebenend omdat ze twee keer was gevallen. Maar toen er werd opengedaan, vergat ze haar pijn op slag. Ze zag een leuke vent, die ze opgewekt goedenavond had gewenst en die ze had proberen uit te leggen dat ze verdwaald was – wat hij ook zonder uitleg wel begreep. Hij had haar binnengehaald en haar een glas wijn aangeboden. Hij leefde daar met zijn vrouw en werkte als pottenbakker. Hij had haar zijn werkplaats laten zien. Het was een primitief soort aardewerk dat hij maakte. Ze had iets moeten kopen, maar had het niet gedaan.

'Ik vertel je morgen wel wat me is overkomen,' zei ze. 'Ik wil het nu alleen over die foto hebben.'

'Welke foto?'

'Die foto van Stan in de taxi.'

'O, die foto.'

'Ja, die foto. Die ik vanmiddag eindelijk te zien kreeg. Die je nooit hebt doorgestuurd. Je stuurt me allerlei foto's van Stan door, maar deze heb je achtergehouden.'

'Ik heb niets achtergehouden.'

'Ik betrapte je toen je de foto op je computer zat te bekijken.'

'Ik zat ernaar te kijken omdat Stan deze foto in haar boek wil opnemen. Ze wilde weten wat ik ervan vind.'

'Je maakte een betrapte indruk.'

'Jaloezie en achterdocht maken jou helemaal gek!'

'Waarom stuur je zo'n foto, juist zo'n foto, niet door?'

Op haar gezicht verscheen een verwrongen uitdrukking, een uitdrukking die Maris er nog nooit had gezien.

'Ik heb hem niet doorgestuurd omdat hij daar niet voor bedoeld was.'

'Dat maak jij ervan! Je eigent je die foto toe zodat je ernaar kunt gluren als je daar zin in hebt.'

'Ik heb jouw dochter opgevoed, Fran. Een kind dat de dood van haar vader niet kon verwerken, dat niet te houden en vaak niet te harden was. Ik heb veel met haar te stellen gehad, nog veel meer dan jij weet. Ik heb een sterke band met haar. Ze valt op mij terug als ze het moeilijk heeft, nog altijd. Ze probeert het te voorkomen, maar het lukt haar niet. Die foto, na die afschuwelijke reis, was haar bericht aan mij, en niet aan jou. En jij maakt daar nu iets smerigs van door te zeggen dat ik naar zo'n foto zit te gluren!'

'Je wilt me slaan!'

'Nog één zo'n opmerking en je krijgt een dreun.'

Maris deed twee stappen in haar richting. Met een onhandig

gebaar pakte Fran de vouwstoel en gooide hem voor zijn voeten. Maris greep haar jack bij de schouder vast.

'Wat moet zij met een moeder die zo gesloten en zo dwingend is als jij?'

Fran probeerde zich los te rukken, maar hij hield haar vast, terwijl hij de vouwstoel opzijschopte.

'Wanneer zorg jij er eens voor dat je eindelijk een behoorlijke relatie krijgt met je dochter? Ga naar haar toe. Vertel haar alles. Je schuldgevoel, je obsessie met Raf. Je verdriet over de pijn die ze je doet. Die gemene zinnen van haar, altijd op het eind van een gesprek. Ga haar dat nu eens vertellen. Val haar daar nu eens mee lastig! Vertel haar alles! Daar zul je zó van opknappen!'

'Hier kan ik helemaal niks mee!'

'Mijn geduld is op, Fran. Mijn geduld is op!'

Fran zweeg, razend, maar niet in staat om nog iets te zeggen. Maris zag de minachting in haar ogen.

'Krijg ik weer zo'n blik.'

'Wat bedoel je?'

' Ik krijg weer zo'n blik.'

'Ik begrijp echt niet wat je bedoelt!'

'Al weken krijg ik van die minachtende blikken!'

Een blik van Fran kon hem dieper raken dan haar woorden. Dodelijker dan welk woord ook was voor hem haar blik, niet meer dan een vluchtige uitdrukking in haar ogen.

'Ik krijg weer zo'n blik,' herhaalde hij woedend.

Fran werd bang. Ze stond vlak bij de bak met nagloeiende houtskool. Maris greep haar vast bij haar T-shirt. Ze droeg een shirt waarop in grote letters stond: WHAT MOVES YOU? De letters spanden om haar borsten. Het was een tekst die hem nu en dan een dag lang aanstaarde, als een stil verwijt. Woorden die hem dwongen om naar binnen te kijken en die hem woedend maakten. Hij wilde er niets mee te maken hebben. Hij had Fran bij haar half dichtgeritste jack kunnen pakken, maar hij greep haar T-shirt vast, hij graaide met zijn hand naar die woorden en verdraaide ze.

Door de kracht waarmee hij haar vastpakte was ze gedwongen een stap naar achter te doen, naar de bak met houtskool. Het was Maris die haar vastgreep en het was ook een vreemde, een angstaanjagende vreemde. In een reflex pakte ze de tang die hij gebruikte om de vis op het rooster te keren en stak ermee. Ze raakte hem in zijn buik, niet hard, maar hard genoeg om hem een ogenblik te ontnuchteren. Ze rukte zich los en liep het huis in. Het was of een stormwind haar voortstuwde. In het voorbijgaan greep ze haar tas en via de voordeur liep ze het huis uit, in de richting van de weg en de auto.

Maris voelde een akelig tevreden lachje op zijn gezicht: hij had haar vol geraakt met zijn woorden over haar dochter. Een halve minuut later al voelde hij zich moederziel alleen in de kille wind, bij een donker huis dat niet het zijne was, op een eiland dat hij niet kende. Hij ging op de terrasmuur zitten om te kalmeren, maar het lukte hem niet. Hij zwiepte zijn benen over de muur en liep weg, langs het immense rotsblok, dwars over de verwilderde akkers. Boven zee stond een volle maan. Alles baadde in blauwig licht.

2

Ver na middernacht lag Fran op haar bed, nog gekleed, met haar bedlamp aan, en luisterde. Maris was nog altijd niet thuisgekomen. Ze had foto's van haar bergwandeling naar een vriendin gestuurd, maar geen antwoord gekregen. Nu was het te laat om nog iemand te bellen. Ze staarde naar de luchtfoto van La Gomera, die op de muur tegenover het bed hing: de oude krater, recht van boven, de bergruggen die rond de dode vulkaan aflopen naar zee. Ze wachtte vol onrust.

Moest ze hem smeren? Ze dacht aan het levenslustige meisje in het restaurant aan de boulevard. Maar dat was nu gesloten. Welk hotel zou er op dit tijdstip nog open zijn? Waarschijnlijk geen. Ze zou op een deur moeten bonzen, mensen moeten wekken. Maar ze kon ook in de auto slapen. Ze moest weggaan, maar bleef liggen, loodzwaar, verschrikkelijk moe. Aan het begin van hun ruzie had ze hem op het terras een lang ogenblik als een vreemde gezien. Toen hij haar vastgreep nogmaals. Het was Maris, maar plotseling ook een ander, een man met kortgeknipt haar, grote handen, bijna overdreven duidelijke gelaatstrekken, herkenbaar Maris en tegelijkertijd een ander. Ze wilde haar benen van het bed laten glijden, maar het gebeurde niet. Was het haar trots die haar tegenhield? Was het koppigheid? Wilde ze eenvoudigweg niet zien wat er op haar af kwam? Was dit het moment om bij hem weg te gaan? Je koffer pakken en gaan. Nooit eerder had ze hem als een vreemde ervaren, een vreemde die haar iets zou kunnen aandoen.

Ze dacht opnieuw aan de oorbel, die in het ravijn op de bodem van de beek lag en daar nog heel lang zou liggen. Ergens voor de kust van Bretagne lag een gouden ring van haar in zee. Ze zag de scène weer voor zich. Ze stond in de onstuimige golven, ze werd omvergeworpen en nadat ze zich had opgericht, voelde ze dat de ring weg was. Ze had hem van Maris gekregen. Ze had hem nauwer moeten laten maken, maar ze had hem toch omgedaan, omdat ze hem zo graag wilde dragen, en bij het in zee gaan was ze vergeten hem af te doen. Volkomen ontdaan had ze vanuit de golven naar Maris staan roepen, haar lege hand omhoogstekend: hij is weg, hij is weg! Het verlies van de ring had hen dagenlang op een ondoorgrondelijke manier ontregeld, alsof er al iets niet goed meer zat in hun verhouding. Maris had na terugkeer in Amsterdam een nieuwe ring voor haar laten maken, precies dezelfde. Maar de nieuwe ring had de verdwenen ring niet kunnen vervangen. Een paar weken later waren ze geen minnaars meer.

Ze schrok wakker van een geluid buiten het huis. Ze schoot overeind, gleed van het bed, aarzelde en stootte toen de luiken open. Er was niemand. Ze zag het vale licht van de maan en boven de contouren van de cactussen de maan zelf, die tussen de voortglijdende wolken leek op te stijgen in de donkere hemel.

3

Maris droomde en haalde snuivend adem. Hij zwom in zee, in water dat glad en glibberig was en waarin hij bijna niet vooruitkwam. Hij voelde zich nietig en verloren en kon zijn angst maar nauwelijks de baas. Het zwemmen duurde lang. Ten slotte probeerde hij op handen en voeten het strand op te kruipen. De zee tilde hem op en wierp hem tussen twee rotsblokken, waar hij met zijn hoofd klem kwam te zitten. Zijn schedel was verbrijzeld, maar hij leefde nog. Bruisend water stroomde over hem heen, rood door zijn eigen bloed.

Wakker wordend tastte hij naar zijn glas water, het beproefde middel, en dronk. Hij tastte naast zich in bed, ook een beproefd middel, maar vond het lichaam van Fran daar niet. De droom had nog macht over hem, ondanks het koele glas water. Hij gleed terug, hij werd er weer in ondergedompeld. Daar lag hij met verbrijzelde schedel, klem tussen de rotsen. Hij probeerde te roepen. Het zeewater stroomde over hem heen. Met een schreeuw kwam hij overeind en zag het maanlicht in twee lange strepen in de kamer.

Hij herinnerde zich het gezicht van Fran in het donker op het terras, bezweet, met haar haren op haar voorhoofd geplakt. Hij had een stoel weggetrapt, hij had haar vastgegrepen. Ze schrok altijd hevig van zulke dingen. Hij liep naar haar kamer. Ze lag gekleed op bed, haar bedlamp brandde nog, maar ze was diep in slaap. Haar gezicht, haar verwarde haren, hoe ze daar lag met haar telefoon in haar hand – het vertederde hem en riep afkeer in hem op. Daar lag zijn tegenstrever. De vrouw die hem buitensloot, de vrouw die hem stilzwijgend of met woorden verwijten maakte, die hem vernederde met haar blik

Maar hij wilde nog altijd van haar houden. Hij deed de bedlamp uit en trok het dekbed behoedzaam onder haar uit om haar toe te dekken. Ze kreunde verstoord. Hij kroop naast haar en stond nog een keer op om haar sneakers los te maken en van haar voeten te schuiven. Dat ze haar schoenen had aangehouden, dat ze die niet had durven uittrekken, trof hem pijnlijk.

'Wat doe je toch,' mompelde ze.

Ze lag met haar rug naar hem toe. Haar broek met de vele zakken had ze losgemaakt, hij stond open. Maris schoof zijn hand erin en legde hem op haar heup, hij trok haar broek en haar slip wat naar beneden, heel langzaam, om het vlees van haar heup te voelen, van haar buik, haar billen. Ze had altijd gehouden van zijn handen op haar lichaam. Hij streelde alleen haar heup, een beetje haar buik, een beetje haar dij, maar kwam niet in de zone. Dikwijls hadden ze na een ruzie midden in de nacht vrede gesloten, zonder een woord te zeggen, door te vrijen of zelfs alleen maar tegen elkaar aan te gaan liggen. De volgende ochtend werkte de herinnering aan hun ruzie nog door, maar de angel was eruit – ze konden verder met hun leven. Maar sinds een jaar was de toegang tot haar lichaam hem ontzegd. Ze had zich teruggetrokken. Hij had haar verlaten, vond ze, hij was in zijn hoofd met andere vrouwen bezig, hij had zich een vol jaar alleen maar op zijn werk gericht, en zijn werk was altijd belangrijker geweest dan zij.

In het donker, vaal maanlicht in de kamer, streelde Maris haar. Zijn hand was schuchter. Hij schoof haar broek verder omlaag. Ze bewoog niet. Hij herinnerde zich een vrijpartij van lang geleden: zij lag op bed, haar broek en slip omlaaggestroopt tot op haar enkels, haar knieën uiteen, haar truitje opgeschoven tot boven haar navel, en tussen haar dijen die dikke bos schaamhaar, haar schaamlippen half open, en hij zag het terwijl hij bezig was om zich uit zijn broek en schoenen te werken, en met zijn naakte onderlijf had hij maar net tussen haar dijen gepast omdat haar enkels waren gekneveld. Het was een goedmaker geweest. Ze waren nog half boos op elkaar terwijl ze neukten. Zoiets wilde hij nu: gehaast, onhandig, misschien wat ruw – maar de weerstand breken en een nieuw begin maken. Zijn hand op haar heup werd minder schuchter.

'Fran?'

Hij was opeens hitsig. Opnieuw fluisterde hij haar naam, vlak bij haar oor.

'Fran.'

'Niet aan me zitten.'

'Trek je broek effe uit.'

Hij probeerde het luchtig te laten klinken. Maar hij wist dat ze het zou opvatten als commanderen. Fran zweeg. In haar hand lichtte het scherm van haar telefoon op. Maris boog zich over haar heen en veegde het ding uit haar hand op de vloer.

'Je bent agressief.'

'Laten we het proberen, schat.'

Het woord 'schat' op dit moment – hij besefte het meteen – maakte hem volledig kansloos. Het overredende ervan. Alsof hij dit alleen voor zichzelf wilde.

'Je bent met anderen bezig,' mompelde ze.

'Dat zit in jouw hoofd.'

'Je bent met anderen bezig.'

'Omdat jij er niet bent, schat.'

'We gaan pitten.'

Onder het dekbed sjorde Fran haar broek omhoog en deed hem dicht. Ze zei niets meer. Maris draaide zich op zijn rug, zijn ogen open, en staarde naar het maanlicht in de kamer, dat vale en vage licht waar hij zo'n hekel aan had. Hij voelde zich vernederd.

Ook Maris was moe van een lange dag, maar de woede brandde zijn vermoeidheid weg. De afgelopen weken was hij in een toestand geraakt waarin een kritisch opgetrokken wenkbrauw van Fran hem al agressief maakte. Hij bleef plat op zijn rug liggen, armen gestrekt, in een poging zich te ontspannen. Maar de spanning nam alleen maar toe. Het stormde in zijn hoofd. In de storm kwam zijn vader voorbij, de man die zich zoveel had moeten laten welgevallen van een vrouw, zijn vader die zei: 'Dulden.' Maris herinnerde zich het moment, hij hoorde het hem zeggen, terwijl hij zijn spade voor zich in de grond had gestoken en zijn handen erop had gelegd: 'Dulden.' Eén woord. Dat hem nu nogmaals bereikte. Maar hij was het dulden voorbij. In de storm kwam ook de angstaanjagende nacht met Ilse langs, de nacht waarin hij het horrorshirt met de rode verfvegen van haar lichaam had gescheurd en haar nog net niet van de entresol had gesmeten. Vanavond had hij bijna hetzelfde met het shirt van Fran gedaan.

Maris zakte weg in een halfslaap.

Hij werd weer wakker en voelde op slag een grote angst.

Er was iets in hem gevaren. Het zat in zijn onderbenen en van daaruit steeg het op en nam het bezit van hem: hardheid. Alles in zijn lichaam werd hard. Het was of hij tegen zijn wil iemand anders werd: een man van ijzer, meedogenloos. Het was een man die zich op Fran wilde storten en haar iets wilde aandoen. De hardheid steeg op tot aan zijn hals.

Hij hield zich stil, zich concentrerend op de luchtfoto van La Gomera aan de muur. De hardheid in zijn lichaam was net zo angstaanjagend als de hoogtevrees die hem op sommige plekken had overweldigd: de angst dat hij zich in de diepte zou gooien zonder dat te willen. Nu was het de angst dat hij haar iets zou aandoen, zonder het te willen. Hij bleef roerloos liggen, armen gestrekt. Het leek of elke beweging fataal zou kunnen zijn.

Toen liet hij een been van het bed zakken tot hij met zijn voet de vloer raakte. Langzaam schoof hij de rest van zijn lichaam naar de rand van het bed en liet het op de vloer zakken. Hij strekte zich uit op de koude plavuizen. Door de kou en het ongemakkelijk liggen kwam hij tot zichzelf. Het was of het monster zich terugtrok in zijn kooi.

Eindelijk durfde hij zich op te richten. Hij haalde zijn kleren uit zijn kamer, verliet het huis en kleedde zich aan op het terras. Het maanlicht beklemde hem. Het was of het uit de hemel droop. Hij wilde zich eraan onttrekken, maar het was overal, vaal en vaag en doods.

Op zijn blote voeten liep hij naar het rotsblok. Hij legde zijn hand erop en haalde hem over het ruwe oppervlak. Pijn leidde af. De kille nachtlucht leidde hem af. Zijn huiveringen leidden hem af. Hij ging op zijn hurken in de holte onder het rotsblok zitten.

Het rotsblok bevond zich zo tussen hem en het huis. Hij kon de lichten van het dorp zien.

Opnieuw trok hem het huis waar de jonge vrouw woonde die zich op handen en voeten voortbewoog. Vanaf het pad keek hij naar het donkere silhouet van het huis, dat wit oplichtte in het maanlicht. Hij stelde zich voor hoe ze daar binnen lagen te slapen. De vader en moeder, klein en gezet, in hun bed met spijlen. In hun slaapkamer stond zo'n ouderwetse klerenkast zoals hij ze in zijn jeugd had gezien, met op beide deuren een ovale spiegel. Ergens in hun slaapkamer hing een zoetsappige afbeelding van de Madonna. De zoon sliep op zijn buik, zijn mond halfopen. De jonge vrouw met haar misvormde lichaam lag op haar zij te slapen. Over een paar uur zou ze zich uit bed werken, zich met haar handen vastgrijpend op de bekende plaatsen, lenig als een aap.

Opeens verscheen op de tuinmuur het silhouet van een kat. Maris stak het pad over. Geluidloos kwam het dier op hem af. Hij liep naar de muur, haalde de kat aan en liet hem op zijn schouder stappen. Hij streelde het dier tot hij zijn angst voor zichzelf voelde wijken. Toen drong opeens het geluid van de zee weer tot hem door, de branding aan de voet van de rots, helder hoorbaar in de stilte. De ijzeren man was verdwenen.

HOOFDSTUK V

1

Toen ze wakker werd, merkte Fran dat ze volledig gekleed in bed lag. Alleen haar schoenen had ze niet aan. Ze voelde zich vies, bezweet, bezoedeld door troebele dromen. Ze keek opzij naar de andere helft van het bed. Maris was er niet. Ze dacht terug aan de gebeurtenissen van de vorige avond, de dreiging die ze had gevoeld na haar late terugkeer uit de bergen. Haastig stond ze op, alsof haar nog steeds iets kon overkomen.

In de badkamer gooide ze al haar kleren in de wasmand. Ze wierp een blik door het kleine raam: de zon was net op, de zee nog bleekblauw. Onder de douche schrobde ze zichzelf schoon en keek naar haar glanzende, natte lichaam. Ze was ongedeerd gebleven. Zo zag ze het, besefte ze: dat ze ongedeerd was gebleven. Ze waste haar haar. Ze droogde zich af, precies zoals ze dat als klein meisje van haar moeder had geleerd, zorgvuldig, ook haar oorholtes, met een punt van de handdoek, en ook tussen haar tenen. Stap voor stap probeerde ze de duistere wereld van de afgelopen nacht uit te bannen.

Terwijl ze haar haar borstelde, keek ze naar zichzelf in de spiegel. Haar haren waren nog altijd dik en blond, zonder een spriet grijs erin. Ze dacht aan Albertina, die ze met loshangend en wijduitstaand haar over de boulevard had zien naderen. Het haar van Albertina was mooier dan het hare, het oogde vitaler, het glansde, het was haar dat je wilde aanraken. Ze hoorde Albertina's slepende en vleiende stem. Ze was een aanstelster en waarschijnlijk flink geschift. Fran wendde zich af van de spiegel, een beetje beschaamd omdat ze zich had overgegeven aan wat ze als kleingeestig beschouwde: een ander benijden, een ander omlaaghalen om jezelf beter te voelen. Ze keek weer door het raam naar de zee. Daar waren de walvissen, daar gleden hun glanzend natte ruggen door de golven, daar doken ze met een soepele beweging van hun kolossale lichaam, daar spoten ze de gebruikte lucht naar buiten – je scheen het te kunnen ruiken.

Terug in de slaapkamer, met de luiken dicht en de deur op slot, deed ze haar oefeningen. Ze had dit eerst moeten doen, besefte ze. Ze deed de dingen in de verkeerde volgorde. Maar ze had zich eerst schoon willen schrobben. De spieren van haar benen waren stijf en pijnlijk van het klimmen in de bergen. Het ging niet lekker. Maar ze werkte al haar oefeningen af. Ten slotte lag ze op haar rug, boog haar armen naar achteren, plaatste haar handen naast haar hoofd, vingers richting voeten, zette haar voeten uit elkaar en drukte zichzelf omhoog, tot ze haar lichaam had gespannen als een boog. Dertig tellen bleef ze zo staan. Het leek of ze elk moment in tranen zou kunnen uitbarsten.

Onder de steeneik, met de vogelgeluiden in de struiken om zich heen, dacht ze aan het ongeluk met haar paard Coco. Ze had te hard gereden over een bospad, met losse teugel. Het paard was ergens van geschrokken, had een bruuske beweging gemaakt en haar af geworpen. Toen ze overeind kwam uit het zand, had ze een stekende pijn in haar nek gevoeld. Haar vader had haar geleerd om na een val onmiddellijk weer op te stijgen, en dat had ze gedaan. Maar het schokken van haar lichaam op het stapvoets lopende paard was onverdraaglijk. Ze was afgestegen en met het paard aan de teugel naar huis gelopen, een tocht van anderhalf uur door de bossen, met een knallende koppijn en haar hoofd scheef houdend. Op de drempel van het huis was ze onder de ogen van haar moeder flauwgevallen. Ze had weken in bed doorgebracht. Haar moeder had haar verboden om nog paard te rijden. Ik zal die wildheid van jou temmen, had ze gezegd.

Discipline haar moeder had het haar bijgebracht. Hoe je je

kleren opvouwt, hoe je je bed opmaakt, hoe je eet, hoe je je aan tafel gedraagt, hoe je je in gezelschap gedraagt – het was haar allemaal voorgedaan, geleerd, ingeprent. Ze was een goed opgevoed meisje geworden, en zo kon ze ook worden gepresenteerd aan jongemannen uit de gegoede families in de omgeving: geen klassieke schoonheid, maar wel heel goed opgevoed. Na het vertrek uit haar ouderlijk huis had ze alle remmen losgegooid, het ene vriendje na het andere gehad en ten slotte Raf, voor wie ze haar studie had afgebroken om mee te gaan op zijn reizen. Na de dood van Raf had ze geen minnaars meer gehad. Haar schuldgevoel tegenover de kinderen was te groot, haar rouw te hevig. Maar de onrust was gebleven. Ze vloog alle kanten op en greep alles aan om geld te verdienen, maar ongericht. Maris had meer rust in haar leven gebracht. Met zijn monomane werkdrift en het op zijn plek willen blijven had hij haar bewegingsvrijheid ingeperkt. Hij was zowel een blok aan haar been als haar anker. Met zijn concentratie op werk en zijn standvastigheid had hij haar geholpen haar weg te vinden.

Maar ook in haar wilde jaren met Raf had ze de discipline die haar thuis was bijgebracht nooit losgelaten. Raf was teugelloos, dus moest zij de teugels in handen nemen. Hij vond haar streng. Was ze te streng voor hem geweest? Was ze te streng geweest voor Stan – die nu haar wilde tijd beleefde? Was ze te streng voor Maris? Nu ze ouder werd, hechtte ze weer aan de regels die haar waren bijgebracht. Maris ergerde haar onophoudelijk. Hij bezat een ijzeren discipline in zijn werk, maar buiten het atelier was hij vaak slordig en onachtzaam en leefde hij zoals het hem uitkwam. Ze had hem in de loop der jaren het nodige bijgebracht, dingen die hij thuis niet had geleerd. Ze had hem van zijn mensenschuwheid afgeholpen en in de buitenwereld gebracht. Nu was hij uitgeleerd en had hij genoeg van haar. Hij durfde het zichzelf alleen nog niet te bekennen.

Fran pakte de kijker die ze had meegenomen en richtte hem op zee. Het water kreeg meer kleur. Ze zocht naar donkere vormen net boven de oppervlakte, de nat glanzende ruggen van grienden en potvissen, een rug met een vin, een staartvin die boven water kwam, breed, en er soepel in verdween. Terwijl ze de zee afspeurde, voelde ze hoe de gedachte aan Maris haar benauwde. Zijn obsessie had al die jaren ook op haar gedrukt. Ze wist dat hij er opnieuw intensief mee bezig was. Het woord 'levenslang' op de cover van het weekblad had hem gek gemaakt. Het was precies wat een therapeut ooit tegen hem had gezegd: je hebt levenslang door wat je hebt gedaan en je zult ermee moeten leven.

Opeens stond ze op, gejaagd. Ze moest een maaltijd voor Harald en Albertina bedenken en ze had nul komma nul inspiratie. Ze zou Maris weer zien. De gedachte aan een nieuwe confrontatie maakte haar misselijk. Ze propte de kijker in de leren tas. Van de vier lensdoppen had ze er nog eentje over. Het was of ze die ene hier ook nog zou kwijtraken.

2

Met zijn handen in zijn zakken, alsof hij terugkwam van een wandeling – zo liep Maris het huis in. Fran zat aan de keukentafel met haar *Bergflora* opengeslagen en verspreid over de tafel de velletjes wc-papier met daarop de planten die ze gister tijdens haar tocht door de bergen had verzameld.

'Waar kom jíj vandaan?'

'Ik ben ook eens vroeg opgestaan.'

'Volgens mij heb jij buiten geslapen. In de schuur.'

'Klopt.'

Maris liep door naar de badkamer. Hij had meteen weer genoeg van haar. Terwijl hij haar ook lief vond met haar bergplanten op wc-papier. Hij stelde zich een leven voor waarin dit alleen nog een herinnering was: Fran die wilde planten uitspitte met haar mes en ze droogde tussen velletjes wc-papier. Op de Mont Sainte-Victoire had hij haar voor het eerst in de weer gezien met bergplanten en hier op La Gomera voor het laatst.

Terwijl het warme water over hem heen stroomde, stelde hij zich voor dat Fran de badkamerdeur opende en hem zou vragen, zoals ze dikwijls had gedaan, of hij alsjeblieft geen plassen wilde achterlaten op de vloer en of hij alsjeblieft ook de wasbak, als hij die gebruikte, schoon en droog wilde achterlaten. Hij hunkerde naar dit soort huiselijkheid.

In schone kleren en op blote voeten kwam hij de keuken weer binnen. Fran zat gebogen over haar planten en bekeek ze door een kleine, opvouwbare loep. Ze droeg nog steeds haar trainingsbroek en een T-shirt, dat strak om haar borsten sloot. Maris keek naar haar. Heel voorzichtig is ze, dacht hij, en toch ook roekeloos, wild en toch ook heel precies.

Hij boog zich voorover en kuste haar nek, vlak onder de haargrens.

'Sorry voor gisteravond, Fran.'

'Zeg dat wel!'

Maris trok de koelkast open met een iets te krachtige ruk. Hij schonk twee glazen verse jus in en zette er een voor haar neer.

'Sorry,' herhaalde hij.

'Je was gevaarlijk.'

'Dat je in je eentje die bergen in loopt, terwijl je bepaald geen briljante kaartlezer bent, je niet goed kunt oriënteren, links en rechts verwisselt, een pad niet herkent waar je al drie keer op hebt gelopen, en dat je dan weer verdwaalt en in de problemen raakt. Ik voel het bij wijze van spreken gebeuren, op afstand, en als het dan donker wordt en begint te waaien en afkoelt en je bent er nog steeds niet, dan weet ik dat het weer zover is. Het irriteert me. Het maakt me razend. Vooral omdat steeds dezelfde dingen steeds opnieuw gebeuren. Maar het is niet goed dat ik er zo razend om word. Dus, sorry voor gisteravond.'

Fran zweeg. Ze klapte dicht als Maris kwaad werd. Roerloos zat ze aan tafel, met in haar ene hand haar loep en in haar andere een bergplant.

'Verdwalen,' zei ze ten slotte, 'is voor mij zo iets anders dan voor jou.'

'Ik weet het. Jij leeft ervan op. Want dan gebeurt er iets nieuws, dan gebeurt er pas echt iets. Jij kickt erop. Ik vind het vooral vervelend, onhandig, vermoeiend en zenuwslopend.'

'Je wordt er hysterisch van.'

'Ik wind me op. En ik wind me ook op als jij alleen en in het donker door die bergen loopt te dwalen.'

Fran legde de bergplant en haar loep neer.

'Kunnen we niet beter gewoon uit elkaar gaan, Maris?'

'Nee.'

'Je durft niet te zeggen dat je eigenlijk weg wil.'

'Nee, lieverd.'

'Waarom zwem je dan zo ver weg?'

'Ik weet het niet. Omdat ik dat jacht van dichtbij wilde zien.'

'Waarom denk je dan niet aan mij?'

'Dat weet ik niet. Ik wilde naar dat jacht toe, omdat het er zo prachtig bij lag, en toen ik daar was, wilde ik nog verder.'

'Je wilde weg.'

'Verdwijnen in zee.'

Maris ging aan de keukentafel zitten om te bedaren. Hij besefte dat hij misschien nog maar een paar zinnen verwijderd was van een breuk. Nog een paar destructieve opmerkingen en ze zou haar koffer pakken. Hij zou haar naar de boot brengen en vanuit de auto zou hij haar aan boord zien gaan, verdwijnend in de menigte. Dat was het dan.

Terwijl hij zwijgend zijn glas ronddraaide op tafel, hoorde hij buiten op het pad een slepend geluid dichterbij komen. Het was de jonge vrouw, op weg naar de auto die haar naar haar werk zou brengen. Hij hoorde hoe ze haar in leer gehulde handen neerzette op het pad en haar benen steeds met een schurend geluid van haar voeten met zich meetrok. Op internet had hij gelezen dat haar mismaaktheid een gevolg was van kinderverlamming.

Fran zag dat zijn aandacht was afgeleid. Ze luisterde, herkende de geluiden zo gauw niet, maar toen begreep ze het.

'Moet je niet even naar haar toe gaan,' vroeg ze bits. 'Even fijn voyeur zijn.'

'Allemachtig, Fran!'

'Je kunt haar gedag gaan zeggen. Dat zal ze leuk vinden.'

'Ik heb je nog nooit zo gezien!'

'Zelfs met zo'n vrouw zou je nog wel willen.'

Maris leunde achterover, uitdagend, met zijn handen om zijn achterhoofd.

'Ik heb me voorgesteld hoe het zou zijn om het met haar te doen.'

'Zie je wel!'

'Ik heb me afgevraagd hoe zij op dit eiland aan haar trekken komt.'

'Stel je beschikbaar.'

'Toeristen zijn haar enige kans.'

'Wat let je? Maak een afspraak!'

Ze zwegen. Het geluid van kletsende leertjes en slepende voeten verdween. Ze zwegen tot ze in de verte een auto hoorden starten. Maris steunde met zijn ellebogen op zijn bovenbenen en liet zijn hoofd hangen.

'Laten we hiermee ophouden, Fran.'

'Als ik verminkt was,' antwoordde ze, 'dan zou je misschien nog zin in me hebben.'

Maris richtte zich op.

'Ik voel me verbonden met iedereen die verminkt of misvormd is.'

Hij zei het vol woede en legde op de woorden 'verminkt' en 'misvormd' de grootst mogelijke nadruk, hij spuwde ze eruit. Zelfs door Fran voelde hij zich nu niet begrepen, afgewezen. Hij omklemde zijn glas – wat haar niet ontging – maar liet het los. Een tijdlang zat hij voorovergebogen, met zijn ellebogen op zijn bovenbenen, en liet zijn hoofd hangen. Hij wierp een blik op de bergplanten op tafel. De planten met hun sierlijke en verfijnde vormen leken Fran's subtiele innerlijke wereld te verbeelden. Hij was maar een bruut.

Fran verroerde zich niet. Ze was duizelig. Het was een overblijfsel van haar val van haar paard: snel duizelig. Ze dacht aan haar laatste ruzie met Raf, die twee etmalen had geduurd en zo volledig uit de hand was gelopen, en ze voelde dat ze nu met Maris hetzelfde punt naderde: dezelfde vernielzucht, dezelfde drift die alleen nog maar kapot wilde maken. Ze was duizelig en misselijk. Ze richtte zich op de planten op tafel, ze boog zich over de tafel om de planten van dichtbij te bekijken, hun bladvorm en bloeiwijze. Maar afleidingsmanoeuvres, waarin ze zo virtuoos was geworden, werkten niet meer.

Duizelig kwam ze overeind, met haar handen steun zoekend op tafel, en toen liep ze naar de badkamer. Maris keek haar na. De badkamerdeur werd gesloten. Hij hoorde haar overgeven, hoesten, nog eens overgeven. Hij liep naar de badkamer, klopte op de deur, riep haar, maar Fran liet hem niet toe. Pas toen ze uitgekotst was en alles had opgeruimd, deed ze de deur voor hem open. Bleek en trillend stond ze voor hem.

Kort na het middaguur werd hij opnieuw wakker, ditmaal op zijn bed. Een ogenblik was er niets dan de atmosfeer van het middaguur in de halfdonkere kamer, licht dat door de gesloten luiken naar binnen kierde, de warmte, het geritsel van de rieten matten buiten op de binnenplaats en de stilte rond het huis. Eén ogenblik was alles goed.

Toen hoorde hij een scherp, scheurend geluid, afkomstig uit Fran's kamer – alsof ze bezig was om een laken in stukken te scheuren. Gealarmeerd richtte Maris zich op. Zijn brein reconstrueerde met onaangename precisie waaraan hij was ontkomen door in slaap te vallen: de miserabele situatie waarin hij verkeerde met Fran.

Ze zat op de rand van haar bed en scheurde een zijden sjaal in steeds kleinere stukken. Ze klemde een stuk tussen haar vingers en gaf een ruk om het verder te verscheuren, zo nodig met haar tanden. Ze droeg alleen een slip en haar blouse. Ondertussen huilde ze met een zacht en hoog geluid. Ze klonk als een klein meisje. Het geluid van het scheuren ging Maris door merg en been. Elke flard werd opnieuw in tweeën gescheurd.

Maris ging naast haar op bed zitten. Hij kon Fran's tranen ruiken, haar natte gezicht. Ze hield op met scheuren. Zwijgend zaten ze naast elkaar.

'Laten we een tijd uit elkaar gaan,' zei Fran ten slotte met schorre stem.

Maris liet een stilte vallen.

'Okay.

'In Amsterdam gaan we elkaar twee maanden niet zien.'

Hij deed of hij erover nadacht.

'Okay.'

In de loop van veertig jaar had hij de nodige ervaring opgedaan met de veranderlijkheid van vrouwen. Het beste was altijd om ze niets in de weg te leggen en alle ruimte te geven. Meestal draaiden ze dan bij. Het vooruitzicht van een tijdelijke scheiding trok hem ook wel.

'Ik zou er eigenlijk vandaag al mee willen beginnen,' zei ze. 'Voordat er ergere dingen gebeuren.'

'Er gebeuren geen ergere dingen.'

'Maar ik ben er wel bang voor. Waarom heb jij vannacht in de schuur geslapen?'

'Wanneer ik ergens anders ga liggen dan in mijn eigen bed, val ik soms prompt in slaap.'

Ze was nu al bang voor de komende nacht in dit afgelegen en spaarzaam verlichte huis.

'Ik neem vannacht een hotel.'

'Wat een onzin, lieverd.'

'Vanavond, met Albertina erbij, ga je drinken en dan gaat het mis.'

Maris liet zich achteroverzakken op bed, schoof zijn hand onder haar blouse en streelde haar onderrug. Hij stelde zich voor dat dit de laatste keer was dat hij dit vlakke en vlezige deel van haar rug streelde.

'Laten we naar het dorp gaan om boodschappen te doen,' zei hij.

'Kunnen we het niet beter afzeggen?'

'We gaan boodschappen doen. Dat houdt ons op de been.'

Fran stond op. In de badkamer waste ze haar gezicht. Ze trok een broek aan en haar sneakers. Ze tutte zich een beetje op en kreeg weer wat moed. Buiten lag dat prachtige eiland. Ze rook de kruidige geur die de badkamer binnendreef. Toen ze terugkwam in de slaapkamer, zat Maris nog rustig op de rand van het bed. De stukken van de verscheurde sjaal waren verdwenen.

3

Albertina, de mooie, lange en eigenaardige Albertina. Ze had zich niet in hun leven gedrongen, zoals Fran op de dag van aankomst op het eiland had gevreesd. Zij zelf had Albertina en haar stille vriend in hun leven gehaald, en ze begreep nog steeds niet waarom ze dat had gedaan.

Op een middag ontmoetten ze hen bij het restaurant aan de voet van de kaap, waar ze dikwijls kwamen. Het lag helemaal aan het eind van de boulevard bij de pier met zijn enorme vierkante betonblokken: een klein stenen gebouw waar vroeger sardines werden ingeblikt. Het jonge stel zat er onder een parasol, blote voeten op een muurtje, in de wind. De jongen werkte op zijn laptop, zij schreef in een notitieboek dat op haar knieën lag. Ze zwaaiden naar elkaar. Maris zag de hand waarmee Albertina had gezwaaid naar de vlechten op haar achterhoofd gaan voor een vluchtige betasting. Ze gingen op een flinke afstand van het tweetal zitten en aten inktvisjes, opgediend in een roodbruine schaal, nog sissend en spetterend in de olie.

Nadat ze de koffie hadden besteld, hoorde Fran zichzelf tot haar verbazing zeggen:

'Waarom vragen we die twee niet aan onze tafel?'

Maris was stomverbaasd. Wat bezielde haar?

'Okay.'

Fran zag hem over het terras naar het stel toe lopen, zijn hand op de rugleuning van een stoel leggen en zich naar hen overbuigen om hen uit te nodigen. Hij deed dat op een aardige manier. Het stak haar. De jonge vrouw keek verrast en verrukt naar hem op, met meteen weer haar hand aan haar vlechten. De jongeman klapte met tegenzin zijn laptop dicht.

Anderhalf uur later zaten ze nog steeds met zijn vieren op het terras onder de rieten matten, die ritselden in de wind. Er stond een tweede fles witte wijn in de koeler. De meeste gasten waren vertrokken. In de middagstilte hoorden ze de golven breken op het strand.

Maris was opgebloeid. Fran had voor het eerst in tijden weer eens geboeid naar hem geluisterd. Het waren vooral Maris en Albertina die met elkaar spraken. Fran had een zwijgende verstandhouding met Harald. Een paar zinnen, een paar blikken en reacties waren voldoende geweest. Ze was net zoals hij, besefte ze: niet zo gemakkelijk om in door te dringen. Hij deed haar denken aan Thijs: hij was van dezelfde leeftijd, had een mooi en langgerekt gezicht, was net zo vriendelijk en voorkomend als haar zoon, en ook hij leek in gezelschap een lichte afwezigheid nooit helemaal van zich af te kunnen schudden. Harald bleek Golo te kennen, die als assistent voor Maris werkte, maar in feite contrabassist was. Hij zelf speelde tenorsax en shakuhachi. Onlangs was hij twee maanden in Japan geweest om les te krijgen van een shakuhachi-meester, hij had dagelijks tegenover de man gezeten. Je leerde shakuhachi spelen door na te spelen wat je leermeester voorspeelde.

'Laat Maris en Fran eens een filmpje zien,' zei Albertina.

'Moet dat nou?'

'Laat maar zien,' zei Fran.

Hij pakte zijn laptop en startte een filmpje van een optreden van zijn band. Ook op het podium was hij ingetogen: hij bewoog bijna niet terwijl hij speelde, terwijl om hem heen de andere bandleden helemaal losgingen.

'Wat een heerlijke muziek,' zei Fran opgetogen en een beetje moederlijk.

Albertina werd onrustig. Ze had haar vriend aangespoord om zijn kunsten te laten zien, maar leek het niet goed te kunnen verdragen dat de aandacht nu op hem was gericht. Maris had haar gevraagd waar ze vandaan kwam om haar accent te traceren, en zij had toen kort en ontwijkend geantwoord. Nu zei ze opeens:

'Die zwarte schuren, Maris, die ken ik zo goed. Ik ben opgegroeid bij zo'n schuur, ik heb daarin gespeeld, ik hoorde de wind om de schuur gaan en dan verlangde ik naar ik-weet-niet-wat.'

Met een stralende glimlach keek ze hem aan. Maris' blik hechtte zich aan haar lippen, haar grote tanden, zelfs aan haar glanzend natte tandvlees en haar tong. Hij besefte dat dit weer die indringende blik was waar Fran hem altijd voor waarschuwde.

'Ik kom van de boerderij,' zei ze, zich nu naar de twee anderen wendend en toen weer naar Maris. 'Een boerendochter ben ik niet, maar ik kom van de boerderij. Dat had je misschien niet gedacht van een vrouw die zich zo wuft kleedt als ik.'

'Wat deed je vader dan wel als hij geen boer was?' vroeg Maris.

'Mijn vader zat op de grote vaart. 'Ik ben opgegroeid in Zeeuws-Vlaanderen.'

'Wat bizar om die naam hier op deze plek te horen,' zei Maris.

'In Zeeuws-Vlaanderen, inderdaad, want ik ben...' Hier keek ze naar haar vriend. 'Harald vindt dat ik het niet zomaar moet zeggen, maar ik doe het nu toch. Omdat ik jullie zo aardig vind. Ik ben door mijn moeder niet lang na mijn geboorte weggegeven aan een kinderloze oom en tante. Ik was een ongelukje, niet de bedoeling, zal ik maar zeggen. Mijn vader en moeder kenden elkaar amper.'

'Je moeder kon niet voor je zorgen,' zei Fran.

'Nee, nee, ik ben weggegeven. Na een paar weken al. Mijn ouders wilden eerst niet trouwen. Het was een ongelukje. En de zee, ver weg gaan, dat was mijn vaders leven. Ten slotte zijn ze toch getrouwd en heb ik nog drie zusjes gekregen. Maar toen zat ik al bij mijn oom en tante. Ik mocht wel af en toe thuiskomen, als mijn vader er was. Maar ik ging ook altijd weer terug naar de boerderij.'

Ze nam een slok wijn en keek met een stralend gezicht naar de anderen.

'Elke dag reed ik heen en weer twintig kilometer om naar school te gaan, en dat heeft mij sterk gemaakt. Soms neem ik Harald tussen mijn benen, ik omklem hem, met mijn dijen, want die zijn het sterkst, en dan moet hij zien los te komen. Het lukt hem niet.'

Harald glimlachte vriendelijk, nam een plankje met tapas van tafel, een beetje komiek, en hield het Fran voor, toen Maris en toen zijn geliefde.

'Nee, dank je, Harald,' zei Albertina.

'Je moeder kon het gewoon niet aan,' zei Fran.

'Inderdaad, ze kon het niet aan, ze was er te jong voor, en toen heeft ze me weggegeven.'

'Het lijkt wel een sprookje,' zei Fran. 'Een kind dat wordt weggegeven.'

'Het ís ook een sprookje!'

Ze zei het in alle ernst. Toen ze de bevreemding van de anderen opmerkte, raakte ze even van haar stuk.

'Ik hou van sprookjes,' vervolgde ze. 'Sprookjes zijn vaak wreed. Maar ik hou ook van wrede sprookjes.'

'En je oom en tante,' vroeg Maris, 'waren die van het wrede sprookje?'

'Nee, die zijn heel lief voor me geweest. Ik kan niet anders zeggen. Alleen begrepen ze me niet. Dat was een kleine complicatie. De eerste die me begreep was mijn leraar Latijn. Op mijn zestiende ben ik een verhouding met hem begonnen, en dat was het begin van mijn vertrek uit Zeeuws-Vlaanderen. Hij heeft mij zoveel laten zien. Hij nam me mee naar Antwerpen, Gent, Brugge. In ruil voor wat seks heb ik van hem nog een extra opvoeding gekregen.

Hij liet mij Permeke zien, Constant Permeke – dat was de eerste schilder op wie ik verliefd werd.'

'Dat was ook mijn eerste,' zei Maris verrast.

'Zie je? We hebben het nodige gemeen. Ik wist het!'

Het stralen van haar gezicht werd voor Maris te intens.

'Maar waar ik eigenlijk naartoe wilde, dat zijn die zwarte schuren van de oude Zeeuwse boerderijen. Ik heb er veel tijd in doorgebracht. De zwaluwen gingen er in en uit. In de nok van de schuur zaten kerkuilen in een houten kist. Mijn oom liet ze me zien. Later klom ik er zelf op de ladder naartoe. Het liefst was die schuur mij in de schemering. De wind ging door de bomen, en tussen die bomen lag die grote, donkere schuur.'

Maris strekte zijn hand uit naar zijn glas op tafel, richtte ook zijn blik erop, om haar niet meer aan te hoeven kijken.

'Toen ik jouw schilderij zag,' vervolgde ze, 'die immense *Black Barn*, moest ik daaraan denken. Aan die schuur die zo groot en donker en stil tussen de bomen stond. En dat meisje dat in de schuur op de vloer ligt, dat was ik zelf. Dat was ik, want zo lag ik in mijn eentje midden in de donkere schuur op de grond, ik luisterde naar de wind daar buiten en dacht aan mijn vader, die ver weg was, en ik wist dan dat ik zelf ook ver weg zou gaan.'

'Bravo.'

Maris zei het zacht, bijna teder, maar ook met een ironische ondertoon waar hij meteen spijt van had.

Nogal plotseling stond hij op en liep het restaurant in. Hij moest bekomen van haar verhaal.

Terug op het terras zag hij dat Fran en het jonge stel waren opgestaan.

'Ontzettend leuk,' hoorde hij Fran zeggen.

'Ja,' echode Albertina, 'ontzettend leuk.'

Even later hoorde hij het zichzelf ook nog eens zeggen. Ten afscheid wilde hij Albertina een hand geven, maar ze stapte naar voren om zich door hem te laten kussen, verlegen maar ook doelbewust. Terwijl hij haar wangen kuste, draaide Maris zijn ogen naar haar toe om haar aan te kijken, en zij deed hetzelfde, haar ogen verdraaien om hem aan te kunnen kijken. Minder dan een seconde keken ze elkaar in de ogen, van heel dichtbij. Te dichtbij.

Toen ze een dag later na het zwemmen van de rotsen op de boulevard stapten, zagen ze het jonge stel naderen. Albertina, hoog op espadrilles met hakken, lang en atletisch. Dit keer droeg ze een driekwartbroek, zoals Marilyn Monroe die tijdens een beroemde fotosessie voor *Life* had gedragen, een witte blouse, dikke en kleurige armbanden om haar polsen, en haar haar hing los, spectaculair lang en dik – het reikte tot onder op haar rug. De lange en ingetogen Harald vormde het perfecte contrast met haar verschijning. Want een verschijning was ze, niet het minst door haar loshangende haar, dat alom de aandacht trok.

'Daar hebben we Albertina,' zei Maris. 'Ditmaal als een hedendaagse Maria Magdalena.'

Hij dacht aan de Maria Magdalena op de Kruisiging van Grünewald. Albertina had precies dezelfde haren. Hij had een Maria Magdalena geschilderd voor zijn *After Grünewald*, een improvisatie op de figuur van Grünewald. Op een apart doek had hij de haren eruit gelicht, het licht krullende, blonde haar dat tot onder op haar rug hing. Het kon Albertina niet zijn ontgaan als ze zijn tentoonstelling vijf keer had bezocht. Het rood op haar lippen was feller dan de vorige keer, merkte Maris op toen ze dichtbij was gekomen.

Ze begroetten elkaar nog net niet als oude bekenden. Het gesprek, dat op het terras van het restaurant was begonnen, werd hervat. Fran had naar video's van Haralds band gekeken, Maris wist inmiddels iets van Iris Apfel, de New Yorkse stoffenontwerpster die Albertina's idool was. Maris vroeg haar of ze zijn Maria Magdalena in het Stedelijk had gezien. Natuurlijk heb ik die gezien, zei ze, zoveel haar ontgaat mij echt niet. Voor het eerst raakte ze hem aan, licht, met vingertoppen op zijn onderarm, gevolgd door een snelle blik richting Fran, die met Harald stond te praten.

Ze staken de boulevard over naar het café waar Fran graag kwam. Na een halfuur stonden ze op en moest het nog in volle gang zijnde gesprek opnieuw worden afgebroken, net als eerder op het terras aan zee.

Bij het afscheid zei Fran: 'Waarom komen jullie niet een keer eten?'

'Ja,' zei Maris, zich bij haar aansluitend, maar met hoorbare vertraging.

Albertina bloosde van verrukking, Harald neeg zijn hoofd om de uitnodiging in dank te aanvaarden.

'Dat is haast te veel eer,' riep Albertina.

'Nou, als het te veel eer is, dan doen we het niet,' zei Maris lachend.

'O, zo bedoelde ik het niet, Maris. Het was een soort, eh, een soort...'

'Een soort uiting van vreugde,' merkte Harald droogjes op.

'Inderdaad!'

Stralend keek ze Maris aan, haar prachtige tanden weer ontblotend.

'Harald begrijpt mij! Elke nuance. En zo snel altijd.'

'Hij is een muziekmens,' zei Fran.

'En waar wónen jullie?' vroeg Albertina gretig en nieuwsgierig. 'Ergens in het dorp?'

'We zitten daarboven,' antwoordde Fran. 'Op de kaap.'

'O, echt? Daarboven? In dat ene grote boerenhuis waar nog een schuur naast staat? Zitten jullie daar? Ik heb er al zo dikwijls naar gekeken vanaf de weg. Al die hoge agaves die daar staan! Dat enorme rotsblok. Het lijkt me zo'n mooie plek. O, wat een eer, Maris en Fran!'

Na het afscheid hadden ze hun boodschappen gedaan, hun verblijf in de winkels rekkend. Ze wilden zo lang mogelijk onder de mensen zijn. Maar ten slotte liepen ze over de boulevard in de richting van de kaap. Ze wisselden indrukken uit van hun gesprek met Albertina en Harald en voelden alweer de bedrukte stemming waarin ze hun dagen doorbrachten. Toen Maris vroeg wat Harald haar zoal had verteld, hield Fran de boot af. Ze vond het onfatsoenlijk om dat door te vertellen en ook een verkeerd soort nieuwsgierigheid om ernaar te vragen – Maris wist het, hij kende haar opvattingen. Maar het ergerde hem toch weer: dat precieze, dat gewetensvolle, dat strikte. Aan de voet van de rots vervielen ze tot stilzwijgen. De handvatten van de volle plastic tasjes sneden in hun vingers. Nog steeds hadden ze geen behoorlijke boodschappentas. Maris liet haar voorgaan op de trappen. Omdat ze altijd sneller liep dan hij, sneller wilde, meer wilde, anders wilde. Hij was ver bij haar achtergebleven.

4

Albertina verscheen die avond in een nachtblauwe jurk, die haar armen bloot liet en ritselde bij elke beweging die ze maakte. Ze droeg een ketting van dikke gele kralen, uit Afrika zo te zien, blauwe pumps en een tasje van goudgele lak. Aan haar oorlellen hingen lange en uitbundige oorbellen, ook uit Afrika. Haar mantilla, op La Gomera gekocht, had ze van haar schouders op haar rug laten glijden; de uiteinden hingen over haar armen.

Maris schrok van het nachtblauw van haar jurk. Het was precies de kleur van *Black Barn.*

'Wat zie je er prachtig uit,' zei hij, een tikje ironisch.

'O, dank je, Maris!'

Hij kuste haar vluchtig op haar wangen. De aanraking van haar bovenarmen, net zo vluchtig, met alleen zijn vingertoppen, gaf hem een genot vol melancholie. Hij was zich sterk van Fran's aanwezigheid bewust.

'Volgens mij heb je minstens twee koffers met kleren bij je,' grapte hij.

'Inderdaad, Maris! Twee koffers! Dat heb je goed geraden. En op het vliegveld moest ik nog bijbetalen voor overgewicht.'

Ze lachte stralend.

'Het is zo'n mooie stof,' zei ze, haar jurk een beetje voor hem optillend.

Maris bevoelde de stof, zich vooroverbuigend. Hij zag haar knieën, haar tenen in de open pumps, hij rook haar.

'Ik zag hem in een blad,' zei Albertina, 'en ik móést hem hebben! Ik ben er een dag mee bezig geweest, maar toen had ik hem te pakken. Veel te duur voor mij natuurlijk. Maar als ik eenmaal begerig ben, ben ik niet meer te stuiten. En soms ook niet meer te harden, hè Harald?'

'Ach.' Harald glimlachte toegeeflijk.

'Harald is zowel mijn knecht als mijn meester,' verklaarde Albertina luchtig. 'Hij verdraagt alles van me, zoals het een knecht betaamt. Maar hij kan ook heel streng voor me zijn als ik het te bont maak. Dan is hij mijn meester en ga ik voor hem door de knieën, soms letterlijk. Dan ben ik net een hondje, heel onderworpen.'

Harald bleef glimlachen, licht afwezig, en knipperde met zijn oogleden.

'Albertina is al een beetje teut,' zei hij.

Ze stonden nog steeds op de plaats waar ze elkaar hadden begroet: onder het dichte gebladerte van de citroenboom. Het licht van de avondzon viel op hun gezichten.

'Kom toch verder,' zei Fran lachend.

Aan het eind van de middag, toen alle voorbereidingen waren getroffen, was ze in bad gaan zitten. Maar in plaats van op te knappen was ze haar vermoeidheid nog sterker gaan voelen. Het viel alleen aan haar ogen af te lezen. Maris vond haar ogen nog expressiever en mooier door het verdriet en alles wat er in haar woelde. Ondanks alles stond ze kaarsrecht en haar gezicht glansde, verlevendigd door de komst van Harald en Albertina. Ze had niet geweten wat ze moest aantrekken en was teruggevallen op een linnen broek met een mooie riem en een simpel truitje. De broek had ze op de valreep nog gestreken, terwijl haar tranen op het linnen drupten. Het viel Maris op hoe goed ze er toch weer uitzag. Alle kleren stonden haar goed. Ze had uitstraling en een aangeboren chic die onder alle omstandigheden zichtbaar bleef. Ze had haar gasten met grote hartelijkheid begroet, hem de pas afsnijdend om de eerste te zijn die hen verwelkomde, de meesteres van het huis.

Vanonder de citroenboom keek Albertina nog altijd genietend om zich heen naar de kaap met zijn verwilderde akkers, naar de agaves en het rotsblok en de vervallen schuur, en toen richtte ze haar blik op het huis. Er verscheen een kinderlijke gretigheid op haar gezicht.

'Zal ik je het huis laten zien,' vroeg Fran.

'O ja, Fran. Ik ben zo benieuwd.'

'Het is er een rommeltje, hoor.'

'O, niemand kan mij overtreffen in rommeligheid!'

Fran ging voor, Albertina volgde haar het huis in, zo ook Harald, na een blik op Maris, die was blijven staan en zich na een aarzeling toch bij de anderen aansloot. Hij voelde zich door Fran gebruuskeerd omdat ze hem de pas had afgesneden en zich opstelde als de meesteres van het huis. Met de charme die ze nu tentoonspreidde had ze La Tarantella opgebouwd.

'O, dat is nog eens wat anders dan onze hotelkamer met z'n lekkende douche,' riep Albertina.

'Voor Maris moet het altijd groot en ruim zijn,' zei Fran.

Haar opmerking trof Maris pijnlijk. Alsof hij exorbitante eisen stelde aan de plaatsen waar hij verbleef. Ze hadden heel wat in kleine hotelkamers gebivakkeerd, wat hem nooit enige moeite had gekost. Hij had geen hang naar luxe, eerder stoorde het hem als overdreven en overbodig. Waarom moest alles voor hem 'groot en ruim' zijn? Hoe kwam ze erbij?

Alle kamers werden bekeken, ook de leegstaande. Maris besefte dat het Albertina niet kon ontgaan dat er twee slaapkamers in gebruik waren. Hij zag het gebeuren. Hij zag haar een ogenblik volledig stilvallen om die conclusie te trekken en te verwerken, nadat Fran had gezegd: hier slaap ik. Ze wist het nu, en Harald wist het ook. Na het passeren van zijn slaapkamer vermeed Albertina het om hem aan te kijken – tot ze op het platte dak van het huis stonden, opnieuw in de avondzon. Het dak waar vroeger de tomaten en vijgen te drogen werden gelegd. Daar kwam ze naast hem zitten op de balustrade, een lage en wit gekalkte muur, als bij toeval zijn hand aanrakend met de hare – ze kon het niet laten. Maris keek opzij om naar haar te glimlachen en zag de dikke vlechten in een ingewikkelde kronkeling op haar achterhoofd, de gave huid van haar wangen, en rondom haar was de avondhemel met enorme roze strepen. Harald begon foto's te maken, en Maris zag hoe Fran zich half afwendde, hij zag het jaloerse en stuurse meisje dat ze vroeger nu en dan geweest moest zijn, en hij riep haar, hij drong net zo lang aan tot ze naast hem kwam zitten en lachte voor de foto.

Het huis, zo groot, zo leeg en zo onpersoonlijk ingericht, maakte een andere indruk nu ze er niet langer met zijn tweeën waren. Het leek of de boze geesten zich terugtrokken. Fran voelde zich beter, en ook Maris, al zouden ze over een paar uur weer aan elkaar zijn overgeleverd.

Ze zaten aan tafel in de keuken met alleen maar kaarslicht om de tl-verlichting niet te hoeven gebruiken. Harald vertelde droogkomisch over zijn jeugd op het platteland, waar zijn beide ouders als arts werkten – hij was enig kind. Albertina werd onrustig als hij langer dan een paar minuten aan het woord was. Ze begon dan de aandacht te trekken, bijna onwillekeurig, maar deed haar best hem niet in de rede te vallen. Ze spande zich in om met Fran te praten, maar raakte pas werkelijk geïnteresseerd toen bleek dat ze aan tafel zat met de ex-vrouw van de jonggestorven fotograaf en filmer Raf König.

'O, Fran, ben jij dan die vrouw met twee kleintjes op sommige foto's? Die vrouw op Stromboli? Zulk prachtig werk is dat! Ik kende die foto's al toen ik nog heel jong was. Mijn leraar Latijn, met wie ik toen een verhouding had, liet ze mij zien.'

Ze vroeg Harald om foto's van Raf op te zoeken, en Harald zocht ze voor haar op. Alle fotoboeken van Raf waren inmiddels door een liefhebber op internet gezet: een behulpzame hand sloeg de bladzijden van de zeldzaam en kostbaar geworden boeken om. Fran merkte dat ze nog steeds niet rustig kon kijken naar foto's die op Stromboli waren genomen, foto's waarop ze te zien was in lange, katoenen jurken en met aan haar hand twee blonde kinderen. Het gesprek nam een wending naar de nalatenschap van Raf: duizenden negatieven, tientallen korte films, de documentaire over Stromboli en de rechten op zijn fotoboeken. Fran was er jaren mee bezig geweest om alles te regelen en twee onafgemaakte fotoboeken alsnog uit te geven. Een agent beheerde nu de rechten.

Maris stond op en liep naar het terras om de zwaardvis te roosteren. Albertina volgde hem. Terwijl hij zich over de houtskool boog om de gloed aan te wakkeren, voelde hij dat Albertina schuin achter hem stond, dichtbij. Hij smeerde de moten zwaardvis in met een mengsel van olijfolie en kruiden en legde ze op het rooster. Terwijl hij geconcentreerd stond toe te kijken, klaar om ze om te draaien, hoorde hij Albertina zeggen:

'Dit zou Harald nooit doen.'

'Wat niet?'

'Vis roosteren. Dat zou hij nooit doen.'

'Waarom niet?'

'Hij zit altijd met zijn hoofd ergens anders.'

'In zijn muziek.'

'In zijn muziek of gewoon helemaal nergens. Zelfs als we seksen is hij een beetje afwezig.'

Maris verschoof een van de moten vis op het rooster.

'Maar als hij klaarkomt, is hij er toch wel bij,' grapte hij.

'Hij maakt zachte geluidjes. Wel schattig, maar ook ver weg.'

'Ogenblikje, Albertina.'

Met in elke hand een tang keerde Maris de zwaardvis om. Een moot bleef vastkleven aan het rooster, maar hij wist hem snel los te krijgen. De bovenkant van de vis smeerde hij nog eens in met olie en kruiden.

'Je moet hem eens flink aan zijn oren trekken als jullie seksen,' zei hij toen, zonder zich af te wenden van het vuur.

Albertina lachte en kwam naast hem staan, te dichtbij. Ze miste in de omgang ook letterlijk een gevoel voor afstand: ze stond altijd iets te dichtbij.

'Ik klem hem tussen mijn dijen,' zei ze, 'en ik praat tegen hem, ik vlei hem, ik wind hem op, maar hij blijft vriendelijk en een beetje afwezig.'

'Hij wordt geen beest.'

'Precies, Maris, inderdaad!'

Maris legde de stukken vis op een schaal. De zwaardvis had een mooie, zachtbruine tint gekregen en zag er sappig uit. Albertina liep voor hem het huis in. Aan haar schouders zag Maris dat ze verlegen werd, omdat ze zich door hem bekeken voelde. Ze had ook achter hem kunnen gaan lopen. Nu kwam hij achter haar binnen met zijn schaal met zwaardvis.

'Zo, is het gelukt?' vroeg Fran.

'Het is gelukt,' zei Maris, zonder haar aan te kijken.

Albertina bloosde.

'Het ziet er geweldig uit,' zei ze.

Fran volgde Harald, die naar de woonkamer liep om haar daar op haar laptop een video over zijn shakuhachi-meester te laten zien en uitleg te geven over de bespeling van de fluit en haar, als het haar interesseerde, ook iets te vertellen over de manier waarop de fluit werd gemaakt aan de hand van een tweede video. De jongeman voelde zich het meest op zijn gemak als hij uitvoerig en gedetailleerd kon vertellen. Maris kwam achter hen staan, zijn handen op de rugleuning van de bank, en keek naar beelden van de oude Japanse meester tegenover wie Harald wekenlang elke dag een uur op de vloer had gezeten, naspelend wat hem werd voorgespeeld. Hij hield van het droefgeestige, peinzende en soms woeste geluid van het instrument, maar hij kon zijn aandacht er niet bij houden. Hij was toch beneveld geraakt. Waarschuwende en verwijtende blikken van Fran hadden hem niet kunnen afremmen.

Opeens liep hij zonder iets te zeggen weg. Fran keek hem na. Ze probeerde zich te concentreren op Haralds stem. Hij zette de film steeds stil om dingen uit te leggen, vriendelijk en geestig, maar ook gevoelig voor de geringste onderbreking van haar aandacht voor hem. Hij leek op Thijs. Hij had diezelfde lieve, voorkomende maar ook een tikje dwingende manier om dingen uit te leggen. De jongen had haar nodig. Hij had problemen met Albertina, zoveel was haar inmiddels wel duidelijk. Het verwonderde haar niet. Albertina was geen geschikte vrouw voor hem. Ze bruuskeerde hem keer op keer met haar directheid. Maar hij was betoverd door haar vrouwelijkheid, door haar ongebruikelijke geschiedenis van verstoten kind en waarschijnlijk ook door die directheid, die hem zelf zo vreemd was. Fran probeerde aandachtig te zijn, maar Maris' plotselinge weglopen, naar buiten, bracht haar in alle staten. Ze had de neiging hem achterna te gaan en tot de orde te roepen. Ze leunde achterover, met alle zelfbeheersing waartoe ze nog in staat was, en luisterde naar Harald, die haar uitlegde en op het scherm liet zien welke bamboe er al eeuwen voor de shakuhachi werd gebruikt, hoe het hout werd behandeld en hoe de gaten werden geboord.

'O, daar ben je,' zei Albertina.

Ze stond in een donkere hoek van het terras, zo ver mogelijk van de citroenboom met de brandende olielamp vandaan. Glimlachend draaide ze zich naar Maris om. Hij glimlachte ook, terwijl hij haar naderde, en herinnerde zich ontmoetingen met andere vrouwen, wist niet welke, maar soortgelijke situaties met andere vrouwen en die afwachtende glimlach op hun gezicht.

Hij reikte haar nog een glaasje dessertwijn aan.

'Die vond je toch zo lekker?'

'Hij is heel lekker, maar ik ben al bijna dronken. Ik moet niet meer drinken, Maris.'

Ze zette het glaasje neer op de balustrade en glimlachte naar hem, haar prachtige tanden ontblotend.

'Het is een fijne avond met jou en Harald,' zei Maris.

'O, een heel fijne avond. En zo'n eer om je te leren kennen. Je hebt zo goed gesproken over je werk. Ik heb nog nooit iemand zo horen praten. Het deed me denken aan mijn eerste vriend.'

'In Zeeuws-Vlaanderen.'

'Inderdaad. Hij kon mij ook betoveren door te praten, helemaal op zijn eigen manier, over wat hij las of had gezien. Ik luisterde zo graag naar hem.'

'Wat is er van hem geworden?'

'Hij geeft nog steeds les. We zien elkaar elk jaar nog een keer, altijd op dezelfde manier. Eerst gaan we ergens eten, daarna gaan we in zijn huis met elkaar naar bed. Ik bevredig hem nog altijd heel graag. Hij heeft mij zo geholpen destijds.'

Albertina pakte het glaasje dessertwijn van de balustrade, licht door haar knieën zakkend, en nam toch een slokje.

'Het is net volle maan geweest,' zei ze, opkijkend naar de hemel boven zee. 'Ik ben altijd een beetje maanziek als het volle maan is. Ik was gisternacht zo onrustig. Ten slotte ben ik maar op het dak van het hotel gaan zitten.'

Zwijgend keken ze naar de maanverlichte kaap. Rotsblokken, de puntige agaves en de muurtjes rond de akkers wierpen schaduwen. In de verte glinsterde de zee. Het breken van de golven was hoorbaar. Opeens stapte Albertina, haar jurk met twee handen opnemend, over de balustrade van het terras. Maris zag het boerenmeisje in haar, eraan gewend om over hekken te klimmen. Met een stralend gezicht keek ze naar hem om.

'Mag ik je schuur bekijken?'

Maris volgde haar en herinnerde zich opnieuw soortgelijke situaties, maar vaag: een vrouw volgen naar de plaats waar ze je hebben wil. Matty was de eerste geweest. In de schuur viel het maanlicht door de open deur en de gaten van de ramen naar binnen.

'Dus hier zit je te werken,' zei ze, wijzend op de vouwstoel.

'Op dat stoeltje, ja.'

Albertina betastte een van de houten palen die het dak van de schuur ondersteunden.

'Zulke palen waren er ook in de schuur van mijn oom. Het rook er ook naar mest, net als hier.'

'De beesten zijn al jaren verdwenen,' zei Maris, 'maar die mestgeur ruik je nog steeds.'

Het was of zijn beneveling plotseling toenam. Hij leunde met zijn rug tegen de paal en keek naar Albertina. Ze kwam vlak voor hem staan, met een verlegen afgewend gezicht. Maris legde zijn handen op haar heupen. Haar gezicht lichtte op en zonder hem aan te durven kijken draaide ze traag en dromerig haar lichaam heen en weer onder zijn handen. Toen stond ze weer stil, afwachtend. Maris streelde haar gezicht, betastte met zijn vingertoppen de vlechten op haar achterhoofd. Albertina kuste hem zacht op zijn wang, vlak bij zijn oor, en vlijde zich tegen hem aan, haar hoofd op zijn schouder. Maris hield haar vast. Hij voelde het bonzen van haar hart.

Toen maakte ze zich van hem los. Ze pakte een van zijn handen en hield hem met beide handen vast voor haar borst. Ernstig keek ze hem aan.

'Ik zou je wel als mijn meester willen, Maris.'

Met zijn vrije hand streelde Maris haar wang.

'Maar je schildert niet,' zei hij.

'Voor gesprekken, Maris.'

Hij wierp een blik opzij door de open staldeur.

'Zie je je vader en moeder nog?' vroeg hij toen.

'Nee, Maris. Alleen mijn oom en tante. Mijn moeder wil mij niet zien en mijn vader durft mij niet te zien.'

Hij keek weer naar buiten, terwijl Albertina voor hem bleef staan, zijn rechterhand met haar beide handen vasthoudend voor haar borst, afwachtend. Ze schoof een duim tussen zijn vingers. Hij reageerde niet. Hij voelde haar aandrang en verwachting verflauwen.

'Laten we naar dat grote rotsblok lopen,' zei ze. 'Dat is een bijzondere plek.'

Maris hield haar hand vast onder het lopen, haar ondersteunend op de ongelijke grond. Albertina liep naast hem alsof hij haar ten dans voerde, met elegante en afgemeten passen, haar gezicht met een glimlach naar hem toe gekeerd. Het rotsblok leek in het donker nog groter en imposanter. Albertina's jurk ritselde. Haar vlechten lichtten op in het maanlicht, asblond. Ze schoven tussen de agaves door. Albertina drukte haar jurk tegen haar benen, ze trok haar buik in en keek hem vrolijk aan. Ze wilde hem steeds aankijken, ondanks haar verlegenheid, en ze wilde steeds zijn naam noemen.

'Het is hier net een plek uit een sprookje,' zei ze.

'In het maanlicht,' schamperde Maris.

Albertina legde haar beide handen tegen het rotsblok, boven haar hoofd, drukte zich ertegenaan en keek over haar schouder naar Maris. Het was een houding die ze ergens had gezien, ze deed iemand na, en uit het kinderlijk-sluwe lachje op haar gezicht bleek dat ze dat wist. Maris moest erom lachen.

'Wat ben je toch een aanstelster, Albertina.'

'Ik doe mijn best, Maris.'

'Je best waarvoor?'

'Ik weet dat je het leuk vindt als ik me een beetje aanstel.'

'Dat denk je maar.'

Maris trok haar weer tegen zich aan en streelde haar. Roerloos en aandachtig liet ze hem begaan, haar handen op zijn schouders. Toen hij haar billen streelde, zijn handen onder haar jurk, en haar nog wat steviger tegen zich aan drukte, verstrakte ze opeens.

'Sorry, Maris.'

'Wat is er?'

'Heel stom, maar ik moet opeens zo nodig. Ik vergeet het steeds, maar nu drukte je tegen mijn blaas.'

Ze keek in de richting van het huis en wierp snelle en onrustige blikken op het rotsblok en de agaves. Onwillekeurig kruiste ze haar benen en begon te wiebelen.

'Doe het gewoon hier,' zei Maris.

Haar gezicht lichtte op.

'O Maris, mag ik plassen waar je bij bent?'

Ze liet zich op haar hurken zakken, tilde met een snelle beweging haar jurk op en trok haar slip langs haar dijen omlaag naar haar knieën. Ze had zich teruggetrokken onder een vooruitstekend deel van het rotsblok, nog maar vaag zichtbaar. Haar ogen glansden in het bijna-donker. Maris knielde voor haar neer, één knie op de grond, en legde een hand op haar bovenbeen. Ze wachtten. Er gebeurde niets.

Opeens zei ze:

'Mag ik op je hand plassen?'

Zonder aarzeling stak Maris zijn hand tussen haar dijen. Hij bespeurde er de warmte en vochtigheid van haar kut, de rug van zijn hand schampte langs een gladde schaamlip, en toen voelde hij de warme urine over zijn hand stromen. Met een zacht geluid viel het vocht op de aarde. Albertina had omlaaggekeken naar zijn hand, en toen ze eindelijk kon plassen, toen het begon te stromen, keek ze verrukt naar hem op, zich met één hand aan hem vasthoudend. Haar blaas had inderdaad op springen gestaan. De urine bleef maar stromen. Hij draaide zijn hand heen en weer om hem van alle kanten te laten baden in die warme stroom.

Toen het ophield, trok Maris zijn hand terug en schudde hem uit.

'Dat was fijn,' verzuchtte Albertina.

Ze stapte onder het rotsblok uit en kwam overeind.

'Je hebt zeker niet een tissue of zoiets bij je.'

'Nee, lieve schat.'

'Nou, dan maar zo.'

Ze trok haar slip omhoog. Haar jurk viel neer.

‘Dat was fijn, Maris,’ zei ze nog eens.

Eén ogenblik nog vlijde ze zich tegen hem aan, haar hoofd op zijn schouder, kuste hem op zijn wang en zei: ‘Morgen plas ik op je andere hand.’

Toen liep ze met lange passen, wankel op haar hakken, terug naar het huis. Maris ging haar achterna. Onder het lopen veegde hij zijn natte hand af aan zijn broek. Hij rook eraan. Hij rook de urine, maar sterker was de zilte geur van haar kut, die hij bij het terugtrekken van zijn hand nogmaals had aangeraakt.

‘O, Fran, wij zijn wel erg lang weggebleven, geloof ik.’

Fran keek Albertina aan, maar was niet in staat iets te zeggen.

‘Maris heeft mij zijn domein laten zien,’ verklaarde Albertina, alsof haar een grote eer te beurt was gevallen. ‘De schuur waar hij zit te werken. Daarna het rotsblok tussen de agaves, dat hem zo inspireert, net een plek uit een sprookje. En we hebben gepraat. Maris was heel vaderlijk voor mij. En dat alles in dat prachtige maanlicht.’

‘Maris houdt niet van maanlicht,’ zei Fran.

‘Echt niet?’ riep Albertina verbaasd.

‘Echt niet,’ zei Fran.

Maris liep naar het aanrecht om zijn handen te wassen. Hij plensde ook koud water in zijn gezicht. Iedereen zweeg.

‘Maanlicht,’ zei hij met een grijns, nadat hij een handdoek over zijn gezicht had gehaald. ‘Daar waren we toch?’

‘Daar waren we,’ bitste Fran.

‘Fran wil bij volle maan altijd een nachtwandeling maken,’ zei Maris. ‘En ik wil dan niet mee. Dus doet ze dat met een vriendin, een halve nacht in het licht van de volle maan lopen, ergens in de natuur, en dat wordt dwalen, en dan struikelen ze en blesseren ze zich – maar dat hoort er allemaal bij.’

‘O, Fran,’ riep Albertina, ‘ik zou meteen met je meegaan! Maar waarom houdt Maris niet van maanlicht, vraag ik me af.’

Gadegeslagen door Fran schonk Maris zich nog een glas rode wijn in.

'Harald, jij bent een man,' zei hij. 'Hou jij van maanlicht, *moonlight, Mondschein?*'

'Ik heb er nog nooit echt op gelet,' antwoordde Harald glimlachend.

'Maanlicht heeft voor mij altijd iets unheimisch,' zei Maris. 'Dat om te beginnen. Het is licht, maar toch ook geen licht, want alleen maar weerkaatst licht. Niets heeft een kleur in het maanlicht. Alle kleur is verdwenen. Het is koud licht. Geen enkele geschilderde maannacht geeft het maanlicht weer zoals je het ziet. Ga maar na. Let er maar eens op. En dat heeft te maken met de nonkleur van het maanlicht. Geschilderde maannachten geven altijd alleen maar die dromerige atmosfeer, maar niet wat je in een maannacht werkelijk ziet.'

'Je heb er werkelijk over nagedacht,' zei Harald ironisch.

Maris besefte dat ook Harald reden had om woedend op hem te zijn, en dat waarschijnlijk ook was. Hij besefte eveneens dat de anderen hem zagen als dronken, omdat hij begon te oreren, omdat hij uitweidde en zijn gedachten moeizaam formuleerde. Maar het was niet de drank die hem het spreken bemoeilijkte, het was de walging die hem de keel toekneep.

'Maanlicht,' ging hij voort, 'maanlicht is vaag en ongrijpbaar. Dat is wat ik erop tegen heb. Dat stoort mij.'

'Net zo ongrijpbaar als vrouwen,' repliceerde Fran.

'Ik walg van maanlicht,' zei Maris.

Iedereen zweeg. Harald glimlachte krampachtig en knipperde hevig met zijn oogleden.

5

Met alleen haar slip nog aan liep Fran van de badkamer naar de donkere slaapkamer, waar Maris voor het raam stond, zijn silhouet afgetekend tegen de raamopening. Haar bewegingen waren driftig. Maris hoorde haar aan komen op haar blote voeten. Er trok een rilling omhoog langs zijn ruggengraat. Hij was een ogenblik bang dat ze hem een mes in zijn rug zou steken.

Fran ging naast hem staan en raakte zijn been aan met haar heup. Ze liet een borst langs zijn arm glijden. Maris draaide zich naar haar toe en legde een arm om haar middel om haar tegen zich aan te trekken. Zich aan elkaar vastzuigend liepen ze naar het bed. Fran liet zich achterovervallen, worstelde met haar slip, ze trok haar benen helemaal op en zette haar hielen stevig op de rand van het bed. In het donker zag ze Maris, haar donkere faun, die zich zwijgend over haar heen boog, zijn handen naast haar schouders plantte, ze zag zijn geslacht tussen haar dijen verschijnen en voelde het in zich komen.

Het was eerder een gevecht dan een vrijpartij. Fran beet hem, ze trok hem naar zich toe en duwde hem ook weer van zich af, ze haalde haar nagels langs zijn onverzettelijke armen. Ze hadden enorme haast. Na een paar minuten al kwamen ze klaar.

Maris bleef over haar heen staan.

'Helemaal tot in mijn kruin geneukt,' zei ze hijgend.

De forse en buikige faun bleef over haar heen staan, zijn handen naast haar schouders. Ze rook hem, ze hoorde hem ademen. Haar kut bleef zijn geslacht kneden.

Toen Maris zich wilde oprichten, hield ze hem tegen.

'Wat heb je met haar gedaan?'

Maris zweeg.

'Wil je het echt weten?'

'Ik wil het weten.'

'Ze heeft op mijn hand gepist.'

Er trok nog een naschok van het orgasme door haar buik.

'Dat wilde ze?'

'Dat wilde ze.'

'En hoe was het?'

'Tof.'

'Tof.'

Met een ruk kwam Fran overeind en duwde Maris naar achteren. Ze liep naar de badkamer en kwam terug met een emmer. Ze zette hem naast het bed en hurkte erboven. Zwijgend liet Maris zich op een knie zakken, precies zoals hij voor Albertina had gedaan, en hij hield zijn hand tussen haar dijen. Fran trok haar borsten opzij om te kunnen zien hoe ze plaste op zijn hand.

HOOFDSTUK VI

1

Op de trappen naar het dorp besefte Fran dat Maris niet meer bij haar achterbleef, dat hij haar niet meer uit het zicht liet verdwijnen, zoals hij steeds had gedaan, om alleen te zijn. Ze hoorde zijn voetstappen vlak achter zich. Ze dacht terug aan de nacht en kon hem nog in zich voelen, zo sterk en hevig was de ervaring geweest. Maar ze wilde het niet voelen. Ze wist niet wat hun plotselinge vrijage, de eerste in anderhalf jaar, te betekenen had. Was het een geforceerde laatste keer geweest, veroorzaakt door Albertina, door haar jonge lichaam, waarmee ze Maris had opgehitst en ten slotte ook haar?

Op de boulevard keek Maris naar de kratten die op het trottoir voor een café uit een vrachtwagen werden geladen. Hij zag de kassière in de supermarkt in gesprek met een van de dorpsvrouwen, en de kassière zag hem. Hij keek naar een vissersboot die uit zee kwam en de pier rondde om af te meren aan de kade. Tersluiks keek hij naar Fran, die schuin voor hem liep. In een opwelling schoof hij langszij en pakte haar hand.

Na twintig passen maakte ze haar hand los uit de zijne.

'Wat is er?' vroeg Maris.

'Ik ben een beetje vies van die hand.'

'Jij hebt er toch ook overheen gepist?'

'Toch ben ik er een beetje vies van.'

Op het strand keek hij naar Fran terwijl ze de zee in liep. Hij vond haar mooi, en mooi wilde voor hem altijd zeggen: karakteristiek. Hoe ze stilstond toen de zee over haar voeten spoelde en ze zich, alleen voor hem zichtbaar, begon te schamen omdat ze er weer zo lang over deed om door te komen, terwijl de zee niet koud was.

Maris zat op het rotsblok waar hij na zijn zwemtocht naar het jacht had liggen uitrusten, zijn handdoek over zijn gezicht getrokken, zo merkwaardig vervreemd van de wereld waarin hij was teruggekeerd, en hij keek naar Fran, die stapje voor stapje, steeds weer stilstaand, de zee in liep. Hij dacht aan Albertina en wat hij met haar had gedaan. Zij moest nu ook wakker zijn geworden in haar hotelkamer en vree op dit moment misschien met Harald om het goed te maken. Hij herinnerde zich die ene, kortstondige, vluchtige aanraking tussen haar benen. Het was of ook zijn hand het zich nog herinnerde.

In zee zwom hij naar Fran toe. Hij ging staan en legde zijn handen op haar heupen. Niet al te bereidwillig legde ze haar handen op zijn schouders. Ze keek weg. Toen draaide ze haar gezicht naar hem toe en zei:

'Ik wil in elk geval die walvissen nog zien. Misschien kunnen we dat nu eindelijk regelen? We hebben nog een paar dagen.'

Tijdens de lunch liet Fran weten dat ze de pottenbakker wilde bezoeken die haar had 'gered' om alsnog iets van hem te kopen. Opeens liet ze wat meer los over deze ontmoeting in de bergen. De man had wel een uur met haar rondgereden om haar auto te zoeken. Ze waren er in het donker langs gekomen zonder dat ze de wagen had herkend. Toen ze nogmaals langs die eenzaam aan de weg geparkeerde auto kwamen, was hij gestopt, had haar om de sleutel gevraagd, en een ogenblik later had ze de rode achterlichten zien knipperen. In zijn werkplaats had ze een aardewerken pot gezien die ze wilde kopen. Hij was ruw gevormd, voorzien van een simpel zwart glazuur, maar de vorm was sterk. Ze moest hem hebben, en niet alleen om te doen wat ze twee dagen geleden in de consternatie van het verdwaald zijn en zo snel mogelijk naar huis willen had nagelaten.

Ze besefte dat ze Maris vrij spel gaf door weg te gaan en hem overleverde aan Albertina, die hem vandaag zeker niet met rust zou laten. Maar ze had geen zin om hem te bewaken. Ze wilde haar eigen weg gaan. Hij moest zelf maar zien wat hij deed en wat hij nog met haar wilde. Naarmate ze zich onafhankelijker van hem maakte, voelde ze zich sterker. En ze was in de ban van die grote aardewerken pot, die oervorm, die ze in haar handen had genomen en weer had teruggezet.

Maris vergezelde haar naar de auto om het navigatieapparaat in te stellen. Zwijgend liepen ze over het pad naar de kustweg. Het was warm en stil. Er zoemden insecten in de struiken langs het pad. Ze passeerden het huis van de oude vrouw die hun de boerderij verhuurde. Een van haar zoons was op bezoek. Hun harde stemmen weerkaatsten in de keuken.

In de auto, zijn portier open, toetste Maris het adres van de pottenbakker in en stelde een vriendelijke vrouwenstem in om haar de weg te wijzen. Nadat hij het apparaat met de zuignap op de voorruit had gezet, bleef hij zitten.

'Hé,' zei hij toen, opzijkijkend. 'Kus!'

Zwijgend liet Fran zich kussen. Nog bleef Maris zitten. Fran keek voor zich uit naar de bergwand aan de overkant van de weg en wachtte tot hij uit de auto zou stappen. Ze wilde weg. Ze wilde op zichzelf zijn en nadenken. Ze wilde niet bezwijken voor haar geilheid en hunkering.

2

Zodra Maris alleen was, nam Albertina hem in bezit. Hij stond onder de citroenboom, precies op de plek waar hij haar gisteravond in het licht van de avondzon had zien staan, lang en slank in haar nachtblauwe jurk. Hij hoorde haar stem, hoe ze zijn naam uitsprak, steeds opnieuw – alsof ze zich tegen hem aan vlijde. Hij keek naar zijn rechterhand. Hij keek naar de rug van die hand waarmee hij langs haar schaamlippen was geschampt toen ze gehurkt in de holte onder het rotsblok had gezeten.

'Onnozelaar!'

Hij leek wel een schooljongen die aan de slip van zijn zusje ruikt. Hij had dat gedaan. Hij zag de wasmand in zijn ouderlijk huis staan en herinnerde zich zijn zus die, gewikkeld in een handdoek, vanuit de douchecel de gang overstak naar haar kamer. Wanneer had hij voor het laatst aan een slip of een shirt van Fran geroken? Hij kon het zich niet herinneren. Albertina's heel lange en licht krullende haren rond haar naakte lichaam – als een vacht. Hij zou het nooit zien. Harald zag het elke dag en sloeg er al geen acht meer op of hij had er zelfs een hekel aan, omdat hij niet bij haar weg kon komen. Ze manipuleerde hem elke dag opnieuw en hij bleef zich maar voegen. Al die uren die ze nodig had om haar haar te wassen, drogen en borstelen. Ik en mijn haar. Arme Harald.

In de schuur ging hij op zijn kampeerstoel in de deuropening zitten en bekeek zijn mails. Er was nog altijd de dringende mail van zijn redacteur bij Phaidon, die hij al dagen onbeantwoord had gelaten. Er waren mails van Laura, van de assistente van zijn galeriehouder, van een verzamelaar, van een fotograaf. Hij moest een aantal afspraken maken.

Na een paar minuten klapte hij zijn laptop weer dicht. Het was te warm, zelfs in de schaduw en in de tochtstroom die door de schuur gleed. Het rotsblok, half verborgen achter de agaves, lag vrijwel kleurloos in het middaglicht. Het was doodstil. Het was of Fran hem al had verlaten. Hij herinnerde zich hoe hij naast haar in de auto had gezeten. Ze had niets gezegd. Ze had haar beslissing misschien al genomen. Ze had niets meer over Albertina gezegd, ze had er geen woord meer aan vuilgemaakt. Hun vrijpartij van vannacht was een gênante wanhoopsdaad geweest, die ze allebei liefst zo snel mogelijk wilden vergeten.

Terug in het huis liep hij naar de slaapkamer van Fran en zittend op de rand van haar bed keek hij naar haar geopende koffer op de vloer. Nooit meer zien hoe ze in de loop van een aantal dagen haar koffer pakte, weloverwogen, alle kleren keurig opgevouwen, alles keurig naast elkaar, met ergens het mini-strijkijzer dat ze er wel drie keer uit haalde en er dan toch weer in stopte. Misschien is het goed zo, hield hij zichzelf voor, misschien zal het voor ons allebei een opluchting zijn. Hij klapte de koffer dicht.

Op het terras onder de rieten matten gleed zijn blik naar het rotsblok, dat hij inmiddels tientallen keren had getekend. Voor zijn vertrek wilde hij het nog van alle kanten fotograferen, close-ups maken van de steen, van de mossen op de steen. Zes meter lang, drie meter hoog en twee meter breed kon het rotsblok een kleine kamer vullen. Hij stelde zich voor dat het midden in zijn atelier lag, dat hij het daar in het donker kon zien liggen.

In de middagstilte hoorde hij toen een helder geluid. Met grote passen liep hij naar de schuur. Hij hoopte op een bericht van Fran, een foto van de aardewerken pot die ze net had gekocht. Het was Albertina die hem schreef: Ik wil je zo graag zien.

3

Maris zag haar naderen, niet van de kant van de weg, maar van de kant van het ezelpad met de trappen dat naar het dorp voerde. Ze droeg een enorme zonnebril. Om haar lange benen golfde een wijde, linnen broek en haar bovenlijf stak in een blouse waaraan kleurige linten waren bevestigd, die om haar heen dwarrelden. Haar haren zaten weer in vlechten op haar achterhoofd. Met snelle en krachtige stappen kwam ze naderbij.

Zonder aanhef, zonder groet had ze hem alleen die ene zin geschreven: Ik wil je zo graag zien. Het had hem geraakt. Zo'n zin zou hij zelf niet gauw schrijven, zo onomwonden, zo direct. Hij had geantwoord in haar trant: Ik verwacht je. De anonimiteit van hun boodschappen beviel hem niet. Het voelde als verraad aan Fran. Hij was beducht voor de naderende Albertina. Wat kwam ze doen? Wat ging ze in hem losmaken?

'Maris!'

Ze zwaaide naar hem. Hij zwaaide terug, maar gereserveerd, en voelde dat dat zichtbaar was in zijn gebaar.

'Ik ben zo bezweet,' zei ze toen ze voor hem stond. 'Heb je een paar tissues voor me?'

Hij liep naar de badkamer en haalde een handdoekje. Albertina bette haar hals en gezicht.

'Je bloost ervan,' zei Maris.

Albertina glimlachte haar mooie tanden bloot en keek hem aan met de hem inmiddels vertrouwde opgetogen uitdrukking op haar gezicht. Opgetogenheid als masker, dacht hij.

'Ik ben langs de trappen gekomen. Ik wilde een keer jouw route lopen.'

'Beviel het?'

'Goed voor mijn conditie. Maar vooral mooi! Met al die bochten in het pad en alles wat er op de rotsen groeit en de geluiden uit het dorp die langzaam verdwijnen. Kijk eens!'

Ze spreidde haar armen.

'Je zult me wel weer een aanstelster vinden. Maar ik wilde je deze blouse zo graag laten zien. Mijn eigen creatie.'

Albertina draaide rond, maakte een pirouette om de linten om zich heen te laten dwarrelen.

'Leuke blouse,' zei Maris.

'Als ik in de wind over de boulevard loop, fladderen al die linten om me heen. De mensen staan stil om naar me te kijken!'

Haar gezicht straalde. Ondanks haar kinderlijke ijdelheid was ze innemend. Ze wachtte op toenadering. Hij deed een stap naar voren en stak zijn handen naar haar uit. Albertina greep ze vast.

'Ik ben zo blij dat ik mocht komen, Maris. Zo'n eer om je te zien. Mag ik je kussen?'

Ze kuste hem op zijn wangen – zoals ze haar vader zou hebben gekust.

Hij liep het huis in met het handdoekje om afstand te nemen, zich terug te trekken uit haar sfeer. Hij boog zich over de wasbak om water in zijn bezwete gezicht te plenzen, en toen hij zich had opgericht verstarde hij en stond met een nat gezicht voor zich uit te staren.

Ogenschijnlijk zonder aanleiding herinnerde hij zich de stoffig rode combine die in de brandende augustuszon over de akker schoof, de hitte in de cabine, waar hij en Matty elk aan een kant van de bestuurdersstoel stonden, waarin haar vader zat; het bonken en stampen van de machine, zo luid dat praten onmogelijk was, en op de rugleuning van de stoel, achter haar vaders hoofd, lagen Matty's vingers kleverig en bezweet over de zijne, en hij durfde ze niet terug te trekken. Het was een van de sleutelbeelden uit zijn geschiedenis met Matty. Waarom kwam de herinnering nu opeens terug? Bevond hij zich in een soortgelijke situatie? Werd hij door zijn brein gewaarschuwd?

Hij nam Albertina mee naar de schuur, de plek waar hij zich het meest op zijn gemak voelde. Het was niet zonder risico. Hij besefte het. Hij had met haar op het terras kunnen gaan zitten, maar daar was Fran te veel aanwezig. In de deuropening van de schuur, in de schaduw van de dakrand, zette hij een klapstoel neer voor Albertina en een tafeltje met glazen, een fles water, witte wijn, schaaltjes met olijven, gemarineerde inktvis, stukjes tortilla en wat brood. Hij nam de tijd om het allemaal neer te zetten en te arrangeren.

'Ik ruik weer die vage mestgeur,' zei Albertina, nadat ze was gaan zitten en haar ene lange been over het andere had geslagen. 'Zo'n lekkere lucht.'

'Mestgeur,' herhaalde Maris werktuiglijk.

'Ruik je het niet?'

'O, ja, natuurlijk.'

Hij was nog steeds in de war door de scherpe en overweldigende herinnering aan die middag in augustus, in dat fatale jaar, aan de combine van meneer Tramper en dat ene moment waarop hij had gevoeld hoe de vingers van Matty over de zijne gleden en het daaropvolgende verlammende besef dat hij ze niet terug durfde te trekken, onder de hare uit. Het was het moment waarop ze hem had gevangen, waarop hij verstrikt was geraakt, waarop hij zich aan haar had onderworpen.

Hij liep terug naar het huis om servetten te halen en zichzelf in bedwang te krijgen. De herinnering absorbeerde hem. Roerloos stond hij bij de keukentafel. Het was of hij de herinnering aan die middag op de combine opeens in kleur te zien kreeg en die twee handen, de zijne en die van Matty, op de rugleuning van de stoel in close-up. De herinnering was film geworden.

'Ja, die mestgeur,' zei hij, teruggekeerd in de schuur. 'Dat die zo lang blijft hangen.'

'Er zijn graankorrels die na drieduizend jaar nog ontkiemen.'

'Die hebben ze gevonden in de piramides.'

'Wij onthouden dezelfde dingen.'

Hij had de wijn en het water ingeschonken. Maar geen van beiden strekten ze hun handen uit naar de glazen. Ze zwegen.

'Maris?'

'Ja.'

'Voordat we verdergaan.'

'Zeg het.'

'Ik vind het wel een beetje vreemd wat we gisteravond bij dat rotsblok hebben gedaan.'

'Ik heb wel vreemdere dingen gedaan, Albertina.'

'We hadden allebei wel behoorlijk veel gedronken.'

'We hadden gedronken. Maar daar wordt het niet minder van. Je gaat toch niet zeggen dat het je spijt?'

'O nee, zeker niet! O, nu denk je natuurlijk dat ik kleingeestig ben! Terwijl ik alleen maar verward ben door mijzelf, door wat ik heb voorgesteld, en door jou, dat je erop inging.'

Albertina zweeg.

'Heb je het Fran verteld?'

'Waarom zou ik dat doen?'

'Ik heb het wel aan Harald verteld. Hij voelde dat er iets was gebeurd. Daarna wilde hij niets meer zeggen. Maar vanochtend, meteen na het wakker worden, hebben we het goedgemaakt. Harald kan nooit lang kwaad blijven.'

'Dat is mooi.'

Ze zwegen. Albertina's handen schoten omhoog naar haar vlechten, duwend, trekkend, schikkend.

'Zitten ze niet goed?' vroeg Maris spottend.

'Er gaat steeds iets los.'

Ze schoof een haarpin dieper in haar vlechten.

'Hoe kom je eigenlijk aan zo'n klassiek kapsel?' vroeg Maris. 'Het doet me denken aan portretten van eeuwen geleden.'

'Goed gezien!'

Hij kreeg weer haar opgetogen gezicht te zien.

'Rik, mijn eerste leermeester, liet mij eens een schilderij zien en daar heb ik het van. Ik ben buitensporig, ik combineer in mijn kleding de gekste dingen, maar ik hou ook van klassiek.'

'Van wie was dat schilderij?'

'Dat weet ik niet. Zulke dingen onthoud ik niet. Het was het portret van een zittende vrouw, een nog jonge vrouw, met haar zoontje. Ze droeg een prachtige jurk van een zware en donkere stof. Kilo's moet zo'n jurk hebben gewogen. Om haar hals een opstaande kraag van kant en een schitterend collier. Haar zoontje staat naast haar en heeft zijn hand op haar schouder gelegd. Ze is een Italiaanse of Spaanse, een adellijke dame, donker, en op haar achterhoofd liggen die vlechten opgestapeld. Zo prachtig! Ik ben een hele avond bezig geweest om het in mijn vingers te krijgen. Ik wist het meteen, ik voelde het – dit is voor mij, zo wil ik het!'

Maris zweeg.

'We drinken helemaal niet,' zei Albertina.

Ze hieven de glazen en tikten ze tegen elkaar, waarbij Albertina voorovërleunde en haar hoofd op een nogal vreemde manier schuin hield, waarschijnlijk om de mooie lijn van haar hals te laten zien. Maris moest erom glimlachen. Hij proefde de wijn. De eerste slok van de koele en licht tintelende wijn smaakte geweldig. Hij zuchtte vol welbehagen.

‘Het lijkt mij trouwens niet eenvoudig,’ zei hij toen, ‘om op je zestiende een verhouding te hebben met een van je leraren in een klein provinciestadje. Hoe hou je dat geheim?’

Albertina bloosde – alsof ze voelde dat hij niet helemaal geloofde wat ze had verteld over haar ‘eerste leermeester’.

‘Dat was ook lastig, Maris. Ik ben zijn huis nooit door de voordeur binnengegaan, behalve die eerste keer. Ik kwam altijd langs achter of hij pikte me op buiten de stad en dan reden we naar Antwerpen. Daar had hij een hotelletje. We wandelden veel langs de Westerschelde, over de dijk en over de schorren, met dikke klonten modder aan onze laarzen. ’s Avonds, weer thuis, legde Rik mijn fiets in de kofferbak van zijn auto en bracht me tot vlak bij huis, zodat ik niet dat hele stuk alleen in het donker hoefde te fietsen. Ik zag er niets verkeerds in en daarom zag ik het gevaar misschien ook niet.’

Maris zag haar in het donker aankomen bij de boerderij van haar oom en tante. Vanaf de dijk met bomen liep een pad naar beneden naar het erf. Daar stond die grote zwarte schuur tussen de bomen. Hij had de boerderij misschien zelfs gezien, want een paar maanden geleden had hij rondgereden in Zeeuws-Vlaanderen, op zoek naar de plaatsen waar hij destijds op zijn vlucht was geweest. Hij was ook in de schemering door het rietland naar de vroegere vissershut van zijn vader gelopen, het pad door het hoog opgeschoten riet waar hij als jongen met zijn ogen dicht liep om zichzelf af te leren bang te zijn. Gedekt door het donker had hij bij de boerderij van Fraanje gestaan. Hij had toen begrepen waarom de misdadiger, zoals het oude gezegde wil, altijd terugkeert naar de plek van de misdaad. Geen enkele misdadiger deed dat waarschijnlijk meer. Maar hij had het gevoeld: de onweerstaanbare aantrekkingskracht van de plek waar je iets hebt gedaan wat je naderhand niet kunt bevatten. Zo had hij tenminste in het donker van een winderige herfstavond naar de schuur van Fraanje staan staren.

‘Zag je echt geen gevaar?’

'Ik was ook naïef, Maris. Nog veel naïever dan ik nu ben.'

'Je moest het verbergen voor je oom en tante, voor je vriendinnen op school.'

'Mijn vriendinnen zagen dat ik een oogje had op Rik, dat ik me voor hem uitsloofde, ze plaagden mij daarmee, en ik liet dat zo.'

'De perfecte dekmantel.'

'Inderdaad.'

Albertina zweeg. Haar stemming leek te veranderen. Ze keek naar het rotsblok tussen zijn puntige wachters, misschien ook naar de plek waar ze gisteravond in het donker op haar hurken had gezeten en haar warme urine over zijn hand had laten stromen.

'Maar de scheve situatie bleef,' zei ze zacht en ernstig. 'Mijn moeder die me niet wilde zien, mijn zusjes voor wie ik een halve vreemde was, mijn vader ver weg. Als ik wakker werd begon de eenzaamheid en die verdween pas weer als ik in slaap viel.'

Albertina keek hem aan, maar in haar hoofd was ze elders.

'Je zult het niet geloven,' zei ze, 'maar ik heb in de schuur op de hooizolder gestaan en me afgevraagd of ik mijzelf naar beneden zou gooien. Ik ben ook aan de Schelde geweest, op plaatsen waar ik met Rik kwam en waar ik me zo door het water had kunnen laten meesleuren. Rik heeft mij gered, zonder het te weten. Ik móést iemand hebben die me begreep, iemand om mee te praten, iemand die mij koesterde, en dat was Rik.'

Ze schudde de pijnlijke herinneringen van zich af en zei luchtig en glimlachend: 'Het schijnt dat de eerste zelfmoordgolf bij zeventien, achttien jaar ligt. Ik ben eraan ontkomen.'

Albertina wendde haar blik weer naar het rotsblok en de agaves. Maris had de neiging om haar hand te pakken, maar hij hield zich in. Roerloos zat hij op zijn kampeerstoel en keek naar haar afgewende hoofd. De gebruinde huid van haar gezicht glansde mat van het zweet. Het zweet op haar gezicht riep de drukkende warmte in de cabine van de combine in hem op, het zweet op Matty's gezicht. Ze waren naar het land gefietst waarop haar vader aan het werk was. Hij had de combine voor hen stilgezet. Groot en indrukwekkend stond de machine daar te stampen. Voor zijn ogen had meneer Tramper zijn dochter aan haar armen omhooggetrokken naar de cabine, en terwijl ze door de lucht zweefde, had ze over haar schouder naar hem gekeken, trots en opgewonden.

Albertina wendde zich weer tot Maris.

'Ik heb het verhaal over jouw jeugd natuurlijk ook gelezen. Ik werd daar óók naartoe gezogen, net als veel anderen. Het moet heel pijnlijk en schokkend voor je zijn geweest dat dat verhaal opeens zomaar in een blad stond. Ik schaam me er nu voor dat ik het heb gelezen.'

'Mooi dat je je er nog voor kunt schamen.'

'Niet boos worden, Maris.'

'Ik word niet boos.'

'Want ik heb eerst je werk in het Stedelijk gezien en pas later kwam ik dat verhaal tegen. Ik raakte erdoor gebiologeerd. Harald vond het verkeerd. Ik ging het voor hem verbergen. Ik wilde bepaalde stukken in het artikel steeds herlezen. Wat er is gebeurd in die schuur. Ik wilde steeds weer kijken naar die foto van jou op je veertiende, naar de foto van Matty in haar badpak op de dijk bij de plek waar jullie zwommen. Ze was trouwens best wel mooi, zo vroegrijp, en best wel verleidelijk.'

Maris was verrast door haar typering van Matty.

'Het was een mooie meid,' zei hij. 'Ook al betwijfel ik of ik dat toen al zag. Ze viel me op omdat ze dingen durfde. Ze kon mooi duiken. In het haventje waar we zwommen klom ze op de hoogste paal van de steiger en dan dook ze, haar armen gespreid, met zo'n knik in haar rug en haar kont omhooggedrukt.'

'Zij was je eerste vriendinnetje. Toch?'

'We trokken die zomer met elkaar op.'

'Meer niet?'

'Zij had haar zinnen op me gezet en ik heb me laten inpalmen.'

'Je was een mooie jongen.'

'Ik zag er goed uit en ik was anders dan de andere jongens. Ik liet me door haar inpalmen. Uit ijdelheid. Ze wilde me hebben, en toen ze me eenmaal had, raakte ze in me teleurgesteld omdat ik zo gereserveerd bleef. Ik ging steeds gekkere dingen doen om te voorkomen dat ze in mij teleurgesteld zou zijn, terwijl ik eigenlijk van haar af wilde.'

'Dit klinkt toch als een liefdesgeschiedenis.'

'Op je veertiende?'

'Op je veertiende. Op je twintigste is het anders omdat er seks bij komt, en op je dertigste is het weer anders omdat je meer ervaring hebt. Maar op je veertiende kan het er allemaal al zijn. Je moet dat niet onderschatten. Jullie waren er vroeg bij. Net als ik.'

'Het was een spel.'

'Natuurlijk!'

Met grote ogen keek ze hem aan, verbaasd, alsof ze niet kon begrijpen dat hij niet begreep hoe ernstig een spel kon zijn.

'Ik heb me laten verleiden,' zei Maris. 'Ze zat maar op die schommel naar me te lonken en met haar benen te wiebelen. Ik kon er geen weerstand aan bieden. Ik was nieuwsgierig, naar haar lichaam ook. Een meisjeslichaam was zo betoverend.'

'Daar heb je het al.'

'Ik was gevleid en ik wilde haar tevredenstellen. Dat laatste was me thuis voorgedaan. Mijn vader deed alles om mijn moeder tevreden te stellen. Het enige wat hij me ooit over de omgang met vrouwen heeft gezegd was: Zorg er altijd voor dat je vrouw tevreden is, want als zij tevreden is, zul jij het ook zijn, en als zij ontevreden is, dan heb je geen leven.'

'Simpel. Maar zo is het toch wel een beetje.'

'Ik was ook nieuwsgierig naar haar vader. Hij was anders dan de mijne. Niet zo onderdanig, niet geneigd zich altijd te voegen naar anderen. Hij had die postduiven die in België en Noord-Frankrijk werden gelost en dan naar huis vlogen. Ze draaiden rondjes boven het dorp, kwamen naar beneden en streken neer op zijn armen en schouders. Ik viel ook voor Matty op de schommel, met haar op die schommel staan en heen en weer zwiepen. Ik hield van wilde spelletjes.'

'Zij maakte je los.'

Albertina zei het zacht.

'Op een middag,' zei Maris, 'nam ze me mee naar het land waar haar vader aan het werk was met de combine. Ik was geïmponeerd. Hij zette die enorme machine stil voor ons. Ik liep er met Matty over de akker naartoe en ik voelde dat er iets onherroepelijks gebeurde. Zoals ik dat later bij andere vrouwen heb gevoeld. Dat het gebeurt, dat je de zone in gaat en dat je niet meer terug kunt. Dat voelde ik toen. Haar vader klapte de deur van de cabine open, hij kwam eruit en hees Matty aan haar armen omhoog. Ik klom naar boven langs een ladder. Het was bloedheet in die cabine.'

'Daar kreeg ze je in haar greep.'

'Vrouwen begrijpen elkaar blindelings.'

'Vrouwen kennen elkaars listen en lagen.'

'Was dit een list van Matty?'

'Niet opzettelijk misschien. Maar ze zal gevoeld hebben dat ze je nog meer naar zich toe kon trekken door je mee te nemen en met jou op die combine te staan en dat samen mee te maken. Misschien voelde ze ook dat ze met haar vader erbij meer zou durven.'

'Ze durfde zeker meer.'

'Ik begrijp het al!'

'Vertel het maar.'

'Jullie stonden daar in het lawaai, in de hitte, bezweet. Zo'n machine trilt onder je voeten. Het lawaai, de hitte, het trillen en bonken van de machine – dat is allemaal heel opwindend.'

'Je kent dat.'

'Ik ken dat.'

'En wat deed ze toen?'

'Ze zocht toenadering, ze wilde je aanraken.'

'We stonden aan weerszijden van de stoel waarin haar vader

zat en hielden ons vast aan de rugleuning. Matty schoof haar hand over de mijne, en ik durfde die niet terug te trekken. Ik was als verlamd. Ik voelde me gevangen. Dat was het begin van de catastrofe.'

'Ze kreeg steeds meer greep op je.'

'Op een middag vroeg ze me of ze het portret mocht zien dat ik van mijn ouders had gemaakt. Ik had erop geploeterd. Twee halffiguren tegen de achtergrond van een dijk met bomen. Het gerucht over het portret deed de ronde in het dorp. Waarschijnlijk had ze die middag gezien dat er niemand thuis was. Mijn vader en moeder waren naar de stad. Mijn zus was er ook niet. Ik voelde er niets voor om haar het portret te laten zien. Maar ik wilde me niet laten kennen en nam haar mee naar binnen. Ze was daar nog nooit geweest, want mijn moeder had het niet zo op Matty. Nieuwsgierig nam ze alles in zich op. Het portret hing in de voorkamer. Ze keek ernaar en zei dat het niet leek. Ze vroeg of ze mijn kamer mocht zien, en ik nam haar mee naar boven. Ik liet nooit iemand toe op mijn kamer.'

Albertina had haar elleboog op de stoelleuning gezet en ondersteunde haar hoofd met haar hand. Ze had in de loop van het gesprek een gedaantewisseling ondergaan. Het gemaakte en geposeerde in haar verschijning was verdwenen. Het herinnerde Maris aan de manier waarop hij Laura had gezien toen ze in het Stedelijk naar zijn schilderijen keek, in zichzelf gekeerd, haast een andere persoon.

'Matty,' zei ze.

'Matty werd een obsessie. Ik ontliep haar, maar ging ook steeds weer naar haar toe. Wanneer ik haar met andere jongens zag, werd ik jaloers. Op een avond zag ik haar bij een jongen achter op de bagagedrager van zijn fiets staan met haar handen op zijn schouders. Ik moest mijn blik afwenden.'

'Voor haar was het veel meer een spel dan voor jou.'

'Ik nam het veel te serieus.'

'En ten slotte wist ze je in die schuur te krijgen.'

Maris schrok. Tot nu toe was hij vooral nieuwsgierig geweest naar haar reacties op zijn verhaal over Matty. Hij deelde intimiteiten met haar omdat zij intimiteiten met hem deelde. Hij hield ervan om met vrouwen te praten – vooral over dit soort aangelegenheden. Elk gesprek over de liefde was een manier om vrouwen nog beter te leren kennen, nog meer over hen te weten te komen, nog meer van ze te zien te krijgen. Maar nu, bij de middag van Matty's dood gekomen, deinsde hij terug. Tegelijkertijd voelde hij het verlangen om door te gaan, haar alles te vertellen en haar volledig voor zich te winnen – want dat zou hij doen als hij haar vertelde wat er in de schuur was gebeurd. Was hij bereid, onder invloed van een paar slokken wijn en haar sensuele verschijning en toeschietelijkheid, zijn pijnlijkste herinneringen te gebruiken in een ordinaire ruilhandel? Zijn verhaal in ruil voor haar lichaam? Waarom dacht hij niet aan Fran? Waarom kon hij haar zo makkelijk vergeten?

'Of heb jij haar naar die schuur gelokt?'

'Je wilt het allemaal weten,' zei Maris, opeens spottend. 'Maar ik ga hier en nu stoppen met dit verhaal.'

'Wat jammer!'

Albertina, diep weggezonken in het luisteren, schrok op.

'Ik vertel jou heel veel en heel intieme dingen. Ik vind dat er wel iets tegenover mag staan.'

Hij had geen idee wat hij bedoelde en hoorde op dat moment vooral de driestheid van zijn moeder in zijn eigen stem, de lacherige en spottende driestheid waarmee zij opspeelde.

Albertina keek hem aan. Toen stond ze op, deed een paar passen naar achteren zodat hij haar in één oogopslag van hoofd tot voeten kon zien, en spreidde haar armen.

'Mijn naaktheid. Wat vind je daarvan?'

'Dat zou een mooi cadeau zijn,' zei hij koel.

'Rik hield er ook van om naar me te kijken.'

'Laat Rik er maar even buiten.'

Er verscheen een blos op haar wangen door zijn strenge toon.

Maris zag haar kleren vallen op de vloer van de schuur, hij hoorde ze vallen. Albertina ontkleedde zich snel, slip en broek tegelijk naar beneden trekkend, alsof ze zo met hem het bed in zou duiken.

'Maak je haren ook maar los.'

Ze maakte de vlechten los en haar haren vielen als een mantel om haar heen, haar hele rug en haar armen bedekkend. Alleen haar espadrilles met hakken hield ze aan. Maris stond op en liep naar haar toe. Zijn wit linnen overhemd hing uit zijn broek, hij liep op slippers.

'Je bent prachtig,' zei hij terwijl hij naar haar stond te kijken. 'Nog mooier dan ik me had voorgesteld.'

Albertina durfde hem niet aan te kijken.

'Kun je niet wat dichterbij komen,' vroeg ze. 'Ik voel me zo bekeken.'

Maris ging vlak voor haar staan en legde zijn hand op haar heup. Albertina haakte een vinger achter een riemlus op zijn broeksband, als om hem bij zich te houden. Haar heup was warm en zweterig. Maris kuste haar op haar lippen. Met zijn overhemd raakte hij haar kleine borsten. Hij liet haar los en deed een stap naar achter. De gewaarwording van haar jonge naakte lichaam, zo dichtbij, dat hij met zijn arm had omvat, riep het verleden in hem op: het moment waarop hij een meisje, een vrouw, voor het eerst naakt tegen zich aan trok. Hij besefte dat dit waarschijnlijk de laatste keer was dat hij het had gedaan. De laatste keer.

'Ik ben bezweet,' zei ze verontschuldigend.

'Je ruikt lekker.'

Hij knoopte zijn overhemd los en stapte naar voren, weer zijn hand op haar heup leggend, hem doorschuivend naar haar rug. Albertina streek met haar hand over zijn borst.

'Borsthaar vind ik lief en heel geil,' zei ze.

Maris drukte haar nog een keer tegen zich aan, aandachtig, om haar tepels en haar borsten langs zijn borst te voelen strijken, ertegenaan te voelen drukken, zo klein en onschuldig.

'Ik zou je haren nog willen ruiken,' zei hij.

Ze tilde een arm op – haar borsten bewogen en hij keek ernaar –, schoof bij haar nek een hand onder haar haren en tilde de hele vracht naar voren over haar schouder. Het hing tot over haar navel, tot aan haar schaamhaar. Maris nam het in zijn hand, bracht het bij zijn neus. Er kwam een zachte, warme geur af. Albertina had weer haar vinger achter een riemlus gehaakt.

'Ik zou wel wat foto's van je willen nemen,' zei Maris, zich van haar losmakend. 'Wat vind je daarvan?'

'Ik had het verwacht. Het is goed. Maar ze zijn alleen voor jou.'

Hij pakte haar hand en bracht haar naar een deel van de schuur dat meer geschikt was voor fotograferen. Er viel een bundel zonlicht door een gat in het dak. Hij zette haar naast die bundel. Eerst maakte hij wat foto's met zijn telefoon, maar toen werd hij serieuzer en pakte zijn camera. Hij vroeg haar dingen en ze deed ze. Voordat hij het wist was hij aan het werk.

'Je ziet heel licht de afdruk van je bikinibroekje,' zei hij vanachter zijn camera. 'Je hebt niet veel in de zon gelegen.'

'Ik hou er niet van. Ik lig bijna altijd in de schaduw.'

'Net als ik. Blijf zo maar even staan. Niet glimlachen.'

Maris werkte geconcentreerd, met openhangend hemd, zijn slippers had hij uitgeschopt.

'Misschien kun je deze foto's nog gebruiken,' grapte ze. 'Voor zo'n tweeluik.'

'Jij doet het niet voor minder.'

'Ik doe het niet voor minder.'

'Ik schilder nooit naar foto's.'

Met haar lange haren om haar heen zette Maris haar voor de houten paal waar hij de hak in had geslagen – het ding hing er nog. Hij had haar daar al neergezet voor hij het wist. Het liefst had hij nog een touw om haar heen geslingerd, het touw in haar vlees zien drukken. Albertina duwde haar billen tegen het hout en legde haar handen achter zich tegen de zijkanten.

'Lange vrouwen zijn zo mooi,' zei hij, terwijl hij ingespannen naar haar keek door de camera. 'Ik heb ooit een week lang iets gehad met een vrouw die net zo lang was als jij.'

'Een week?'

'Het was kort maar krachtig. Zo krachtig dat ik nog steeds aan haar denk. Kun je je handen op je heupen zetten? Een stoere houding, maar dan zonder kleren. En niet glimlachen. Je glimlacht de hele tijd. Niet nodig. Ja, zo. Je wordt steeds meer Albertina, de gewone Albertina.'

'Doe je nooit iets met je foto's?'

'Ik hou ze voor mezelf. Ze zijn een soort dagboek. Dit is de dag waarop ik een heel mooie lange vrouw mocht fotograferen. Okay. Nu alleen nog je rug en je billen. Kijk maar over je schouder en je haar helemaal aan één kant. Ja, dat is hem.'

Hij nam nog een paar foto's.

'Okay, lieve schat. Dit was het. Dank je wel!'

Hij bracht haar haar kleren. Met twee bijgevulde glazen wijn stond hij bij haar te wachten, pratend, kijkend. Ook zien hoe ze zich aankleedde was een genot. In een wolk van nostalgische gevoelens stond hij bij Albertina en zag hoe al dat moois voorgoed verdween.

Na een kwartier zaten ze weer in de deuropening van de schuur en tikten hun wijnglazen tegen elkaar – als medeplichtigen.

'Je hoeft de rest van het verhaal niet te vertellen,' zei ze, plotseling ernstig.

'Ik was het ook niet van plan.'

'Ik schaam me ervoor dat ik zo heb doorgevraagd, Maris. Ik ben dan gewoon te nieuwsgierig. De dood windt me op. Het sterven. Ik denk er altijd aan. Het is een beetje morbide.'

'Morbide. Mooi woord.'

'Ik heb dat woord leren kennen door Rik. Ik weet nog van allerlei woorden dat ik ze van hem heb geleerd.'

Ze boog zich voorover en frunnikte wat aan de bandjes van haar hoge espadrilles en daarna trok ze met rukjes haar blouse uit haar broek. Maris ving een glimp op van haar buik.

'Jammer van dat bikinibroekje,' zei ze.

'Dat gaf je lichaam nu juist zoiets gewoons, iets ontroerends.'

Albertina liet zich van haar stoel op haar knieën glijden en pakte zijn hand. Op haar gezicht weer het masker van de opgetogenheid en haar stem weer vleiend.

'Maris, jij bent mijn leermeester. Ik wil je zo graag als mijn meester. Om te praten en te kijken. Ik vind het fijn als je naar me kijkt en me aanraakt en fotografeert. Het is of ik meer besta.'

Op haar gezicht lag een verontschuldigende glimlach, alsof ze wist dat ze een beetje bespottelijk was, alsof ze maar een toneelstukje opvoerde waar ze zelf ook niet in geloofde.

'Lieve schat, ik wil niemands meester zijn, en jij hoort bij Harald.'

'Ik maak het niet lang meer met Harald. La Gomera is ons eindstation. Hij ergert zich te veel aan mij. En ik voel me meer op mijn gemak bij een oudere man. Dat is altijd zo geweest. Rik heeft dat in mij wakker gemaakt.'

Maris keek naar de vloed van lange, licht krullende haren die om haar geknielde gestalte heen golfde en bijna tot op de vloer reikte. Hij stelde zich haar voor in een doodskist met dat lange haar om zich heen gedrapeerd. Resoluut stond hij op en trok haar overeind.

'Je moet jezelf inperken,' zei hij, terwijl hij zijn camera in een tas stopte. 'Jij moet dat zelf doen. Niemand anders kan het voor je doen.'

'Toch ben jij mijn meester,' zei ze met een schuin lachje. 'Ik zou me zo weer voor je willen uitkleden en hier weer naakt rondlopen.'

'Als een peuter die lekker in haar blootje loopt.'

'Jij begrijpt mij zo goed, Maris.'

'Je moet het zélf doen,' herhaalde hij.

Na het afscheid trok Maris zich meteen terug in het huis. Hij belde Fran. Daarna belde hij het taxibedrijf in het dorp. In afwachting van de taxi nam hij een douche en trok schone kleren aan.

Op de rand van zijn bed bekeek hij de foto's in zijn camera: Albertina in het gedempte licht van de schuur. De foto's waren haarscherp, de kleuren straalden. De licht gebruinde huid van Albertina was met al zijn poriën haast tastbaar aanwezig op het scherm. De afdruk van haar bikinibroekje maakte haar tot een bijna huiselijke verschijning en versterkte de intimiteit van de foto's. Hij zou er lang naar kunnen kijken: naar de uitdrukkingen van haar gezicht en haar houding, naar haar schouders en haar kleine borsten, die schuin opzijstonden, haar okselholtes, haar diepe navel, het rossige schaamhaar waarin haar schaamlippen naar buiten puilden, de kracht die in haar dijen school, en haar voeten in de hoge espadrilles op het stro van de stalvloer. Hij zou er lang naar kunnen kijken, maar hij wiste nu in hoog tempo de foto's. Hij hield er een over en wiste ook die. Hij pakte zijn telefoon en verwijderde ook daar de foto's van Albertina. Het was een beetje spookachtig om haar zo te wissen. Toen hoorde hij de taxi op de kustweg claxonneren.

Een halfuur later zag Fran hem uit de taxi stappen. Ze had een parkeerplaats aan zee als ontmoetingsplek opgegeven.

Aan Maris' stem aan de telefoon had ze het al gehoord. Wat ze had gehoord, zag ze terug in de manier waarop hij uit de taxi stapte: hij bleef niet in de wagen zitten om te betalen, maar stapte meteen uit en overhandigde de chauffeur door het open raam een bankbiljet – om sneller naar haar toe te kunnen lopen. Ze zag het aan de manier waarop hij liep, aan het tempo, terwijl de wind uit zee zijn haren en kleren opzijblies. Hij had zich ergens uit losgemaakt.

'Heb je Albertina gezien?' vroeg ze toen hij naast haar zat.

'Ja.'

De auto stond voor een lage muur geparkeerd. Aan de andere

kant lagen zwarte rotsen, onbegaanbaar glad en gevaarlijk, waarop de golven braken met een dof geluid. Na elke golf lichtte het schuim op de zwarte steen helwit op en droop daarna van de rotsblokken. Druppels zeewater woeien tegen de voorruit.

'Wat heb je met haar gedaan?'

'Ik heb een lang gesprek met haar gevoerd over het wrede sprookje van haar jeugd.'

'Kon je haar lekker bevaderen.'

'En ik heb haar verteld over mijn geschiedenis met Matty.'

'Ja, natuurlijk, daar wil ze alles over weten.' Fran boog zich voorover om de veters van haar schoenen los te trekken. 'Waar zaten jullie trouwens?'

'In de schuur.'

'Ik snap niet dat je met haar over Matty gaat praten.' Ze blies een paar haren uit haar gezicht.

'Als ik het zelf maar snap. En dat doe ik.'

Fran werd opeens loom en voelde een tinteling vlak boven haar stuitje. Terwijl Maris praatte had ze haar schoenen uitgedaan en ze drukte nu haar bezwete, blote voeten tegen de harige vloermat.

'En na het gesprek?'

'Dat was een beetje vreemd,' zei hij. 'Ik heb mijn verhaal over Matty afgebroken, ik wilde dingen voor mijzelf houden. Toen heb ik geroepen dat ze er wel iets tegenover mocht stellen. Een minuut later stond ze naakt in de schuur. Ze bood haar naaktheid aan. Als cadeau. Ze loopt graag in haar blootje en laat zich graag bekijken, vooral door een oudere man die ze als haar leermeester beschouwt.'

'Die meid is echt een beetje geschift.'

Fran herinnerde zich de afgelopen nacht, waarin ze zich in de donkere slaapkamer door Maris had laten neuken en op zijn hand had geplast. Het was de hele dag in haar blijven leven. Ze verlangde naar een vervolg.

'Wat heb je toen gedaan?'

Haar stem klonk droog en strak, alsof ze haast niet meer kon praten. Ze voelde hoe haar tepels stijf werden, en nog steeds voelde ze het vlak boven haar stuitje hevig tintelen en verlangde ze naar een hand die daar op drukte, die er hard op drukte en erover wreef.

'Ik heb foto's van haar genomen,' zei Maris.

'Hoe ziet ze eruit?'

'Dat lange haar hangt als een mantel om haar heen. Echt spectaculair om te zien en helemaal wanneer ze naakt is. Alsof ze zo uit een oerwereld komt. Eva die alleen haar haar heeft om zich mee te bedekken.'

'Heb je haar aangeraakt?'

'Ik heb haar tegen me aan getrokken. Ze heeft heel kleine borsten, die schuin opzij staan, als bij een meisje van dertien, veertien. Ze lijken onvolgroeid. Dat maakt haar nog vreemder.'

'Kreeg je een stijve?'

'Ja, schat.'

'Wilde je in haar?'

Fran had zich een beetje onderuit laten zakken onder het stuur van de auto, haar knieën uit elkaar, en drukte haar voeten tegen de ruwe vloermat. Maris wierp een blik op de parkeerplaats: hij was leeg. Toen schoof hij een hand onder Fran's dikke haarvracht, om haar zweterige hals, en met die hand trok hij met rukjes haar T-shirt omhoog tot het uit haar broek glipte.

'We doen het hier,' zei hij.

'Ja, niet wachten.'

Fran drukte op de twee knoppen waarmee ze de portierramen kon sluiten, ondertussen tongde ze met Maris, die zich over haar heen had gebogen en nog wat meer shirt uit haar broek trok. Ze hield van dat wegglippen van haar shirt uit haar broek, van het bloot komen.

'Heb je haar kutje aangeraakt?'

'Nee, schat. Ik wilde haar zien. Ik wilde haar niet hebben.'

Fran hield het niet meer uit. Ze duwde haar bekken omhoog tegen het stuur van de auto en schoof met een paar woeste bewegingen haar broek en slip omlaag. Ze keek naar beneden langs haar lichaam om te zien hoe zijn vingers in haar gleden.

'O, verdomme!'

Ze snikte. Met haar vuisten sloeg ze tegen zijn gebogen hoofd boven haar borsten.

'Klootzak!'

Ze liet zich nog verder onderuitzakken, zodat hij er makkelijker bij kon met zijn vingers.

'Je moet je haar weer laten groeien,' zei ze hijgend. 'Doe je dat?'

'Ja, lieverd.'

'Dan kan ik het weer vastpakken als je in me komt.'

HOOFDSTUK VII

1

Op de pier zat ook de vrouw die op handen en voeten liep. Ze zat op de bank voor de hoge betonmuur in de zon, haar voeten raakten de grond niet. Er lag een visnet en er stonden stapels witte kratten waaruit water lekte dat over de kade naar de haven sijpelde.

Maris ging naast haar zitten. Hij moest tenslotte ook wachten op het schip.

'Are you a painter?'

Ze vroeg het zonder enige inleiding, alsof ze al met elkaar in gesprek waren.

'I see you make drawings and paintings.'

Op weg naar haar werk, na de siësta, had ze hem dikwijls in de deuropening van de schuur aan het werk gezien.

'Yes, I am a painter.'

'Can you do my portrait?'

Ze had fantastische ogen: donker en intens. De haargrens op haar voorhoofd was laag, het haar dik en glanzend zwart. Lichtbruine huid. Gezonde witte tanden. Haar gezicht was eerder mannelijk dan vrouwelijk.

'Yes, I can.'

'Not abstract painter.'

Er verscheen een grijns op haar gezicht.

'Not abstract.'

'What's your price?'

'My price. What's my price? My prize is a picture of you as you walk. I want fifteen minutes to take your picture.'

'You flatter me,' zei ze sarcastisch. 'It's a deal.'

'But you'll have to come today. Tomorrow we leave La Gomera. Come this afternoon. Four o'clock. When light is good.'

Als vanzelf begon hij zijn Engels te versimpelen. Hij had in geen jaren een portret getekend.

'Four o'clock.'

'The light is good at four o'clock.'

'Okay, Picasso, I'll be there.'

Maris stak zijn hand naar haar uit. Maar zij weigerde hem.

'Is dirty.'

'No problem.'

'Okay, Picasso.'

Ze gaf hem haar rechterhand. Maris drukte hem en voelde het leertje, het vuile leer, en hij voelde de kracht in haar hand. Hij had nog meer van haar willen voelen: haar stugge haar onder zijn handpalm, de diepe kuil in haar rug. Ze had ook speels op zijn vinger mogen bijten met haar mooie witte tanden.

'My name is Maris.'

'Manuela.'

Maris keek naar haar familie. Ze was in gezelschap van een oudere broer, die gezien zijn kleding en houding duidelijk niet meer op het eiland woonde, diens vrouw en twee jongens van rond de tien. Maris knikte de broer toe, maar de man reageerde niet: zijn olijfkleurige gezicht bleef onbewogen. Vond hij het onaangenaam dat een vreemde met zijn zuster sprak? De twee jongens waren met elkaar aan het stoeien, tot er een tegen de stapel viskratten viel en door zijn vader tot de orde werd geroepen. Manuela steunde haar handen met de leertjes aan weerszijden van haar dijen op de rand van de bank.

Maris legde een arm om het middel van Fran, die naast hem zat, om de lichte vetrollen, het stevige vlees.

'Ik heb een afspraak,' zei hij. 'Ik ga haar portret maken.'

'Ik heb het hele gesprek gehoord.'

'Je hebt afgeluisterd,' grapte Maris. 'Dat doe je nooit!'

'Ik moest dit wel horen.'

Al op een kilometer uit de kust kwam een school grienden in zicht: bruine welvingen in het lichtblauwe water. De schipper minderde vaart en liet zijn schip, een wit motorjacht, met stationair draaiende motor uitglijden. Langzaam naderden ze de woeling van nat glanzende bruine lijven die rusteloos langs elkaar heen gleden. Hun ruggen met de rugvin kwamen boven water en verdwenen weer, om even later opnieuw op te duiken. Je kon het horen: het water dat over de dieren spoelde, de lucht die ze uitbliezen. Wat deden ze daar? Waarom waren ze daar met zijn twintigen? Waar kwamen ze vandaan? Het deed er niet toe. Daar waren ze, midden op zee, bezig met hun leven.

Het schip draaide bij en lag stil. Veertien passagiers liepen allemaal naar bakboord. Het schip helde licht over. Maris stond op de voorplecht, met zijn ellebogen leunend op de verschansing. Fran had een hand op zijn onderarm gelegd. Ze deed dat als er iets gebeurde wat haar aangreep: een hand op zijn onderarm leggen. Het was lang geleden dat ze dat had gedaan. Vol verrukking keek ze naar de enorme dieren, die vlak bij hen door het water gleden. Nu en dan wierp ze een blik op hem: of hij het wel zag, of hij wel besefte hoe bijzonder dit was, of hij wel genoeg aandacht had. Om te voorkomen dat ze haar hand zou wegnemen verroerde Maris zich niet.

'Moet je nou toch zien!'

Ze liet zijn onderarm los om haar telefoon uit haar broekzak te trekken. Maris keek naar de telefoon, die ze nu in beide handen ophief, boven de verschansing, om de grienden te fotograferen. Ze maakte een hand los van het toestel om over het scherm te kunnen vegen en het beeld te vergroten. Hij vergewiste zich ervan dat er niemand was die haar per ongeluk zou kunnen aanstoten en besloot het over te geven, om er niets van te zeggen, nu ze haar handen met het toestel ook nog buitenboord stak en zich vooroverboog.

Nadat Fran haar foto's had genomen, legde ze haar hand weer op Maris' onderarm en kneep erin van opwinding.

'Moet je nou toch zien,' zei ze nog eens.

Maris keek naar de enorme dieren die daar zomaar waren. Zoals hij er zomaar was, nu, even, hier op dit schip. Hij wierp een blik achter de mensen langs die zich bij de reling verdrongen, wezen, riepen en foto's maakten, en keek naar Manuela. Ze had zich opgericht en haar handen op de reling gelegd. Haar twee neefjes stonden naast haar, lang en slungelig, maar half geïnteresseerd, en naast haar stonden ook haar broer en diens vrouw. Ze praatte met hen, maar al pratend wendde ze haar hoofd in zijn richting. Maris glimlachte naar haar. Ze wendde haar hoofd af, te trots om zich zomaar gewonnen te geven, ze trok haar voeten dichter bij de reling, maar toen herstelde ze zich, keek naar hem en glimlachte.

'Je ziet het spuitgat,' zei Fran.

Ze hield haar telefoon weer buitenboord om een van de grienden die roerloos naast het schip dreef – zes meter lang – van bovenaf te fotograferen. Maris boog zich ook overboord. Hij zag zichzelf en Fran met haar witte bloesje weerspiegeld in de gladde en natte huid van een griend in de oceaan. Er was een oneindigheid in de dingen, plotseling.

2

Naderhand zaten ze in de auto op een parkeerplaats langs de hooggelegen kustweg. De wind rommelde om de auto. Fran wilde Maris nog deze plek laten zien, waar ze al vaker had gestaan, vanwege de grillige kustlijn, de bergrug die daar in zee verdween en verderop een kaap die zich hoog verhief. Met haar kijker speurde ze de zee af. Ze hoopte nog eens die donkere, langgerekte vormen in het blauw te zien, maar ze kon ze niet vinden en legde de kijker op het dashboard, waar ook de kaart van het eiland lag, bollend in de warmte onder het glas van de voorruit.

Zwijgend staarde ze voor zich uit. Haar hoofd zat nog vol met beelden van de drie potvissen die ze hadden ontdekt terwijl het schip al terugvoer naar de kust. Een nog grootser en daardoor nog mysterieuzer aanwezigheid. Twee volwassen potvissen en een jong. De reusachtige staartvin die vlak bij hen op het water sloeg. Een staart zo groot en sterk dat hij het jacht zou kunnen laten kapseizen. De jonge potvis, die nieuwsgierig zijn kop boven water had uit gestoken om naar hen te kijken. Argeloos dreef hij vlak naast het schip. Ze was naar een open gedeelte van de verschansing gelopen, ze was op haar knieën gaan liggen om te fotograferen, en de kleine walvis had haar gezien.

'Ik hoop dat je er geen spijt van hebt,' zei ze.

'Waarvan?'

'Dat je bent meegegaan.'

'Hoe kun je dat nou denken?'

'Met al die drukte, al die mensen.'

'Ik gunde het ze allemaal.'

Maris zweeg en wreef met zijn handen over zijn gezicht, moe van het ingespannen kijken.

'Stuur een paar foto's naar Stan,' zei hij.

'Doe jij dat maar.'

'Doe jíj dat nou eens.'

Ze zwegen weer. Maris luisterde naar de wind om de auto. Vroeger reden zijn vader en moeder naar de zeedijk, vanuit de auto keken ze dan uit over de Westerschelde en aten ze iets uit plastic bakjes, heel tevreden. Hij raapte een rolkei op van de vloer van de auto. Er lagen wel tien stenen. Een van Fran's tijdelijke verzamelingen, waar ze zich op de laatste dag van een reis altijd met pijn in het hart van moest ontdoen. Hij keek naar de kleur van de steen: donkergroen met zwarte spikkels. Voor de zoveelste keer verwonderde hij zich erover dat zo'n kleur niet viel na te bootsen, niet te schilderen was, hoe goed je er ook naar keek. Het had met de structuur van de steen te maken. Het is niet alleen kleur die je ziet, maar ook een oppervlak, materie. Hij legde de kei op de vloer tussen de andere stenen en dacht weer aan zijn ouders, die in de Mercedes zaten en door de voorruit uitkeken over de Westerschelde – hij moest het gezien hebben vanaf de achterbank. Ook met storm zaten ze in de auto op de dijk en keken uit over de schuimende zee. Het waren misschien hun meest vreedzame momenten samen. In zijn jeugd was een zieke potvis de Westerschelde op gezwommen en in een haven beklemd geraakt tussen de palen van een steiger. Hij was er met zijn vader naartoe gereden. Zijn moeder en zusje waren thuisgebleven, want ze wilden dat arme dier niet zien lijden. De hardsten blijven thuis, had zijn vader gezegd. Hij had de walvis, die kolos uit de oceaan, zien zieltogen met nog een enkele zwakke beweging tussen de steigerpalen, tussen vuilgeel schuim en afval. Ook dat was gebeurd in dat ene rampzalige jaar. Hij had het krantenknipsel bewaard. Nu had hij potvissen in de oceaan gezien. Het water spoelde over hun kolossale lichamen. Hij had ze hun afgewerkte adem naar buiten horen blazen. De wasem was door een windvlaagje naar het schip gedreven. Hij had het op zijn gezicht gevoeld.

Maris opende het portier, stak een been naar buiten en hing achterover in zijn stoel. Sinds hij op La Gomera was, dacht hij aan het schilderij dat hij bij meneer Welleman op de ezel had zien staan op de laatste zaterdagmiddag dat hij hem opzocht in zijn atelier: het beeld van een naakte vrouw tussen de rotsen en agaves van een Spaans eiland. Hij zag nu de vrouw die op handen en voeten liep vóór het enorme rotsblok en tussen de agaves. De agaves in een dreigend donkergroen. Achter de puntige agaves de vrouw op handen en voeten, met haar gele polshorloge, maar half zichtbaar en opzijkijkend.

Opeens hoorde hij weer de stemmen op de boot, de harde klap waarmee de staart van een potvis op het water sloeg, de kreten van opwinding, de Amerikaanse meiden die alleen maar riepen: Oh my god, oh my god! Maris boog zich opzij en keek naar de video op Fran's telefoon.

'Daar heb je d'r,' zei Fran.

De vrouw op handen en voeten met haar neefjes.

'O, mooi, je hebt haar op beeld.'

Ze speelde de video af en begon daarna een bericht te tikken.

Maris keek weer door het geopende portier naar buiten. Opnieuw was er een oneindigheid in de dingen. Dat hij nu hier zat, even, in een windomwoelde auto aan zee. Hij keek naar de rolkeien op de vloer van de auto, naar de opbollende kaart op het dashboard, naar Fran's tikkende rechtervinger, naar het zonlicht op haar bovenbenen, haar gebogen hoofd met het losgeraakte haar, de zwarte kaap op de achtergrond.

'Wie schrijf je?' vroeg hij.

Dat mocht hij eigenlijk niet vragen – dat was nieuwsgierig.

'Aan Stan.'

Fran maakte haar zin af en richtte zich toen zuchtend op.

'Het blijft zo lastig om haar te schrijven. Alles kan haar ergeren. Je gaat zo nádenken!'

'Niet meer dan een paar zinnen. Kort en goed. Dat werkt bij Stan. En niet lief willen zijn.'

'Heb jij nog iets gehoord over de nieuwe man?'

'Alleen dat hij groot en rustig is, en dat ze probeert niet te hard van stapel te lopen, ook al is dat wat ze nu het liefst zou doen.'

'En gewoon tegengekomen in de supermarkt. Wat een mop.'

'Ook dat is hoopgevend. Niet in een club met haar lijf vol drank, niet bij een glamoureuze en belachelijk dure fotoshoot in de woestijn, niet in een hotel in Istanbul waar ze eenzaam zat te wezen, maar tussen de schappen van de supermarkt op de hoek.'

Zwijgend boog Fran zich over het scherm van haar telefoon en keek naar het oog van de walvis. De jonge potvis had nog volkomen argeloos geleken. Argeloos kwam hij langszij en hief zijn kop boven het water. Op haar knieën had ze bij de reling gelegen, en hij had haar gezien – daar was ze zeker van. Dat enorme oog in de dikke huidplooien. Het was het oog van een levend wezen, maar zonder uitdrukking, zonder bedoeling, en toch het oog van een levend wezen. Als de blik van een baby, nog helemaal leeg en schoon.

'Ik heb trouwens besloten,' zei ze toen, 'om met Stan en Thijs naar de boom met het ijzeren kruis te gaan. Zodra Stan haar boek af heeft. Als ze er tenminste voor voelt om dat samen met haar overgevoelige, dwingende, onder schuld gebukt gaande en zich nooit uitsprekende moeder te doen.'

Maris zag een smalle weg voor zich met aan weerszijden de pijnbomen en aan de voet van een van de bomen een autowrak – een krantenfoto die Fran hem ooit een halve seconde had laten zien.

'Dat is geweldig,' zei hij.

Maris trok haar tegen zich aan.

'Dat is geweldig, Fran.'

Loom hingen ze tegen elkaar aan in de auto. De parkeerplaats was leeg. Maris voelde de hunkering in zijn lijf opkomen en zag aan haar ogen dat bij haar hetzelfde gebeurde.

Thuis kleedden ze zich meteen uit. Bijna beschroomd wisselden ze elkaar af onder de douche.

'Het lijkt wel de eerste keer,' zei Fran.

Ze vreeën op haar bed, opnieuw kort en hevig, een beetje gehaast, alsof er iets mis kon gaan.

Fran viel in slaap – ze was uitgeput. Ook Maris zakte weg in een postcoïtale slaap, maar werd algauw weer wakker. In het gedempte licht van de kamer, waar de luiken op een kier stonden, zag hij Fran op haar zij liggen, naar hem toe gewend. Zijn rechterbeen lag nog tussen haar dijen. Haren kleefden aan haar voorhoofd. Haar lippen waren gezwollen. Toen hij bewoog, maakte ze weerspannige geluidjes – hij mocht zijn been niet terugtrekken, hij mocht niets veranderen aan het liggen met zijn tweeën, en haar vooral niet storen in haar slaap. Haar ogen gingen even half open. Maris boog zich naar haar toe en kuste haar voorhoofd, haar dikke wenkbrauwen, waar hij in hapte om de stugge haartjes tussen zijn lippen te voelen. Hij streek vluchtig met zijn hand langs haar borsten.

'Ik lek,' zei ze slaperig.

Met nog halfdichte ogen tastte ze achter zich naar een doos tissues op haar nachtkastje, trok er een paar uit en stopte ze tussen haar dijen. Ze keek hem aan en glimlachte naar hem, een loom after sex glimlachje, voordat haar ogen weer dichtzakten.

'Vanavond gaan we verder,' mompelde ze slaapdronken. 'Nu moet ik slapen. Er is zoveel gebeurd.'

Maris probeerde te blijven liggen, om te genieten van een gevoel dat hij lang niet had gehad: dat ze bij elkaar waren. Dat hij niet weg mocht gaan van haar, dat zijn been tussen haar dijen moest blijven liggen.

Maar hij had te veel energie om lang te blijven liggen. Na een vrijpartij sliep hij kort en diep en als hij wakker werd, voelde hij zich goed en wilde hij aan de slag. Hij gleed uit bed. Fran sliep, op haar zij, met haar onderarmen op elkaar gedrukt vlak bij haar gezicht. Ze zag er lief uit. Zijn blik op haar was als vanouds. Hij nam een douche en keek door het kleine raam over de akkers naar de zee. Allebei stonden ze elke dag te genieten van juist dit uitzicht door dat kleine raam in de dikke muur. Hij herinnerde zich de allereerste keer dat hij met Fran had gevreeën, in zijn atelier, op een middag. Met drie, vier snelle bewegingen had ze haar kleren uitgetrokken, terwijl hij hetzelfde deed. Dat was een goed begin geweest.

3

Om vier uur hoorde hij Manuela aankomen, haar voeten slepend over het pad. Hij veerde op van zijn stoel in de schuur en ging haar tegemoet. Hij zag haar naderen met een glimlach op haar gezicht. Het was of nu eindelijk gebeurde en kon gebeuren wat ze allebei bij die eerste ontmoeting in de middagstilte al hadden gewild: elkaar leren kennen. Ze bleef maar glimlachen, en Maris voelde de grote glimlach die op zijn eigen gezicht stond.

Bij de tuinmuur richtte ze zich op en legde haar handen met de leertjes erop. Als vanzelf boog Maris zich voorover. Ze bood hem eerst haar ene wang en toen de andere. Er kwam een zachte blos door het lichte bruin van haar huid. Hij zag in het tegenlicht een donker dons op haar wang staan onder haar oren. Haar huid met de blos en het dons oogde oergezond. Hij rook haar: een lichte zweetgeur die zich als gevolg van de inspanning van het lopen over haar fris gewassen lichaam had verspreid. Ze had haar mooiste bloesje aangetrokken: wit met kleurige borduursels en een hoge, opstaande kraag.

Op het terras stond ze stil. Ze keek eerst omhoog naar de citroenboom, wierp een snelle blik op het huis, zichzelf ervan weerhoudend nieuwsgierig naar binnen te kijken, en draaide toen haar hoofd opzij om over de kaap te kijken.

'I came here as a child,' zei ze. 'I liked to look at our house from a distance.'

Maris was op de terrasmuur gaan zitten om op gelijke hoogte met haar te zijn. Ze keek hem aan met die fantastisch grote, donkere ogen, waar hij nu een uur of langer naar zou mogen kijken.

'I was a normal child,' zei ze. 'I had a lot of pain, but I was a normal child. I liked to go away from our house and then look at it from a distance. Did you do that, Maris?'

'Yes, I did.'

'Born in a town?'

'In a very small village. At the back of our house one could see the fields. Just like here. Sometimes I walked into the fields to look at our house from a distance.'

'It's a child's game.'

'I think so.'

Ze keek hem aan en glimlachte. Schuin achter haar gezicht met die gezonde kleur zag hij het diepe dal van haar ruggengraat en daarachter de welving van haar achterwerk in een nieuwe, strakke jeans. Het mannelijke in haar gezicht was bijna onzichtbaar geworden, het vrouwelijke kwam sterker naar voren nu ze zich op haar gemak begon te voelen. Van achter het harde en geslotene dat haar gezicht kon uitdrukken, kwam plotseling haar warmte tevoorschijn.

'Where are we going?'

'To the barn.'

Hij liep naast haar naar de schuur. Het was of er een groot dier naast hem liep. Hij zag haar in leer gehulde handen zich verplaatsen op het pad, hij zag hoe ze haar misvormde benen in de jeans achter zich aan sleepte. Het was schokkend om het van dichtbij te zien en te horen. Hij schatte haar achter in de twintig, ongeveer even oud als Albertina.

Ook in de schuur keek ze om zich heen. Ze had hem in haar kinderjaren nog gekend met de beesten erin: twee ezels en twee koeien. Maris bood haar een stoel aan. Ze hees zich erin, met moeite. Hij schoot al bijna toe om haar te helpen. Aan al haar bewegingen en lichaamshoudingen moest hij wennen. Elke nieuwe aanblik gaf hem een schok.

'Okay,' zei ze. 'Where do you want me to look at, in what direction?'

'Can you hold the same pose for some time?'

'Yes, I can. I tried at home.'

Ze begon te lachen en bracht een hand naar haar mond, omdat ze plotseling zo om zichzelf moest lachen. Voor Maris weer een nieuwe gewaarwording: haar te zien lachen – met haar ene hand voor haar mond en de andere die de stoelleuning omklemde. Hij zag de droefheid in haar ogen, haar *sadness*, die er nooit uit verdween, zelfs niet nu ze zo moest lachen, en besefte dat hij er bij hun eerste ontmoeting al door was getroffen.

4

Fran werd wakker door het geluid van stemmen op het terras. Ze hoorde Maris praten, maar pas na een halve minuut begreep ze dat de andere stem, een vrouwenstem, die van de vrouw op handen en voeten moest zijn. Ze was vergeten dat Maris een afspraak met Manuela had, zo was ze in beslag genomen door de wending die hun verhouding had genomen, door de walvissen die ze die middag had gezien, en zo diep had ze geslapen.

In een oogwenk stond ze naast het bed, naakt en bezweet, en opnieuw lekkend. Terwijl ze met tissues het vocht dat langs haar dij gleed opdepte, hoorde ze hoe Maris en de vrouw zich verwijderden in de richting van de schuur. Ze had de neiging hen na te kijken door een kier tussen de luiken, maar hield zich in. Haar naaktheid, voelbaar door de luchtstroom die langs haar huid gleed, wond haar op, en ook het lekken langs haar dij, de prop tissues die ze ertegenaan duwde. Gluren was voor haar taboe. Maar niet nog een paar bewegingen met de tissues langs haar schaamlippen. Ze streek met de vochtige prop langs de bolling van haar borsten, haalde hem zacht langs haar stijve tepels. Het bed met het doorwoelde laken trok alweer. Maar Maris was daar niet, en ze wilde er niet alleen liggen.

Ze handelde intuïtief: ze installeerde zich niet pontificaal op het terras met geschraap van stoelpoten en niet-noodzakelijk gekuch. Ze ging al helemaal niet naar de schuur om een praatje te maken. Zelfs douchen, geluid maken in de badkamer, wilde ze niet. Zo geruisloos mogelijk kleedde ze zich aan. Het lustgevoel bleef, een aanwezig zijn van haar lichaam, dat verlangde naar een vervolg. De prop tissues nam ze mee en hield ze in haar hand. Je bent verblind, zei ze tegen zichzelf. Maar ze vond het prettig om verblind te zijn, zich voort te laten drijven door instinct – en dat instinct zei dat ze weg moest gaan.

Buiten was het nog warm. Ze leefde op. Zelfs op het pad naar de kustweg probeerde ze zo min mogelijk geluid te maken. Bij elke stap voelde ze haar lichaam in haar kleren. Het was spannend om nu weg te gaan.

In het dorp liep ze met een glimlach op haar gezicht het café binnen waar het meisje werkte dat haar toelachte als ze driftig de glazen over de spoelborstels op en neer haalde. Ze had honger gekregen van de vrijpartij met Maris en bestelde een salade, de kleinste die ze hadden, want in het geheim probeerde ze toch af te vallen. Door de open ramen kwam het geluid van de branding, van de stemmen van passanten, een scooter die knetterend voorbijscheurde.

'Is it your last day?' vroeg het meisje.

'Yes, our last day.'

'Back to Amsterdam tomorrow.'

'Yes.'

'Is much better now with you and your husband?'

'How do you know?'

'I can see! I can see you feel much better now!'

Het meisje legde een vingertop op een van haar onderste oogleden en trok het met een samenzweerderig lachje naar beneden. In een opwelling pakte Fran haar hand en drukte er een kus op. Het meisje beloonde haar met een vluchtige en professionele omhelzing.

Ze liep de hele boulevard af, van de pier en de sardinefabriek naar de andere kant van de baai, waar de weg bij een schutting plotseling ophield. Ze passeerde het kleine en goedkope hotel waar Harald en Albertina logeerden. Het lustgevoel hield aan. Ze ging de supermarkt binnen, deed inkopen voor een laatste maaltijd en genoot van die supermarkt aan zee, waar ze tussen de schappen de branding kon horen en de kleine, in het zwart geklede vrouwen uit het dorp kon horen praten. Zelfs het strakgespannen staan van de handvatten van volle plastic tasjes om haar vingers wond haar op. Ze bleef zo lang mogelijk weg. Pas toen het begon te schemeren en de lantaarns op de boulevard aansprongen, hield ze het niet meer uit en ging terug.

Er was niemand in huis. Geen stemmen, geen lege glazen op het terras, geen briefje op de keukentafel, geen sporen van vreemden in de badkamer. Ze kleedde zich half uit. In haar slip en een T-shirt begon ze aan de voorbereidingen van de maaltijd en wachtte op Maris.

Toen ze voetstappen hoorde naderen op het pad, kroop ze in bed, nadat ze nog snel het doorwoelde laken had strakgetrokken.

Ze hoorde Maris het huis in komen. Hij nam geen douche. Ze luisterde scherp. Nee, hij nam geen douche. Tussen haar oogharen door kijkend zag ze hem binnenkomen in de halfdonkere slaapkamer. Hij had niets schuws over zich. Maar hij kon heel veel verbergen.

'Ben je wakker, lieverd?' vroeg hij zacht.

'Ja.'

Haar stem was schor. Maris kleedde zich uit en kroop in bed. Ze rekte zich uit, alsof ze had geslapen, haar armen boven haar hoofd, en draaide zich half op haar zij, zodat haar borsten naar hem toe gleden.

'Hoe was het?'

Haar hart bonsde.

'Bijzonder.'

'Bijzonder.'

'Ja.'

'Is het gelukt?'

'In het begin was het zweten, want ik had dit zo lang niet gedaan. Maar gaandeweg begon het te lukken.'

Maris zweeg. Hij lag na te denken, terug te denken aan wat hij had meegemaakt.

'En toen?'

'Ze heeft waarschijnlijk gedacht dat ik een amateur was, want het portret verraste haar enorm. Eerst kwam er een soort kakelend verbaasde lach uit haar, toen keek ze naar mij, alsof ze me opnieuw moest inschatten, en daarna heeft ze gebiologeerd staan kijken naar haar portret. Ik had kleur aangebracht en toen begon het te leven, schwung te krijgen. Thank you, zei ze, I never call you Picasso again.'

'En het poseren?'

'Intens. Ze is het niet gewend dat iemand, en dan ook nog een man, zo lang en aandachtig naar haar kijkt.'

'Kon ze zo lang zitten op een gewone stoel?'

'Was geen probleem.'

‘Daarna mocht je haar fotograferen.’

‘Mijn fotomoment. Fifteen minutes, zei ze, maar met een big smile. Ik heb haar in de schuur gefotografeerd, terwijl ze in het stro voor een kale muur staat, op handen en voeten, van opzij gezien, haar gezicht naar je toe gedraaid. Ik heb haar ook tussen de agaves voor het rotsblok gezet in laag licht en met lange schaduwen. Dat was magisch.’

Fran kon zich niet langer bedwingen, ze trok zijn hoofd naar zich toe en kuste zijn mond met haar droge lippen. Ze rook niets vreemds, of het moest zijn dat hij een glas wijn had gedronken.

‘En toen heb je jezelf aangeboden.’

‘Nee, natuurlijk niet! Dat was maar een idee, om jou op stang te jagen. Ze heeft me meegenomen naar haar huis en voorgesteld aan haar vader en moeder, die op het land aan het werk waren. Ik heb een glas met haar gedronken en met haar zitten praten over haar leven. Ze is slim. Ze heeft zichzelf Engels geleerd. Ze leest.’

‘Vertel dat later maar.’

Fran bewoog ongeduldig met haar heupen.

Vanuit huis, langs het donkere silhouet van de citroenboom, keek Maris naar de maan en naar het maanlicht, dat zo ondefinieerbaar en raadselachtig voor hem was. Hij zat aan de keukentafel, die hij net had gedekt. Hij had het harde witte tl-licht uitgeschakeld en de glazen stolpen met de kaarsen naar binnen gehaald. Boven het fornuis had hij een bedlamp opgehangen, zodat Fran in de pannen kon kijken. Elke keer als ze de koelkast opentrok, viel het licht van daar binnen op haar lichaam.

Hij hoorde een geluid dat hij niet wilde horen en pakte zijn telefoon om hem uit te zetten. Maar het was al te laat, hij had het al gezien.

‘Albertina,’ zei hij.

‘Ze mist je.’

Fran zei het alsof het de gewoonste zaak van de wereld was, zonder zich om te draaien.

'Precies wat ze schrijft: ik mis je.'

'Dit was te verwachten.'

'Ik mis je. Jij bent mijn meester.'

Vol weerzin las hij het voor en zuchtte.

'Wat zal ik doen?'

'Ga haar maar halen. Ze zit in de problemen.'

'Nu nog? Het is tien uur.'

'Daarom. Ze zit in de problemen. Anders zou je op dit uur niet meer schrijven.'

'Ik haal haar op. We eten en praten. Ik breng haar terug.'

'Probeer Harald ook mee te krijgen. Ik zorg wel dat er genoeg op tafel staat.'

In het donker, op het pad naar de auto en de kustweg, ademde Maris de geuren van het eiland in, de geur van kruiden en afkoelende aarde en de zilte lucht. Hij voelde zich goed, opgewassen tegen de toestanden die hij de komende uren mocht verwachten.

Op de dorpsboulevard belde hij Albertina, terwijl hij met zijn onderarm op het dak van de auto leunde en omhoogkeek naar hun hotel. Het was een lauwe avond. Er wandelden nog veel mensen op de boulevard, de terrassen zaten nog vol. Achter het geroezemoes en het lawaai van auto's en scooters klonk het doffe geluid van de branding. De zee lichtte op. Maris genoot en nam het zichzelf kwalijk dat hij genoot terwijl hij twee mensen opwachtte die zich ellendig voelden omdat hun verhouding op springen stond.

Albertina kwam als eerste naar buiten. Ze had zich eenvoudig gekleed. Haar haar hing in een lange staart omlaag van een plek schuin op haar achterhoofd. Harald volgde. Hij moest haar vastgrijpen toen ze zonder uit te kijken de boulevard wilde oversteken.

Albertina glimlachte haar prachtige grote tanden bloot toen ze op hem toe liep. Hij had met haar te doen. Haar masker van opgetogenheid verdween door de ernst waarmee hij haar aankeek. Het leek of ze haar mond lelijk had willen maken door te veel lipstick.

Of vreselijk was uitgeschoten. Of het niet meer zag. Hij kuste haar op haar wangen en voelde dat de aantrekkingskracht van haar lichaam was verdwenen. Ze was gewoner voor hem geworden. Hij onderging vooral haar tragiek. Zelfs nu ze zich ingetogen had gekleed was ze een verschijning. Ze hoefde maar haar opgetogen gezicht te zetten, te lopen zoals ze gewoonlijk liep, stralend en zwierig, of ze trok ieders aandacht.

Hij hield het achterportier voor haar open en liet haar instappen. Hij gaf Harald een hand, hij wilde hem bemoedigen met een blik van verstandhouding, maar de jongen keek langs hem heen.

'Kom jij voorin zitten?'

Harald ging voorin zitten.

Ze reden nog maar nauwelijks of Albertina begon druk te praten en vulde de auto met haar manische energie. Halverwege de dorpsstraat snoerde Maris haar de mond, vriendelijk doch beslist. In stilte reden ze verder tot ze het dorp achter zich hadden gelaten.

'Wat gezellig,' zei Harald toen, op conversatietoon.

'Ja, gezellig om jullie nog even te zien, op de valreep,' antwoordde Maris.

Hij keek in zijn spiegel en zag in het halfdonker Albertina op de achterbank, die met één hand haar enorme paardenstaart vasthield en er met de ander verwoed een borstel doorheen haalde.

Op het pad naar het huis overwoog hij wat Frau hem had aangeraden: dat hij Harald zijn excuses zou aanbieden voor wat hij met Albertina had uitgespookt. Gewoonlijk volgde hij haar raadgevingen op, want ze zag bepaalde dingen scherper dan hij. Maar hij luisterde nooit naar haar als het om mannendingen ging, en dit was een mannending. Het ging hier om een oude en ervaren jager en een jonge en onervaren jager, die veel lager in de pikorde stond. Hij kon niet zijn excuses gaan aanbieden aan een jongen van zevenentwintig omdat hij een beetje met zijn meisje had gespeeld. Harald zou verbaasd en gegeneerd zijn als hem op het halfdonkere terras excuses werden aangeboden door een zoveel oudere man. Albertina had zichzelf bovendien aangeboden, om niet te zeggen opgedrongen op die eerste avond, en de dag daarop was ze in de schuur maar wat graag uit de kleren gegaan.

Onder het lopen wierp Maris een blik op Harald, die hen met het lampje van zijn telefoon bijlichtte in het donker. Nee, hij was te jong. De oude jager ging dit anders oplossen.

5

De koffers stonden op het terras. Onder de citroenboom hief Maris nog eenmaal zijn arm op om de onderste tak vast te pakken. Het was een houding die hij de afgelopen weken elke dag wel een keer had aangenomen.

Hij keek Fran na, die naar de steeneik liep om afscheid te nemen van de plek en nog een vergeten plant uit te spitten.

Hij keek ook naar het wit gesausde huis met het platte dak waar hij gistermiddag was geweest, waar hij de vader en moeder van Manuela aan het werk had gezien op het land, een tafereel dat zo vertrouwd aandeed, werk dat nog altijd zo dicht bij hem stond. Twee boerse mensen, klein van stuk, die hem een hand gaven en een beetje schuw naar het portret van hun dochter keken. Achter het huis, op een stenen bank, had hij met Manuela zitten praten, met zicht op de akkers, haar ouders en hun bukkende gestaltes.

Tijdens het gesprek was hij steeds gericht op haar ogen: groot, donker en glanzend. In haar ogen de droefheid, die er nooit uit verdween. Ze had veel moeten doormaken om zichzelf te accepteren zoals ze was. Ze lag lichtjaren voor op Albertina – die haar uiterlijk zo mee had. Hij had Manuela het portret gegeven en zijn aandacht, maar het leek of hij vooral iets van háár had gekregen. Bij het afscheid had hij, na zijn twee kussen, haar wang gestreeld, haar wang met het dons en de blos onder de lichtbruine huid. ‘Your skin is beautiful,’ had hij gezegd, ‘and you have such beautiful eyes!’ Ze had zijn strelende hand gepakt en er een ogenblik speels haar tanden in gezet. Hij had toch nog een blik op haar geworpen toen ze het tuinpad op liep, hij kon het niet laten. Ze had het gevoeld, zich omgedraaid en met een lach geroepen: 'Don't look at me!'

Hij wilde een blow-up laten maken van de foto waarop ze tussen de agaves voor het rotsblok in het lage licht en de lange schaduwen stond en die ophangen in zijn atelier. Het licht en de kleuren waren geweldig. Het beeld was schokkend. Fran zou het pijnlijk vinden om naar te kijken, zo'n misvormd lichaam, hoe sterk en intrigerend het beeld ook was. Hij voelde zich juist aangetrokken tot dat pijnlijke. Zijn geest was al bezig om er een schilderij van te maken. Er moest nog een figuur bij. Een halfnaakte man.

Fran had de steeneik inmiddels bereikt en zwaaide naar hem. Ze had een rood truitje aan, een ding dat de hele vakantie nog niet uit haar koffer was geweest. Hij zwaaide terug.

Met een nieuwe kop koffie ging hij in de vouwstoel zitten. Het was toch laat geworden met Harald en Albertina. Het was halftwee toen hij ze naar huis reed. Ze waren zichtbaar opgeknapt. Hij had ze allebei een tekening van rotsen en agaves gegeven, gesigneerd en van een opdracht voorzien, om de zaak af te sluiten. Voor het hotel had hij Harald vaderlijk tegen zijn borst getrokken, maar dat was misschien te overweldigend geweest, want de jongen had zich snel losgemaakt. Albertina was schuw geworden door zijn afstandelijke houding van de afgelopen uren en had zich maar nauwelijks laten zoenen. Kijkend over het dak van zijn auto had hij hen in het hotel zien verdwijnen. Hij had de neiging ze achterna te gaan. Maar om wat te zeggen, wat te doen? Achter zijn rug lag de verlaten boulevard en klonk het doffe geluid van de branding. In het donker leek het geluid van de branding altijd doffer dan overdag.

'Zet jij de koffers in de auto?'

Fran kwam gehaast het terras op met haar laatste vondst.

Maris liep naar de schuur. Hij had al afscheid genomen, maar wilde de plek nogmaals zien. Hij was eraan gehecht geraakt, ondanks alles wat hij er de afgelopen weken had doorstaan. Of misschien wel juist door alle ellende. De gevangene die zich hecht aan zijn cel. Hij keek er nog eens rond, wierp nog een blik op het rotsblok en de agaves in de ochtendzon, niet in staat zich los te rukken. Daar in de deuropening had Albertina gezeten en daar had ze gestaan in haar prachtige naaktheid, die hij nooit meer zou zien. Daar had Manuela heen en weer gelopen door het stro. Daar had zijn vouwstoel gestaan, getuige de afdrukken van de poten in de grond. Hij zag ertegen op terug te gaan naar Amsterdam. Terug naar de arena. Maar hij moest aan een volgende etappe beginnen. Hij wrikte de hak los uit de paal waar hij hem in had geslagen en hing hem terug op de plek waar hij hem had aangetroffen.

HOOFDSTUK VIII

1

Een maand later reden ze Maris' geboortedorp binnen. Hij reed langzaam, bijna stapvoets, tussen de dijkhuizen door om Fran zo veel mogelijk te laten zien. Ze kende het dorp uit zijn verhalen, ze had foto's gezien, maar ze was er nooit geweest. De dijk was smaller dan ze had gedacht: twee auto's konden elkaar net passeren. Aan weerskanten waren de huizen lager dan ze zich had voorgesteld. Er was vrijwel niemand op straat.

Het was een dag in april. De hemel was van een wazig lichtblauw en er hing een dampig licht boven de velden. Het land rook sterk. Maris had zijn raam opengedraaid om ze te ruiken: de potente geuren van het vroege voorjaar.

'Dit is het.'

Hij stopte. Fran boog zich voorover om door de voorruit het huis te bekijken. Haar oog viel op de dakkapel, die Maris' vader had gebouwd – te groot in verhouding tot de rest van het huis, zoals ze onwillekeurig meteen vaststelde. In de voorgevel hoorden twee ramen te zitten, net als in de arbeiderswoningen aan weerskanten, maar ze waren vervangen door één groot raam, dat niet paste bij de gevel. Ze dacht aan de plek waar ze zelf was opgegroeid: ook in een dorp, maar in een kast van een huis, in een park met oude bomen en achter het huis de paardenstallen, het koetshuis en de uitgestrekte bossen.

'Het staat weer verder van me af,' constateerde Maris. 'Steeds wat verder.'

Hij herinnerde zich het weekend waarin het grote raam in de voorgevel was geplaatst. Het enorme gat in de muur. Buren die grappend hun hoofd door dat gat naar binnen staken. Het zeil waarmee het was afgedekt voor de nacht. In één weekend hadden zijn vader en diens broers het grote raam gemaakt. Metselen, timmeren – ze konden het allemaal zelf.

'Mijn moeder noemde dat grote raam vol trots de erker. Het steekt dertig centimeter uit de gevel. De erker.'

Maris schudde zijn hoofd.

'Niet te lang blijven staan,' zei Fran.

'Laat ze maar zien dat ik er ben. In mijn patserbak.'

Hij had zijn oude stationcar eindelijk weggebracht en een 4x4 gekocht, weliswaar tweedehands, maar voor zijn gevoel toch nog erg duur. Hij genoot ervan. Het zilvergrijs van de wagen lichtte op in de schelle voorjaarszon. Hij genoot ook van alle technische snufjes. In de autotechniek had hij een sprong van zo'n twintig jaar gemaakt. Fran had een elektrische wagen afgedwongen en was er verder niet in geïnteresseerd – als het ding maar reed. Hij was er zeker van dat de broers Tramper, rijk geworden met hun landbouwmachines, in eenzelfde soort wagen reden. De mannen die de tribune bij het voetbalveld hadden laten bouwen. Vandaag wilde hij ze zien.

Bij het kerkhof parkeerde Maris op precies dezelfde plaats als een halfjaar geleden: achter de hoge heg, zodat zijn wagen vanuit het dorp niet gezien zou kunnen worden. Fran wilde ook het graf met eigen ogen zien. Bij het uitstappen genoot hij van het solide geluid waarmee de portieren dichtsloegen. Het gaf een soort zekerheid, net als de wagen zelf. Zijn blik hechtte zich aan de met grijze hardsteen beklede palen aan weerszijden van het hek, waarop de omlijste vlakken zwart geschilderd waren. Als jongen was hem dat al opgevallen: dat grijs met zwart, dat dat goed stond. Fran gaf hem een arm.

'Gaat het?'

'Ik kan moeilijk zeggen dat het niet gaat.'

Maris snoof de geuren van het land op, hij keek naar het licht boven de akkers, hij veegde zijn haar uit zijn ogen, onrustig, en zocht rust in de aanblik van Fran. Onder haar openhangende lange, leren jas, droeg ze de donkerblauwe wollen jurk waar hij van hield, een maillot en zwarte laarsjes. Een nog mooie vrouw met een doorleefd gezicht – die totaal niet geïnteresseerd was in auto's en op de weg geen enkel automerk herkende.

Het grind knerste met een hard geluid onder hun voeten.

'Ik word altijd geil in musea,' zei Maris, 'maar ik geloof dat ik ook geil word op begraafplaatsen.'

Fran gaf een corrigerend rukje aan zijn arm.

'Ik word geil van de dood.'

Nog een corrigerend rukje. Maris zweeg.

Hij wist het graf van het meisje nog zo te vinden aan de rand van de begraafplaats. Het werd goed onderhouden. Ze legden er hun narcissen neer. Maris keek onrustig om zich heen.

Fran stelde zich voor hoe Matty hier op een warme dag in augustus was begraven, ze stelde zich haar ouders voor, haar drie broers, haar familie en de verslagenheid en woede in de dichte rijen dorpelingen rond het graf. Ze pakte Maris steviger vast. 's Nachts hield hij weer voortdurend contact met haar lichaam, al was het maar dat zijn voet haar voet raakte. Vannacht had een van zijn handen steeds op haar heup gelegen.

Halverwege het dorp verliet hij de dijk, tussen de huizen door naar beneden rijdend. De houten schuren achter de huizen waren bijna allemaal vervangen door stenen, de saaie stenen schuren zoals je ze overal aantrof. Niet langer de wirwar van zelf getimmerde en geschilderde schuren die de wereld achter de huizen kleur en afwisseling had gegeven. Maris legde haar uit hoe het geweest was, destijds. Het grote duivenhok van meneer Tramper, dat boven alle bouwsels uit stak, was verdwenen.

Zonder een woord kruiste hij het pad achter de schuren, niet links of rechts kijkend. Fran deed dat wel. Ze begreep dat dit het pad was waarlangs hij met Matty naar die oude mensen aan de rand van het dorp was gelopen, een krat groenten uit de tuin van zijn vader op zijn schouder. Als hij de oude man was gaan helpen met het maaien van het gras tussen de vruchtbomen, zou het niet zijn gebeurd. Dan leefde Matty hier nu ergens of in een ander dorp of in de stad, een vrouw met kinderen en kleinkinderen. Maar dan had hij misschien later een fatale uitbarsting gehad. Ze dacht aan de foto van de vrouw op handen en voeten op La Gomera, waarop ze voor het rotsblok en tussen de metershoge agaves stond, half zichtbaar, als een schuw dier opzijkijkend naar de camera. De kleuren waren intens, de schaduwen lang. Het leek een beeld uit een droom. Hij had zich altijd aangetrokken gevoeld tot randfiguren, vooral als het vrouwen waren. Maar Matty was in het dorp geen randfiguur. Ze was een van de gehaaide meiden. Ze had met hem gespeeld en dat had haar haar leven gekost. Ze moest medelijden hebben met Matty, maar ze had het niet.

Zwijgend reed Maris naar de boerderij van Fraanje. Het pad erheen was geasfalteerd. Destijds was het onverhard geweest. In de herfst, als de oogst van suikerbieten in volle gang was, was het te voet haast onbegaanbaar door de diepe bandensporen van de trekkers en volgeladen wagens. Maris keek naar waar de bomen hadden gestaan waar hij met zijn stok tegen had geslagen toen hij wegvluchtte van de schuur. Nu stond daar de windhaag van een boomgaard, alle bomen getopt op dezelfde hoogte. Was hij hier over deze akker gereden in de combine van meneer Tramper of was dat elders geweest? Een van haar broers was op zijn brommer met een noodgang dwars over het stoppelveld naar hen toe gereden, met achter zich een enorme stofwolk.

Maris stopte op enige afstand van de boerderij.

'Wil je dichterbij,' vroeg hij.

'Nog een beetje.'

Hij reed nog vijftig meter verder.

'De schuur is nog hetzelfde,' zei hij. 'De grote deuren stonden open toen ik er door de rechercheurs naar binnen werd geleid. Het meisje en ik waren door die kleine, wit omrande deur naar binnen geglipt.'

'Je kon er zomaar in?'

'In die tijd zat er nooit iets op slot. Mijn vader kon zijn wagen parkeren zonder hem af te sluiten.'

In stilte keken ze naar de boerderij tussen de bomen, waar bij het woonhuis een witte auto geparkeerd stond, een beetje verloren.

Hij bracht haar naar de plek op de zeedijk waar zijn ouders vanuit de Mercedes over het water hadden gekeken, naar de passerende schepen, de wolkenluchten en de overkant, al dan niet zichtbaar, zijn vader zwijgend, zijn moeder pratend en een enkele maal stilvallend als ze de buitenwereld eindelijk tot zich kon laten doordringen. Fran stapte uit en haalde een koelbox uit de kofferbak.

'Ter ere van je vader en moeder eten wij nu ook uit plastic bakjes,' zei ze.

Maris lachte.

'Dat meen je niet.'

'Hier zijn ze!'

Na de lunch leunde Maris achterover en keek over de Westerschelde, zijn portier open om de zee beter te horen, het breken van de golven op het basalt aan de voet van de dijk. Zijn linkerbeen hing buitenboord.

'Mijn vader moet hier heel wat keren hebben gestaan,' zei hij.

'Kijken.'

'Zijn favoriete bezigheid. Hij kon dat urenlang volhouden zonder zich te vervelen. Alleen maar kijken, voor zich uit staren, mijmeren. There is a lot to learn about time by the river.'

'Waar komt dat vandaan?'

'Ik las het ergens. Een kunstenaar die zijn wijsheid haalt uit het gadeslaan van natuurprocessen.'

'Alles verandert, alles verdwijnt. Ook jouw schuld zal verdwijnen.'

'Het is nog steeds of ik hem niet mág laten verdwijnen.'

Maris stapte uit de auto en liep langs de dijk naar beneden, zijn handen in zijn zakken, tot hij bij de basaltblokken stond. Hij zag het zeewater over de stenen vloeien na het breken van een golf, snel omhoogkomend en nog sneller terugglijdend. Het uitvloeiende water huppelde over de stenen, het witte schuim lichtte op. Na elke golf vloog het omhoog over de blauwzwarte stenen tot de kracht eruit was en het terugzonk. Het was afgaand tij. Verderop zag hij het water stromen: kolkend, niet te stuiten, huiveringwekkend sterk. Een viskotter dreef erop mee alsof het schip maar een strootje was.

Het was nog altijd een essentiële plek voor hem: het dijklandschap. Maar de plek zelf, hem zo vertrouwd van vroeger, maakte geen indruk meer. Verderop lag de vluchthaven waar hij als jongen had gezwommen, waar Matty in badpak was gefotografeerd tussen haar vriendinnen – hij zou kunnen aanwijzen waar ze had gestaan. Het betekende minder, veel minder voor hem dan hij had verwacht om hier te staan.

Alles veranderde, alles verdween. Waarom verdween zijn schuld dan niet, de schaduw die zijn leven begeleidde? Was zijn berouw niet hevig genoeg geweest? Op de tuchtschool had hij geen tijd gehad voor berouw, hij had er vooral moeten vechten om zich te handhaven. Op de akker, waar hij met de andere jongens stond te schoffelen, allemaal in identieke overalls, was hij met kluiten bekogeld. Hij werd veracht omdat hij zich aan een meisje had vergrepen. Harde kluiten die tegen zijn achterhoofd sloegen. Tot hij tegenover zo'n kluitengooier had gestaan. Met één beweging van zijn linkerarm had hij hem tegen de grond gesmakt. Dat maakte indruk. Hij had zichzelf goed leren basketballen en scoorde tijdens de sporturen het meest van allemaal. Langzaam maar zeker had hij zich omhooggewerkt in de hiërarchie. Geen van die jongens was beter uit de inrichting gekomen dan hij erin was gegaan, hijzelf ook niet. In Rotterdam had hij zijn school afgemaakt en gerebelleerd tegen zijn ouders. Hij had zich jarenlang aan gesprekken met een psychiater onderworpen en het veel over zijn vader en moeder gehad en over zijn drift. Toen hij naar de kunstacademie in Amsterdam ging, sprak hij er met niemand meer over. Het trauma was onderdeel van zijn systeem geworden. Het was er altijd.

Was eeuwigdurende schuld onderdeel van zijn persoon geworden? Kon hij niet meer zonder? Moest de pijn om wat was gebeurd steeds worden vernieuwd door herinnering? Hield hij hem zelf in stand? Opeens dacht hij aan de kinderrechter die zijn zaak had behandeld: een kleine vrouw – een Joodse vrouw, zoals hij veel later te weten was gekomen, die als jong meisje met haar moeder de vernietigingskampen had overleefd. Ze had met hem gesproken in haar kantoor, eerst met zijn ouders erbij, toen met hem alleen. Ze was streng geweest, maar niet onvriendelijk. Hij herinnerde zich haar strengheid, haar ernst, haar striktheid, maar ook iets anders dat daardoorheen voelbaar was: hij liet haar niet onverschillig. Door haar was hij pas gaan beseffen wat hij had gedaan, wat hij had aangericht. Zij had hem uit zijn verdoving gehaald. Door haar blik en haar houding was hij het gaan voelen. Het was een verzengend ogenblik geweest. In de oude koepelgevangenis, waar hij een paar weken in een cel had doorgebracht, had hij tijdens een slapeloze nacht urenlang huilend op zijn knieen gelegen en een onbereikbaar opperwezen om vergeving gevraagd. Het opperwezen had de veertienjarige niet geantwoord. Hij was alleen met wat hij had aangericht.

2

Er stonden drie wagens bij de loods geparkeerd: een nieuwe SUV en twee oude Mercedessen. Alle drie hadden ze met modder bespatte banden en bumpers. Boven de schuifdeur van de loods hing een bewakingscamera. Maris maakte een draai met zijn auto en parkeerde hem zo dat hij meteen kon wegrijden. Hij zette de motor uit en wachtte. Er hing opeens een nevel in zijn hoofd, een dichte nevel die het denken bemoeilijkte.

'Wil je dit echt?' vroeg Fran.

'Ik moet ze nog één keer zien.'

Maris zweeg.

'Ze hebben al je voorstellen afgewezen. Ze haten je en dat zal zo blijven.'

'Ik kan me niet voorstellen dat je iemand alleen maar haat.'

'Ze zien je als de moordenaar van hun zus en dat willen ze zo houden. Het maakt alles simpel en duidelijk.'

'Dit moet gebeuren.'

'Deze mensen zijn gewelddadig! Hun vader, de ruzieschopper, toen hij jong was, de vechtersbaas in het dorp. Corné die een pijl in je gezicht gooit, die je hand probeert te breken.'

'Dit gesprek hebben we gister ook al gevoerd, Fran.'

'Je wilt alleen maar van ze winnen.'

Maris duwde het portier open en sprong uit zijn wagen. Hij wist niet wat hij wilde, maar het was onafwendbaar dat hij de loods zou binnengaan, hoeveel weerstand hij ook moest overwinnen. Wilde hij gestraft worden door deze drie? Wilde hij nogmaals afgetuigd worden? Maakte zijn leven een boog van de zwarte schuur naar deze loods en zou daar eindelijk de vergelding komen?

Met de hendel van de schuifdeur in zijn hand keek hij nog een keer om. Fran had het portierraam naar beneden laten glijden en filmde hem met haar telefoon: dat hij vandaag, op dit tijdstip, de loods van de gebroeders Tramper was binnengegaan.

'Jij blijft koel,' riep hij.

Het filmen van Fran versterkte zijn angst. Was dit het laatste beeld? Had hij nog maar een paar minuten te leven? Hij trok de enorme deur met moeite een eindje open, glipte naar binnen, en eenmaal in de loods raakte hij nog meer bevangen. In zijn dromen was hij in talloze loodsen en schuren naar binnen gejaagd, geslagen, geschopt en gesmeten. Vanuit zijn ooghoeken zag hij een trolley met gereedschap staan. Een zware hamer. Een zware bahco. Verderop hoorde hij voetstappen op een trap, het zingend staal van de trap, en hij zag achter in de loods, onder het schuine dak, een hangend kantoor en twee mannen in overall die de trap naar de loopbrug voor het kantoor op liepen. Een derde man stond er te wachten.

Alle dromen over loodsen en schuren, hutten en vervallen huizen waarin hij naar binnen was gesleurd, waren voorspellingen geweest, en dit zou de laatste loods zijn, de plaats van vergelding. Hij kon nog weggaan. Maar hij was niet in staat zich om te draaien, hij kon zelfs niet stilstaan. Hij liep tussen de machines van het loonbedrijf door: tractoren met kolossale banden, combines, graafmachines, bulldozers, ploegen met blinkende messen, acht messen in een dubbele rij. Het rook naar rubber en dieselolie. De sterke geuren leidden hem af. Hij verzette zich ertegen, want hij wilde niet afgeleid worden, geen seconde. Maar hij bleef rubber en dieselolie ruiken. Onder een van de tractoren stond een brandende werklamp, in de steek gelaten gereedschap lag op de betonvloer. Op de loopbrug stonden de drie broers hem naast elkaar op te wachten.

Hij herkende onmiddellijk de man die hij in het Stedelijk had gezien en naderhand door de stad was gevolgd naar de hoerenbuurt: Corné Tramper. Ook zonder die ontmoeting zou hij hem hebben herkend: dit was de man die hem na de begrafenis van Ilse op de parkeerplaats de weg had versperd, de autosleutels uit zijn hand had gerukt en had geprobeerd zijn hand te breken. Ook de twee anderen herkende hij: Rinus en André. De jongste leek sprekend op zijn moeder: hetzelfde gekwelde uiterlijk, dezelfde ogen – de ogen die hem over het graf van Ilse heen tussen de hoofden door hadden aangekeken. Aan zijn hals hing een groot gezwel. De middelste van de drie broers leek door zijn vlasblonde haar en bleekblauwe ogen sprekend op Matty. Vanachter het sluike haar, dat beide ogen half bedekte, keek hij naar hem met de ogen van Matty.

'Wat kom je doen, Coppoolse?'

Een stem van lang geleden.

'Ik kom het nog één keer vragen, Corné.'

'We willen je niet zien!'

'Laten we één keer praten. Laat me naar boven komen en laten we praten, zodat de zaak eindelijk tot rust kan komen.'

'Voor ons is die allang tot rust gekomen.'

Maris zweeg.

'Ik heb er nog altijd spijt van,' zei Corné, en hij wachtte even om hem te tergen, 'dat ik destijds op die parkeerplaats je vingers niet heb gebroken. Nu ben ik te oud voor dat soort dingen. Maar ik had het toen moeten doen. Ik denk er nog weleens aan.'

'Je haat duurt lang, Corné.'

'Die was er al toen ik die pijl in je gezicht gooide.'

Hij grijnsde.

'Hoe denken je broers hierover?'

'Hetzelfde als ik.'

'Kunnen zij ook zelf praten?'

André Tramper stapte naar voren. Hij greep de reling vast en trok met een zijdelingse hoofdbeweging het gezwel uit de kraag van zijn overall. Hij had een zenuwtrek in zijn gezicht, net als zijn moeder.

'Jij hebt zoveel kapotgemaakt, Coppoolse. Ik zou je zo voor je donder willen schieten.'

Maris herkende zijn stem – de stem van zijn vroegere buurjongen, die nu in het lichaam van een man op leeftijd zat.

'Geen straf is erg genoeg voor jou!'

Het klonk als een zin die hij in gedachten en tegen anderen al vele malen had uitgesproken. Hij deed een stap naar achter, met een hevig trekkend gezicht, en veegde met een hand het haar uit zijn gezicht. Net als de middelste had hij lang en onverzorgd haar. Maris had medelijden met hem, en door zijn medelijden met de jongste had hij het opeens ook met de twee andere broers.

'Jammer.'

De broers zwegen. Maris besefte opeens dat ze zich, nadat hij was gesignaleerd, hadden teruggetrokken op de loopbrug. Ze hadden hem tegemoet kunnen gaan, ze hadden hem halverwege de loods of buiten kunnen opwachten, maar ze hadden zich teruggetrokken. De zenuwtrek in het gezicht van de moeder en de jongste zoon was een zenuwtrek in dat hele gezin, dat zo sterk naar binnen was gericht. Matty had misschien geprobeerd daaraan te ontkomen door nieuwsgierig te zijn naar hem, een jongen van een ander soort, zoals dat heette op het dorp. Maar omdat ze uit dit gezin kwam had ze alleen maar dubbelhartig kunnen zijn: nieuwsgierig naar hem en eropuit hem te kleineren.

'Jammer,' zei hij nog eens.

Hij schoof zijn handen in zijn zakken en liep weg. Na een paar stappen haalde hij zijn handen er weer uit, om geen ergernis te wekken met een nonchalante houding. Zijn rug tintelde en prikte. Hij had de neiging om zijn pas te versnellen. Elk ogenblik verwachtte hij een schot, in zijn rug of over zijn hoofd heen, om hem de stuipen op het lijf te jagen. Maar het bleef uit. Hij hoorde helemaal niets achter zich, ook geen voetstappen op de trap, de voetstappen van André en Rinus die hun werk aan de trekker hervatten. Het bleef doodstil, zo stil dat hij de neiging had om te kijken, maar hij deed het niet, en toen deed hij het toch en zag de broers achter elkaar, een beetje gebogen, het kantoor binnengaan.

V

HOOFDSTUK I

1

Op het trottoir, onder de luifel van het hotel, namen ze afscheid, terwijl het verkeer zich in dichte rijen door een van de smallere straten van Manhattan wurmde. In afwachting van de taxi stond Maris, met de koffers naast zich, te praten met een lange en gebruinde dertiger in een lichtblauw pak. Fran bevond zich een paar meter verderop in de stroom passanten, haar telefoon in haar opgeheven handen, om foto's van hen te nemen – wat niet makkelijk was want er kwamen onophoudelijk anderen in beeld. Stan had zich aan de rand van het trottoir tussen de geparkeerde auto's opgesteld om een taxi aan te houden.

Maris glimlachte nerveus. Het verkeerslawaai in de straat, weerkaatsend tegen de hoge gebouwen, was zo enorm dat hij de jongeman vlak naast hem maar bij vlagen kon verstaan. Het had iets hilarisch dat ze onder deze omstandigheden nog probeerden een gesprek te voeren. Maris liet de ander praten, knikte, deed of hij hem verstond en keek ondertussen nog eens naar zijn gezicht in het schuin invallende namiddaglicht. Deze vent was aardig, maar niet uit zwakte, hij was rustig en zelfbewust – dat zulke uitgebalanceerde mensen bestonden! – en hij kon zijn ogen niet afhouden van Stan, die met haar Spaanse laarzen tussen de auto's stond. Maris zag hoe ze een duim en wijsvinger tussen haar lippen schoof. Boven alles uit klonk een doordringend schel gefluit. Haar arm schoot omhoog, ze wenkte een taxi.

'Was dat Stan?'

'Dat was Stan.'

'Ze fluit als een kerel!'

Dat heb ik haar geleerd, wilde Maris zeggen, maar hij hield zich in en zei het niet. Je niet laten gelden – dat was prettig.

De taxi stopte. Maris zag een bos zwart kroeshaar boven het gele dak opduiken. Stan wenkte met een armzwaai.

'Action, guys!'

Hein pakte de twee koffers en droeg ze naar de taxi. Maris volgde en zag hoe Fran paniekerig haar zakken beklopte.

'Mis je iets?'

Ze stond stil, ritste haar tas open, wierp er een doordringende blik in, graaide erin, wierp nogmaals een doordringende blik in de diepten van haar tas en riep lachend:

'O, gelukkig!'

Stan hield het portier voor haar moeder open, kuste haar, keek haar aan met een plotselinge traan op haar wang, gaf haar nog een knuffel en liet haar instappen. De chauffeur had hun koffers in de kofferbak gezet, maar hij kon de klep niet dicht krijgen. Het slot pakte niet. Hij sloeg de klep steeds vergeefs naar beneden, maar bleef kalm – hij was het kennelijk gewend. Maris had al een blik op hem geworpen. Zijn kleren waren net zo oud en versleten als zijn wagen, de huid van zijn gezicht oogde ongezond, maar zijn oogopslag was vriendelijk. Hij leek okay. Eindelijk bleef de klep dichtzitten.

Het geluid van een naderende sirene maakte spreken nu echt onmogelijk. Hij gaf Hein een hand. Hun handen vonden elkaar gemakkelijk. Hij kuste Stan. Hij raakte ontroerd. Er was veel gebeurd de afgelopen dagen. Hij was blij voor haar, trots op haar en trok haar nog eens tegen zich aan. Aan de manier waarop ze hem vasthield en liet begaan, voelde hij dat hun verhouding was veranderd. Het was of hij ook afscheid nam van een vroegere versie van Stan, een vrouw die zo dicht bij hem had gestaan en die hij nu aan een ander moest laten. Hij liep achter de taxi langs, keek nog eens omhoog naar de gebouwen, spreidde zijn armen en zwaaide met beide handen naar het stel dat achterbleef op het trottoir, voordat hij instapte.

De taxi voegde zich in de stroom. Nog een blik door de achterruit. Maar ze waren al niet meer te zien. Maris leunde achterover en legde zijn rechterhand midden op de achterbank. Fran legde haar hand erin.

'Gaan we het halen,' vroeg ze.

'Als het verkeer onderweg nergens vaststaat. Maar meestal staat het ergens vast rond deze tijd.'

'We hadden eerder moeten weggaan.'

'Maar we zijn niet eerder weggegaan, want we wilden blijven praten.'

Zwijgend keken ze naar buiten, naar de mensenmassa's in de straten. Maris genoot ervan. Hij wilde niet weg. Met een vage jaloezie keek hij naar de jonge mensen op de overvolle trottoirs. De vijf jaar in New York waren niet gemakkelijk geweest en toch kon hij terugverlangen naar juist die jaren. Een hele week had hij een vage nostalgie gevoeld, vooral als hij Stan en Hein zag, verliefd, nog aan het begin, nog vol verwachting, ook al hadden ze de halve wereld al gezien. Zelfs als hij zich de eenzaamheid van die jaren te binnen bracht, verdween dat terugverlangen niet. Ik zou het nooit willen overdoen, had hij vol overtuiging tegen Fran gezegd. Maar de nostalgische gevoelens bleven en konden alleen bestaan, besefte hij, omdat hij terugkeek.

Hij herinnerde zich zijn eerste atelier, waar het lawaai van de stad dag en nacht naar binnen drong – het was uitputtend. Zijn verhouding met Irmgard, die niet was opgewassen tegen de druk van haar werk als stagiair en veiligheid zocht bij een zwijgzame kunstenaar met wie ze onophoudelijk in bed wilde liggen. De breuk met zijn ouders, die hij vijf jaar lang niet had gezien, niet gebeld, niet geschreven. De club mensen rond de fotografe Nan Goldin, waarin hij verzeild was geraakt. De kleine kale appartementen, de haveloosheid, de feesten, de drugs, het permanente liefdesverdriet van zo ongeveer iedereen, de triestheid na de uitspatting. Nan was beroemd geworden met haar foto's, maar bijna al haar vrienden van toen waren dood. Hij had haar opgezocht en aangetroffen in een mooi appartement, gearriveerd, maar nog altijd kwetsbaar en halverwege de middag al aangeschoten. Hij had destijds besloten om weg te gaan uit New York. Als hij was gebleven, zou hij een veel bekender schilder zijn geworden dan hij nu was – en een ander mens. Maar hij had niet kunnen wennen aan Amerika. Hij had hier drie vriendinnen gehad en niet toevallig kwamen ze alle drie uit Europa.

Hij keek naar de drommen mensen. Gezichten, kapsels, kleding – en wat die hem vertelden. Mensen die met elkaar spraken, mensen die onder het lopen telefoneerden of met oortjes in liepen, eten in hun mond staken, hun schoudertas met een elleboog tegen zich aan drukten, zich een weg baanden omdat ze haast hadden, een winkel uit kwamen of een papieren zak met boodschappen naar huis droegen. Mensen die zich voortsleepten, veel langzamer dan andere, omdat ze oud waren. Twee donkere mannen die vanuit een bestelbus snacks verkochten, Pakistani of Indiërs, die daar de hele dag stonden. Gezichten in de auto's voor het stoplicht. Voetgangers die overstaken. Een straat met bomen en oude huizen met stoepen. Twee zwarte meiden met geweldige kapsels. Hoe het was om zo'n vrouw te zijn en zo te lachen – onvoorstelbaar anders. Maris absorbeerde het allemaal. Hij bekeek ook het interieur van de taxi. Alles oogde versleten. Het leek een taxi in een ontwikkelingsland. De zitting van de stoel schuin voor hem was eruit gesloopt. De chauffeur had daar nu zijn paperassen liggen, een doos tissues, een spuitbus en de onvermijdelijke papieren zak met fastfood. Fran hield haar gezicht afgewend naar het raam, zag hij, langdurig en hardnekkig.

Terwijl het spektakel van Manhattan voorbijgleed, liet Fran haar tranen vloeien. Haar lippen trilden. Haar wangen voelden nat. Ze huilde van opluchting en uitputting. Vannacht had ze vrijwel niet geslapen, zoals gebruikelijk voordat ze op reis ging. Ook de nacht daarvoor had ze wakker gelegen, naar de geluiden binnen en buiten het hotel geluisterd en aan Stan gedacht, aan haar leven met haar dochter. Eindelijk had ze zich tegenover Stan kunnen uitspreken en was de ban gebroken. Jarenlang had ze haar verdriet en gekwetstheid niet willen tonen. Haar instinct verzette zich ertegen: ze mocht haar dochter niet met haar problemen belasten, ook niet als die problemen door diezelfde dochter werden veroorzaakt. Ze moest het maar nemen: de gemene en kwetsende opmerkingen van een dochter op drift. Stan kon aardig, leuk en royaal zijn, maar ook altijd weer, meestal op het eind van een gesprek, kwam ze met een uithaal waar zij dagen pijn van had.

Ze voelde dat Maris naar haar keek, maar wilde hem niet aankijken. Hij kneep in haar hand. Verlegen met zichzelf wendde ze haar natte gezicht naar hem toe en glimlachte.

'Ach, lieverd,' zei Maris.

Zwijgend keken ze elkaar aan.

'Driver, can I have one of your tissues?' vroeg hij.

Zonder een woord te zeggen reikte de chauffeur hem de doos met tissues aan. Maris trok er een paar uit en gaf ze aan Fran.

'Denk je dat ze het gaat redden?'

Opnieuw sprongen de tranen in haar ogen.

'Het zou me niet verbazen als ze meteen pats-boem aan de kinderen gaat,' zei Maris.

'Ik hoop het niet.'

De taxi dook de tunnel onder de Hudson in en kwam tot stilstand. De ramen werden dichtgedraaid.

In Jersey keek Maris naar de bedrijventerreinen langs de verhoogde autoweg. Kilometerslang een wirwar van loodsen, opslagplaatsen voor bouwmaterialen, kleine fabrieken, garages, schroothopen en puinstort. Wildgroei. In je eigen land wilde je dit niet, maar in het buitenland had het iets aantrekkelijks, want het was wild, rauw, ongetemd.

Toen hij zich naar Fran toe boog, deed ze haar ogen half open en fluisterde:

'Duizelig.'

Door de achterruit wierp hij een laatste blik op de *high-rise* van Manhattan, blinkend in het lage zonlicht. De laadklep van de kofferbak bewoog op en neer. Toen hij zich omdraaide, ving hij via de achteruitkijkspiegel de blik van de chauffeur, die zich er waarschijnlijk over verbaasde dat twee mensen van tegen de zestig zo lang elkaars hand vasthielden – *all the way to Newark Airport.*

2

Op Schiphol, de volgende ochtend, stond meneer Saki ze op te wachten. Toen hij ze aan de overkant van de weg in de menigte voor de aankomsthal zag opduiken, kwam hij hun tegemoet en nam de koffers over. In de parkeergarage stond zijn zwarte Mercedes gereed.

'Ga jij maar voorin,' zei Fran.

Maris ging voorin zitten om met de chauffeur te praten. Fran wilde graag dat hij dat deed. Zij was er te moe voor. Een week geleden had meneer Saki om vijf uur 's ochtends voor hun huis gestaan. Het is zijn werk, zei Maris. Fran had medelijden met hem en vond het bijzonder dat hij al om vijf uur in de ochtend fris en opgewekt present was. Meneer Saki kwam uit Fès, Marokko, waar hij ondanks een goede opleiding nooit werk had kunnen vinden. Zijn vrouw had een baan op de administratie van een grote krant. Ze hadden twee kinderen – meer kinderen zouden er niet komen – en blaakten van ambitie. De Mercedes was altijd onberispelijk schoon. Geen stofje op het dashboard. Maris stelde zich Saki's flat in Amsterdam-Noord voor als net zo onberispelijk schoon. Als hij thuiskwam trok de man zijn pak uit, schoot een jeans aan en liep op sokken door zijn huis of op de leren muilen die hij bij zijn laatste bezoek aan Fès had gekocht. Bij elke rit van en naar Schiphol probeerde Maris zich de hem onbekende meneer Saki voor te stellen en bij elke rit kreeg hij iets meer van hem te zien.

Terwijl hij zat te praten, wierp hij nu en dan een blik op Fran, die stilletjes op de achterbank zat, geradbraakt na weer een slechte nacht, ditmaal in het vliegtuig. In New York raakte ze bezeten van de stad, de stad nam haar in bezit en putte haar uit. 's Avonds om tien uur ging ze nog de straat op, niet te stuiten, om nog meer op te zuigen van alles wat daar te beleven viel. Tegen middernacht kwam ze natgeregend en opgewonden de hotelkamer binnen. In bed liet ze haar nieuwste foto's en filmpjes zien.

Halverwege de rit stokte zijn gesprek met de chauffeur. Ook Maris had nauwelijks geslapen in het vliegtuig.

Kijkend naar de glasgevels van de kantoorkolossen langs de snelweg herinnerde hij zich de glaswand in het atelier dat Willem de Kooning rond zijn zestigste op Long Island had laten bouwen, nadat hij was weggegaan uit New York City. De zee was dichtbij, lage duinen en een zandstrand, een landschap dat aan de Nederlandse kust herinnerde. Ze waren erheen gereden met Nick en Ella. Nick was broodmager en doodziek, maar volmaakt stoïcijns over zijn snel naderende dood. Zo stoïcijns dat hij het zelf ook haast niet kon geloven – hij hield er rekening mee dat hij toch zou instorten, dat de angst hem toch te pakken zou krijgen. Over een paar weken vlogen ze misschien alweer naar de overkant van de oceaan. Nick: een al verzwakkende handdruk. Een broze oude man met een stok was hij nu, en niet eens zoveel ouder dan hijzelf.

Nog steeds leefde in hem zijn verdriet over Thijs. Hij was een week in New York geweest voor de presentatie van Stan's boek, Thijs was er ook, maar ze hadden elkaar niet of nauwelijks gesproken. De jongen ontliep hem. Hij had zijn eigen programma, maar ondernam ook niets om even samen te ontbijten of een koffie te drinken, iets wat hij een jaar geleden nog zeker zou hebben gedaan. In haar speech tijdens de presentatie had Stan haar familie voorgesteld en verteld dat haar 'tweede vader' schilder was en dat zijn werk in het MoMA hing. Mensen waren gaan googelen, de recensie in *The Guardian* stond boven aan de lijst, en in een kwartier had hij zijn status zien veranderen: van een anonymus werd hij iemand die ertoe deed. Er waren mensen op hem af gekomen, belangrijke mensen, hij zag het aan ze zonder te weten wie ze waren, en opeens had Thijs toen naast hem gestaan en was hij ook de dierbare tweede vader van Thijs. De jongen had zich eindelijk losgemaakt van zijn neurotisch-magere Alicia, de opvolgster van zijn dominante zusje, en hij was zich aan het losmaken van zijn stiefvader. Zijn voorname gezicht was in korte tijd een stuk mannelijker geworden, de kaaklijn markanter. In een week tijd hadden ze niet meer dan oppervlakkigheden uitgewisseld. Elke gelegenheid om niet met hem te hoeven spreken had Thijs aangegrepen. Maris moest deze ontwikkeling toejuichen. Maar nog altijd smeulde de woede in hem na. Nog altijd rouwde hij om het verlies van Thijs.

Meneer Saki stuurde zijn wagen de afslag op, nam zijn voet van het gas toen hij in de verte het stoplicht op groen zag springen en hield in tot de rij auto's verderop vaart maakte, precies op tijd sloot hij aan en draaide onder de snelweg door – alles in één vloeiende beweging. Maris brak zijn overpeinzingen af en hervatte het gesprek. Hij begon straten en gebouwen te herkennen. In de binnenstad kwamen de historische panden hem voor als oude meuk: scheef staand, vooroverhellend, tegen elkaar aan leunend, kwetsbaar. Hij miste de energie van nieuwe gebouwen. Oude meuk. Daar woonde hij zelf. Maar over een paar dagen paste die binnenstad hem weer als een oude jas.

3

'Ik ruik iets raars.'

Fran zei het terwijl ze vanuit de hal de trap op liep. Maris kwam achter haar aan met in elke hand een koffer. Hij had dat altijd gekund, twee koffers tegelijk naar boven dragen, en kon het nog steeds, zij het dat hij op een van de laatste traptreden een pijnscheut in zijn linkerknie voelde. Fran ging de kamer binnen door de dubbele deuren met het melkglas. De deuren gaven het vertrouwde geluid toen ze werden opengeduwd.

‘Hier ruik ik het niet meer.’

Fran keek om zich heen in de grote kamer, van haar werktafel voor de ramen aan de straatkant naar de erker van ijzer en glas aan de achterkant, en besefte dat ze het hier al een tijdje wilde veranderen.

Maris droeg de koffers naar de lange tafel bij de erker. Hij haalde er altijd eerst de spullen uit die ze hier nodig hadden en droeg ze daarna naar boven. In de erker keek hij naar de oude bomen in de tuinen. Nooit eerder had hij zich zo sterk een passant gevoeld in dit huis. De tijd die hem nog restte leek opeens kort. Er zouden hier weer jonge mensen wonen. Hij zou sterven op een bed in deze kamer, omdat hij met zijn stramme benen de trap niet meer op kwam. Misschien ging Fran eerst en daarna hijzelf nadat hij hier nog een paar jaar alleen had geleefd. De serveersters in zijn vaste cafés zouden de deur voor hem openhouden omdat hij moeizaam liep. Hij dacht weleens aan een gezamenlijke dood, hand in hand, of naar elkaar toe gedraaid, zoals ze in slaap vielen. Hij had het in een film gezien, de zelfverkozen dood van een oud echtpaar, en zich toen afgevraagd of je een luier moest omdoen als je er zelf een eind aan maakte, want je had kans dat je leegliep.

‘Waar sta jij allemaal aan te denken?’ vroeg Fran.

‘Ik sta naar de bomen te kijken.’

‘Volgens mij sta jij heel heftig ergens aan te denken.’

‘Ik sta gewoon even te suffen.’

Maris knielde bij zijn koffer en opende hem. Bovenop lag het boek van Stan: *Horrors of War*. Hij sloeg het open om de opdracht te herlezen. Op een aparte bladzijde had ze laten drukken: ‘To my parents Maris and Fran. To my brother Thijs. In loving memory of my father, the photographer Raf König.’ Hij had het al wel tien keer gelezen.

In zijn koffer vond hij ook het boek over de huizen die Nick had gebouwd op Long Island en elders langs de oostkust. Voor in het boek had hij een foto gelegd waarop Nick te zien was terwijl hij voor een glaswand in zijn eigen huis aan zee stond, lang en mager, voor zich uit starend, verstild. Een tijdlang had hij nog in het werk van een stoïsche filosoof gelezen, Seneca, maar hij was ermee opgehouden. Hij las niets meer. Hij had niets meer aan lezen, zei hij: het hinderde hem. Hij wilde zich nu concentreren op zichzelf.

Fran liep met driftige stappen door de kamer en opende de ramen van de erker en de luiken aan de straatkant. De vloer trilde een beetje als ze zo driftig heen en weer liep. Ze zette water op en haalde een verdord boeket uit een vaas, nog steeds met haar jas aan.

'Doe jij boven de ramen open?'

Maris droeg zijn koffer naar boven.

Met Nick, bedacht hij, kon je een gesprek voeren dat een soort precisie had. Hij hield vast aan een lijn. Hij had met Nick willen praten over wat er in hem omging nu het eind van zijn leven in zicht was, wat het in hem losmaakte. Daar had hij met enige precisie over willen spreken. Maar het was er niet van gekomen. Nick was afwerend en zwijgzaam geweest. Eigenlijk had hij al geweten dat het zo zou gaan. Hij had het bij zijn vader gezien: mensen die hun einde naderden spraken niet over wat er in hen omging.

In de slaapkamer keek hij naar het bed en stelde zich voor dat hij en Fran daar gevonden zouden worden. Het stond hem tegen: dat ze het iemand zouden aandoen hen dood te vinden. Hij voelde er niets voor, en Fran zou er ook niets voor voelen. Ze konden het Thijs of wie dan ook niet aandoen. Wat een walgelijk idee was dit eigenlijk.

Hij liep weer naar beneden, Fran had muziek opgezet, het water kookte en waterdamp steeg op in het zonlicht dat door de erker in de kamer viel. Haar jas hing over een stoel.

Maris droeg ook de koffer van Fran naar boven, een hand aan de leuning van een tropisch hardhout dat nu onbetaalbaar was of niet eens meer te krijgen. Opnieuw voelde hij zich een passant in dit huis. Je zag een insect, een paar seconden, je zag de pracht van zijn behaarde lijf, zwart met geel, bruin met geel, een hommel, een hoornaar, en je wist dat je hem daarna nooit meer zou zien.

Eindigheid riep de oneindigheid op. Je kon de eindigheid niet ervaren zonder de oneindigheid gewaar te worden.

In de slaapkamer trok hij schoenen en sokken uit. In het profiel van zijn zolen zat nog wat modder uit Central Park. Ergens in New York lag de Chinese vrouw nog te slapen. Een kleine, bedompte kamer die ze met anderen deelde. In een hoek stond haar draagstok. Trossen plastic flessen, uit afvalbakken gehaald, deinden aan de uiteinden van die stok toen ze haar opmerkten. Tussen tientallen New Yorkers was ze het zebrapad overgestoken. Ze was klein en mager, ze droeg een broek en een jak als vrouwen op het Chinese platteland. Onder het lopen zwiepte de draagstok op en neer. In zichzelf gekeerd ging ze haar weg. Waarschijnlijk sprak ze maar drie woorden Engels. Fran was naast haar gaan lopen en had haar glimlachend aangekeken, maar op het gezicht van de vrouw was geen reactie verschenen. Je drong niet tot haar door. Fran had met haar mee willen werken, ook een draagstok over haar schouders, plastic handschoenen aan en plastic flessen uit de afvalbakken opdiepen. Zien hoe deze vrouw leefde. Wat nog bruikbaar was gebruiken, opruimen, schoonmaken, de wereld een fractie beter maken en ervan overtuigd zijn dat elk goed gebaar, hoe gering ook, toch iets bijdroeg en van belang was.

Op de rand van het bed liet Maris zich achteroverzakken en sloot zijn ogen. In de taxi had hij, zoals altijd, gedacht dat het wel meeviel met de jetlag, dat hij de min of meer slapeloze nacht in het vliegtuig goed had doorstaan, maar hij wist inmiddels dat het niet mee zou vallen.

'Je moet nu niet gaan liggen,' zei Fran toen ze binnenkwam. 'Dan raak je totaal ontregeld.'

'Een heel weekend totale ontregeling. Dat lijkt mij wel wat.'

'Volgende week bel ik iemand voor de vloer.'

'De vloer.'

'Toen we net binnenkwamen, zag ik weer hoe versleten hij is. Dit kan echt niet langer. Een schuurmachine eroverheen, twee keer lakken – klaar!'

'We moeten wel alles uit die kamer halen, lieverd. Alles.'

'De boekenkasten kunnen blijven staan. Voor de rest moet alles eruit. Jij gaat een week in je atelier wonen en nog wat van die mooie rotsen en agaves schilderen.'

Maris nam een pauze.

'Maar je ruikt niets raars meer,' merkte hij toen op.

'Ik ruik jou.'

Naakt gleed Maris onder het dekbed en hij zuchtte vergenoegd. Dankzij Fran lag er bij thuiskomst altijd schoon beddengoed op hun bed.

Waarom zag hij nu het bed in zijn atelier voor zich? Hij had het zelf gemaakt, op een leeftijd waarop een zomer nog heel lang leek te duren. Midden in de zomer had hij dat bed gemaakt, in een zee van tijd. Nog altijd stond het onder het schuine dak en het dakraam, beschaduwd door de rode beuk waar hij zo vaak naar had liggen kijken. Hij kende geen boom waarvan de bladeren zoveel tinten konden aannemen, van een donkerpaars bij naderend onweer tot een zacht roestrood in de avondzon. Hij was aan de plek gehecht: de nauwe steeg, de muurankers in de muren aan weerszijden, de poort, de binnenplaats, de verborgenheid van zijn atelier tussen de huizen. Lang op dezelfde plek blijven. Hij kon zo tien kunstenaars noemen die het grootste deel van hun leven op een en dezelfde plek hadden gewerkt. Het betaalde zich uit. In gestaagheid, in verzamelde kracht. Toch wilde hij ook steeds weer breken met de plek waar hij al zo lang leefde en werkte. Hij zag Nicks huis aan de oceaan met zijn platte daken en glaswanden, met de rotsblokken rondom en zelfs in het huis. Toen hij er voor het eerst binnenkwam, had hij zich een boerenjongen gevoeld die bedeesd de wereld van de rijken betrad. Ten slotte was Nick *tiny houses* gaan bouwen: kleine en compacte huizen, ingenieus ontworpen, met de nieuwste technologie erin. Hij had er voor zichzelf een laten bouwen op een afgelegen plek. In de weekends verliet hij zijn huis aan zee om met Ella in een piepklein huis te wonen en 's avonds voor zijn veranda een vuurtje te stoken. Terug naar het begin. Hij was graatmager geworden. Nog een paar weken, nog anderhalve maand misschien. Bij het afscheid had Maris dat graatmagere lichaam tegen zich aan gedrukt, hijzelf zo fors. Hij probeerde het zich voor te stellen: dat hij nog een paar weken te leven had, een paar weken vanaf vandaag.

In een nieuw nachthemd kwam Fran uit de badkamer. Ze geneerde zich ervoor om halverwege de ochtend in bed te kruipen, ook al was ze doodop. Maris gaf zich daar veel gemakkelijker aan over dan zij. Hij wilde altijd weg uit het leven, zij wilde er juist naartoe. Maris zag haar naar het bed toe lopen, een beetje verlegen, beducht ook voor zijn blik. Hij glimlachte vrolijk naar haar en hield het dekbed voor haar open.

'Dit kan echt niet,' zei ze.

'Maar we doen het toch.'

Om haar tijd in bed goed te besteden – liggen om uit te rusten, maar niet slapen – pakte ze haar boek en zette haar leesbril op. Ze hield het boek vast zonder te lezen. In gedachten zocht ze naar het kaartje van de vloerenman dat ze een tijdje geleden in de brievenbus had gevonden. Een man die alles van houten vloeren wist en zijn diensten aanbood. Maar waar had ze dat gelegd? Ze moest nu handelen. Over een week al zou het effect van deze reis, van dit willen opschudden van hun leven, zijn weggeëbd. Het zou dan ook veel moeilijker zijn om Maris zover te krijgen dat hij erin toestemde.

'Dat je niet ziet dat Hein zo op jou lijkt,' zei ze.

'Alleen het postuur. In een jongere versie.'

'Maar ook zijn gezicht.'

Maris dacht terug aan zijn eerste blik op de man die Stan een paar weken geleden in een mail officieel had voorgesteld. Ze had afgelopen zomer een voettocht met hem gemaakt op Baffin Island. Baffin Island? Ergens in het hoge noorden van Canada, een van de grootste eilanden ter wereld, waar als gevolg van het barre klimaat maar een paar duizend mensen wonen. Ze had in de staat

New York kunnen gaan lopen en kamperen, of ietsje noordelijker in de bossen van Canada, maar voor haar ontluikende liefde wilde ze een spectaculair decor: ver weg en heel ruig, niet een plek die iedereen kende. Ze maakte zich druk om het milieu en de klimaatverandering, maar haar levensstijl paste ze voorlopig niet aan. Na die geslaagde voettocht had ze de nieuwe man voorgesteld. Foto's waren uitgebleven. Ze wilde geen foto's van hem sturen. Ik wil niet dat jullie eerste indruk gebaseerd is op een foto, had ze geschreven. Een week geleden had Maris hem voor het eerst gezien, in de drukte op het trottoir voor het hotel, aan de zijde van Stan. Hij was voor het hotel gaan staan om hen op te vangen, maar ook om ongezien een blik op de nieuwe man te kunnen werpen. Hij had hem naderbij zien komen naast Stan en meteen gevoeld dat de combinatie klopte, dat dit een man was die haar aankon, niet een lieve jongen die geneigd was een halve meter achter haar te lopen.

'Je wilt het niet zien,' zei Fran.

'Ik heb er steeds alleen maar op gelet of ze bij elkaar pasten. Dat was het eerste wat bij me opkwam toen ik ze aan zag komen: dat het klopte.'

'Het eerste wat ik zag was hoe Hein op jou lijkt.'

Op een middag was Stan naar zijn atelier gekomen, helemaal overstuur. Ze had onder tranen haar verhaal gedaan. Hij had geluisterd en haar gekalmeerd. Ze was de trap naar de entresol op gelopen. Hij had gehoord hoe ze een douche nam. Toen hij bovenkwam, lag ze in zijn bed, in één van zijn T-shirts. De huid van haar gezicht glansde. Haar haren waren nog nat. Ook haar ogen glansden, met nog een restant van verdriet erin. Verrast was hij in de deuropening blijven staan, sprakeloos. Als kind was ze hier wel in bed gekropen. Vanaf haar veertiende, vijftiende had ze alleen nog op het dekbed gelegen, en een paar jaar later zette ze nooit meer een voet in zijn slaapkamer op de entresol. Nu lag ze daar opeens in een van zijn T-shirts, op haar zij, haar hoofd ondersteunend, en ze keek hem aan. Hij was op de rand van het bed gaan zitten en had zijn rechterbeen opgetrokken, half op het bed, om makkelijker te zitten en zich makkelijker naar haar toe te kunnen draaien. Op het moment zelf al had hij gevoeld dat hij dit niet moest doen, zijn been op bed trekken, dat hij een grens overschreed, zelfs met zoiets onschuldigs. Zijn ogen hadden zich onwillekeurig op haar lippen gericht, die een beetje gezwollen leken. Het was of de lucht tussen hen van samenstelling veranderde, of hij kolkte. Na die blik op haar lippen had hij haar aangekeken, hadden ze elkaar aangekeken. Abrupt was hij opgestaan en zonder een woord te zeggen was hij de slaapkamer uit gelopen. Vanuit het atelier had hij geroepen dat hij een boodschap ging doen. Toen hij een uur later terugkwam, was ze vertrokken.

Fran voelde dat Maris nadacht over zijn band met Stan. Het kon niets anders zijn. Hij draaide zich naar haar toe, zijn hoofd met een hand ondersteunend, maar keek haar niet aan.

'Misschien kun je de gelijkenis tussen jezelf en een ander pas goed zien op een foto,' zei hij. 'Het drong pas tot me door toen ik die foto zag waarop Hein en ik naast elkaar staan met een glas wijn.'

Fran staarde voor zich uit. Maris besefte dat dit niet het juiste moment was om haar aan te raken en te strelen. Haar instinct zou haar waarschuwen. Ze zou het als een afleidingsmanoeuvre beschouwen. Het zou voor haar bewijzen dat hij iets te verbergen had.

Een paar uur later werd ze wakker, bezweet, niet in haar hotelbed maar in haar eigen bed, en de eerste aan wie ze dacht was de Chinese vrouw, die nu weer met haar draagstok door de straten van Manhattan liep, zich weer over afvalbakken boog, haar handen in plastic handschoenen, erin graaiend en zoekend, opvallend ruw voor een vrouw. Zwijgend bewoog ze zich door de straten met haar draagstok op haar schouder. De mensen keken niet naar haar, deden of ze er niet was – uit schaamte. En zij probeerde zich onzichtbaar te maken. 's Avonds verkocht ze haar buit aan een andere Chinees, een man die haar uitbuitte en afscheepte met een paar dollars, die ze meteen weer kwijt was om met vijf anderen in een bedompte kamer te kunnen slapen. Op het zebrapad had ze de vrouw aangekeken en een onoverbrugbare afstand gevoeld.

Was ze te laat om haar leven nog een wending te geven? Sinds La Gomera rijpte in haar het plan om La Tarantella te verkopen aan haar bedrijfsleidster Rosa. Een paar jaar geleden had ze tijdens het sollicitatiegesprek al een mogelijke opvolgster in haar gezien, en die intuïtie toen meteen met kracht verdrongen, want ze was er nog niet aan toe om afstand te doen van haar bedrijf. Het werk in de moestuinen op het oude landgoed had haar langzaam maar zeker in een andere richting geduwd. Maar Rosa had nauwelijks geld, twee jonge kinderen en zou een enorme lening moeten afsluiten. Er waren andere partijen. Belangstelling genoeg. Ze kreeg elk jaar een bod. Maar ze wilde de zaak niet verkopen aan een van de investeerders die alle horeca in de stad opkochten.

Hier liepen haar gedachten dood. Ze boog zich uit bed en met een lichte tegenzin raapte ze *Horrors of War* van de vloer. Stap voor stap drong ze door in het boek van haar dochter. Eerst had ze er nauwelijks in durven kijken, alleen naar de minst schokkende foto's, sommige bladzijden sloeg ze over. Er openbaarde zich in de foto's een kant van Stan die ze niet kon plaatsen en nergens toe kon herleiden. Het deed haar nog sterker beseffen dat ze Stan, ook al was ze haar kind, nooit helemaal zou kunnen doorgronden. Sommige foto's waren zo afschuwelijk dat ze er niet naar kon kijken: uiteengereten lichamen, uiteengereten tanks, homoseksuelen opgehangen aan de arm van een hijskraan, een verminkt kind. Waarom wilde Stan deze dingen laten zien? Maris was trots op haar. Hij vond haar een bikkel. Hij kon er maar niet over uit dat ze dit allemaal had gedurfd. Had dit ook in Raf gezeten? Enorme risico's nemen – ja. Midden in de nacht op de helling van Stromboli filmen, terwijl de lava vlak langs je naar beneden stroomt. Zij had er trouwens bij gestaan. Zij nam ook risico's. Maris was een risico. Maar Raf had nooit een oorlog gefotografeerd. Hij fotografeerde mensen, hij hield van het leven op straat. Stan had de oorlog opgezocht, de hel, en nadat ze dat had gedaan was ze Hein tegengekomen. Zo vertelde ze het tenminste – als een sprookje.

Hij lag nog steeds met één been tussen Fran's dijen. Hij lag lekker en hield zijn ogen gesloten. Voorzichtig schoof hij zijn hand tussen Fran's borsten, naar de plek waar het zweet stond.

'Ik wil nog slapen,' mummelde Fran bijna onverstaanbaar.

Maris kuste haar krachteloze lippen.

Hij lag stil in zijn warme hol, ogen gesloten, een hand op het brede vlak van Fran's heup. Hij zag de klep van de kofferbak die niet dicht wilde, de taxi vol roestplekken voor de ingang van het hotel. Het leek een herinnering aan vanochtend, maar het was gisteravond geweest dat hij dit had gezien. De rode luifel van het hotel over de hele breedte van het trottoir, de stroom passanten, de nauwe straat tussen de wolkenkrabbers. Het was daar nu halverwege de ochtend. De oude vrouw die elke ochtend naar een koosjere winkel schuifelde, de jongen die zijn nachten doorbracht in een doos op een braakliggend terrein, het meisje met het door brandwonden verminkte gezicht dat elke ochtend de etalageruiten van een supermarkt lapte. Waarom maakten deze mensen de meeste indruk? Alleen maar omdat ze afweken? En de zwarte taxichauffeur met het vlossige baardje. De verdwenen zitting van de stoel voor in de taxi en in het gat de doos met tissues, de spuitbus, de papieren zak van een hamburgertent. Het gehavende dashboard. De taxi rammelde onder het rijden. Waarom maakte zo'n wagen meer indruk op hem dan de glanzende Mercedes van meneer Saki?

Hij streelde de ronding van Fran's heup. Zijn vingers gleden naar haar rug, betastten haar stuitje en gleden verder naar beneden tussen haar billen, daar zat ook zo'n plek als tussen haar borsten, een gootje, vochtig, warm. Fran trok een van haar voeten op en drukte hem tegen zijn been. Maris bewoog niet. Zijn vingertoppen zaten tussen haar billen, bovenaan, waar het gootje nog ondiep was, alleen zijn vingertoppen pasten erin. Het was lekker om niet te bewegen. Er waren jaren geweest waarin hij elke dag seks nodig had. Het vertraagde hem, het bracht hem buiten de tijd. Toch kon je je van al die uren weinig herinneren. Wat helemaal goed was, wat helemaal goed ging, liet geen herinnering achter. Wat misging, wat hem pijn deed – dat bleef achter in zijn geheugen, dat liet sporen na.

Maris bewoog.

'Niet weggaan,' mompelde Fran.

Maris kuste haar lippen, die nog altijd krachteloos aanvoelden, geen enkel signaal gaven, toen heel even zwak reageerden, alsof het signaal van zijn kus vertraagd doorkwam.

Ze was in een vallei, waar het warm was, met een zwart meisje dat haar gezicht wit en geel had beschilderd, ingesmeerd met klei, wit op haar voorhoofd, geel rond haar mond, en op haar hoofd, in haar haren, droeg ze een takje waaraan groene bladeren en lange peulen hingen. Ze zag een ander donker meisje, het meisje dat naar haar toe was komen rennen op een strand, lang geleden, bij een vissersdorp waar de mannen nog in holle boomstammen de zee op gingen… Kom maar op met je vingers… Dat meisje in haar katoenen jurkje, dat met gespreide armen op haar af rende om op de foto te komen, op blote voeten, door zand dat zo heet was dat zijzelf er niet op kon lopen… Ja, daar, en dan naar beneden… Die meisjes, doodarm, en zo vrolijk… Je moet er een beetje moeite voor doen. Maar dan geef ik mee… Fran liet haar dijen uit elkaar duwen.

4

Het was donker geworden, en ze lagen nog steeds in bed. Er stond een laptop tussen hen in op hun bovenbenen. In hun rug werden ze door kussens gestut. Ze keken naar een film.

Daar liep ze met Thijs en Stan, drie en vijf jaar oud, over het strand op Stromboli, aan elke hand een kind, in een jurk tot bijna op haar enkels die de wind opzijblies.

Fran huilde.

'Moet ik hem uitzetten?' vroeg Maris.

'Eventjes.'

Hij zette het beeld stil. Fran veegde de tranen van haar wangen. Ze keek naar het stilgezette beeld, onscherp, in kleur. Ze herinnerde zich de jurk die ze daar droeg, de lange jurk waaraan de kinderen zich konden vastgrijpen. Raf stak zijn handen graag onder die jurk. Dat ene jaar op Stromboli was alles goed geweest tussen hen, in Amsterdam waren zijn escapades weer begonnen. Op een avond had ze het niet langer kunnen verdragen: ze was hem te lijf gegaan met een stuk hout, dat voor het grijpen had gelegen. Maar ze had hem ook – het moment stond haar helder voor de geest – een mes in de haar onverschillig toegekeerde rug kunnen steken, zo diep had hij haar gekwetst en vernederd.

Fran begon opnieuw te huilen, een beetje verbaasd over zichzelf want ze dacht dat ze wel was uitgehuild om Raf, om een affaire van zo lang geleden. Maar kennelijk zaten er diep in haar nog een paar laatste klonten verdriet, die nu loslieten en naar boven kwamen. Het werd opgeroepen door het zien van haar kinderen, zo jong, die niet lang daarna hun vader zouden verliezen, door het horen van hun stemmetjes vermengd met het geluid van de zee.

Maris schoot zijn hand onder haar haren en streelde haar nek. Ze trok zijn hoofd naar zich toe en begon het in het wilde weg te kussen.

'Ik maak je gezicht helemaal nat,' zei ze verontschuldigend en begon zijn wangen droog te wrijven.

'Ach, lieverd.'

'Ik heb die film nooit meer teruggezien.'

Toen Stan in New York aandacht voor haar foto's begon te krijgen, had ze de fotoboeken van haar vader tevoorschijn gehaald en aan een paar kenners laten zien. Er was onmiddellijk interesse geweest. Binnen een halfjaar gingen op veilingen de prijzen voor originele afdrukken van zijn foto's omhoog. In antiquariaten wereldwijd waren de prijzen voor zijn boeken eveneens gestegen. Stan had toen zijn film over Stromboli laten digitaliseren en op internet gezet. Pas toen de film op het net stond, had ze haar moeder ingelicht en gevraagd of ze het goed vond. Fran had haar hoofd gebogen en niet geprotesteerd tegen de gang van zaken – ook al bezat zij de rechten op Rafs werk – en zichzelf voorgehouden dat ze een stap terug moest doen. Raf was immers niet alleen van haar.

'Dat die film nu gewoon op het net staat,' zei ze.

Ze kwam maar een enkele keer in beeld met de kinderen en het wit gepleisterde huis aan het nauwe straatje waar ze woonden. Maar voor haar was het toch of er intieme beelden waren prijsgegeven aan de ogen van onbekenden. Ook Pierina, die zo vaak op de kinderen had gepast, behoorde voor haar tot haar privéwereld.

'Hij is in een paar landen op televisie geweest,' zei Maris. 'En in Italië heeft de lange versie in de bioscoop gedraaid.'

'Maar dit is anders.'

Fran schoof wat dieper onder het dekbed en trok Maris' arm om haar schouders.

'Verder,' vroeg hij.

'Verder.'

Daar liep ze weer over het zwarte strand en de rotsen met twee blonde kinderen. De wind kwam uit zee, de donkerblauwe zee van bepaalde dagen. In de verte zag je de contouren van andere eilanden. Zolang het kon, zwom ze elke dag. Maar buiten het blikveld van de dorpelingen. De energie die ze toen had: 's nachts de vulkaan op om opnames te maken en 's ochtends in alle vroegte alweer een ontbijt maken voor de kinderen.

Ze kon niet goed naar de film kijken. Ze keek door haar wimpers. Ze hoorde het rommelen van de vulkaan, in het begin zo angstaanjagend, ten slotte vertrouwd. Ze herkende het geluid van de lava, die uit een gat in de wand van de vulkaan stroomde en langs de helling naar beneden schoof, roodgloeiend in het donker, een gigantische slang die langzaam zijn weg naar beneden zocht. Was het nooit bij haar opgekomen wanneer zij met Raf, twee gidsen en twee dragers de nachtelijke vulkaan op ging dat de kinderen wees zouden zijn als hun daar boven iets overkwam? Had ze zich niet verplicht gevoeld bij hen te blijven als Raf de vulkaan op ging? Pierina, die als een grootmoeder voor de kinderen was, had gezegd: Ga maar, wees niet bang. Iedereen op het eiland was gewend aan gevaar. Maar nu, met haar hoofd op Maris' schouder, schaamde ze zich.

Het was ook háár jaar geweest op Stromboli. Ze beheerste het Italiaans veel beter dan Raf. Ze had haar glimlach. Mensen vertrouwden haar onmiddellijk. Ze kon bij hen binnenkomen, zeker als ze de kinderen bij zich had. Zij had de eilandbevolking voor Raf gewonnen.

'Geweldig,' mompelde Maris.

Een zwaardvis, vechtend voor zijn leven, die door twee man aan boord van een vissersboot werd gesleurd. Het dier sloeg wild om zich heen. Je hoorde zijn staart kletsen op de spanten van het schip. De camera bewoog op het deinen van de golven, de horizon rees en daalde. In een volgend shot werd het dier aan land gebracht en in stukken gesneden. Zijn kop werd op een muurtje bij de haven gezet, met het zwaard omhoog.

Fran kon het dialect van de vissersvrouwen nog altijd min of meer verstaan. De meeste vrouwen herkende ze ook nog. Moten zwaardvis werden gewogen op een weegschaal met gewichten in de ene bak en het stuk vis in de andere. De stemmen van de vrouwen klonken schel.

Ze sloot haar ogen.

Door het zien van de weegschaal in de ochtendzon op de kade besefte ze opnieuw wat ze al jaren geleden had begrepen: ze was sterker geweest dan Raf, te sterk voor hem, en daarom had hij haar steeds opnieuw bedrogen. Hij moest zich aan haar overwicht onttrekken. Hij strafte haar. Zij droeg het gezin en het huishouden. Op reis regelde ze alles voor hem. Ze was in feite de samensteller van zijn fotoboeken, want hij was er te chaotisch en ongeduldig voor om daar zelf de nodige tijd aan te besteden, en ze beheerste het werk in de donkere kamer ten slotte net zo goed als hijzelf, ze kon een perfecte Raf König drukken. Zij ging altijd door, terwijl hij onevenwichtig was. Hij was bovendien de zoon van een kapper in een Amsterdamse volksbuurt en kon het niet verdragen dat zij van goede komaf was. Hij strafte haar door zich met andere vrouwen in te laten. Zij had hem het huis uit gezet en hij had haar, in een vlaag van woede, op een donkere weg met voorbijflitsende boomstammen, gestraft met een gewelddadige dood.

Een minuut lag ze volkomen roerloos. Maris voelde dat ze ergens mee bezig was, intens. Toen was het of ze opdook. Daar waren weer de schelle stemmen van de vissersvrouwen op de kade. Hun vrolijkheid. Het ketsen van de gewichten op de weegschaal. Het vroege licht en de nog lange schaduwen.

'Ik kan ze nog altijd verstaan,' zei ze verwonderd.

Nieuwe tranen gleden over haar wangen.

5

Midden in de nacht werd Maris wakker uit een droom over zijn vader. Hij hield zijn ogen gesloten om de beelden te blijven zien, om het vervagen ervan zo lang mogelijk tegen te gaan. Het was of zijn vader hem was verschenen, zo levend en tastbaar was hij geweest in de droom.

Hij had een ontspannen man gezien. Bij leven had hij zijn vader vaak zwak en nerveus gevonden, afwachtend en haast onderdanig tegenover de vrouw die hij had getrouwd. Maar nu zag hij hem op zijn best: ontspannen, in zijn tuin achter de notariswoning, met zijn broers. Maris zág hem niet alleen, hij stond naast hem, hij praatte met hem en hoorde de stem van zijn vader, precies zoals hij in werkelijkheid had geklonken. Hij zag zijn gezicht, alsof hij in levenden lijve voor hem stond, ze spraken met elkaar, ze waren goed met elkaar en om hen heen waren de broers van zijn vader.

Zeven jaar geleden was zijn vader gestorven. Nu was hij hem voor het eerst in een droom verschenen. Hij was niet somber, zoals in zijn laatste levensjaren, niet beneveld door de whisky die hij stiekem dronk, niet morsig, niet krom, hij beefde niet. Hij leek hersteld van alles wat hij in zijn laatste jaren had doorstaan.

De fysieke nabijheid van zijn vader, de levensechtheid van zijn verschijning, verbaasde en overweldigde hem. Zijn wangen waren nat van tranen. Hij hield zijn ogen gesloten om zijn vader zo lang mogelijk te blijven zien. Maar de droom vervaagde en ten slotte gleed hij weg en verdween, voorgoed. Toen hij gekalmeerd was, vroeg hij zich af hoe het mogelijk was dat zijn geheugen zo'n gedetailleerd beeld wist te produceren.

Beneden ging hij in zijn kampeerstoel zitten, precies dezelfde als op La Gomera. In zijn aantekenboek beschreef hij in een paar zinnen zijn droom en vermeldde nauwkeurig de datum, het tijdstip in de nacht en de omstandigheden: dat hij net terug was uit Amerika, ontregeld. Hij deed het elastiek om het uitpuilende notitieboek en legde het op de grond.

Op de een of andere manier bleef hij de nabijheid van zijn vader voelen.

Hij herinnerde zich hoe zijn vader na het werk in de moestuin met zijn linkerhand zijn spa helemaal onder op de steel vastpakte, de steel tegen zijn onderarm drukte om de spa stil te houden en dan met een mes de klei eraf stak. De vette klei die in klodders op de grond viel. Blinkend staal kwam tevoorschijn. Veel herinneringen die hij aan zijn vader had waren herinneringen aan handelingen, hoe hij dit deed of dat deed, talloze malen had hij zijn werkende vader gadegeslagen.

Hij kan zich moeilijk uiten, had Fran algauw gezegd. Ze had hem zijn vader opnieuw laten zien. Zachtmoedig, veel intelligenter dan je moeder, maar niet tegen haar opgewassen. Meebuigen, zich terugtrekken, doen alsof, zich onderwerpen, bang voor haar scherpe tong. Kon pas zichzelf zijn zodra zij haar hielen had gelicht. Zijn hele leven had hij zich met de geldzaken van eerst een lijmfabriek en daarna een scheepvaartmaatschappij beziggehouden, nauwgezet en plichtsgetrouw, terwijl zijn belangstelling elders lag – bij de scherven op een pas geploegde akker, de gesprekken met de schervenzoeker, de geschiedenis van het eiland en zijn familiegeschiedenis. Een van zijn voorvaderen was de roeier op de loodsboot in Vlissingen die in een kroeg een zeeman had neergestoken en naar een strafkolonie was gestuurd. Wit haar toen hij terugkwam uit de kolonie, sprak nauwelijks meer. Het was een legende in de familie. Zijn vader had de zaak uitgezocht. Hij was ervoor naar archieven gereden, altijd in zijn beste pak, en ten slotte thuisgekomen met fotokopieën van documenten van de strafkolonie. Daarop prijkte, in een schuin lopend negentiende-eeuws handschrift, de naam van de man: Daan Coppoolse, met vermelding van zijn leeftijd en het dorp waar hij vandaan kwam, een beschrijving van zijn uiterlijk en een omschrijving van zijn vergrijp en de strafmaat. Hij was veroordeeld voor het toebrengen van messteken en niet voor moord. De zeeman moest het overleefd hebben. Zijn vader was er trots op dat hij 'de feiten boven water had weten te krijgen' en liet de fotokopieën overal zien. Alsof de familie van een smet was gereinigd. Maar zijn verdriet om de misdaad van zijn eigen zoon was er niet door uitgewist.

In de notariswoning had zijn vader een eigen kamer. Toen pas durfde hij volop boeken te kopen, wat zijn vrouw altijd zonde van het geld had gevonden – ze besteedde het liever aan haar kapper of aan de aankoop van goud en juwelen, die immers 'waardevast' waren. In slechte tijden had je het meest aan goud. En aan een moestuin, voegde zijn vader daaraan toe. Goed, ook aan een moestuin. Ze had hem getrouwd om zijn uiterlijk en meegaandheid. Meteen gezien, instinctief geweten, dat ze hem kon krijgen waar ze hem hebben wilde. Bij hun eerste ontmoeting al moest ze het hebben beseft. Eén blik die over een leven besliste. Zo'n mooi stel, heette het altijd in de familie. Je zag het op de huwelijksfoto's en foto's van hun eerste tien jaar. Ze gingen nog uit dansen. Zij wilde zich met hem vertonen. 'Zo'n knappe man, je vader, maar niet zeker van zichzelf, timide.' 'Je vader is als was in mijn handen.' Ze zei het waar hij bij stond.

Een hele week had zijn moeder op sterven gelegen. 'Uw moeder is nogal taai.' Een paar uur voor haar dood had ze een laatste opleving gehad en gezegd: 'Als ik nu een beetje opschiet met doodgaan, kunnen jullie straks *Nieuwsuur* nog zien.' In haar ogen de bekende triomfantelijke glans: weten dat ze hen had verbluft, nog altijd baas over de situatie. Zijn vader had weggekeken en gezwegen. Zijn zus vond het ongepast. Maar hij had zijn moeder aangekeken met een glimlach. Hierin vonden ze elkaar, in dit soort opmerkingen. Het waren haar laatste woorden geweest. Op de begrafenis had hij niet nagelaten ze te vermelden. De familie was geschokt en geamuseerd. Ze is in stijl gestorven, heette het na afloop. Op de begrafenis van zijn moeder had hij voor het eerst iedereen teruggezien: zijn ooms en tantes, voor zover ze er nog waren, zijn neven en nichten en hun kinderen. Goed gesproken, had hij te horen gekregen, met daarbij kneepjes in zijn arm. Tantes die zijn handen vastpakten. Zijn tante uit de stad, die zich dat jack herinnerde dat ze hem had gegeven. 'In het begin durfde je het niet te dragen.' Zijn nichtje Louise, de eerste die hij had gezoend. Het was een terugkeer geweest. Het spook waarde nog rond. Er was nog schichtigheid. Maar ze hadden hem binnengelaten.

Maris kwam overeind uit de kampeerstoel en keek de donkere kamer rond. Het was er doodstil. Hij dacht terug aan de hectiek van New York, die nu uit hem begon te verdwijnen. Hij was nog half en half daar, met Hein en Stan, met mensen die hij bij de presentatie had ontmoet, met Nan, die hem aan haar keukentafel had gezet omdat het daar nog het meest leek op de uitgewoonde appartementen in de Bowery waar ze elkaar hadden leren kennen, de mensen van het hotel, taxichauffeurs die hen hadden gereden, de oude vrouw die zich naar de koosjere winkel sleepte, de jongen die uit zijn doos kroop, het meisje met het half verbrande gezicht. Midden in de nacht zag hij ze allemaal voor zich.

Hij knipte een lamp aan boven de grote tafel, schoof de stapel post opzij – hij wilde er nog niets mee te maken hebben – en opende *Horrors of War*. De grootste schok was voor sommigen niet het boek zelf, maar het feit dat al die gruwelijkheden waren gefotografeerd door een vrouw. Stan had de foto's van het oorlogsgeweld afgewisseld met foto's waarop geen spoor van oorlog te ontdekken viel: vrouwen op een binnenplaats in de zon, spelende kinderen, bloeiende akkers, olijfgaarden en rivieroevers.

Hij keek naar de foto die ze had genomen in een Syrische stad na een mortieraanval, de foto die in *Le Monde* had gestaan en die ze hem een jaar geleden in het Stedelijk had laten zien.

Op de voorgrond de twee mannen die op hun knieën op straat lagen, zich aan elkaar vastklampend: de vader en de grootvader van de jongen die bij de mortieraanval was gedood. De mannen huilden. De vader hield het hoofd van zijn eigen vader tegen zijn borst gedrukt om hem te troosten. Op de achtergrond een paar militairen, wachtend, en tussen hen in de brancard waarop de omgekomen jongen lag. Vlakbij stond een andere jongen – T-shirt, trainingsbroek, slippers – die de aanval had overleefd en naar de brancard staarde.

Maris zette een loep op de foto en keek naar het lichaam op de brancard. Op de verkeerde plaats staan, op het verkeerde moment. De mortiergranaten slaan in, een scherf treft jou in je hoofd, jij, op je slippers, in je trainingsbroek en het shirt van je favoriete voetbalclub. Als je je had gebukt om een peuk van de grond te rapen of een andere beweging had gemaakt, leefde je nu nog. Maar de jongen had die ene beweging niet gemaakt. Zo was het met hemzelf gegaan op die zondagmiddag, lang geleden, steeds langer geleden, maar nooit voorbij, die middag waarop de stofwolken over de akkers rolden. Als hij toen had toegegeven aan zijn impuls om de oude man te helpen, zou hij niet met Matty naar de schuur zijn gegaan. Als hij een week eerder na zijn schilderles bij meneer Welleman niet naar het Sas was gefietst, maar meteen was teruggekeerd naar het dorp, zoals hij op alle voorgaande zaterdagmiddagen na de les had gedaan, dan zou hij niet in elkaar zijn geslagen door drie dronken jongens en zou hij een week later niet zo vol woede hebben gezeten dat hij een vernederende opmerking van een meisje niet meer verdroeg en haar in de diepte smeet. Zijn timide vader en zijn moeder die hem sloeg, de kinderen in het dorp die hem buitensloten, de broers van Matty die een hekel aan hem hadden en door wie hij zich niet wilde laten intimideren, haar vader met zijn duiven, Matty op de schommel, Matty die hem bespeelde, dat ene uur in de cabine van de combine waar ze haar vingers over de zijne had gelegd en hij ze niet had durven terugtrekken, de drie jongens, daar waar hij toevallig ook was, de schuur van Fraanje die leegstond, en hijzelf, zoals hij toevallig was geweest, kwetsbaar en vol onderdrukte woede, toen hij met Matty naar de schuur ging. Maar de jongen op de brancard was een slachtoffer, en hijzelf was door toeval een dader.

Hij klapte het boek dicht.

Even later ging hij de straat op, huiverend in de ochtendschemer, klaarwakker terwijl hij zou moeten slapen. Hij liep door de buurt en zag twee jonge stellen met rolkoffers uit een huis komen en in een gereedstaande taxi stappen. In een etalage bekeek hij een paar hippe fietsen die je voor 99 dollar naar Amerika kon laten verschepen.

In zijn atelier zette hij een groot doek op de ezel en keek ernaar: de vrouw op handen en voeten tussen de agaves en voor het rotsblok met links in beeld de gestalte van een man. Hij had geaarzeld over de positie van de man en hem links gezet, omdat links voor hem altijd sterker voelde dan rechts. Na La Gomera had hij eerst maanden aan een reeks rotsen en agaves gewerkt. Het had lang geduurd voordat hij aan dit grote doek had durven beginnen. Het had ook lang geduurd voordat hij begreep waarom hij zich zo aangetrokken had gevoeld tot deze mismaakte vrouw, waarom hij juist haar wilde leren kennen. Hij had steeds de zinnetjes gehoord waarmee ze hun gesprek op het terras was begonnen:

'I was a normal child. I had a lot of pain, but I was a normal child.'

6

Tegen twaalf uur op zondagochtend stonden ze op de veerboot naar Texel, in de frisse wind van een niet erg fraaie septemberdag. Het was de bedoeling dat ze op het eiland een lange wandeling zouden maken over het strand en door een duingebied dat wonderbaarlijk mooi scheen te zijn. Fran had geweigerd om nog een dag in bed door te brengen en toe te geven aan de jetlag.

Naast elkaar stonden ze aan de reling en keken uit over zee.

'Ik haal nog wat koffie,' zei Maris.

Achteraan in de rij voor het buffet stonden twee meisjes van een jaar of dertien, veertien. Met hun ouders op stap en naar het buffet gedwaald. Het was zo te zien nog steeds erg vroeg voor ze. Een van de meisjes stond op één been en schurkte met de voet van haar andere been langs haar kuit. Een beetje kouwelijk, niet uitgeslapen, stonden ze daar, hun handen hadden ze in de mouwen van hun trui geschoven. Een van de meisjes had het bleekblonde haar en de lichtblauwe ogen van Matty en ze wierp een blik op hem.

Nog altijd ging hij liever niet vlak bij hen staan, bij meisjes van deze leeftijd.

Hij hoorde de stem van het bleekblonde meisje: een hese stem. De stem van Matty was van nature een beetje hees geweest. Hij staarde naar de broodjes in de glazen buffetkast. Het was of Matty hem in een nieuwe gedaante verscheen – in de rij voor het buffet op een veerboot. Zij, het meisje met de hese stem dat jongens uitdaagde en voor ze wegrende. Het meisje dat hij had bewonderd omdat ze zo hard kon lopen en met abrupte wendingen alle jongens van zich af schudde, terwijl ze lachend over haar schouder keek. Het stoere meisje dat zich geen raad wist met de ondoorgrondelijke jongen op wie ze verliefd was geworden.

Hij bestelde.

De meisjes verdwenen.

Toen hij weer aan dek kwam met zijn warme bekers, zag hij Fran bij de reling staan. Hij werd getroffen door de gevoeligheid van haar gezicht, dat ze naar hem toe draaide.

VERANTWOORDING

Het beeld van de man die met één haal van zijn mes een haai doodt (op pagina 334) heb ik ontleend aan een kort verhaal van Maria Dermoût.

Bij de schedelvaas op pagina 29 stond me een vaas van Erik Andriesse voor ogen. De foto waarop Maris Coppoolse een luchtsprong maakt voor een van zijn schilderijen is een literaire kopie van een foto van Erik Andriesse, gemaakt door Paul Andriesse.

Ik wil graag een aantal beeldend kunstenaars bedanken voor gesprekken die me hebben geïnspireerd in de jaren dat ik doende was het personage Maris Coppoolse te ontwikkelen: Paul Andriesse, Ad de Jong, Marc Mulders, Ronald Ophuis en Robert Zandvliet.

Ik ben ook dank verschuldigd aan mr. Herman Doeleman, advocaat, en mr. Anita Leeser, voormalig kinderrechter, voor hun bereidwilligheid om mee te denken over de juridische gevolgen van wat zich afspeelt in de schuur van Fraanje in de zomer van 1968.

Oek de Jong

Boeken van Oek de Jong

De onbeweeglijke. Verhalen

Lui oog. Novelle

Opwaaiende zomerjurken. Roman

Cirkel in het gras. Roman

De inktvis. Novellen

Een man die in de toekomst springt. Autobiografische verhalen en essays

Zijn muze was een harpij. Over het wereldbeeld van W.F. Hermans. Essay

Hokwerda's kind. Roman

De wonderen van de heilbot. Dagboek

Mevrouw Len. Verhaal

Brief aan een jonge Atlas. Autobiografische verhalen en essays

Pier en oceaan. Roman

Wat alleen de roman kan zeggen. Essay

Het visioen aan de binnenbaai. Autobiografische verhalen en essays

Zwarte schuur. Roman

HOKWERDA'S KIND

Lin Hokwerda is haar vaders oogappel, maar hij is onbetrouwbaar en wreed. Op haar tiende verhuist ze met haar moeder naar Amsterdam, waar ze zich stort op het tafeltennis. Nadat ze met de topsport gebroken heeft, gaat ze op zoek naar een 'gewoon' leven. Maar ze is getekend door de ervaringen van haar kindertijd. In drie opeenvolgende liefdes voert haar weg naar de 'buitenste duisternis'.

Met mededogen en precisie exploreert Oek de Jong de intimiteit van geliefden en beschrijft hij hun verwachtingen en illusies, hun bedrog en zelfbedrog. Zijn verhaal raakt aan de duistere kanten van de erotiek.

'Oek de Jong verbeeldt indrukwekkend de nachtzijde van de liefde met een bijna perfect gevoel voor detail. *Hokwerda's kind* is een meesterwerk.' – *De Standaard*

'Scène na scène brandt zich op je netvlies.' – *Vrij Nederland*

'Zelden zag ik sterker verbeeld hoezeer geliefden zich elkaars slachtoffer kunnen voelen.' – *De Groene Amsterdammer*

PIER EN OCEAAN

Pier en oceaan is Oek de Jongs magnum opus: een grootse familiegeschiedenis en een grandioze evocatie van de verloren tijd: Nederland in de jaren vijftig en zestig.

De roman werd genomineerd voor de Libris Literatuur prijs en bekroond met de Gouden Uil, de F. Bordewijkprijs en de Zeeuwse Boekenprijs.

'Het is het Nederland van vroeger en nu. In *Pier en oceaan* komt dat Nederland verbluffend realistisch tot leven. Herkenbaar en vreemd tegelijk.' ★★★★★ – Arie Storm in *Het Parool*

'Ruim achthonderd pagina's wordt de lezer het verhaal ingezogen van Abel Roorda, zijn gelovige ouders en zijn grootouders. Oek de Jong brengt via hen het veranderende Nederland in beeld, van de Hongerwinter tot de welvarende jaren zeventig. Die geschiedenis maakt hij levend door zich te richten op de levenskeuzen van gewone mensen, door de generaties heen. Door zijn zintuiglijke proza leven we met zijn personages mee als met tijdgenoten.' – Jeroen Vullings in *Vrij Nederland*

'Oek de Jong bedeelt zijn personages met volle zintuiglijkheid, en daarmee de lezer. Alles knettert, wappert, steigert en trilt in *Pier en oceaan*.' ★★★★ – Sebastiaan Kort in NRC *Handelsblad*

'Magistrale roman [...] De Jong heeft een trage, diepgravende schrijfstijl die toch steeds licht blijft, en hij is een meester in het beschrijven van emoties.' – Marnix Verplancke in *Knack*